BERNHARD WUCHERER

Frittenmafia

BERNHARD WUCHERER

Frittenmafia

KRIMINALROMAN

GMEINER

Immer informiert

Spannung pur – mit unserem Newsletter informieren wir Sie
regelmäßig über Wissenswertes aus unserer Bücherwelt.

Gefällt mir!

Facebook: @Gmeiner.Verlag
Instagram: @gmeinerverlag
Twitter: @GmeinerVerlag

Besuchen Sie uns im Internet:
www.gmeiner-verlag.de

© 2018 – Gmeiner-Verlag GmbH
Im Ehnried 5, 88605 Meßkirch
Telefon 0 75 75 / 20 95 - 0
info@gmeiner-verlag.de
Alle Rechte vorbehalten
2. Auflage 2023

Lektorat: Claudia Senghaas, Kirchardt
Herstellung: Mirjam Hecht
Umschlaggestaltung: U.O.R.G. Lutz Eberle, Stuttgart
unter Verwendung eines Fotos von: © CapturePB/shutterstock
Druck: Custom Printing Warschau
Printed in Poland
ISBN 978-3-8392-2313-0

EIN GANZ SPEZIELLES,
VORWEGGENOMMENES GLOSSAR

(Die weitere Erläuterung der Begriffe, Namen und Zitate beginnt auf Seite 460)

Fritten Belgische und niederländische Bezeichnung für »Pommes frites«.

Friterie Typisch ostbelgische, insbesondere im Bereich der deutschsprachigen Bevölkerung gebräuchliche Bezeichnung für einen Frittenladen oder für eine Frittenbude.

Friture (Ausgesprochen: *Fritüür*) Im wallonischen, also französischsprachigen Teil Belgiens gebräuchliche Bezeichnung für einen Frittenladen oder für eine Frittenbude.

Frituur Im flämischen, also niederländischsprachigen Teil Belgiens und in den Niederlanden gebräuchliche Bezeichnung für einen Frittenladen oder für eine Frittenbude. Die Flamen kennen auch die Bezeichnung »Frietkot«, die im Roman allerdings nicht vorkommt.

Aber Achtung: Wie im Roman selbst trügt auch bei der jeweiligen Schreibweise oft der Schein. Denn nicht jeder Inhaber oder Pächter eines »Frittenladens« oder einer »Frittenbude« hält sich an die jeweils landstrichübliche Schreibweise. So kann es auch sein, dass die ostbelgische und die wallonische Schreibweise mit Doppel-t geschrieben wird. Die wallonische

Schreibweise hingegen liest man auch des Öfteren mit »ü«, anstatt mit »u«. In jedem Fall wird sie mit mit einem langgestreckten »ü« ausgesprochen *(»Fritüür«)*. Den Belgiern ist es aber ziemlich egal, wie das Geschäft firmiert, aus dem sie ihr Lieblingsnahrungsmittel beziehen – Hauptsache, sie bekommen dort ihre gewohnt original belgische Frittenqualität.

Egal wie die jeweils übliche Schreibweise auch sein mag; sie spielt keine allzu große Rolle. Um der Authentizität wegen habe ich dennoch versucht, mir die korrekten Schreibweisen anzugewöhnen und reale Firmenbezeichnungen zu verwenden, … auch wenn deren Schreibweise das eine oder andere Mal auf den jeweiligen Standort bezogen atypisch sein sollte.

... UND EINE KLEINE HOMMAGE AN DIE BELGISCHE FRITTENKULTUR

Sie sehen, dass der Umgang mit der belgischen »Frittenphilosophie« gar nicht so einfach ist. Kein Wunder also, dass gerade in diesem wunderschönen Land über die Qualität guter oder minderwertiger Fritten trefflich gestritten werden kann und laut unseres Romanhelden, commissaire de criminelle Frederic Le Maire, aus dem Ausland kommende »Pommes« selbst mit den schlechtesten belgischen Fritten nur sehr schwer mithalten können. Wie sagt unser schrulliger aber gewiefter Kriminalhauptkommissar doch immer, wenn er anstatt belgischer Fritten ausländische Pommes vorgesetzt bekommt? »Merde!«

Fritten sind in allen Teilen Belgiens Kult, Lebensgefühl und Werbeträger zugleich. Sie werden hier nicht einfach nur mit Mayonnaise und Ketchup genossen, nein: die Belgier zelebrieren den Verzehr ihrer Fritten, wie die Bayern ihre Weißwurst mit einem speziellen Weißwurstsenf und einer Brezge oder die Berliner ihre Klopse mit scharfem Senf und einer Spreewaldgurke. Die Belgier lassen sich sogar Muscheln zu ihren Fritten servieren. »Moul frites« nennen sie diese Köstlichkeit. Und wie kann es anders sein; gibt es auch hierbei verschiedene Schreibweisen: »Moules frites« oder »Moules et frites« etwa, also Miesmuscheln (in Gemüsesud) mit frittierten Kartoffelstäbchen – glauben Sie mir, nicht nur ein Hochgenuss für Belgier. Im französisch sprechenden Teil Belgiens ist diese kulinarische Sensation sogar zu einer Art Nationalgericht erkoren worden.

»Fritten« sind in Belgien nicht nur das beliebteste Nahrungsmittel, ihr Genuss ist auch eine das ganze Land verbindende Philosophie. Auch wenn die Wallonen, Flamen und Deutschsprachler in Belgien in mancher Hinsicht mehr trennt, als sie verbindet, sind sie sich doch darin einig, dass ihr Nationalgericht zum Unesco-Weltkulturerbe werden sollte – wie die französische Haute Cuisine oder der Türkische Kaffee. Uneinig sind sie sich allerdings mit den Franzosen, die – »Merde!« – ebenfalls auf die Urheberschaft pochen. Aber dies lassen sich die Belgier nicht gefallen. Für sie ist die aus der Schweiz kommende Frage: »Wer hat's erfunden?« mit einem glasklaren, besser gesagt; mit einem goldgelben »Wer wohl? Die Belgier!« schnell und eindeutig beantwortet. »Hätten Fritten ihren Ursprung in Frankreich, gäbe es wohl schon lange ein ›Frittenforschungsmuseum‹ in Paris« scherzt Bernard Lefèvre, Chef des belgischen Frittenherstellerverbandes Navefri-Unafri der Deutschen Presse-Agentur dpa gegenüber.

Warum sind Fritten für die Belgier so wichtig, obwohl sie mit ihren vielen Bier- und Schokoladesorten auch noch andere kulinarische Aushängeschilder haben? »Weil sie etwas ganz Besonderes sind!«, sagt Dominique Bonnier, der es mit seinen Fritten in der »Maison Antoine« in Brüssel zu einer internationalen Berühmtheit gebracht hat. Die heruntergekommen wirkende Hütte im Europaviertel gilt als eine der besten Frittenbuden Belgiens, ja sogar der Welt. Aber weshalb sind belgische Fritten etwas ganz Besonderes? Liegt es an der besonderen Qualität der Kartoffeln? Oder liegt der Grund darin, weil sie zweimal frittiert werden? – einmal zehn Minuten bei rund 130 Grad, um sie innen weich zu bekommen und dann kurz bei etwa 150 Grad frittiert, damit sie außen schön knusprig werden. Oder ist es das besondere Öl und das Rinderfett, in dem die Kartoffelstäbchen goldgelb werden? Dies zu klären liegt an unserem belgischen Ermittler Frederic Le Maire der alles daran setzen wird, diejenigen dingfest zu machen, die sich der belgischen Frittenkultur entgegenstellen und dabei nicht einmal vor Mord zurückschrecken. Hilfe bekommen der »Belgier aus Leidenschaft« und sein Team von seiner taffen Partnerin, der Aachener Gerichtsmedizinerin Dr. Angelika Laefers, … die allerdings keine Fritten mag. »Merde!«

KAPITEL 1

»Merde!«, fluchte Monsieur Frederic Le Maire, der leitende commissaire de criminelle in Liège, nachdem er kurz vor Mitternacht den Telefonhörer abgehoben hatte.

Damit Fabienne Loquie möglichst wenig von der miesen Stimmungslage ihres Chefs mitbekam, hatte der schlaftrunkene belgische Kriminalhauptkommissar eine Hand fest auf die Muschel seines Telefonhörers gepresst. Er konnte es sich nicht verkneifen, nochmals seinen Lieblingsfluch auszustoßen: »Merde! … Muss mir das ausgerechnet *jetzt noch* passieren?« Leise grummelte er »Verfluchter Job« hinterher.

Aber es half alles nichts. Der normalerweise in der Wallonie tätige Kriminalbeamte kam nicht umhin, sich dem soeben Gehörten zu stellen und seiner Mitarbeiterin gegenüber trotz der unchristlichen Uhrzeit angemessen höflich zu antworten. Immerhin war er ihr Chef und musste als solcher zu jeder Tages- und Nachtzeit erreichbar sein, ob er wollte oder nicht. »In Ordnung, Locki, ich komme gleich! … Ja: Ich beeile mich! Verdammt!« In Momenten wie diesen fiel Le Maire gerne in seine deutsche Muttersprache zurück.

»Qu'est-ce que c'est? … Je ne compends pas?«, kam es deswegen etwas irritiert von der diensteifrigen jungen Frau am anderen Teil der Leitung zurück.

»Schon gut, Locki, ich weiß, dass du ebenfalls aus dem Bett geklingelt wurdest«, beschwichtigte der Hauptkommissar seine Mitarbeiterin, nachdem er sich wieder etwas beruhigt hatte. »Aber du kannst mir glauben, dass auch mir der Tote gerade jetzt sehr ungelegen kommt! … Salut!« Er hatte wieder seine ursprüngliche Haltung eingenommen und den

Hörer unsanft auf die Gabel seines altmodischen Telefons zurückgeknallt.

Zur selben Zeit waren direkt unterhalb seines geöffneten Schlafzimmerfensters zwei Männer vorbeigetorkelt. »Der alte Monsieur commissaire hat wohl Probleme mit seinem ›Manneken Pis‹ und kann nicht mehr …«, hob einer der beiden amüsierten Zecher zu lästern an und blickte nach oben, bevor er sich an der Ecke des grau getünchten Hauses an die Wand lehnte, um sich zu übergeben.

Der völlig betrunkene Mann war mit seinem Kameraden von einer Kneipentour am Place du Marché in Richtung La Meuse unterwegs. Und ausgerechnet in *dem* Augenblick, als das resigniert klingende Geschimpfe Le Maires seinen Weg in die laue Sommernacht hinaus gefunden hatte, waren sie direkt unterhalb seiner Wohnung vorbeigetorkelt.

Dummerweise hatten die beiden das, was ihr Vereinskamerad Frederic soeben von sich gegeben hatte, total missverstanden. »Wahrscheinlich hat der alte Schwerenöter Ärger mit seiner Angelika, weil eine gewisse ›Locki‹ bei ihm ist«, wurde der eine von seinem Kameraden unterbrochen, während er selbst bemüht war, den durch das unheilvolle Gemisch aus zu viel Rotwein und Pastis verursachten Würgereiz loszuwerden. Dies wollte ihm allerdings nicht so schnell gelingen, wie er es gerne gehabt hätte. Dass Frederic sich lediglich *telefonisch mit seiner Sekretärin* unterhalten hatte und er sie wegen ihres lockigen Kurzhaarschnittes und in Anlehnung an ihren Nachnamen »Locki« nannte, konnten die beiden Saufkumpane nicht wissen.

Die zwei Männer kannten Frederic und auch seine Lebensgefährtin Dr. Angelika Laefers vom Verein der »Königstreuen« her. Wie die meisten anderen Vereinsmitglieder, nahmen sie das beruflich perfekt eingespielte Duo privat als absolut ungleiches Paar wahr. Dennoch brachten sie den beiden eine hohe Wertschätzung entgegen. Deswegen unterließen sie es trotz ihres beachtlichen Alkoholpegels, sich weiter über den meist ungepflegt wirkenden Monsieur commissaire de criminelle lustig zu machen und zogen stattdessen hämisch lachend weiter. Zudem wollten sich die Trunkenbolde nicht unnötig mit der Polizei anlegen. »Man weiß ja nie, oder?«, meinte der eine zum anderen, während er mühsam versuchte, seinen Hosenschlitz zu öffnen, um sich ungeniert an der nächsten Hauswand erleichtern zu können.

Währenddessen schimpfte der 46-jährige Kriminaler immer noch vor sich hin und drehte sich erst einmal eine Zigarette, bevor er sich das bisschen Schlaf, den er hinter sich hatte, aus dem Gesicht wusch. Mit der Selbstgedrehten zwischen den Lippen suchte er die im ganzen Zimmer herumliegenden Klamotten zusammen. Im Gegensatz zur perfekt durchgestylten und äußerst gepflegten Penthousewohnung seiner Geliebten in einer der feinsten Gegenden Aachens herrschte hier das reinste Chaos: in der Küche stapelte sich fortwährend frisch gespültes, aber noch nicht eingeräumtes Geschirr. Überall stand oder lag etwas herum, von dem der manchmal konfus wirkende Staatsbeamte nicht immer wusste, was er damit hatte tun wollen. Und in einem großen Weidekorb neben dem Bügelbrett vor dem Fernsehgerät im Wohnzimmer lag stets frisch gewaschene Wäsche, die geduldig aufs Bügeln, oder besser gesagt, auf Angelika wartete. Zu Le Maires Ehrenrettung muss allerdings gesagt werden, dass er zwar mit dem Aufräumen auf Kriegsfuß stand, seine Wohnung aber immer sauber geputzt war. Und genau so, wie er mit seiner Wohnung umging, behandelte der Gesetzesdiener auch sich selbst. Dies zeigte sich in erster Linie darin, dass er zwar meistens schäbig aussehende Klamotten trug, dafür aber einen fast schon überspitzten Wert auf Hygiene und Körperpflege legte. Und ein Dreitagesbart war ja schließlich modern – in seinen Augen der einzige Tribut, den er der Mode zollte. Auch mental war dieser Mann ein einziger Widerspruch in sich, was sein Umfeld gelegentlich irritierte. Gerade seine knubbelige Sekretärin Fabienne Loquie hatte es nicht immer leicht mit dem von ihr vergötterten Chef.

✣

»Merde!«, drang es eine knappe Stunde später gute 40 Kilometer entfernt durch das Lüftungsrohr einer Fritüre heraus. Ansonsten war es im ostbelgischen Grenzort La Calamine ziemlich still. Selbst in der um diese Uhrzeit ansonsten nicht immer ruhigen Rue Albert hörte man außer Le Maires kurzem Standardfluch, der immer herhalten musste, wenn ihm etwas nicht passte, keinen Ton. Wären da nicht die beiden Polizeifahrzeuge mit ihren nervtötenden Blaulichtern und der Notarztwagen, dessen Fahrer so vernünftig gewesen war, das schlafraubende Warnsignal auszuschalten, könnte man sagen, dass es totenstill war. Denn ein weiteres Fahrzeug mit belgischem Kennzeichen fiel da schon weniger auf als die drei Dienstfahrzeuge. Nur der alte mintfarbene Citroën des aus Liège herbeigerufenen Ermittlers zog die Blicke der »Fensterkucker« magisch auf sich. Im Moment aber spielte sich nichts auf der Straße, sondern nur innerhalb der kleinen Fritüre und an den Fenstern der umliegenden Häuser ab. Lediglich ein paar zur Tatortsicherung abgestellte Dorfpolizisten ließen ein spekulierendes Murmeln und Zigarettenrauch zu den neugierig vor und hinter den Gardinen liegenden Anwohnern hoch.

»Merde!«, entfuhr es commissaire Le Maire erneut, dieses Mal allerdings wesentlich gedämpfter und aus einem anderen

Grund als zuvor. Es war kurz vor ein Uhr. Eigentlich hätte er an diesem Freitag – missmutig schaute er auf die Uhr – seit genau 51 Minuten Urlaub. Er wollte mit dem von ihm gegründeten Verein »Die Königstreuen« übers Wochenende einen Kurztrip nach Brüssel unternehmen. Da er aber kurz *vor* Mitternacht, also gestern noch zu diesem Einsatz gerufen worden war, musste er sich nun auch um diesen ganz besonders scheußlichen Fall kümmern, mit dem er es jetzt zu tun bekommen würde. Dementsprechend hatte der sonderbare Ermittler eine Stinkwut im Bauch, der auch reichlich Platz dafür bot. Denn hätte ihn der Anruf erst *nach* Mitternacht erreicht, wäre er urlaubsbedingt nicht ans Telefon gegangen. Er wäre am Vormittag frohgelaunt in den Bus Richtung Antwerpen – der ersten Rast auf dem Weg quer durch sein geliebtes Belgien – gestiegen und hätte sicherlich drei informative und fröhliche Tage mit seinen Vereinskameraden erlebt, die mit einem von ihm organisierten kleinen Empfang im Königspalast in Brüssel gekrönt worden wären. Aber er, der königstreue Vereinspräsident, konnte nun wegen eines Mordes nicht dabei sein. »Merde!«

Stattdessen wusste der bekennende Hedonist, der für original belgische Fritten *selbst* töten könnte und auch die belgischen Biere über alles liebte, dass sein freies Wochenende gestrichen war und er somit seine Beteiligung am Vereinsausflug canceln musste, was er gleich in der Früh mit einem Telefonat beim Schriftführer seiner »Königstreuen« tun würde.

Mit seinem letzten Fluch hatte er nicht nur das bevorstehende, voraussichtlich arbeitsreiche Wochenende, und das selbst für einen abgebrühten Kriminalbeamten Unfassbare gemeint, weswegen man ihn gerufen hatte und was er gerade vor sich sah. Vielmehr war es *das Frittenfett vor ihm*, das ihn fast aus der Fassung gebracht hätte. Denn dem leidenschaftlichen Fan der bereits 1781 auf dem Gebiet des heutigen Belgiens erfundenen goldgelb frittierten Kartoffelstäbchen tat es leid, dass der Kopf eines Mannes *ausgerechnet* in einer Friteuse stecken musste, weswegen es ihm künftig den Appetit auf Fritten verderben könnte. Aber Le Maire arbeitete bereits mental daran, nicht ständig an diesen Anblick denken zu müssen, wenn er Lust auf Fritten haben würde.

»Bonjour, Monsieur commissaire!«, rief ihm ein Inspecteur de police, also ein uniformierter Kollege der hiesigen Polizeizone Weser-Göhl, eifrig auf Französisch entgegen, obwohl *hier* vorwiegend Deutsch gesprochen wurde. Er grüßte zackig mit der Hand an der Dienstmütze und setzte gleich an, den griesgrämig dreinschauenden Kriminalbeamten über den Stand der Dinge aufzuklären.

Aber Le Maire – immer noch geschockt über den schändlichen Umgang mit einer der für die perfekte Frittenzubereitung wichtigsten Ingredienzien und dabei in Gedanken an seine nächste Frittenmahlzeit – gebot dem eifrigen Beamten mit einer Handbewegung, zu schweigen. Damit wollte er zu keiner Gedenkminute für das bedauernswerte »Frittenopfer«, als was er den zweifellos Ermordeten für sich bezeichnete, ansetzen, sondern sich zunächst in aller Ruhe selbst ein Bild der irgendwie skurrilen Situation machen. Während sich der uniformierte Beamte eingeschüchtert zurückzog und wie auf Befehl auch die anderen Polizisten und sogar sein Assistent Pat Miller einen Schritt zurücktraten, drehte sich Le Maire gemütlich eine Zigarette, unterließ dabei allerdings das mürrische Knurren, nach dem ihm zumute war.

*

Der bodenständige, aber verschrobene Kriminalbeamte hasste nichts mehr, als zu seiner normalen Arbeit im wallonischen

Teil Belgiens hin auch noch hier, im Gebiet der Deutschsprachigen Gemeinschaft Belgiens, aushelfen zu müssen, obwohl – oder gerade weil er von hier, genau gesagt aus Eupen, stammte. Und dies auch noch zu nachtschlafender Zeit. Seit sich aber der Chefermittler der eigentlich zuständigen Kriminaldienststelle in Eupen wegen privater Gründe für drei Monate hatte freistellen lassen und ausgerechnet zu dieser Zeit auch noch der dortige leitende Polizeidirektor nach einer Herzoperation für etliche Wochen zur REHA an die Küste hochgemusst hatte, war es Le Maires zusätzliche Aufgabe geworden, sich auch noch mit den normalerweise zur Eupener Dienststelle gehörenden Mordfällen zu beschäftigen.

»Es ist ja nur für eine kurze Zeit, dann kehrt wieder Ruhe ein! Die gewöhnlichen Fälle werden nach wie vor von den Eupener Kollegen selbst bearbeitet. Damit haben Sie nichts zu tun!«, hatte ihn sein Chef Docteur Baguette mehr oder weniger erfolgreich zu beruhigen versucht, als er ihm die neue Dienstanweisung serviert hatte.

Da der Chefermittler der Mordkommission in Liège zuvor schon kaum etwas mit »gewöhnlichen« Kriminalfällen zu tun gehabt hatte, sah er in den gebetsmühlenartigen Beschwichtigungen seines Chefs nicht den geringsten Vorteil für sich. Er wusste nur, dass er sich seither in einer verdrehten Welt befand: Er, der aus der ostbelgischen »Hauptstadt« der Deutschsprachigen Gemeinschaft Belgiens stammende Ermittler, verrichtete seinen Dienst seit nunmehr fast 20 Jahren Jahren für die Förderale Polizei im wallonischen Liège und musste nun auch noch die Mordfälle im Bereich der lokalen Polizeizone Weser-Göhl bearbeiten. Deswegen war es nicht das erste Mal, dass er von Liège aus dorthin fahren und auch dort mit seinem jungen Assistenten Pat Miller zusammenarbeiten musste, was sich trotz ihrer Verbundenheit nicht immer einfach gestaltete. Denn Miller war einer jener typischen Engländer, die alles an sich hatten, was Le Maire *nicht* auszeichnete. Der 26-jährige Kriminalkommissar stammte zwar aus London, lebte und arbeitete aber ebenfalls schon viele Jahre in Liège. Da war es nur gut, dass sich die beiden seit ihrem ersten Zusammentreffen vor gut einem Jahr auf Anhieb privat gut verstanden hatten und seither kollegial bestens harmonierten – sofern dies mit dem eigensinnigen und manchmal sogar eigenbrötlerischen Le Maire überhaupt möglich war.

✣

»Stört es jemanden, wenn ich dem Gestank hier etwas entgegensetze?«, fragte der passionierte Kettenraucher mehr rhetorisch als ernst gemeint und offenbarte damit einmal mehr seine dritte Obsession, die ihm seine Lebensgefährtin Angelika, promovierte Leiterin der Gerichtsmedizin Aachen, ständig abzugewöhnen versuchte.

Da selbst der Notarzt, der sich zusammen mit den beiden Sanitätern um eine abwesend wirkende Frau Mitte 30 kümmerte, schwieg, zündete Le Maire sich die Zigarette an, nahm einen kräftigen Zug, zeigte zur Friteuse und fragte ins Rund, wer »den hier« so gefunden habe.

Nun kam die große Stunde des schleimigen Streifenbeamten, der dienstbeflissen einen kleinen Notizblock aus der Brusttasche seiner Uniformjacke herausfischte und betonte, dass *er* als Erster an Ort und Stelle gewesen sei, bevor er Le Maire eifrig *fast* alles berichtete, was er bis zu dessen Eintreffen in Erfahrung gebracht hatte.

»Du warst also schon fünf Minuten nach der Alarmierung durch die Frau des Toten hier?«

Der Polizist wunderte sich zwar über die vertraute Anrede,

nickte aber eifrig und brüllte Le Maire ein zackiges »Oui, Monsieur!« entgegen.

»Respekt!« Le Maire wartete mit zusammengekniffenen Augen auf eine Reaktion des offensichtlich nicht besonders intelligenten Beamten. Und die kam unverzüglich in *der* Form, dass er sich so kerzengerade direkt vor dem Kriminaler aufbaute, als wenn ihm dieser einen Orden anstecken wollte. Immerhin würde der verhältnismäßig kleine Hauptkommissar auf Augenhöhe mit der Brusttasche des verhältnismäßig großen Streifenbeamten sein, was ein Anstecken erleichtern würde. So ein Quatsch, dachte Le Maire, dem es lieber war, etwas kleiner als so profilneurotisch wie dieser Dorfgendarm zu sein. Er räusperte sich, dann sagte er mit einem unverhohlenen Grinsen auf den Stockzähnen: »Dann warst du zwar schnell, aber nicht der Erste am Tatort.«

»Nicht?«, wunderte sich der Streifenpolizist.

»Nein! Aber immerhin warst du der Zweite. … Gratuliere!«

Da der niederrangige Beamte zunächst geglaubt hatte, ein ernst gemeintes Lob des höher dekorierten Kriminalbeamten eingefahren zu haben, sich jetzt aber nicht mehr sicher war, senkte er verunsichert seinen Blick und sagte vorsichtshalber nichts mehr.

Trotz seiner miesen Laune musste Le Maire schmunzeln, kam aber gleich zur Sache: »Der Tote ist also bekannt? – Gut! Das ist doch schon mal etwas, … oder?«

»Ja!«, beeilte sich der Polizist, dem auffallend leger gekleideten Kriminaler recht zu geben, weil er nicht checkte, dass das letzte Wortanhängsel eine nicht ernst gemeinte Frage des manchmal etwas zynisch klingenden Ermittlers aus Liège war. »Es ist Monsieur Ottens, der Besitzer dieser Pommesbude«, ergänzte der Uniformierte noch rasch, weil er es zu Beginn seines Berichts für besonders klug gehalten hatte, die momentan wichtigste Erkenntnis bis zum Schluss aufzusparen.

Nachdem er dies gesagt hatte, sprach niemand mehr ein Wort und alle Köpfe drehten sich ihm zu. An die zehn Augenpaare schauten den Polizisten gleichsam verständnislos wie strafend an.

»Was ist?«, wollte der nun völlig verunsicherte Beamte wissen, nachdem er dies bemerkt hatte. »Ach so«, wehrte er lachend ab und gab sich selbst die falsche Antwort: »Hier in dieser Ecke Belgiens ist ja Deutsch die Amtssprache – Pardon!«. Er räusperte sich etwas verlegen und wollte sich hastig korrigieren: »Entschuldigung: Das hier ist …« Er zeigte zur mittleren der drei Friteusen und betonte: »… *Herr* Ottens, der Besitzer dieser Pommesbude!«

Aber damit schien er die Kuh noch nicht vom Eis gebracht zu haben, – im Gegenteil! Denn nun ruhten erst recht sämtliche Blicke auf ihm.

»Bist du ein stolzer Belgier?«, wurde er von Le Maire zwischen einem Zigarettenzug und einem für starke Raucher typischen Hüsteln unterbrochen.

Von dieser Frage schon wieder verwirrt und eingeschüchtert, antwortete der Mann, dass er »eigentlich« Niederländer, aber schon über 18 Jahre in La Calamine stationiert sei und …

Nachdem er dies gehört hatte, war Le Maire wieder eingefallen, dass er es vor über einem Jahr schon einmal mit diesem einfältigen »Aushilfspolizisten« zu tun gehabt und keine besonders gute Erinnerung an ihn hatte. Deswegen hatte er mit gesenktem Kopf eine Hand gehoben und ihn abermals unterbrochen: »Stopp! Das genügt! Dann ist ja alles klar.«

Nun völlig verunsichert blickte der Streifenpolizist um sich: »Was, … was …«

Wieder unterbrach ihn Le Maire, dieses Mal allerdings in strengem Ton: »Du hattest mir doch vor über einem Jahr bei einem Einsatz auf der Eyneburg in Hergenrath stolz gesagt, dass du Ostbelgier bist! Erinnerst du dich? Warum also sprichst du so despektierlich von einer Fritüre?«

Da der in diesem Teil Belgiens eingebürgerte Niederländer nicht wusste, was der arrogant auf ihn wirkende Kriminalhauptkommissar aus Liège von ihm wollte, zog er es vor, wieder zu schweigen und abzuwarten, was da noch auf ihn zukommen mochte.

»Bezeichne eine ostbelgische Fritüre nie, nie mehr abschätzig als ›Pommesbude‹! Solche Etablissements mag es in anderen Ländern geben, aber nicht hier bei uns in Belgien! Von mir aus kannst du die in anderen Gebieten Belgiens gebräuchliche französische Bezeichnung ›Friture‹ oder die niederländische Bezeichnung ›Frituur‹ benutzen. Aber niemals den Terminus ›Pommesbude‹ in den Mund nehmen! Niemals! Hörst du? Denn die schlechtesten belgischen Fritten sind immer noch besser als die besten Pommes frites anderer Länder!« Erst jetzt hob Le Maire seinen Kopf und schaute dem Polizisten scharf in die Augen. »Ist das klar?«

»Ja! … Kein Termin, äh, Pommes-Terminus und …«

Le Maire senkte wieder den Kopf und rieb sich die Stirn, bevor er laut sagte: »Silence! Halt einfach deinen Mund und beherzige das, was ich dir soeben gesagt habe! – Klar?«

Beschämt hielt nun der Streifenpolizist den Kopf gesenkt und zeigte durch ein stummes Nicken, dass er seinen indirekten Vorgesetzten verstanden hatte. Weil er einer anderen Dienststelle angehörte, hätte ihm der Monsieur le commissaire aus Liège eigentlich überhaupt nichts zu sagen gehabt, – glaubte er jedenfalls zu wissen. Da Le Maire im Rang eines Hauptkommissars allerdings wesentlich höher stand und sich zudem der Tatort hier in La Calamine befand, das der Eupener Dienststelle zugehörig war, musste sich der Mann mit der perfekt sitzenden Uniform aber wohl oder übel den Anordnungen des auf ihn schlampig wirkenden Beamten in Zivil unterordnen.

»Gut, dann machen wir hier weiter und tun unsere Arbeit«,

ordnete Le Maire nun in unerwartet pragmatisch klingendem Ton an.

Um von seinem in Belgien schier unverzeihlichen Fauxpass abzulenken, gab der offensichtlich erst halbwegs eingebürgerte Niederländer hastig die persönlichen Daten des augenscheinlich Ermordeten preis und bot an, die Ehefrau des Toten weiter zu verhören. Dabei fuchtelte er unruhig mit einem Zeigefinger in Richtung des kleinen Tisches, an dem die Frau saß.

»Erstens wird hier niemand ›verhört‹, sondern lediglich befragt! Und zweitens ist dies mit Verlaub Sache der Kriminalpolizei!«, funkte aber Le Maires Assistent, der sich bisher im Hintergrund gehalten hatte, in nicht ganz perfektem Deutsch dazwischen und zog sich schnell einen Stuhl an den Tisch, an dem die kurioserweise irgendwie zufrieden wirkende Frau des Opfers mit dem Notarzt und den Sanitätern saß. Damit wollte er verhindern, dass ein örtlicher Kollege *seine* Arbeit übernahm. Im Gegensatz zu seinem Chef, der als gebürtiger Eupener nahezu akzentfrei Deutsch und überdies perfekt niederländisch sprach, konnte Pat Miller eine starke französische, mit englischem Slang unterlegte Klangfärbung nicht verstecken. Aber egal: Da er betont langsam sprach, konnte man ihn gut verstehen. Deswegen sollte einer sanften Befragung der Frau auf Deutsch nichts im Wege stehen, obwohl diese Belgierin war, also zum Deutsch hin auch perfekt Französisch sprach. Aber: Man befand sich schließlich auf dem Gebiet der Deutschsprachigen Gemeinschaft dieses nonkonformistischen Königreiches, weswegen hier in Gottes Namen Deutsch gesprochen werden *musste*. In dieser Gegend Belgiens war einfach nichts einfach.

Während Le Maires eifriger Adlatus sich um die Witwe des Mordopfers kümmerte, besah sich der Chef ganz genau die Haltung des Toten, wobei ihm sofort die Hämatome auffielen. Sie befanden sich knapp über der Stelle am hinteren Teil des Halses, der nicht im inzwischen ziemlich abgekühlten Frittenfett steckte.

Es war ein schrecklicher Anblick – zumal sich auch bereits einige kohlrabenschwarze Fritten mit dem verbrühten Schädel zu verkleben begannen. Da der Körper des Toten aufgrund allgemeiner Erschütterungen etwas nach unten gesackt und somit der Kopf ein Stück aus dem Frittenschwenker herausgerutscht war, konnte Le Maire die bis ins Schwarze verbrannte »Halskrause« genau betrachten. Er mochte sich nicht ausmalen, wie es wohl *im* Frittenschwenker selbst aussah.

»Wo bleibt die SpuSi?«, rief er leicht ungehalten und erreichte damit, dass der schweigsam hinter ihm stehende Streifenpolizist endlich aktiv werden konnte. Obwohl es eigentlich Millers Aufgabe gewesen wäre, kümmerte er sich sofort darum und verständigte die Kollegen der Spurensicherung.

Le Maire war auch ohne die Aussage der Spurensicherer oder eines Gerichtsmediziners klar geworden, dass man den Mann entweder ge- oder sogar ganz erwürgt hatte, bevor der Mörder dessen Kopf in die Friteuse gesteckt hatte. Oder wurde er bei lebendigem Leibe in das Edelstahlgitter gedrückt?

Da um und um alles voller Fettlachen und -spritzer war, könnte sich das Opfer gewehrt haben, weswegen auf den ersten Blick die zweite Version plausibel schien. Allerdings musste sich der Mörder in diesem Fall die Finger selbst gewaltig verbrannt haben.

Auch wenn die genaue Todesursache im Moment Rätsel aufgab, weil die Gerichtsmedizin noch nicht vor Ort war, hatte Le Maire wenigstens schnell erfahren, um wen es sich bei dem bemitleidenswerten Opfer handelte und dass der Fritürenbesitzer ein Alemanne war, der mit seiner belgischen Frau Simone in der deutschen Kaiserstadt Aachen lebte. Diese

Erkenntnis zauberte ein leises Lächeln auf das Gesicht des Ermittlers. Denn darauf hatte Le Maire nur gewartet. Nun konnte er getrost die Gerichtsmedizinerin aus dem wenige Kilometer entfernten Aachen, anstatt deren knorrigen Kollegen Docteur Brûlée aus Liège anfordern.

»Solange die Frau Doktor und die SpuSi nicht hier sind, fasst keiner etwas an!« Der notorische Zuspätkommer freute sich, ausnahmsweise einmal *vor* der Spurensicherung an einem Tatort zu sein. Und dies auch noch um eine aus seiner Sicht unchristlichen Uhrzeit. Der unverhohlene Stolz auf sich selbst ließ ihn für einen Moment sogar den entgangenen Vereinsausflug vergessen.

KAPITEL 2

In der Zwischenzeit war die Neugierde etlicher Anwohner so groß geworden, dass sie sich aus ihren Wohnungen gewagt hatten. Zudem waren die letzten Gäste vom schräg gegenüber der Fritüre liegenden Lokal »D'r Lange Ruwe« ebenfalls aufmerksam geworden, weswegen sich die Sache via Telefon und SMS wie ein Lauffeuer in La Calamine herumgesprochen hatte. Kein Wunder also, dass sich trotz der nächtlichen Stunde doch noch eine beachtliche Menschentraube in der Rue Albert zusammengefunden hatte, um tuschelnd darüber zu spekulieren, was in der erst vor Kurzem hypermodern umgestalteten Fritüre vorgefallen sein könnte. Da die neugierig gewordenen Leute mitbekommen hatten, dass es in dem Laden einen Toten gab, wollten sie natürlich ganz genau wissen, was geschehen war. Schließlich kannten sich bis auf die in der sogenannten »Edelweißsiedlung« lebenden Deutschen und die vielen hier angesiedelten meist schwarzen Muslime in der knapp 11.000 Einwohner zählenden Grenzgemeinde fast alle Bewohner.

»Sicher wieder so ein heimtückischer Terrorakt des ES! … Diese Bombenleger sind doch überall und geben sich nicht mit ein paar Anschlägen in Deutschland, in Frankreich und in Spanien oder hier bei uns in Belgien zufrieden! Mich wundert es eh, dass noch keine Fritüre Ziel dieser Terroristen geworden ist. Immerhin würden sie dort das Herz Belgiens am schlimmsten treffen«, zischte ein betagter Kriegsveteran und kam sich dabei nicht nur mutig, sondern auch noch besonders klug vor. Aber anstatt allseitiger Zustimmung erntete er nur Gelächter und von einem der anderen Klugscheißer eine Korrektur des-

27

sen, was er von sich gegeben hatte: »*IS*! Es heißt IS und steht für Islamischer Staat!«

»Oder es hängt mit dem sicher sündhaft teuren Umbau dieser Fritüre zusammen. Der Ottens hat doch gar kein Geld für den Umbau gehabt, der hat ja alles verzockt. Wahrscheinlich hat da die Glücksspielmafia ihre Finger mit drin«, orakelte ein ortsbekanntes Waschweib, das sich nur schnell einen Bademantel übergestreift hatte, um ja nichts zu verpassen.

Ansonsten rührte sich außerhalb und innerhalb der Absperrung vor der Fritüre nichts. Niemand kam heraus und niemand ging hinein. Das Einzige, was dann eine gute halbe Stunde später kam, war ein todschickes anthrazitfarbenes Cabrio, das in solchem Tempo anbrauste, dass dem gerade mit einem Absperrband hantierenden Polizisten das Kinn nach unten klappte. »Sind Sie verrückt?«, blaffte er die Frau an, nachdem diese ausgestiegen war und ihr knallrotes Röckchen, das beim Aussteigen nach oben verrutscht war, zurechtzupfte, bevor sie ihren Arbeitskoffer und ihren Schutzanzug vom Beifahrersitz holte. Als der Beamte zunächst die schlanken Beine mit der umwerfenden Strumpfnaht und den knackigen Hintern, dann auch noch das für diese Uhrzeit – inzwischen war es genau 03.24 Uhr geworden – ungewöhnlich perfekt geschminkte Gesicht mit dem wallenden schwarzen Haar der Frau sah, blieb ihm der Mund weiter offen stehen. Dennoch rief er ein zitternd klingendes »Halt!«, war damit aber zu spät dran. Denn noch bevor ihr der verdutzte Polizist den Durchgang verwehren konnte, hatte sich die aus Aachen angeforderte Todesermittlerin Dr. med. Angelika Laefers legitimiert, die Erlaubnis des Beamten aber gar nicht abgewartet. Wieselflink war sie unter dem Absperrband hindurchgehuscht.

»Und *das* soll eine ›Pathologin‹ sein?«, wunderte sich der einfach gestrickte Beamte einem Passanten gegenüber, der beim Anblick der aparten Frau bewundernd durch die Zähne gepfiffen hatte. Diesen Begriff kannte der Klugscheißer vom Fernsehen her, wo fälschlicherweise meist Pathologen, anstatt Rechtsmediziner zu Mordfällen an Tatorte gerufen wurden.

*

»Na endlich! Wo bleiben Sie denn? – Die SpuSi ist bereits da!«, wurde die sehnlichst erwartete Medizinerin anstatt mit den in Belgien üblichen drei oder wenigstens mit einem Küsschen harsch von ihrem Liebhaber Frederic begrüßt, der sie gleich beiseitezog. »Da Aachen viel näher liegt als Liège, kann ich meinem Chef gegenüber argumentieren, *dich* zu dem Fall gerufen zu haben und nicht deinen lieben Kollegen Docteur Brûlée aus Liège, in dessen Zuständigkeitsbereich diese Angelegenheit eigentlich fallen würde!«, sagte er leise zu ihr.

»Ach, Lemmi! Ich weiß doch längst, dass der Tote ein Deutscher ist und dass du deshalb diese Angelegenheit getrost in meine Hände legen konntest! Also mach hier keinen auf Gönnerhaft und sag mir stattdessen, um was es geht – okay? … Ich streife mir inzwischen meinen todchicken Kombi über und steck mir die Haare hoch! Es ist doch schön, dass wir wieder mal einen gemeinsamen Fall in Kelmis haben«, bemerkte sie mit einem entwaffnenden Lächeln auf ihren knallroten Lippen. Wie die meisten »Öcher«, als was sich eingefleischte Aachener selbst bezeichneten, verwendete sie für den direkt an Aachener Gebiet grenzenden belgischen Ort die deutsche Bezeichnung.

»Verdammt noch mal! Wenn wir beruflich miteinander zu tun haben und du vor den Kollegen laut mit mir sprichst, sind wir per Sie! Hast du das vergessen?«, wurde sie vom Einsatzleiter angeraunzt.

»Ja, Lemmi! ... Aber das ist doch langsam albern. Meinst du nicht auch? Außerdem duzt du doch sonst auch alle, mit denen du zu tun hast.«

✻

Le Maire hatte die taffe Ärztin vor einem guten Jahr kennengelernt, als sie von Aachen aus zu einem Einsatz auf die Eyneburg nach Hergenrath, einem Ortsteil von Kelmis, respektive von La Calamine, gerufen wurde, wo er die Leitung gehabt hatte. Seinerzeit waren zwei Männer – wie sich später herausgestellt hatte, die Gebrüder Eric und Philipp, Söhne des schwerreichen Knut Siprath – in ein Loch unter der bröckelnden Burgkapelle gestürzt. Während die Rechtsmedizinerin beim älteren Bruder nur noch »Tod durch Ertrinken« hatte feststellen können, hatte der Jüngere die beiden physisch und psychisch unglaublich harten Wochen »Am Abgrund zur Hölle« wie durch ein Wunder überlebt. Dass dies nur durch den Verzehr des Fleisches seines toten Bruders hatte geschehen können, war wegen der Hundertschaft Ratten, die sich über den fleischlichen Rest des Leichnams hergemacht hatten, nie aufgedeckt worden. Noch am Tag dieses grenzüberschreitenden Einsatzes hatten sich Angelika und Frederic auf eine irgendwie merkwürdige Weise ineinander verliebt. Die absolut ungleichen Berufskollegen hatten ihre Beziehung immer dann ausgebaut und gefestigt, wenn Frederic nach Aachen gekommen war, um sich über den Stand der Dinge zu dem Unfall der beiden Siprath-Brüder zu erkundigen. Denn damals hatte sich schnell herausgestellt, dass dahinter gleich mehrere erfolgreich ausgeführte perfide Mordpläne gesteckt hatten, wegen derer Astrid und Jutta, die beiden Frauen der Brüder Siprath, für viele Jahre hinter Gitter gemusst hatten. Nachdem sich die damalige Zusammenarbeit mit den deutschen

Behörden als schwierig erwiesen hatte, war vom eigenwilligen belgischen Ermittler ein Vorschlag in Bezug auf eine bessere grenzüberschreitende Zusammenarbeit gemacht worden. Zu seiner Überraschung hatte schon bald darauf eine Art Gipfeltreffen der grenznahen deutschen, niederländischen und luxemburgischen Polizeichefs zusammen mit einer großen belgischen Delegation stattgefunden, die Le Maires Antrag diskutiert, einstimmig bewilligt und an die zuständigen Politiker mit der Bitte um rasche Genehmigung weitergeleitet hatten. Seither galt Le Maire in diesem Dreiländereck als allseits respektierter »Superbulle«, weswegen er sich seine eigenwilligen Ermittlungsmethoden und seine im Dienst nach außen hin ruppige Art erlauben konnte.

Angelika lebte trotz ihrer Liaison mit Frederic berufsbedingt immer noch in der Penthauswohnung ihres schmucken Hauses in der Ronheider Gegend am Rande von Aachen, während er aus demselben Grund in Liège wohnen blieb. Seither pendelten sie – meist an den Wochenenden – abwechselnd hin und her. Allerdings ließ Angelika nicht locker, ihren Frederic zu bedrängen, sich um einen Job bei der Eupener Kripo zu bewerben. »… dann hättest du nicht weit zu deiner Dienststelle und wir könnten in meiner Öcher Wohnung zusammenwohnen, oder?«

✳

»So, Lemmi! Ich bin bereit!«, meldete sich die Rechtsmedizinerin, die auch im weißen Schutzanzug und mit hochgestecktem Haar eine gute Figur abgab, in vertrauter Form beim Einsatzleiter, der die Mittvierzigerin wieder schroff beiseitezog und anzischte: »Ich habe dir schon tausendmal gesagt, dass du mich in der Öffentlichkeit nicht so nennen sollst! Und außerdem …«

»… siezen wir uns im Dienst, Lemmi! Ich weiß«, lächelte Angelika entwaffnend zurück und nahm ihm die Zigarette aus dem Mundwinkel, um mit dem Zeigefinger der anderen Hand ein Küsschen auf seinen Lippen andeuten zu können. »Den richtigen Kuss bekommst du, wenn du nicht nach Zigaretten stinkst! Oder soll ich jetzt …?«, kokettierte sie frech.

»Untersteh dich!«, raunzte Frederic leise, während er sich unauffällig umsah, ob jemand etwas mitbekommen hatte. Um dieses süße Spiel gleich wieder zu beenden, begann er, den bisherigen Sachstand zu erläutern, woraufhin die Ärztin das Diktiergerät einschaltete und ihre Arbeit aufnahm.

»Kommen Sie bitte her, Monsieur Le Maire!«, gebot sie dem Hauptkommissar provokativ, aber dienstbeflissen, voll konzentriert und so laut, dass es ja jeder hören konnte.

Indessen waren auch die Spurensicherer eingetroffen. »Habt ihr etwas angefasst oder verändert?«, wurden die bereits Anwesenden von deren Chefin gefragt, weswegen sie sich den Zorn des Einsatzleiters zuzog.

»Sag mal, spinnst du? Wir sind Profis!«, raunzte Le Maire die Deutsche an.

»Ach!«, mischte sich Dr. Laefers in den sich anbahnenden Disput ein. »Ihr kennt euch ja noch nicht! Dies ist Margot Wintgens, die Leiterin unserer SpuSi. Und dies ist commissaire Le Maire, der Einsatzleiter aus … Lüttich!«

»Trotzdem …«, knurrte die offensichtlich strenge Spurensicherin und wandte sich ohne ein weiteres Wort ab, um ihren Leuten Anweisungen zu geben.

Sofort sicherten die in weißen Schutzanzügen steckenden Beamten den Tatort ab, um ungestört Fotos machen, Fingerabdrücke nehmen sowie Beweismittel nummerieren und eintüten zu können. Erst nach etwa einer halben Stunde durfte die Gerichtsmedizinerin den Kopf des Toten aus dem immer noch heißen Frittenfett ziehen und den Toten von den inzwischen eingetroffenen Mitarbeitern des Beerdigungsinstitutes »Öcher Friede« auf eine Plane legen – Zeit genug für Le Maire, um eine Zigarette zu rauchen, bevor er sich das Mordopfer genauer besehen würde. »Um Gottes willen …«, entfuhr es dem ansonsten abgebrühten und an vieles gewöhnte Kriminaler entsetzt, als er das Desaster sah. Aber er hatte keine Zeit, sich zu grausen. Denn Dr. Laefers begann sofort damit, ihm mitzuteilen, was er hören wollte und sehen musste, ob er mochte oder nicht. Denn der Kopf des Toten war teilweise bis auf die Knochen durchgebraten und gänzlich verkohlt. Offensichtlich hatten die ursprünglichen 180 Grad des Frittenfettes genügend Zeit gehabt, um ihre ganze Kraft entfalten zu können.

Der Kopf des Toten sah so schrecklich aus, dass Le Maire unweigerlich an einen dieser tumben Zombiefilme denken musste. Sowohl die Haare als auch die Haut waren verbrannt. Der weit aufgerissene Mund legte die noch verbliebenen Zähne bis auf die Wurzeln frei und schien einen letzten anklagenden Schmerzensschrei von sich geben zu wollen. Der Kopf wirkte zum Rest des Körpers klein und ähnelte fast einem dieser »Schrumpfköpfe«, wie sie bis in das 19. Jahrhundert hinein von einigen indigenen Völkern Südamerikas zu kultischen Zwecken verwendet wurden.

»Der war wohl länger da drin, als normalerweise die Fritten«, mutmaßte Le Maire zynisch, was die Rechtsmedizinerin nach einem genaueren Blick auf die Leiche bestätigte: »Um die drei Stunden hat er sicherlich in der ›Brühe‹ gesteckt.«

Als er diese abschätzige Bezeichnung für Frittenfett hörte, wollte der patriotische belgische Beamte die ignorante deutsche Ärztin zurechtweisen, besann sich aber angesichts der anderen dann doch lieber auf die eigentliche Arbeit: »Wie wurde der Kopf in die Friteuse gesteckt?«

Da die zwar junge, aber hochintelligente und aufgrund ihrer grenzüberschreitenden Arbeit recht erfahrene Todesermittlerin sofort wusste, auf was er hinauswollte, sagte sie ohne zu zögern, dass der Kopf bei lebendigem Leibe so lange »dort hinein« gedrückt worden war, bis sich das Opfer nicht mehr hatte wehren können. Dabei zeigte sie an den Hals. »Diese Hämatome stammen von sehr kräftigen Männerhänden, die dicke Handschuhe angehabt haben mussten. Möglicherweise solche Lederhandschuhe, wie sie Waldarbeiter oder Bauhofmitarbeiter tragen.«

»Oder Asbesthandschuhe einer Feuerwehr?«, spann Le Maire den Faden weiter.

»Möglich! ... Ja! Wahrscheinlich sogar!«, bestätigte Dr. Laefers, während sie sich das massiv geschädigte Körpergewebe am Hals näher besah und ihre Aussage konkretisierte: »Ich bin sicher, dass der Mörder extrem dicke Handschuhe getragen hat. Aber Genaueres kann ich erst sagen, wenn ich ihn auf meinem Tisch habe – Faserspuren und so ...«

Wie oft Le Maire diesen abgedroschenen und nervtötenden Spruch während seines Berufslebens schon hatte hören müssen, wusste er zwar nicht mehr genau, ärgerte sich aber immer wieder aufs Neue darüber.

»Na toll, dann haben wir keine Fingerabdrücke«, bemerkte er enttäuscht.

Da drehte sich einer der Spurensicherer um und verkündete, dass hier wohl »an die tausend« Fingerabdrücke zu finden seien.

»Klar; das ist schließlich ein öffentlicher Raum. Aber sicher nicht vom Täter«, knurrte der Ermittler leise und wandte sich wieder der erfahrenen Todesermittlerin zu: »Und wie lange zieht sich ›so etwas‹ hin?«, fragte er schroff und meinte damit die Dauer des Sterbens.

Nun überlegte die Medizinerin einen Moment, bevor sie die Antwort gab. »Der Tod ist sicher nicht sofort eingetreten. Aber ich schätze, dass die Besinnungslosigkeit *so rasch* über

ihn gekommen ist, dass er zwar einen grausam und schmerz-
vollen, aber keinen allzu langen Tod gehabt haben dürfte …
Das Ganze hat etwa 20 bis 30 Sekunden gedauert!«

»Lange genug«, bemerkte Frederic fast ein wenig mitleidig,
bevor er wieder sachlich wurde: »Hat er sich noch gewehrt?«

»Ja, was glaubst *du* denn, Lemmi?«, kam es in bewusst ver-
trautem Ton zurück. Dabei zeigte sie auf das Umfeld der Friteuse, an die Wand und auf den Boden. »Man sieht hier überall, dass er wie ein Verrückter gestrampelt hat! Außerdem sehe
ich bis auf die auffallend breiten Druckstellen am Hals weder
am Hinterkopf noch an anderen Stellen des Körpers Hinweise
auf Gewalt! Aber wie gesagt, …«

»… alles Weitere nach der Obduktion. Ich weiß!«

Nun konnte Le Maire *sicher* davon ausgehen, dass es sich
um keine versehentliche Selbsttötung handelte und das Mordopfer bei vollem Bewusstsein in die Friteuse gedrückt worden
war. Obwohl ein Suizid mehr als unwahrscheinlich gewesen
wäre, hatte er auch dies in Betracht ziehen müssen. Schließlich war er es gewohnt, grundsätzlich in alle Richtungen zu
ermitteln. Dies teilte er sogleich seinem Assistenten mit, der
zwischenzeitlich mit seiner Befragung fertig geworden war
und sich zu ihm gesellt hatte: »Der Täter hat ihn nicht nie-
dergeschlagen, bevor er …?«

Miller war über den Anblick des »Schrumpfkopfes« zwar
entsetzt, blieb aber cool. »Wahrscheinlich ist er unmittelbar
vor seiner Friteuse gestanden und wurde vom Täter von hinten gewürgt und dabei brutal mit dem Kopf nach vorne ins
siedend heiße Frittenfett gedrückt«, kombinierte der junge
Kriminalassistent, der die Vermutung seines Chefs in Bezug
auf hitzeschützende Handschuhe mit einem Ohr mitgehört
hatte.

»Aber warum hat er seinen Mörder so nah an sich heran-
gelassen?«, überlegte der Chefermittler laut.

»Vielleicht hat er ihn nicht bemerkt, weil der sich von hinten an ihn herngeschlichen ... oder ihn gekannt hat?«

»Und sonst war die ganze Zeit über niemand in der Fritüre? Kein einziger Kunde um diese Uhrzeit? Keine Seele soll bemerkt haben, dass Monsieur Ottens drei Stunden lang in der Friteuse hing? – Merkwürdig!«

»Vielleicht war der Mann nicht beliebt, weswegen er wenig Kunden hatte?«

»Oder er hatte eine schlechte Frittenqualität?«, bemerkte der Experte und ergänzte »Ich meine, für belgische Verhältnisse!«

Da mischte sich der Notarzt ein und sagte mit erhobenem Zeigefinger, dass es bei Monsieur Ottens nur allerbeste Qualitätsfritten gab, bzw. gegeben hatte.

Miller, der mit Fritten nicht allzu viel anzufangen wusste, verdrehte die Augen und zog wortlos die Schultern nach oben.

»Hm«, entfuhr es Le Maire nachdenklich, bevor er das Thema wechselte. »Was ist mit seiner Witwe? Die scheint mir nicht sonderlich traurig zu sein!«

Miller zückte stolz sein brandneues 128 GB starkes iPad Pro, wischte lässig mit dem Zeigefinger über das Screen und berichtete Le Maire von seiner Befragung der Frau: »Laut ihrer Aussage war gestern nicht viel los, weil hier die Kirmes begonnen hat.«

»Die haben die hier sicher das ganze Jahr über«, lästerte sein Chef ungewohnt unsachlich.

»Darf ich?«, ergriff Miller sofort wieder das Wort und schüttelte über den unprofessionellen Ausrutscher seines Chefs leicht den Kopf.

Le Maire nickte.

»Gut! ... Deswegen – ich meine wegen der geschäftslähmenden Kirmes –, hatte Madame Ottens sich um ziemlich genau 19.30 Uhr freigenommen und war hier in La Calamine zu einer Freundin gegangen, um mit vier weiteren Damen Rommé zu spielen.«

Le Maire kniff konzentriert die Augen zusammen. »Das war also ungefähr zwei bis drei Stunden vor seinem Tod, der laut Dr. Laefers um circa 22 Uhr eingetreten sein soll. Das könnte bedeuten, dass der oder die Täter draußen – möglicherweise in einem Auto – so lange darauf gewartet haben, bis das Opfer allein in der Fritüre war. Dies könnte auf einen Auftragsmord hindeuten, oder?« Le Maire wartete die Antwort seines jungen Kollegen nicht ab und schickte stattdessen noch eine Bemerkung hinterher: »Mich wundert allerdings, dass Fritten im Schwenker waren. Man gibt doch Fritten nur in den Korb einer Friteuse, wenn jemand welche bestellt hat. So wie es den Anschein hat, war aber niemand da, für den Monsieur Ottens hätte Fritten zubereiten müssen.«

»Möglicherweise wollte er für sich selbst eine Portion machen«, warf Miller in den Raum.

»Das ist gut möglich! – Der Mörder wird sich ja wohl keine Fritten bestellt haben, bevor er …« Nun kam Le Maire ins Grübeln. »Oder etwa doch?«

Einer der Spurensicherer ging auf den Chefermittler zu und hielt ihm ein eingetütetes Schild mit der Aufschrift »GESLO-TEN – FERMÉ« entgegen.

»GESCHLOSSEN! Und dies auf Französisch *und* auf Niederländisch anstatt auf Deutsch?«, wunderte er sich über das, was er auf dem ovalen Emailleschild las, und schüttelte ungläubig den Kopf. »Warum steht das Flämische *vor* dem Französischen und nicht umgekehrt? Und dies in einem Bereich Belgiens, in dem vorwiegend Deutsch gesprochen wird?«

Aber Miller runzelte nur die Stirn, anstatt eine Antwort darauf zu wissen.

»Wo befand sich das Schild?«, wollte Le Maire vom Spurensicherer wissen, bekam nun aber von Miller, der sich zuvor mit der Frau des Opfers unterhalten hatte, die Antwort: »Als Madame Ottens zurückkam, hing es ihrer Aussage nach außen am Türgriff. Weil sie das Schild nicht kannte und sich darüber wunderte, hat sie es abgenommen, noch bevor sie den Raum betrat. Sie wollte ihren Mann fragen …«

»Nun haben wir die Antwort darauf, warum die Fritüre mindestens drei Stunden lang von niemandem betreten wurde«, unterbrach Le Maire seinen Assistenten.

»Außer vom Mörder!«, ließ Miller sich nicht lange das Wort nehmen und fuhr gleich fort: »Gut möglich, dass es ein Racheakt oder etwas in der Art war. Ein Raubüberfall scheidet laut Madame Ottens jedenfalls aus«, bestätigte er die erste Mutmaßung seines Chefs und ergänzte noch: »Sie sagt, dass das gesamte Geld noch in der Kasse war, als sie gegen 22.15 Uhr zurückgekommen ist. Auch sonst würde augenscheinlich nichts fehlen!«

»*Was?* – Die hatte nichts anderes zu tun, als einen Blick in die Kasse zu werfen, nachdem sie ihren Mann so aufgefunden hat? Was ist *das denn* für eine Frau?«

Miller zuckte wieder ratlos mit den Schultern.

»Was ist nun mit ihr?«, störte der Notarzt die Unterhaltung und meinte damit jene Frau, der Geld wichtiger zu sein schien als das Leben ihres Mannes. »Obwohl sie bemerkenswert gefasst ist, habe ich ihr eine Beruhigungsspritze gegeben.«

»Gut! Dann kann sie von den Sanitätern nach Hause gebracht werden … Oder haben wir eine Beamtin hier?« Nachdem der Streifenpolizist von vorhin dies verneinte, sagte Le Maire zu den Sanitätern: »Sie gehört euch!« Simone Ottens wies er an, dass sie sich bis Mittag ausruhen und dann für eine Vernehmung bereithalten solle. Dann stellte er sicher, dass sein Assistent alle Daten von ihr bekommen hatte.

»So, das wäre das!«, entfuhr es Le Maire fast so erleichtert, als wenn der Fall bereits gelöst wäre und er wie geplant seinen Ausflug nach Brüssel antreten könnte. Dabei freute er sich einfach nur, mit seiner Angelika endlich ein wenig reden zu können.

»Während die Frau Doktor und ich hier so lange warten, bis der Leichnam abtransportiert wurde und wir unsere bisherigen Erkenntnisse vertiefen, sorgst du dafür, dass der Tatort von außen verschlossen wird und ein Beamter den Rest der Nacht über Wache hält, denn ich traue der Frau des Opfers nicht ganz über den Weg«, gebot der Chef seinem Mitarbeiter und zeigte auf denjenigen Polizisten, mit dem er beinahe aneinandergeraten wäre.

Le Maire sah schmunzelnd zu, wie sich der betreffende Beamte gegen diesen aus seiner Sicht entwürdigenden Job zu wehren versuchte. »Das hast du nun davon! … *Pommesbude*«, grummelte er schadenfroh vor sich hin, ohne auch nur einen Funken Mitleid für diesen ehedem holländischen Ignoranten aufzubringen.

»Wird erledigt!«, rief Miller seinem Chef zu, der sich von Madame Ottens gerade den Türschlüssel aushändigen ließ.

Sicher ist sicher, dachte Le Maire sich im Stillen. Da er aber weder ein Indiz, geschweige denn einen Beweis für ihre Schuld, ja, nicht einmal einen Anhaltspunkt hatte, musste er die Frau wohl oder übel gehen lassen. »Gleich morgen früh fahren wir nach Aix-la-Chapelle, um sie nochmals zu befragen und ihre Wohnung zu durchsuchen.«

»Ohne Durchsuchungsbeschluss?« Da Miller seinen Chef kannte, erwartete er keine Antwort.

*

Nachdem die Sanitäter zusammen mit Madame Ottens, dann der Notarzt und auch Miller die Fritüre verlassen hatten, schnaufte Le Maire erleichtert durch: »Endlich! Nun kann ich uns einen Kaffee machen.« Da inzwischen nur die Friteuse abgeschaltet war, die anderen Gerätschaften aber immer noch unter Strom standen, war die Kaffeemaschine betriebsbereit geblieben. Also versuchte Frederic, sich und Angelika einen Schwarzen aufzubrühen. Und er schaffte es tatsächlich. Genüsslich nahm er einen Schluck, drehte sich eine Zigarette und erklärte ihr aus heiterem Himmel, dass er sie lieben würde.

»Gut!«, gab sie knapp zur Antwort und schaute ihm fragend in die Augen. »Da ich weiß, dass du im Grunde genommen jeden – ungeachtet seiner Person und seines Ranges – duzt, bestehe ich nun darauf, dass wir dies ab sofort auch im Dienst tun! In deiner Lütticher Generaldirektion weiß doch sowieso schon jeder, dass wir zusammen sind. Und im Aachener Kommissariat ist es ebenfalls hinreichend bekannt. Was soll also dieser Blödsinn?«

Während Frederic die Tabakkrümel vom Tisch zusammen- und in das dafür vorgesehene Behältnis zurück strich, überlegte er, was er zu diesem Vorschlag sagen sollte. Da er ebenfalls wusste, dass ihre ungewöhnliche Beziehung in ihren beiden Dienststellen längst kein Geheimnis mehr war, nickte er nur, zog an seiner Zigarette und strich ihr sanft über die Wange.

»Und ich bin bei der kompletten Aufklärung dieses Falls dabei!«, forderte sie noch forsch.

Frederic grinste. Er liebte dieses Wahnsinnsweib, das er nach eigener Einschätzung eigentlich gar nicht verdient hatte. Und da er ihr sowieso keinen Wunsch abschlagen konnte, nickte er, bevor er zum Fenster zeigte: »Ah, die Totengräber sind fertig!« Da er wusste, in dieser Nacht nicht mehr nach Liège zurückzumüssen, weil er bei seiner Geliebten nächtigen würde, lächelte er Angelika verschwörerisch an. Zuvor aber musste er seinem Assistenten den Autoschlüssel der »Göttin«, wie sein Citroën DS von Kennern dieses Liebhaberstücks genannt wurde, anvertrauen und ihm die Macken des 39 Jahre alten Oldtimers erklären. »Miller!«, rief er laut nach draußen, während er aufstand, um den Autoschlüssel aus den Tiefen seiner ausgebeulten Hosentasche zu fischen. »Kommst du mal?«

»Ja, Chef! Ich muss den Bestattern nur noch schnell sagen, wohin sie die Leiche bringen sollen!«

»Lassen Sie mal. Das mache ich.«, bot Dr. Laefers an, damit Miller zu seinem Chef konnte.

Während kurz darauf die beiden schwarz gekleideten Männer von der Pathologin einige Anweisungen entgegennahmen und die letzten Vorbereitungen trafen, um den Toten transportfertig machen zu können, erklärte Le Maire seinem Assistenten, dass er bei Docteur Baguette, dem Chef der Kriminal-Generaldirektion in Liège ausführlich Bericht erstatten musste und morgen Vormittag wieder in La Calamine zurück sein würde. Dabei sah er sich nach allen Seiten um, bevor er den Treffpunkt festlegte. Er zeigte zur anderen Straßenseite hinüber und sagte: »Wir treffen uns dann dort drüben …« Da er den Schriftzug auf dem Firmenschild des von ihm gemeinten Lokals wegen der geschätzten 50 Meter Entfernung nicht lesen konnte, schickte er Miller dorthin, um dies zu tun.

»Das Lokal heißt ›D'r Lange Ruwe‹ und hat erst ab 11 Uhr geöffnet!«, verkündete Miller schon von der gegenüberliegenden Straßenseite aus und handelte sich wegen dieser Lärmbelästigung einen Rüffel seines Chefs ein. Denn es ärgerte ihn ein wenig, dass durch Millers vorheriges Geschrei der Streifenbeamte mitbekommen hatte, wegen wem er den Rest der Nacht als Wache vor der Friterie eingeteilt worden war.

»Das ist das hiesige Platt und heißt so viel wie ›Der lange Rote‹«, erklärte Le Maire seinem stirnrunzelnden Assistenten und ergänzte: »Vermutlich ist der Wirt ein groß gewachsener Mann mit rotem Haar! … Wahrscheinlich ein Ire.«

»Oder ein Irrer!«, witzelte Miller leicht genervt in den dunklen Nachthimmel hinein. Denn ihn interessierte dies nun wirklich nicht mehr, er wollte nur noch nach Hause zu seiner Verlobten Chloé. »Na dann: Bis morgen um elf! … Gute Nacht, Chef! – Gute Nacht Madame Docteur!«

»Aber vorher befragst du noch kurz die Gäste dieser Kneipe und nimmst deren Daten auf! … Und geh sorgsam mit meinem Auto um, hörst du?«

»Muss das wirklich jetzt noch sein?«, blaffte Angelika ihn an, weil sie Verständnis für den jungen Mann hatte.

»Das sind doch nur ein paar Zecher und mein nobler Adlatus muss ihnen für den Moment ja nur eine einzige Frage stellen, dann kann er sofort nach Hause fahren – ein Fünfminutenjob!« Da sich Le Maire darüber freute, den Rest der Nacht bei Angelika verbringen und den nächsten Tag gemütlich angehen zu können, winkte er seinem Assistenten trotz des versauten Ausflugswochenendes gut gelaunt nach, bekam diese Geste aber nicht erwidert.

»Gut, dass dich um diese Uhrzeit niemand mit deinen schäbigen Klamotten in meinem schönen SLK sieht«, lästerte Angelika, bevor sie mit quietschenden Reifen zur Rue de Liège hinunter in Richtung Aachen losbrauste.

KAPITEL 3

»Haben Sie schlecht geschlafen?«, wollte der gut erholte Miller mit einem unverhohlenen Grinsen auf den Lippen von seinem an diesem Samstagvormittag ganz besonders zerknautscht aussehenden Chef wissen. Dabei zupfte er seine auffällige blau-weiß schräg gestreifte Fliege so zurecht, als wenn er damit zeigen wollte, wie ein belgischer Kriminalbeamter auch an einem Samstag auszusehen hatte. Wie vereinbart, stand er seit halb zwölf vor dem »Lange Ruwe«, wo er über eine Stunde auf seinen Chef gewartet hatte.

Der aus gutem Grund übernächtig wirkende Mann allerdings antwortete nicht darauf und fragte stattdessen schroff: »Was ist? Warum gehst du nicht hinein?«

»Weil es dort kein Frühstück gibt«, kam es knapp als Erklärung zurück.

»Konntest du das nicht vergangene Nacht abklären?«, beschied Le Maire sich wenig mit dieser alles andere als zufriedenstellenden Antwort.

»Nein! Es war schon geschlossen, als ich mich nach den Öffnungszeiten erkundigen wollte.«

»Dann konntest du die Gäste auch nicht mehr befragen?«

»Tut mir leid! Der Wirt hat dies offensichtlich geahnt und seinen Laden wegen der überzogenen Sperrstunde ganz schnell verriegelt. Aber das hole ich heute nach. Oder glauben Sie etwa, dass ich nicht herausbekomme, wer dort in der vergangenen Nacht noch zu Gast gewesen war?« Es klang fast ein wenig beleidigt.

»Schon gut, Miller. Und sonst?«

»Von einem Passanten konnte ich vorhin in Erfahrung bringen, dass es in der unweit von hier gelegenen Rue de l'Église unten das ›Bistro de la Place‹ gibt, wo Frühstück angeboten wird und …«

»Auf was warten wir dann noch?«, unterbrach Le Maire seinen Assistenten und zog ihn am Ärmel von der Tür weg. »Wir können ja später noch auf ein Bierchen zum ›Lange Ruwe‹ gehen, um dort *gemeinsam* zu recherchieren. Immerhin liegt diese Kneipe direkt schräg gegenüber des Tatortes. Vielleicht hat der Wirt oder einer seiner Gäste etwas mitbekommen?«

Traut er mir das allein nicht zu, dachte sich Miller und wollte schon wieder beleidigt dreinschauen, unterließ dies dann aber doch.

Kurz darauf saßen sie – von den anderen, meist älteren Gästen kritisch beäugt – im »Bistro de la Place«, wo sich die Bestellung für Miller anfangs etwas schwierig gestaltete, weil hier für Uneingeweihte ein kaum verständliches Kelmiser Platt gesprochen wurde.

»Dr' Lange Ruwe! wie klingt *das* denn?« Sogar Le Maire schüttelte den Kopf über den hiesigen Dialekt, obwohl er selbst mit dem ähnlich klingenden Eupener Platt aufgewachsen war. Da er jetzt aber nahezu perfekt Hochdeutsch sprach, hatte der sowieso schon schlecht gelaunte Wirt geglaubt, zwei Allemand vor sich zu haben, weswegen er seine Gäste umso genauer musterte. Denn wegen Le Maires schlampiger Kleidung befürchtete er, sein Geld womöglich nicht zu bekommen. Deswegen hatte er sich gleich an Miller gewandt, der immerhin eine Fliege zum schicken blauen Sakko trug, frisch rasiert war und sogar so ein neumodisches Tablet vor sich liegen hatte. Also musste wenigstens dieser Mann seriös sein. Vielleicht ein Bewährungshelfer mit einem frisch entlassenen Sträfling? Oder er ist vom Sozialamt und lädt einen seiner Pflegebefohlenen zum Frühstücken ein. Ja, das wird es sein, war sich der Wirt sicher, was sich an seinem plötzlich zufrieden wirkenden Lächeln ausmachen ließ. Dennoch hatte er ein ungutes Gefühl im Bauch, was ihn trotz des aufgesetzten Lächelns auch nur leidlich freundlich sein ließ. Sicherheitshalber bemühte er sich zu Le Maires Belustigung beim Aufnehmen seiner Bestellung ebenfalls um ein verständliches Hochdeutsch. Da Le Maire dieses kleine Verwirrspiel Freude bereitete, wollte er sich weiter daran beteiligen und sagte zu seinem Gegenüber etwas auf Französisch, das Miller – dem die Unsicherheit des Wirtes in Bezug auf ihre Herkunft ebenfalls nicht entgangen war – spaßeshalber in reinstem Oxford-English beantwortete. Dies wiederum wurde vom vermeintlichen Ex-Knacki oder Sozialfall auf Flämisch quittiert, was den Wirt noch mehr durcheinanderbrachte und die anderen Gäste endgültig verstummen ließ. Erst als die zwei Männer am Tisch herzhaft zu lachen begannen, war dem Wirt klar geworden, dass sie ihn auf die Schippe genommen hatten und wohl Landsleute von ihm waren. Also hatte der Kommissar seine geliebte Tasse schwarzen Kaffee und einen »Croque Monsieur« doch noch bekommen. Sein Assistent hatte eine heiße Schokolade mit köstlich belegtem Baguette in Angriff genommen und wollte sich – wie an allen Samstagen und Sonntagen – zudem ein weiches Ei gönnen, was seinem Chef nach dieser Nacht sicher auch gutgetan hätte.

»Was hat Docteur Baguette gesagt?«, wollte Le Maire als Erstes von Miller wissen und bekam zur Antwort, dass alles in Ordnung sei und es richtig gewesen war, die deutsche Pathologin zu diesem speziellen Fall hinzuzuziehen. »Durch das neue ›internationale‹ Abkommen haben wir alle Freiheiten, sollen unseren obersten Boss lediglich ständig auf dem laufenden Stand der Ermittlungen halten. Er lässt sich die Entscheidung zu dieser grenzüberschreitenden Zusammenarbeit von oben absegnen. Und *Sie* …«

»Was ist mit mir?«, fuhr Le Maire rüde dazwischen.

Da Miller nicht wusste, wie er es seinem Chef sagen sollte, druckste er herum. »Na ja: Sie … Sie sollen sich zusammenreißen und … und den ausländischen Kollegen gegenüber nicht den ›Superbullen‹ spielen.«

»War's das?«

»Nein! Sie sollen bei allem, was Sie sagen oder tun, nicht vergessen, dass wir den belgischen Staat repräsentieren.« Nachdem er dies losgeworden war, zeigte sich Miller sichtlich erleichtert. Er hob das Messer, um sein Ei mit einem zielsicheren Hieb zu köpfen.

»War's das jetzt?«

»Das war's! … *Merde!* Jetzt habe ich mich bekleckert!«, verwendete zur Abwechslung einmal der Assistent den Lieblingsfluch seines Chefs, der ihn auch gerne benutzte, *ohne* fluchen zu wollen.

»Gut«, grinste Le Maire und war in diesem Moment froh, sich selbst kein Ei bestellt zu haben, obwohl er es in Erwägung gezogen hatte.

Während die beiden immer wieder einen Schluck oder einen Bissen zu sich nahmen, ließen sie die bisherigen Erkenntnisse Revue passieren und besprachen die weitere Vorgehensweise. Dabei wurde rasch klar, dass das zunächst noch aufgeschobene Gespräch und die Inaugenscheinnahme von Madame Ottens' Wohnung äußerste Priorität haben musste. Während die beiden Kriminaler sich leise unterhielten, bemerkten sie, dass die anderen Gäste eifrig und sogar tischübergreifend über sie tuschelten.

Dies veranlasste Le Maire dazu – selbstverständlich erst, nachdem er in aller Ruhe fertig gefrühstückt hatte –, aufzustehen und eine Frage ins Rund zu werfen: »Mesdames, Messieurs! Darf ich kurz um Ihre geschätzte Aufmerksamkeit bitten? Ich bin Frederic Le Maire, ein commissaire de criminelle aus Liège und leite die Ermittlungen in einem Fall, der

La Calamine betrifft. Und dies hier«, er legte eine Hand auf die Schulter seines Assistenten, »… ist Kriminalkommissar Pat Miller, mein bester Mitarbeiter!« Allein dadurch hatte er Unruhe unter die biederen Rentner gebracht, die sich allmorgendlich in diesem Bistro zu einem gemütlichen Vormittagsplausch trafen und die Sache überaus spannend fanden, weswegen sie nun aufgeregt durcheinanderschnatterten. »Kriminalpolizei? Hier in La Calamine? Wahnsinn!«

»Ich bitte um Ruhe! … Danke.« Der Chefermittler musste die Stimme erheben, um auch bei den schwerhörigen unter den älteren Gästen Gehör zu finden.

Nachdem die neun Frauen und sechs Männer endlich still waren und sich der Wirt erwartungsvoll mit seinen Ellbogen auf die Theke gestützt hatte, wartete Le Maire nur noch darauf, mit dem, was er zu sagen gedachte, fortfahren zu können, was allerdings bedingte, dass die Kellnerin aufhörte, mit Mineralwasserkisten herumzuhantieren. »Sicher haben die Herrschaften zwischenzeitlich mitbekommen, dass in der vergangenen Nacht ein Verbrechen begangen wurde und Monsieur Ottens, der Besitzer der Fritüre in der Rue Albert, einem Gewaltverbrechen zum Opfer gefallen ist.«

An der Reaktion der Gäste merkte Le Maire, dass sich schon am frühen Vormittag die Neuigkeit des sogenannten »Frittenmordes« in La Calamine verbreitet haben musste. Deswegen kam er – ohne Internas auszuplaudern – gleich zur Sache und berichtete darüber. Danach begann er, Fragen zu stellen: »Hat jemand von Ihnen in der vergangenen Nacht etwas Ungewöhnliches gehört oder gesehen? Oder kann mir jemand etwas über Steffen Ottens, seine Frau und …«

Da Le Maire der Name entfallen war, schaute er seinen Assistenten an, der ihm – nachdem er auf sein Tablet gelinst hatte – aus der Patsche half: »Simone! Die Frau des Fritürebesitzers heißt Simone Ottens!«

»Ja, ja, schon gut«, zischte Le Maire seinen »besten Mit-arbeiter« leise an, bevor er nach einem verlegenen Räuspern fortfuhr: »Also: Kann mir jemand etwas über Steffen und Simone Ottens sagen? Haben sie Kinder? Uns interessiert auch deren Umfeld und selbstverständlich alles über die Fritüre!« Weil er auf seine Frage nur betretene Stille erntete, hakte er nach: »Jede Kleinigkeit kann wichtig sein!« Da sich die Gäste immer noch in Schweigen hüllten, bedankte er sich höflich und wies darauf hin, dass er ein paar Visitenkarten auf die Theke legen würde, damit man ihn jederzeit anrufen konnte. »Jederzeit! Hören Sie?«

Wieder am Tisch sitzend, bemerkte er Miller gegenüber, dass dies keinen Sinn machte und sie anders vorgehen müssten. »Du bleibst noch ein wenig hier sitzen. Vielleicht fällt ja doch noch jemandem etwas ein, wenn ich weg bin.« Als er dies sagte, blin-zelte er Miller verschwörerisch an. »Du verstehst …?«

»Na klar, Chef!«

»Gut! Danach gehst du erst einmal zum ›Lange Ruwe‹ und durchs Dorf, um so viele Leute wie möglich über die Familie Ottens und … Ach, du weißt schon selbst, nach was du fragen sollst. Währenddessen besuche ich die Rommétante, bei der Madame Ottens gestern Abend gewesen sein will. Dies dauert sicher nicht lange und ich bin gleich wieder zurück. – Wir tref-fen uns dann in der Fritüre, um den Tatort nochmals zu besich-tigen und den Mord nachzustellen. Inzwischen habe ich von Frau Doktor …« Le Maire hüstelte verlegen und korrigierte sich seinem vertrauten Kollegen gegenüber selbst: »… von *Angelika* die ersten Ergebnisse der Obduktion bekommen.«

Mit einem »Alles klar, Chef!« und einem süffisanten Grin-sen auf den Lippen bekundete Miller, dass er verstanden hatte. Parallel dazu schrieb er auf die Rückseite eines Jupiler-Bier-deckels den Namen und die Adresse der Frau, die er nachts von Simone Ottens erhalten hatte, und schob ihn über den Tisch.

Nachdem Le Maire mit dem Bierdeckel zum freundlich wirkenden Wirt gegangen war, drückte der seinen Oberkörper über den Tresen, blickte sich verschwörerisch nach allen Seiten um und deutete ihm, mit seinem Kopf näher zu kommen.

»Möchten Sie mir etwas sagen?«

»Der ›Prüß‹ war hier nicht besonders beliebt«, grummelte der Wirt und meinte damit den »Preußen«, wie der ursprünglich aus Hannover stammende Fritürenbesitzer hier in despektierlich klingendem Ton bezeichnet wurde.

Bevor der Ermittler weitere Fragen stellen konnte, hatte der Wirt seinen Oberkörper wieder zurückgewuchtet und stand mit nach unten gezogenen Mundwinkeln und – zur Bestätigung seines wichtigen Wissens, das er soeben preisgegeben hatte – mit dem Kopf nickend hinter der Theke.

»Merde! So ein Idiot«, fluchte Le Maire, der sich mehr Informationen erhofft hatte, leise in sich hinein. Aber so hatte er wenigstens eine zusätzliche Erklärung dafür erhalten, weshalb zu frühabendlicher Essenszeit kein einziger Kunde in Ottens Fritüre gewesen war. Nachdem Le Maire sich auf die Theke gelehnt und den Wirt mit einem Zeigefinger dazu bewegt hatte, seinen Oberkörper wieder auf die Theke zu stützen, schob der Ermittler – nachdem er sich verschwörerisch tuend nach allen Seiten umgesehen hatte – wortlos den Bierdeckel zum Wirt. Der schaute erst enttäuscht drein, dann erklärte er aber seinem Gegenüber den Weg zu Madame De la Heye, der Rommétante. Anstatt sich zu bedanken, zog nun Le Maire die Mundwinkel nach unten und nickte wissend mit dem Kopf.

Nachdem der hier ganz besonders eigenartig wirkende Kauz das Lokal verlassen hatte, eilten die Gäste zur Theke, um sich die Visitenkarte eines »echten« Kriminalbeamten aus Liège zu sichern. Endlich rührt sich in La Calamine etwas, wird sich der eine oder andere dabei gedacht haben. Toll!

Na ja; wenn's was nützt!, dachte sich Miller, der dies aus einem Augenwinkel heraus beobachtete, während er seine selbst gebundene Fliege, ohne die der geschniegelte Beamte niemals aus dem Haus gehen würde, schon wieder zurechtzupfte.

*

Le Maire hatte sich die Unterhaltung mit der Rommétante etwas anders vorgestellt. Anstatt auf seine Fragen schnelle Antworten zu bekommen und gleich wieder weg zu sein, saß er nun schon über eine Stunde nicht nur einer einzelnen Frau gegenüber, sondern gleich zwischen vier schnatternden Damen und beantwortete Fragen, statt selber welche stellen zu können. »Sagen Sie mal, Monsieur l'inspecteur commissaire«, wurde er von der Gastgeberin Madame De la Heye angesprochen, »bezahlt Sie der belgische Staat so schlecht, dass sie sich keine neuen Klamotten leisten können?«

»Und wie man so hört, soll auch Ihr Auto die besten Jahre hinter sich haben!«, ergänzte eine andere mit schulmeisterlich strenger Miene.

»Jetzt ist es aber genug, meine Damen! *Ich* stelle hier die Fragen!«, haute Le Maire verärgert auf den Tisch. »Ich war höflich und habe mir die Zeit genommen, mit Ihnen Kaffee zu trinken und über für meinen Fall völlig unrelevante Dinge zu plaudern. Aber jetzt muss ich endlich auf den Punkt meines Hierseins kommen!«

Acht Augenpaare schauten ihn gleichsam entsetzt wie enttäuscht an. Die Frauen hätten ihn gerne weiter über sein Privatleben ausgefragt und ihm ein paar Modetipps gegeben oder andere Vorschläge gemacht: »Immerhin hat mein Mann eine Autowerkstatt und könnte Ihre Karre …«

Anstatt darauf einzugehen, unterbrach Le Maire die Frau

des Mechanikermeisters und verschärfte seinen Ton. Um zu demonstrieren, dass er es ernst meinte, stellte er die Kaffeetasse so auf dem Tisch ab, dass es klirrte. Bisher war ihm die dünne Porzellantasse von der Hausherrin stets sofort wieder frisch gefüllt in die Hände gedrückt worden, nachdem er sie sanft abgestellt hatte. Da sie dies nun nicht mehr tat, wusste der Ermittler, dass sich das Blatt gewendet hatte und er endlich seine Fragen stellen konnte. »Also: Sie haben sich heute Vormittag außerordentlich zusammengefunden, um über ihre Freundin Simone Ottens und über den Vorfall in der vergangenen Nacht zu sprechen? Ansonsten treffen Sie sich nur einmal in der Woche abends abwechselnd bei einer anderen zum Rommèspiel! Ist das richtig?«

Die Damen nickten zwar, schwiegen aber.

»Wie haben Sie überhaupt von der Sache gehört?«

»Na, wie schon?«, antwortete Madame De la Heye patzig. »Simone hat mich noch in der Nacht angerufen.«

»Und Sie haben dann den Rest dieses …«, der einzige Mann im Raum sah jeder einzelnen Frau sanft lächelnd in die Augen, »… herzigen ›Kleeblatts‹ informiert?«

Da seine kleine Schmeichelei offensichtlich nichts genützt hatte, bekam er von einer der anderen schon wieder eine patzige Antwort: »Ja, und? Ist das etwa verboten?«

»Natürlich nicht, Madame, äh …«, antwortete Le Maire und blätterte ihn seinem kleinen Notizblock. »… Madame Ohn.« Er wunderte sich darüber, dass Madame Ottens so abgeklärt gewesen war, ihre Freundinnen jetzt schon über den schrecklichen Tod ihres Mannes informiert zu haben. »Wann genau hat sie Madame Ottens angerufen und was hat Sie Ihnen alles erzählt?«, wollte er wissen und erfuhr so, dass sie nicht nur angerufen hatte, sondern auch hier gewesen und erst wenige Minuten vor seinem Eintreffen gegangen war. Zudem schien es der Frau unheimlich wichtig gewesen zu sein, ihre Freundinnen noch in der Tatnacht anzurufen und ihnen zu berichten, dass kein Geld aus der Kasse fehlte.

»Verkehren Sie selbst auch in der ›Friterie Central‹, weswegen sie die Räumlichkeiten kennen?«

»Selbstverständlich! Bei Steffen gibt es die besten Fritten in La Calamine!«, bestand Madame de la Heye auf das von ihr Gesagte, verbesserte sich aber rasch mit gesenkter Stimme: »*Gab* es die besten Fritten.«

»Ja«, bestätigte eine andere. »Er war so ein netter Mann! Nun gibt es die besten Fritten im ›Frit Inn‹.«

Bis auf Madame Lavalle bestätigten dies die anderen beiden Frauen durch einmütiges Kopfnicken, schwiegen aus Enttäuschung über Le Maires Verhalten aber immer noch. Deswegen konnte er – nun auch noch zu diesem »Frit Inn« – ungestört Fragen stellen und ein Resümee des bisher Besprochenen ziehen: »Madame Ottens ist also gestern um 20 Uhr hierhergekommen und bis kurz nach 22 Uhr geblieben? Und heute Nachmittag ist sie bis etwa …« Er schaute kurz auf die kitschige Schwarzwald-Uhr, die als Blickfang über einem der ebenfalls geschmacklosen Sideboards hing. »… von 13 Uhr bis etwa 14.30 Uhr hier gewesen?«

Madame De la Heye, die Le Maires abschätzigen Blick zu ihrer Lieblingsuhr bemerkt hatte, nickte und erklärte – anstatt eine Antwort zu geben – betont schwärmerisch, dass sie dieses Schmuckstück von der Hochzeitsreise vor 24 Jahren aus Todtmoos mitgebracht hatte und im nächsten Jahr Silberhochzeit feiern würde. »Sie müssen wissen, dass Todtmoos in einem wunderschönen Naturpark im Herzen des Südschwarzwaldes liegt und …«

»Zur Sache, bitte!«, unterbrach der genervte Ermittler und rollte dabei so mit den Augen, dass Madame De la Heye überhaupt nichts mehr sagte.

Nachdem er letztlich aber doch noch alles gehört hatte, was

er hatte hören wollen und auch noch bestätigt wurde, dass die Witwe des Mordopfers die Wohnung von Madame De la Heye während dieser Zeit nicht verlassen hatte, war zwar klar, dass die Jüngste der fünf Frauen ein wasserdichtes Alibi hatte, aber Le Maire im Moment nicht *mehr* aus den eingangs geschwätzigen, nun aber verstockten Frauen herausbringen würde. Lediglich Madame Lavalle, die älteste dieses in Le Maires Augen undurchsichtigen Kleeblatts, erweckte den Eindruck, etwas sagen zu wollen, wurde aber von der Gastgeberin mit einem scharfen Blick ausgebremst. Gerne hätte der Ermittler mehr über den Toten selbst und dessen Umfeld erfahren, unterließ es aus taktischen Gründen aber, weiter nachzubohren. Denn die Frauen schienen plötzlich eine Art Schweigegelübde abgelegt zu haben. Jedenfalls brachte der Ermittler trotz klugen Agierens nur noch wenig aus ihnen heraus. Da nützte es auch nichts, sich wieder um einen süßen Ton zu bemühen und die filigrane Kaffeetasse mitsamt der Untertasse unaufgefordert, also »freiwillig«, in die Hände zu nehmen, beim Trinken verzückt die Augenbrauen zu heben und die Tasse noch sanfter als zu Anfang seines Besuches auf den Tisch zurückzustellen. Schon gar nichts würde es nützen, damit zu drohen, die Damen kurzerhand in die Generaldirektion nach Liège zu beordern – im Gegenteil: dies würde als ein Riesenabenteuer angesehen werden und endlich wieder Bewegung in deren tristen Alltag bringen.

Obwohl die Frauen erst zwischen 39 und 46 Jahre alt waren, verhielten sie sich wie alte Weiber, fand Le Maire und überlegte, wie er sich absetzen konnte, ohne die Damen noch mehr zu pikieren. Irgendwie gelang es ihm, sich ordentlich zu verabschieden und zu gehen.

Während des Weges machte er sich über dieses »Frit Inn« Gedanken. Er musste nun also auch noch in Erwägung ziehen, dass es sich bei dem Mord um die Tat eines Konkurrenten von Monsieur Ottens handeln könnte.

Als er schon ein Stück gelaufen war, hörte er hinter sich mehrmals ein »Pssst«. Nachdem er sich umgedreht hatte, um nachzuschauen, was dies bedeuteten konnte, sah er Madame Lavalle hinter sich, die ihm mit einer unauffälligen Handbewegung bedeutete, weiterzugehen, während sie sich selbst immer wieder umsah. Erst als er um die nächste Ecke gebogen war, rief die immer noch hinter ihm hergehende Frau: »Warten Sie, Monsieur commissaire! Bitte warten Sie!«

»Ja, Madame! Was kann ich für Sie tun?« Le Maire kramte seine Rauchutensilien heraus, um sich eine Zigarette zu drehen.

Während die Frau nun einen Schritt hinter ihm herlief und dabei immer noch ängstlich wirkend um sich blickte, sagte sie in verschwörerischem Ton, dass sie etwas wisse, was ihn sicher interessieren würde.

»Gut! Gehen wir in das ›Café des Artistes‹ dort unten. Da können wir in Ruhe reden«, schlug Le Maire vor.

»Um Gottes willen: Nein, nur das nicht! Dort wissen doch alle, wer ich bin«, zuckte die Frau zusammen und zeigte hastig nach vorne.

»Wieso? Wer sind Sie denn?«, wollte der aufmerksame Ermittler gleich wissen. Er konnte sich nicht vorstellen, dass diese bieder wirkende Frau etwas Interessantes umgab.

»Lassen Sie uns die Kirche aufsuchen! Dort sind wir sicher ungestört. Morgen um die selbe Zeit!«, bestimmte die sichtlich verängstigte Frau und eilte so flotten Schrittes an Le Maire vorbei, dass der nicht die geringste Chance hatte, nachzufragen, warum dies erst morgen und nicht schon heute sein konnte. Dennoch schaute er auf die Kirchturmuhr. Von mir aus! Dann habe ich ja noch genügend Zeit, um mich mit Madame Ottens zu unterhalten und deren Wohnung in Aachen zu inspizieren, dachte er und zog sein Handy mit einem zerknitterten Blatt

Papier heraus, auf das er die Telefonnummer der aus seiner Sicht zu wenig trauernden Witwe gekritzelt hatte. »Merde! Der Akku ist schon wieder leer!«

✳

»Na, konntest wenigstens du dich erfolgreich umhören? Was sagen der Wirt und die Gäste vom ›Lange Ruwe‹?«, wollte Le Maire Stunden später von seinem Assistenten wissen.

Um in typisch ostbelgischer Atmosphäre in aller Ruhe mit ihm sprechen und bei der Gelegenheit Informationen einholen zu können, hatte er sich mit Miller im »Ratskeller« verabredet. Da sich die wohl urigste Traditionskneipe des Ortes von Aachen aus kommend rechterhand direkt an der Durchfahrtstraße Richtung Battice zum Autobahnzubringer befand, lag sie quasi auf dem Weg zwischen Angelikas und seiner Wohnung. Das gastronomische Schmuckstück war aber nicht nur bei Le Maire und den Einheimischen, sondern auch bei Touristen und Durchreisenden äußerst beliebt, weswegen es stets gut besucht wurde. Da Le Maire wusste, dass er im »Ratskeller« stets mit einer Herzlichkeit empfangen wurde, wie sie in der Gastronomie leider immer seltener wurde, fühlte er sich hier pudelwohl. Denn hier kam den Gästen keine aufgesetzte Freundlichkeit entgegen, sondern offene und ehrliche Herzlichkeit, mit der auch diejenigen begrüßt wurden, die – wie Le Maire selbst – dieses schnuckelige Lokal nur selten aufsuchen konnten. Hier war der Gast im wahrsten Sinne des Wortes König. Dem Genießer aus Liège gefiel natürlich ganz besonders, dass es hier äußerst gepflegte belgische Biere vom Fass gab und zwischendurch sogar kleine Snacks »auf Kosten des Hauses« angeboten wurden. Kein Wunder also, dass er dieses einzigartige Kneipchen gerne aufsuchte, wenn er gerade in der Nähe war. Aber dies war es nicht allein, weswegen es ihn von Liège aus immer wieder hierher nach La Calamine in die Lütticher Straße 242 zog: ihm gefiel es ganz besonders, dass sich der Wirt immer etwas Neues für seine Gäste einfallen ließ. Wie auch Angelika, liebte er die gute Musik und die der Größe des Lokals angepassten kleinen aber feinen Events wie Lesungen, Musiksessions oder dem Reigen des Jahres angepasste Stimmungsfeste. Allein schon aus diesen Gründen kam Angelika ganz besonders gerne mit ihm oder mit ihren Freundinnen aus Aachen hierher. Zudem gefiel ihr die stilvolle und ständig wechselnde Dekoration, die das rustikale Ambiente stets ganz besonders frisch und sauber wirken ließ.

»Und? Was ist nun?«, unterbrach Le Maire seine eigenen Gedanken.

Da Miller nicht gleich antwortete, weil er mit seinem Tablet beschäftigt war, nahm Le Maire einen Schluck Leffe und fügte noch in verschwörerisch klingendem Ton dem bereits Gesagten hinzu: »Im schönsten Lokal von La Calamine trifft sich alles, was im Umfeld von 50 Kilometern Rang und Namen hat. Mit etwas Glück triffst du hier auf Prominente, die du aus den Medien kennst. Stell dir vor: hier verkehrt sogar …«

Jetzt hob Miller interessiert seinen Kopf, blickte sich um und nickte. Dann sagte er: »Schade, dass es solch gemütliche Kneipen in Belgien immer weniger, dafür aber immer mehr Dönerläden gibt!«

Nun nickte Le Maire, bevor er dazu bemerkte, dass der »Ratskeller« *eben darum* so gut laufen würde. Da der Chefermittler endlich die ungeteilte Aufmerksamkeit seines Assistenten hatte, hörte er zu träumen auf und kam nun zur Sache. Also berichtete er von seinem Desaster mit den Rommédamen und der mageren Ausbeute des Gesprächs mit Madame Ottens.

Miller presste die Lippen zusammen, nickte bedeutsam, sagte aber nichts.

»Haloooo! Jemand zu Hause? Hast du gehört, was ich gesagt habe? Jetzt bist du dran!«, drängte sein Chef und fuchtelte mit einer Handfläche vor Millers Augen herum. »Nun spuck's schon aus!«

»Äh, also: Der ›Lange Ruwe‹ – er ist übrigens wirklich groß und rothaarig, na ja; zumindest noch stellenweise …«

»*Miller!*«, ermahnte Le Maire seinen Adlatus, dem es nicht zu gefallen schien, am Wochenende arbeiten zu müssen.

Endlich kam der junge Kriminalkommissar zur Sache: »Weder der Wirt, noch seine letzten sechs Gäste haben irgendetwas mitbekommen. Möglicherweise lag dies nicht zuletzt auch an deren Alkoholpegel.«

»Was waren das für Gäste?«

Miller tippte auf seinem Tablet herum, bevor er die Antwort gab: »Bis auf Gilbert Müller, einem Mitarbeiter der hiesigen Gemeindeverwaltung, und Guido …« Millers Zeigefinger strich unruhig, aber erfolglos über's Tablet. »Verdammt: Ich habe dessen Nachnamen nicht notiert. Aber ich weiß, dass er zu den »Scorpions« gehört. Das ist eine hiesige Rockergang, die sich sozial engagiert und damit viel Gutes tut!«

»Ja, und?«, drängte Le Maire. »Was willst du mir damit sagen? … Ist er in deinen Augen deswegen verdächtig?«

Wegen seines kleinen Fehlers sichtlich nervös, schüttelte Miller den Kopf, bevor er die Vermutung aussprach, dass die anderen Gäste der vergangenen Nacht wahrscheinlich aus Neugierde auch heute alle in der Kneipe waren.«

»Ja, ja: Die Täter kehren immer an den Tatort zurück!«, schmunzelte Le Maire und bat Miller, fortzufahren.

Also verlas sein Assistent die einzelnen Namen derjenigen, mit denen er gesprochen hatte: »Gut! Zu den beiden eben genannten Männern kommen noch Dieter Schnickmann, Tontechniker im Ruhestand. Hans-Joachim Kelling, ein ehemaliger Projektleiter für Naturstein, … ebenfalls in Rente. Hubert

Demonthy, ehemals leitender Maschinenführer. Alain Klinkenberg, überzeugter Sozialdemokrat und ...«

»Schon gut!«, unterbrach Le Maire, der es im Moment nicht allzu genau wissen wollte und dem die politischen Einstellungen seiner Mitmenschen ziemlich egal waren, solange sie nicht zu weit nach links oder nach rechts abdrifteten. »Was macht Klinkenberg beruflich?«

Miller wischte nervös mit einem Zeigefinger übers Tablet und zuckte resignierend mit den Schultern. »Ich habe wohl vergessen, ihn danach zu fragen.«

»Nicht so wichtig«, winkte Le Maire, der sich über die ungewöhnlichen Patzer seines ansonsten stets übergenauen Assistenten wunderte, ab.

Miller stieß erleichtert die Luft aus.

»Es handelt sich also größtenteils um Männer, die sich im Ruhestand befinden, weswegen sie es sich erlauben können, auch tagsüber in diese Kneipe zu gehen.«

Miller zuckte wieder mit den Schultern.

»Was hattest du für einen Eindruck? Handelt es sich durchwegs um ehrbare Leute?«

»Absolut!«, beeilte sich Miller zu betonen. »Jedenfalls hatte ich den Eindruck. Lediglich dieser Schnickmann – wie Kelling, ebenfalls Deutscher – kam mir ein bisschen vorlaut vor. Dennoch machten auch sie auf mich einen absolut seriösen Eindruck. Dies gilt ausnahmslos für alle Gäste, mit denen ich sprechen konnte ...,« Miller räusperte sich, bevor er diesen Teil seines Berichtes beendete und betonte: »... auch für den Rocker! Obwohl sie zur Tatzeit allesamt etliche Jupiler intus gehabt hatten, waren sie bei der Befragung äußerst kooperativ.«

»Na ja, um diese Uhrzeit«, zeigte sich Le Maire verständnisvoll. Auch er verfügte – ganz im Gegensatz zu seinem jungen Kollegen, der nur sehr selten Alkohol trank – mitunter über ein gutes Stehvermögen am Tresen. »Wenn die Herren nichts zur Aufklärung beitragen können, müssen wir uns momentan nicht weiter um sie kümmern. Du hast ja ihre Adressen und Telefonnummern. … Aber was ist mit unserer Familie Ottens?«

»Monsieur Ottens hat sich in letzter Zeit wohl nicht sehr beliebt gemacht, weil er überall angeeckt ist«, wusste Miller zu berichten.

»Das weiß ich auch schon«, bestätigte Le Maire ungeduldig. »Erzähl weiter!«

»Bei der hiesigen Feuerwehr ist er von heute auf morgen ausgetreten und hat sogar die beiden Friteusen, die er dem Verein kurz vor dem Umbau seiner Fritüre geschenkt hat, noch während des laufenden Feuerwehrfestes am vergangenen Sonntag wieder mitgenommen. Als Monsieur Ottens den Stecker gezogen und die Fritten mitsamt des heißen Fettes einfach auf den Teerboden vor dem Feuerwehrhaus gekippt hat, wollte der Commandant des Pompiers einschreiten.« Miller schaute auf sein Tablet und ergänzte: »Der Feuerwehrkommandant heißt Francis Cloth. Und so ist es coram publico …«

»Schon gut! Ich weiß, dass du Latein kannst«, drängte Le Maire. »Komm endlich zur Sache!«

»Ja, Chef! Beim Feuerwehrfest ist es vor aller Augen zu Handgreiflichkeiten zwischen den beiden Feurwehrmännern gekommen. Das halbe Dorf weiß davon!«

»Nur die Romméweiber nicht, oder die tun nur so!«, grummelte Le Maire, bevor er eine weitere Frage an Miller richtete: »Was glaubst du, warum hat er seine nicht mehr benötigten alten Friteusen an die Feuerwehr verschenkt, anstatt sie bei eBay oder sonstwo zum Kauf anzubieten? Wie wir inzwischen ja wissen, soll er das meiste seines Geldes verspielt haben, weswegen er ziemlich klamm gewesen sein dürfte.« Le Maire rieb sich nachdenklich das Kinn, bevor er nachhakte: Und weshalb hat er sie wieder zurückgeholt? ... Um sie doch noch zu verscherbeln?«

»Das kann ich Ihnen sagen!«, trumpfte Miller auf und schob lässig einen Zeigefinger über das Screen seines Tablets. Er legte eine kurze Kunstpause ein und begann dann mit sichtlichem Stolz auf sein Rechercheergebnis, das er mit den Worten eröffnete: »Chef! Ich präsentiere Ihnen ungefähr 40 Tatverdächtige!«

Le Maire kannte seinen Stellvertreter und wusste, dass er zwar ein akribisch, und im Gegensatz zu ihm selbst auch überaus korrekt recherchierender Beamter war, der nur hin und wieder ein paar Streicheleinheiten brauchte. Also lobte er ihn und gebot ihm, *endlich* richtig loszulegen.

Nun schoss es wie aus einem Schnellfeuergewehr aus dem jungen Kriminaler heraus: »Monsieur Ottens war nach seiner eigenen Erinnerung genau 30 Jahre aktives Mitglied bei der Freiwilligen Feuerwehr, weswegen er zu diesem Jubiläum die hierbei übliche Ehrung entgegennehmen wollte. Um dies ein wenig zu unterstützen, hatte er seine alten, damals noch nicht fest installierten beiden Friteusen dem »Comité de l'Amitié du Service d'Incendie La Calamine« vermacht. Nachdem er kurz vor dem immer Ende August stattfindenden Feuerwehrfest seinen ganzen Laden umgebaut und dabei auch neue Fritüren fest hatte einbauen lassen, hatte er die beiden alten Frittenschwenker nicht mehr benötigt.«

»Und sie dem ›Freundschaftsbund‹ der hiesigen Feuerwehr geschenkt. Aber der hat es ihm offensichtlich nicht gebührend gedankt.«

»Na ja, wie man's nimmt! Denn das Dumme dabei ist, dass laut Protokollbuch das Eintrittsdatum von Monsieur Ottens erst vor 29 und nicht vor 30 Jahren war.«

»Weswegen ihm die Vorstandschaft die ersehnte Ehrung verweigert hat! Zumindest in diesem Jahr«, kombinierte Le Maire.

»Ja, Chef!«

»Dies könnte ein Tatmotiv sein!«, freute sich der pfiffige Ermittler, lobte Miller noch mal und ordnete an, herauszufinden, wann die nächste Feuerwehrübung sein würde. »Da erreichen wir auf einen Schlag die meisten Wehrmänner, ohne dass wir sie einzeln auf die hiesige Polizeiwache oder ins Präsidium nach Eupen zitieren müssen! Es wäre schön, wenn dies klappen könnte«, begründete er seine wie immer unorthodoxe Vorgehensweise.

Nach nur einem Telefonat wusste Miller, dass die Feuerwehrübungen an jedem ersten Montag im Monat stattfanden. »Wir haben Glück, Chef: Die nächste Übung ist schon übermorgen um 19.30 Uhr!«

»Gut! Dann reicht es für heute. Obwohl die SpuSi hier war, sehen wir uns jetzt noch ein wenig in der ›Fritüre Central‹ um und gehen dann auf eine leckere Portion Fritten ins ›Frit Inn‹ hinunter, um uns mit Ottens örtlich größtem Konkurrenten zu unterhalten. Danach fährst du nach Liège zurück und ich fahre …«, er räusperte sich verlegen, »… nach Aix-la-Chapelle.«

»Aber Chef, wie wollen Sie ohne Ihr Auto nach Aachen kommen?«

Le Maire schaute grinsend auf die Uhr und gab nun *sein* neu erworbenes Wissen preis: Er erklärte seinem verdutzt dreinschauenden Assistenten, dass er ganz einfach mit dem Bus, Linie 24, fast direkt gegenüber des »Frit Inn« an der Rue de Liège, alle halbe Stunde abfahren und schon eine knappe halbe Stunde später am Elisenbrunnen, also mitten in Aachen sein könnte. Dort würde er sich mit Angelika treffen, um Neuigkeiten über Steffen Ottens mysteriösen Tod zu erfahren. »Aber dies ist erst in zwei Stunden. Also haben wir genügend Zeit, um im ›Frit Inn‹ zu hinterfragen, ob es die Tat eines missgünstigen Konkurrenten gewesen sein könnte. Dabei gönnen wir uns leckere Fritten und ein paar kleine Jupiler – die es dort allerdings nur aus der Flasche geben soll«, bemängelte der Genießer und seufzte. »Wahrscheinlich schleppt mich die Frau Doktor wieder in eines dieser feinen Aachener Restaurants, ins ›La Bécasse‹ oder so«, stöhnte Le Maire, der so etwas überhaupt nicht mochte.

»Gibt's da auch Fritten?«, frotzelte Miller, aufgrund *seiner* Erkenntnisse gut gelaunt.

»Bist du verrückt? Ich werde doch keine Pommes frites in Deutschland essen! Schließlich bin ich Belgier!«

✻

Zwei Stunden später hatte Angelika ihren Geliebten bei der Busstation am Elisenbrunnen abgeholt. Aber anstatt einer Umarmung oder eines Küsschens gab es – kaum war er aus dem Bus gestiegen – Vorhaltungen wegen seines schlampigen Erscheinungsbildes.

»Hättest du dich nicht wenigstens ausnahmsweise einmal rasieren können? Und schau dir mal deine Schuhe an! Wir sind hier in der altehrwürdigen Kaiserstadt Aachen und nicht in irgendeinem belgischen Provinzkaff!«, schimpfte Angelika ungehalten, während er in aller Selenruhe seinen Tabakbeutel aus der Tasche des grauen Jacketts mit dem abgewetzten Kragen herauskramte.

Merde!, dachte sich Frederic. Geht *das* schon wieder los!

Weil sie keine Antwort bekommen hatte, hakte Angelika nach: »Oder wie siehst *du* das?«

»Wenn ich mich erst noch rasiert und umgezogen hätte, wäre ich aber zu spät zu unserer Verabredung gekommen, mein Engel«, verteidigte sich Frederic, der nun ein anderes Gesicht zeigte als noch eine Stunde zuvor in Millers Gegenwart. Immer wenn er im Dienst war, gab er den grantigen, wortkargen und manchmal auch beinharten Polizisten ab. Wenn er aber mit ein paar befreundeten Paaren den Karneval oder die Kirmes in seiner alten Heimat Eupen besuchte und mit seinen »Königstreuen« zusammen war, schienen die meisten seiner zahlreichen Eigenheiten wie weggeblasen: Er benahm sich völlig anders, konnte herzlich lachen und scherzen, redete wie ein Wasserfall und machte fast jeden Blödsinn mit. Angelika gegenüber war sein Verhalten etwas gemäßigter. Auch mit ihr scherzte und alberte er gerne, aber sie war eine etwas steife Akademikerin und zudem in vielen Dingen ganz anders als er. Ihr gegenüber bemühte sich Frederic stets um kultivierte Gespräche und ein einigermaßen ordentliches Benehmen, verzichtete dabei aber nur höchst selten auf ein paar Bierchen und seine geliebten Fritten. Heute sollte er wieder einmal fein mit ihr ausgehen. Ihm schwante Fürchterliches. »Das kann ja was werden«, stöhnte er leise.

»Was hast du gesagt?«

»Äh, nichts!«

»Gut. Die Geschäfte haben heute länger geöffnet«, stelle Angelika entzückt fest.

Während ihn die beiläufige Bemerkung seiner Partnerin wie gelähmt dastehen ließ, beobachtete er zu seinem Entsetzen auch noch, dass ihre Augen bereits Ausschau nach einem geeigneten Modegschäft für Männer hielten. Aus Erfahrung heraus ahnte er, was nun auf ihn zukommen würde.

»Weißt du was? Wir gehen zuerst zum Büchel hoch und besuchen dort meine Freundin Tina in ihrem Schuhgeschäft ›Andiamo‹! Dort holen wir für mich ein Paar schicke High Heels.«

Da Frederic glaubte, den Kelch an ihm vorüberziehen zu sehen, nickte er zustimmend. Aber er sollte sich täuschen, denn Angelika war noch nicht fertig und fügte hinzu: »Danach gehen wir die Adalbertstraße zum ›Aquis Plaza‹ hinunter und schauen uns dort ein wenig um, bevor wir ›Wienand‹ besuchen! – Was meinst du?«

»Wer ist ›Wienand‹?«, Angelika schüttelte ungläubig den Kopf. »Noch nie was von Aachens Herrenausstatter Nummer 1 gehört?«

Nun schüttelte Frederic den Kopf, bevor er ihn resigniert fallen ließ und die Luft aus seinen geblähten Backen stieß. Da er nun gewiss wusste, nicht den geringsten Hauch einer Chance zu haben um aus dieser Nummer rauszukommen, willigte er mit einem gequälten Lächeln ein. Zum Dank bekam er *jetzt* die Umarmung und den Kuss, nach dem er sich bei der Begrüßung gesehnt hatte. Dass sich Angelika anschließend fest bei ihm einhakte, sollte allerdings wohl eher garantieren, ihn nicht auf dem Weg in die Modeläden zu verlieren.

»Weißt du was?«, sagte Angelika schon wieder begeistert und verunsicherte ihren Lemmi abermals. »*Zuallererst* gehen wir auf einen Sprung zu ›Baratti‹ in die Elisengalerie, in der es auch ein Schuhgeschäft für Herrren gibt!« Angelika bekam von Moschka, der persischen Mitinhaberin des angesagten Modegeschäfts, stets *das* eisgekühlte Gläschen Schampus, das es bei Tina meist nur ungekühlt und pappsüß gab. Sie wusste, dass sich Frederic nicht trauen würde, sie beim Aussuchen und Anprobieren der frisch eingetroffenen Herbstware zu stören. »Andiamo!«, sagte sie frohgelaunt und zog den Polizisten bei Rot über Aachens Hauptverkehrsader.

✣

Da Angelika bei ihrer Freundin Moschka – natürlich »rein zufällig« – nicht nur die nette Barbara, die stets schicke Eleonore, die gertenschlanke Rita und ein paar andere modebewusste Öcher Frauen antraf, zog sich die »Anprobe« über einenhalb Stunden hin, während derer sich Frederic zunehmend nach einem kühlen Bierchen sehnte. Aber dazu sollte es noch lange nicht kommen. Denn nach einer nicht enden wollenden Verabschiedung der Frauen wurde er von seiner inzwischen beschwingten Freundin tatsächlich noch in Richtung des großen Kaufhauses geschleppt, »… auf das die Welt gewartet« hatte, wie er immer zu sagen pflegte, wenn er diesen Gang nach Canossa antreten musste. Er hasste den unpersönlichen Konsumtempel, der dummerweise alles hatte, was Angelikas Herz für ihn begehrte, weswegen *sie* immer fündig wurde und *er* danach wie ein geschniegelter Affe aussah – zumindest seiner Ansicht nach. Im Gegensatz zu den anonymen Kaufhäusern in den Stadtzentren und den schrecklichen Outlets ab vom Schuss mochte Frederic allenfalls die kleinen eigentümergeführten Einzelhandelsgeschäfte in den Fußgängerzonen der Altstädte, wo es das eine oder andere Mal auch ein Gläschen Alkoholisches *für ihn* gab, während er wartete, bis Angelika mit ihrer Anprobe fertig war.

Als sie an einer Pommesbude vorbeigingen, deren edel klingende Firmenbezeichnung der belgische Frittenkenner für weit überzogen hielt, sagte er zu Angelika: »Von wegen ›kulinarisch‹ – die haben hier nur holländische Fritten und verwenden wahrscheinlich auch kein gutes Fett! Jedenfalls riecht es hier so.« Der eingefleischte Belgier verabscheute die aus seiner Sicht minderwertige Ware aus den Niederlanden, die sich derzeit penetrant in Deutschland und Luxemburg, ja sogar im hochgelobten »Frittenland Belgien« selbst breitzumachen suchte. Deswegen hatte er im Moment kein Problem damit, sein kleines Hüngerchen hintanzustellen. Immerhin hatte er vor ein paar Stunden zusammen mit seinem Assistenten im »Frit Inn«, in *der* Friterie in La Calamine, die früher seinem Freund »Fritten-Ralf« gehört hatte, leckere, original belgische Fritten mit einer gehörigen Portion Mayonnaise genossen.

»Bevor ich eine Scheißqualität zu mir nehme, esse ich lieber überhaupt nichts!« hatte er gesagt und war Angelika mehr oder weniger bereitwillig ins »Aquis Plaza« gefolgt, das sie erst wieder verließen, als es zu dunkeln begann.

Während sie sich endlich vollbepackt auf den Weg zu »Aachens Herrenausstatter Nummer 1« machten, grummelte Frederic missmutig vor sich hin. Eine ewig lang dauernde dreiviertel Stunde später hatte ihm der freundliche Verkäufer eine Tasche mit seinen getragenen Klamotten und seinen fast ausgelatschten Schuhen in die Hände gedrückt. Ach ja; eine neue, schwarz-gelb-rote Krawatte befand sich auch noch darin, – die hatte Angelika zu Frederics Entsetzen kurzentschlossen mit auf die Rechnung setzen lassen. »Wer weiß, wann du die brauchen kannst«, hatte sie lächelnd zu ihm gesagt und ihm ein Küsschen auf die Wange gedrückt.

Nun waren sie auf dem Weg zum »Kanpai«. Um dort hinzugelangen, mussten sie nur eine Straße überqueren. Weil die Shushi-Lounge direkt gegenüber des Herrnausstatters lag, wo Frederic komplett neu eingekleidet worden war und deswegen ausnahmsweise einmal todschick aussah, hatte sich Angelika kurzentschlossen vom ursprünglich geplanten »Living Room« am Büchel zu dieser hippen Sushi-Lounge an der Hotmannspief umentschieden.

Seiner Partnerin zuliebe machte Frederic ja viel mit, aber rohen Fisch essen und japanisches Bier? Bei dem Gedanken schüttelte es ihn. Es mochte schon stimmen, dass in diesem Lokal das beste Sushi der Stadt in grandioser Atmosphäre angeboten wurde und die Gäste durchwegs begeistert waren. Aber für ihn war das beim besten Willen nichts! Schon das ständige undurchschaubare Grinsen der Asiaten ging ihm gehörig auf die Nerven. Dies ließe sich allerdings noch einigermaßen ertragen, wenn es dort wenigstens ein ordentlich temperiertes europäisches Bier gäbe. Am besten wäre natürlich ein Gebräu, dessen Grundstoffe durch eine belgische Filtrieranlage gelaufen waren. Das Schlimmste aber war der Gedanke an den rohen Fisch, der seiner Meinung nach nur aus dem Grund zwischen Blätter und Reis gepresst wurde, damit er nicht abhauen konnte. In Frederics Gedanken war sein Magen jetzt schon eine Art Aquarium, in dem sich die von ihm hinuntergewürgten Tiere aus dem engen Reisblätterkorsett befreiten und munter hin und her schwammen. »Ekelhaft!«, entfuhr es ihm bei diesem Gedanken.

»Hast du alles, Schatz?«, riss Angelika ihn aus seinen Gedanken und drückte ihm auch noch ihre Ausbeute in die Hand.

Auch das noch!, seufzte Frederic innerlich auf. Tragetaschen mit den Labels von Modegeschäften schleppen? Nein, das kam bei aller Liebe überhaupt nicht infrage. Schließlich war er ein leitender belgischer Kriminalbeamter, der es sich nicht leisten konnte, sich in aller Öffentlichkeit zu blamieren – auch hier in Deutschland nicht. Also gab er Angelika wortlos die vollgestopften Tragetaschen zurück.

Die Tüte mit seinen gebrauchten Klamotten musste er allerdings nach wie vor selbst tragen, ob er wollte oder nicht. Und ausgerechnet auf dieser Tüte stand in großen Lettern »menshop« zu lesen.

Weiß der Geier, woher der Herrenausstatter diese Tüten hat. Wie peinlich ist *das* denn, dachte Le Maire und blickte sich verstohlen nach allen Seiten um.

Seine Hoffnung, wenigstens keinem bekannten Gesicht zu begegnen, zerschlug sich schon nach kurzer Zeit, als sie sich der Hotmannspief, einem markanten Brunnendenkmal auf dem Weg zur »Sushi-Lounge«, näherten. Kurioserweise aber hellte sich Frederics Miene ausgerechnet auf, als sie direkt vor dem Lokal standen. Denn unvermutet kam ihnen ein alter Bekannter entgegen, an den der Kommissar soeben noch wehmütig gedacht hatte. Schlagartig versteckte er die megapeinliche »men-shop-Tüte« hinter seinem Rücken. »Ralf!«, rief er erfreut. »Was machst du denn hier in Aix-la-Chapelle!«

»Fritten-Ralf«, wie der Friteriebesitzer aus Liège allseits genannt wurde, blieb zwar kurz stehen, um seinen alten Freund Frederic und seine Begleiterin mit den in Belgien zwar üblichen, von Le Maire aber verhassten Wangenküsschen zu begrüßen. Aber der ansonsten überaus kommunikative und sympathische Kerl ließ sich nicht auf das übliche Schwätzchen mit seinem Stammkunden ein. Anstatt wie sonst immer, munter draufloszureden und einen Witz zu erzählen, stammelte er nur, dass er keine Zeit habe und weiter müsse. Dabei blickte er sich ängstlich um und wischte sich hektisch den kalten Schweiß von der Stirn.

»Was … was ist mit dir?«, wollte Frederic irritiert wissen, bekam aber von seinem Freund nur knapp zur Antwort, dass er es eilig habe, weil er in Urlaub fahren würde.

»Wohin soll's denn gehen?«, wollte Frederic wissen, bekam aber nur knapp zur Antwort: »In die Berge!«

Noch bevor Frederic nachhaken konnte, eilte Ralf davon, als wäre der Teufel hinter ihm her.

»Dein Freund verhält sich aber komisch«, stellte auch Angelika mit kriminalistischem Spürsinn fest. Sie kannte Frederics Lieblings-Friteriebetreiber Ralf Perron aus Liège ebenfalls gut, weil dessen »Friterie du Perron« an der Ecke Rue de Rex/Rue de Violette, also ganz nahe bei Frederics Wohnung lag.

»Ja, das ist sonst gar nicht seine Art«, bestätigte Le Maire nachdenklich und fragte sich, was sein guter Freund eigentlich in Aachen zu tun hatte.

Doch bevor er dazu kam, sich gedanklich intensiver damit zu beschäftigen, wurde er von Angelika schon in die »Sushi-Lounge« hineingezogen, wo bereits der gefürchtete kalte

Fisch und – fast noch schlimmer – lauwarmes Japanbier auf ihn warteten.

✳

Während eines zumindest für Angelika wunderbaren Essens in einem der besten Lokale Aachens hatten die beiden kein einziges Wort über ihren Fall gesprochen und sich nur um sich selbst gekümmert. Sogar Frederic hatte die beruhigende Atmosphäre genossen und ein Essen *ohne* Fritten protestlos hinter sich gebracht. Sicherheitshalber hatte er dem Bier zwei Shóchú als Aperitif voraus- und einen Sake hinterhergeschickt, bevor er vom Kellner für Angelika eine zweite Flasche Rotwein hatte öffnen lassen. »Ich wusste nicht, dass man das japanische Gebräu fast so gut trinken kann, wie die deutschen Biere!«, klang es Angelika zuliebe beinahe wie ein Lob aus dem Munde des belgischen Patrioten.

»Das lag sicher an den vielen Eiswürfeln, die dir die Wirtin ins Glas getan hat«, stellte Angelika schmunzelnd fest.

»Bei Fritten verhält sich das natürlich völlig anders«, beeilte der Kommissar sich zu betonen. »In Aix-la-Chapelle macht man zwar hervorragende Printen, in München prima Weißwürste und in Berlin gute Bratklopse – aber Fritten? Nein, die sind eine rein belgische Angelegenheit, wie in Italien die Spaghetti oder …«

»Vertu dich da nicht, Lemmi. Die Spaghetti haben nicht die Italiener, sondern die Chinesen erfunden!«, korrigierte die kluge Frau ihr Gegenüber angesichts des asiatischen Lokals, in dem sie sich befanden, und setzte nach: »Bist du also sicher, dass die Fritten von den Belgiern erfunden wurden?«

Noch bevor Frederic aufbrausen konnte, legte sie beschwichtigend eine Hand auf seinen Arm: »Vergiss die belgischen Pralinés nicht! *Die* gehören ebenfalls in dein Heimat-

land und sind wirklich einzigartig. Zum Wohl, mein Schatz!
Auf uns!«

Nachdem beide in ihren schicken Klamotten ein gutes Bild
abgegeben, lange diniert, viel Privates besprochen und nach
einem Sake »aufs Haus« noch einen Espresso getrunken hatten,
war Frederic ganz schön angsäuselt. Dennoch bestellte er sich
zufrieden ein Absacker-Ashai-Bier. »... aber bitte mit Eis!«
Da er die Sache mit dem Fisch einigermaßen ordentlich
verdaut hatte und die Getränke wohlig auf ihn einwirkten,
war er mit sich und der Welt im Reinen. »So, Chérie: Ich geh
noch mal schnell raus auf eine Fluppe, dann können wir noch
kurz zum ›Geschäft‹ kommen und du kannst mir deine Neuigkeiten erzählen.«
Was Angelika kurz darauf zu berichten hatte, klang aber
zunächst nicht sehr ergiebig für den Ermittler, der sich – wie
so oft – etwas mehr erhofft hatte: »Monsieur Ottens Kopf
wurde tatsächlich mit Asbesthandschuhen in die runde Friteuse gedrückt, und zwar lebend!«
»Das war ja eigentlich schon klar. Aber erklär mir das mal
ganz genau«, bat Frederic die Ärztin.
»Obwohl der größte Teil der Pommes quasi zu Staub zerfal-
len war, kann ich klar sagen, dass es eindeutig viel zu viele Frit-
tenstäbchen für eine, zwei oder sogar vier Portionen waren.«
Bevor Frederic sie in Bezug auf die »Pommes« korrigieren
und noch eine Frage hinterherschieben konnte, ergänzte Angelika, dass der Mörder die »Äh ... Fritten« posthum über Ottens
Kopf geschüttet hatte, weswegen etliche davon nicht ganz
oder überhaupt nicht frittiert waren. Dann erfuhr der Kommissar auch noch, dass der Mann in ein Rinderfett gedrückt
worden war, das von allerbester belgischer Qualität gewesen
sein musste – bevor es versaut wurde. Was die erhofften Fingerabdrücke anbelangte, so hatte der Ermittler von der SpuSi

bereits erfahren, dass sie über 50 verschiedene Abdrücke zum Abgleich durch den Computer gejagt hatten und bisher noch nichts dabei herausgekommen war.

»Viel mehr gibt es nicht! Unser Mörder war wohl ein Profi, sehr stark und eiskalt.« Damit endete Angelikas magerer Bericht.

»Na gut«, seufzte Frederic. »Hoffentlich ergibt meine Vernehmung von Madame Lavalle morgen etwas.«

»Madame … *wer*? Wolltest du mich nicht immer in deine Erkenntnisse mit einbeziehen? Hast du das etwa schon wieder vergessen?«, beschwerte sich Angelika, bekam aber gleich die Erklärung dazu und die spontane Einladung, ihn morgen in die Kirche von La Calamine zu begleiten.

Schon besser, dachte sie sich und drückte Frederic ein Dankesküsschen auf die Wange.

»So kommen wir wenigstens mal in die Kirche«, spöttelte Frederic und grinste unbehaglich. Denn nach genauerer Betrachtung war es ihm doch nicht so recht, Angelika bei dem möglicherweise gefährlichen Gespräch in dem Gotteshaus dabeizuhaben. Er wusste ja selbst nicht, worauf er sich da eingelassen hatte. Da er die »Einladung« nun aber schon ausgesprochen hatte, konnte er nicht mehr zurückrudern. Er wollte Angelika keinesfalls verstimmen, – nicht hier und heute.

»Darf ich der Dame nachschenken?«, säuselte in diesem Moment die Bedienung von der Seite und unterbrach damit Frederics Gedanken.

»Und dem Herrn noch ein Bier … mit Eis?«

Da Le Maire seinen Absacker leer und immer noch Durst hatte, nickte er.

»Bilde dir nur nichts darauf ein, mein lieber Lemmi«, sagte Angelika spitz, die Frederics entzückte Mimik bemerkt hatte. »Du weißt ja: Asiaten grinsen immer so!«

KAPITEL 4

Das strahlende Wetter hatte Pat Miller auf die Idee gebracht, die Gelegenheit zu nutzen, um mit seiner Verlobten Chloé von Liège aus ein Sonntagsfährtchen nach La Calamine zu unternehmen und gleichzeitig Le Maires Auto schnell wieder loszuwerden. »Während ich mit meinem Chef zwei, höchstens drei Stündchen weiter an dem Fall arbeite, kannst du dir ja die Gegend anschauen! Fahr zum Gut Schimper nach Moresnet, wo Hein Simons ein Pferdegestüt mit einem kleinen Café betreibt, oder ...«

»Meinst du mit Hein Simons ›Heintje‹, den ehemaligen Kinderstar, den meine Mama so liebt und der jetzt wieder große Erfolge feiert? *Wie geil ist das denn*!«, wurde er von der im vergangenen Jahr fertig studierten Altphilologin unterbrochen, zu der ein solcher Begeisterungsspruch, zumal in solch einem Zusammenhang, eigentlich gar nicht passen mochte.

Pat musste zwar schmunzeln, war aber froh, dass seine Verlobte nicht herumzickte und ihn an ihrem gemeinsamen Sonntag ein paar Stunden in Ruhe arbeiten ließ. Cloé wusste, dass es bei Mord für ihn kein freies Wochenende gab. Dies hatte die kluge Frau schnell gelernt.

Sanft küsste Pat sie auf die Stirn und empfahl ihr noch ein paar Sehenswürdigkeiten: »Besichtige in Hergenrath die Eyneburg, die einzige Höhenburg Ostbelgiens. Oder fahr zum berühmten Kloster Val-Dieu ins Herver Land. Das Navi wird dir den Weg schon zeigen.«

»Aber da waren wir doch schon öfter!«, wehrte die unternehmungslustige Frau ab, schob ihre trendige Brille mit dem Zeigefinger nach oben und wartete auf weitere Vorschläge ihres Verlobten, der sich hier in der Gegend besser auskannte als sie.

»Dann fährst du eben nach Eupen und besichtigst das wunderschön renovierte Kloster Heidberg oder schaust dir dort die aktuelle Ausstellung im Alten Schlachthof an. In La Calamine jedenfalls brauchst du nicht zu bleiben, da ist am Sonntag der Hund begraben.«

Chloé blickte um sich, zog die Augenbrauen hoch und fragte nicht ganz ernst gemeint: »Nur am Sonntag?« Sie wehrte wieder ab: »Kümmere dich nicht um mich und mach deinen Job. – Es ist okay! Wir rufen uns nachmittags zusammen und fahren dann wie vereinbart gegen Abend nach Hombourg, ins ›Le Cochon Embouteillé‹ zum Essen.«

Le Maires Assistent war glücklich darüber, eine solch verständnisvolle Verlobte zu haben und endlich die alte Kiste seines Chefs loszuwerden. Denn eigentlich hatte er Chloé nur zu dieser Spritztour überredet, damit sie mit zwei Autos von Liège nach La Calamine und gemeinsam mit ihrem Cabrio zurückfahren konnten.

Le Maire hatte ein ungutes Gefühl dabei, sich mit Madame Lavalle allein und darüber hinaus auch noch ausgerechnet in einer Kirche zu treffen. Deswegen hatte er gestern im »Frit Inn« seinen Assistenten gebeten, trotz des heiligen Sonntags nach La Calamine zu fahren und ebenfalls in das Gotteshaus zu kommen. Dort sollte er sich dann unauffällig im Hintergrund bereithalten, »… falls was wäre«. Der meist unbewaffnete Chefermittler hatte zu diesem Zeitpunkt ja noch nicht gewusst, dass seine kampfsportgeübte Lebenspartnerin an seiner Seite sein würde.

✻

Pat Miller betrat genau zur vereinbarten Zeit das neugotische Kunstwerk im Herzen von La Calamine, wo er kurioserweise schon von Le Maire erwartet wurde. Dabei wunderte er sich nicht nur über die Pünktlichkeit seines Chefs und den an ihm ungewohnt schicken »Sonntagsanzug«, sondern auch über dessen charmante Begleitung.

»Na, einen geruhsamen Vormittag gehabt? Dann können wir jetzt ja noch ein bisschen was für die Aufklärung unseres Falls tun«, begrüßte Le Maire seinen Assistenten mit Handschlag, was er sonst nie tat.

»Bonjour, Chef!«, antwortete Miller knapp und streckte ihm mit der linken Hand den Autoschlüssel entgegen, während er Dr. Laefers seine Rechte gab. »Schön, dass Sie auch hier sind.«

»Ja, wir haben uns lange nicht mehr gesehen.«

Le Maire war zwar etwas irritiert. Dennoch interessierte es ihn im Moment nicht ernsthaft, weshalb Miller ihm den Autoschlüssel zurückgegeben hatte, obwohl er nach getaner Arbeit wieder nach Liège zurück musste und sie beide sicher noch ein paar Tage in La Calamine an der Aufklärung ihres Falls arbeiten würden. Also kam er gleich zur Sache: »Ihr bleibt bitte ganz hinten und drückt euch in die dunkelste Ecke, damit euch Madame Lavalle nicht sieht, wenn sie kommt!« Er blickte sich kurz um und empfahl gleich eine passende Stelle. »Seht mal, dort drüben ist es recht schummrig.« Zu seinem Assistenten gewandt, sagte er: »Du greifst aber nur und erst ein, wenn ich dich rufe oder etwas Unvorhergesehenes geschieht!«

Obwohl Miller diese Aktion seines Chefs für übertrieben hielt, nickte er und drückte sich mit Dr. Laefers in die hinterste Ecke des Kirchenraums. Sie wusste, dass ihr Lemmi gute Gründe für diese Anordnung hatte. Obwohl dies auch Miller klar war, löste er sicherheitshalber den Verschluss seines Pistolenholsters. »Man weiß ja nie«, argumentierte er ein bisschen verlegen Frau Dr. Laefers gegenüber.

Es war still. Und durch das Halbdunkel der Kirche wirkte die Situation fast ein wenig bedrohlich, ohne dass es einen nennenswerten Grund dafür gab. Denn außer ihnen war niemand da. Trotz der sommerlichen Temperatur draußen fröstelte Le Maire, zumal ein kühles Lüftchen durch das leicht geöffnete Portal ins Kircheninnere zog. Bis auf wenige, aus der Sicht des Ermittlers sündhaft teure, Opferkerzen brannte kein einziges Licht im katholischen Gotteshaus, das vom sich durch die Fenster hereinstehlenden Tageslicht zehren musste. So helfen die Gläubigen der Kirche, zu sparen, dachte sich Le Maire schmunzelnd. Von der Vormittagsmesse hing immer noch der Weihrauch in der Luft, den der Hauptkommissar von seiner Zeit als Messdiener her mochte, weswegen er ihn genüsslich einatmete – wenn er hier schon nicht rauchen durfte.

Die drei warteten nun schon über eine Viertelstunde auf Madame Lavalle, die aber nicht kam. Während der Ermittler in einer der vorderen Bänke saß, betrachtete er sich den Innenraum der Kirche ganz genau und bewunderte das im Nazarener Stil gefertigte Interieur. Dabei fiel ihm auf, dass die Orgel sich ganz vorne in der Mitte des Altarraums befand. Das habe ich noch nirgendwo gesehen, dachte er versonnen, als er begann, unruhig zu werden. Aber er konnte so oft nach hinten schauen, wie er wollte, die Frau kam nicht.

»Endlich!«, entfuhr es ihm grummelnd nach weiteren nervenzerreibenden zehn Minuten, als er die äußere Portaltür und gleich darauf Schritte hörte, die von Blockabsätzen stammten, wie sie zu Frauenschuhen gehörten. Als die Schritte näher kamen, stand er auf, um Madame Lavalle zu begrüßen.

Aber die Frau kam ihm zuvor: »Gott zum Gruße!«, sagte sie leise mit einem angedeuteten Nicken und ging an ihm vorbei zu den Opferkerzen. Es war nicht Madame Lavalle!

Jetzt reichte es dem Kriminaler, der seinen Sonntag dafür opferte, nur um ein Gespräch mit einem dieser ortsbekannten

Klatschweiber zu führen. Wütend verließ er die Kirchenbank und eilte nach hinten. »Abbruch!«, knurrte er nur, während er an den anderen vorbei nach draußen eilte, um sich hastig eine Zigarette zu drehen.

Nachdem er die ersten Züge genommen und sich dabei beruhigt hatte, versuchte Le Maire, seine verhinderte Informantin anzurufen, was der leere Akku seines Handys allerdings verhinderte.

»Merde! – Dann rufe ich sie eben gleich morgen früh an. Unabhängig davon gehe ich noch mal zu Madame de la Heye, damit sie ihre verdammten Romméweiber zusammentrommelt und ich mich nochmals mit ihnen unterhalten kann«, sagte er grummelnd zu Miller, der ihm sein Handy angeboten hatte, was Le Maire aber aus was für Gründen auch immer abgelehnt hatte. Angelika gegenüber zog er entschuldigend die Schultern nach oben.

»Das macht doch nichts, Lemmi! Du kannst ja nichts dafür. Sicher wirst du gleich morgen erfahren, warum diese Frau nicht gekommen ist. Möglicherweise ist ihr etwas zugestoßen?«, zeigte sich Angelika gleichsam verständnisvoll wie nachdenklich.

»Wie meinst du das?«, hakte Frederic nach, während er sich die Frischgedrehte anzündete.

Angelika schmunzelte, bevor sie antwortete: »Weibliche Intuition vielleicht?«

»Und jetzt?«, wollte Miller wissen, damit er seiner Verlobten Bescheid geben konnte. Nachdem geklärt war, dass es dies für diesen Tag war, wollte nun Le Maire von seinem Assistenten wissen, wie und vor allem warum er seinen Wagen schon hierher gebracht hatte.

Miller erzählte, dass seine Verlobte Chloé so nett gewesen war, eines der beiden Autos von Liège hierherzulenken, damit beide Ermittler wieder mobil seien, solange sie in La Calamine zu tun hatten. Darüber, dass es ihm peinlich war, in Le Maires alter Kiste am Steuer gesehen zu werden, sagte er ebenso wenig wie über den überquellenden Aschenbecher und den kalten Rauch im Wageninneren, der ihn gewaltig gestört hatte.

»Und wo ist sie jetzt?«, fragte Dr. Laefers, die Millers Verlobte noch nicht kannte, interessiert.

»Ich kann sie ja mal anrufen«, antwortete der junge Mann, tat dies und beorderte Chloé gleich wieder zurück. »Sie spaziert gerade um den Casinoweiher und ist in zehn Minuten hier. – Wir möchten heute noch nach Hombourg ins ›Le Cochon Embouteillé‹ zum Essen.«

Als sie dies hörte, schaute Angelika ihren Geliebten so an, dass dieser sofort wusste, was ihn schon wieder erwarten würde. Was hätte er in diesem Moment dafür gegeben, seine normale Arbeitskluft anzuhaben, mit der ihn Angelika sicher nicht in dieses feine Speiselokal mitschleppen würde!

»Sie können gerne mitkommen«, bot Miller, dem dies mit kriminalistischem Spürsinn aufgefallen war, und der seinen Chef nur allzu gut kannte, mit einem süffisanten Grinsen an.

Verräter, dachte sein Chef, während er mit einem gequälten Lächeln auf den Lippen nickte. »Na gut, wenn's sein muss.«

KAPITEL 5

Wie bereits zwei Tage zuvor, hatten sich die beiden Ermittler am Montagvormittag im »Bistro de la Place« eingefunden. Da Le Maire wieder zu spät gekommen war und es zudem regnete, hatte sich Miller dieses Mal gleich einen Platz im Lokal, abseits der anderen Gäste, gesucht und nicht draußen auf ihn gewartet. Er hatte die Zeit sinnvoll nutzen wollen, indem er an seinem Tablet arbeitete.

Nun saßen sie da wie vorgestern und auch ansonsten schien alles wie am vergangenen Samstag: Der Laden war voller älterer Gäste, die allesamt nichts Besseres zu tun hatten, als die Fremden neugierig zu beäugen. Und der Wirt stützte sich wieder mit seinen Ellenbogen auf der Thekenplatte ab, um mit beiden Handflächen sein müdes Haupt stützen zu können. Allerdings schien an diesem Vormittag irgendwie Spannung in der Luft zu liegen. Alle erweckten den Eindruck, als wenn sie auf etwas warten würden.

Aber die Kriminalpolizisten gingen nicht darauf ein und genossen stattdessen schweigend ihr Frühstück, wobei an diesem Tag Le Maire ein gekochtes Ei bestellt hatte und nicht Miller – schließlich war ja kein Wochenende. Nachdem sie mit dem Frühstück fertig waren, stand der Ermittler auf, um wieder dieselbe Frage ins Rund zu richten wie beim letzten Mal. Aber noch bevor er etwas sagen konnte, stürmten die älteren Herrschaften auf ihn zu und bedrängten ihn, ihm etwas mitteilen zu können.

Dies holte den Wirt aus seinen stillen Gedanken und ließ ihn aktiv werden: »Aber meine Herrschaften! Wir hatten doch bereits darüber gesprochen, dass Sie dem Monsieur commissaire in aller Ruhe und der Reihe nach mitteilen, was Ihnen inzwischen zu den Ottens eingefallen ist. Also setzen Sie sich wieder!«

Le Maire, der immer noch stand, blickte verwundert zu seinem Assistenten hinunter und bemerkte, dass ihnen da wohl einer die Arbeit abnehmen wollte. Etwas verunsichert räusperte sich der ansonsten coole Beamte und sagte zu den Leuten: »Oui, Mesdames, Messieus: Der Wirt hat recht! Wenn Sie uns etwas zu dem Fall mitteilen möchten, freuen wir uns natürlich. Ich schlage vor – das Einverständnis des Hausherrn vorausgesetzt – dass sich mein Assistent und ich jeweils ein Tischchen im hinteren Raum suchen und Sie der Reihe nach befragen. Dann müssen wir Sie nicht zur hiesigen Polizeistation oder gar nach Eupen ins Kommissariat zitieren. Sind Sie damit einverstanden?«

Nach diesen Worten knisterte die Luft förmlich. Die Gäste nickten erwartungsvoll, und der Wirt schickte sich sogleich an, das Licht im hinteren Gastraum anzuknipsen, zwei Tische zurechtzurücken und mit je zwei sich gegenüberstehenden Stühlen zu bestücken. Aber anstatt endlich mit der Befragung zu beginnen, ging Le Maire nach draußen, um eine Zigarette zu rauchen und mit Miller die Strategie zu besprechen. »Gut: dann gehen wir es an!«, drängte der junge Kriminaler seinen Chef, weil er es kaum erwarten konnte, Neuigkeiten über die Familie Ottens zu erfahren.

✳

Nach über zwei nervenaufreibenden Stunden, in denen sich Le Maire und Miller inmitten schnatternder Gänse gewähnt und kurioserweise die berechtigte Sorge gehabt hatten, Autogramme geben zu müssen, konnten sie mit feinem Stift ein genaues Bild der Ottens zeichnen: »Also, ich fasse zusammen«, sagte Le Maire, nachdem beide ihre Erkenntnisse gebündelt und sich von der Bedienung zwei weitere Kännchen Kaffee hatten hinstellen lassen. »Wir haben den 58-jährigen ermordeten Monsieur Steffen Ottens und seine lebende Ehefrau Simone.«

»Die um 23 Jahre jünger ist als ihr Mann und zudem wesentlich besser aussieht, ergo optisch überhaupt nicht zu ihm gepasst hat!«, ergänzte Miller nach einem Blick auf sein Tablet.

»Genau! Und das wirft offensichtlich die Frage auf, *warum* ihr wesentlich älterer und relativ unattraktiver Mann ein notorischer Fremdgänger war, was ebenso ein klares Mordmotiv seiner Frau ist, wie deren amouröse Abenteuer, von denen wir nun ja erfahren konnten. Also haben wir nun *eine* Verdächtige!«

»Nicht ganz«, ergänzte Miller. »Die Feuerwehr!«

»Schon gut, ich weiß: Ungefähr 40 weitere Tatverdächtige! Aber dazu kommen wir ja heute Abend. Lass uns jetzt erst einmal alles zusammenfassen, was wir hier über die Ottens erfahren haben.«

Nachdem die beiden ihre neu gewonnenen Erkenntnisse in Bezug auf Steffen Ottens ständige Wutausbrüche und dessen extreme Spielsucht zusammengefasst hatten, war zudem klar geworden, dass der Mörder auch vonseiten irgendwelcher Leute kommen konnte, denen er Geld schuldete. Insbesondere, weil Le Maire der Witwe inzwischen nicht mehr wirklich zutraute, ihren Mann auf solch brutale Art getötet zu haben und er der zierlichen Frau zudem die Kraft dafür absprach. »Unsere Pathologin sagte ja bereits, dass es sich bei dem Mörder um einen Einzeltäter handelt, was auch die SpuSi bestätigte. Außerdem muss der Mann groß und stark gewesen sein, weil er sein sich wehrendes Opfer mit viel Kraftaufwand von oben nach unten gedrückt hat.«

»Was Madame Ottens wieder ausschließen würde«, repetierte Miller das bisher Gehörte, während er sich aus dem Griff seines Chefs befreite, der den Tatvorgang an ihm demonstriert hatte.

Aber damit erreichte er nur, dass Le Maire einen weiteren Unbekannten mit ins Spiel brachte: »Möglicherweise hat sie einen groß gewachsenen und starken Liebhaber, der ihr die Drecksarbeit abgenommen hat und von dem niemand etwas weiß? Allein der extrem große Altersunterschied zu ihrem Mann könnte dafür sprechen!«

»Also ein weiterer, allerdings unbekannter Tatverdächtiger?«, überlegte Miller, während sein Chef schon wieder auf die Aussagen der Gäste zurückkam.

»Lass uns bei den bisherigen Fakten bleiben.«

Miller nickte.

»Gut! Aber jetzt müssen wir auch noch in den Spielbanken Erkundigungen einholen und versuchen, etwas herauszubekommen«, gebot Le Maire, der nun genügend Anhaltspunkte hatte, um weiterforschen zu können. »Und lass von Locki die finanziellen Verhältnisse der Ottens überprüfen! Sie weiß bereits, dass du diesen Fall betreffend ihr gegenüber weisungsbefugt bist. Ich möchte wissen, ob seine Spielsucht die Familienkasse belastet hat.« Er schaute auf die Uhr, überlegte kurz und sagte in bestimmendem Ton: »Du fährst jetzt gleich nach Liège zurück, informierst Docteur Baguette über unsere neuen Erkenntnisse und lässt dir von ihm drei Leute geben, die sich um die infrage kommenden Spielbanken kümmern.

»Gleich *drei* Kollegen?«, wunderte sich Miller.

»Ja! Allein Belgien hat neun Spielbanken, wobei das Augenmerk auf das relativ nahe gelegene Casino in Spa gerichtet sein sollte. Und in Holland gibt es sogar 13 solcher Etablissements, wobei ich als Erstes Valkenburg ins Visier nehmen würde. Und in Nordrheinwestfalen sind es auch noch vier, wobei natürlich Aachen am naheliegendsten wäre«

»Und im luxemburgischen Mondorf gibt es auch noch eines«, ergänzte Miller, der wie sein Chef wusste, dass Spieler – insbesondere, wenn sie in den heimatnahen Casinos gesperrt waren – auch weitere Wege auf sich nahmen, um ihre Spielsucht zu befriedigen.

»Na, siehst du!«, bestätigte Le Maire. Also brauchen wir *mindestens* drei Leute, die sich darum kümmern. Am liebsten wären mir Soquette, Bribanté und Lassarde, der nach Luxemburg soll, weil er von dort stammt. Du briefst die drei Kommissaranwärter und bist spätestens um 18 Uhr wieder zurück, damit wir uns noch wegen der Anhörung der Feuerwehrleute abstimmen können. Ich selbst nehme mir nochmals die Romméweiber vor und gehe zum Bürgermeister. Was die Spielbank in Aachen anbelangt, wird Frau Doktor Laefers dafür sorgen, dass sich die deutschen Kollegen darum kümmern. Ich ruf sie gleich an!«

Mit einem knappen »Klar, Chef« bestätigte Miller eifrig, alles verstanden zu haben. Diskret schob er sein Handy über den Tisch.

»Ist noch was?«, wollte Le Maire wissen, weil sein Assistent immer noch wie angewurzelt dastand.

»Ihr Handy ist sicher wieder leer. Ich warte nur noch, bis sie meines benutzt und mir wieder zurückgegeben haben.«

Nachdem Le Maire sein Mobiltelefon unauffällig aus der Hosentasche herausgefischt und unter dem Tisch einen prüfenden Blick darauf geworfen hatte, war klar, dass Miller richtig getippt hatte. »Merde!«

»Gut, dass jeder wieder sein eigenes Auto hat«, forderte der junge Polizist noch ein Lob seines Chefs ein, nachdem der fertig telefoniert hatte. Aber dieses Mal bekam er keines. Weshalb auch?

»Nun ab mit dir«, knurrte Le Maire stattdessen und machte mit seinem Kopf die dazu passende Bewegung, bevor er sein eigenes Handy in die Hosentasche zurückgleiten ließ.

✻

»Merde!«, war es Le Maire aus Gewohnheit heraus kurz darauf auch versehentlich im Kreise dreier Damen herausgerutscht, als er von Madame de la Heye erfahren hatte, dass Madame Lavalle am Sonntag unweit ihres Hauses in der Rue du Patronage von einem Auto angefahren worden war und nun auf der Intensivstation im St. Nikolaus Hospital in Eupen lag.

»Von ihrem Sohn habe ich erfahren, dass sie sich auf dem Weg zur Kirche befand, als es passierte«, sagte eine der anderen Rommédamen eher beiläufig und brachte Le Maire dadurch zum Schwitzen.

»Und der Unfallverursacher ist einfach abgehauen«, ergänzte die Dritte im Bunde.

Um seine innere Wut nicht zu zeigen, hatte er den Freundinnen gegenüber sein Mitgefühl ausgedrückt und sich noch ein wenig mit ihnen unterhalten, bevor er seine Kaffeetasse betont sanft auf die gehäkelte Tischdecke über dem altmodischen Eichentisch abgestellt und sich äußerst höflich verabschiedet hatte: »… und danke für den guten Kaffee! Die Damen halten sich bitte in den nächsten Tagen zu meiner Verfügung.«

Wutentbrannt war der Kriminaler aus der Wallonie zur hiesigen Polizeistation hinuntergeeilt, um zu erfahren, warum man ihn nicht *sofort* über diesen Unfall informiert hatte.

»Ganz einfach«, wehrte sich der junge Beamte, den Le Maire unverdient angeschnauzt hatte. »Es war nur die Mailbox dran! Ich habe sogar *mehrmals* versucht, Sie zu erreichen, und dann habe ich auch noch in Ihrem Kommissariat in Liège angerufen. Dort wurde ich mit einer gewissen Mademoiselle Loquie verbunden, die dann …«

»Merde!«, schalt Le Maire sich nun selbst, weil ihm klar war, dass er einmal mehr vergessen hatte, sein Handy ans Netz zu hängen.

Nachdem er sich – was er generell gar nicht gerne tat – in aller Form entschuldigt hatte, nutzte er die Gelegenheit, um den anwesenden Streifenpolizisten mitzuteilen, dass er am Abend die Feuerwehrmänner in Bezug auf Monsieur Ottens Tod befragen musste und er es gut finden würde, wenn ein paar ortsansässige Beamte in Uniform dabei wären. Nachdem er dem Leiter der hiesigen Polizeistation den Grund für diese Aktion erklärt hatte, bekam er von ihm die Zusicherung, alle zur Verfügung stehenden Männer zum Feuerwehrhaus zu beordern. Wahrscheinlich freute der sich darüber, dass sich in La Calamine endlich einmal etwas rührte. Le Maire nahm ihn beiseite und sagte leise zu ihm: »Ihr habt da so einen Kollegen, der aus den Niederlanden stammt …«

»Das kann nur De Kuipers sein! Was ist mit ihm?«

»Den müssen Sie heute Abend nicht unbedingt mitbringen! Sie verstehen …«

Da der hiesige Polizeichef seine Pappenheimer kannte, nickte er wissend.

✳

Bei den 39 aktiven Wehrmännern und den aufgrund der Brisanz hinzugezogenen Vorstandsmitgliedern des »Freundschaftsbundes der Feuerwehr« hatte sich Unruhe breitgemacht. Zusammen mit Pat Miller und vier uniformierten Polizeibeamten der Zone Weser-Göhl warteten sie vor dem Feuerwehrgerätehaus in La Calamine auf den Kriminalhauptkommissar, der diesen Einsatz leitete.

Der erfahrene Ermittler hatte schon gewusst, warum er die hiesigen Polizisten hinzugebeten hatte. »Je mehr Exekutive, desto bessere Ergebnisse«, war zwar keine der sonstigen Devisen des am liebsten allein arbeitenden Ermittlers, konnte hier aber seine Wirkung zeigen.

Und tatsächlich: Als Le Maire eine geschlagene Stunde später mit dem Bürgermeister eintraf, spürte er die Nervosität der ansonsten an vieles gewohnten Wehrmänner, die er sich zunutze machen wollte. Um herauszufinden, ob Monsieur Ottens von einem der Feuerwehrler ermordet worden sein könnte, ließ er sich die eigenartige Situation am vergangenen Feuerwehrfest im Kreise aller haarklein erzählen. Dadurch vermied er die üblichen vielerlei verschiedenen Versionen, die im Nachhinein mühsam miteinander verglichen werden mussten, um auf einen Nenner kommen zu können. Nachdem er während der hochemotionalen Anhörung alles en détail erfahren hatte, knallte er den Männern etwas vor die Köpfe, das nicht nur sie, sondern auch seinen noch nicht informierten Assistenten zusammenzucken ließ. Nur der Bürgermeister, dessen Rückendeckung Le Maire sich geholt hatte, war in die Sache eingeweiht worden. Dadurch konnte der eigenwillig agierende Kriminaler verhindern, dass schon wieder eine Beschwerde über ihn bei seinem Chef in Liège einging oder gar der Oberstaatsanwalt informiert wurde, der dann seinen Bluthund, Staatsanwalt Delieux, auf ihn hetzen würde. Dies könnte möglicherweise das Ende seiner Karriere als »Superbulle« bedeuten. Zudem bekundete der auswärtige Ermittler dadurch, dass er hier mit allen örtlichen Behörden und Institutionen zusammenarbeiten wollte, um den heiklen Fall gemeinsam mit ihnen zu klären, was natürlich nicht stimmte.

Erst erklärte er dem Auditorium, um was es ging, dann rief er laut in die Runde der durchwegs männlichen Zuhörer: »Einer von euch ist der Mörder!«

Das saß. Die gestandenen Feuerwehrmänner zuckten zusammen wie verängstigte Kinder.

In der großen Halle, in der normalerweise die Einsatzfahrzeuge standen, war es totenstill geworden. Allerdings nur für einen Moment; denn schon begannen die Männer, sich gegenseitig argwöhnisch zu beäugen und sich sogar Vorhaltungen zu machen, um sofort von sich selbst abzulenken. Keiner wollte das Augenmerk des Ermittlers auf sich lenken – ob schuldig, oder unschuldig. Da Le Maire dem Treiben fast ein wenig amüsiert, aber hochkonzentriert zusah, fiel ihm einer der Männer auf, der schon rein optisch herausstach. Der Mann mit den kantigen Gesichtszügen hatte als Einziger eine dunkle Hautfarbe. Aber dies hatte Le Maire nicht stutzig werden lassen. Schwarze gab es in Belgien ja wie Sand am Meer. Vielmehr waren es die kräftige Statur und die Körperlänge des Mannes, der auch den größten seiner Kameraden um einen halben Kopf überragte. Zudem verhielt er sich im Gegensatz zu den anderen auffallend ruhig, sprach mit keinem und hielt während der ganzen Zeit seinen Blick gesenkt.

Der clevere Ermittler hatte, was er wollte: Sollte der Mörder tatsächlich aus den Reihen der Wehrmänner kommen, war dieser aufgeschreckt worden und würde über kurz oder lang einen Fehler machen, der ihn selbst verriet. Bevor das rasch heftig werdende Durcheinander gänzlich undurchschaubar wurde, schritt der Kriminalhauptkommissar ein und bat die Wehrmänner, ihre Diensthandschuhe zu holen, mit ihren Namen zu versehen und seinem Assistenten auszuhändigen. »Tragen deine Männer auch Asbesthandschuhe?«, wollte er von Francis Cloth, dem Commandant des Pompiers wissen, und benutzte dabei das vertraute Du, als wenn sich die beiden schon lange kennen würden.

»Oui, Monsieur: Wir besitzen zwei Paar!«, antwortete der erst 30-jährige Feuerwehrchef zackig und rief einen der Maschinisten zu sich. »Robert, hol bitte die Asbesthandschuhe vom Rüstwagen!« Danach informierte er den Kriminaler darüber, dass diese Art Asbesthandschuhe heutzutage ebenso kaum noch benutzt würden wie die dazu gehörenden Schutzanzüge.

»Warum das denn?«, wollte Le Maire wissen und bekam vom Experten die Antwort, dass die Freiwillige Feuerwehr La Calamine modern ausgerüstet sei und fast nur noch mit Wegwerf-Hitzeschutzanzügen arbeiten würde. Nachdem er dies erklärt hatte, wurde der Feuerwehrkommandant von einem seiner Männer weggerufen.

Während der Maschinist zum bewussten Fahrzeug und der Kommandant zum Funkraum eilte, erklärte Le Maire seinem Assistenten, warum er zu spät und zudem mit dem Bürgermeister gekommen war.

»Ah! Ich verstehe, wegen Docteur Baguette! Sie können sich nicht schon wieder eine Dienstaufsichtsbeschwerde leisten. Und dies auch noch wegen eines möglicherweise übereifrigen Bürgermeisters, der sich über Sie bei höchster Stelle beschweren könnte.«

Kluges Kerlchen, dachte sich Le Maire und wandte sich dem Bürgermeister zu, weil er mit ihm sprechen wollte. Aber da kam schon der Maschinist zurück und hob ein Paar Asbesthandschuhe in die Höhe.

»Und das zweite Paar?«, wollte der zuvor zurückgekehrte Kommandant irritiert wissen.

Der junge Maschinist zog die Mundwinkel nach unten, während er gleichzeitig die Augenbrauen hochschob und wortlos den Kopf schüttelte.

Francis Cloth wollte sogleich Himmel und Hölle beschwören und von seinen insgesamt acht Maschinisten alles nach den augenscheinlich verschwundenen Handschuhen absuchen lassen, wurde aber von Le Maire ausgebremst: »Später! Jetzt kommen wir erst einmal zur Befragung deiner Männer.«

*

Nachdem sich die beiden Ermittler von jedem einzelnen Feuerwehrmann ein Bild gemacht, von einem nach dem anderen die persönlichen Daten erfasst und deren Alibis erfragt hatten, wartete nur noch derjenige auf seine Befragung, der Le Maire aufgefallen war. Während der Mann im Büro des Kommandanten saß und dabei durch nervöses Nägelkauen ungewollt zeigte, dass er etwas zu verbergen haben könnte, stand Miller mit seinem Chef im Hof und leistete ihm beim Rauchen Gesellschaft. Dabei nutzten sie die Gelegenheit für eine kurze Zusammenfassung, die mit der Erkenntnis endete, dass vier Männer im Moment noch unzureichende und drei Männer überhaupt kein Alibi vorweisen konnten.

»Abklopfen!«, gebot der Ermittlungsleiter seinem Assistenten gegenüber knapp und schnippte zum Entsetzen des stellvertretenden Kommandanten, der dies zufällig sah, seinen glimmenden Zigarettenstummel über den Hof. »So! Und nun kümmern wir uns um den letzten der anwesenden Wehrmänner.«

*

»Herkunft, Religion? …« Eine ungewöhnliche Reihenfolge, die Miller für seine Befragung zur Person gewählt hatte. Dabei schaute er dem Schwarzen streng in die Augen, bevor er in ebenfalls ungewöhnlich scharfem Ton fortfuhr: »Name, Alter, Beruf und Familienstand? … Na; wird's bald?«

Da sich der im nahen Örtchen Hauset wohnende Hüne von Millers hasserfüllt klingendem Ton rassistisch angegriffen fühlte, lehnte er sich zurück, verschränkte demonstrativ die Arme und sagte zunächst gar nichts.

»Wir wollen dir nichts Böses!«, mischte sich Le Maire mit ungewöhnlich ruhig klingender Stimme ein und schaute nun Miller streng in die Augen. Als er merkte, dass sein Assistent verstanden und sich die Situation etwas entschärft hatte, machte Millers Chef selbst mit der Befragung weiter: »Wie heißt du?«

Der Verdächtige hatte zu dem komischen Kauz, der ihm nun gegenübersaß, irgendwie Vertrauen gefasst. Deswegen wagte er es nun, Miller den gleichen hasserfüllten Blick zu bescheren, mit dem ihn der junge Polizist zuvor bedacht hatte. Dann sagte er in verächtlich klingendem Ton: »Du nix gut Mensch!« Am liebsten würde er dabei auf den Boden spucken, traute sich dies dann aber dann doch nicht.

»Das musst du dir nun gefallen lassen«, grinste Le Maire, der wusste, dass Miller im Grunde genommen kein Rassist war, sich aber seit den Anschlägen in Paris und in Brüssel Menschen mit Migrationshintergrund gegenüber viel kritischer verhielt als zuvor. Denn bei dem Attentat auf dem Brüsseler Flughafen war ein guter Bekannter von ihm eines der beklagenswerten Opfer geworden.

»Langsam, langsam! Nicht so schnell!«, bremste Le Maire den nun aufkommenden Redeschwall des Verdächtigen. »Sie sind also 36 Jahre alt, Moslem und LKW-Fahrer. Ist das korrekt? Habe ich Sie richtig verstanden?«

Der Mann nickte und legte, als wenn es ein Befreiungsschlag für ihn wäre, gleich wieder so richtig los: »Isch heißen Keita Seydou und ...«

»Stopp! Ich versteh Sie nicht«, bremste Le Maire sofort das miserable Deutsch mit dem unverkennbar afrikanischen Schlag aus. »*Wie* heißt du? Schreibt man deinen Nachnamen ›Zeidu‹?« Als er dies sagte, hielt er seinem Gegenüber ein Blatt

Papier vor die Nase, auf das er den vermeintlichen Namen des Mannes gekritzelt hatte.

Aber der schüttelte nur den Kopf. »Seydou! Isch heißen K - e - i - t - a ... S - e - y - d - o - u!«

»Keita Seidou!«, repetierte Le Maire sicherheitshalber und schrieb nun gut leserlich den ganzen Namen auf das Blatt.

Der Mann nickte zwar, zeigte aber auf das y im Nachnamen. »Nix ›i‹!«

»Gut! Und woher kommen Sie ursprünglich?«, wollte nun Miller – dieses Mal in ausgewählt höflichem Ton – wissen. Er tippte alles eifrig in sein Tablet ein. So erfuhren die Ermittler nach und nach, dass der Mann ursprünglich aus Somalia stammte, nach der großen Dürre im Jahre 2010, bei der in seiner Heimat 200.000 Menschen starben, nach Europa gekommen war und erst seit einem knappen Jahr in dem kleinen Dorf Hauset wohnte. »Ja!«, bestätigte Keita Seydou, »In die Nummer sechsunswansisch!«

Miller verdrehte die Augen. »Schon gut! Woher genau stammen Sie?«

Jetzt hatte der Mann verstanden. »Ah! ... Isch kommen Mogadischu!«

Nachdem Miller mit diesem Teil der mühsamen Befragung zur Person des Mannes endlich fertig war, kam Le Maire wieder zum Zug: »Warum bist du hier bei der Freiwilligen Feuerwehr, wenn du doch nicht in La Calamine wohnst?«

Nun berichtete der wieder unruhig werdende Mann, dass er ganz im Norden im letzten Gebäude in Hauset – also in Richtung La Calamine – wohne, weswegen es zum entgegengesetzten Hergenrath und zum dortigen Feuerwehrhaus nicht so weit wäre wie zum nächsten Feuerwehrstützpunkt im südlich und von Hauset aus weiter entfernt gelegenen Töpferdorf Raeren.

»Ich bin gleich zurück«, nuschelte Le Maire mehr in sich hinein, als es Miller zu sagen. Er wollte kurz zum Kommandanten, um zu erfahren, ob es üblich war, Feuerwehrmänner von auswärts zu rekrutieren, oder ob es bei der Freiwilligen Feuerwehr nicht Leute sein mussten, die im selben Ort gemeldet waren. Dabei erfuhr er, dass es sicher nicht üblich war. »Aber es gibt Ausnahmen: Keita, also Monsieur Seydou, war schon in seiner alten Heimat so etwas wie ein Feuerwehrmann. Außerdem ist er im Besitz eines LKW-Führerscheins und hat Erfahrung mit großen Fahrzeugen und Gerätschaften. Und da vor knapp einem Jahr einer meiner sowieso schon wenigen Maschinisten ausgefallen ist, habe ich ihn …«

»Schon gut! Das interessiert mich im Moment nicht, ich bin weder von der Einwanderungsbehörde noch von der Steuer oder vom Sozialamt«, hatte der Ermittler das kaum begonnene Gespräch wieder beendet und war – nachdem er schnell ein Zigarettchen geraucht hatte – in das Büro des Kommandanten zurückgeschlurft. Dort hatte er die Befragung, die sich in Bezug auf Keita Seydou längst zu einer Vernehmung ausgedehnt hatte, wieder aufgenommen.

»Zeig mir mal deine Hände«, gebot er dem zunehmend verdächtig gewordenen Somalier, der ihm widerwillig seine tellergroßen Bratzen entgegenstreckte und unruhig darauf wartete, was noch auf ihn zukommen würde. Keita Seydou war klar, was der Ermittler von ihm wollte. Allerdings ahnte er nicht das, was Miller sofort klar geworden war. Le Maire bat den verunsicherten Mann in betont höflichem Ton, die Ärmel zurückzustülpen und die Hände zu wenden.

Die beiden Ermittler schauten sich ratlos an. »Nichts!«, murmelte der Hauptkommissar fast ein wenig enttäuscht. »Keine Brandwunden.«

Er hatte beschlossen, den Mann bezüglich der fehlenden Asbesthandschuhe nach allen Regeln der Kunst auseinanderzunehmen. Aber auch das blieb ergebnislos. Le Maire drohte dem Hünen mit allem, was die belgische Judikative herzugeben vermochte, doch der schien nichts zu wissen. Jedenfalls tat er so, obwohl ihm der Schweiß in Strömen das Gesicht herunterlief. Seine Beteuerungen wirkten daher nicht allzu überzeugend auf Le Maire, was ihn dazu veranlasste, die Unterhaltung vorläufig abzubrechen und den Mann zu seinen Kameraden zurückzuschicken. »Du verlässt das Gebiet der Deutschsprachigen Gemeinschaft nicht und hältst dich ständig zu unserer Verfügung!«, gab er ihm noch mit auf den Weg.

Als er Millers erstauntes Gesicht sah, entfuhr ihm ein »Merde! – Ich weiß! Aber wir haben nichts gegen ihn in der Hand, was eine vorübergehende Festsetzung rechtfertigen würde. Außerdem hat er ein stichhaltiges Alibi …«

»… das noch überprüft werden muss«, gab Miller zu bedenken. »Außerdem haben Sie doch selbst gesehen, wie er bei der Vernehmung geschwizt hat, oder? Der hat doch etwas zu verbergen.«

»Na ja«, antwortete Le Maire gelassen. »Die Schwarzen schwitzen doch alle so. Das muss also nichts heißen.«

Da sein Chef sonst nicht so zimperlich war, wunderte sich Miller zwar, ließ es aber für den Moment auf sich beruhen.

»Gib einem unserer Kommissaranwärter den Auftrag, mehr über unseren Somalier herauszufinden«, trug ihm Le Maire auf.

»Aber Soquett und Bribanté sind bereits mit den Ermittlungen in den Spielbanken beschäftigt«, erinnerte Miller seinen Chef.

»Und Lassarde?«

»Laut Locki kommt er erst morgen aus dem Urlaub zurück.«

»Steht Praktikanten jetzt auch schon Urlaub zu?«, wunderte sich der erfahrene Beamte. »Na gut! Dann soll sich eben Locki um die Spielbank in Luxemburg kümmern«, gebot *er*, dem es langsam zu dumm wurde. Locki war 28 Jahre alt und und stammte ursprünglich aus Frankreich. Die Sekretärin würde sich für ihren Chef auf die Fußmatte legen, um ihm zu gefallen. Die kleine rundliche Frau hatte ihren Spitznamen von Le Maire wegen ihrer roten Kurzhaarlocken erhalten, wahrscheinlich als eine Art Adaption auf seinen eigenen ungeliebten Spitznamen, dem ihm Angelika verpasst hatte.

»Und Lassarde soll morgen früh *sofort* hierherkommen! Er muss den Somalier beschatten und dessen Alibi abklopfen!«

Miller hatte noch einige Fragen hierzu. Dabei verwies er beiläufig darauf, dass doch Lassarde die Luxemburger Spielbank unter die Lupe nehmen sollte.

Le Maire erklärte ihm seine diesbezüglich neue Anordnung und warum er den Verdächtigen Keita Seydou bisher noch nicht direkt mit dem Frittenmord konfrontiert hatte.

»Moment, Chef!«, unterbrach ihn Miller. »Mein Handy … Guten Abend, Frau … *Was?* Ja, Frau Doktor! … Ja! … Ja!«, hörte Le Maire seinen Assistenten hastig hervorpressen, bevor er dessen Handy rübergereicht bekam.

»*Was?* Ich glaub es nicht!«, rief nun auch er entsetzt aus. »Schon gut! Wir kommen gleich!«

KAPITEL 6

Dass bei der Freiwilligen Feuerwehr in La Calamine ein paar Asbesthandschuhe fehlten und Le Maire den verdächtigen Feuerwehrmann dennoch auf freiem Fuß gelassen hatte, obwohl dies aus Millers Sicht nicht sein durfte, war schlagartig in den Hintergrund gerückt. Ebenso auch der mittlerweile bekannt gewordene Unfall mit Fahrerflucht, der die untreue Madame Lavalle ins Koma geschleudert hatte, und die Erkenntnis, dass ihr Mann ein Spieler gewesen war. Zwischenzeitlich hatte sich herausgestellt, dass Monsieur Ottens nicht nur Bankschulden gehabt, sondern auch noch Beziehungen zu einem stadtbekannten Aachener Kredithai gepflegt hatte.

Denn so, wie es momentan aussah, konnte sich Le Maire den für morgen geplanten Besuch bei Madame Lavalle im St. Nikolaus Hospital in Eupen sparen. Da er die Ermittlungen seiner Kollegen Bribanté und Soquett in den Spielbanken bereits in Auftrag gegeben hatte, ließ er dies weiterlaufen – obwohl es ihm im Moment ebenfalls nicht mehr wichtig erschien. Der Grund dafür war nicht, dass ihm Angelika heftige Vorhaltungen gemacht hatte, weil der Akku seines Handys immer noch nicht aufgeladen war und sie ihn seit einer geschlagenen Stunde in Aachen erwartete. Der Grund war *viel* wichtiger!

*

Bereits eine halbe Stunde später wurde Lemmi vor einer Pommesbude im Zentrum Aachens von Angelika erwartet. »Schick siehst du aus!«, witzelte er, als die Pathologin in ihrer weißen Arbeitskluft vor ihm stand. Aber anstatt den einerseits zwar verhassten, andererseits vertrauten Spitznamen zu hören, wurde er von seiner Herzdame nur provozierend als »Herr Hauptkommissar« und Kollegen gegenüber abschätzig als »der Belgier« bezeichnet.

Da wäre ihm sogar Lemmi lieber gewesen. Mann, hat die eine Wut im Bauch, dachte er sich und ließ widerstandslos einen Anpfiff über sich ergehen, der sich gewaschen hatte: »Sag mal, spinnst du? Schaffst du es wirklich zwei Tage lang nicht, den Akku deines Handys aufzuladen?« Sie stemmte ihre Fäuste in die Hüften und schüttelte verständnislos den Kopf. »Ich glaub es einfach nicht! Aber der belgische Herr Hauptkommissar hat es ja nicht nötig, privat erreichbar zu sein, geschweige denn, beruflich. In Deutschland hätte man dich schon längst vom Dienst …«

Während Angelika sich weiter in Rage schimpfte und ein wahres Trommelfeuer auf ihren Geliebten knallen ließ, drehte Frederic sich in aller Selenruhe eine Zigarette. Nachdem er sie angezündet hatte, war die Welt für ihn wieder einigermaßen in Ordnung und sein kurzfristig dünn gewordenes Nervenkostüm wechselte Zug um Zug zur Ritterrüstung, die er normalerweise zumindest im Dienst immer trug. Deswegen gelang es ihm auch, in betont ruhigem Ton zu fragen: »War's das, mein Schatz?«

»Äh, ja!«, antwortete Angelika verdutzt. Im Gegensatz zu ihm konnte sie ihr Kostüm nicht so einfach wechseln, weswegen sie auch in ihrer weißen Arbeitskluft ganz Frau geblieben war.

Obwohl Frederic dies wusste, hatte er es sich noch nie anmerken lassen, auch dieses Mal nicht. Also grinste er nur verstohlen, als er zur Sache kam: »Gut! Dann können wir uns jetzt ja der Arbeit zuwenden.« Da ihm klar war, dass ihn Angelika nicht vor allen anderen zusammenfalten wollte und ihn deshalb noch *vor* der Pommesbude abgefangen hatte, war er ihr nicht böse – zumal sie ja mit ihren Vorwürfen recht hatte. Und draußen waren nur ihm unbekannte Sanitäter mit einem älteren Mann beschäftigt, weswegen sie vom Gezeter der Ärztin kaum etwas mitbekommen hatten.

Also drückte er ihr schnell ein Küsschen auf die Wange und wies zur Tür der Pommesbude: »ladies first!«

✳

Kopfschüttelnd stand Le Maire im kleinen Gastraum und betrachtete sich das Drama. Allerdings nahm es ihn dieses Mal nicht so mit. Denn es hatte sich in einer deutschen Pommesbude und nicht in einer ostbelgischen Fritüre, einer französischen Friterie, wie es sie auch im französisch sprechenden Teil Belgiens gab, oder in einer flämischen Frituur abgespielt. Deswegen ging er auch blind davon aus, dass hier nur minderwertiges Frittenfett verdorben worden war, als man den Kopf des Mannes vor ihm in den Frittenschwenker gedrückt hatte.

»Um wen handelt es sich hier?«, fragte er als Erstes, nachdem er von Dr. Laefers Hauptkommissar Peter Dohmen, dem neuen Leiter der Aachener Mordkommission, vorgestellt worden war.

»Ah! Der Superbulle aus Belgien. Schön, Sie kennenzulernen«, frotzelte Dohmen, der bei Le Maire sofort den Eindruck erweckt hatte, als wenn er sich – trotz Wissens- und Informationsdefizits – in seinem Revier das Heft nicht aus der Hand nehmen lassen wollte. Aber die beiden Männer waren zu klug und pflegten in ihren Befugnisbereichen stets so professionell zu agieren, dass sie sich nicht dabei erwischen ließen, wenn sie ungebeten in fremden Revieren wilderten. Deswegen hielten sie sich nicht lange mit albernem Platzhirschgehabe auf und kamen sofort zur Sache. Dohmen zeigte zu dem Mann, dessen vermutlich schrecklich aussehender Kopf in der Friteuse steckte, konnte seinen abgebrühten Kollegen aus Belgien damit aber nicht schocken. Denn für Le Maire war dieser Anblick schließlich nichts Neues mehr. Also blieb dem Aachener Chefermittler seinem belgischen Kollegen gegenüber nichts anderes übrig, als sein bisheriges Wissen preiszugeben: »Dies hier ist Jupp Klinkartz. 63, ledig. Besitzer dieser Pommesbude und ein stadtbekannter Weiberheld, der sich auch gerne in der Antoniusstraße herumtreibt!«

»Herumtrieb«, korrigierte Le Maire seinen Kollegen und dachte im Stillen: Zwei zu null für mich! Da er schon einmal dort zu tun gehabt hatte, wusste er, dass es sich um das eine Parallelstraße hinter dem »Einkaufsbüchel« liegende Bordell handelte.

Als die Aachener Spurensicherer und der hinzugezogene Forensiker den Tatort für die Ermittler freigaben und Le Maire zusammen mit Miller und seinem deutschen Kollegen die Friteusen näher in Augenschein nehmen konnte, bemerkte er nur lakonisch: »Merde! Alles haarklein genauso wie in La Calamine!«

»Warum ist das ›Scheiße‹, dass dies hier so ist wie in Kelmis?«, wollte Kommissar Dohmen, der offensichtlich Französisch verstand, von ihm wissen.

Aber anstatt eine Antwort von Le Maire zu bekommen, fragte der deutsche Kriminaler seine Pathologin, wann der Tod eingetreten war.

»Ziemlich genau vor einer Stunde! ... Plus Minus«, kam es in harschem Ton, aber präzise zurück.

»Wer hat ihn gefunden?«

Angelika zeigte durchs Fenster hinaus auf einen etwa 70-jährigen Mann, der neben einem Sanitätswagen stand. Obwohl ihm die Sanitäter eine Wolldecke über den Oberkörper geschlagen hatten, zitterte er wie Espenlaub.

»Er wollte für seine Frau und seine beiden Enkelkinder Currywürste mit Pommes ... äh, Fritten, holen und hat ihn vor gut einer Stunde so gefunden, als er den Laden betreten hat.« Le Maire hörte Angelikas Ausführungen aufmerksam zu, wandte sich aber gleich wieder in Richtung seines deutschen Kollegen, der immer noch auf eine Antwort wartete, die er nun bekommen sollte: »Um diese Zeit haben mein Assistent und ich den bisherigen Hauptverdächtigen vernommen. Also kann er *dies hier* nicht gewesen sein! Und *das* ist Scheiße!«

»Weil die merkwürdige Madame Lavalle im Koma liegt, kommt sie hierfür auch nicht infrage«, meldete sich Miller zu Wort. »Und was sollte sie auch mit einem Mord auf deutschem Boden zu tun haben?«, ergänzte er dienstbeflissen. »Somit bleibt uns aus belgischer Sicht im Moment nur noch Madame Ottens als Verdächtige, die aus Aachen stammende Witwe des belgischen Fritürenbesitzers.« Da Miller seine soeben aufgestellte These selbst etwas zu weit hergeholt vorkam, relativierte er das Gesagte: »Zumindest könnte Madame Ottens das Bindeglied zwischen La Calamine und Aachen, beziehungsweise zwischen Ostbelgien und Nordrhein-Westfalen ...«

»... oder gar zwischen *ganz* Belgien und *ganz* Deutschland sein. Es handelt sich also um eine geamteuropäische Mordgeschichte«, scherzte sein Chef, der aber gleich wieder ernst wurde: »Allerdings kommen die sieben Feuerwehrmänner, die entweder ein unzureichendes oder überhaupt kein Alibi für die Tatzeit in La Calamine vorweisen können, nach wie vor infrage. Deswegen müssen wir die Jungs nun auch noch zu ihren Alibis für diese Sache hier befragen! ... Ach, noch etwas: vegiss diejenigen Feuerwehrmänner nicht, die der Übung ferngeblieben waren«

»Na gut. Aber ...«

»Stopp!«, fuhr Dohmen energisch dazwischen. »Könnten

mich die Herren Kollegen in ihre Überlegungen miteinbeziehen?«

»Entschuldige«, sagte Le Maire. »Wir werden dich selbstverständlich bis ins Kleinste über unsere bisherigen Erkenntnisse im Fall Ottens informieren. Denn zweifellos hängen dieser und der erste Frittenmord irgendwie zusammen. Mein junger Assistent wollte sicher nur gesagt haben, dass es aus unserer Sicht jetzt schon kaum noch eine Frage ist, dass es sich um einen Serienmörder handelt, der es auf belgische Fritüre- und …«, Le Maire hüstelte etwas verlegen, »… deutsche Pommesbudenbesitzer abgesehen hat.«

»Ein Serienkiller ist er erst ab dem dritten Mord«, dozierte Dohmen und wollte irritiert wissen, wo der Unterschied zwischen einer Friture und einer Pommesbude lag.

Aber er erntete nur einen mitleidigen Blick von Le Maire, der unbeirrt mit seinen Überlegungen fortfuhr: »Möglicherweise haben deren menschlich dunkle Seiten etwas damit zu tun und unser Frittenmörder ist eine Art ›Rächer des Bösen‹? Immerhin war Monsieur Steffen Ottens spielsüchtig und Herr …« Er schaute bittend zu Miller, der sofort auf seinem Tablet herumtippte und seinem Chef aus der Patsche half: »Jupp Klinkartz!«

»Danke! Herr Klinkartz war – wie *du* soeben sagtest, werter Kollege – Stammkunde im Aachener Rotlichtmilieu.«

»Was bedeuten könnte, dass es sich bei dem Frittenmörder, wie *du* soeben sagtest, werter Kollege, um eine Art ›Hüter des Guten‹ handeln könnte«, lästerte Dohmen. Ihm mochte die Abwertung der deutschen Pommeskultur durch seinen belgischen Amtskollegen nicht gefallen, obwohl er selbst nicht unbedingt scharf auf die frittierten Kartoffelstäbchen war, weil er im Gegensatz zu Le Maire auf seine Figur achtete. Nachdem er aber nun ebenfalls den zum ersten Mal gehörten Terminus »Frittenmörder« und Le Maire gegenüber das vertrauliche

Du verwendet hatte, musste er grinsen, bevor er fortfuhr: »Es geht also um eine grenzüberschreitende Verschwörung gegen bezahlten Sex und Glücksspiel im Fritten-, beziehungsweise Pommesmileu?« Nachdem er diese Spekulation in den Raum geworfen hatte, nickte der Aachener Hauptkommissar zwar, war aber wegen seines immer noch vorhandenen Informationsdefizits unzufrieden. Um mehr über den Fall Ottens zu erfahren, nahm er wieder das Ruder in die Hand und schlug vor, im Aachener Kommissariat weiterzureden. »Dort können wir unsere Erkenntnisse in aller Ruhe austauschen und die bisherigen Faktenlage erörtern.«

Pah! *Unsere* Erkenntnisse! Le Maire, der um seinen diesbezüglichen Vorsprung wusste, grinste abschätzig. Er hatte seinen aufgeblasenen deutschen Kollegen, dem es augenscheinlich wichtig war, in jeder Hinsicht eine gute Figur abzugeben, auf Anhieb nicht gemocht.

Da dies Angelika sofort bemerkt hatte und ihren Lemmi nur allzu gut kannte, gab sie ihm einen Rempler. Sie wusste, dass der belgische Ermittler nichts *mehr* fürchtete, als eine dieser typisch deutschen Sonderkommissionen, wo die linke Hand nicht wusste, was die rechte tat und oftmals Kompetenzstreitigkeiten vor strategischer Ermittlungsarbeit standen. Er hasste es, sich unterordnen und dem Geschwafel wichtigtuerischer Kollegen zuhören zu müssen, anstatt allein oder zusammen mit seinem Assistenten konzeptionell und analytisch vorgehen zu können. Dass es in Belgien mit der Koordinierung der staatlichen Kräfte auch nicht immer zum Besten stand, war schließlich nicht Thema dieser Diskussion. Le Maire wartete nur darauf, dass sein ungeliebter Kollege einen dummen Spruch bezüglich der verpatzten Einsätze der belgischen Polizei und des Militärs im Brüsseler Stadtteil Molenbeek und bei den dortigen Terroranschlägen von sich geben würde. Stattdessen rettete Dohmen unwissend die

Situation, indem er sagte: »Also, wir sehen uns in einer halben Stunde im Kommissariat!«

Da hat er aber Glück gehabt, dachte sich Le Maire, der im Geiste die Ärmel bereits hochgekrempelt hatte und verbal kampfbereit gewesen war. So aber konnte er die Zigarette im Mund behalten, was ein stilles Lächeln in sein Gesicht zauberte und Angelika zufrieden sagen ließ: »Na also, es geht doch!«

KAPITEL 7

»Nun, Locki?«, wollte Le Maire von seiner Sekretärin gruß-
los wissen, als er anderntags unversehens in seinem Büro in
Liège auftauchte, um Docteur Baguette persönlich über die
beiden Mordfälle informieren zu können. Denn er wusste,
dass sein Chef schon ungeduldig auf ihn wartete und ungehalten werden konnte, wenn man ihn nicht ständig über alles
unterrichtete, zumal es sich in diesem Fall quasi auch noch
um eine Art Übernahme des Eupener Kommissariats handelte und eine kollegiale Zusammenarbeit mit den Aachener Kollegen zu bewältigen war. Zudem musste Le Maire ein
paar Dinge erledigen, die sich nur von seinem Schreibtisch
aus handhaben ließen.

Da Fabienne Loquie ihren direkten Vorgesetzten gut kannte
und deswegen wusste, was er von ihr wollte, brachte sie einen
Kaffee und berichtete ihm gleich, dass Monsieur Ottens in den
Casinos von Spa, Valkenburg und Mondorf bestens bekannt
war und allseits als renitenter Gast gegolten hatte. Und dies
nicht nur, wenn er viel Geld verloren hatte. »Deswegen hat
man ihn aus allen drei Spielbanken hinausgeschmissen. An
den anderen Casinos sind Soquett und Bribanté noch dran!
Aber das dauert!«

»Schon gut, Locki! Dann warten wir noch ab, was in Aachen
herauskommt. Weißt du was von Lassarde?«

»Ja, Chef! Er hat angerufen und gesagt, dass er an diesem
Somalier dran ist, jetzt aber schon sagen kann, dass er ein
›unruhiger Geist‹ sei und sich merkwürdig verhalten würde.
Und Sie sollen *endlich* ihr Handy einschalten!«

»Merde! Das hab ich vergessen. Während er dies sagte, reichte Le Maire seiner Sekretärin das noch aus dem vergangenen Jahrhundert stammende Mobiltelefon, damit sie es ans Netz hängen konnte.

»Ja, Chef, mach ich! Aber es gibt da so ein kleines, portables Ladegerät, das ...«

»Lassarde soll an Seydou dranbleiben!«, beschied er knapp, anstatt sich ihren Vorschlag bezüglich seiner mobilen Erreichbarkeit anzuhören.

»Ja, Chef!« Da es Locki liebte, sich mit dem von ihr vergötterten Monsieur commissaire unterhalten zu können, teilte sie ihm auch gleich noch mit, was während seiner Abwesenheit sonst noch in der Dienststelle los gewesen war. Nachdem er alles gehört hatte, ging er wortlos zum Rauchen hinaus und dann zu seinem Chef, der sich wiederum alles von seinem leitenden Kriminalbeamten berichten ließ und ihn bat, nichts an die Presse herauszugeben.

»... und obwohl das Alibi des Somaliers inzwischen bestätigt wurde, bin ich sicher, dass er etwas verbirgt!«, beendete der zweifelsfrei beste Ermittler Belgiens seinen Bericht.

Just in dem Moment, als die beiden über den verdächtigen Feuerwehrmann aus Hauset sprachen, schellte das Telefon. Nachdem Docteur Baguette abgenommen, zweimal »Ja« genuschelt und gleich darauf Le Maires Sekretärin gebeten hatte, durchzustellen, sagte er zu ihm: »Madame Docteur Laefers de Aix-la-Chapelle ... Ich stelle laut!«

Tatsächlich: es war Angelika. Und die legte gleich so richtig los: »Mein lieber Lemmi! Da du ja – verdammt noch mal – immer noch nicht in der Lage warst, den Akku deines Handys zu laden und du es nicht einmal für nötig erachtet hast, mir zu sagen, dass du nach Lüttich zurückfährst, muss ich dich eben in deinem Büro anrufen!«

Als er dies hörte, lehnte sich Docteur Baguette sichtlich

amüsiert zurück, um zu hören, was die Frau am anderen Ende der Leitung weiter zu sagen hatte. Um dies zu verhindern, rief Le Maire laut in die Muschel, dass er gerade im Büro seines Chefs sei, der mithören würde.

»Oh! ... Bonjour, Docteur Baguette! Hier spricht Doktor Angelika Laefers vom Kriminaltechnischen Institut in Aachen«, tönte es eine gefühlte Ewigkeit später in gemäßigterem Tonfall aus dem Lautsprecher der Telefonanlage.

»Sie ist die Pathologin!«, ergänzte Le Maire wegen der peinlichen Situation unnötigerweise, weil sie auch hier bekannt war und er zudem noch vor wenigen Minuten über sie gesprochen hatte.

»Hallo, Frederic? Bist du noch dran? ... Gut! Ich komme gleich zur Sache: Da ich dich ja nicht erreichen kann, habe ich indirekt vom Assistenten deines deutschen Kollegen erfahren, dass das erste Mordopfer vom Geschäftsführer des Aachener Casinos als laut und streitsüchtig beschrieben wurde! ... Sag mal: Sprecht ihr nicht miteinander?«

»Wenn er verloren hat?«, lenkte Le Maire wegen seinem mithörenden Chef wieder zum ersten Mordopfer zurück. »Er war nur streitsüchtig, wenn er verloren hat?«

»Nicht nur! Deswegen hatte er dort seit drei Wochen Hausverbot und wäre zudem für ein halbes Jahr gesperrt!«

»Danke«, sagte anstatt Le Maire dessen Chef, der auch noch wissen wollte, ob es weitere Neuigkeiten gab.

»Das kann man wohl sagen: Der aus Somalia stammende Feuerwehrmann hat tatsächlich seine Fingerabdrücke an den Asbesthandschuhen hinterlassen.«

Jetzt war es vonseiten der beiden Kriminaler still.

»An den Innenseiten oder außen?«, unterbrach Le Maire die Ruhe.

»Nur außen. Innen lassen sich wegen des rauen Stoffs keine Fingerabdrücke nehmen.«

Frederic grübelte kurz, bevor er sagte: »Aber eine DNA! Oder?«

»Ja, natürlich! ... Aber lohnt sich das denn? Das uns zur Verfügung stehende Paar Handschuhe hat doch nichts mit den Morden zu tun, oder etwa doch?«

Frederic ging nicht auf Angelikas Frage ein. »Gut! Dann veranlass dies bitte gleich! Sonst noch was?«, schnarrte er ihr entgegen, zum Zeichen, dass sie das Gespräch nun beenden sollten.

Nachdem die Rechtsmedizinerin keine Neuigkeiten mehr hatte, bedankte sich Docteur Baguette und verabschiedete sich höflich bei ihr.

Le Maire atmete auf, sah sich aber getäuscht, wenn er glaubte, dass es dies gewesen sei, denn Angelika bat seinen Chef noch, »dem Herrn Hauptkommissar« auszurichten, dass sie sich noch sprechen würden. »Au revoir, Monsieur!«

»Schon gut! Ich habe nichts gehört«, sicherte der immer noch amüsierte Chef seinem besten Mitarbeiter zu, dem Angelikas Sprüche sichtlich peinlich waren, obwohl ihn sonst nichts so schnell erschüttern konnte. »Lassen Sie uns wieder zur Sache kommen.«

Le Maire nickte erleichtert und erklärte seinem Chef, warum er wissen musste, ob Seydous Fingerabdrücke im zweiten Handschuhpaar zu finden waren: »Möglicherweise hat er auch dieses Paar angefasst. Dies würde zumindest beweisen, dass er beim Rüstwagen war und darin herumgekramt hat, ... obwohl er dort eigentlich nichts zu suchen gehabt hätte.«

Nachdem dies Docteur Baguette klar geworden war, berichtete Le Maire noch, vom Kommandanten der Feuerwehr in La Calamine gehört zu haben, dass Keita Seydou ein hervorragender Fahrer sei, der inklusive der Drehleiter sämtliche große Einsatzfahrzeuge lenken und bedienen konnte, weswegen er ausschließlich als Fahrer und Maschinist eingesetzt würde. »Mit technischer Hilfeleistung und dem Löschen von Feuer an sich hat er nicht viel zu tun.«

»Weswegen er normalerweise auch nie diese Asbesthandschuhe trägt«, folgerte Docteur Baguette richtig und schien stolz auf seine Erkenntnis zu sein. Obwohl es der ursprünglich aus einem kleinen Dorf wenige Kilometer östlich des belgischen Küstenstädtchens Knokke-Heist stammende und aus ärmlichen Verhältnissen kommende Fischersohn bis zum Chef einer der drei Generaldirektionen der Föderalen Polizei Belgiens gebracht hatte, wirkte er oft gehemmt. Man könnte fast meinen, dass er voller Komplexe steckte, obwohl er dies beileibe nicht nötig hatte. Le Maire vermutete, dass die Unsicherheit seines Chefs möglicherweise mit seinem Nachnamen zusammenhängen könnte – insbesondere, weil er durch seine Körpergröße und die schlaksige Figur tatsächlich wirkte wie ein Baguette, das lang gestreckte und knusprige Lieblingsweißbrot der Frankofonen. Und dies gab in Zusammenhang mit seinem Nachnamen immer wieder Anlass für ein verstecktes Grinsen und manchmal sogar für offenes Gelächter.

Nomen est omen, dachte sich der wesentlich kleinere Le Maire das eine oder andere Mal, wenn er seinen Chef sah und ihn mit Docteur Baguette begrüßte. Jetzt aber sagte er nur: »Oui, mon Patron!«.

Docteur Baguette war der Einzige in der 50 Mann starken Dienststelle, den Le Maire respektvoll siezte, obwohl die beiden formal denselben Rang hatten und Le Maire vielleicht sogar auf Baguettes geschmacklosem Sessel in dessen altmodischem Büro sitzen könnte, wenn er nicht immer wieder gegen die Dienstvorschriften verstoßen hätte. Die hierzu nötigen Lehrgänge hatte er jedenfalls besucht und allesamt mit Bravour beendet.

»Dann wird es wohl besser sein, wenn wir diesen Keita Seydou sofort festnehmen und hierherbringen lassen! Auf was

warten Sie? Die Papiere besorge ich mir gleich beim Oberstaatsanwalt«, forderte Baguette seinen Chefermittler von
oben herab auf, wieder aktiv zu werden.

❊

Auf dem Weg zu seinem Büro musste Le Maire erst einmal
durchschnaufen und eine Zigarettenpause einlegen. Dabei
ließ er sich die Sache nochmals durch den Kopf gehen. Er
stellte zufrieden fest, dass die Ermittlungen zwar langsam,
aber immerhin vorangingen. Um auch über den zweiten Mord
auf dem Laufenden zu bleiben, hatte er zu Angelikas Missfallen kurzentschlossen Miller in Aachen gelassen, während
er selbst nach Liège zurückgefahren war. Also war er nach
Dienstschluss allein und konnte tun und lassen, was er wollte.
Da sich seine Kameraden wie an jedem Dienstagabend zum
Stammtisch der »Königstreuen« im Vereinslokal »À Pilori«
treffen würden, konnte er endlich in Erfahrung bringen, wie
denn der Vereinsausflug nach Brüssel verlaufen war. Zudem
freute er sich auf eine gemütliche Runde inmitten Gleichge-
sinnter ohne Mord und Totschlag. Denn an diesem Stammtisch
war es ein ungeschriebenes Gesetz, nicht übers Geschäft zu
sprechen. Also würde er in aller Gemütlichkeit ein paar belgische Bierchen und Fritten mit einer, ach was, mit zwei der
köstlichen Bouletten, wie sie nur Rachel, die Wirtin eines seiner beiden Stammlokale, zubereiten konnte, genießen.

Jetzt aber galt es erst einmal, den Verdächtigen hierher
nach Liège bringen zu lassen und in Untersuchungshaft zu
nehmen. Le Maire freute sich nicht nur auf den Abend, sondern auch darüber, dass sein Chef – wenn auch etwas hoch-
näsig, aber höchstpersönlich – angeordnet hatte, Keita Seydou hierherzuordern, um ihn in professioneller Umgebung
ganz nach den Regeln des Gesetzes in die Mangel nehmen

zu können. Denn Baguette kannte seinen Chefermittler nur allzu gut und wusste, dass dessen Verhörmethoden – vorsichtig betrachtet – recht eigenwillig sein konnten. Also wollte er verhindern, dass dies in der fast verwaisten Dienststelle in Eupen geschah.

Weil laut Dienstvorschrift bei der Überstellung eines Mordverdächtigen zwei uniformierte Beamte dabei sein mussten, beauftragte Le Maire seinen jungen Mitarbeiter Lassarde, zwei Kollegen von der Dienststelle in Eupen anzufordern, um mit ihm den Verdächtigen nach Liège zu bringen. Und die konnten dann auch den Aufpasserjob beim Verhör übernehmen. Da Lassarde gerade in seinem Auto saß und dem Somalier in Richtung Holland folgte, konnte es allerdings dauern, bis er mit dem verdächtigen Feuerwehrmann in Liège sein würde.

»Macht nichts! Ich habe sowieso noch anderes zu tun. Bleib dran und observiere ihn weiter. Schnapp ihn dir ganz einfach, wenn die Kollegen aus Eupen bei dir sind und ihr wieder auf belgischem Boden seid. Und dann kommst du unverzüglich nach Liège zurück … Wir haben Einiges zu besprechen!«

∗

Da Lassarde erst kurz vor Feierabend mit Keita Seydou ankam, war an eine Vernehmung jedoch nicht mehr zu denken.

»Ist der Chef noch da?«, flüsterte Le Maire seiner Sekretärin zu, die sogleich unter einem Vorwand in dessen Vorzimmer anrief und von der stets süffisant wirkenden Chefsekretärin zur Antwort bekam, dass Docteur Baguette »leider« schon weg sei, weil er einen wichtigen Außentermin habe.

»Also: Lest ihm seine Rechte vor und sperrt ihn ein«, sagte Le Maire salopp Locki, die dies überhaupt nichts anging und die dazu nicht die geringste Befugnis hatte. Typisch Frederic!, dachte sich das Pummelchen und eilte Lassarde hinterher, um den Auftrag ihres Chefs korrekt an ihn weiterzuleiten. Und morgen früh bekommt er wieder seinen geliebten Kaffee … mit Croissants, dachte sie sich noch, bevor auch sie Dienstschluss machte. Da sie von Le Maire zwar geduzt wurde, er ihr aber das Du nach so vielen Jahren der Zusammenarbeit immer noch nicht angeboten hatte, duzte sie ihn wenigstens in ihren Gedanken, die manchmal viel weiter gingen, als nur in vertrauter Form mit ihm zu kommunizieren.

*

»Wo bleibt der Chef nur?«, grummelte Lassarde, der den Verdächtigen bereits ins Vernehmungszimmer gebracht hatte. Da der Hüne auch ihm nicht ganz geheuer war, hatte er sich vergewissert, dass zwei uniformierte Polizisten auf ihn achteten.

»Der Chef war schon hier, musste aber noch mal kurz weg. Er wird gleich wieder zurück sein«, log seine Sekretärin, um dessen Unpünktlichkeit zu kaschieren.

Aber es sollte noch eine geschlagene Stunde dauern, bis Le Maire mit verquollenen Augen sein Büro betrat, wo ihn Locki gleichsam bedauernd wie verständnisvoll ansah, bevor sie ihm eine Tasse Kaffee in die Hände drückte. Nachdem der Kommissar von ihr über ihre kleine Notlüge und alles andere Wichtige informiert worden war und er die zweite Tasse geleert hatte, sagte er zu ihr: »Du bist die Beste! Und nun hol Lassarde!«

Da Locki dies wie Öl runterging, reichte sie ihm nun auch die Croissants. Dabei sah sie ihn mit einem schmachtenden Blick an, der Le Maire zusammenzucken ließ. Aber er brauchte nicht lange zu überlegen, wie er aus der Nummer rauskam, denn Lassarde hatte die Tür aufgerissen und stand nun zwischen seinem dankbar lächelnden Chef und der enttäuschten Locki.

»Guten Morgen!«, brüllte der Kommissaranwärter so laut, dass es Le Maire wie ein Blitz durchfuhr.

»Ebenso!«, konterte er schmerzenden Kopfes in leisem Ton und erkundigte sich gleich nach dem Inhaftierten.

»Der wartet schon seit eineinhalb Stunden im Vernehmungsraum auf Sie«, konnte sich Lassarde, der seinem Chef sofort angesehen hatte, wie es an diesem Morgen um ihn stand, nicht verkneifen, obwohl dies ansonsten nicht seine Art war.

So stark konnten Le Maires Kopfschmerzen gar nicht sein, dass er keine Kraft gefunden hätte, zurückzuschlagen. Also fragte er den noch recht unerfahrenen Praktikanten danach, wo und wie er Keita Seydou vorläufig festgenommen hatte. Le Maire war sicher, dass der Jungspund bei der Festnahme irgendeinen formalen Fehler begangen hatte.

»… und so bin ich der Zielperson bis ins holländische Kerkrade gefolgt, wo er in eine Kneipe gegangen ist.«

»Und was hat er dann getan?«

»Was *er* getan hat, weiß ich nicht«, wunderte sich Lassarde über diese Frage, weil er ja nicht mit in das Lokal gegangen war. »Aber ich habe so lange abgewartet, bis die Kollegen aus Eupen vor Ort waren, und sie instruiert, ihr Dienstfahrzeug in einer Seitengasse zu verstecken und die Kneipe im Blick zu haben, wenn ich dort hineingehe. Und da ich ja wusste, dass mich der Verdächtige nicht kennen konnte, habe ich dies auch getan«, verkündete Lassarde stolz.

Nicht schlecht! Bisher hat er alles richtig gemacht, dachte sich Le Maire und hakte nach: »Was geschah dann?«

»Na ja; ich bin dann um genau 18.27 Uhr in die Kneipe – ein wüster Schuppen übrigens – und habe mich unauffällig so nah an den Verdächtigen gestellt, um mithören zu können, was er mit einem anderen Mann zu besprechen hatte. Da in der Pinte ausschließlich düstere Gestalten waren, habe ich mich nicht wohl dabei gefühlt. Und weil unser Mann etwas abseits an einem Tisch saß, konnte ich leider nicht viel verstehen. Aber es war eindeutig, dass Keita Seydou dem anderen heftige Vorwürfe gemacht hat.«

»Und? Um was ging es dabei?«, drängte Le Maire.

»Leider konnte ich nur einen einzigen Satz des Somaliers richtig verstehen: ›Isch habe meine Schuld bei disch beglichen. Jetzt bist du dran!‹ Da der Wirt selbst eine undurchsichtige Type war und mich die ganze Zeit über argwöhnisch beäugte, musste ich meinen Kopf in eine andere Richtung drehen, weswegen ich nichts mehr verstehen konnte. Ach ja: Der andere sagte noch etwas wie ›Mehr gibt's nicht‹ oder so ähnlich.«

»Was war das für eine Type?«

»Der Wirt?«

»Nein! Der andere!«

»Ah!« Lassarde überlegte kurz, bevor er zur Verwunderung seines Chefs schmunzelte und sagte: »Na ja. Seine Gesamterscheinung wirkte auf mich fast kitschig …«

Le Maire stutzte. »Wie meinst du das, ›kitschig‹?«

Nun berichtete Lassarde, dass Seydous Gegenüber genau so aussah, wie man sich schwere Jungs vorstellte und wie man sie aus dem Fernseher kannte. »Wie gesagt, irgendwie so synthetisch, als wenn er aus einer von Madame Tussauds Schreckenskammern entsprungen wäre: Ein Bilderbuch-Verbrecher eben! Er war fast so groß wie der Somalier! Vielleicht sogar noch etwas kräftiger gebaut. Den muskulösen Oberarmen nach zu urteilen, könnte er ein Bodybuilder sein. Glatze. Unrasiert. Mehrere Ohrringe in beiden Ohren, zwei dicke Halsketten mit Drachenmotiv und …« Lassarde musste nun doch kurz nachdenken. »… an einer Kette hing eine Handgranate.«

»Wahrscheinlich scharf!«, witzelte Le Maire, für den die Beschreibung des Mannes tatsächlich etwas abenteuerlich klang. »Erzähl weiter!«

»Gerne«, sagte Lassarde, der den Einwand seines Chefs nachvollziehen konnte. »Die Handgranate war flach, also aus Metall gearbeitet, möglicherweise aus Edelstahl. Denn echt Silber kann es bei dieser Größe kaum gewesen sein. Schmuck hat es dem Typen wohl angetan, denn er trug an den Daumen beider Hände große Totenkopfringe. An der rechten Hand hatte er eine überdimensional große Uhr, die selbst aussah wie ein mechanisches Uhrwerk. Das rechte Armgelenk zierte mehrere Armbänder aus Leder und Metall!«

»Möglicherweise ein Linkshänder«, bemerkte Le Maire, ließ seinen offensichtlich äußerst aufmerksamen Jungermittler aber weitersprechen: »Zudem trug er ein Totenkopf-T-Shirt mit *so* weitem Halsausschnitt, dass ich die tätowierte Brust sehen konnte!« Der ansonsten zwar ruhige, offensichtlich aber aufmerksame Kommissaranwärter überlegte wieder kurz. »Was noch? ... Ja! Er trug zerrissene Jeans mit einer dicken Kette, die am breiten Nietengürtel hing und in der linken Hosentasche verschwand. Die Gürtelschnalle konnte ich leider nicht sehen, weil sein T-Shirt darüberhing. Dafür habe ich seine braunen Cowboystiefel mit den silbernen Kuppen gesehen und ...« Lassarde überlegte weiter: »Ach ja; beide Ober- und Unterarme waren bis zu den Händen tätowiert. Aber wegen des schummrigen Lichts und der Entfernung konnte ich leider keines der wirr ineinanderlaufenden Motive herausfiltern. Aber ich konnte lesen, was konturenscharf auf die Oberseiten der Finger tätowiert war.« Lassarde schaute seinen Chef triumphierend an, bevor er ihm berichtete, dass auf den linken Fingeransätzen ›H - A - A - D‹ und rechts ›D - O - O - D‹ zu lesen gewesen war.

»›HASS‹ und ›TOD‹« Le Maire grinste verächtlich, als er dazu bemerkte, dass es sich bei diesem Typen wohl um einen ganz harten Knochen der übelsten Sorte handeln musste, dies allein aber kein Grund sei, ihn festzunehmen. »Erzähl weiter, Lassarde!«

»Gerne! Wie gesagt, waren die Motive auf den Armen zu wirr, um sie einzeln identifizieren zu können. Dafür war das Schlangenmotiv am Hals umso besser erkennbarer!«

»Eine Schlange? Wie sah dieses Tattoo genau aus?«, hakte Le Maire interessiert nach.

Lassarde fuhr mit seiner Hand von der rechten Brustseite über die Schulter und den Hals zum Kinn hoch und von dort aus hinter sein Ohr, wo er mit geöffneter Handfläche und gespreizten Fingern verharrte. »Es sah so aus, als wenn eine Kobra sich vom Brustkorb zum Hals hoch schlängeln, sich über den Hinterkopf winden und ihn in die Ohrmuschel beißen wollte! Jedenfalls hatte sie ein weit aufgerissenes Maul! Wegen der Glatze und des ausgeschnittenen T-Shirts war dies gut erkennbar.«

»Nicht schlecht!«, lobte Le Maire und wollte dem offensichtlich umsichtigen und aufmerksamen Jungspund auf die Schulter klopfen, ließ dies aber dann doch sein und lästerte stattdessen: »Deine Beschreibung passt genau auf Hannibal Lecter!«

Nachdem die beiden herzhaft darüber gelacht hatten, kam Le Maire wieder zur Sache: »Wir werden ihn nicht mehr aus den Augen lassen! … Was ist dann passiert?«

»Als ich gemerkt habe, dass mich nicht nur der Wirt, sondern auch die Zielperson kritisch beäugte, habe ich es vorgezogen, meine Cola zu bezahlen und die Kneipe wieder zu verlassen.« Lassardes Miene verdunkelte sich. Bevor der junge Beamte fertig erzählte, schluckte er und hielt kurz inne. »Als der Hüne und die Zielperson ganz langsam näher und auf mich zukamen, wurde es mir mulmig und ich wollte nur noch raus aus der Kneipe, was ich auch schnellstens getan habe! Instinktiv wollte ich mich versichern, dass meine Dienstwaffe dort war, wo sie hingehörte, habe es mir aber doch verkniffen, weil der Handgriff möglicherweise aufgefallen wäre. Also habe ich weiter so getan, als wenn nichts wäre und ich ein ganz gewöhnlicher Gast bin, der nur noch sein Getränk bezahlen möchte, bevor er geht.«

»Als ›gewöhnlicher‹ Gast wurdest du in dieser speziellen Bude aber nicht wahrgenommen. Stimmt's?«, vermutete Le Maire. »Vielleicht solltest du dir auch ein paar Tattoos stechen und eine Glatze rasieren lassen? So würdest du als Verdeckter Ermittler besser durchgehen!«

Schon wieder mussten die beiden lachen, aber Lassarde wollte seinen Bericht endlich zu Ende bringen. »Draußen habe ich dann mit den beiden Beamten so lange gewartet, bis Seydou das Lokal verließ. Tatsächlich war er schon wenig später mit dem anderen Typen herausgekommen, nach einem kurzen und heftigen Gespräch aber allein zu seinem Auto gegangen. Weswegen sie sich gestritten hatten und der Schlangenbeschwörer unsere Zielperson am Kragen gepackt hatte, weiß ich natürlich nicht, weil ich zu weit weg war.«

Le Maire musste herzhaft lachen. »Du kannst ja richtig witzig sein, mein guter Lassarde! ›Schlangenbeschwörer‹, das ist gut, echt gut!«

Ohne auf das eigenartige Lob seines Chefs einzugehen, beendete Lassarde nun seinen Bericht: »Da wir in den Niederlanden ja keine Berechtigung haben, erschien es mir das Beste zu sein, einfach abzuwarten, ob er wieder zurück nach Belgien fahren würde.« Lassarde zog nun entspannt die Schulter nach oben und machte eine lockere Armbewegung. »Er fuhr tatsächlich denselben Weg zurück nach Belgien, den er gekommen war! Ich bin mit meinem Fahrzeug dicht hinter ihm geblieben, während die Kollegen mit ihrem auffälligen Streifenwagen Abstand hielten. Nach der Grenze haben wir ihn dann gestellt. Keita Seydou hat sich widerstandslos festnehmen lassen. Das war's! Jetzt wartet er – wie gesagt – seit einhalb Stunden …«

»Schon gut!«, bremste Le Maire seinen jungen Kollegen aus. »Du hast alles absolut richtig gemacht. – Respekt!«, lobte er, konnte sich aber eine kleine Stichelei nicht verkneifen: »Und nun lass uns deine ›Zielperson‹ im Vernehmungsraum besuchen. Geh schon mal vor. Ich komme gleich nach!«

KAPITEL 8

Le Maire hatte noch hastig ein paarmal an einer im Vorhinein gedrehten Zigarette gezogen und sich dabei die passende Verhörtaktik zurechtgelegt. Danach war er in sein Büro zurückgegangen, um zwei kurze Telefonate zu führen. »Locki!«, rief er ins Vorzimmer, nachdem er den Hörer aufgelegt hatte.

»Ja, Chef? Kaffee?«

Le Maire nickte. »Das auch! Aber ich wollte dich um etwas anderes bitten.«

Wie immer, wenn Frederic etwas von ihr wollte, durchzuckte es Locki, als würde sie der Blitz streifen. So schnell konnte er gar nicht schauen, wie sie zu ihm hinter den Schreibtisch gehuscht war, um sich dicht neben ihn zu stellen.

Dies hatte aus Frederics Sicht den Nachteil, dass der sitzende Mann und die stehende kleine Frau fast auf Augenhöhe waren. Dennoch ließ er sich nicht aus der Ruhe bringen und kam gleich auf den Punkt: »Recherchiere bitte alles über ›Diables Rouges‹! Alles was du darüber finden kannst.«

Da Locki wie angewurzelt stehen blieb und zudem ratlos dreinschaute, weil sie bei dem französischen Ausdruck für ›Rote Teufel‹ an die belgische Fußball-Nationalmannschaft dachte, anstatt wie üblich sofort an die Arbeit zu gehen, wusste Le Maire, dass er konkreter werden und ihr erklären musste, was es damit auf sich hatte: »De ›Rode Duivel‹«, erklärte er auf Niederländisch, »ist eine Pinte im holländischen Kerkrade! Und von der möchte ich alles wissen, was du in Erfahrung bringen kannst! … Alles klar? Ich bin ab jetzt im Vernehmungsraum. Gib mir gleich Bescheid, wenn du etwas herausgefunden hast!«

Mit dieser Erklärung zufrieden, nickte Locki dienstbeflissen und eilte zur Kaffeemaschine.

Da der Ermittler wusste, dass seine Sekretärin nicht nur hervorragenden Kaffee kochen konnte, sondern auch bei Internetrecherchen unschlagbar war, brauchte er wegen dieser Lappalie keinen seiner Praktikanten von deren Aufgaben abziehen und konnte auch Miller getrost in Aachen lassen, wo es laut Telefonat keine neuen Erkenntnisse gab, die von dem Fall in La Calamine abwichen. Die Frittenmorde schienen sich immer noch wie ein Ei dem anderen zu gleichen. Beide Morde wurden bis ins Detail auf die völlig gleich grausame und ungewöhnliche Art und Weise verübt. Und sogar das ovale Emailleschild »GESLOTEN – FERMÉ« an der Eingangstür hatte sich in Aachen absolut identisch wiederholt, obwohl dort das dafür benutzte deutsche Wort »GESCHLOSSEN« hätte stehen müssen. Also vermutete Le Maire, dass diese beiden Schilder entweder aus dem flämisch sprechenden Teil Belgiens oder aus den Niederlanden kommen mussten, keinesfalls aber aus Deutschland stammen konnten.

So etwas war allen Beteiligten der beiden Ermittlerteams bisher nicht im Entferntesten vorgekommen. Laut telefonischer Auskunft des Kriminaltechnischen Labors in Aachen wurden am Hals des Toten genau wie in La Calaminc Fasern von Asbesthandschuhen gefunden. Und nicht nur das: die Fasern waren identisch, was soviel bedeutete, dass es sich um ein und dieselben Handschuhe, vermutlich also auch um denselben Täter handelte – zumindest wurden für beide Morde die selben Asbesthandschuhe benutzt, was allein schon dadurch bewiesen war, dass auf dem Rücken des zweiten Opfers Haare des ersten Opfers gefunden wurden. Ob es sich allerdings um *die* Handschuhe handelte, die bei der Freiwilligen Feuerwehr in La Calamine abhandengekommen waren, musste sich erst noch bei einem Vergleich mit dem zweiten Handschuhpaar der Belgier herausstellen.

Als dann Pat Miller seinem Chef am Telefon auch noch bestätigte, dass dem Mordopfer in Aachen ebenfalls posthum Fritten über den Kopf geschüttet worden waren, bestärkte Le Maire in seiner Meinung, dass es sich wenigstens um ein sich absolut gleichendes Täterprofil handelte, wenn schon nicht hundertprozentig sicher sein konnte, dass es sich um ein und den selben Täter handelte. Vielleicht hat diesmal doch ein anderer die Handschuhe benutzt?, überlegte der gewiefte Ermittler, dessen Erfahrung ihm immer wieder gelehrt hatte, dass oft nichts so war, wie es schien.

٭

Zwei Tage später war Pat Miller von Aachen in seine momentane Dienststelle nach Liège zurückbeordert worden. Nun saß er im Büro seines Chefs und berichtete ihm all das, was er ihm bei ihren mehrmals täglichen Telefonaten noch nicht mitgeteilt hatte. Allerdings war dies nicht mehr allzu viel – zumindest, was die Morde direkt betraf. Lediglich die Bestätigung des Aachener Oberstaatsanwaltes Dr. Knopp, Dr. Laefers offiziell der »SOKO Frittenmorde« zugeteilt zu haben, war für Le Maire neu. Somit wusste er, dass Angelika in Zusammenhang mit dieser Mordserie auch weiterhin grenzüberschreitend die leitende Pathologin sein würde. »Ach ja …«, fiel Miller gerade noch ein. »Der Aachener Oberstaatsanwalt hat bewusst *keinen* Leiter der SOKO bestimmt.«

»Warum *das* denn?«, wunderte sich Le Maire, dem gleich beim Auffinden des zweiten Toten klar gewesen war, dass eine Sonderkommission gegründet werden würde. Er war zwar zur konstituierenden Sitzung eingeladen worden, deswegen aber nicht extra nach Aachen gefahren. Der Eigenbrötler hatte schlicht und ergreifend keine Lust dazu gehabt, sich das wichtigtuerische Geschwätz der Profilneurotiker anzuhören. »Sonst noch was?«, knurrte er seinen Assistenten an.

»Ja! Der Oberstaatsanwalt meinte, dass es momentan am besten wäre, wenn die Fäden bezülich des Mordes in Aachen direkt bei ihm zusammenlaufen würden. Sie sollen mit Hauptkommissar Dohmen zwar eng zusammenarbeiten und sich ständig gegenseitig auf dem Laufenden halten, aber jeder Ermittler soll bis auf Weiteres so lange in seinem Zuständigkeitsbereich weiterrecherchieren, bis es wieder einen Frittenmord gibt.«

»Wird es den geben?«, warf Millers bisher mies gelaunter Chef fast ein wenig amüsiert in den Raum. Es ärgerte ihn, dass er von Angelika nicht persönlich über die Personalentscheidung des Aachener Oberstaatsanwaltes innerhalb der Sonderkommission informiert worden war.

»Die SOKO ist sich wie wir darüber einig, dass es sich um ein Serienprofil handeln *könnte*. Aber zwei Schwalben machen noch keinen Sommer aus, bremste Dr. Knopp die gedanklichen Aktivitäten der Kollegen ein wenig aus. »Allerdings ist sich sein Polizeipsychologe jetzt schon ganz sicher, *dass* es ein Serienmörder ist, der nochmals zuschlagen wird. Die Frage ist nur, wann, wo und … warum!«

»Eben … *Warum?* Das ist hier die größte Frage«, bestätigte Le Maire das Gehörte und schimpfte gleich weiter: »So ein Blödsinn! Solange wir nicht einmal das Motiv für die beiden Morde haben, kann dies nicht behauptet werden. Serienmörder haben in der Regel psychologische oder rein sexuelle Beweggründe. Und was, bitte, reizt solche verkorksten Typen daran, gutes Frittenfett zu versauen?« Im Stillen musste der erfahrene Kriminaler allerdings einräumen, dass der Psychologe recht haben könnte.

Im weiteren Gesprächsverlauf gab es dann nur noch *eine* interessante Neuigkeit, die aber nicht von Miller, sondern von Le Maire kam, der nun seinen Assistenten auf den aktuellen Stand der Dinge brachte. Nachdem er ihm erzählt hatte, dass Madame Lavalle zwar kurz aufgewacht sei, von den Eupener Klinikärzten aber sofort wieder in ein künstliches Koma gebracht worden war, wusste nun auch Miller, dass an eine Vernehmung während der laufenden Ermittlungen wohl nicht mehr zu denken war. »Wer weiß, ob sie überhaupt wieder wird!«

Le Maire ging darauf gar nicht weiter ein und sagte stattdessen: »Wir müssen Madame Ottens noch mal vernehmen!«

Nachdem Miller dies in sein Tablet eingetippt hatte, ließ Le Maire ihn an seinem neuen Wissen über den Somalier teilhaben. So erfuhr Miller, dass sie Keita Seydou aufgrund von Fingerabdrücken nun zwar beweisen konnten, das verbliebene Paar Asbesthandschuhe berührt zu haben. Allerdings konnten sie ihm immer noch nicht nachweisen, das fehlende Paar gestohlen zu haben.

»Na, ja; obwohl er bei der Freiwilligen Feuerwehr in La Calamine eine andere Aufgabe hat, als Brände zu löschen, und den Rüstwagen, in dem die Asbestausrüstung verstaut ist, lediglich steuert, kann er mit den Brandschutzanzügen jederzeit in Berührung gekommen sein. Er könnte einem Kameraden beim Anziehen des Asbestanzuges geholfen und ihm dabei die Handschuhe gereicht haben, oder was meinst du?«, resümierte Le Maire resigniert.

»Möglich! Aber komisch ist es schon, dass Lassardes Recherchen ergeben haben, Keita Seydou habe dieses Fahrzeug noch nie bei einem Einsatz, sondern lediglich bei Bewegungsfahrten gelenkt!«

»Wenn wir die Handschuhe finden, haben wir auch den Mörder«, beendete Le Maire den momentanen Sackgassendisput bewusst etwas zu enthusiastisch, bevor er wieder sachlich wurde und das tat, was er immer vor einer Anhörung tat: »Lass uns nun also in den Vernehmungsraum gehen! Aber vorher nehme ich noch schnell ein paar Züge.«

Wenn's sein muss, dachte sich Miller und verdrehte leicht genervt die Augen.

✳

»Na endlich!«, schimpfte der vorläufig festgenommene Somalier, als die beiden Ermittler das nur schwach beleuchtete Vernehmungszimmer betraten. Das den Raum dominierende kalte Licht unter der Glasplatte des in der Mitte stehenden Tisches sollte beruhigend auf den Verdächtigen wirken. Und es schien zu wirken; denn der Hüne schaute Le Maire nicht unruhig-erwartungsvoll, sondern mit ausdruckslosem und apathisch wirkendem Blick an. Dennoch fiel dem Chefermittler auf, dass sein »Gast« irgendwie demonstrativ gelangweilt den Stuhl hinuntergerutscht war und schlaksig dasaß, anstatt sich aufzurichten. Damit wollte er wohl einen besseren Eindruck auf die Polizisten machen.

Aha, unser Verdächtiger zeigt die Krallen und spielt den Starken, dachte sich Le Maire, während Miller das Aufnahmegerät einschaltete und auf dessen Funktionalität hin testete. Na, warte, dir helfe ich schon auf die Sprünge!

Aber es nützte nichts! Obwohl Le Maire das Verhör relativ sanft begonnen und dabei viele Fragen zum Umfeld des Somaliers gestellt hatte, erfuhr er so gut wie nichts. Nach einem nervenzerreißenden Hin und Her gab Keita Seydou lediglich zu, was er sowieso nicht leugnen konnte: »Zum hundertsten Mal: Isch haben zwei Jahre in die niederländische Grenzkaff Kerkrade gelebt, bevor isch wegen die Trennung von meine Freundin und aufgrund eines Job-Angebotes als

LKW-Fahrer nach Hauset übergesiedelt bin und zur Feuerwehr nach La Calamine kam.«

»Verdammt noch mal! Ich glaube dir nicht, dass du erst vor drei Jahren von Somalia direkt nach Kerkrade gekommen bist. Dazu sprichst du viel zu gut Flämisch! Wenn du schon *nicht mit mir* Flämisch sprechen möchtest, so weiß ich von einem deiner aus Holland stammenden Feuerwehrkameraden, dass du diese Sprache nahezu perfekt beherrschst, jedenfalls wesentlich besser als Französisch und Deutsch! Und in Belgien lebst du erst seit knapp einem Jahr! Außerdem hast du bereits gesagt, dass du schon zehn Jahre in Europa bist.«

»Das war eine Versehen. Isch haben nix gut verstanden!«, wollte sich Seydou herausreden.

Jetzt reichte es dem Ermittler. Er stand auf und stemmte seine Hände auf den Tisch, um sich seinem Gefangenen entgegenbeugen zu können. »Wenn du mich jetzt verarschen möchtest, bekommst du richtig Ärger! Ist das klar? Sprich also normal!«

Offensichtlich wirkte dies, denn Keyta Sydou nickte.

»Also: *Wann* und *wie* bist du nach Europa gekommen und *wo* hast du in den Niederlanden gelebt, *bevor* du nach Kerkrade gekommen bist?«

Wieder keine Antwort.

Da Le Maire nun doch einsehen musste, die Herkunft und das frühere Umfeld des Somaliers nur mithilfe der zuständigen Einwanderungsbehörde näher ergründen zu können, wechselte er das Thema und kam auf den »Roten Teufel« zu sprechen, vermied es aber, Keita Seydou über den auffälligen Typen auszufragen, mit dem er sich dort getroffen hatte. Doch auch hier verhielt es sich so, dass er nicht viel aus dem Sturkopf herausbrachte. Dennoch: Der Hüne war erst zusammengezuckt, als er von Le Maire nach dem Lokal in Kerkrade gefragt worden war und hatte sich dann doch noch an den Stuhllehnen hochgezogen, um nun kerzengerade vor den beiden Beamten zu sitzen. Und dies war dem in Sachen Körpersprache erfahrenen Ermittler natürlich ebenso wenig entgangen wie das verdächtige Blitzen in den plötzlich unruhig hin und her huschenden Augen des Mannes, der zudem auch noch überhastet und plötzlich in nahezu perfektem Deutsch antwortete: »Na und? Dies war früher meine Stammlokal, als isch noch in die Kerkrade gewohnt haben! Klar, dass isch dort zwischendurch immer noch gerne einkehre, wenn isch schon mal in die Kerkrade bin! Immerhin kenne isch dort noch verschiedene Leute! Aber das ist dann auch schon alles!«

Dass er nicht *mehr* mit dem »Roten Teufel« zu tun hatte, beteuerte er ebenso gebetsmühlenartig, wie er standhaft leugnete, die Asbesthandschuhe gestohlen zu haben. »Weshalb auch? Was sollte isch mit diese beschissene Handschuhe anfangen?«

Ja, was hast du mit ihnen gemacht?, fragte sich Le Maire in Gedanken. Dabei huschte ihm ein leichtes Grinsen übers Gesicht. Denn während der einstündigen Vernehmung war er sich ganz sicher geworden, dass sein Gegenüber log, weil er irgendwie Dreck am Stecken hatte. Die Frage war nur noch, in welchem Sumpf er steckte.

Da das zermürbende Verhör bisher ganz nach den Buchstaben des Gesetzes verlaufen war und nichts gebracht hatte, wäre Le Maire zwar in der Stimmung gewesen, dies zu ändern, ließ es aber dann doch sein. Stattdessen nickte er frustriert einem der beiden uniformierten Beamten, den Inhaftierten in seine Zelle zurückzubringen.

»Das war aber nicht sehr ersprießlich!«, stellte Miller lakonisch fest und wunderte sich darüber, dass das Verhör schon abgebrochen wurde. Wie auch seinem Chef, war ihm klar,

Keita Seydou spätestens morgen früh wieder auf freien Fuß setzen zu müssen – wenn sie nichts gegen ihn in die Hände bekämen.

Le Maire presste die Lippen zusammen und nickte. »Ja! Um ihn festnageln zu können, brauchen wir die verdammten Handschuhe und müssen erst noch mehr über sein Vorleben herausfinden!«

»Das könnte schwierig werden«, bemerkte Miller, dem bekannt war, dass Ende der 90er-Jahre des vergangenen Jahrhunderts und in den Anfangsjahren des ersten Millenniumjahrzehnts eine unkontrollierte Einwanderungswelle in den Niederlanden und in Belgien stattgefunden hatte. Aus seiner persönlichen Sicht waren viel zu wenig Migranten abgeschoben worden, während man anderen hingegen viel zu schnell neue Papiere ausgestellt hatte. Und Keita Saydou hatte nun einmal eine gültige Aufenthaltsgenehmigung, in die von der zuständigen Behörde das von ihm angegebene Geburtsdatum und als Geburtsort Mogadischu eingetragen worden war. Den Ermittlern war klar, dass dies keineswegs den Tatsachen entsprechen musste. Aber laut der gültigen Papiere war es nun einmal so.

»Merde!«

Ebenso wussten sie, dass Keita Seydou möglicherweise gar nicht so hieß und auch kein wegen des andauernden Bürgerkrieges geflohener Somalier, sondern ein krimineller Äthiopier oder Kenianer sein konnte, der ganz einfach die günstige Gelegenheit für eine neue Identität genutzt hatte. »Dies herauszubringen, dürfte eine never ending story werden«, orakelte Miller.

Auch Le Maire war dies klar, – insbesondere weil man das Papier am 21. Dezember 2013 ausgestellt hatte und deshalb bewiesen war, dass sich Seydou seit diesem Datum *legal* in den Niederlanden aufgehalten hatte.

»Und dass der Sachbearbeiter pünktlich in die Weihnachtsfeiertage wollte«, ergänzte Miller sarkastisch die sachliche Darlegung seines Chefs der diesbezüglichen Lage.

Le Maire nickte zustimmend.

»Unser Verdächtiger hat sicher alten Mist in seiner Schubkarre und etliche Jahre schwarz in Holland gelebt, bevor er eine gute Gelegenheit genutzt hat, sich bei der Einwanderungsbehörde in Brüssel zu melden«, mutmaßte Miller deshalb zu Recht.

»Ha! ›Schwarz‹ ist gut«, ätzte Le Maire, dem die vielen Dunkelhäutigen, vor allen Dingen aber die »Les bonnes Lemmes voilées«, wie er die vielen vermummten muslimischen Frauen seit der letzten großen Einwanderungswelle im Jahr 2015 stets zu nennen pflegte, auf die Nerven gingen. Im Grunde genommen ein guter Kerl mit dem Herzen am rechten Fleck, konnte der »Belgier aus Leidenschaft« nicht viel mit der zunehmenden Überfremdung seines Heimatlandes anfangen. Dazu hatte er berufsbedingt schon viel zu viel Unangenehmes mit Migranten erlebt. Dazu kam noch, dass auch in seinem geliebten Liège ein arabisches oder asiatisches Geschäft nach dem anderen eröffnete und dadurch die ohnehin schon schwierige Identität der Belgier zunehmend verloren ging. »Die Türken und Kurden beherrschen unser Land sowieso schon lange. Und nun kommen auch noch andere Volksstämme dazu, die uns Einheimische an die Wand drücken!«, pflegte er bei dementsprechenden Diskussionen immer wieder einzuwerfen. Obwohl ihm dies gewaltig stank, behielt er seine diesbezüglichen Gefühle stets für sich und behandelte ausländische Mitbürger mit derselben Korrektheit wie sie den Einheimischen zustand. Solange sein Stammlokal keiner Dönerbude weichen musste und es noch genügend ordentliche, also typisch belgische Frittenbuden gab, war für ihn die Welt noch einigermaßen im Lot. Und dies, obwohl links und rechts seines Stammlokals kaum noch ein von Wallonen oder Flamen geführtes Geschäft angesiedelt war. Nach seiner Meinung war es nur noch eine Frage der Zeit, bis die sowieso nicht mehr ganz junge Wirtin ihr Café chantant »Aux Olivettes« aufgeben und in eine andere Straße ziehen musste. Ob es dort dann besser sein würde, bezweifelte Le Maire allerdings. Insbesondere, weil sich das beliebte Musik-Café an dieser Stelle einen Namen gemacht hatte, der weit über die Grenzen der Stadt hinaus feierfreudige und musikbegeisterte Gäste anlockte.

»Und, Chef? Was jetzt?«, wurde er von Miller aus seinen Überlegungen gerissen.

Aber anstatt gleich zu antworten, rief er Locki zu, ihm einen Kaffee zu bringen. »Du auch?«, fragte er den passionierten Teetrinker Miller, der dankend verneinte und immer noch wissen wollte, wie es weiterging.

»Sag du es mir«, forderte ihn sein Chef auf.

Hastig bearbeitete Miller sein Tablet, tanzte mit einer Hand darüber wie ein Pianist über die Tasten und sagte: »Also ich würde dennoch versuchen, möglichst rasch etwas über die Vergangenheit des Somali herauszubringen und …«

»Es heißt ›Somalier‹!«, unterbrach Le Maire schwadronierend, während er von seiner Sekretärin den Kaffee entgegennahm und ihr mit einem Fingerzeig gebot, hierzubleiben. »Der Terminus ›Somali‹ ist unpräzise! *Diese* Bezeichnung schließt nur die ethnischen Somali ein, beinhaltet also keinesfalls die Nicht-Somali-Minderheiten!«

Jetzt ist es aber höchste Zeit geworden, dass er seinen Nachmittagskaffee bekommen hat, dachte sich Miller und fuhr leicht irritiert fort: »Ich schlage vor, dass wir versuchen, Seydos ehemalige Freundin ausfindig zu machen. Möglicherweise lebt sie ja noch in Kerkrade. Außerdem müssen wir alles über diesen miesen Typen aus dem ›Roten Teufel‹ herausbekommen!«

»Aus ›Hannibal Lecter‹?«, witzelte Le Maire schon wieder sarkastisch. »Nicht schlecht für einen frischgebackenen Kommissar«, antwortete er, der es nicht verknusen konnte, dass er nur wegen eines nicht geladenen Handy-Akkus von Angelika links liegen gelassen wurde. Deswegen neigte er an diesem Tag ganz besonders zu kleinen Sticheleien und zynischem Sarkasmus. Und da er bisher noch keinen Kaffee gehabt hatte, war es mit nett sein sowieso noch nicht weit her. Erst nachdem er einen Schluck aus einem Becher mit der sinnigen und treffenden Aufschrift ›PETIT DÉGOÛT‹ genommen hatte, entkrampften sich seine angespannten Gesichtszüge und er bedankte sich sogar bei Locki für den hervorragenden Inhalt, bevor er sie fragte, wo denn *sein* Kaffeebecher sei und was denn ihre Internetrecherchen bezüglich des »Roten Teufels« ergeben hatten.

Nun schlug Lockis große Stunde. Ohne auf ihr Späßchen mit dem »versehentlich« vertauschten Kaffeebecher einzugehen, konnte sie Frederic nach langer Zeit endlich wieder zeigen, was sie drauf hatte, und dass sie nicht nur eine gewöhnliche Sekretärin war. Da Le Maire seine Mitarbeiterin seit vielen Jahren in- und auswendig kannte und nicht nur um deren Befindlichkeiten wusste, obwohl er diese stets zu ignorieren pflegte, hätte sie sich dies sparen können. Aber der tief in seinem Herzen gutmütige Mann ließ sie gewähren und hörte sich das ausladende Präludium zu ihrem eigentlichen Bericht geduldig an.

»So, Locki. Das, was du uns jetzt erzählt hast, war zwar hochinteressant, hat aber nichts mit dem zu tun, was ich wissen wollte. Also …«

»Noch einen Kaffee, Chef?«

Da Le Maires Tasse fast leer war, nickte er wohlwollend und wartete so lange, bis Locki ihm einen Kaffee und Miller seinen geliebten English Breakfast Tea hingestellt hatte. Nachdem sie sich selbst einen »Abnehmsud« aufgebrüht und die beiden Ermittler die Zeit für ein lückenfüllendes Gespräch genutzt hatten, kam das Pummelchen endlich zur Sache und berichtete ausführlich, dass es in dieser Kneipe in der Vergangenheit immer wieder zu Waffen-, Hehlerwaren- und Betäubungsmittelfunden gekommen war, weswegen die niederländischen Kollegen »Stammgäste« waren. »Außerdem gab es dort immer wieder Schlägereien und einmal sogar eine Schießerei. Der Laden war von Amts wegen bereits zehnmal geschlossen. Mindestens!«

Da sich Le Maire aufgrund Lassardes Berichts bereits ein grobes Bild des »Roten Teufels« gemacht hatte, erschien ihm dies im Moment nicht so wichtig. Deswegen ging er auch nicht darauf ein. Stattdessen wollte er von Fabienne Loquie wissen, ob sie etwas über die dort verkehrenden Gäste erfahren hatte.

»Locki!«, unterbrach er den erneuten Redeschwall seiner Sekretärin, deren Wangen inzwischen rot angelaufen waren.

Aber die aufgeregte junge Frau meinte, unbedingt noch berichten zu müssen, dass der jetzige Kneipenpächter den »Roten Teufel« erst vor einem halben Jahr übernommen hatte und dort seither Ruhe herrschen würde »… obwohl der erst 26-jährige Wirt Piet Derliggen wegen etlicher Delikte selbst mehrmals vorbestraft ist!«

»Gute Arbeit, Locki!«, lobte der Chef dann doch noch, bat sie aber, *endlich* auf den Punkt zu kommen. Er wollte eigentlich nur etwas über den Mann erfahren, mit dem sich Keita Seydou getroffen hatte.

»Über die einzelnen Stammgäste konnte ich noch nichts herausfinden«, musste sich Locki eingestehen. »Wie auch? Die stehen ja nicht auf der Homepage dieser Kneipe«, sagte sie in fast trotzig klingendem Ton, nachdem sie die Enttäuschung im Gesicht ihres Chefs bemerkt hatte. »Ich weiß nur, dass dort wohl etliche Mitarbeiter einer nahe gelegenen Frittenfabrik verkehren. Aber meine diesbezügliche Anfrage bei den Kollegen in Kerkrade läuft noch«, brachte sie verlegen heraus, bevor sie sich abwandte, um an ihren Schreibtisch im Vorzimmer zu gehen.

»Was hast du soeben gesagt?«, rief ihr Le Maire so laut hinterher, dass sich Locki erschrak und Miller verwundert dreinschaute.

Le Maire lächelte sie an. »Entschuldige, aber ich glaubte, dich nicht richtig verstanden zu haben. Was war das eben noch mal?«

»Ich habe bei den Kollegen in Kerkrade nachgefragt, ob sie Typen in ihrer Kartei haben, die im ›Roten Teufel‹ verkehren.«

»Das meine ich nicht! Was war das mit der Frittenfabrik?«

Frederics Lächeln war Balsam für Lockis Seele. Unwillkürlich musste sie selbst lächeln und begann zu berichten, dass sich unweit des »Roten Teufels« eine große Fabrik befand, die nicht nur Fritten und Frittenfett herstellte, sondern auch Zubehör vertrieb, das zum Einrichten von niederländischen Frituuren, belgischen Fritüren oder Friterien und auch für deutsche Pommesbuden benötigt wurde.

Nachdem er dies gehört hatte, bekam Le Maire einen Adrenalinstoß, der ihn dazu veranlasste, etwas zu tun, was er besser hätte sein lassen sollen: In seiner inneren Erregung beugte er sich zu seiner kleinen Sekretärin hinunter, fasste mit beiden Händen deren Kopf und gab ihr einen kräftigen Schmatzer auf die Stirn. »Locki, du bist genial!«, rief er und führte eine Art Veitstanz auf, indem er mehrmals von einem Raumende zum anderen ging, sich dabei aufgewühlt übers Haar und die Bartstoppeln fuhr und gleichzeitig noch abwechselnd mit der flachen Hand mehrmals auf seinen und auf Millers Schreibtisch trommelte. »Merde! Warum bin ich da nicht gleich draufgekommen? … Und die liefern auch nach Deutschland?«, vergewisserte er sich bei seiner total geflashten Sekretärin, die nur stumm nickte, weil sie zu mehr nicht in der Lage war.

Da Miller unwissend dreinschaute, wandte Le Maire sich ihm zu: »*Das* ist es! – Verstehst du? … Verstehst du das?«, fragte der ansonsten besonnene Mann seinen Adjudanten, der im Moment überhaupt nichts verstand. Nur Locki glaubte etwas verstanden zu haben. Allerdings hatte sie es eher missverstanden. Nach seiner vermeintlichen Geste der Zuneigung würde sie ihren Chef nun noch mehr anhimmeln, als dies bisher schon der Fall gewesen war.

Le Maire ging in sein Büro und rief Miller zu sich. »Setz dich! Ich habe einen Plan!«

*

Als Le Maire am nächsten Morgen seinen Assistenten zusammen mit zwei der Kommissaranwärter sah, bog er sich vor Lachen. Nein, der ansonsten stets mit Fliege, Sakko, perfekt gebügelter Hose und glänzend polierten Schuhen pünktlich zum Dienst erscheinende Mann war nicht Patrick Miller, zumindest nicht *der* Pat Miller, den Le Maire und Fabienne Loquie kannten. Der Mann, der da am Montagmorgen unter dem Türrahmen stand, konnte einfach kein Mitarbeiter dieser ehrwürdigen Mordkommission sein: Er trug eine alte Jeans, mit der er sicherlich noch nie in der Öffentlichkeit gewesen war, sondern sie wohl nur für Haus- oder Gartenarbeiten anzuziehen pflegte. Ähnlich musste es sich mit den ausgelatschten Schuhen und dem »Old-Fashion-Blümchenhemd« mit dem übergroßen Kragen verhalten. Und dazu auch noch der alberne Hut, hinter dem man viele Karnevalssitzungen vermuten könnte, wenn man nicht wie Le Maire wusste, dass der spießige Jungkommissar den Karneval verabscheute.

Der Kommissar und seine Sekretärin konnten nicht glauben, was sie da sahen. Und als sich dann auch noch Docteur Baguette an Miller vorbei in Le Maires Büro drückte, weil er etwas von ihm wollte, war das Desaster perfekt.

»Was soll *das* denn darstellen? Sind Sie verrückt geworden, Miller? So können Sie hier doch nicht herumlaufen!«

Da dem jungen Kriminalbeamten sein Erscheinungsbild peinlich war, brachte er außer einem unverständlichen Stammeln nichts über die Lippen, weswegen ihm sein Chef aus der Patsche half: »Bonjour, Docteur Baguette! Das hier sind unsere drei verdeckten Ermittler, für deren Einsatz Sie uns gestern noch Ihren Segen gaben!«

Der Dienststellenleiter nickte zwar, betrachtete dann aber mühsam beherrscht Bribanté und Soquett, bevor er ebenfalls zu lachen begann. Nachdem er sich einigermaßen beruhigt hatte, deutete er auf die beiden und sagte: »Die gehen ja noch, aber ...« Als er auf Miller zeigte, musste er so herzhaft lachen, dass sämtliche Mitarbeiter der danebenliegenden Büros aufmerksam wurden und sich neugierig vor und in Le Maires Büro versammelten. »... Miller!«

»Ja, Monsieur Docteur?«

»Sie müssen etwas verwechselt haben. Dies hier ist eine der drei Generaldirektionen der belgischen Kriminalpolizei und Sie befinden sich hier in der Abteilung Mord«!

»Ja, Monsieur!«, kam es hastig über Millers kreideweiße Lippen, während sich die Miene seines obersten Chefs verfinsterte.

»Gut! Dann dürfte Ihnen auch klar sein, dass dies hier nicht der Versammlungsraum für Karnevalisten ist!«, schnarrte Docteur Baguette den jungen Polizisten an und grummelte beim Verlassen des Büros kaum vernehmbar: »Auch wenn ich mir hier manchmal so vorkomme.«

Kaum war der oberste Chef verschwunden, begannen sich alle anderen über Miller und sein albernes Outfit lustig zu machen. Lediglich Le Maire und seine Sekretärin hielten sich zurück.

»Was ist?«, zischte Miller. Er verstand die Welt nicht mehr. Sein Chef hatte gestern gesagt, dass er die Idee habe, Bribanté, Soquett und ihn als verdeckte Ermittler nach Kerkrade zu schicken, damit sie sich im »Roten Teufel« unauffällig umhören und die Stammgäste ausfragen konnten. Und da sich dort laut Lassardes Aussage nur zwielichtiges Gesindel herumtrieb, sollten sie sich optisch den dortigen Gepflogenheiten anpassen, während Le Maire unabhängig von den dreien zunächst als Einzelgast erscheinen und sich bei Notwendigkeit als Polizist zu erkennen geben würde. Da der Chefermittler viel Erfahrung mit »solchen« Typen und deswegen Sorge hatte, dass etwas schiefgehen könnte, wollte er mit all seinen zur Verfügung stehenden Männern ausrücken. Lediglich Lassarde würde er nicht mitnehmen können, weil er in diesem Lokal zwar nicht unbedingt unangenehm, aber immerhin schon einmal aufgefallen war. Also konnte Lassarde nun die bisher versäumten Recherchen im Spielcasino Luxemburg nachholen.

»Mein guter Miller! Schau dir Bribanté und Soquett an. Fällt dir etwas auf?«

Da die beiden sowieso viel legerer waren als der steife Engländer, wie Miller oft bezeichnet wurde, hatten sie keine Mühe gehabt, sich so hinzutrimmen, dass sie wie schwere Jungs aussahen. Der sympathische und stets besonnene Soquett war ohnehin immer unrasiert und konnte sogar ein paar Tätowierungen zur Erinnerung an seine Militärzeit aufweisen, während der manchmal etwas hitzköpfige Bribanté langes Haar und eine Narbe im Gesicht hatte, die sich bis zum Kinn hinunterzog. Der eine hatte ein T-Shirt mit Harley-Davidson-Motiv und der andere eine Lederjacke mit Fransen zu den ausgebeulten Jeans aus Abizeiten gewählt. So sahen beide nicht aus wie Kriminalbeamte.

Miller hingegen sah *genau so* aus wie das, was er war: Ein unverbesserlicher Arschklemmer! Ein guter Polizist, sicher. Möglicherweise irgendwie auch ein netter Kerl. Aber eben ein überkorrekter, akkurater Erbsenzähler, der nichts mehr hasste als Schlampigkeit und Verstöße gegen das Gesetz und nichts mehr liebte als eine perfekt sitzende Fliege und einen geregelten Dienstverlauf.

Also erklärten ihm die Kollegen, was von Le Maire damit gemeint war, wie ein böser Bube und nicht wie ein Karnevalshippie auszusehen. Und dazu verpassten sie ihm erst einmal einen Kaugummi, bevor sie ihm andere Klamotten besorgten.

»So schaut das schon besser aus«, lobte Le Maire, als er seinen bereits teilweise umgestylten, aber betroffen dreinschauenden Assistenten sah. »Wir treffen uns in zehn Minuten im Besprechungsraum zum Briefing! Ich geh nur noch schnell eine rauchen und mach mir dabei ein paar Gedanken.« Er vermutete, dass die meisten nicht schichtenden Fabrikarbeiter ihr Feierabendbierchen am späten Nachmittag oder am frühen Abend tranken und die richtig schweren Brocken erst mit Einbruch der Dunkelheit ihre Stammkneipe aufsuchen würden. Deswegen hatten die verdeckten Ermittler Zeit genug, um ihre Taktik und alle Eventualitäten durchzusprechen, bevor sie mit zwei Privatautos nach Kerkrade fahren würden. Und Miller hatte noch die Möglichkeit, seine »Ganovenkluft« authentischer zu gestalten und an seiner Spießermimik zu arbeiten.

✳

»Merde!«, fluchte der Kriminalhauptkommissar, als er um 17.30 Uhr allein vor der verschlossenen Tür zum »Roten Teufel« stand und durch ein Fenster in den unbeleuchteten Raum zu blicken versuchte. Während die anderen wie abgesprochen im Auto sitzen blieben und vergeblich auf Instruktionen ihres

Chefs warteten, konnte er sich – wenn er nun schon einmal hier war – ungeniert die Eckkneipe von außen betrachten. Dabei stachen ihm zunächst die am Bordsteinrand stehenden übervollen Abfalleimer und daraufhin der viele Unrat in der düsteren Gasse hinter dem verruchten Lokal ins Auge. Neugierig geworden, schlich Le Maire tiefer in das schmale Gässchen hinein, um sich etwas Bestimmtes genauer zu betrachten. Als er sich bückte, um einen gelben Plastikbehälter an sich zu nehmen, hörte er ein Geräusch, das den ansonsten coolen Ermittler erschrocken hochfahren ließ. Schon den Bruchteil einer Sekunde später sah er nur noch Sterne.

KAPITEL 9

Zu Beginn der Lagebesprechung am nächsten Tag herrschte Katerstimmung unter den Kriminalbeamten und niemand sagte etwas. Zudem stank es in Le Maires Büro erbärmlich nach ranzigem Frittenfett. So dauerte es nicht lange und sowohl er als auch seine Sekretärin mussten sich berechtigte Rügen gefallen lassen: Locki von ihrem Chef deswegen, weil sie nicht recherchiert hatte, ob und wann der »Rote Teufel« Ruhetag hatte und Le Maire von seinen Mitarbeitern, weil er Locki nicht danach gefragt hatte. Zudem musste sich der Chefermittler *genau das* anhören, was er selbst zumeist ignoriert hatte, obwohl er es ständig predigte: »*Keine Alleingänge!*«

Denn als er gestern durch das direkt an die Kneipe angrenzende Gässchen geschlichen war, hatte er sich wegen eines Geräusches so sehr erschrocken, dass er sich reflexartig umgedreht hatte und gleichzeitig hochgeschossen war, weswegen er mit dem Hinterkopf an eine vorkragende Mauerkante geknallt war. Dass er lediglich von einer Katze in diese Situation gebracht worden war, hatte er nicht mehr registriert, bevor er bewusstlos zu Boden gesackt war.

Nachdem der Chef nicht zum Auto zurückgekommen war und auch keine neuen Anweisungen gegeben hatte, waren seine Männer unruhig geworden und ausgestiegen, um ihn zu suchen. Als Bribanté und Soquett mit gezogenen Waffen und aufgesetzten Taschenlampen die bedrohlich wirkende Schmuddelgasse betreten hatten und langsam ein Stück hineingegangen waren, hatte ihr Chef höllisch fluchend vor ihnen gelegen. Klar, dass die beiden weiß Gott was gedacht hatten, als sie ihm hochgeholfen und auf die Straße geschleift hatten. Aber kaum, dass Le Maire wieder ganz zu Sinnen gekommen war und sich das schmerzende Haupt gerieben hatte, war der Sturkopf allein zurückgeeilt, um den Plastikbehälter in Form eines großen Kübels zu holen, der jetzt vor ihnen auf dem Tisch stand und dessen inhaltliche Reste einen solch infernalischen Gestank bis ins Vorzimmer und in den Flur hinaus verbreiteten, dass die Kollegin von nebenan in voller Lautstärke rief: »Jetzt stinkt es mir aber langsam! Tür zu!«

»Sie hätten wenigstens auch noch den Deckel mitnehmen können, Chef«, meinte Miller, der von allen am meisten die Nase rümpfte.

»Nein! Warum denn? Auf dem Kübel sind doch alle wichtigen Informationen für uns aufgedruckt!«, widersprach Le Maire.

Miller zog demonstrativ nochmals die Nasenflügel hoch, verkniff sich aber jeden weiteren Kommentar, da er ohne jeden Zweifel zwecklos gewesen wäre.

*

Während Locki wegen des saftigen Anpfiffs ihres Chefs schmollte und daher an ihrem Schreibtisch umso eifriger versuchte, den Ruhetag des »Roten Teufels« herauszubekommen, besprachen die Ermittler ihre neue Strategie, die im Gegensatz zu gestern vorsah, dass Miller in seiner üblichen Kleidung – allerdings ohne Fliege und nicht an der Seite seines Chefs, sondern allein – das Lokal betreten sollte, während die anderen beiden wie ursprünglich geplant, ihr verdecktes Spiel gemeinsam spielen würden. »Ihr habt recht: Mein gestriger Alleingang war nicht gut«, grummelte Le Maire zum Erstaunen seiner Männer gerade noch so laut, dass sie ihn verstehen konnten. Sie waren es nicht gewohnt, dass er sich selbst oder gar ihnen gegenüber einen Fehler eingestand.

Aber der Chef ließ seinen Männern nicht viel Zeit, um sich an seinem Schuldbewusstsein zu laben. Denn er kam gleich auf den Punkt: »Genug geschwatzt! Dann packen wir die Sache eben wieder an, wenn diese verdammte Pinte geöffnet ist. Bis Locki so weit ist, beschäftigen wir uns mit dem hier!« Dabei zeige er auf den Plastikeimer und fragte provozierend: »Was ist das?«

Miller, Bribanté und Soquett sahen sich verwundert an.

»Ich merke schon, ihr checkt alle drei nichts.« Le Maire war wieder ganz der alte Sarkast.

»Ein ... ein Eimer?«, kam es zaghaft von Miller »... ohne Deckel!«

»Gut, mein hochverehrter Adlatus! Das ist ein Eimer, genauer gesagt ...«, Er blickte streng ins Rund, bevor er fortfuhr: »... ein Eimer für Frittenfett!«

Da den drei Ermittlern dies auf Anhieb klar gewesen war, sie aber nicht gewusst hatten, auf was der Chef hinauswollte, hatten sie geschwiegen.

»Und mit was haben wir es bei unserem Fall in La Calamine zu tun?«, spielte Le Maire die Partie weiter.

»Mit Frittenmorden?«, kam es wieder von Miller, der sich vor den anderen nicht blamieren wollte, betont vorsichtig zurück.

»Richtig!« Le Maire zog den Eimer zu sich her und sagte: »In solch einem Fett sind Steffen Ottens und Jupp Klinkartz ermordet worden. Zwar nicht unbedingt mit *dieser* Marke, aber eben mit Frittenfett.«

»Sie meinen, dass es sich bei den Morden *nicht* um ein Fett dieser Marke gehandelt hat?«, wollte Soquett wissen.

»Das habe ich nicht gesagt«, stellte der Chef klar. »Denn die bisherigen Zusammenhänge und die Verbindungen hierher«, er tippte auf den Kübel, »nach Kerkrade könnten schon den Schluss zulassen, dass es sich bei den Morden um Frittenfett der Marke ...« Um besser lesen zu können, ließ er sich den 30-Liter-Kübel von Soquett noch näher zuschieben, bevor er fortfuhr: »... ›Nefrit‹ handelte.«

Nachdem er den großen Kübel gedreht hatte, um sich nun den aufgedruckten Text auf der Rückseite vorzunehmen, teilte Le Maire auch noch sein frisch erworbenes Wissen in Bezug auf das Herkunftsland. »Es wird tatsächlich in den Niederlanden und sogar hier in der Nähe, in Kerkrade hergestellt!«

»Das ›NE‹ in dieser Wortkonstruktion könnte für die internationale Bezeichnung ›Nederlands‹ stehen«, orakelte Miller.

»Sehr gut!«, lobte Le Maire.

»Aber was hat ein solch großer Behälter bei den Abfällen des ›Roten Teufels‹ zu suchen?«, warf Soquett in den Raum.

»Na ja; der Wirt hat sicher einen der ganz normalen kleinen Frittenschwenker, wie sie in den meisten Pinten zu finden sind«, vermutete Miller.

Aber Soquett ließ nicht locker. »Ja! Einen *kleinen* Frittenschwenker für ein paar Portiönchen Fritten. Ist also dieser Kübel nicht zu groß für eine solch kleine Kneipe? Da passen doch mindestens 20 Liter rein!«

»30!«, korrigierte Le Maire, der inzwischen begonnen hatte, den Text auf dem rückseitigen Etikett zu lesen.

»Montag!«, rief Locki, die wegen des Gestanks nicht in den Raum kommen wollte und nur locker mit einer Hand am Türrahmen hing, den Männern zu.

»Was?«, hakte Le Maire nach, der immer noch mit der kleinen Schrift des Etikettentextes kämpfte, weswegen er nicht richtig zugehört hatte.

»Spreche ich in Hieroglyphen?«, kam es von der immer noch beleidigten Sekretärin zurück. »Der ›Rote Teufel‹ hat am Montag geschlossen! ... Ru – he – taaag!«

»Das ist gut, dann können wir ja noch vor dem Wochenende nach Kerkrade fahren, um den Laden zu inspizieren«, freute sich der Chef und beorderte Locki näher zu sich. Da er zwischen zwei so großen Mordfällen keinen Stress im Büro brauchen konnte, lobte er seine Sekretärin, bevor er sie in freundlichem Ton bat, den Kübel ins Labor zu bringen, damit dort das Frittenfett auf dessen Inhalte geprüft werden konnte. »Wer weiß: Möglicherweise handelt es sich wegen der exzellenten Qualität um eine Art ›gelbes Gold‹, weswegen es zu den Morden kam?«

»Wieso *das* denn?«, fuhr Miller einmal mehr dazwischen und hielt dagegen: »Vielleicht sind darin aber auch minderwertige oder sogar verbotene Substanzen enthalten?«

»Noch wissen wir nicht, ob es sich um die Marke handelt, die bei den Morden verwendet wurde«, bremste Bribanté die Euphorie der beiden.

»Außerdem ist das alles reine Spekulation und bringt uns nur von den bisherigen Indizien weg. Wir sollten uns nach wie vor darauf konzentrieren, dass beide Mordopfer Dreck am Stecken hatten.

»Schon gut, Miller«, wehrte Le Maire ab. »Lassarde bleibt ja an den Spielcasinos dran und die Aachener Kollegen arbeiten ebenfalls in diese Richtung weiter, indem sie sich im dortigen Rotlichtmileu umhören. Warum also sollen *wir* nicht der Spur des Frittenfettes folgen?«

Nachdem dies geklärt war und Locki aufgrund des vorangegangenen Lobes freudestrahlend ins Vorzimmer zurückgeeilt war, um Kaffee und Tee zuzubereiten, besprachen die vier Ermittler die abendliche Vorgehensweise.

✲

Seit einer geschlagenen Stunde saßen die vier Ermittler nun schon in Le Maires nach kaltem Rauch stinkendem Citroën und observierten von einem gewissen Abstand aus den »Roten Teufel«.

Bevor er seine Männer in die Kneipe schickte, wollte Le Maire abwarten, bis andere Gäste den Laden bevölkerten. Damit wollte er vermeiden, dass sie die Ersten waren und dementsprechend auffielen. Außerdem wollte er wissen, *was* für Typen das Lokal betraten und was sich im Umfeld alles tat. Und da Locki zwar herausgefunden hatte, an welchen Tagen das Objekt geöffnet war, in ihrer Aufregung nun aber vergessen hatte, sich nach den genauen Öffnungszeiten zu erkundigen, waren sie sowieso zu früh nach Kerkrade gefahren. Denn ausgerechnet am Freitag machte der »Rote Teufel« erst um 17 Uhr auf, weil am Wochenende bis früh in den Morgen hinein Betrieb war.

»Habt ihr eure Waffen?«, fragte Le Maire, nachdem sich nichts Bemerkenswertes getan hatte und nacheinander über zehn durchwegs wüst aussehende Typen das Lokal betreten hatten. »Ich denke, Bribanté und Soquett können jetzt hineingehen. Ihr wisst, wie ihr euch verhalten sollt?«

Da die beiden Kommissaranwärter bereits über ein gewisses Maß an Erfahrung verfügten, nickten sie selbstbewusst und stiegen zusammen mit ihrem Chef aus dem Wagen. Während die beiden betont lässig dem Kneipeneingang entgegenschlurften, zündete sich Le Maire eine der Zigaretten an, die er während der Wartezeit im Auto gedreht hatte. »Wir harren hier noch ein Weilchen aus«, gebot er Miller, der – unruhig geworden – wegen des Zigarettenqualms die Scheibe heruntergedreht hatte und es kaum erwarten konnte, ebenfalls in das Lokal zu gehen. Na, endlich!, dachte er, als sein Chef das Zeichen gab.

»Es ist so weit!« Aber damit hatte Le Maire nicht seinen Adjudanten, sondern sich selbst gemeint. »Du kommst in einer Viertelstunde nach.«

»Merde!«, grummelte Miller.

»*Was ist?*«, wollte Le Maire wissen, der glaubte, sich verhört zu haben.

»Nichts, Chef!«

»Gut! Denn wenn hier einer flucht, bin ich das!« Er musste grinsen. »Also, ich verschwinde jetzt!«

Keine zehn Minuten später – Miller hatte es wirklich nicht erwarten können – unterhielten sich Bribanté und Soquett an einem der kleinen runden Tische mit zwei anderen Gästen, während Miller sich ganz rechts an der Theke positionierte und sich einen Scotch Whisky bestellte, weil er dies für besonders cool hielt. Le Maire selbst hatte sich direkt vor den Zapfhahn an die Theke gesetzt, um näher beim Wirt zu sein. Er hoffte, ihn dort ausfragen zu können.

Aber der bullige Mann war schneller: »Zu mir kommen nur wenig Fremde. Und heute sind schon vier unbekannte Gesichter in meinem Laden!«

Le Maire tat so, als wenn ihn dies nicht interessieren würde und wartete ein Weilchen, bevor er fragte: »Von was lebst du dann, nur von den Einheimischen?«

»Ein Bier, oder was?«, kam es anstatt einer Antwort zurück. »Dies hier ist keine Bahnhofswirtschaft!«

»Na klar!« Der Ermittler blickte sich im Lokal um und stellte zu seiner Überraschung fest, was seine nichtrauchenden Kollegen sofort gerochen hatten: »Ich sehe, hier darf man rauchen?« Bei dieser Gelegenheit bemerkte er, dass sich Bribanté und Soquett mit zwei Typen unterhielten, deren Kluft sie jeweils als Biker identifizierte.

Der Wirt lachte herb auf und erklärte Le Maire, dass ihn die Polizei in Ruhe ließ, solange sie keinen Ärger mit dem »Rode Duivel« hatten, was vor seiner Zeit als Wirt wohl oft der Fall gewesen sein musste. »Rauch ruhig, da passiert nichts! Ich sorge hier bewusst immer für Ordnung, damit die Bullen nicht auf die Idee kommen, hier hereinzuschauen.« Dabei zwinkerte er verschwörerisch mit einem Auge. »Du verstehst?«

Der Kriminaler grinste wissend. »Na klar!«

Als der Wirt Le Maires zweites Bier auf die Theke stellte, sagte er zu ihm: »Sieh mal den Spießer am Ende der Theke. Der meint wohl, weil er Whisky trinkt, ist er ein harter Typ!«

»Ja«, bestätigte Le Maire in perfektem niederländisch sein Wissen über Miller. »Der ist wirklich ein Spießer, – sicher ein Deutscher! Hast du hier immer so feine Pinkel als Gäste?«

Nun musste der Wirt lachen. »Natürlich nicht! Aber du siehst auch nicht gerade so aus wie meine normale Kundschaft!«

»Warum? Wie sieht die denn aus?«

»Nun wurde der Wirt stutzig und bemerkte Le Maire gegenüber unverhohlen, dass er als neuer Gast auffallend neugierig sei.

»Ach so …«, Le Maire machte eine wegwerfende Handbewegung und lachte auf. »Ich bin Buchmacher und das hier ist meine Arbeitskluft. In meinem Job muss ich doch einigermaßen seriös wirken, oder?«

»Dann solltest du dir mal einen neuen Mantel gönnen! – Hast du eine Lizenz?«

Um nicht aufzufliegen, musste der Ermittler seinem offensichtlich misstrauisch gewordenen und ihm körperlich überlegenen Gegenüber nun eine mutige Antwort geben. »Sag mal, Arschloch: Spinnst du? Natürlich nicht! Oder sehe ich so aus?«

Miller, der die Unterhaltung mitbekommen hatte, suchte erst Blickkontakt zu Bribanté und Soquett, um sie darauf aufmerksam zu machen, dass an der Theke gleich die Luft brennen könnte, bevor er Le Maire mit einer unauffälligen Geste zu erkennen gab, dass er bereit sei, wenn es nötig werden sollte. Um das Gespräch der beiden zu stören und den Wirt abzulenken, bestellte er sich noch einen Whisky.

Aber anstatt sich von Le Maires Spruch provoziert zu fühlen, blieb der Wirt völlig gelassen. »Ich dachte ja nur ...«, zuckte er gleichgültig mit der Schuler. »Also, was wolltest du vorhin wissen?«

Nachdem Le Maire dem Wirt einen Schnaps ausgegeben und selbst einen mitgetrunken hatte, war das Eis gebrochen. »Ich heiße Pascal! Und du?«

»Piet! Kannst aber auch ›Rotzki‹ zu mir sagen. Prost!« Von nun an plauderte der Wirt munter über seine Kundschaft, die hauptsächlich aus den Mitarbeitern der nahe liegenden Frittenfabrik »Nefrit« und – wie er es ausdrückte – aus 100 Jahren Knast bestünde, was aber wohl eine Art Altlast des vorherigen Pächters war. »Früher war dies die Stammkneipe von Fußballfans«, lenkte er vorsichtshalber gleich wieder vom Gesagten ab.

»Ach, daher kommt der Name deiner Pinte!«

»Ja, der letzte Wirt hier war Belgier. Außerdem ist ganz in der Nähe auch der Fußballplatz von Roda JC, dem hiesigen Fußballverein, wo ...«

»Sag mal, kennst du einen Mann mit einer tätowierten Schlange am Hals?«, unterbrach Le Maire. Er brauchte keine weitere Beschreibung abgeben, um den Wirt darauf zu bringen, wen er meinte.

Ein weiteres Mal bekam er anstelle einer Antwort eine Frage zurück: »Warum? Was willst du von ihm?«

»Pascal, der flämische Buchmacher« legte einen Zeigefinger auf seine Lippen und flüsterte: »Betriebsgeheimnis! Du verstehst? ... Trinkst du noch einen Schnaps mit?« Wieder zwinkerte er verschwörerisch.

Seine Worte und Gesten verfehlten ihre Wirkung nicht – der Wirt schien in ihm eine Art Verbündeten zu sehen. »Das kann nur Gerrit sein«, raunte er ihm bereitwillig zu.

Anstatt gleich auch noch auffällig nach dem Nachnamen zu fragen, wollte der verdeckte Ermittler lediglich wissen, ob der Mann heute noch kommen würde.

Piet schüttelte den Kopf. »Sicher nicht! Er kommt meist nur, wenn die ›Frittenleute‹ auch da sind. Aber heute ist Freitag, da hat die normale Schicht früher Feierabend, weswegen die meisten Männer jetzt bei ihren Familien sind. Außerdem sagte mir Gerrit, dass er heute oder morgen nach Belgien fährt. Wohin und weshalb weiß ich aber nicht. Er meinte nur, dass er dort etwas Dringendes erledigen muss.«

»Noch einen!« rief der inzwischen leicht angetrunkene Miller zum Wirt und unterbrach dieses Mal zum falschen Zeitpunkt die Unterhaltung der beiden.

Da Le Maire trotz der Bierchen und Schnäpse, die er zwischenzeitlich intus hatte, scharfsinnig erkannte, im Moment nichts mehr herausfinden zu können, wechselte nun er das Thema zum Fußball, einer weiteren Leidenschaft von ihm. »Ich bin gespannt, ob die ›Roten Teufel‹ morgen ihr erstes EM-Spiel in Frankreich gegen Italien gewinnen!«

»Sei mir nicht böse, wenn mir das egal ist«, votierte Piet. »Meine Kneipe heißt kurioserweise zwar wie die belgische Nationalelf, aber als Holländer stehe ich hinter der ›Nederlands voetbalelftal‹!«

»Ich verstehe, dass du Fan der ›Oranje Elftal‹ bist«, zeigte sich Le Maire milde gestimmt und unterließ bewusst den Hinweis, dass sich die Niederlande nicht für die Europameisterschaft qualifizieren hatten können. Allerdings sollte die Stimmung gleich noch kippen und zwei der anderen drei verdeckten Ermittler in Alarmbereitschaft versetzen. Denn die beiden unterschiedlichen Fußballfans gerieten ungewollt doch in eine heftige Fachdiskussion, während jeder die Vorzüge der eigenen Mannschaft pries und kein gutes Haar an der jeweils anderen ließ. Und da konnte es Le Maire sich einfach nicht verkneifen, darauf hinzuweisen, dass die Belgier immerhin an der EM in Frankreich teilnahmen. Um des lieben Friedens willen brachte er dabei die Niederländer immer noch nicht ins Spiel.

»Es ist spitz auf Knopf, dass sich die beiden die Köpfe einschlagen«, tuschelte Bribanté Soquett ins Ohr, während er unauffällig und von den mit am Tisch sitzenden Bikern unbemerkt, die Knopfsicherung an seinem Pistolenholster öffnete.

KAPITEL 10

Da Miller zu jenem Zeitpunkt, zu dem die Diskussion zwischen Pascal, alias Frederic, und Piet entbrannte, auf der Toilette gewesen war, hatte er von der Aufregung, in die das Ganze seine Kollegen versetzt hatte, nichts mitbekommen. Die Diskussion selbst hatte für Le Maire und den Wirt je noch vier Gulpener Biere und für Miller zwei weitere schottische Edelbrände lang gedauert. Am Schluss hatten Le Maire und der Wirt noch einen Schnaps getrunken und sich zum Abschied salopp high-five gegeben. Eine weitere halbe Stunde später – Pascal und Piet hatten *noch einmal* eifrig über Fußball zu diskutieren begonnen – waren vier Kriminaler in etwa wieder so gegangen, wie sie gekommen waren. Na ja; Miller nicht ganz so. Und Le Maire konnte seinen Wagen auch nicht mehr lenken, weswegen Miller in Soquetts Auto steigen und Bribanté die alte Kiste seines Chefs gut nach Hause bringen musste, obwohl auch er ein paar Bierchen getrunken hatte. »Wenn das die Polizei wüsste …«, sagte er zu Le Maire und brachte ihn damit herzhaft zum Lachen.

*

Zur morgendlichen Besprechung am Tag darauf hatte Le Maire auch noch Lassarde dazubeordert, um etwas über Monsieur Ottens Casinobesuche zu erfahren. Dabei hörte er, dass der ermordete Fritürenbetreiber in der Luxemburger Spielbank einen anderen Spieler so beschimpft habe, dass dieser ihm sogar gedroht hatte.

»›Ich bring dich um!‹, muss der 52-jährige Mann aus Trier namens Elmar Lütgen mehrmals geschrien haben, bevor beide rausgeflogen sind. … Ich bleibe dran!«

»Gut recherchiert«, lobte Le Maire, dem die Informationen allerdings noch viel zu dürftig waren, obwohl sie nun möglicherweise einen neuen Verdächtigen hatten. »Überprüf als Erstes Lütgens Alibi!«

»Das wollte ich bereits getan haben. Aber er war weder an seiner alten Arbeitsstelle in Luxemburg noch zu Hause in Trier«, bedauerte Lassarde.

»Ah, er wohnt in Trier, hat aber in Luxemburg gearbeitet. Sehr verdächtig! Weißt du auch schon, wo?« Da Le Maire gleich so etwas wie Geldwäsche oder Devisenschmuggel, möglicherweise sogar Rauschgift, witterte, überlegte er sofort, ob dies etwas mit den Frittenmorden zu tun haben könnte.

»Klar, Chef! Er soll einer der beliebtesten Radiomoderatoren bei Radio RTL sein! Jedenfalls ist er der einzige Moderator, der nach einer Neustrukurierung des Senders übernommen wurde und nach Berlin ging.«

»Für mich ist er der Allerbeste!«, mischte sich Locki ein, die Lütgens Programm liebte und dessen Morgensendung wochentags schon ab halb sieben zu hören pflegte.

»Und so ein beliebter Mensch der Öffentlichkeit spricht vor aller Ohren eine Morddrohung aus?«, wunderte sich Le Maire. »Was tut er eigentlich noch hier, wenn er im Berliner Sendestudio arbeitet?«

Lassarde zuckte die Schultern und orakelte: »Vielleicht ist seine Familie noch nicht mit nach Berlin gezogen und lebt noch in Trier? Oder …«

»Jaja. Schon gut. Überprüf das!« Le Maire war unruhig geworden.

Währenddessen schenkte Locki allen Kaffee nach. Aber anstatt sich bei seiner Sekretärin zu bedanken, begann

Le Maire zu schimpfen: »Verdammt noch mal: Wo bleibt eigentlich Miller?«

»Ach, das hatte ich vergessen: Seine Freundin Chloé hat angerufen und ihn für heute krankgemeldet«, entschuldigte sich Locki. »So, wie ich sie verstanden habe, hat er wohl starke Kopfschmerzen.«

Als sie dies hörten, mussten zuerst Bribanté und Soquett, dann auch Le Maire lachen. »So, das reicht jetzt!«, bremste Letzterer die heitere Stimmung jedoch schnell wieder aus. »Wir haben schließlich einen, respektive zwei Morde aufzuklären! Dann arbeiten wir heute eben ohne Miller«, ordnete der Chef an und begann – wie immer zum Start eines Meetings – mit einer Bündelung der bisher zusammengetragenen Fakten, bevor die weitere Vorgehensweise besprochen wurde und er die Männer in ihre heutigen Arbeitsbereiche einteilte.

Le Maire selbst wollte noch mit Hauptkommissar Dohmen sprechen. Obwohl er seinen Aachener Kollegen im Grunde genommen ablehnte, musste er von ihm wissen, ob die deutschen Kollegen etwas Relevantes über die Bordellbesuche des zweiten Frittenopfers in Erfahrung gebracht hatten. »Bist du fündig geworden?«, rief er ins Vorzimmer und dadurch Locki wieder zu sich zurück.

»Aber schon so was von!«, verkündete sie stolz und berichtete, dass sie Le Maires Auftrag in der Kürze der ihr zur Verfügung gestandenen Zeit erfolgreich ausgeführt und in Erfahrung gebracht hatte, dass die »Nefrit BVBA« ständig Mitarbeiter suchte.

»Dann muss dort wohl kein gutes Betriebsklima herrschen«, vermutete Le Maire, der es nicht lassen konnte, hinter allem und jedem etwas zu wittern.

Nachdem Fabienne Loquie die Stellenangebote vorgelesen hatte, zeigte der Chef auf Lassarde und ordnete an: »Du kümmerst dich jetzt gleich um das Alibi dieses Elmar Lütgen und bringst alles über ihn heraus, was auch nur im Entferntesten relevant für uns sein könnte. Mich interessiert insbesondere sein Kontostand. – Abmarsch!«

Nachdem Lassarde das Büro seines Chefs schon verlassen hatte, rief ihm dieser noch nach, dass er gute Arbeit geleistet habe. Dies ärgerte Locki, weil *sie* heute nicht gelobt worden war. Aber Le Maire hatte schon wieder anderes im Kopf. Er grinste, als er sich Bribanté und Soquett zuwandte: »Meine Herren! Für euch habe ich heute eine Sonderaufgabe.«

Während Le Maire mithilfe seiner hinter dem Kopf zusammengehaltenen Hände genüsslich die hohe Rückenlehne seines abgewetzten Ledersessels nach hinten drückte, beugten sich die beiden Kommissaranwärter über den ovalen Eichentisch ganz nach vorne, um zu hören, was der Chef wohl mit ihnen vorhatte. Dabei ahnten sie eine verhängnisvolle Bürde. Sie wussten: Wenn ihr Chef unverhofft zu grinsen begann, kam dabei meist nichts Gutes heraus. Und so sollte es auch dieses Mal sein, denn Le Maire nahm Lockis Ausdruck an sich und fuhr mit dem Finger über die Stellenangebote, bevor er anordnete: »Einer von euch bewirbt sich noch heute persönlich um einen dieser Bürojobs, die hier beschrieben sind. Und der andere sieht zu, dass er als Hilfsarbeiter in der Fritten- oder Frittenfett-Produktion unterkommt!«

Jetzt war es so still in Le Maires Büro, dass sogar Locki vom Vorzimmer aus um die Ecke schielte, um zu erfahren, was los war.

»Bribanté!«

Im Befehlston angesprochen, zuckte der Mann zusammen und sagte zackig: »Ja, Chef?«

»Da du mit deinem langen Haar und – sei mir nicht böse – mit deiner Narbe eher wirkst wie ein Arbeiter als Soquett, bewirbst du dich als Produktionshelfer!«

»*Was?*«, war Bribanté im Begriff aufbegehren, verstummte aber unter dem strengen Blick seines Vorgesetzten.

»Und du, mein lieber Soquett, rasierst dich ausnahmsweise einmal und versteckst deine Tätowierungen unter einem Sakko, wenn du dich für einen Bürojob bei der ›Nefrit BVBA‹ bewirbst. Locki wird euch passende Viten ausdrucken und andere Namen geben. Zudem Papiere und … ach, ihr wisst schon!«

Nachdem sich auch Soquett nicht gegen die Anordnung seines Chefs zu stellen getraute, konnte Le Maire das Meeting für beendet erklären. Er verabschiedete die beiden mit denselben Worten, wie er Lassarde aus dem Raum geschickt hatte. Danach lehnte er sich wieder zufrieden zurück und rief mit fast säuselnder Stimme Fabienne Loquie zu sich. »Das hast du wirklich gut gemacht, Locki! Nun bring mir noch einen Becher Kaffee. Ich muss dringend mit Peter Dohmen telefonieren, danach rauche ich noch schnell eine und gehe anschließend zum Chef. Ach was; ich rauche *jetzt gleich* eine! Stört es dich?«

✳

»Konnte Ihnen Frau Dr. Laefers das Rauchen immer noch nicht abgewöhnen? Wenn Sie so weitermachen, werden Sie bald auch privat mit ihr als Pathologin zu tun haben!«, mokierte sich Le Maires Chef, dem das Laster seines besten Ermittlers zuwider war. Wie allen Nichtrauchern, war ihm sofort der im Mantel des Ermittlers hängende Geruch, den er mit in sein Büro gebracht hatte, in die Nase gestiegen.

»Woher wissen Sie, dass sie mir das Rauchen …«, wollte Le Maire wissen, wurde aber von seinem Gegenüber ausgebremst: »Das tut nichts zur Sache!«

Na, warte, Locki!, dachte er sich und begann mit seinem

Bericht, wobei er auch vom neuen Tatverdächtigen aus Trier beziehungsweise aus Luxemburg und ausführlich vom geplanten Undercover-Einsatz in Kerkrade erzählte. Gerade als er sein noch dürftiges Wissen über die »Nefrit BVBA«, eine Gesellschaft mit beschränkter Haftung, mit seinem Chef teilen wollte, klingelte Baguettes Telefon. »Moment, bitte! – Madame Loquie! Was gibt es?«, bat er Le Maire höflich um Verständnis, nachdem er den Hörer abgenommen hatte. »Um Gottes willen! … Wo?« schallte es gleich darauf in die Muschel und dem direkt gegenübersitzenden Chefermittler entgegen. Nachdem Docteur Baguette einige Male »Ja!« gesagt und dabei so genickt hatte, als wenn er Fabienne Loquie zeigen wollte, alles verstanden zu haben, beendete er das Gespräch mit einem »Gut: Ich sag's ihm!«

Der aufmerksame Ermittler hatte aus den Wortfetzen sofort herausgehört, dass es offensichtlich im Schilsweg in Eupen eine Leiche gab. Also wartete er gespannt darauf, was ihm sein Chef zu berichten wusste. Für Le Maire war zwar schnell klar geworden, dass er einen weiteren Mordfall würde bearbeiten müssen – schließlich war er bei der Mordkommission und nicht in der Abteilung für Kleindelikte. Allerdings wusste er noch nicht, ob das neue Gewaltverbrechen etwas mit den Frittenmorden zu tun hatte. Dies sollte sich aber schnell ändern.

»Locki! Ruf *sofort* Miller an. Er muss schleunigst nach Eupen kommen! Ich mache mich jetzt gleich auf den Weg dorthin! Erklär ihm die Sache, wenn du ihn anrufst!

»Aber …«

»Kein ›Aber‹! Das bisschen Kopfschmerzen wird er aushalten müssen. Immerhin haben wir eine neue Leiche! Ach, noch was: Informiere auch *unsere* SpuSi und deren Kollegen aus Eupen. Ruf aber auch Frau Dr. Laefers von der Aachener Pathologie an. Sag ihr bitte, dass Sie direkt nach Eupen kommen soll, die Aachener Spurensicherung aber nicht informieren muss, da bereits die Kollegen aus Eupen und unsere Leute vor Ort sind!«

»Aber ...«

✳

»Marie Bouschée! – 23! – Die Pächterin dieser Fritüre! Rate mal, an was sie gestorben ist«, schnarrte es dem irgendwie irritierten Commissaire eine Dreiviertelstunde später gleichsam kühl wie provozierend entgegen.

Der sowieso schon genervte Ermittler musste sich zusammenreißen, um nicht patzig zu werden. Stattdessen riss er sich zusammen und legte Kreide auf seine Zunge. »Ach, Angelika! Nun verzeih mir doch endlich, dass ich vergessen hatte, mein Handy aufzuladen, und von Aachen wieder nach Liège zurückgefahren bin, ohne dir dies mitgeteilt zu haben«, seufzte Frederic, der sich eine andere Begrüßung erhofft hatte.

Aber die beiden sollten keine Möglichkeit für weitere Sticheleien und schon gar keine Zeit haben, um ihr zwischenmenschliches Problemchen zu beseitigen. Denn sie befanden sich dieses Mal nicht im verschlafenen La Calamine, sondern bei helllichtem Tag im verhältnismäßig pulsierenden Eupen, dem Sitz der »Deutschsprachigen Gemeinschaft Belgiens« und mit seinen knapp 19.000 Einwohnern auch deren größtem Ort. Eupen war quasi die Hauptstadt der deutschsprachigen Bewohner Belgiens. Weil sich dort auch der Regierungssitz der DG befand, wimmelte es hier nur so vor Polizisten, aber auch vor Neugierigen. Weil in Belgien der Rettungsdienst zur Feuerwehr gehörte, waren die auch für Rettungseinsätze zuständigen Männer zu allem hin auch noch mit großem Gerät angerückt. Da bei der Alarmierung offensichtlich etwas schiefgelaufen war, hatte der Eupener commandant des pompiers sogar die Drehleiter an den Einsatzort beordert, weswegen an die 30 Feuerwehrmänner den Schilsweg vor der Fritüre bevölkerten, obwohl es für sie nicht das Geringste zu tun gab. Und weil nicht nur das »Grenz-Echo« seinen Sitz in Eupen hatte, sondern der Osten Belgiens direkt an Deutschland grenzte, war auch von den »Aachener Nachrichten« und von der »Aachener Zeitung« ein Fotoreporter vor Ort gewesen.

»Fehlt nur noch der Pastor«, lästerte Frederic.

»Der ist schon unterwegs«, grinste Angelika, weil sie wusste, dass er solche Massenansammlungen nicht mochte – es sei denn, es war Fußball angesagt.

»*Der* schon wieder!«, knurrte Le Maire, als er um sich blickte, um sich zu orientieren, und dabei den Aachener Hauptkommissar Peter Dohmen mit seinem schwindsüchtig wirkenden Assistenten entdeckte.

»Ich konnte es nicht verhindern«, entschuldigte sich Angelika, die wusste, dass dies hier zweifellos zu Frederics Befugnisbereich gehörte, obwohl die Stadtgrenzen von Eupen und Aachen fast aneinanderklebten und Frederics eigentliche Dienststelle in Liegè immerhin 42 Kilometer entfernt war. »Ich weiß auch nicht, warum er zusammen mit mir und nicht du und mein Kollege Brülée als Erste alarmiert wurden!«, flüstere sie ihm betont leise zu, weil nun auch Dohmen auf seinen belgischen Kollegen aufmerksam geworden war.

Über diese Aussage wunderte sich Frederic. »Wurdest du nicht von meiner Sekretärin informiert und hierherbeordert?«

Angelika schüttelte nur den Kopf und wandte sich dann ab, um mit dem Leiter der soeben aus Liegè eingetroffenen Spurensicherer zu reden.

Fast gleichzeitig wurde dem Ermittler von hinten auf die Schulter getippt. »Keine Sorge, Le Maire: Dies hier ist Ihr

Fall!«, beruhigte Dohmen – der am Mienenspiel seines belgischen Kollegen sofort erkannt hatte, was in ihm vorging – den commissaire de criminelle, als der sich zu ihm umdrehte.

Nachdem Le Maire dies gehört hatte, stand einem kräftigen Händedruck nichts mehr im Wege und er bot Dohmen sogar gönnerhaft an, ihm zu berichten, was er wusste.

»Gerne! Wir befinden uns hier in der Eupener Unterstadt. Diese Pommesbude nennt sich ›Weser Snack‹ und …«

»… die Pächterin heißt Marie Bouschée. Ich weiß!«, funkte Le Maire dem Aachener Kriminalbeamten nun doch noch unwirsch dazwischen, weil er sich schon wieder über dessen abschätzige Bezeichnung für eine belgische Fritüre ärgern musste.

»Also, werter Herr Kollege«, konterte Dohmen mit festem Ton. »Ich hatte bereits eingangs gesagt, dass dies *Ihr* Fall ist. Und das soll auch so bleiben! *Sie* sind hier der Einsatzleiter! Und dies respektiere ich auch. Aber hier geht es offensichtlich um die Erweiterung einer Mordserie, in der Aachen ebenfalls mitten drinsteckt. Also werden wir wohl oder übel weiterhin zusammenarbeiten müssen – ob es Ihnen passt oder nicht. Können wir also endlich frei von kindischen Revierstreitigkeiten unsere Arbeit tun und uns nicht mehr so verhalten wie eifersüchtige Geschwister?«

Da der junge Hauptkommissar seinem in Belgien gleichgestellten älteren Kollegen gegenüber einen solch harschen Ton angeschlagen hatte, dass Angelika unweigerlich alles hatte mitbekommen müssen, hielt sie in ihrem Gespräch mit dem Leiter der SpuSi inne und wartete auf Frederics Reaktion. Aber die kam nicht. Stattdessen drehte er sich in aller Gemütsruhe eine Zigarette, grinste abschätzig und ging wortlos nach draußen.

*

Während zwischenzeitlich auch die Spurensicherer aus Eupen ihrer Arbeit nachgingen, versuchte Angelika, Peter Dohmen zu ignorieren, obwohl sie von ihm mit Fragen überhäuft wurde. Auch wenn dies eindeutig das Revier der Eupener SpuSi war, hatte Le Maire angeordnet, auch die Kollegen aus Liegè hierherzubeordern, weil die schon mit dem Fall in La Calamine betraut worden waren. Seit der Unterbesetzung in Eupen herrschte an den Einsatzorten sowieso schon ein reges Kompetenzgerangel, das mit einem großen Durcheinander einherging. Aber dies störte Le Maire nicht im Geringsten. Lediglich sein deutscher Kollege ging ihm gewaltig auf die Nerven. Wie Frederic mochte auch die Pathologin den arroganten jungen Karrieristen nicht besonders, musste zu ihrem Leidwesen aber in Aachen ständig mit ihm zusammenarbeiten. Deswegen – und natürlich wegen ihrer Beziehung zu Frederic – hatte sie sich schon ernsthafte Gedanken darüber gemacht, sich im belgischen Liegè um die Nachfolge von Docteur Brülée zu bewerben, wenn der eines Tages in Pension ging. Ihr missfiel, dass die Karriere des Öcher Schnösels durch dessen Onkel, der in Bonn Kriminalrat war, stetig angeschoben wurde, weswegen er schon in unverhältnismäßig jungen Jahren zum Kriminalhauptkommissar hatte avancieren können. Noch mehr aber ärgerte es sie, dass sich niemand traute, sich gegen Dohmen zu stellen, weil alle ihre eigenen Karrieren im Auge behalten wollten. »Achtung, der Dohmen – ein schlechtes Ohmen!«, war ein geflügeltes Tuschelwort unter Kollegen, wenn sie ihm auf dem Flur, in der Kantine oder sonstwo begegneten.

*

Le Maire erweckte nicht gerade den Eindruck, zu arbeiten. Scheinbar entspannt stand er auf der gegenüberliegenden Straßenseite, zog an seinem Glimmstängel und betrachtete sich die Fritüre mit den beiden großen Glasfronten von außen. Über das hektische Treiben auf der großräumig abgesperrten Straße konnte er nur den Kopf schütteln.

»Na, endlich!«, rief er Miller entgegen, nachdem dieser aus seinem Auto gestiegen und auf ihn zugegangen war. Da sie nun ebenfalls zu zweit waren, fühlte sich Le Maire sichtlich wohler.

»Schon wieder ein Frittenmord?«, wollte Miller als Erstes wissen, bekam aber anstatt einer Antwort nur Le Maires Zeigefinger an den Lippen zu sehen.

Als sich Miller für seine Unpässlichkeit entschuldigen wollte, winkte sein Chef zwar verständnisvoll, aber hämisch grinsend ab. »Das war schließlich dienstlich«, sagte er und meinte damit Millers megageile Whisky-Eskapade im »Roten Teufel«.

∗

Nachdem Le Maire seinen Assistenten auf den laufenden Stand der Dinge gebracht und ihn auch über Bribantés und Soquetts Undercover-Einsätze informiert hatte, gingen die beiden über die Straße zum Tatort. In der Fritüre war es Le Maire, der in fast arrogant klingendem Ton fragte, was es denn gäbe. Schließlich hatte ihm der Aachener Kollege großmütig zugebilligt, dass es sein Fall war.

Schnell hatte sich herausgestellt, dass hier ein schrecklicher Mord exakt auf die gleiche Art und Weise geschehen war wie bei Steffen Ottens in La Calamine und bei Jupp Klinkartz in Aachen.

»Nur eines ist anders«, beendete Dohmen neunmalklug Dr. Angelika Laefers Zusammenfassung und erreichte damit, dass es plötzlich so ruhig war wie beim ersten Mordfall in

La Calamine, als der aus den Niederlanden stammende Streifenpolizist die dortige Fritüre als »Pommesbude« bezeichnet hatte.

»Ja?«, warf Le Maire einsilbig in den Raum, während er auffordernd die Schulterblätter hoch- und gleichzeitig den Hals einzog. Dabei presste er die Ellenbogen an seinen Körper und streckte Dohmen die geöffneten Handflächen entgegen. Solange er in dieser Haltung verharrte, ließ er auch die Augenbrauen nach oben gezogen. »Ja?«, fragte er nochmal.

Aber Peter Dohmen war irgendwie verunsichert, weswegen er nur irritiert dreinschaute und nicht antwortete.

»Was ist jetzt?«, wollte auch Dr. Laefers von ihrem wichtigtuerischen deutschen Kollegen wissen, nachdem von ihm noch keine Antwort gekommen war, die nun aber folgen sollte: »Es ist das erste Mal, dass es ein Weib getroffen hat!«

Und schon wieder war es still in der Fritüre. So lange, bis Le Maire damit begann, seinen jungen und offensichtlich auch niveaulosen Kollegen zurechtzuweisen und ihm lauthals Respekt vor Frauen im Allgemeinen und vor der vor ihnen liegenden Toten im Speziellen beizubringen. Dabei hatte der verärgerte und knorrig wirkende Mann nicht nur seinen weichen Kern offenbart, sondern Angelika und den anderen gezeigt, dass er Achtung vor Frauen … und nach vielen Jahren in diesem Beruf immer noch vor Toten hatte. Dies wiederum hatte ihm Anerkennung der anwesenden Spurensicherer aus seiner Dienststelle, aber auch der Kollegen aus Eupen, vor allen Dingen aber von Angelika eingebracht. Die ansonsten pragmatische Gerichtsmedizinerin hoffte, dass die Kunde über Dohmens Fehlverhalten von seinem immer nur devot hinter ihm her watschelnden Assistenten auch in die Büroräume der Aachener Kripo hineingetragen wurde.

Nachdem Peter Dohmen sich bei allen Anwesenden entschuldigt hatte, konnte Frederic sich über bewundernde Blicke seiner Lebensgefährtin freuen. Ungeachtet der anderen ging sie auf ihn zu, küsste ihn und sagte: »Ich bin stolz auf dich! ... Aber wir müssen noch miteinander reden.«

Merde! Diese Frau raubt mir noch den letzten Nerv, dachte sich Frederic, der dennoch zufrieden mit Angelikas Ansage war.

KAPITEL 11

Am darauffolgenden Montagmorgen – laut Gerichtsmedizinerin Dr. Laefers war es am vergangenen Freitag, zwischen 13 und 14 Uhr zum dritten Frittenmord gekommen – hatten sich Le Maire und seine Männer im Büro des Chefs zum Rapport eingefunden. Lediglich Bribanté war nicht dabei, weil er seinen Dienst bei der »Nefrit BVBA« bereits um 6 Uhr morgens hatte antreten müssen. Le Maire war froh, dass es mit dem Job auf Anhieb geklappt hatte. Nun musste sich nur noch Soquett erfolgreich in diese Firma einschleichen und dort einen der ausgeschriebenen Bürojobs bekommen.

Kaum hatte Le Maire das Büro seines Chefs betreten, streckte ihm Docteur Baguette auch schon die »La Libre Belgique« entgegen. FRITTENMÖRDER SCHLÄGT ZUM DRITTEN MAL ZU!, stand dort auf der Titelseite in großen, fetten und auch noch knallroten Lettern zu lesen.

Mit einem »Ach, was dieses konservative Intelligenzblatt so alles schreibt …«, wollte Le Maire die Sache abtun, kam aber damit nicht durch, weswegen er, unbemerkt von den anderen, seinem Assistenten einen strafenden Blick zuwarf.

Hätte ich mich doch nur gleich richtig krankschreiben lassen, dachte sich Miller, der genau wusste, was los war. Aber dies hätte der überkorrekte Beamte niemals grundlos getan. Er wusste zwar, was er sich von seinem Chef würde anhören müssen, wusste aber auch, dass der ihn niemals verpfeifen und sich sogar schützend vor ihn stellen würde. Aber Miller konnte nicht weiter darüber sinnieren, denn Docteur Baguette riss ihn gleich wieder aus seinen Gedanken und legte die Zeitung aus der Hand. Da auch die Titelunterschrift seiner Dienststelle kein gutes Zeugnis ausstellte, begann er zu toben: »POLIZEI VON LIÉGE KOMMT NICHT VORAN!«, las er laut vor, während er immer wieder mit der flachen Hand auf die Zeitung klatschte. »Wie peinlich ist *das* denn?«

Da der Mord am beginnenden Wochenende geschehen war, hatte Le Maire seinem aufgebrachten Chef noch nicht Bericht erstatten können und musste nun einen Hagel an Vorwürfen über sich ergehen lassen. »Frittenmörder! – Frittenmörder!«, bellte Baguette laut über den Tisch. »Woher hat die Presse diesen Mist?«, wollte er wissen, bekam aber nur betretenes Schweigen zur Antwort. »Und warum berichten die Zeitungen jetzt plötzlich vom dritten Mord? Vom zweiten war schließlich auch nirgendwo was zu lesen! Woher kommt dieses plötzliche Interesse? Doch wohl nur von dieser reißerischen Bezeichnung ›Frittenmörder‹!«

»Da haben Sie wohl recht, Monsieur«, unterbrach Le Maire das Gemaule seines Chefs und begründete dies auch gleich: »Wenn es um Fritten geht, verstehen die Belgier eben keinen Spaß!«

Leicht irritiert durch Le Maires Unterbrechung, kam Baguette von seinem Wutausbruch etwas herunter. Er winkte ab und bat die Ermittler nun in wesentlich ruhigerem Ton um Berichterstattung. Klar, dass er in erster Linie alles über den neuen Mord erfahren wollte, weswegen die beiden Sonderermittler mit ihren Erkenntnissen warten mussten. Was Lassarde über den Radiomoderator Elmar Lütgen herausgefunden hatte, schien für den Chef im Moment sowieso nicht so wichtig zu sein. Und dies, obwohl es eine extreme Eigenart von ihm war, stets sofort alles erfahren zu wollen, was seine Mitarbeiter den lieben langen Tag trieben. Mit dem neuen Mord hatte die Angelegenheit allerdings eine solche Spannkraft entwickelt, dass sich die Presse – die sich trotz der Brisanz der Fälle bisher relativ verhalten gezeigt hatte – nun gierig darauf stürzte. Dass die Journalisten der Sache nicht mehr Bedeutung beigemessen hatten, als jedem anderen Mordfall auch, lag daran, dass es bisher pro Land nur *einen* Mord gegeben hatte. Die Kommunikation nach außen durch die jeweiligen Polizeichefs hatte sich zudem auf das Nötigste beschränkt. Nun aber war in dem verhältnismäßig kleinen Land Belgien bereits der zweite Mord geschehen, noch dazu nach demselben Muster wie der erste hierzulande und derjenige in der deutschen Kaiserstadt Aachen. Das schürte die Zweifel der Presse an einem »ganz normalen« Gewaltverbrechen erheblich.

Aber dies allein war es nicht, weshalb Docteur Baguette seine Leute zusammengerufen hatte, um über den Mord in Eupen haarklein informiert zu werden. Vielmehr saß ihm nun der Generaldirektor, wie der landesweit oberste Polizeipräsident in Belgien genannt wurde, im Nacken. Wie der in Brüssel sitzende Polizeichef am Montagmorgen schon vom dritten Mord hatte wissen können, war Baguette ein Rätsel. Von ihm hatte er bisher nur deshalb nicht viel gehört, weil er kurz vor dem ersten Mord eine Herzoperation hatte durchführen lassen müssen, wegen der er mehrere Wochen außer Gefecht gesetzt gewesen war. Und sein Stellvertreter war eine selbstherrliche Lusche, die sich im kurzen Ruhm scines interimistischen Postens aalte und deswegen zu wenig Zeit hatte, sich um die eigentliche Arbeit eines Generaldirektors der föderalen Polizei Belgiens zu kümmern.

Wenn bisher nur intern von Frittenmorden die Rede gewesen war, so hatte sich dieser Terminus blitzartig vom Schilsweg in die Eupener Oberstadt hoch zur Redaktion des »GrenzEchos«, zum Belgischen Rundfunk und zu »Radio Sunshine«, aber auch über die Landesgrenze »Köpfchen« nach Aachen zu den dortigen Pressestellen ausgebreitet, weswegen die dortigen Zeitungen ebenfalls mit diesem Thema titelten.

Dies hatte Le Maire bereits geahnt, als er in Eupen gegenüber des »Weser-Grills« gestanden und die für einen Freitagnachmittag auffallend vielen Journalisten gesehen hatte. Und als er auch noch mitbekommen hatte, dass ein Gaffer Millers etwas zu laut geratene Frage »Schon wieder ein Frittenmord?« aufgeschnappt und sofort weitergetratscht hatte, war ihm klar geworden, dass es nun endgültig mit der Ruhe im beschaulichen Ostbelgien vorbei sein würde. Dass es seinem deutschen Kollegen Peter Dohmen ähnlich ergehen würde, war dem belgischen Ermittler egal gewesen. Nun galt es erst einmal, dem Chef ordentlich Futter zu geben, damit der ihn und seine Leute in Ruhe weiterermitteln ließ.

Nach einer Le Maire selbst elend lange vorkommenden »Märchenstunde« war Docteur Baguette auf dem laufenden Stand der Dinge und einigermaßen zufrieden. Allein die Feststellung seines Chefermittlers, dass durch die große Glasfront am »Weser Grill« niemand etwas mitbekommen haben soll, obwohl der Mord fast noch zur Mittagszeit begangen worden war, brachte Baguette allerdings zum Grübeln. Daran änderte auch die Tatsache nichts, dass an der Tür ein ovales Schild gehangen hatte, auf dem in zwei Sprachen zu lesen gewesen war, dass der Laden geschlossen hatte.

Aufgrund der äußeren Umstände, der zusammengefassten Aussagen vieler Befragten aus dem engeren und weiträumigeren Umfeld der Ermordeten, vor allem aber aufgrund der vorliegenden Indizien konnte bereits von der eiligst zusammengerufenen SOKO Frittenmorde nach einem langen Meeting in der Eupener Dienststelle ein Vorabfazit gezogen werden: Die drei Morde wurden mit an Sicherheit grenzender Wahrscheinlichkeit von ein und demselben Täter und aus ein und demselben Grund begangen. Die Frage war nur noch, *welcher* Grund zu den eigenartigen Morden geführt hatte. Die belgischen und deutschen Ermittler waren sich inzwischen darüber einig geworden, dass die merkwürdigen Morde nichts mit den privaten Lebensumständen der Mordopfer zu tun hatten, auch wenn diese aus Peter Dohmens und Pat Millers Sicht moralisch durchwegs nicht ganz in Ordnung gewesen waren.

Der Unterschied vom Mord in Eupen zu den Morden in La Calamine und in Aachen lag augenscheinlich lediglich darin, dass es sich beim aktuellsten Fall um eine Frau gehandelt hatte, die – nach Le Maires Wochenendrecherchen – im Gegensatz zu den beiden ersten Ermordeten ein in jeder Hinsicht integres Leben geführt hatte. Allerdings war sie lesbisch gewesen. Und dies gab Miller und seinem diesbezüglich nicht gerade weltoffenen Kollegen aus Deutschland dann doch wieder zu denken.

Selbst Le Maire hatte sich relativ ernsthaft an diesem Gespräch beteiligt und den wortführenden Hauptkommissar Dohmen reden lassen, obwohl das Meeting nicht in dessen Dienststelle stattgefunden hatte. Erst als der Kollege aus Aachen eine Diskussion über Marie Bouschées gleichgeschlechtliches Liebesleben in Gang bringen wollte, war er demonstrativ aufgestanden und gegangen.

Nachdem Le Maire seinem Chef dies alles berichtet hatte, bat nun Bribanté darum, gehen zu dürfen, weil er morgen seinen ersten Arbeitstag in der Firma Nefrit hatte.

»Nun hau schon ab!«, kam Le Maire seinem Chef zuvor.

KAPITEL 12

Vier relativ ereignislose Tage waren vergangen. Sie hatten zwar dabei geholfen, Docteur Baguettes Zorn über die negativen Schlagzeilen verrauchen zu lassen, waren für Le Maire aber dennoch zermürbend gewesen. Denn sein Chef nörgelte kaum noch an ihm herum. Stattdessen forderte er ständig »Ergebnisse«, um den nervtötenden Staatsanwalt und die in seinem Nacken sitzende Presse mit leicht verdaulichem Futter zufriedenzustellen. Aber Le Maire hatte nichts Neues, rein gar nichts, das er seinem Chef vorsetzen konnte. Nicht einmal die wegen mangelnder Alibis verbliebenen Verdächtigen der Feuerwehr hatten ihn weitergebracht. Im Gegenteil: Nach genauer Überprüfung der sieben infrage kommenden Männer mit wackeligen Alibis für den Mord in La Calamine waren schlussendlich nur noch zwei übrig geblieben, die überhaupt keine Alibis hatten, dafür allerdings durch Motive verdächtig geblieben waren. Da nun zwei weitere Morde hinzugekommen waren, hatte kaum einer der Feuerwehrmänner Aufenthaltsnachweise für *alle drei* Tatzeiten, was die Sache wieder erschweren würde und für das Kommissariat in Liège äußerst personalintensiv wäre, wenn Le Maires Dienststelle den Mörder unter den Feuerwehrmännern suchen müsste. Aber dies hatte der clevere Ermittler nicht vor – zumindest so lange nicht, wie es andere Verdächtige gab, bei denen die Fluchtgefahr wesentlich höher einzustufen war als bei den Männern, deren Familien hier lebten und deren Viten hinlänglich bekannt waren. Und auf den bisher einzigen verdächtigen Feuerwehrmann hatten sie ja bereits mehr als nur ein Auge geworfen.

»Ich möchte, dass die Eupener Kollegen nur an den beiden dranbleiben, die zur Tatzeit in La Calamine keine Alibis vorweisen können«, gebot er Miller, dies in seinem Auftrag weiterzugeben. »Die anderen Wehrmänner nochmals zu vernehmen, bringt im Moment sowieso nichts. Sie sollen aber trotzdem das Land nicht verlassen!«

Zudem nervte ihn, dass Soquett sich längst bei der »Nefrit BVBA« beworben hatte, aber immer noch nicht zu einem Vorstellungsgespräch eingeladen worden war. Und Bribanté, der sich erfolgreich in das Unternehmen eingeschlichen hatte, arbeitete mittlerweile zwar als Lagerhelfer, allerdings nicht in der Produktionsabteilung des Frittenfetts, sondern am Verpackungsfließband – eine für ihn ungewohnt harte Arbeit, bei der er sich voll konzentrieren musste. Aus diesem Grund hatte der junge Kriminaler noch nicht viele Kontakte knüpfen und dementsprechend auch kaum etwas in Erfahrung bringen können. Also blieb ihm nichts anderes übrig, als sich mehr oder weniger freiwillig in das allseits verhasste »Fettfass« versetzen zu lassen, als das die Frittenfettherstellung – der eigentliche Hauptbetriebszweig der »Nefrit« – abschätzig bezeichnet wurde. Wenn es nicht umsonst sein sollte, dass er allabendlich total erschöpft ins Bett fiel, musste er neben der harten Arbeit hier auch noch den penetranten Gestank auf sich nehmen, der auf allen Mitarbeitern haftete, die in dieser Abteilung arbeiteten.

»Merde!«, grummelte Le Maire unzufrieden, während er mit Miller, Lassarde und Soquett zum x-ten Mal alles durchging, was sich auf seinem Schreibtisch und an der großen Pinnwand angesammelt hatte. Da die Befragungen in den Spielbanken ebenso wenig wichtige und zudem kaum neue Erkenntnisse erbracht hatten wie die vielen »Recherchebesuche« im Aachener Puff, schlug Lassarde vor, nochmals in die Antoniusstraße zu gehen, um die Mädchen ein weiteres Mal zu befragen. »Vielleicht gibt es dort ja etwas Neues!«, begründete der ansonsten eher in sich gekehrte Ermittler seinen ganz und gar als uneigennützig gedachten Vorschlag.

»Sag mal, spinnst du? Das ist nicht dein Ernst, oder?«, wurde er von Le Maire angeblafft. »Bleib lieber an deiner Zielperson dran! Ich will endlich wissen, was für eine Rolle der Somalier spielt! Vielleicht führt er uns ja doch noch zum Mörder oder ist es sogar selbst!«

»Wenn Sie damit Gerrit de Kleijn meinen, Chef, ... der ist seit Tagen nicht mehr im ›Roten Teufel‹ aufgetaucht. Und unter diesem Namen ist zumindest in Kerkrade niemand gemeldet«, mischte sich Miller ein.

»Ich weiß«, knurrte Le Maire. »Aber *wenn* er sich dort wieder zeigt, können wir versuchen, ihn unauffällig auszuquetschen und möglicherweise wegen seines ›Ausflugs‹ nach Eupen sogar gleich festnageln«, zeigte er sich wenigstens diesbezüglich siegessicher. Denn er hatte längst um Amtshilfe gebeten und veranlasst, dass die Pinte von zwei niederländischen Kollegen rund um die Uhr observiert wurde. »Sie werden uns umgehend Bescheid geben, wenn die markante Erscheinung dort auftaucht!« Aber ihm war klar, dass er eigentlich noch gar nichts über diesen Typen wusste. Seine Männer hatten noch nicht einmal in Erfahrung bringen können, ob er in Kerkrade außerhalb des »Roten Teufels« bekannt war. Und direkt bei der »Nefrit BVBA« danach zu fragen, ob Gerrit de Kleijn jemals dort gearbeitet hatte oder möglicherweise immer noch arbeitete, konnte unter Umständen den Erfolg der verdeckten Ermittlung gefährden.

»Nur keine schlafenden Hunde wecken! Da kommen wir noch früh genug hin. Außerdem haben wir dort keine offizielle Ermittlungsbefugnis«, hatte Le Maire auf Millers diesbezüglichen Vorschlag geantwortet.

»Aber was ist mit Bribanté?«, wunderte sich Miller.

»Das nehme ich auf mich. Solange er sich nicht enttarnen lässt, kann sich die Geschäftsleitung dieser ominösen Firma auch nicht bei Docteur Baguette oder bei der Staatsanwaltschaft beschweren. Merde! Bis wir eine Ermittlungsbefugnis bekommen, vergehen Tage. Und so lange können wir nicht warten. Aber zu deiner Beruhigung, mein überkorrekter junger Kollege: Ich habe sie bereits beantragt.«

»Schon gut«, murmelte Miller, der sich mit der eigensinnigen Vorgehensweise seines Chefs nicht immer leichttat, aber wusste, dass diese fast immer zum Erfolg führte.

»Da die Recherchen beim dortigen Einwohnermeldeamt und bei der Polizei nur hervorgebracht haben, dass Gerrit de Kleijn kurioserweise dort *nicht* aktenkundig ist, hätten sich diesbezügliche Nachforschungen in der Frittenfabrik sowieso erübrigt«, betonte Le Maire, dessen berühmte Spürnase ihm sagte, dass der tätowierte Hüne zwar der gesuchte Mörder sein konnte – oder zumindest etwas mit den Morden zu tun haben musste, nicht aber zwingenderweise mit der Frittenfabrik. Ganz sicher war er sich dabei jedoch noch nicht. Und was das auffällige Schlangentatoo anbelangte, so spuckte Lockis Computer auf Anfrage 39 erkennungsdienstlich erfasste Belgier und 21 ebenfalls aktenkundige Niederländer aus, die Schlangentattoos auf ihren Körpern hatten. Dazu kamen noch 14 in den Niederlanden lebende Deutsche und unzählige Typen aus dem Ostblock, sowie aus der Türkei. Es waren auch ein paar Italiener, Spanier, Griechen und sogar ein Kubaner darunter. Gut zwei Drittel davon waren Frauen! Um das Ganze eingrenzen zu können, hatte eine genauere Überprüfung ergeben, dass aus Kerkrade lediglich zwei schwindsüchtig aussehende Kleinganoven und ein spindeldürrer Junkie dabei waren, auf deren Oberkörpern allenfalls Ringelnattern, sicherlich aber keine Königskobras Platz gehabt hatten.

Lediglich die Aussage des Wirtes vom »Roten Teufel«, dass der vermeintliche Berufskriminelle just an dem Tag nach Belgien musste, als dort ein Frittenmord geschehen war, konnte Le Maire als einen kleinen Verdachtsmoment werten. Mehr aber nicht. Jedenfalls würde er – wie auch für Keita Seydou, diesen verstockten Somalier – vom zuständigen Staatsanwalt keinen Freischein für eine Festnahme bekommen. Also musste er sich wohl oder übel so lange gedulden, bis er eine positive Nachricht von den niederländischen Kollegen bekam, die rechtfertigen würde, mit seinen Männern nochmals nach Kerkrade zu fahren, um mit ihnen zusammen einmal mehr ganz normale Gäste im »Roten Teufel« zu mimen. Dabei hoffte er, mit einem der beiden derzeitigen Hauptverdächtigen irgendwie ins Gespräch zu kommen und ihn dabei aufs Glatteis führen zu können. Denn unauffälliges Hinterfragen war bekanntermaßen eine seiner Spezialitäten.

»Schluss mit dem Kleinkram, Männer! Wir kümmern uns ab jetzt nur noch um das Wesentliche! Während die Kollegen in Eupen und Aachen weiterhin damit beschäftigt sein werden, das Umfeld der Ermordeten und der Hinterbliebenen abzuklopfen und sich mit den Feuerwehrmännern beschäftigen, konzentrieren wir uns voll und ganz auf den Somalier, auf Gerrit de Kleijn und auf die »Nefrit BVBA«! Ach ja: Wegen dieses Radiomoderators von RTL müssen wir nicht die anderen behelligen, das schaffen wir nebenbei! Alles klar, Lassarde?«

Mit mir kann man's ja machen, dachte sich der 24-jährige Kommissaranwärter, der lieber an den beiden großen Fischen mit dranbleiben würde als an einem vermutlich harmlosen Radiomoderator. Immerhin war allein *er* es, der Kontakt zu Gerrit de Kleijn gehabt hatte, weswegen er sich einbildete, ihn als Einziger identifizieren zu können. Dennoch nickte er zum Zeichen, dass er verstanden hatte.

»Gut! Und nun …«

»Für Sie!« unterbrach Fabienne Loquie ihren Chef schon von der Tür her, bevor sie sein Büro betrat und ihm das kleine Päckchen übergab, das soeben von einem Boten abgegeben worden war.

Le Maire schaute zuerst verdutzt drein, bevor er sie – anstatt sich bei ihr zu bedanken – verärgert zurechtwies: »Wir wollten doch nicht gestört werden! Was ist das?«

»Woher soll *ich* das wissen?, Bin ich eine Hellseherin?«, kam es in rüdem Ton zurück, weil sich die feinnervige Sekretärin wieder einmal von Frederic angegriffen fühlte und deswegen umgehend sein Büro verließ. Aber nur, um gleich darauf wieder mit einem großen Kuvert zurückzukommen. »Ach, das hätte ich fast vergessen: Dieser Brief lag heute in unserem polizeieigenen Scheinbriefkasten in der Querstraße gegenüber. Für dich, Soquett! Aus Kerkrade!«

Für einen Moment hörte man nur noch, wie sich Le Maire mit dem Öffnen des gut zugeklebten Päckchens abmühte. »Merde!«, stöhnte er auf und unterbrach seine Auspackversuche. »Ein *großes* Kuvert für Soquett an unsere Deckadresse? Das heißt, dass sie dir deine Bewerbungsunterlagen zurückgeschickt haben!«

»Nun lassen Sie ihn doch erst mal reinschauen«, bremste Miller seinen ungewohnt resigniert klingenden Chef und bat die Sekretärin höflich um eine Tasse Tee.

Nachdem Soquett das Kuvert geöffnet und den Brief darin gelesen hatte, legte er seine Stirn in Falten und schüttelte mit zusammengepressten Lippen den Kopf.

»Na? Wusste ich es nicht?«, schmetterte Le Maire seine Vorahnung triumphierend in den Raum. »Nun sag doch schon was, Soquett!«

Der Kommissaranwärter schüttelte immer noch den Kopf. »Nein«, sagte er nur.

»Was heißt das, ›Nein‹?«, raunzte ihm Le Maire verständnislos entgegen. »Herrgott noch mal: Nun sag schon! Ist das eine Absage? Klar ist es das, – was soll es sonst sein!«

»Nein«, wiederholte Soquett einsilbig, was Le Maire die Zornesröte ins Gesicht trieb.

»Nein, Chef«, wiederholte Soquett zum dritten Mal und ein Grinsen stahl sich auf sein Gesicht. »Ich kann jetzt nicht länger hier im Kommissariat bleiben, weil eine andere Arbeit auf mich wartet!« Dabei wedelte er so übermütig mit dem Brief herum wie ein Schüler, der seinen Eltern das erste gute Zeugnis nach Hause brachte.

Le Maire war verwirrt. »Ja? …Im Ernst? … Du hast den Job?«

»Noch nicht direkt. Aber ich soll morgen um neun zu einem Einstellungsgespräch erscheinen!«

»Dann hat das sicher nur deswegen so lange gedauert, weil sie bei der Auswahl der Mitarbeiter fürs Büro kritischer sind als bei den einfachen Produktionshelfern«, resümierte Le Maire. Er schaute auf die Uhr, grinste zufrieden und klatschte in die Hände. »Wisst ihr was? Da die Sonne noch scheint, machen wir heute früher Feierabend! Ich lade euch in eines meiner Stammlokale, ins Café chantant ›Aux Olivettes‹ ein!« Noch bevor die anderen etwas dazu bemerken konnten, stieß er sich die Hand vor die Stirn: »Merde! Das Lokal hat ja zurzeit wegen Renovierungsarbeiten geschlossen! Dann gehen wir eben ins ›Å Pilori‹ auf ein paar Feierabend-Bierchen. Was haltet ihr davon?«

»Schade!«, bemerkte Fabienne Loquie, die sich wie selbstverständlich mit eingeladen fühlte und schon lange nicht mehr in dem beliebten Künstler- und Musikcafé in der Rue du pied du pont des arches gewesen war. »Von mir aus auch ins »Å Pilori«.

Als Frederic ein gnädiges »Na gut!« verlauten ließ, bevor er in sarkastischem Ton zu ihr sagte, dass sie schließlich die gute Seele des Kollegiums sei und deswegen selbstverständlich *gerne* mitkommen könne, wenn sie wolle, begannen die Wangen seiner Sekretärin zu glühen.

✳

Da das Kriminalkommissariat nicht allzu weit vom »Å Pilori« entfernt lag, gingen sie zu Fuß. Dies sollte sich aber als recht aufreibend erweisen, weil Le Maire Gott und die Welt kannte, weswegen er alle paar Meter stehen bleiben und ein kurzes Schwätzchen halten musste.

»Schaut mal: Da ist ein freier Tisch!«, rief Fabienne Loquie erfreut und tippelte mit ihren kurzen Beinen den anderen eiligst in Richtung Place du Marché voraus, bevor die bei Sonnenschein ganz besonders umkämpften freien Sitzplätze vor dem »Å Pilori« wieder belegt waren. Denn sie wusste, dass die traditionsreichen Gastronomiebetriebe, die sich hier zum Teil schon vor Jahrhunderten angesiedelt hatten, gerade im Sommer bei den Touristen heiß begehrt waren. Aber auch der direkt vor dem Justizgebäude und gegenüber Le Maires Lieblingsfriterie gelegene Place du Lambert war nicht nur ein beliebter Sommertreffpunkt, sondern zog auch im Winter, insbesondere zum alljährlichen Weihnachtsmarkt hin, Tausende Touristen und Einheimische an. Hier und vor dem direkt daran grenzenden Place du Marché spielte sich das ganze Jahr über das pulsierende Leben von Liège ab. Auf dem lang gestreckten Platz vor der Vedute mit den alten aneinanderklebender Gasthäusern konnten die Einheimischen stundenlang – wie Miller immer zu sagen pflegte – people watching betreiben und sich bei einem Glas Wein über die vorwiegend deutschen Touris auslassen. Die Touristen hingegen konnten hier nach einer anstrengenden Shoppingtour oder einem geführten Stadtrundgang etwas Entspannung finden und sich ihrerseits über die optische und sprachliche Vielfalt der einheimischen Bevölkerung wundern.

Während die anderen genau das taten, was hier sitzende Einheimische immer zu tun pflegten, nachdem ihnen die Getränke serviert worden waren, fischte Le Maire mit gerunzelter Stirn das halb auseinandergerissene Päckchen aus der Tasche seines leichten Sommermantels und öffnete es ganz. Aber anstatt sich über dessen Inhalt zu freuen, entfuhr ihm lediglich ein »Merde!« und ein gedehnter Seufzer. Da er deswegen die Neugierde der anderen von den Touristen weg und auf sich gelenkt hatte, hielt er den Päckcheninhalt wortlos seiner neben ihm sitzenden Sekretärin hin.

»Ein Opernglas?«, wunderte sie sich weniger über das, was sie nun in Händen hielt, als über die damit verbundene Reaktion ihres Chefs. »Ein tolles Teil! Das sieht sündhaft teuer aus. Gefällt es ihnen nicht?«

»Wenn du wüsstest …«

»Was wäre dann?«, ergriff nun Miller das Wort, dem Fabienne inzwischen den kleinen Operngucker weitergereicht hatte. »Den können wir für Observationen gut gebrauchen, oder?«

Le Maire trank an seinem braunen Leffe, wischte sich mit dem Handrücken den Schaum vom Mund und drehte sich erst noch eine Zigarette, bevor er erklärte, dass es sich um keine Dienstanschaffung handelte und das Päckchen lediglich im Kommissariat angekommen war, weil er tagsüber ja nie zu Hause sei.

»Für was ist es *dann* gut?«, wollte nun Lassarde wissen, nachdem er das Teil von Soquett übernommen hatte und es – wie alle anderen – testete.

»Was ist nun damit?«, hakte Miller, der jetzt lieber mit seiner Freundin Chloé die langsam sinkende Sonne genossen hätte, ein wenig mürrisch klingend nach.

Le Maire verdrehte die Augen und erzählte, dass seine Angelika via Internet Karten für das große Open-Air-Sommerkonzert von André Rieu und seinem Johann-Strauss-Orchester auf dem Vrijthof in Maastricht ergattert hatte. »Na ja; und da ich nicht inmitten des Gedränges auf dem riesigen Platz vor der Bühne stehen, sondern lieber gemütlich in einem den Vrijthof säumenden Café-Restaurants sitzen möchte, sind wir eben etwas weiter weg vom Geschehen, weswegen ich …«

»Ich … ich glaube es nicht! Das darf doch nicht wahr sein!« Lassarde nahm hektisch das Opernglas ab und rieb sich die Augen, bevor er die Vergrößerungsgläser wieder ansetzte und wie wild daran herumdrehte. »Das gibt es wirklich nicht!«, entfuhr es ihm noch, bevor sich die Prozedur wiederholte und das Opernglas seinem Chef rüberreichte, ohne seinen Blick von dem abzuwenden, was ihn gerade so dermaßen in Aufregung versetzte, dass er keinen klaren Satz bilden konnte.

Gleichsam verunsichert und gespannt warteten die anderen auf eine Erklärung für dieses bei Lassarde eher ungewöhnliche emotionale Verhalten. Der aber fuchtelte nur mit einem Zeigefinger in Richtung der anderen Straßenseite. »Seht ihr das nicht?«

»Was denn?«, knurrte Le Maire, der nun ebenfalls unkontrolliert an den Linsen seines Opernglases herumdrehte, um dahinterzukommen, was sein schlagartig unruhig gewordener Kollege meinen könnte.

»Da! … Da drüben! Genau an der gegenüberliegenden Hausecke der Friterie! … Links davon, am ›Hotel de Ville‹!«

Als Le Maires Augen endlich ihr Ziel gefunden hatten, verharrte sein Opernglas so lange regungslos, bis Miller seinen Chef zaghaft fragte, ob er oder Lassarde die anderen nicht an ihrem Wissen teilhaben lassen mochten.

Aber Le Maire zischte zum Zeichen dafür, sich konzentrieren zu müssen und deswegen nicht gestört werden zu wollen, nur ein »Pssst! … Der Schlangenbeschwörer!« Er wollte sich erst ganz vergewissern, ob er auf diese Entfernung tatsächlich einen Mann wiedererkennen konnte, von dem er lediglich aus Lassardes Erzählungen heraus etwas wusste. Aber die Handgranate um dessen Hals mit den übertriebenen Daumenringen und den Fingertattoos, der bullige Körperbau, die Glatze … und das aufgerissene Maul einer Schlange hinter dessen rechtem Ohr ließen nicht die geringsten Zweifel zu: Es war Gerrit de Kleijn!

Erst eine gefühlte Ewigkeit später sagte er in festem Ton: »Männer! Wir haben einen Einsatz! Da drüben lehnt Gerrit de Kleijn an der Hausecke gegenüber der ›Friterie du Perron‹, in deren Richtung er schaut.«

Als sie dies hörten, zupfte sich Lassarde stolz das Sakko zurecht, während sich Soquett zum Gehen bereitmachte, indem er seine Waffe überprüfte.

»Locki, du bezahlst! Und lass dir einen Beleg geben. Danach bist du im Büro erreichbar, klar?«, ordnete Le Maire an, während auch er seinen Mantel vom Stuhl nahm.

»Pah: Von wegen ›Ich gebe einen aus!‹«, ärgerte sich Locki über ihren Chef, der dies aber nicht mehr hören konnte, weil er mit den anderen Männern bereits auf dem Weg zu dem gesuchten und offensichtlich nun auch gefundenen Mann war.

Als sie der Hauptstraße näher kamen, gebot Le Maire Soquett, einen großen Bogen zu machen und sich dem Kerl von rechts zu nähern. »Und du machst das Gleiche von der anderen Seite aus! Aber unauffällig«, befahl er Lassarde und zeigte dabei nach links. »Da er mich nicht kennt, kann ich direkt auf ihn zusteuern und mich unauffällig ganz nah bei ihm positionieren, bevor wir auf mein Zeichen hin zugreifen! Also: Ich gehe vor und ihr kommt *direkt* hinter mir nach! Und du, Miller, sicherst das Ganze mit etwas Abstand von hinten! Mir wäre zwar lieber, wenn du von unten kämst, damit wir ihn von allen vier Seiten einkreisen können, denke aber, dass es zu lange dauern würde, bis du die Rue de la Violette über eine der Seitengässchen von unten her erreichst. Wer weiß, was der Typ vor hat!«

Durch ein stummes Nicken bestätigte sein ortskundiger Assistent, dass er recht hatte. So gingen die drei Männer langsam, aber ohne Zögern auf die Zielperson zu, um sie in die Zange zu nehmen. Ein Stückchen hinter ihnen folgte Miller.

Aus Le Maires schnell gefasstem Plan sollte jedoch nichts werden. Denn Lassarde war in seiner Aufregung – immerhin war es ihm zu verdanken, dass sie dem vermeintlichen Mörder nun nahe genug kommen würden, um ihn verhaften zu können – nach rechts, anstatt wie vom Chef angeordnet, nach links gegangen. Soquett war dies zwar aufgefallen, aber er hatte sich nichts dabei gedacht, weil es aus seiner Sicht einerlei war, wer von ihnen die linke oder die rechte Flanke bildete. Hauptsache, sie konnten de Kleijn von zwei Seiten packen und festnehmen. Also war *er* nach links gegangen.

Kaum war der erfahrene Chefermittler der Zielperson ganz nah, spürte er dessen plötzliche Unruhe. Da er wie meistens keine Waffe bei sich hatte, zögert er, vor den vermutlich bewaffneten Mann zu treten, noch bevor seine beiden Kollegen zur Stelle waren und er ihnen ein Zeichen geben konnte, ihn zu unterstützen. Als er aber merkte, dass der Niederländer hektischer wurde und sich möglichst unauffällig zum Gehen wandte, trat er mit gezücktem Dienstausweis vor ihn hin, um sich zu erkennen zu geben und den Mann zu stellen. Seine beiden Kollegen müssten schließlich jederzeit zur Stelle sein, dachte er sich noch, bevor ihn die Faust des bulligen Mannes mit voller Wucht ins Gesicht traf.

Das Ganze hatte sich innerhalb von Sekundenbruchteilen abgespielt. Denn noch bevor seine beiden Männer vor ihrem besinnungslos auf dem Boden liegenden Chef standen, war Gerrit de Kleijn nach hinten und ausgerechnet über die Rue de la Violette in Richtung Maas hinunter geflüchtet. Zumindest hatten dies Passanten später bestätigt. Wäre Miller dort gewesen, hätten sie den unübersehbaren Hünen vielleicht doch noch erwischt.

»Du bleibst beim Chef!«, hatte Le Maires rechte Hand Sekunden später dem wie erstarrt dastehenden Lassarde aufgetragen. Gleichzeitig hatte er dem telefonierenden Soquett ein Zeichen gegeben. Sein Partner sollte dem Flüchtigen über den hinteren Teil der zweigeteilten Rue de Violett, direkt nach dem »Hotel de Ville«, zum Place du Commissaire Maigret hinunter folgen. Er selbst würde de Kleijn den vorderen Teil dieser Straße hinterherrennen. Am Place du commissaire Maigret angekommen, mussten aber beide feststellen, dass ihnen der Verfolgte entwischt zu sein schien. Ihre Hände auf die Knie gestützt, schnauften beide enttäuscht durch. »Unser literarischer Kollege aus Paris hatte wohl keine Lust, uns zu helfen«, meinte Miller ironisch.

KAPITEL 13

Le Maire war besinnungslos auf dem Boden gelegen und Miller noch nicht am Ort des Geschehens gewesen. Ein mit amerikanischen Touristen besetzter Bus hatte ihn daran gehindert, schnell genug die Hauptstraße zu überqueren. Soquett indessen hatte sich wenigstens so geistesgegenwärtig gezeigt, Fabienne Loquie auf ihrem Handy anzurufen, um ihr aufzutragen, eine Fahndung nach dem Flüchtigen herauszugeben und die Innenstadt von Liège abriegeln zu lassen. Leise vor sich hin schimpfend hatte die enttäuschte Frau immer noch auf den Ober des »À Pilori« gewartet, um bezahlen zu können. Das Gute daran war gewesen, dass Soquett sie ohne Zeitverlust hatte erreichen können. Das Schlechte dagegen, dass die an allem interessierte Sekretärin nichts von dem mitbekommen hatte, was keine 20 Schritte von ihr entfernt vor sich gegangen war. Endlich einmal hätte sie die Gelegenheit gehabt, »ihre Männer« hautnah im Einsatz zu erleben. Zu diesem Zeitpunkt hatte sie ja noch nicht wissen können, dass die Kollegen keine Glanzleistung abliefern würden. Aber die klein gewachsene Frau hätte wahrscheinlich ohnehin mehr als 20 Schritte benötigt, um vor Ort zu sein und wäre deswegen sowieso zu spät gekommen. Denn das Ganze hatte alles in allem keine volle Minute gedauert.

»Hallo, Locki? Bist du noch dran?«, hatte Soquett in sein Handy geschrien, nachdem er während des Telefonierens Millers Anweisung entgegengenommen hatte und losgerannt war.

»Entschuldige! Verdammt noch mal! Klar bin ich noch da! Ich muss nur gerade bezahlen, weil der Ober jetzt erst gekommen ist, während ich …«

»Gut«, hatte Soquett ihren Redefluss unterbrochen und war gleich wieder zum Wesentlichen gekommen: »Lassardes Beschreibung des Niederländers hast du im Büro ja vorliegen, richtig? Also kannst du die Fahndung rausgeben. Und bestell bitte den Fantomzeichner zu uns!« Während dieser Anweisungen war er längst hinter dem Flüchtigen hergerannt.

✣

Deswegen hörte sich das, was er sich nun morgens um 7 Uhr von seinem lädierten Chef anhören musste, im Vergleich zu Lassardes folgendem Anschiss wie das zarte Zwitschern eines orientalischen Kastraten an. »Trotzdem, Soquett: Du hast dich entgegen meiner Anweisung von der falschen Seite aus dem Zielobjekt genähert! Merde! Und jetzt schau zu, dass du pünktlich zu deinem Vorstellungsgespräch kommst. Nun hau schon ab!«

Soquett hätte es zuvor nicht für möglich gehalten, sich im Stillen auf das Vorstellungsgespräch bei der »Nefrit BVBA« zu freuen, weil er deswegen gleich abhauen konnte.

Le Maire war nicht nur wegen des verpatzten Einsatzes und seines schmerzenden blauen Auges sauer. Vielmehr stank es ihm, wegen Soquetts Vorstellungsgespräch eine Stunde früher als sonst im Büro sein zu müssen, um unter seinen Männern »aufräumen« zu können. Und diese Wut bekam nun – da Locki noch nicht da war und Bribanté bereits vor zwei Stunden seinen Dienst im »Fettfass« mit der Frühschicht angetreten hatte – Lassarde mit derselben Wucht wie die Faust, die Le Maire ins Gesicht getroffen hatte – zu spüren: »Merde! Merde! Merde!«, schrie Lassardes direkter Vorgesetzter so laut, dass es bis zur Straße hinaus und in Docteur Baguettes Büro hinüber zu hören war. »Welcher Teufel hat dich geritten,

nach rechts zu gehen? Weißt du, warum ich dich links eingeteilt hatte? Verdammt noch mal, weißt du das?«

Lassarde schüttelte betroffen den Kopf, traute sich aber
nichts zu sagen.

»Weil er dich Idioten schon mal in Kerkrade gesehen hat!«,
klärte Le Maire seinen Untergebenen auf, bevor er in zynischem Ton säuselte: »Was für ein Zufall, dass er dich ausgerechnet in Liège wiedertrifft, als er selbst dort war! Was meinst
du, was er sich dabei gedacht hat?«

Da Lassarde immer noch nichts sagte, polterte sein Chef
weiter: »Mensch: Das ist ein Profi! Der ist doch nicht blöd
und checkt so etwas sofort! Kriminelle wie er sind immer und
überall wachsam! Das solltest du auf der Akademie eigentlich
gelernt haben! Merde! Merde! Merde!«

»Ja, Chef!«

»Aber das Schlimmste daran ist, dass du viel zu früh auf
offener und belebter Straße deine Waffe gezückt hast, anstatt
damit zu warten, bis du bei deiner verdammten Zielperson
angekommen bist! Ich hatte extra noch zu dir gesagt ›unauffällig‹. Kein Wunder also, dass die Passanten um dich herum
wie aufgeschreckte Hühner auffällig vor dir weggerannt sind
und du somit *zu früh* in den Fokus dieses Arschlochs geraten bist!«

»Ja, Chef!«

»Und nun: Abmarsch! … Ich kann heute *keinen* mehr von
euch sehen!«, schrie der lädierte Chefermittler und fegte in seiner Wut mit dem Handrücken den höchsten der fünf Aktenstapel von seinem Schreibtisch. Just als er den letzten Satz von
sich gab, betrat Locki das Büro ihres Chefs. Gleich nachdem
sie in das Kommissariat gekommen war, hatte sie ihm einen
Beruhigungstee zubereitet, den sie ihm nun brachte, obwohl
sie wusste, dass er Tee verabscheute. Die Reaktion ihres Chefs
fiel dementsprechend aus.

»Dann kann ich heute ja ebenfalls freinehmen, um mich in Eupen oder in Antwerpen zu bewerben«, zischte sie beleidigt und knallte das Tablett mit dem Tee, zu dem sie ein Croissant und den Beleg vom »Å Pilori« gelegt hatte, auf den kleinen Besprechungstisch. »Und das da …«, sie zeigte zu den auf dem Boden verstreuten Akten, »… können Sie selber aufräumen!«

»Na, na, na! Nicht so stürmisch, Mademoiselle!«, rügte Docteur Baguette Le Maires Sekretärin, die fast in ihn hineingerannt wäre.

In all der Aufregung hatte niemand bemerkt, dass der Dienststellenleiter auf das Geschrei aufmerksam geworden war und die ganze Zeit über mit verschränkten Armen unter dem Türrahmen zu Madame Loquies Büro gestanden hatte.

»Zu mir, Le Maire! Aber sofort! Und was soll diese alberne Sonnenbrille?«

✲

»Wo ist Soquett?«, wollte Le Maire am nächsten Morgen von seiner Sekretärin wissen, als er um eine halbe Stunde verspätet durch das Vorzimmer in Richtung seines Büros schlurfte, wo bereits Miller und Lassarde auf ihn warteten. Aber er bekam anstatt einer Antwort nur ein freches »Bonjour, Monsieur commissaire! Auch schon hier?« zurück.

Herr der Gnaden! Dieses Weib raubt mir mit ihren Befindlichkeiten noch den letzten Nerv, dachte er und ging zurück, um sich freundlich lächelnd für den »wohltuenden« Tee und das »vorzügliche« Croissant vom Vortag zu bedanken. Dabei nahm er sogar die schrecklich aussehende und zudem zerkratzte Sonnenbrille ab, die augenscheinlich ihre beste Zeit hinter sich hatte. »Würdest du mir nun *bitte* sagen, wo Soquett ist?«

Na also: Warum nicht gleich?, dachte sich Locki, setzte ein

gequältes Lächeln auf und fragte ihren Chef einsilbig: »Kaffee?«

Da er wieder keine Antwort auf seine Frage bekommen hatte, beschloss er, ohne ein weiteres Wort zu seinem Schreibtisch zu gehen. Vielleicht wussten ja sein Assistent oder Lassarde etwas über den Verbleib ihres Kollegen.

Aber Fabienne Loquie ließ es sich nun doch nicht nehmen, ihrem Chef persönlich vor den Latz zu knallen, dass Soquett *Punkt 8 Uhr* angerufen habe, um ihr mitzuteilen, dass er bereits bei der »Nefrit BVBA« sei, wo er noch an diesem Tag seine Stelle in der Personalabteilung antreten müsse, weil der bisherige Sachbearbeiter seiner Arbeit schon seit Tagen unentschuldigt fernbleibe. »Punkt acht hat er angerufen!«, repetierte sie provozierend.

»Schon gut, Locki, ich habe verstanden. Vergiss bei deinen kleinen Sticheleien aber nicht, dass *ich* hier der Chef bin, der kommen und gehen kann, wie es ihm beliebt! Compris?«

Das saß! Die Sekretärin brachte kein einziges Wort mehr heraus und bekam zudem knallrote Wangen. Da sie eine absolut zuverlässige Spitzenkraft und im Großen und Ganzen recht umgänglich war, gestattete er ihr gelegentlich, aus ihrem Herzen keine Mördergrube zu machen und offen zu sagen, was sie über ihn dachte.

»Wohin haben die Soquett gesteckt? In die Personalabteilung? Das ist ja wunderbar!«, freute sich Le Maire, der nun doch noch erfahren hatte, was er wissen wollte. Also beschloss er, seinen gestrigen Zorn gnädig verrauchen zu lassen, zumal er glaubte, dass das von ihm losgelassene Donnerwetter die Luft gereinigt hatte. So war das immer mit ihm: Wenn ihm etwas nicht passte oder gar stank, konnte er von einer Sekunde zur anderen hochgehen wie eine Rakete. Deswegen wurde er hinter vorgehaltener Hand schon mal als »Giftzwerg« bezeichnet. Immer wenn er seine Wut lauthals herausgelassen hatte und darüber unter den Kollegen gesprochen worden war, tat er danach stets so, als sei nichts gewesen. Als »Psychologische Menschenführung« bezeichnete er selbst seine hausgemachte Philosophie im Stillen, würde dies aber niemals für andere hörbar aussprechen, weil er im Grunde genommen selbst wusste, dass es aus dem Mund eines intelligenten Mannes albern geklungen hätte.

»Ein guter Tag!«, sagte er zu Miller und Lassarde, nachdem er sein spartanisch eingerichtetes Büro betreten und gleich darauf ins Vorzimmer zurückgerufen hatte, »... ob denn Mademoiselle Loquie bitte auch kurz kommen möchte?«

Und ob sie mochte! Hastig trat sie vor den Spiegel, den sie sich auf die Innenseite eines Aktenschrankes geklebt hatte, und fuhr sich durch die kurzen Locken, bevor sie die Korrektheit ihres Lippenstiftes überprüfte. »Ja-haaa, Chef! Ich komme gleich!« Gut, dass sie die Blicke nicht sehen konnte, die sich die drei Männer daraufhin gegenseitig zuwarfen.

»Also!«, hob der Chef an, als alle um ihn versammelt waren. »Da der vorgestrige Einsatz gewaltig in die Hosen ging, war ich verständlicherweise stinksauer. Zudem hat mich Docteur Baguette ins Gebet genommen und mich eine geschlagene Stunde lang über alle bisherigen Vorgänge und Vorfälle ausgequetscht. Er hat sogar den Staatsanwalt hinzurufen lassen. Na ja, ein Zwischenbericht wäre sowieso fällig gewesen. Was soll ich also heute noch dazu sagen?« Lächelnd nahm er seine Sonnenbrille ab und brachte damit die anderen zum Grinsen. Denn das Veilchen war derart aufgeblüht, dass sein rechtes Auge völlig zugeschwollen war und die Haut drum herum auch noch in allen Farben des Regenbogens leuchtete. »Wisst ihr was? Schwamm drüber! Wenn ich ein wenig zu heftig reagiert haben sollte, bitte ich euch ...«, er räusperte sich fast ein wenig verlegen, »... um Entschuldigung! Wir werden jetzt alle wieder konzentriert und diszipliniert unserer Arbeit nachgehen, klar?« Während er dies sagte, schaute er seinen Männern nacheinander in die Augen, vermied dabei aber den Blickkontakt mit seiner nunmehr freudestrahlenden Sekretärin. Er wusste, dass er irgendwann ein ernstes Gespräch mit ihr führen musste und es wegen des Betriebsklimas nicht mehr allzu weit hinausschieben durfte.

Nachdem dies geklärt war, berichtete Le Maire, dass der gestrige Tag kein Suchergebnis gezeitigt hatte, obwohl sämtliche Streifenpolizisten aus dem Großraum Liège hinter Gerrit de Kleijn hergewesen waren. Da er wusste, dass dies auch an diesem Tag der Fall sein würde und er mit seinen beiden verbliebenen Männern in dieser Sache nicht viel tun konnte, ging er nicht weiter darauf ein. Stattdessen gab er für Miller und Lassarde die heutige und morgige Tageslosung aus. Danach erklärte er ihnen, was er selbst tun würde, um der Aufklärung der drei Mordfälle näherzukommen. »Ach, noch etwas …«, setzte er an, als sich schon alle entfernen wollten. »Es tut mir leid, aber ich muss euch bitten, übermorgen, also am Sonntag, ins Büro zu kommen. *Alle*!«, betonte er.

Während Miller sofort unruhig wurde, blieb Lassarde gelassen. Er war froh, dass der Zorn seines Chefs verraucht war und nicht, wie insgeheim befürchtet, in die Abteilung Kleinkriminalität versetzt wurde, wo er sich mit Autodiebstählen und dergleichen beschäftigen musste. Als eine Art Wiedergutmachung war er gerne bereit, einen freien Sonntag zu opfern.

»Ich verstehe, dass es dir nicht gefällt«, versuchte Le Maire seinen Stellvertreter zu trösten, dem dessen Unbehagen nicht entgangen war. »Bei diesem Traumwetter würde ich auch lieber etwas mit meiner Partnerin unternehmen. Aber es ist ja nur für ein Stündchen, das wir für …«

»Um was geht es?«, fuhr der ansonsten überkorrekte und eher devote Kriminalkommissar seinem Chef schroff ins Wort.

Da Le Maire Verständnis für Millers aufkommenden Unmut hatte, blieb er gelassen und erklärte den beiden und der inzwischen ebenfalls in sein Büro zurückgekommenen Sekretärin, dass es ihm wichtig sei, *alle* an einem Tisch zu haben. »Und dies geht wegen Bribantés und nun auch noch Soquetts Jobs bei dieser Frittenfirma eben nur am Sonntag, wenn sie frei haben. Selbst unter der Woche abends klappt es nicht, weil Bribanté kurzfristig zur Spätschicht eingeteilt wurde. Aber ich verspreche euch, dass unser Meeting nicht lange dauern wird. Wie wäre es, wenn wir uns um 11 Uhr träfen? Dann könnten wir alle noch gemütlich mit unseren Lieben zu Hause frühstücken und hätten den ganzen Sonntagnachmittag für uns. Oder noch besser: Bring deine Freundin doch einfach mit«, bot er seinem immer noch missmutigen Assistenten großmütig an. »Ich jedenfalls werde das tun, damit ich gleich im Anschluss an unser Gespräch mit meiner Partnerin noch etwas Schönes unternehmen kann und der Sonntag nicht ganz verloren ist. Na, was meint ihr?«

»Ich bin dabei!«, beeilte sich Locki eifrig als Erste zu sagen und erreichte damit, dass sich auch Miller nicht lange bitten lassen konnte. Jetzt hat Locki etwas gut bei mir, dachte Le Maire zufrieden, weil er seinen Untergebenen nun nicht mehr per Dienstanweisung zur sonntäglichen Anwesenheit zwingen musste. Zum Dank schenkte er seiner Sekretärin ein warmes Lächeln. Aus psychologischen Gründen wartete er noch einen Augenblick, bevor er abschließend sagte: »Also, dann steht die Sache. Und nun an die Arbeit!«

KAPITEL 14

»Guten Morgen, meine Herren! Es tut mir leid«, entschuldigte sich Le Maire, als er – eine Hand locker in der Tasche seiner cremeweißen Leinenhose – das Besprechungszimmer des Kommissariats in Liège betrat und seinen sündhaft teuren, an ihm aber irgendwie affig aussehenden Strohhut in Richtung der einzigen Ablage im Raum warf. Fast verächtlich schob er die todschicke Sonnenbrille über die Stirn nach oben, weil er sich damit – wie er sich selbst auszudrücken pflegte – schwul vorkam. Vor allen Dingen störte ihn das mit je einem Strass-steinchen besetzte Designerlogo auf beiden Außenseiten der extrem breiten Brillenbügel. Aber Angelika hatte ihm eindringlich zu versichern versucht, dass es sich um eine Männerbrille handelte, die *nicht* extra für Homosexuelle hergestellt worden war, sondern einfach nur trendy sei. Er hatte ihr zwar nicht geglaubt, die Brille aber dennoch aufgesetzt, wenn auch unter Protest. Schließlich war er ein gestandener Mann und kein Softie, und schon gar keiner dieser seelenlosen und oberflächlichen Angeber, wie es sie nicht nur auf der Straße, sondern auch im Kommissariat zur Genüge gab. Gerade die Jungs von der Sitte glaubten, etwas Besonderes zu sein und Grandioses zu leisten, wenn sie die bedauernswerten Mädchen vom Strich schikanierten. Nein: Das bin nicht ich, hatte er seufzend gedacht, als er sich an diesem Sonntagmorgen mitsamt der Brille in Angelikas Spiegel betrachtet hatte. Dass er eine Sonnenbrille tragen musste – gut. Aber er wollte doch nur sein Veilchen damit verdecken, mehr nicht! Und dafür hätte seine alte Sonnenbrille locker noch gereicht, ob sie nun Docteur Baguette gefiel oder nicht. Das ständige

Sonnenbrillentragen ohne wirkliche Notwendigkeit überließ er normalerweise lieber Bribanté und Soquette, die sich damit offensichtlich lässig vorkamen und glaubten, dass dies irgendwie zum Berufsoutfit eines Ermittlers gehörte. Aber er? Nein! Diesen unnötigen modischen Schnickschnack hatte er ebenso wie den albernen Strohhut und seine neue »Sommersonntagskleidung«, die zu allem hin auch noch durch weiße Schuhe mit hellbraunen Kuppen und Bommelchen gekrönt wurde, nur Angelika zu verdanken. Sie war es auch gewesen, die seine erst 12 oder 13 Jahre alte Sonnenbrille einfach weggeschmissen und ihm dafür eine sündhaft teure Markenbrille aufs Auge gedrückt hatte.

Bis auf Miller, der ihn bereits schon einmal an einem Sonntag – es war in La Calamine gewesen – modern gekleidet gesehen hatte, wunderten sich seine Mitarbeiter über den ungewohnten Auftritt ihres Chefs. Erst als auch Locki mit Chloé und Dr. Angelika Laefers im Schlepptau in den Raum kam, um den Herren einen guten Morgen zu wünschen, war klar, warum er so aussah. Während die fünf Kriminaler sich zu begrüßen und zu unterhalten begonnen hatten, waren die beiden Frauen der Sekretärin bei der Zubereitung von Kaffee und beim Verteilen von Gebäck auf kleine Tellerchen zur Hand gegangen.

Es war ein warmer Junitag, genauer gesagt ein traumhafter Sonntagvormittag bei strahlendem Sonnenschein. Kein Wunder also, dass sich seine Männer ebenso wenig über dieses außerordentliche Treffen freuten wie die Frauen – außer Fabienne Loquie, die das Ganze überaus spannend fand und deswegen grinste wie ein Honigkuchenpferd. Nachdem sie zum zweiten Mal »einen superschönen guten Mo-orgen« quer durch den Raum geschickt hatte, schenkte sie allen Kaffee ein und schob ihrem Chef eines der Tellerchen zu. Die allein lebende junge Frau war die Einzige, die sich über diese sonntägliche Zusammenkunft zu freuen schien. Offensichtlich wurde ihre gute Stimmung auch nicht dadurch getrübt, dass Frederic seine Angelika mitgebracht hatte. Na ja, ein wenig vielleicht. Aber das glich sein modisches Auftreten locker aus. Das wichtigste für die treue Seele war, dass *er* hier war. Und dass ihm ihr Gebäck mundete.

Als Le Maire die Krümel von seinem Mund wischte, um das Gespräch zu eröffnen, zeigte er mit der anderen Hand auf Angelika. »Also, meine Herren, lasst uns die Sache zügig angehen, damit wir alle noch etwas vom Sonntag haben. Vorab noch eine kleine Formalität: Da Frau Dr. Laefers die für unsere Frittenmorde zuständige Rechtsmedizinerin ist, kann sie unserem Gespräch ebenso beiwohnen wie Locki.

Während die Sekretärin innerlich wuchs, hatte Chloé gleich bemerkt, auf was der Chef ihres Freundes hinaus wollte. Deswegen stand sie auf und sagte: »Kein Problem. Ich gehe eine Runde spazieren!«

»Nun warten Sie doch erst einmal und setzen Sie sich bitte wieder«, bremste Le Maire Millers attraktive Verlobte einer für ihn ungewöhnlich höflichen Form. »Wir haben schließlich Sonntag und treffen uns hier außerhalb der normalen Dienstzeit. Also liegt es auch allein an uns, ob Sie bei unserem Gespräch dabei sein dürfen, oder nicht.«

Kaum hatte er dies ausgesprochen, nickten die drei Kommissaranwärter, während sie parallel dazu die Köpfe schüttelten, was beides dasselbe heißen sollte. Um ihre eindeutigen Meinungen zu bekräftigen, warfen sie auch noch ein eifriges »Warum nicht? – Selbstverständlich! – Klar!« über den Tisch. Lediglich Miller glaubte, sich wegen Befangenheit aus diesem aus seiner Sicht zwar lächerlichen, dennoch aber ernst zu nehmenden Entscheidungsfindungsprozess heraushalten zu müssen.

»Na, sehen Sie!«, sagte Le Maire ganz ruhig zu Chloé. Sie können also gerne hierbleiben, wenn Sie möchten. Außerdem kann es sowieso nicht schaden, wenn die Partnerin eines aufstrebenden Kriminalbeamten bei solch einer Gelegenheit mitbekommt, wie es hier so zugeht. Verständnishalber! Verstehen Sie?«

Chloé hatte zwar *nicht* verstanden, was der Chef ihres Verlobten gemeint hatte, ließ ihr Nicken aber zum Zeichen dafür, dass sie hierbleiben wollte, von einem milden Lächeln begleiten.

»Gut! Dann kommen wir gleich zu den Berichten unserer beiden Fabrikarbeiter. Wer von euch möchte anfangen?«

Eine bei Handouts ungewöhnliche Ruhe breitete sich aus. Aber der Chefermittler kam schnell dahinter, dass dies nur daran liegen konnte, weil den Ermittlern zwei – Pardon: *drei* – taffe Frauen gegenübersaßen, die ansonsten nicht bei Besprechungen dieser Art dabei waren. Wenn überhaupt, wäre es Lassardes Art, sich zu zieren, aber Bribanté und Soquett? Nachdem sich keiner der beiden freiwillig meldete, wurde es Le Maire zu dumm: »*Soquett?*«

Der Kommissaranwärter erschrak richtiggehend, rieb sich unruhig den sauber zurechtgestutzen Bart und überlegte einen Moment, bevor er begann: »Also gut … Da ich erst einen Tag dort war und noch nicht richtig gearbeitet habe, weil ich vor meinem eigentlichen Arbeitsantritt an einer Betriebsbesichtigung teilnehmen musste, gibt es noch nicht viel zu berichten. Noch vor der Einweisung in meine Tätigkeit musste ich einen Verschwiegenheitsvertrag unterschreiben, was mich etwas gewundert hat. Und dann war ich auch noch darüber erstaunt, dass der Personalchef, der nun ja mein direkter Vorgesetzter ist, ungewöhnlich viel von mir und über mich wissen wollte, obwohl er doch meine Bewerbungsunterlagen vorliegen hatte. Da bin ich zwischendurch ganz schön ins Schwitzen gekommen. Ich hatte mir meine neue Vita zwar mehrmals durchgelesen, aber …«

»Wie heißt der Mann?«, ließ Le Maire seinem Mitarbeiter keine Chance zum Jammern.

»Monsieur Nascarée, Chef!« Dessen Vornamen kenne ich noch nicht, bringe ihn aber problemlos innerhalb kürzester Zeit heraus.«

Le Maire nickte wieder. »Gut! Tu das! Und du, Locki, kannst ja schon mal in deinen Computer schauen, ob du etwas über ihn findest.« Bevor seine Sekretärin etwas entgegnen konnte, wandte sich Le Maire wieder Soquett zu: »Und sonst?«

Der junge Beamte zuckte mit der Schulter, bevor er sagte: »Leider nicht viel. Ich habe wohl bemerkt, dass unter den Kollegen allgemein eine, eine … wie soll ich mich ausdrücken? Eine frostige und gedrückte Atmosphäre herrscht, kann aber noch nichts Genaues über das Betriebsklima sagen. Allerdings fiel mir noch auf, dass sich die Gespräche immer wieder um meinen Vorgänger drehten. Und dabei wurde stets getuschelt.«

»Na, das ist doch schon mal nicht schlecht, oder? Und wie heißt dieser Typ?«

Nun verzog Soquett das Gesicht. »Ich habe nur immer wieder seinen Vornamen gehört, er heißt offensichtlich Philipp. Aber keine Sorge: Seinen Nachnamen bringe ich ebenfalls …«

»… problemlos und schnell heraus!«, unterbrach der Sitzungsleiter zufrieden und bat nun Bribanté um seinen Bericht, von dem er sich etwas mehr erhoffte, weil der ja schon eine ganze Woche in der Produktion dieser ominösen Firma arbeitete. »Ich darf doch?«, grummelte er und legte seinen Tabakbeutel auf den Tisch. »Wir haben Sonntag! Und sonst ist niemand hier«, rechtfertigte er sich und begann, sich eine Zigarette zu drehen.

Bribanté berichtete, dass die Arbeitsverhältnisse im »Fett-fass« schier unerträglich seien und das Ganze auch noch miserabel bezahlt würde.

Nachdem Le Maire ein ganzes Weilchen Bribantés Geschimpfe angehört hatte, gab er lakonisch zu bedenken: »Wie gesagt: Wir haben Sonntag!«

»Schon gut, ich komme ja gleich zur Sache«, entgegnete der Kommissaranwärter, der es von seinem Chef unhöflich fand, ihn nicht auf seine im wahrsten Sinne des Wortes schmierige Situation aufmerksam machen zu dürfen. Also kam er gleich auf den Punkt, indem er sagte: »Das dort hergestellte Frittenfett ist von allerschlimmster Qualität. Es wird sorgsam darauf geachtet, möglichst billig zu produzieren. Und dies beginnt schon beim Einkauf des Öls und der Ingredienzen!« Zur Unterstreichung dessen, was er soeben gesagt hatte, schob er Le Maire einen kleinen Plastikbehälter mit Frittenfett über den Tisch. »Um *was* für eine Art Fett es sich handelt, weiß ich nicht. Offensichtlich weiß dies auch sonst niemand im ›Fett-fass‹ – außer der Vorarbeiter ...« Bribanté blätterte kurz in seinem Notizblock. »... ein gewisser Johan van Vlierden. Aber die KTU wird es natürlich herausfinden. Ich bin sicher, wenn sie im Labor diesen Mist hier mit den verwendeten Frittenfetten aus La Calamine, Aachen und Eupen vergleicht, wird sie feststellen, dass es sich *nicht* um das gleiche Material handelt. Aber sie wird auch feststellen, dass es mit der ›Qualität‹ aus dem Kübel, den der Chef hinter dem ›Roten Teufel‹ in Kerkrade gefunden hat, identisch ist.«

»Gut, Bribanté! Dies ließe den Schluss zu, dass ...« Le Maire überlegte, bevor er weitersprach.

»Ja?«, drängte der junge Ermittler, der sich darüber freute, offensichtlich auf etwas Wichtiges gestoßen zu sein.

Aber Le Maire schüttelte nur den Kopf. »Lass mal. Das, was ich denke, ist sicher noch verfrüht. Erzähl weiter!«

Ein wenig enttäuscht darüber, an diesem herrlichen Sonntag wohl doch nicht zum Star des Kommissariats aufsteigen zu können, berichtete Bribanté, dass im kleineren der beiden Frittenfett-Produktionsräume offensichtlich geringe Mengen normaler oder sogar guter Qualität hergestellt würden.

»Wie kommst du darauf?«, wollte Miller wissen, der schon lange darauf gewartet hatte, vor seiner Verlobten zu brillieren.

»Weil die dort verwendeten Zutaten von wesentlich besserer Qualität sein sollen und weil diese Produktionshalle – im Gegensatz zum ›Fettfass‹ – nicht bewacht wird. Während *wir* uns beim Kommen und Gehen ständig kontrollieren lassen müssen, scheinen die dortigen Mitarbeiter nicht überwacht zu werden.« Bribanté grinste. »Aber nicht mit mir …« Und wieder schob er seinem Chef einen von ihm beschrifteten Plastikbecher rüber.

»Aber, aber, Bribanté! Bei deiner kriminellen Energie wirst du es in diesem Milieu noch weit bringen«, grinste Le Maire nun seinerseits zufrieden und wandte sich dann an Angelika: »Nimmst du die beiden Becher gleich für's Labor mit?«

»Na klar, Frederic!« Sie zwinkerte ihm verschwörerisch zu. Endlich hatte sie ihn so weit gebracht, dass sie sich auch in der Öffentlichkeit duzten.

Obwohl Frederic dies bemerkt hatte, ging er nicht darauf ein. Stattdessen blickte er Bribanté auffordernd an, und dieser setzte seinen Bericht fort. So kam unter anderem heraus, dass Johan van Vlierden, der unangenehme Abteilungsleiter des Fettfasses, Stammgast im ›Roten Teufel‹ war und nach ein paar Bierchen anscheinend stets redselig wurde. Dies hatte Bribanté scheibchenweise von einigen seiner Kollegen in Erfahrung gebracht. Dabei betonte van Vlierden wohl immer wieder, dass »seine« Firma bald den ganzen hiesigen Frittenfettmarkt und dann auch noch den Frittenmarkt in allen Beneluxländern beherrschen würde. Bei solch einer Gelegenheit musste er von einem kräftigen Mann mit den Worten: »Halt's Maul du elender Schwätzer!« am Kragen gepackt und aus der Pinte hinausgezogen worden sein, wo er vor der Tür Prügel bezogen haben soll.

»Bribanté? Du wirst mir langsam unheimlich. Gute Arbeit!«, lobte Le Maire. »Wer dieser kräftige Mann war, können wir uns ja denken. Also sind wir eindeutig auf der richtigen Spur!« Für den Augenblick hatte er genug erfahren, bat seinen Kollegen aber, an dem Vorarbeiter weiter dranzubleiben. »Ich muss so schnell wie möglich wissen, *wann* dieser Johan van Vlierden immer in sein Stammlokal geht. Bribanté, du setzt dich mit den niederländischen Kollegen ins Benehmen! Die sollen das herausbekommen.« Zu seiner Sekretärin gewandt sagte er: »Und du, Locki, jagst auch ihn durch den Computer!« Er wusste, dass wohl kein anderes Kommissariat über eine Sekretärin verfügte, die so gut mit der Informationstechnologie umgehen konnte und dabei sämtliche Tricks der Internetrecherche beherrschte wie Fabienne Loquie. Also konnte er diesen Teil des Gesprächs abschließen, indem er nun seine Kommissaranwärter lobte: »Wirklich sehr gute Arbeit, meine Herren! Da ihr beide euch in unseren Zentralcomputer einloggen könnt, schlage ich vor, dass jeder für sich selbst über das, und *nur* über das, recherchiert, was in seiner Abteilung interessant sein könnte. Allerdings bleibt ihr in ständigem Kontakt! Ist das klar?«

»Ja, Chef: Keine Alleingänge!«, bemerkte Soquett süffisant.

»Und du bringst alles über diesen Philipp Sowieso heraus und überprüfst diesen Monsieur Nascaré auf Herz und Nieren!«, fuhr Le Maire unbeirrt fort. »Bribanté, du bleibst – wie gesagt – ganz eng an Johan van Vlierden dran. Er scheint eine Schlüsselfigur zu sein. Aber Vorsicht! Lasst euch ja nicht dabei erwischen, wenn ihr mit euren Laptops oder mit den Handys herumhantiert und lasst eure verdammte Elektronik keinen Moment aus den Augen! Klar?«

»Wir sind doch nicht so blöd und riskieren eine Enttarnung!«, empörte sich Bribanté, der sich in seiner Ehre als »Fastkommissar« ein wenig gekränkt fühlte, aber keine Unterstützung von seinem friedliebenden Kollegen Soquett erhielt.

Nach einer kleinen Gesprächspause, in der Fabienne Loquie allen Kaffee nachschenkte und Frederic wieder ein Croissant hinschob, kam Dr. Laefers – der die Geste der Sekretärin sehr wohl aufgefallen war – dazu, den aktuellsten Stand der KTU zu erläutern, musste aber einräumen, dass die Autopsien der drei Mordopfer noch nicht ganz abgeschlossen waren.

»Ein Autopsiebericht ist erst mit der toxikologischen Untersuchung komplett«, dozierte Le Maire, obwohl ihm dies in den drei vorliegenden Fällen unrelevant erschien. Er glaubte nicht, dass man die Ermordeten erst vergiftet hatte, bevor ihre Köpfe in die Friteusen gesteckt worden waren. Allerdings – und dies musste er einräumen – wäre es interessant zu wissen, was die Mordopfer vor ihrem Tod zu sich genommen hatten. Fritten vielleicht, oder irgendwelche Drogen? Alkohol in nicht geringen Mengen?

»Ich kann dich beruhigen, Lemmi«, erklärte Angelika, die seine Gedanken erraten zu haben schien. Sie hatte ihn bewusst mit der vertrauten Anrede angesprochen, weil sie sich von ihm auf den Schlips getreten fühlte. Von wegen, die toxikologische Untersuchung stand noch aus! »Ich bin mit der Autopsie zwar noch nicht ganz fertig«, stellte sie schnippisch klar, »habe aber die Mageninhalte aller drei Opfer untersucht.«

Nicht nur der Höflichkeit halber, sondern aus Neugierde fragte er prompt, was sich darin befunden hatte.

»Das möchtest du jetzt gerne wissen, was?«, revanchierte sich Angelika nochmals bei ihm, bevor sie wieder sachlich wurde: Sowohl bei Herrn Ottens, als auch bei Herrn Klinkartz habe ich geringe Mengen Alkohol festgestellt, bei Frau Willemsen allerdings nicht. Aber alle drei hatten tatsächlich Fritten gegessen: Herr Ottens direkt vor seinem Tod, die anderen beiden mehrere Stunden zuvor. Ansonsten nur das Übliche, also keine Auffälligkeiten. Reicht das?«

»Schon gut, Angelika. Ich weiß, dass du deine Arbeit akribisch machst und nichts übersiehst«, entschuldigte sich Frederic, um den kleinen Disput zu beenden. »Aber eine Frage hätte ich noch.«

»Ja?« Sie schien noch nicht ganz versöhnt.

»Hast du irgendwelche Einstiche gefunden, die darauf hinweisen könnten, dass die Opfer mit einer Nadel eingeschläfert wurden, bevor ...«

Angelika schüttelte schnaubend den Kopf. »Sag mal, Lemmi, hörst du mir eigentlich jemals zu?«, unterbrach sie ihn verärgert. »Ich hatte dir bereits bei den Leichenbeschauen vor Ort gesagt, dass sich die Opfer gewehrt haben! Das hast du im Übrigen auch schriftlich vorliegen.«

Le Maire hob zum Zeichen der Kapitulation eine Hand. »Schon gut! Entschuldige bitte, aber es hätte ja ...«

»*Nein*! Es hätte *nicht* sein können! Aber du kannst gerne alles nachlesen, sowie ich meine Berichte fertig habe! Selbstverständlich kannst du auch einen Antrag stellen, dass Docteur Brûlée die Fälle übernehmen soll. Ich habe in Aachen weiß Gott genug zu tun! Mit reicht es sowieso langsam: Ständig geht mir mein werter Herr Berufskollege aus Liège auf die Nerven, weil er nicht kapieren will, dass es eine außerordentliche Entscheidung von ganz oben war, wegen der es *meine* Fälle sind und er außen vor ist, obwohl zumindest zwei der Morde in seinem Hoheitsgebiet liegen ... Verdammt noch mal, für diese unkonventionelle Entscheidung kann ich doch ebenso wenig wie für die verdammte Tatsache, dass dein Eupener Kollege auf einer längeren Fortbildung bei der GTAZ in

Berlin ist. Dass er sich ausgerechnet jetzt beim deutschen Terrorismusabwehrzentrum schulen lassen muss, hängt mit den jüngsten Anschlägen von Brüssel zusammen, für die ich ebenfalls nichts kann! Und daran, dass sich der Kriminaldirektor auf REHA befindet und zu allem hin auch noch zwei weitere Kollegen so krank sind, dass das Eupener Kommissariat derzeit völlig unterbesetzt und deswegen quasi handlungsunfähig ist, bin ich ebenfalls unschuldig. Zu allem hin fängst du auch noch an, mich zu schikanieren!« Angelika stieß hörbar Luft aus, bevor sie ihr Gesicht in den Händen vergrub und leise weiter vor sich hin schimpfte.

Merde!, dachte sich Le Maire. Das kann ja noch ein heiterer Sonntag werden!

Aber die erhitzten Gemüter beruhigten sich schnell wieder, als sich Miller einmischte, indem er in ruhigem Ton anmerkte, dass die grenzüberschreitende Zusammenarbeit doch recht gut klappte und es bisher ohne übertriebenes Kompetenzgerangel funktioniert hatte. »*Ich* bin schließlich auch nicht beleidigt, weil ich meinem Herrn Hauptkommissar assistieren darf, obwohl ich die verwaiste Dienststelle in Eupen leiten und dort der ranghöchste Ermittler sein könnte. Aus diesem Grund hätte man mir wenigstens die Leitung der Ermittlungen zum Frittenmord in Eupen übergeben können! Da ich aber erst vor Kurzem zum Kommissar befördert wurde, verstehe ich die unorthodoxe Entscheidung aus Brüssel. Ich für meinen Teil finde unsere Konstellation äußerst spannend und zudem sehr lehrreich!«

Respekt: Gut gebrüllt, Löwe!, dachte sich Le Maire über Millers kurzen, aber aussagekräftigen Monolog, zu dem er sich wahrscheinlich nicht zuletzt wegen Chloé aufgeschwungen hatte. Allerdings wusste Le Maire spätestens jetzt, dass sein Stellvertreter ernsthafte Karriere-Ambitionen hatte und schnellstens nach oben strebte. Er überlegte noch, ob er sich deswegen Sorgen machen musste, verschob den Gedanken dann aber auf einen späteren Zeitpunkt.

Als Dr. Laefers die Hände vom Gesicht nahm und mit zusammengekniffen Augen und Lippen ebenfalls zustimmend nickte, konnte unverzüglich zur gebotenen Sachlichkeit zurückgekehrt werden.

Nachdem sie noch ein paar Fakten durchgegangen waren und sich ausführlich über Gerrit de Kleijn und die versaute Aktion unterhalten hatten, verkündete Le Maire abschließend, dass er gleich morgen früh mit Miller zur »Friterie du Perron« gehen und mit Fritten-Ralf reden würde. Denn Lassarde, der das Opernglas auf dem Place du Lambert vor dem »Å Pilori« getestet und dabei zufällig den Gesuchten entdeckt hatte, bestätigte noch einmal das, was Le Maire selbst aufgefallen war: Gerrit de Kleijn hatte eindeutig auffällig zu Ralfs Friterie hinübergestarrt, was im hellwachen Ermittlungsleiter einen bösen Verdacht ausgelöst hatte. Deswegen war er, gleich nachdem er aus seiner Besinnungslosigkeit erwacht war, zu dem Geschäft hinübergegangen, um mit seinem alten Freund zu sprechen und ihn rein vorsorglich zu warnen. Aber genau wie gestern, als er sogar zweimal versucht hatte, mit Ralf zu sprechen, war der Friteriebesitzer nicht zu erreichen gewesen. Und unter seiner Handynummer ging immer nur die Mailbox ran. Also wollte der besorgte Kriminaler nach dem sonntäglichen Meeting noch schnell zu ihm gehen, wusste allerdings nicht, wie er dies Angelika beibringen sollte. Dass Fritten-Ralf – wie der ihm in Aachen hatte weismachen wollen – ausgerechnet in der belgischen Touristensaison in Urlaub fahren mochte, hatte ihm der gewiefte Ermittler nicht geglaubt.

Mit den Worten »Gleich morgen früh werde ich bei Docteur Baguette Personenschutz für Ralf beantragen«, beendete er das Zusammentreffen, klatschte in die Hände und rief fast ein wenig übermütig: »So, meine Lieben. Feierabend!« Obwohl er sich gleich aus mehreren Gründen Sorgen um den Inhaber der besten Friterie von Liège machte, war er mit dem aktuellen Ermittlungsstand innerlich sehr zufrieden. Lediglich äußerlich gefiel er sich immer noch nicht. Dies bestätigte er sich selbst, als er vor dem Kommissariat den Strohhut aufsetzte, die Sonnenbrille nach unten schob und dabei die irgendwie mitleidig wirkenden Blicke seiner Männer bemerkte.

※

Als die drei Kommissaranwärter sich verabschiedeten, wünschte deren Chef Bribanté und Soquett möglichst informative Arbeitstage in der Frittenfirma und mahnte nochmals zu Vorsicht und umsichtigem Handeln. Dabei verwies er darauf, dass ihnen von Docteur Baguette für die verdeckte Ermittlung im höchsten Falle noch vier weitere Tage zugestanden wurden. »Bis dahin *muss* ich Ergebnisse haben!«

Lassarde trug er auf, sich gleich am nächsten Morgen um den Somalier zu kümmern und ihn ins Kommissariat zu bestellen. »Der Typ scheint mir jetzt erst so richtig interessant zu werden«, begründete er diese Entscheidung.

Locki gegenüber kündigte er an, dass er morgen – wie immer, um 8 Uhr, aber nur kurz – ins Büro kommen würde, um mit Docteur Baguette zu sprechen, anschließend aber gleich mit Miller zu Fritten-Ralf gehen wolle.

Von wegen 8 Uhr, dachte sich Fabienne Loquie, die ihrem Chef zwar allerhand, in Sachen Pünktlichkeit aber nicht allzu viel zutraute. Dennoch nickte sie und wünschte allen einen schönen Sonntag. »Geht nur, ich räume noch schnell auf und schließe dann ab«, erklärte sie in gedämpftem Ton. Dies verleitete Angelika dazu, sie spontan zu fragen, was sie denn den restlichen Sonntag noch so vorhabe.

Sofort bedachte Frederic sie dafür mit einem strafenden

Blick und zog sie unauffällig beiseite. »Nein, nein, nein!«, wehrte er vehement ab. »Wir haben nur mit Miller und Chloé ausgemacht, noch nach Spa-Francorchamps zum Kaffeetrinken zu fahren! Außerdem muss ich noch schnell zu Ralf.«

»Du musst *was*?«, wetterte Angelika, gegen die er wie meistens nicht ankam. Denn verbal hatte er nicht die geringste Chance gegen sie, insbesondere nicht, wenn sie verärgert war. Da nützte es auch nichts, ihr gegenüber damit zu argumentieren, dass sowohl sie als auch Chloé mit ihren Zweisitzern hier wären und somit keinen Platz für eine fünfte Person hätten. In diesem Moment freute er sich diebisch darüber, dass sein Fünfsitzer in Aachen stand, weil Angelika an diesem Sonntagabend ursprünglich mit ihm ins dortige »Haus am See« zum Dinieren gewollt hatte. Deswegen war von Anfang an klar gewesen, dass er mit ihr in *ihrem* Auto nach Aachen zurückfahren und bei ihr nächtigen würde. Er war stolz auf sich, das so hinbekommen zu haben. Niemals hätte er gedacht, dass ihm der geplante Abend in einem Fresstempel einen solch guten Dienst erweisen würde.

Das erste Mal, dass ich einen Vorteil aus der lästigen Essengeherei habe, dachte er sich, wurde von Locki aber jäh aus seinen schadenfrohen Gedanken gerissen, als sie freudestrahlend erklärte, dass sie ihr Auto dabei hätte und selber fahren könne.

»Merde!«

﹡

Eine gute Stunde später saßen die fünf schweigend auf der Café-Terrasse der weltberühmten Formel-I-Rennstrecke von Spa und genossen die Nachmittagssonne. Le Maire sog die für ihn wohlriechende benzingeschwängerte Luft ein und freute sich über die Stille, die von den vor ihm vorbeischießenden Boliden ausging, die sich hier im Rahmen einer AvD-

Sportscar-Challange duellierten. »Fantastisch!«, sagte er und meinte damit, dass man hier sein eigenes Wort nicht verstehen konnte. Also hatte er seine Ruhe und konnte über den Fall und andere wichtige Dinge nachdenken, während er dem Rennen zusah.

Miller turtelte mit seiner Verlobten und Angelika streckte ihren Kopf mit geschlossenen Augen der Sonne entgegen, um etwas Farbe zu bekommen. Fabienne Loquie indessen bestellte bereits ihren zweiten Café crème, ein leckeres Getränk, das ursprünglich aus der Schweiz kam, also nicht von Frankreich aus nach Belgien rübergeschwappt war, wie Franzosen und Belgier gleichermaßen gerne behaupteten. Die einsame Frau war einfach nur glücklich, dabei sein zu dürfen und Frederic in ihrer Nähe zu haben. Wegen der verspiegelten Gläser ihrer Sonnenbrille bemerkte Le Maire nicht, dass sie ihn fortwährend fixierte. Aber auch wenn er es bemerkt hätte, wäre es ihm egal gewesen. Er wusste um Lockis Zuneigung, tat aber wie immer so, als wenn er diesen Umstand nicht registrieren würde. Um sicherzustellen, dass sie nicht eines Tages übermütig und übers Ziel hinausschießen würde, benahm er sich ihr gegenüber manchmal bewusst *noch* rüder, als er dies seinem Naturell entsprechend sowieso schon tat. Da er zudem ernsthaft in Erwägung zog, sich wegen Angelika ins Kommissariat nach Eupen versetzen zu lassen, würde sich Lockis unerwiderte Schwärmerei sowieso bald in Luft auflösen – so hoffte er zumindest. Dass er der Liebe wegen eventuell zu einem Ortswechsel bereit wäre, musste er Angelika ja noch nicht auf die Nase binden, insbesondere da auch sie über einen Umzug für ihr gemeinsames Glück nachdachte. Fest stand für ihn nur, dass *er* keinesfalls nach Deutschland übersiedeln würde, um dort zu arbeiten.

So ging es eine ganze Weile lang; zwischen den Zügen an der Zigarette und einem Schluck aus dem Hoegaardenglas schweiften seine Gedanken von privaten Dingen zum Job und wieder zurück. Ja, selbst *er* fühlte sich trotz seines ungewohnten Outfits irgendwie wohl – im Moment jedenfalls. Denn bei allem, was er Angelika in Bezug auf deren Umgang mit seiner Einstellung zur Mode vorwerfen konnte, musste er zugeben, dass die helle Leinenhose und das cremeweiße Seidenhemd mit dem hellbraunen Hawaiimuster die Sonnenstrahlen besser absorbierte als die dunkelgrauen Hosen und die gedeckt farbigen Pullunder, die er meist unter ebenfalls gedeckten Jackets trug. Als er so an sich herunterschaute und seinen alten Sommermantel über der Stuhllehne sah, wollte er fast schon etwas verächtlich die Nase rümpfen, hätte das aber als allzu großes Zugeständnis an Angelika gesehen. Nicht dass sie noch mal auf dumme Gedanken kam und ihm schon wieder neue Klamotten aufschwatzte. Da der Herbst noch in weiter Ferne lag, dürfte die Gefahr eines neuen Mantels zumindest jetzt noch nicht drohen. Allerdings musste er ohne Einschränkungen zugeben, dass sich die schicke Sonnenbrille mit den großen Gläsern nun – da der begeisterte Motorsportfan dem Rennen zusehen wollte und die Sonne ihm genau im Gesicht stand – als wahrer Segen erwies. Aber auch diesen Triumph musste er Angelika ja nicht gleich gönnen.

Wegen diesem Wahnsinnsweib würde ich sogar das Rauchen aufgeben, dachte er und drehte sich genüsslich eine Zigarette, obwohl er die zuvor Gedrehte noch im Mundwinkel hängen hatte.

Als Le Maire so vor sich hin sinnierte und immer wieder zur Rennstrecke schaute, während er zwischendurch die vielen Menschen um ihn herum musterte, drang von einem der Nebentische Geschrei zu ihm herüber. Missmutig über diese Ruhestörung setzte er seinen bösesten Montagmorgenblick auf und drehte sich demonstrativ mit dem ganzen Oberkörper in *die* Richtung, aus der der Lärm kam. Dass der Mann an diesem Tisch und der Ober nicht gleich auf seine auffällige Geste reagierten, mochte daran liegen, dass Le Maire seine schicke *und* funktionstüchtige Sonnenbrille aufhatte, weswegen die beiden Männer nicht so auf seinen böse gemeinten Blick eingehen konnten, wie er sich dies erhofft hatte. Aber immerhin reagierte der ungehaltene Gast doch noch, indem er den Störenfried anschnauzte: »*Was ist?* Nimm erst mal deine schwule Sonnenbrille ab, bevor du versuchst, dich in ein Gespräch gestandener Männer einzumischen, das dich einen Scheißdreck angeht!«

Eins zu null! Aber nicht mehr lange. Er duzt mich? Gut!, dachte Le Maire und stand auf, um zu dem Tisch zu gehen, selbstverständlich *ohne* seine Sonnenbrille abzunehmen. Denn diese galt es jetzt zu verteidigen und nicht von einem offensichtlichen Modemuffel beleidigen zu lassen. Immerhin war die Brille ein Geschenk seiner geliebten Angelika. Und die hatte gesagt, dass es *keine* Schwulenbrille sei auch wenn sie für Ignoranten so wirken mochte.

Anstatt die Sonnenbrille abzunehmen und nun endlich das Gesicht zu zeigen, das er sich mühsam aufgesetzt hatte, um damit festen Schrittes provozierend auf den Mann zuzugehen, schlenderte er gemächlich in Richtung des Tisches, an dem der offensichtlich aggressive Mann sich immer noch mit dem Kellner herumstritt. Da Le Maire inzwischen eingefallen war, dass er ein blaues Auge hatte, war die Sonnenbrille dort verblieben, wo sie ihrer Zweckbestimmung nach bei strahlendem Sommerwetter hingehörte. »Um was geht es?«, fragte er betont höflich, selbstverständlich ohne sich als Kriminalbeamter erkennen zu geben, schließlich war er ja ganz privat hier und trotz seiner modernen Kleidung und der hippen Sonnenbrille kein Angeber.

Die zwei Streithähne zeigten sich verdutzt. Sie schauten zuerst ihn, dann sich gegenseitig an, bevor sie einträchtig mit unschönen Worten auf ihn losgingen und von ihm wissen wollten, warum er sich erdreistete, sich einzumischen.

Nachdem Le Maire sich ein Weilchen hatte beschimpfen und von dem Gast sogar anschreien lassen, wollte er den beiden in aller Sachlichkeit mitteilen, dass er nichts von ihnen wolle, sondern lediglich in Ruhe dem Rennen zuschauen mochte. Allerdings kam er nicht mehr dazu, weil der offensichtlich angetrunkene Gast ausholte, um ihm eine zu verpassen. Nicht schon wieder, dachte sich der in letzter Zeit zwar nicht mehr ganz so fitte, dennoch aber kampfgeschulte Polizist. Also duckte er sich erstaunlich schnell beiseite, um dem Schlag auszuweichen. Ebenso schnell war Miller – der die Streiterei trotz seines Geturtels mit Chloé mitbekommen hatte – aufgesprungen und ihm zu Hilfe geeilt. Bevor der Gast sein Glück ein zweites Mal versuchen konnte, hatte er das Pech, dass Miller bei ihm war, ihn von hinten packte und ohne Vorwarnung seinen Kopf in den vor ihm stehenden Frittenteller mitsamt der Mayonnaise und des Ketchups drückte, während er mangels Handschellen gleichzeitig mit der anderen Hand einen Arm des widerspenstigen Mannes so fest nach hinten drückte, dass dieser schmerzerfüllt aufschrie.

»Jetzt hast du dein ranziges Frittenfett!«, entfuhr es dem Kellner, der den stänkernden Gast am liebsten auch noch angespuckt hätte.

»Danke, Miller! Aber dies hätte es nun wirklich nicht gebraucht.« Damit meinte Le Maire den Kopf seines Kontrahenten in den nun versauten Fritten. Dennoch klopfte er seinem Adjudanten lobend auf die Schulter, bevor er sich wieder dem von Miller gedemütigten Mann zuwandte, der schon damit beschäftigt war, sich den gelb-roten Matsch aus dem Gesicht zu wischen. »Und ›wir‹ geben jetzt ganz schnell den

Autoschlüssel beim Wirt ab und fahren dann unverzüglich mit dem Taxi nach Hause! Verstanden?«, verlangte Le Maire von dem nur noch leise vor sich hin fluchenden Mann und hielt ihm zur Unterstreichung seines Ansinnens doch noch den Dienstausweis vors verschmierte Gesicht. »Und nun: Abmarsch!«

Nachdem wieder Ruhe eingekehrt war und Miller für sein entschlossenes Einschreiten von Chloé die reinsten Ovationen entgegennehmen durfte, ging Le Maire ins Innere des Renncafés um noch kurz mit dem Kellner zu sprechen. Da er wusste, dass Angelika von alledem nichts mitbekommen hatte, weil sie immer noch die Sonne anbetete, war ihm schnell klar geworden, dass *ihn* für seine blitzartige Abwehrreaktion und sein besonnenes Verhalten niemand loben würde. »Merde!« Aber nach genauerer Analyse der Situation gestand sich Le Maire denn doch ein, dass er der Faust des Mannes vielleicht nicht hätte ausweichen können, wenn der nicht betrunken gewesen wäre. Als Heldentat hätte er es Angelika also sowieso nicht verkaufen können. Also: Schwamm drüber! Vielleicht ein andermal?

✳

»Wie meintest du das vorhin, als du zu deinem Gast sagtest: ›Hier hast du dein ranziges Frittenfett‹!«, wollte Le Maire vom schmierig auf ihn wirkenden Kellner wissen, der seiner Spürnase nach eine Leiche im Keller haben musste, weil er sich – seitdem er den Dienstausweis gesehen hatte – auffallend kooperativ, ja, fast schon devot zeigte. Aber Le Maire interessierte sich nicht für das möglicherweise kriminelle Vorleben eines Mannes, den er nicht kannte und das schließlich nichts mit seinen aktuellen Fällen zu tun hatte. Es sollte jedoch ein wenig anders kommen; denn der Kellner berichtete ihm, dass der Gast sich über stinkendes Frittenfett beschwert hatte, das er wegen dessen – wie er sich gestelzt ausgedrückt hatte – »olfaktorischer Wahrnehmung« als ranzig, billig und alt eingestuft hatte. »Und dies kann ich mir doch nicht gefallen lassen, oder?«, rechtfertigte sich der Kellner für sein unschickliches Verhalten Le Maire und dem anderen gegenüber. Denn schließlich sollte der Gast König sein – selbst wenn er sich nicht so benahm.

»Was für ein Fett verwendet ihr denn zum Frittieren?«, hinterfragte der Ermittler, dem der unverkennbare Geruch interessanter Neuigkeiten in die Spürnase gestiegen war.

Der Kellner fuhr sich mit den Fingern durch seine aalglatten, nach hinten gekämmten Haare bis zu den schmierigen Nackenlocken hinunter und zuckte unwissend mit den Achseln. »Da müssen Sie schon unseren Koch oder den Chef fragen. Aber der ist nicht hier! Ich muss jetzt wieder, die anderen Gäste warten.«

»Jaja, schon gut«, winkte Le Maire ab und ging zu dem auf den ersten Blick freundlich wirkenden Mädchen am Ausschank.

»Hören Sie«, wehrte sie in höflichem, aber bestimmtem Ton ab, noch bevor Le Maire sie angesprochen hatte. »Sie sehen doch, dass wir hier viel zu tun haben.«

Da er keine Lust auf Diskussionen hatte und noch etwas vom Rennen mitbekommen wollte, ging er einfach um die Theke herum in die Küche. Dort fackelte er nicht lange und hielt seinen Dienstausweis in die Höhe. »Le Maire! Kriminalpolizei!«, rief er, ließ aber vorsichtshalber den obligatorischen Zusatz »Liège« weg. »Wer von euch kann mir Auskunft über das hier verwendete Frittenfett geben?«

Nachdem das Küchenpersonal aus der ersten Erstarrung erwacht war, meldete sich ein kleiner Chinese. »Ich! Ich bin fil Flitten machen zuständig!«

Oh Gott, das auch noch!, dachte Le Maire in vorauseilender Sorge darüber, dass das Rennen vorüber und die Sonne weg sein könnte, bis er mit diesem spindeldürren Asiaten fertig sein würde. Nachdem sich die Konversation tatsächlich als äußerst schwierig erwies, sagte er zu einem älteren Mann, der wegen seiner langen Vinylschürze aussah wie der Spüler: »Bring mir einen der Behälter, in dem euer Frittenfett lagert.«

Kurz darauf kam der für einen Küchenhelfer ungewöhnlich gepflegt wirkende Mann mit einem gelben Kübel zurück.

»Danke! Das genügt«, zeigte Le Maire sich zufrieden. »Wer ist hier der Küchenchef?«

Während der Spüler sofort wieder loseilte, um dem Ermittler auch diesen Wunsch zu erfüllen, schaute Le Maire sich genauer in der Küche um. An deren Sauberkeit gab es wirklich nichts auszusetzen.

Als der Chefkoch schließlich erschien, gab er dem Kommissar zunächst recht unhöflich zu verstehen, dass er sein Reich sofort verlassen solle. Erst als der Kommissar seine Dienstmarke zückte – dieses Mal allerdings wortlos –, zeigte sich der für einen Koch ungewöhnlich hagere Mann gesprächsbereit und entschuldigte sich sogar für den rüden Ton, der in seiner Zunft allgemein üblich sei. »Wie kann ich Ihnen helfen?«, bewies er nun, dass er auch anders konnte.

Le Maire stellte ein paar Fragen und erfuhr, dass es dem Küchenchef gewaltig gegen den Strich ging, das – wie er selbst sagte – miserable Frittenfett einer gewissen Firma »Nefrit BVBA« aus Holland verwenden zu müssen. »Wissen Sie, ich als belgischer Koch bin nicht stolz darauf, diesen holländischen Mist verarbeiten zu müssen«, erklärte Bertrand, wie der Mann hieß, frustriert. »Aber mein Chef ist Niederländer und besteht darauf, diesen … na ja, dieses minderwertige Frittenfett zu verwenden. Ansonsten bin *ich* aber für den Einkauf verantwortlich.«

Sie hatten sich inzwischen an dem kleinen Personalstammtisch neben der Theke niedergelassen und genossen ein kühles Leffe. Resigniert hob der Küchenchef die Schultern. »Die Produkte der ›Nefrit BVBA‹ kommen quasi automatisch, ohne dass ich sie bestellt habe. Da habe ich keinen Einfluss darauf.«

»Ist dein Chef denn auch hier?«, wollte Le Maire in aus taktischen Gründen vertraut klingendem Ton wissen, erfuhr aber, dass der Betreiber des Café-Restaurants für ein paar Tage zu einer Beerdigung nach Eindhoven gefahren sei.

Angeregt vom Bier und dem offensichtlichen Verständnis des Ermittlers, klagte der redselige Koch Le Maire weiter sein Leid. Er habe es satt, miserable Fritten in noch schlechterem Fett zu verarbeiten und das Ganze dann als typisch belgische Qualität anpreisen zu müssen. Der Mann wusste gar nicht, wie sehr er Le Maire damit aus dem Herzen sprach. Er blickte sich kurz um und drückte dem Fragensteller dann rasch eine Speisekarte in die Hand. »Nehmen Sie die mit, dann werden Sie sehen, was ich meine!«

»Danke«, entgegnete Le Maire, in dessen Kopf es arbeitete. »Wieso besteht dein Chef darauf, ausgerechnet die minderwertige Ware von ›Nefrit‹ zu beziehen? Nur weil er selbst Niederländer ist?«

Bertrand nahm einen Schluck Leffe, wischte sich mit dem Handrücken über die verschwitzte Stirn und schaute Le Maire verschwörerisch in die Augen, bevor er erzählte, dass da »irgend etwas« nicht mir rechten Dingen zugehen könne und er das Gefühl habe, dass »irgendwie« Druck auf den Chef ausgeübt würde. »In regelmäßigen Abständen kommt so ein unangenehmer Typ, um mit dem Chef zu sprechen. Dabei sieht er sich immer im Lager und in der Küche um. Ich würde ihn dann natürlich jedes Mal am liebsten rausschmeißen, aber …«

»… du traust dich nicht«, zeigte Le Maire Verständnis. »Wie

sieht der Typ denn aus?«, setzte er mehr pro forma nach, weil er sich schon denken konnte, um wen es sich dabei handelte.

»Er ist groß, ein richtiger Hüne, hat eine Glatze und am Hals so ein auffälliges…«

»… Schlangentattoo!«, triumphierte Le Maire, der schon wieder ganz in seinem Element war und vergessen hatte, dass sein Besuch in Spa eigentlich rein privater Natur sein sollte.

»Sag mal, Lemmi, stellst du dir *so* einen gemütlichen Sonntag mit mir vor?«, ertönte da prompt eine wohlbekannte Stimme hinter ihm.

Er brauchte sich gar nicht erst umzudrehen, um zu wissen, was die Stunde geschlagen hatte. Trotzdem wagte er einen vorsichtigen Blick über seine Schulter und schaute direkt in Angelikas erbostes Gesicht. »Entschuldige bitte, mein Schatz. Ich komme sofort!«

»Das will ich wohl hoffen!«, schnaubte sie nur, bevor sie Le Maire mit dem sympathischen Chefkoch wieder allein ließ.

Entschuldigend hob er die Schulter und kam gleich wieder zur Sache: »Eigentlich bin ich ja privat hier … Na ja.« Er kramte in der Tasche und drückte dem Mann seine Visitenkarte in die Hand. »Falls was wäre … Und wenn dieser Typ wieder auftaucht, rufst du mich bitte *sofort* an! Verstanden? Wann, meinst du, könnte er hier wieder auftauchen?

Der Koch überlegte kurz. »Ich schätze nächste, spätestens übernächste Woche, erklärte er.

»Gut, danke!« Le Maire stand auf und verabschiedete sich – was er höchstselten tat – mit Handschlag.

»Ach, noch was«, rief er zurück, als er bereits auf dem Weg zur Terrasse war. »Wie heißt du eigentlich mit Nachnamen?«

»Bourel! Bertrand Bourel!«, rief ihm der 31-Jährige hinterher und winkte dem Kommissar erleichtert nach, weil er intuitiv spürte, dass er das Richtige getan hatte. Er war dem

Polizisten gegenüber ehrlich gewesen, auch wenn sein Chef dadurch möglicherweise Schwierigkeiten bekommen würde. Größer als die, in denen er bereits zu stecken schien, so war er sich sicher, konnten sie gar nicht sein. Er konnte zu diesem Zeitpunkt ja noch nicht ahnen, dass er sich mit seiner Offenheit selbst in große Gefahr gebracht hatte.

KAPITEL 15

»Merde!« Frederic Le Maire stand vor der verschlossenen Tür zur »Friterie du Derron« und fluchte, was das Zeug hielt. Es war Montagmorgen und er noch nicht ganz bei sich. Dennoch war er zu Lockis Erstaunen pünktlich um 8 Uhr im Kommissariat erschienen, und dies, obwohl er gestern Abend noch mit Angelika im »Haus am See« gewesen war und dabei – wie seine Sekretärin vermutete – sicher ein Gläschen zu viel getrunken hatte. Nachdem er im Büro ein paar Anweisungen gegeben und einige Telefonate geführt hatte, war er mit Miller zur Ecke Rue de Rex/Rue de la Violette gefahren, um endlich mit seinem Freund Ralf sprechen zu können. Aber das sollte ihm auch dieses Mal nicht gelingen. Das rechteckige Schild mit der Aufschrift »FERMÉ!«, sagte alles. – Wirklich alles?

»Zuerst kann ich Ralf über mehrere Tage hinweg nicht erreichen und nun schließt er seinen gut gehenden Laden mitten in der Touristensaison ab? Da stimmt doch etwas nicht! Oder sind wir zu früh hier?«, fasste Le Maire die Situation – auch in Erinnerung daran, in welcher Verfassung er Ralf das letzte Mal gesehen hatte – zusammen. Unruhig geworden, versuchte er einmal mehr Fritten-Ralf auf dessen Handy zu erreichen. »Merde!«, fluchte er nach einem Blick auf das bedrohlich schwarz wirkende Display seines Mobiltelefons. »Gib mir mal deins, meins ist …«

»… wieder einmal leer«, kombinierte Miller und streckte ihm grinsend sein Handy entgegen. Aber Le Maire ging nicht darauf ein, sondern wählte Ralfs Nummer, die er zwischenzeitlich nicht nur in seinem ständig leeren Handy, sondern auch in seinem derzeit vollen Kopf gespeichert hatte.

»Schon wieder diese verdammte Mailbox. Die Kriminaltechnik muss Ralfs Handy orten.«

»Meinen Sie, wir bekommen hierzu die nötige Genehmigung?«

»Von Staatsanwalt Delieux sicher nicht! Das muss Docteur Baguette für mich regeln«, knurrte Le Maire und wandte sich zum Gehen.

»Warten Sie, Chef!«, bremste Miller, während er mit beiden Händen am Kopf durch die heruntergelassenen Jalousien in die Räumlichkeiten hineinzuschauen versuchte. »Ist das nicht ein Frittenfettkübel, der dort auf dem Boden liegt? Und was ist das für ein Geschmiere an der Wand?«

»Ist er gelb?«

»Wer?«

»Na, wer schon?«, schimpfte Le Maire, dessen Haut merklich dünn geworden war. »Der Kübel!«

»Nein! Er ist weiß!«

»Das wundert mich nicht«, grummelte Le Maire.

»Dass er weiß ist?«

»Nein! Dass er *nicht gelb* ist! Das heißt, dass Ralf nach wie vor beste Qualität und nicht den in Kerkrade produzierten Mist verarbeitet«, versuchte Le Maire seinen Adjudanten aufzuklären.

Miller schien aber im Moment nichts zu verstehen. Scheinbar fehlte ihm die Erholung eines freien Wochenendes und er war daher an diesem Montagmorgen nicht in der Lage, sich ausreichend zu konzentrieren.

Als Le Maire nun selbst einen Blick ins Innere der Friterie riskierte, entdeckte er dort auf dem Boden ein zerknülltes Prospektblatt mit dem Logo der »Nefrit BVBA«. »Hier ist er also auch schon gewesen. Sicher hat er Ralf gedroht, bevor er …«

»Wer? Von wem sprechen Sie, Chef?«

»Überleg doch mal. Wen könnte ich wohl meinen?«

Nun schien es bei Miller gezündet zu haben. Er presste ein leises »Gerrit de Kleijn« hervor.

»Ja! Deshalb war Ralf kürzlich so durcheinander und meidet nun offenbar sogar seinen eigenen Laden. Klar, er hat Angst und fürchtet um sein Leben!«

»Was haben Sie jetzt vor, Chef?«, wollte Miller wissen, dem die Tragweite dieser Feststellung wohl bewusst war.

»Na, was denkst du?«, polterte Le Maire ungehalten zurück. »Ihn zur Fahndung ausschreiben!«

Miller verstand schon wieder nicht ganz. »Aber dieser Ralf Perron hat doch überhaupt nichts getan, weswegen wir ihn suchen müssten, oder?«

»Das mag schon sein. Wenn ich ihn aber auf dem herkömmlichen Weg als vermisst melde und suchen lasse, müssen wir die üblichen 48 Stunden abwarten, bevor überhaupt etwas geschieht. Außerdem würde da nicht genug Druck gemacht. Verdammt, das dauert mir einfach zu lange!«

»Vielleicht ist Gefahr in Verzug und wir sollten die Tür aufbrechen lassen?«, schlug Miller vor.

»*Vielleicht*? Merde! Ganz sicher!«

*

Le Maire hatte mit Engelszungen auf Docteur Baguette eingeredet, um nach Gerrit de Kleijn noch eine weitere Fahndung genehmigt zu bekommen. Außerdem wollte er Ralf Perrons Handy orten lassen. Dabei hatte er seinen Chef so angeschwindelt, dass sich die Balken in dessen Büro gebogen hatten. Aber er hatte nun einmal ein ungutes Gefühl in Bezug auf Ralfs Verbleib gehabt. Insbesondere, weil er auch dessen 32-jährigen Sohn Mathieu und keine einzige seiner vier Mitarbeiterinnen erreichen konnte. Selbst der in unmittelbarer Nähe der Friterie wohnende Spüler war wie vom Erdboden verschluckt.

Tags darauf hatte der hartnäckige Ermittler Ralfs leitende Mitarbeiterin doch noch aufgestöbert. Am Telefon hatte er von ihr erfahren, dass sie zusammen mit den anderen beschlossen hatte, den Laden vorübergehend zu schließen, weil der Chef über mehrere Tage hinweg unauffindbar gewesen und das Material langsam zur Neige gegangen war.

»Zu allem hin wurde auch noch bei uns eingebrochen! Was hätten wir denn anderes tun sollen, als zu schließen? Wir benötigen Zeit zum Aufräumen und Putzen. Zudem muss ich erst noch frisches Frittenfett und Fritten bestellen«, hatte Ralfs Assistentin sich gerechtfertigt und damit den Ermittler noch hellhöriger werden lassen, als er es ohnehin schon gewesen war. Die Einbrecher hatten offensichtlich nichts gestohlen, weswegen die Polizei nicht eingeschaltet worden war.

Nachdem er dies gehört hatte, wären Le Maire fast die Sicherungen durchgebrannt. Merde! Diese Idioten, fluchte er in sich hinein, behielt seine Gedanken aber für sich.

Im weiteren Verlauf des Gesprächs hatte er erfahren, warum kein Frittenfett mehr zur Verfügung stand; die Wände und der gesamte Boden der erdgeschossigen Friterie und des oberen Gastraums waren mit dem vorrätigen Fett beschmiert worden. »Alle Kübel waren leer und lagen offen im ganzen Laden herum! Das waren sicherlich jugendliche Randalierer. Diese Verrückten haben zu allem hin auch noch die Tür zum Kühlraum offen gelassen, weswegen der gesamte Frittenvorrat unbrauchbar geworden ist.«

»Und da hat niemand von euch die Polizei informiert?«, wunderte sich Le Maire.

Ralfs Stellvertreterin nickte beschämt. Als sie auch noch berichtete, dass die Visitenkarte einer Fritten- und Frittenfettfirma aus den Niederlanden mit einem Küchenmesser an der Wand fixiert worden war, gab es für Le Maire sowieso keinen Zweifel mehr, wer für diesen niederträchtigen Anschlag verantwortlich war. Seit dieser Information lief die Fahndung nach Ralf Perron auf Hochtouren. Da er Deutscher war und Le Maire ihn vor nicht allzu langer Zeit in Aachen getroffen hatte, war die Suche dorthin ausgeweitet worden. Und weil sein Verschwinden augenscheinlich mit den Frittenmorden zusammenhing, waren auch Eupen und La Calamine mit einbezogen worden. Ach, da war ja noch etwas: Ralf hatte gesagt, dass er Urlaub in den Bergen machen wollte. Aber in welchen Bergen? In Bayern, Garmisch-Partenkirchen vielleicht? Oder in der Schweiz? Möglicherweise auch in Tirol? »Merde! … Bis auf weiteres bleibt ihr alle zu Hause!«, gebot Le Maire Ralfs Assistentin zu deren Sicherheit, begründete dies aber anders: »Da dies ein Tatort ist, darf er so lange nicht mehr betreten werden, bis ich ihn wieder frei gegeben habe! … Klar?«

Die verängstigte junge Frau nickte.

»Nun können sich die dortigen Kollegen nicht mehr über mangelnde Einbindung in die Fälle beschweren«, grinste Le Maire angesichts der Tatsache, dass vom wallonischen Liège aus über das niederländische Kerkrade in das Gebiet der Deutschsprachigen Gemeinschaft Belgiens hinunter und sogar bis ins deutsche Aachen hinüber nun schon zwei Männer zur Fahndung ausgeschrieben waren.

⁂

Am nächsten Tag hatten sich die beiden wieder in der »Friterie du Perron« eingefunden, um persönlich mit Ralfs Stellvertreterin zu sprechen und sich nochmals umzusehen. Nach ausgiebiger Inaugenscheinnahme der Räumlichkeiten trug Le Maire seinem Assistenten auf, die SpuSi hierher zu bestellen.

»Welche?«

»*Unsere* selbstverständlich! Solche Dinge erledigen – wie in Eupen und in Aachen – die jeweiligen Spurensucher vor Ort. La Calamine war eine Ausnahme, weil es dort keine Kriminaltechnik gibt und Frau Dr. Laefers anlässlich des dortigen Frittenmordes ein wenig übereifrig ihre Aachener Kollegen informiert hat, anstatt sich ordnungsgemäß an die Eupener Kollegen zu wenden. Lediglich die Rechtsmedizinerin selbst ist mit allen Frittenmorden betraut! Egal, wo die stattgefunden haben.« Le Maire schluckte, bevor er ergänzte: »Oder noch stattfinden werden.«

»Alles klar, Chef!«

»Gut! In einem viel besuchten Frittenladen zwar die berühmte Nadel im Heuhaufen, sollen die Kollegen möglichst viele Fingerabdrücke nehmen. Vielleicht taugt ja einer für einen Abgleich mit einem alten Bekannten, der seine Abdrücke auch auf diesem Werbeflyer oder auf der Visitenkarte hier hinterlassen hat. Merde! Dummerweise steht darauf kein spezieller Name eines Repräsentanten der »Nefrit BVBA«, ärgerte sich der Kriminaler.

*

Es hatte keine weiteren drei Stunden gedauert, bis Fabienne Loquie mit unüberhörbarem Stolz in der Stimme in Richtung Le Maires Büro rief, dass Mathieu Perron, Ralfs Sohn, in Urlaub sei. Der Chefermittler hatte schon gewusst, warum er seine Sekretärin mit dieser Aufgabe betraut hatte. »Gute Arbeit, Locki! Konntest du auch erfahren, wo er ist und …«

So schnell hatte er gar nicht fertigsprechen können, wie er einen Hafen Kaffee vor sich stehen und Locki sich gegenübersitzen hatte. »Selbstverständlich! Mathieu Perron kommt in gut einer Woche, genau am 21. Juni, mit der Maschine …«

Le Maire hob eine Hand. »Stopp, Locki! Zu viel Information! Nur das Wesentliche, bitte.«

Aber die quirlige Frau ließ sich – wenn sie Frederic schon mal für sich allein und einen Informationsvorsprung hatte – nicht ausbremsen und erzählte munter weiter: »Ich weiß sogar, dass er sich im türkischen Badeort Kusadasi befindet und mit seiner Freundin Adèle im dortigen Viersterne-Hotel »Atatürk« logiert ... Zimmer 248, mit einem Wahnsinnsblick aufs Meer!«

»*Locki?*« Le Maires Tonfall mahnte bei aller Schwärmerei seiner Sekretärin abermals zu mehr Sachlichkeit.

»Schon gut, Chef! Aber meinen Recherchen zufolge ein sehr schönes Hotel!«

Fabienne Loquie strahlte, Le Maire verdrehte die Augen.

»Um Gottes willen: Haben die Leute nichts dazugelernt? Fliegen die trotz der schlimmen Vorfälle immer noch in die Türkei in Urlaub, um sich vom dortigen Staatspräsidenten einsperren oder von radikalen Islamisten in die Luft sprengen zu lassen? Haben die denn keine Angst vor der Willkür des türkischen Staates oder vor einem Anschlag des Islamischen Staates?«, wunderte sich Le Maire – dessen Sympathie in Bezug auf die Türkei allenfalls noch den unterdrückten Kurden gehörte – über die aus seiner Sicht lebensgefährliche Unbekümmertheit der jungen Leute. Ihm steckte immer noch in den Knochen, was die IS nicht nur in arabischen Ländern, sondern auch in nächster Nähe, direkt hier in Belgien und in Paris verbrochen hatte. Von den vielen anderen menschenverachtenden Anschlägen wie beispielsweise in Berlin, in anderen Teilen der westlichen Welt und von den Geschehnissen in der Silvesternacht 2015/16 in Köln einmal abgesehen. Gut, was in Köln geschehen war, konnte er nicht unbedingt der von ihm verhassten IS oder gar den Muslimen im Allgemeinen in die Schuhe schieben. Aber es waren eben auch dunkelhäutige, muslimische Immigranten und sogar von Herzen aufgenommene Flüchtlinge unter den zügellos gewordenen Männern gewesen, die sich für die Hilfe der Deutschen dadurch bedankt hatten, indem sie unschuldige Frauen und Mädchen sexuell genötigt und sogar vergewaltigt hatten – von den Diebstahlsdelikten ganz zu Schweigen.

»Ich jedenfalls werde die Türkei nicht mehr betreten, so lange dieser Emporkömmling an der Regierung ist, … so billig die Hotelbetten auch sein mögen!«, schimpfte er. »Denn die vom Tourismus abhängigen Türken klagen zwar über das Ausbleiben der Gäste und ihre deswegen schwierige Situation, stehen aber zu ihrem machtbesessenen Staatspräsidenten, der die freie Meinungsäußerung sogar im Ausland knechtet und einen Journalisten nach dem anderen einsperren lässt.«

Obwohl Le Maires Emotionen angesichts solcher Geschehnisse hochkochten, tat dies jetzt ebenfalls nichts zur Sache, ebenso wie seine Meinung, dass nicht pauschal darüber geurteilt werden dürfe. Damit hatten sich schließlich seine Kollegen vom Zoll und vom Staatsschutz zu befassen. Deswegen besann er sich gleich wieder auf *seine* Fälle.

Bevor Locki noch mehr marginale Informationen auf den Tisch legen konnte, fragte er sie, ob der Sohn von Fritten-Ralf irgendwie zu erreichen sei.

Die kleine Frau lächelte triumphierend, zog sich an der Stuhllehne hoch und schob ihrem Chef einen Zettel so weit über den Tisch, dass er ihr ungewollt in den Ausschnitt blicken musste. »Ich sagte doch bereits schon: Hotel »Atatürk«, Zimmer 248! Und das ist die Durchwahlnummer. Sein Handy hat er offensichtlich ausgeschaltet, um selbst abschalten zu können.«

Wie sein Vater, dachte Le Maire. Aufgrund der Rechercheergebnisse der KTU vermutete er, dass Ralf – sollte er überhaupt noch leben – seine SIM-Karte vernichtet hatte, um nicht auffindbar zu sein. Jedenfalls hoffte er dies inständig, obwohl er aufgrund der Vorgehensweise des Mörders nicht mehr so richtig daran glauben mochte. Er lächelte gequält und dankte Locki für ihre hervorragende Arbeit. »Sehr gut! Dann kann ich Mathieu Perron ja anrufen, wenn ich es für nötig erachte. Danke!«

Er musste nachdenken. Und dazu wollte er jetzt allein sein.

Locki, die sich selbst eine Tasse heiße Schokolade mitgebracht hatte, machte jedoch keine Anstalten, das Büro ihres Chefs so bald zu verlassen. »Die Frau Doktor hat eine Mail geschickt und gleich darauf hin auch noch angerufen«, erwähnte sie nun wie beiläufig.

Dass sie das »Frau Doktor« dabei spitz betonte, überhörte Frederic geflissentlich und gebot ihr, weiterzureden: »Sie ließ ausrichten, dass die KTU die von Bribanté mitgebrachten Frittenfettproben untersucht habe. Einen Moment!« Sie eilte aus dem Büro, um nur Sekunden später mit ein paar Blättern Papier zurückzukehren. »Also: Eine der beiden Proben weist teures Palmfett als Hauptbestandteil auf, das zwar mit Teilen von Rapsöl gestreckt wurde, dafür aber außergewöhnliche Würz-Ingredienzen beinhaltet, was auf eine sehr gute Qualität hindeutet – zumindest aus niederländischer Sicht. Die Probe aus dem ›Fettfass‹ allerdings besteht zu 64,6 % aus billigstem osteuropäischen Rinderfett, das in Belgien als Abfallprodukt gilt, das von gesammelten Bratensoßen großer Fast-Food-Konzerne abgeschöpft und an Frittenfetthersteller wie die ›Nefrit BVBA‹ weiterverkauft wird.«

»Solch ein minderwertiges Rinderfett ist für originale belgische Fritten ein absolutes no-go!«, mischte sich Miller ein, der soeben das Büro betreten und Lockis letzten Satz mitbekommen hatte. Obwohl er dadurch das Wohlwollen seines Chefs auf sich gezogen hatte, ging der nicht darauf ein. Stattdessen wollte Le Maire von Locki wissen, was es mit den anderen 35,4% auf sich habe.

Die sah nur kurz auf das erste der insgesamt vier Blätter und streckte sie ihrem Chef auffordernd entgegen.

»Wusste ich's doch!«, triumphierte Le Maire, nachdem auch er einen kurzen Blick auf das Papier geworfen hatte. »Wir sind auf der richtigen Spur!«

»Das sollten Sie der Frau Doktor schnellstens mitteilen«, forderte Fabienne Loquie ihren Chef fast ein bisschen zu keck auf.

»Wie meinst du das?«, wunderte er sich über ihren Vorschlag.

»Na ja, Ihr Handy …«

Le Maire klatschte sich mit der flachen Hand an die Stirn. »Merde!«

»Da ist noch etwas, Chef.«

»Ja?«, knurrte er missmutig zurück, weil er wusste, was nun schon wieder auf ihn zukommen würde.

Locki rutschte unruhig auf ihrem Stuhl herum. »Soquett hat während seiner Mittagspause angerufen und mir mitgeteilt, dass er nicht nur den Nachnamen seines Vorgängers im Personalbüro der Frittenfirma herausbekommen hat, sondern inzwischen auch weiß, wo Philipp *van den Winkeln* wohnt. Ich habe inzwischen bei den anderen Mietern seines Hauses ein wenig recherchiert und erfahren, dass er dort wohl allein lebt und nie Besuch bekommt. Keine Familie, keine Verwandten, keine Freunde! Offensichtlich ein eingefleischter Junggeselle, der mit uns Frauen nichts am Hut hat! … Möglicherweise ist er homosexuell, aber das konnte mir niemand bestätigen.«

»Gut, Locki. Bleib an ihm dran und versuch zu ergründen, wo dieser Eigenbrötler abgeblieben sein könnte!«

»Tut mir leid, aber das war immer noch nicht alles!«, verkündete Locki in ungewohnt selbstsicherem Ton. Sie wusste, dass – bis auf Frederics leeres Handy – an diesem Tag alles, aber auch wirklich alles perfekt lief, weil die Infos nur so hereinprasselten.

Le Maire lehnte sich resigniert zurück und begann, sich eine Zigarette zu drehen. »Ich höre …«

»Lassarde kommt in etwa …« Sie schaute kurz auf ihre kanarienvogelgelbe Icewatch, die perfekt zu ihrer ähnlich gelben Seidenbluse, dem schwarzen Röckchen und den ebenfalls schwarzen Pumps passte, bevor sie fortfuhr: »Er kommt um circa 15 Uhr mit Keita Seydou ins Kommissariat. So, das war's jetzt aber!«

Zum Dank für sein ausgiebiges Lob ließ ihn die Sekretärin nun endlich allein.

»Besser kann es wohl nicht laufen«, murmelte er, bevor nach draußen ging, um die soeben gedrehte Zigarette zu rauchen. »Wenn da nur nicht mein leeres Handy wäre.«

⁂

Le Maire hatte die Mitte des Nachmittags kaum erwarten können. Unruhig lief er auf dem Raucherbalkon des Kommissariats auf und ab. Dabei musste er sich von einem jungen Kollegen aus einer anderen Abteilung erzählen lassen, wie dieser »ganz allein« eine Nutte vernommen und sie, seinen in falschem Stolz schwelgenden Worten zufolge, »in die Knie gezwungen« hatte. Da die Ungeduld an ihm nagte, hatte Le Maire nicht auch noch die Nerven, diesem profilneurotischen Jungspund der Sitte weiter zuzuhören. Außerdem mochte er es nicht, wenn Frauen vonseiten der Polizei diskriminiert wurden, nur weil sie einem anrüchigen Job nachgingen. Also bremste er ihn aus, indem er – natürlich erst, nachdem er die Zigarette ausgedrückt hatte – vor ihn hin trat und ihm sagte, dass ein männlicher Beamter *niemals* eine Frau allein zu vernehmen und schon gar nicht »in die Knie zu zwingen«

habe. Der eingeschüchterte Sittenwächter nickte nur und verfiel einen Moment lang dem Irrglauben, von Le Maire gelobt zu werden, als ihm dieser väterlich die gerötete Wange tätschelte und verschwörerisch zuraunte: »Offensichtlich bist du ein toller Hecht, junger Freund! Aber hast du überhaupt schon mal eine Nutte gevögelt?«

Dem jungen Kollegen schoss schlagartig das Blut in den Kopf. Da er nicht wusste, was der im ganzen Kommissariat als »Superbulle« bekannte Kriminalhauptkommissar mit dieser Frage bezwecken wollte, zog er es vor, jetzt lieber nicht zu prahlen. Also schüttelte er verlegen den Kopf.

»Na, siehst du! Das habe ich mir gedacht. Denn zum Vögeln braucht man Eier. Und die hast du nicht. Jetzt sieh zu, dass du verschwindest, du hast noch viel zu lernen! Am besten, du fängst mit deinem Vokabular an: Frauen aus diesem Gewerbe bezeichnet man in unserem Sprachgebrauch nämlich nicht als Nutten, sondern als …«

»Prostituierte«, schoss es schuldbewusst aus dem jungen Mann heraus.

»Richtig. Merk dir das lieber!«

Le Maire hatte zwar eine raue Schale, aber einen weichen Kern – zumindest, wenn es um sozial benachteiligte Mitmenschen ging. Und Polizeiwillkür hasste er – wie übrigens auch Korruption – sowieso von Grund auf. Deswegen konnte er es manchmal nicht lassen, Partei für die Untersten der Ständepyramide zu ergreifen und sich dafür sogar gegen die eigenen Leute zu stellen.

»Ich dachte mir, dass Sie hier sind, Chef.« Die vertraute Stimme hinter ihm gehörte Fabienne Loquie. Da der Akku seines Handys noch nicht ganz aufgeladen war, hatte sie ihn gesucht, um ihn darüber zu informieren, dass Lassarde mit dem Somalier im Vernehmungszimmer auf ihn wartete.

»Was? … Ach, ja!«, konnte Le Maire seine Gedanken nur mühsam auf das richten, was seine Sekretärin soeben gesagt hatte. »Na, dann lass uns mal gehen!«

Ihr säuselndes »Ja-haa! Der Kaffee steht schon da-haa!« katapultierte Le Maire allerdings schlagartig in die Realität zurück.

»Merde!«

✳

Der Chefermittler und sein Stellvertreter hatten Keita Seydou nunmehr geschlagene zwei Stunden lang gemeinsam – und wenn Le Maire zum Rauchen nach draußen oder Miller auf die Toilette gegangen war, auch einzeln – befragt und nach allen Regeln der psychologischen Verhörkunst auseinandergenommen. Dabei hatten sie ihn ganz schön ins Schwitzen gebracht, in seine Einzelteile hatten sie ihn aber nicht zerlegen können. Und da die meiste Zeit Docteur Baguette hinter der verspiegelten Fensterscheibe gestanden und interessiert mitgehört hatte, waren nicht nur dem Delinquenten die Hände gebunden gewesen. Le Maire war schlichtweg nichts anderes übrig geblieben, als den Somalier mit Samthandschuhen anzufassen. Merde, hatte er mehrmals in sich hineingeflucht und den Mann sogar gesiezt, obwohl er ihn am liebsten am Kragen gepackt und ordentlich durchgeschüttelt hätte.

Plötzlich betrat Locki in Begleitung eines uniformierten Kollegen den Raum und tuschelte ihrem Chef ins Ohr, dass Docteur Baguette »leider« zu einem Außentermin müsse und an diesem Tag wohl nicht mehr zurückkommen würde.

Diesmal entfuhr Le Maire kein »Merde«, nachdem er dies gehört hatte. Stattdessen begannen sich seine Gesichtszüge zu entspannen, sie lockerten sich sogar so weit, dass sie ein breites Grinsen zuließen. »Ach ja?«, entgegnete er zynisch, ohne Locki anzuschauen. Denn sein Blick hatte sich schlagartig in Keita Seydous Augen festgebissen. »*Das* ist ja äußerst interessant! Miller, kommst du?«

Gemeinsam verließen sie das Zimmer und einen zutiefst verunsicherten Gesetzesbrecher, der sich darüber wunderte, warum ihm plötzlich die Hände mit Handschellen auf dem Rücken fixiert wurden.

»Danke, Locki, das hast du gut gemacht! Jetzt packen wir ihn!«, lobte draußen Le Maire seine Sekretärin und gab dann seinem Kollegen die neue Marschrichtung für das weitere Verhör des Somaliers vor.

Aus taktischen Gründen hatten sie ihn eine halbe Stunde allein im Vernehmungszimmer schmoren lassen und ihn währenddessen vom Nebenraum aus beobachtet. Le Maire stellte fest, dass der Mann zwar eine harte Nuss war, aber dennoch ein hohes Maß an Nervosität erkennen ließ. Dies war allein schon am Schweiß zu erkennen, der ihm unablässig über das Gesicht rann. Die offensichtliche Unsicherheit des Somaliers motivierte die beiden Beamten, trotz der brütenden Hitze im Vernehmungsraum weiterzumachen.

»Komm, Miller, jetzt ist der richtige Zeitpunkt, um unsere Trümpfe auszuspielen!«

Nachdem sie zu Keita Seydous Zermürbung zunächst in aller Ruhe die gleichen harmlosen Fragen wie zu Beginn des Verhörs gestellt hatten, knallte Le Maire nun urplötzlich die in einem Plastikbeutel steckenden Asbesthandschuhe auf den Tisch. »So, mein Freund, jetzt reicht es mir aber langsam. Weshalb hast du *diese* Handschuhe aus dem Rüstwagen der Freiwilligen Feuerwehr La Calamine gestohlen? Denn *dass* du sie gestohlen hast, steht für uns außer Frage. Wir wissen, wer sie wofür benutzt hat. Also keine Spielchen mehr!«

Da der Somalier nicht ahnen konnte, dass es sich dabei um das andere Paar handelte, wurde er sichtlich unruhig. Trotzdem schwieg er weiterhin beharrlich. Zeit für den Chefermittler, seine Tonlage zu verschärfen: »Also gut, dann zäumen wir das Pferd eben von hinten auf! Wir haben einen Zeugen, der bestätigen kann, dich am dritten Juni des Jahres gegen halb sieben im ›Roten Teufel‹ in Kerkrade gesehen zu haben. Na? Macht es jetzt vielleicht klick?«

Damit hatte sein Gegenüber ganz offensichtlich nicht gerechnet. Seine Augen huschten hektisch zwischen den beiden Ermittlern hin und her. Le Maire setzte erbarmungslos nach: »Der absolut glaubwürdige Zeuge kann sogar bestätigen, dass du dich heftig mit einem anderen Mann gestritten hast! Soll ich ihn dir beschreiben? Ach was, das wäre ja viel zu umständlich. Da wir sowieso längst wissen, um wen es sich bei dem Typen handelt, nenne ich ihn doch lieber gleich beim Namen!«

Le Maire und Miller merkten, wie die Augen des Somaliers regelrecht zu tanzen begannen. Fast wurde einem schwindelig, wenn man ihnen dabei zusah.

»Möchtest du es aussprechen oder soll ich? G…« Le Maire ließ diesen einen Buchstaben lang gezogen ein Weilchen im Raum stehen. Dabei schaute er dem Somalier wieder tief in die Augen, bevor er das G um zwei weitere Laute ergänzte: »Ger… Na, möchtest du weitermachen?«

Da Keita Seydou nun sogar begonnen hatte, stoßweise zu atmen, beendete Le Maire sein theatralisches Spielchen. »Gerrit de Kleijn!«, hallte es durch den spärlich möblierten Raum. »Der Mann, mit dem du dich im ›Roten Teufel‹ gestritten hast, heißt G-e-r-r-i-t … d-e … K-l-e-i-j-n !«

Le Maire wartete, welche Wirkung seine Worte bei dem Somalier schlussendlich erzielen würden. Doch der presste demonstrativ die Lippen aufeinander.

Der Kommissar seufzte auf. »Hör zu, wenn du uns jetzt alles detailgenau erzählst, verspreche ich dir, mich vor Gericht für dich einzusetzen. Sicher springen dann mildernde Umstände heraus. Überleg's dir – aber nicht zu lange! Nicht, dass wir am Ende noch *dir* die Frittenmorde anlasten müssen!«

Das hatte gesessen. Le Maire grinste selbstzufrieden in sich hinein.

»Da mir meine Sekretärin vorhin gesagt hat, dass der tätowierte Gorilla zwischenzeitlich ebenfalls hier im Kommissariat eingetroffen ist, können wir uns ja gleich *gemeinsam* über die Sache unterhalten! Zuvor aber würde mich aus *deinem* Mund interessieren, was du damit gemeint hast, als du im ›Roten Teufel‹ zu Gerrit gesagt hast ›Ich habe meine Schuld bei dir beglichen, jetzt bist du dran!‹.«

Keita Seydou schluckte schwer und nickte dann, den Blick starr auf die Tischplatte gerichtet. »Also gut!«

»Na, siehst du? War doch gar nicht so schlimm!«, sagte Le Maire, um äußerliche Gelassenheit bemüht. Halleluja!, frohlockte er innerlich und führte einen gedanklichen Freudentanz auf. Um den ersten kleinen Vortriumph zu festigen, weitete er seinen Bluff von vorhin aus und gebot einem der Uniformierten, doch bitte zum Haftrichter Loquie hochzugehen und ihm zu sagen, dass Gerrit de Kleijn hier in Liège in Untersuchungshaft bleiben könne und nicht nach Brüssel überführt werden müsse, weil er ihn noch heute vernehmen wolle. Dabei blinzelte er dem Wachmann zu, winkte ihn zu sich her und tuschelte ihm auf Französisch ins Ohr, dass es sich lediglich um eine Finte handele, weswegen er sich Zeit lassen und von Mademoiselle Loquie eine Tasse Kaffee oder einen Tee bereiten lassen solle.

Da Le Maire sein Verhör mit Seida Keytou auf Flämisch geführt hatte, hatte der Wachmann vom Inhalt des Gesprochenen nicht viel mitbekommen.

»Was zu trinken?«, fragte nun Miller und schob dem Somalier ein auf einem Tablett stehendes »Spa« hin. Nachdem der Mann den Inhalt der kleinen Flasche in einem Zug geleert hatte, fühlte er sich bereit, sein Gewissen zu erleichtern und endlich reinen Tisch zu machen.

Da der erfahrene Chefermittler genau wusste, wie sich seine weichgeklopften Opfer stets zu verhalten pflegten, wenn sie sich erst einmal dazu entschlossen hatten, zu singen, konnte er sich nun entspannt zurücklehnen. Mehr noch: Aus psychologischen Gründen *musste* er jetzt sogar die Zeit für sich arbeiten lassen, damit sein Gegenüber sich mental auf die Kapitulation und auf die wahrheitsgemäße Beantwortung seiner Fragen einrichten konnte. Eine immer wieder zutreffende Regel, die er vom deutschen Polizeipsychologen Adolf Gallwitz bei einem dieser neumodischen internationalen Polizistenaustausche in der rheinland-pfälzischen Polizeischule Hahn gelernt hatte.

Le Maire bemaß die nötige Auszeit – wie konnte es anders sein – in einer Zigarettenlänge.

»Läuft das Aufnahmegerät, Miller? Gut: Dann kann's ja losgehen.«

Die Taktik des Ermittlers hatte zum Ziel gehabt, den Somalier glauben zu lassen, dass Gerrit de Kleijn genau wie er im Kommissariat weilte. Er musste somit davon ausgehen, dass man hier bereits wusste, wo sein Kumpan wohnte und ihn so hatte dingfest machen können. Also – so dachte Le Maire zumindest – würde der Somalier den Wohnort de Kleijns beim Geständnis ganz sicher bereitwillig zu Protokoll geben. Denn er musste nun ja nicht mehr das Gefühl haben, Gerrit de Kleijn in diesem Punkt zu verpfeifen.

Da der heftig schwitzende Mann sich nun endgültig dazu entschlossen hatte, klar Schiff zu machen, erzählte er alles über seine illegale Einreise in die Niederlande, bei der ihm zunächst

Gerrit mit gefälschten Papieren geholfen hatte, bevor er ihn in die Personalabteilung der Firma »Nefrit BVBA« gebracht hatte. »Als Ausgleich dafür habe ich Gerrit die Handschuhe besorgt – gleichsam als Schuld, die ich ihm gegenüber zu begleichen hatte. Das war alles!«, beteuerte er und Le Maire glaubte ihm. Entgegen seiner ersten Annahme schien der Mann von sich aus keinerlei kriminelle Energie zu besitzen.

Schon damals habe de Kleijn als Schlepper gearbeitet, packte Seydou weiter aus, und habe Illegale gegen hohe Provisionen über den florierenden niederländischen Schwarzmarkt in Firmen wie dieser verdammten Frittenfabrik in Kerkrade untergebracht. Dort habe Seydou fast ein Jahr illegal gearbeitet, bis zu jenem Zeitpunkt, als ihm auf Weihnachten hin vor einem Jahr gegen eine kleine Gefälligkeit von jemandem aus der Chefetage der »Nefrit BVBA« belgische Papiere versprochen worden seien. »... und um diese ›Gefälligkeit‹ einzutreiben, haben sie mir Gerrit an den Hals geschickt!« Warum ausgerechnet belgische und keine niederländischen Papiere, habe ihn damals zwar gewundert, aber nicht allzu sehr interessiert. Wahrscheinlich, um auffallende Spuren im eigenen Land zu verwischen. Ihm sei nur wichtig gewesen, nach außen hin legal im Dreiländereck leben, dort arbeiten und eine Familie gründen zu können, was aber bis heute nicht geklappt habe. Deswegen habe er diesbezüglich ebenso wenig nachgefragt, wie er habe wissen wollen, *was* für eine Gefälligkeit im Gegenzug von ihm erwartet wurde. Da ihm die Sache allerdings immer mulmiger geworden sei und er zunehmend Angst davor gehabt habe, was er für eine Gegenleistung erbringen müsse, habe er – schon wenige Tage nachdem er die neuen Papiere in Händen gehalten hatte – die Gelegenheit genutzt, nach Ostbelgien, ins Gebiet der Deutschsprachigen Gemeinschaft zu fliehen. Dann – so der Somalier weiter – habe er zufällig die dortige Tageszeitung, ein gewisses »Grenz Echo«, in die Finger bekommen. Darin habe er ebenso rein zufällig ein Inserat in allen drei Sprachen entdeckt, die hier gesprochen wurden. Im Inserat sei von einer »Metallfirma Schwärzler« im ostbelgischen Hauset ab sofort ein LKW-Fahrer gesucht worden. Mit einem belgischen Pass, einem gut verständlichen Niederländisch, ein wenig Französisch- und Deutschkenntnissen habe er den Job denn auch auf Anhieb bekommen. Nicht zuletzt auch, weil er aus dem Erbe der Kolonialzeit seines Landes heraus auch noch Englisch und sogar ein wenig Italienisch sprach. Da sich der Radius der Kunden, die er im Auftrag seiner Firma beliefern müsse, teilweise bis nach Großbritannien zog, sei dies bei seinem neuen Chef willkommen gewesen. So habe er die einmal wöchentlich feste Tour über Calais nach Dover bekommen, wo seine Ware mitsamt des LKWs vom Kunden übernommen worden sei.

Obwohl Le Maire nun stutzig wurde, ließ er den Somalier weiterreden. Der erzählte, dass ihm über die Firma auch gleich eine Wohnung besorgt worden sei. »Isch konnten mein Glück nicht fassen«, sagte er und wischte sich verstohlen über die feucht gewordenen Augen. Um sich für all dies dankbar zu zeigen, wollte er gemeinnützig tätig sein und sich in die Allgemeinheit einbringen, weswegen er dann der Freiwilligen Feuerwehr La Calamine beigetreten sei.

»… wo du dann ebenfalls als Einsatzfahrer und als Maschinist tätig geworden bist«, beendete Le Maire diesen Teil der Vernehmung und winkte seinem Adjudanten, ihn zum Raucherbalkon zu begleiten.

»Was für Waren transportiert und lieferst du aus?«, wollte Le Maire nach der Zigarettenpause von Keita Seydou wissen.

Der gab an, seinen LKW stets verladen und verplombt zu übernehmen und nie selbst zu entladen, weil dies stets die Empfänger in Dover erledigen würden, während er selbst von einem Mitarbeiter ins Hotel gefahren wurde, wo stets ein Kuvert mit Geld unter der Bettdecke auf ihn wartete.

»*Wie* viel? 400 Euro?«, fragte Le Maire ungläubig nach und war schon wieder stutzig geworden. »Aber meine Frage hast du nur halb beantwortet: Was stand in den Frachtpapieren?«

»Geheime« Metall- und Maschinenbauteile seien es bisher immer gewesen, die den Weg von Raeren nach Dover genommmen hätten, gab der Somalier daraufhin an, weswegen er als Fahrer zu absoluter Verschwiegenheit verdonnert worden sei.

»Und wie ist das mit der Familienplanung?«, hakte Le Maire nach, da er im Zuge seiner Ermittlungen etwas von einer blonden Freundin in Erfahrung gebracht hatte.

Das sei lange her, kam die lapidare Antwort, und Brigitte sei mit einem anderen Mann wohl irgendwo an die Küste hoch verzogen.

Le Maire beließ es fürs Erste dabei. Stattdessen wollte nun wohl Miller seine eher mageren Kenntnisse der niederländischen Sprache testen, indem er beherzt fragte: »Wat gebeurde daarna?«

»Lass es gut sein«, schmunzelte Le Maire. »Ich glaube, es ist besser, wenn ich dir weiterhin die wichtigsten Aussagen übersetze.«

»Also, ich verstehe schon recht gut!«, empörte sich Miller und zupfte seine Fliege zurecht. »Nur mit dem Sprechen hapert es ein bisschen«, räumte er ein.

»Natürlich«, entgegnete Le Maire in verständnisvollem Ton. Um einen ernsten Gesichtsausdruck bemüht, wandte er sich wieder dem Somalier zu. »Beantworte doch bitte die Frage meines Kollegen!« Le Maire grinste zufrieden und wiederholte Millers Frage in korrektem Niederländisch: »Wat is er vervolgens gebeurd?«

Der Somalier ließ seiner Antwort einen tiefen Stoßseufzer vorausgehen. »Isch selber schuld! Vor ein paar Wochen hat misch dieser Scheißkerl aufgspüren, als isch eine Tour mit meinem LKW nach Landgraaf haben.«

»Sie sprechen von de Kleijn, oder?«, wollte Miller sich vergewissern.

Keita Seydou nickte.

»Zwischen deinen großen Touren nach Großbritannien machst also auch noch kleinere Fahrten?«, zog Le Maire die richtigen Schlüsse.

Der Somalier nickte wieder. »Aber immer seltener!«

»Wie laufen die ab?«

Keita Seydou erzählte, dass er diese Fahrten weniger gerne mochte, weil er dabei schwere Eisenteile transportierte, die er selbst abladen musste. Und da es wegen der kurzen Strecken auch keine Hotelübernachtungen gab, bekäme er dementsprechend keinen Bonus, als was er die Kuverts unter der Bettdecke offensichtlich betrachtete. Sein Grundgehalt sei ohne diese Zusatzzahlungen recht niedrig.

Le Maire überlegte kurz, bevor er sagte: »Zurück zu Gerrit de Kleijn.«

»Ja, sischer! Isch Vollidiot denken, wenn isch schon mal in die Nähe bin, kann isch ja kurz in meine alte Stammlokal schauen, was isch dann auch getan haben. Es war sehr nett und in misch kamen so etwas wie Heimatgefühle auf. Isch haben misch mit Rotzki, dem Wirt von die ›Rote Teufel‹ und ein paar …«

»Jaja, schon gut! Weiter!«, drängte der Ermittler.

»Isch haben misch gerade mit ein paar alte Freunden unterhalten, als …«

»… Gerrit de Kleijn das Lokal betrat«, mutmaßte Le Maire ungeduldig, sollte sich aber täuschen.

»Nein! Den haben isch an diesem Tag überhaupt nischt gesehen«, winkte Seydou ab und erzählte weiter: »Da isch meine Lastwagen direkt vor dem Lokal abgestellt haben, konnte jeder die Firmenbeschriftung auf die beide Seiten und hinten lesen.«

»Was hat das mit Gerrit de Kleijn zu tun?«, unterbrach Le Maire.

Der Somalier lachte bitter rauf. »Na, was wohl? Dadurch ist Gerrit auf meine Arbeitsplatz aufmerksam geworden und konnte misch leicht ausfindig machen.«

»Dein Wirt Piet Derliggen hat dich also an ihn verpfiffen?«, kombinierte Le Maire.

»Ja! Rotzki ist eine verdammte Schwein!«, stieß der Somalier aus und ballte dabei drohend die Fäuste hinter seinem Rücken. »Wenn isch den zwischen die Finger bekomme …«

»Beruhige dich, und erzähl weiter!«

Das wutverzerrte Gesicht des Mannes ließ erahnen, was gerade in ihm vorging und es kostete ihn einige Mühe sachlich weiterzuerzählen. »Isch waren damals schon bei der Freiwilligen Feuerwehr La Calamine und bin an eine Montagabend nach eine Übung so gegen einundswansisch Uhr nach Hause fahren. Kaum haben isch die Schlüssel in die Haustür stecken, drängen misch jemand von hinten in die Flur. Was soll isch sagen? Es war Gerrit, der misch mit eine Pistole bedrohen und misch zwingen, mit ihm in meine Wohnung gehen. Verdammt, diese Schwein hat misch dann in meine eigene Wohnung brutal zusammengeschlagen! Da isch selbst auch nicht gerade der Schwächste bin, habe isch misch zwar nach Kräften wehren, am Ende aber nichts Wesentlisches gegen ihn ausrichten können. Sogar die Notarzt muss kommen. Erstversorgung, Klinik, Künstlische Koma … Die ganze Programm eben! Verd…«

»Stopp!«, bremste Le Maire den sich in Rage redenden Somalier, den er recht gut verstand. »Wir sind hier zusammengekommen, um zu ermitteln, wer verantwortlich für die Frittenmorde ist! Also: Wie ist es dann weitergegangen?«

»Das können Sie sisch doch denken – oder etwa nischt?«, kam es verächtlich zurück, weil Keita Seydou wusste, dass er sowieso nichts mehr zu verlieren hatte.

»Nein, kann ich *nischt*!«, entspannte der psychologisch geschulte Ermittler die sich langsam, aber stetig zuspitzende Situation mit einem Lächeln auf den Lippen und gebot dem Mann, weiterzusprechen.

»Was soll dann schon passiert sein? Er hat misch – als isch fast bewusstlos auf die Boden gelegen bin – daran erinnern, dass isch noch etwas für ihn tun muss, wenn isch nischt … Dabei hat er mit seinem Pistole vor meine Gesischt herumgefuchtelt und abschließend sagen, dass er zu misch wiederkommen. Dann hat er misch noch eine verpassen, die Notarzt angerufen und bei die Suche nach meinem Pass die Wohnung wüst machen!«

»Und als du wieder aus der Klinik entlassen warst, *hat* er sich bei dir gemeldet! Stimmt's?«

Der Somalier nickte. »Ja! Er hat misch sogar in die Klinik besuchen, misch selbst dort noch gequält, indem er die in meine Armbeuge steckende Kanüle umgebogen haben. Er hat misch in die ›Rote Teufel‹ bestellen, sowie isch aus die Klinik entlassen bin. ›Trau disch aber nischt, ohne die Asbesthandschuhe aufzukreuzen!‹, hat er drohen.«

»Und du hast getan, was er wollte.«

»Natürlisch«, presste Seydou zwischen den Zähnen hervor. »Was haben isch denn für eine Wahl?«.

»Weißt du überhaupt, was mit diesen Handschuhen angestellt wurde?«

Der Somalier nickte stumm. »Isch kann es misch denken. Isch haben das ›Grenz-Echo‹ gelesen und zwei und zwei zusammenzählen! – Es tut misch leid, das wollen isch nischt!«

»Für Reue dürfte es jetzt zu spät sein. Du bist an drei Morden beteiligt! Hoffen wir, dass keine weiteren dazukommen!«

Le Maire war sichtlich zufrieden. Er hatte, was er wollte: Keita Seydous Geständnis! Nun musste er nur noch in Erfahrung bringen, wo Gerrit de Kleijn wohnte. »Alles klar! Das war dann das Treffen zwischen euch, wo euch unser Informant im ›Roten Teufel‹ gesehen und ein wenig mitgehört hat, oder?«

Keita Seydou bestätigte, dass er die Asbesthandschuhe schon den Montag *vor* diesem Treffen besorgt und de Kleijn übergeben hatte. Bei dem bewussten Treffen, dessen Zeuge die Polizei geworden war, wollte er von Gerrit de Kleijn lediglich seinen Ausweis zurück, den er ihm in seiner Wohnung abgenommen hatte.«

»Den hat er dir ja offensichtlich zurückgegeben!«

»Ja! Aber erst zirka 8 Tage später. Und dies auch nur in die Verbindung mit die Drohung, dass er meine Illegalität jederzeit kann auffliegen lassen, was soviel heißen, dass isch ihm wohl irgendwann wieder eine Gefallen werden tun müssen.«

Obwohl Le Maire mit dem Ausgang der Vernehmung mehr als zufrieden sein konnte, schloss er sie mit einem leidenschaftlichen »Merde!« ab. Denn er wusste immer noch nicht, wo Gerrit de Kleijn wohnte und wo er ihn finden konnte. Die fieberhafte Fahndung nach ihm hatte jedenfalls noch rein gar nichts ergeben. Der Gesuchte war ebenso wie Philipp van den Winkeln und Fritten-Ralf von der Bildfläche verschwunden. Nun waren es schon drei Leute, die er schnellstens aufstöbern musste.

»Aber, aber, Chef, warum so ungehalten?« Miller verstand die Welt nicht mehr. »Wir wissen jetzt nicht nur, dass er die Asbesthandschuhe gestohlen hat und wo sie abgeblieben sind, sondern haben auch noch den Beweis dafür, dass nur Gerrit de Kleijn unser gesuchter Frittenmörder sein kann. Jedenfalls reicht dies locker für einen Haftbefehl und einen Durchsuchungsbeschluss für seine Wohnung! Ein toller Fahndungserfolg, oder?«

»Aber erst, wenn wir diese verdammte Wohnung ausfindig gemacht haben«, knurrte der Kriminalhauptkommissar und drehte sich eine Zigarette. »Lassen wir es für heute gut sein«, sagte er dann aber doch noch in versöhnlichem Tonfall und gab den beiden Beamten ein Zeichen, den Gefangenen mitzunehmen. »Er bleibt vorerst in U-Haft!«

KAPITEL 16

Le Maire war zufrieden. Denn Soquett hatte mit »van den Winkeln« den Nachnamen von Philipp, seinem Vorgänger in der Personalabteilung der »Nefrit BVBA«, herausbekommen und – was noch wichtiger war – sie wussten nun sogar, wo der Mann wohnte. Außerdem kannten sie mit »Jean-Marie« nun auch noch den Vornamen von Monsieur Nascarée, dem undurchsichtigen Chef der Personalabteilung.

Nun schienen die Ermittlungen so richtig Fahrt aufzunehmen; denn parallel dazu konnte Bribanté ebenfalls einen kleinen Ermittlungserfolg vermelden. Mithilfe der niederländischen Kollegen war es ihm gelungen, in Erfahrung zu bringen, dass der 30-jährige Johan van Vlierden, der Abteilungsleiter des »Fettfasses«, von Montag bis inklusive Donnerstag meistens ab circa 18 Uhr im »Roten Teufel« verkehren und sich dort vollsaufen würde. Lediglich wenn irgendwelche – meist kurzfristig anberaumte – »Fahrten« anstünden, konnte er seine Stammkneipe nicht besuchen. Da er freitags grundsätzlich nicht dorthin ging, hatten ihn die verdeckten Ermittler bei ihrem letzten Besuch in dieser Pinte auch nicht antreffen können. Also war ihnen nichts anderes übrig geblieben, als die niederländischen Kollegen um Amtshilfe zu bitten und van Vlierden durch sie observieren zu lassen. Dadurch konnten sie – wann immer sie mochten und es ihnen nötig erscheinen sollte – mit ihm sprechen.

Aber die Erfolgswelle der Ermittler ebbte schnell wieder ab; denn es waren vier weitere Tage vergangen und sie hatten immer noch keine Spur vom vermeintlichen Frittenmörder, geschweige denn vom ebenfalls spurlos verschwundenen Philipp van den Winkeln, der sie möglicherweise auf dessen Spur bringen könnte.

»Merde!«, fluchte Le Maire enttäuscht. Denn ihn ärgerte es zudem, dass er immer noch kein Lebenszeichen von seinem Freund Ralf hatte. »Verdammt, wo steckt der Kerl nur?« Es stank ihm auch, dass dessen Sohn Mathieu ebenfalls keine Ahnung hatte, wo sein Vater sein könnte. »Vielleicht bei seiner neuen Freundin in Aachen?«, hatte er Le Maire Mut gemacht, diesen aber gleich wieder gekühlt, indem er dazugesagt hatte, lediglich zu wissen, *dass* sein Vater eine Freundin habe. Wer dies sein könnte, wie sie hieß oder wie sie aussah, hatte er nicht sagen können. »Na ja, mein Alter steht auf junges Gemüse«, war Mathieu dann doch noch eingefallen.

Obwohl Le Maire noch nicht sicher war, ob er Mathieus Aussagen Glauben schenken konnte, stellte er sich die Frage, ob Ralfs vermeintliche Freundin etwas mit seinem Verschwinden zu tun hatte. Trotz dieser Gedanken und seiner Freundschaft Ralf gegenüber musste er sich auf die bisher zusammengetragenen Fakten zu seinen Fällen konzentrieren. Für den Ermittlungserfolg war es für ihn und sein Ermittlerteam von vordringlicher Wichtigkeit, sich auf die Suche nach Philipp van den Winkeln zu fokussieren. Denn Soquetts verschwundener Vorgänger bei der »Nefrit BVBA« musste zumindest indirekt etwas mit den Frittenmorden zu tun haben. Dies stand für den Chefermittler außer Zweifel. Weshalb sonst hätte der offensichtlich biedere und bisher unauffällige Mann von heute auf morgen spurlos verschwinden sollen? Dass er ihn trotz der längst herausgegebenen Fahndung und intensivster Suche bisher ebenso wenig aufgegriffen hatte wie Gerrit de Kleijn, machte Le Maire so richtig wütend.

Wenigstens hatte Soquett herausbekommen, dass Philipp van den Winkeln mittlerweile *seit über einer Woche* verschwunden war. Und dass sein Vorgänger in Würselen wohnte, hatte er ebenfalls herausgefunden, ohne van den Winkelns Personalakte eingesehen zu haben. Um noch mehr über ihn in Erfahrung zu bringen, wollte er sich an diesem Abend in die Firma einsperren lassen, um zu versuchen, an dessen Akte zu gelangen. Da es auf Geheiß Docteur Baguettes hin sein letzter Arbeitstag in dieser ominösen Firma sein durfte, würde es seine letzte Chance werden, die er trotz des Risikos, dabei enttarnt zu werden, unbedingt nutzen musste. Denn ihm war aufgestoßen, dass er nicht an den Schrank mit den Personalakten herandurfte. Und dies, obwohl er van den Winkelns Job übernommen hatte. Dass Monsieur Nascarée ihm dies ausdrücklich verboten hatte, musste einen triftigen Grund haben.

»Erst wenn ich Sie besser kenne und Ihnen vertrauen kann!«, hatte Soquetts Übergangschef unglaubwürdig argumentiert. Der stets aufmerksame Jungermittler hatte jedoch bemerkt, wie der den Schlüssel des bewussten Aktenschrankes in seiner Schreibtischschublade hatte verschwinden lassen.

In van den Winkelns Wohnung in Würselen war von Le Maires deutschem Kollegen Peter Dohmen und dessen Männern nichts Auffälliges über die Person selbst, dafür aber ein heilloses Durcheinander vorgefunden worden.

»Kein Zweifel, dies hier kann nur von einer Durchsuchung herrühren. Hier wurde eingebrochen!«, hatte Dohmen zumindest teilweise falsch kombiniert und dadurch sogar die eigenen Leute zum Schmunzeln gebracht. Denn für seine überhastete Einschätzung der Situation hatte es keinen einzigen Hinweis gegeben. Rein gar nichts hatte darauf hingewiesen, dass sich der oder die Täter gewaltsam Zugang in die Wohnung verschafft hatten, – im Gegenteil: da die Wohnungstür beim Eintreffen der Beamten nur angelehnt gewesen war, hätte der Einsatzleiter den Schluss ziehen müssen, dass der oder die Täter einen Wohnungsschlüssel gehabt haben mussten.

»Wie dumm wäre der, wenn er nicht studiert hätte«, bemerkte ein Schutzpolizist zum anderen, der die Fehleinschätzung des arroganten Einsatzleiters mitbekommen und von seinem Kollegen zur Antwort bekommen hatte, dass der »Herr Hauptkommissar« beim Einbruchsdezernat oder bei der Arbeit auf der Straße wohl sang- und klanglos untergehen würde.

Dohmen selbst hatte seinen vorschnellen Fauxpas zwar schnell bemerkt und seine Feststellung revidiert, dabei die Nase aber wie gewohnt, oben gelassen.

✻

Monsieur Nascarée und die meisten anderen Mitarbeiter der oberen Büroetage waren bereits ins Wochenende gegangen. Bis auf das Personalbüro war – wie immer am Freitagnachmittag – alles ruhig. Nur Soquett tat noch so, als wenn er arbeiten würde. Dabei wurde er von Nascarèes Sekretärin misstrauisch beäugt. Die erfahrene Bürokraft wunderte sich zwar darüber, dass ihr neuer Kollege ausgerechnet an seinem ersten Freitagnachmittag und dann auch noch bei schönstem Wetter Überstunden machte, bemerkte aber nichts dazu. Sie schaute nur ständig über ihrer unstylishen Lesebrille zu ihm hinüber.

Da Soquett dies bemerkt hatte, war er unruhig geworden. Er wusste schon seit einer halben Stunde nicht mehr, was er noch tun konnte, um weiter unauffällig im Büro bleiben zu können. Im Stillen wartete er nur darauf, dass sich auch Nascarèes Sekretärin ins wohlverdiente Wochenende verabschieden würde. Da dies nicht den Anschein hatte, saß der Ermittler auf heißen Kohlen.

Endlich!, dachte er erleichtert, als die hagere Frau mit dem langweiligen Dutt und dem altmodischen Kostüm eine weitere halbe Stunde später sagte: »Das reicht für diese Woche! Ich habe jetzt keine Lust mehr, – Feierabend!« Als sie dann aber auch noch damit begann, ihren Schreibtisch aufzuräumen, sorgsam Akten und Papiere zu stapeln, Ordner einzuschließen und auch noch in aller Selenruhe ihren Bleistift zu spitzen, strapazierte sie die Nerven des neuen Kollegen bis ins Unerträgliche.

Welch ein Wohlklang der Worte, dachte sich Soquett, nachdem sich die Chefsekretärin endlich zum Gehen fertiggemacht und ihm ein schönes Wochenende gewünscht hatte.

»Ihnen auch, Madame!«, rief der von Haus aus freundliche Mann betont freundlich zurück und machte sich ebenfalls zum Gehen bereit. Aber anstatt wie immer den Lift nach unten zu nehmen, eilte der sympathische Kommissaranwärter den Flur entlang, um sich im Kopierraum zu verstecken. Dort hatte er Stunden zuvor alles vorbereitet, um dort so lange still ausharren zu können, bis sich niemand mehr im Bürotrakt aufhielt und auch die Putzfrau fertig war. In einem unverfänglichen Gespräch mit der netten Georgierin hatte er zwei Tage zuvor erfahren, dass sie sich täglich die Büros und die Toiletten vornahm, aber nur einmal wöchentlich die Lagerräume und ähnliche Kammern nass durchwischte. »Aber Milleimer machen immärr und iberall lähr! Das ist immärr letzes Arbeit, dann Malina haben Faierabänd!«, hatte sie betont und Soquett somit die wichtige Information geliefert, dass sie nur ganz kurz in den Kopierraum kommen würde, wo er sich in einem Schrank versteckt haben wollte. Die darin befindlichen Papierstapel – hauptsächlich zu 500 Blatt abgepacktes DIN-A-4 Papier, 80 g/qm, hatte er zum größten Teil unter einen Tisch gestapelt und den Rest so im Schrank drapiert, dass er sogar einigermaßen bequem darauf sitzen konnte.

Na endlich, dachte er, als die Tür zum Kopierraum aufging. Nachdem er Schritte gehört hatte, die eigentlich nur zu Malina gehören konnten, hatte er die Schranktür von innen ganz zugezogen und keinen Muckser mehr von sich gegeben. Verdammt, was macht die nur?, fragte er sich kurz darauf, weil er Geräusche hörte, die er nicht zuordnen konnte, die aber sicherlich nicht von einem Wischmobb oder von einem Besen stammten. Als die vermeintliche Putzfrau dann auch noch die Schranktür öffnen wollte, war sich Soquett plötzlich nicht mehr sicher, wer sich da außer ihm noch im Raum befand.

»Verdammt: Nascarées Sekretärin!, schoss es ihm in den Kopf.

＊

Just zur selben Zeit machten sich Frederic und Angelika auf, um von ihrer Aachener Wohnung aus nach Liège zu fahren. Denn dort würden in einer guten halben Stunde die Vereinskameraden der »Königstreuen« ihren Vorsitzenden im »Å Pilori« erwarten. Aber die Abfahrt verzögerte sich noch etwas; denn mit einem entschiedenen »Nein!« wehrte sich Frederic beharrlich dagegen, zum ersten Mal Angelikas Geschenk zu tragen, das sie ihm in Aachen »extra für den heutigen Abend« gekauft hatte.

»Merde!«, grummelte er immer noch, als sie längst in ihrem Flitzer saßen und bereits die E 40 in Richtung Liège hochfuhren. Wie immer, bevor er eine Rede halten musste, war er unausstehlich.

»Jetzt hörst du aber mit deiner ewigen Nörgelei auf, Lemmi!«, sagte sie mit geschürzten Lippen und drückte ihm ein Küsschen auf die Nasenspitze, weil er ihr trotz seiner gedämpften Stimmung fast schon galant die Tür aufhielt, nachdem sie ihren

Wagen auf seinem Privatparkplatz in der Rue de la Violette abgestellt hatte. Angelika sah hinreißend aus: Sie trug ein mintfarbiges Lederkostüm mit einem spitzenbesetzten Seidentop darunter, das ihre Figur voll und ganz zur Geltung brachte. Unter dem kurzen Röckchen konnte man ihre langen Beine bewundern. Ihre grazilen Füße steckten in silbernen Pumps, deren Anblick Frederic den Atem raubte. Er wusste nicht, wo er zuerst hinschauen sollte: Auf die Beine oder auf die mörderisch hohen Hacken. Am Schluss war es die Farbe des knallroten und akkurat gezogenen Lippenstiftes, die seine Blicke ablenkte und auf sich zog. Denn der korrespondierte nicht nur mit den knallroten Fingernägeln, sondern auch noch mit der silbernen Clutch, deren roségoldenes Tragekettchen den Roségoldschmuck optimal ergänzte. Eine gewagte Farbkomposition, gewiss. Aber Angelika konnte es tragen. Auf jeden Fall ein Hinkucker!

Als die beiden die Hauptstraße querten, um über den Place du Marché auf den Eingang des Stammlokals der »Königstreuen« zuzusteuern, meldete der Jüngste unter seinen Vereinskameraden ihre Ankunft nach hinten weiter. Der aus Gent stammende Patriot hatte im Auftrag der bereits anwesenden Vorstandsmitglieder am Eingang auf den hochgeschätzten Vereinsgründer gewartet, um den Musikern Bescheid zu geben, die belgische Nationalhymne zu intonieren. So schmetterte den beiden schon beim Betreten des Lokals die »Brabançonne« entgegen, die seit 1830 Belgiens musikalisches Heiligtum war, hier normalerweise nur bei den Jahreshauptversammlungen der »Königstreuen« während des Gedenkens der im abgelaufenen Jahr verstorbenen Kameraden gespielt wurde, – allerdings nur vom CD-Player.

An diesem Freitagabend jedoch hatten sie sich nicht zu einer ordentlichen Vereinsversammlung oder zu einer Ausschusssitzung der Vorstandschaft getroffen, sondern waren zum »Sommerfest der Königstreuen« zusammengekommen, das alljährlich zu Ehren eines Geburts- oder Todestages einer der längst verstorbenen belgischen Könige abgehalten wurde. Zu wessen Ehren es jeweils stattfand, wusste nicht einmal der Vereinsvorsitzende so genau, – Hauptsache, das belgische Königshaus wurde geehrt. Dennoch hatte der Schatzmeister an diesem gleichsam gedenk- und merkwürdigen Ehrentag seine Geldschatulle weit geöffnet, um aus den Mitgliedsbeiträgen nicht nur die Getränke für die Vereinsmitglieder und deren Begleitpersonen, sondern auch noch die in schmucken Uniformen steckenden Musikanten zu bezahlen. Dabei war ihm sehr entgegengekommen, dass der Dirigent selbst Vereinsmitglied und zudem ein Freund von Frederic war.

Da die deutschsprachigen Belgier als die königstreusten Untertanen galten, war dementsprechend auch ein guter Teil der Anwesenden Ostbelgier. Es waren aber auch etliche Vereinsmitglieder aus den hintersten Winkeln Flanderns angereist. Lediglich die Zahl der wallonischen Vereinsmitglieder hielt sich noch etwas in Grenzen, wuchs aber Jahr für Jahr. Möglicherweise lag dies immer noch daran, dass 1950 bei einem Referendum über die Rückkehr von König Leopold III. auf den Thron sich die meisten Wallonen *dagegen* ausgesprochen hatten. Aber dies interessierte Le Maire im Moment herzlich wenig. Denn in wenigen Minuten musste er seine alljährliche Ansprache halten, weswegen sich sein Hals wie zugeschnürt anfühlte. Und zu allem hin hatte er auch noch einen Fotoreporter der »La Libre Belgique« gesichtet, der sicher keine Gnade kannte, wenn sich auch nur der kleinste Patzer oder ein einziges falsches Wort in seine Rede einschleichen würde. Denn gerade im Hinblick auf das Königshaus musste alles hundertprozentig passen. Merde!, dachte er und fluchte über den übereifrigen Pressesprecher der »Königstreuen« in sich hinein. Hätte ich dem Journalisten doch nur die von ihm gewünschte Auskunft gegeben und ihn nicht angeschnauzt, als dieser nach der Sache mit Gerrit de Kleijn ein paar Informationen darüber haben wollte.

Nachdem ihn das eigens für ihn aufgereihte Spalier zunächst von seinen drückenden Gedanken etwas abgelenkt hatte, wurde es nun zunehmend zum Spießroutenlauf. Denn jeder Zweite hatte eine Bemerkung über seine nagelneue schwarz-gelb-rote Krawatte parat. Le Maire hatte gleich gewusst, dass ihm dieser lästige Stofffetzen nur Ärger bringen und ihn der Lächerlichkeit seiner Vereinskameraden preisgeben würde. Er kam sich vor wie bei einem Fußballspiel der Roten Teufel, bei dem er – wie die meisten Fans – in Schwarz-Gelb-Rot gekleidet war oder zumindest einen Schal in den belgischen Nationalfarben um seinen Hals trug. Beim Jahrestreffen der »Königstreuen« führte aber nicht der Fußball Regie. Hier hatte der Vorsitzende dieses ernst zu nehmenden Vereins höchstpersönlich seinen großen Auftritt. »Merde!«

Etwa eine Stunde später saß Frederic einträchtig neben seiner Angelika, der er die Geschmacksverirrung in puncto Krawattenmuster verziehen hatte, nachdem sie ihm gestattet hatte, den Knoten etwas zu lockern. Dankbar nahm er ihr freundliches »Entgegenkommen« und gleichzeitig die Ovationen für seine zwar nicht unbedingt bemerkenswerte, dafür aber umso beschwingtere Rede entgegen, die er nach einem Begrüßungsaverner und ein paar Bierchen mit einer halben Stunde Verspätung gehalten hatte.

Nun belohnte er sich mit ein paar weiteren Bierchen dafür, dass er bei seiner Rede nicht vergessen hatte, auch die Flüchtlingsproblematik, das grandiose Weiterkommen der Roten Teufel ins Achtelfinale, das niederschmetternde Ergebnis des Brexits in England und den Stellenwert der Fritten in Belgien in seine Festrede mit einzubauen. Gut, das mit dem unpassenden Vergleich des Belgischen Königshauses mit den Grimaldis und den Windsors, insbesondere aber mit dem Haus Bourbon-Anjou hätte er sich vielleicht sparen können. Wegen der nachbarschaftlichen Beziehung wäre es sicher passender gewesen, das niederländische Königshaus mit in seine Rede einzubeziehen, oder Dänemark und Schweden zu berücksichtigen. Da aber der Fotoreporter gerade auf der Toilette gewesen war, als der Vereinsvorsitzende zum speziell an diesem Abend unverzichtbaren Thema »Kinderkriegen beim Adel im Allgemeinen und beim Belgischen Königshaus im Speziellen« abgeschweift war, dürfte darüber wohl nichts in der morgigen Ausgabe der vielgelesenen »La Libre Belgique« stehen.

Anstatt ihn wegen seines Patzers zu kritisieren, hatte Angelika ihn im Anschluss an seine Rede überschwänglich gelobt, was seine an diesem Abend ganz besonders wankelmütige Stimmung deutlich angehoben hatte. Allerdings hatte dieser Zustand nur ungefähr drei Bierlängen angehalten – so lange, bis ihn die beiden Vereinskameraden, die in der Nacht vor dem Vereinsausflug nach Brüssel unter seinem Schlafzimmerfenster in der Rue de la Violette vorbeigeschlurft waren, fragten, wer denn seine neue Flamme »Locki« sei. Und da die beiden wie damals schon wieder zu viel intus hatten, stellten sie ihre Frage so unschicklich laut, dass es Angelika unweigerlich mitbekommen musste. Zu Le Maires Glück kam sie aber nicht mehr dazu, sich von ihm darüber aufklären zu lassen, was es mit dieser »neuen Flamme« auf sich habe. Da sie aufgrund des allgemeinen Sprachengewirrs und der typischen Geräuschkulisse eines Lokals »Locki« nicht verstanden hatte, konnte sie nicht erahnen, dass es sich dabei »nur« um seine Sekretärin handelte.

»Ja! Hier Dr. Laefers! … Halloo!«, schrie sie wegen des hohen Geräuschpegels in ihr Handy, während sie Frederic mit ihrer Hüfte anstieß, damit er aufstand, um sie hinauszulassen. Schon nach wenigen Minuten stand sie unter dem Türrahmen und winkte ihn zu sich. Da er wegen der möglicherweise missverstandenen Sache mit seiner Sekretärin nun eine Standpauke erwartete, tat er zunächst so, als wenn er Angelikas Winken nicht mitbekommen hätte. Aber es nützte nichts; zur Belustigung seiner Vereinskameraden ging sie schnurstracks auf ihn zu und zog ihn einfach an der Krawatte vom Tisch weg.

»Sag mal, spinnst du? Musste das sein?«, empörte er sich, kam aber nicht weiter zu Wort.

Mit gefährlich zusammengekniffenen Augen zischte Angelika: »Über deine ›neue Flamme‹ reden wir noch.« Danach berichtete sie ihm, dass sie einen Anruf von Peter Dohmen erhalten habe, weil es in Aachen eine neue Leiche gebe.

»Mord?«

»Na klar, was sonst?«

Aus einer düsteren Vorahnung heraus zögerte er mit seiner nächsten Frage: »Ein … ein Frittenmord?«

Angelika schüttelte den Kopf. »Nein! Sonst müsstest du ja mitkommen. Offensichtlich eine rein Öcher Angelegenheit!« Als sie dies sagte, schaute sie leicht genervt auf die Uhr. »Ich muss jetzt sofort nach Aachen zurück und kann dir deswegen im Moment nicht mehr darüber erzählen. Feiere du noch schön mit deinen Vereinskameraden. Vielleicht ist es sowieso besser, wenn du heute bei dir zu Hause schläfst und nicht mit zu mir nach Aachen kommst. Deine alte Schrottkiste kannst du ja am Wochenende abholen.«

Sehr freundlich, dachte er und wollte noch wissen, wie sie das meine, obwohl ihm klar war, dass Angelika wegen der »neuen Flamme« sauer sein musste.

»Wir sehen uns«, sagte sie nur. »Und nun geh wieder rein!« Ohne ihm wenigstens ein Küsschen zu geben, eilte sie zu ihrem Auto.

»Aber wie komme ich zu meinem Wagen?«, rief er ihr hinterher, doch sie drehte sich nicht einmal mehr um.

»Merde!«, stieß er aus und stampfte dabei sogar mit dem Fuß auf den Boden wie ein kleines Kind, dem man den Lutscher weggenommen hatte. Andererseits war er froh, für den Moment einem vermutlich neuerlichen Anpfiff entkommen zu sein.

Als er den Gastraum im oberen Stockwerk betrat, hatte sich seine Miene bereits wieder aufgehellt.

*

Zur selben Zeit versuchte Soquett, die Schublade am Schreibtisch seines Chefs zu öffnen, ohne dabei das Schloss zu beschädigen. Obwohl er im Kommissariat dafür bekannt war, genau so gut mit dem Dieterich umgehen zu können wie die Kollegen vom Einbruchsdezernat, wollte ihm dies nicht gelingen. Denn seine Hände zitterten immer noch. Schließlich war er sich kurz zuvor noch sicher gewesen, jeden Moment von der linientreuen und deswegen wohl auch extrem misstrauischen Chefsekretärin oder von einem Mitglied der »Frittenmafia«, wie er die oberen Bosse dieser Firma kurzerhand für sich selbst getauft hatte, in seinem Versteck gefunden und enttarnt zu werden. Denn im Kopierraum hatte eindeutig jemand versucht, die Schranktür aufzuziehen, hinter der er sich luftanhaltend verborgen hatte. Da er aber wenige Stunden zuvor in weiser Voraussicht den Schlüssel abgezogen und einen provisorischen Griff an der Innenseite der Tür angebracht hatte, um sie bei Notwendigkeit von innen festhalten zu können, hatte die betreffende Person wohl gedacht, der Schrank sei abgeschlossen und hatte glücklicherweise nicht gewaltsam versucht, ihn zu öffnen. Mein vorausschauendes Handeln hat mir den Hals gerettet, hatte er zumindest solange geglaubt, bis er bemerkt hatte, dass es tatsächlich nur die penible georgische Putzfrau war, die sich über die Kopierpapierstapel unter dem Tisch gewundert hatte und diese in den Schrank räumen wollte, um den Boden auch unter dem Kopiertisch wischen zu können. Nachdem sie den Raum unverrichteter Dinge verlassen hatte, war Soquett noch so lange still geblieben, bis er geglaubt hatte, dass auch sie das Gebäude verlassen hatte und sich außer ihm niemand mehr im Bürotrakt aufhielt. Er hatte lange ins Nichts gelauscht, bis er sich getraut hatte, nicht nur sein Versteck im Schrank, sondern auch noch den Kopierraum zu verlassen. Hätte Soquett gewusst, dass die Putzfrau im Stockwerk darunter immer noch dabei war, Büros zu putzen, wäre er wohl noch länger im Schrank, zumindest aber im Kopierraum geblieben.

Bevor er sich endlich am Schreibtisch seines Chefs zu schaffen machen konnte, hatte er vorsichtshalber noch mal alle Räume des oberen Stockwerkes überprüft. Nicht, dass doch noch jemand anzutreffen war. Bei dieser Gelegenheit hatte er von einem Fenster aus beobachtet, wie einige Männer auffallend hektisch dazu angetrieben wurden, einen LKW mit der Aufschrift »Formteile Schwärzler« zu entladen. Das muss der von Bribanté beschriebene Johan van Vlierden, der Abteilungsleiter vom »Fettfass« sein, hatte er sich gedacht und sich gewundert, dass in einer Fritten- und Frittenzubehör verarbeitenden Firma zu feierabendlicher Stunde irgendwelche Maschinenbauteile vom LKW einer offensichtlich metallverarbeitenden Firma aus dem ostbelgischen Hauset – so die Beschriftung weiter – abgeladen wurden. Trotz seiner eigentlichen Mission hatte er sich die Zeit dafür genommen, um sich das Kennzeichen und die Adresse auf dem LKW zu notieren und dem äußerst verdächtig wirkenden Treiben auf dem Hof eine Weile zuzusehen. Dann hatte er die merkwürdigen Aktivitäten auch noch mit seiner Handykamera festgehalten. Außer dass die Arbeiter allesamt schwarzhäutig waren und vor dem

Schreihals, den Soquett als Johan van Vlierden ausgemacht haben wollte, kuschten, konnte er keine weiteren Auffälligkeiten ausmachen.

Da es zwischenzeitlich dunkel geworden war, musste der aufmerksame Kommissaranwärter beim Öffnen der Schreibtischschublade seine kleine Stablampe benutzen. Während er sie zwischen den Zähnen hielt, mühte er sich damit ab, die Schublade vorsichtig aus dem Schloss zu hebeln. Da es ihm nach fünf Minuten zu dumm geworden war und er zudem wusste, dass heute sowieso sein letzter von Docteur Baguette genehmigter Tag in der Firma war, konnte es ihm eigentlich egal sein, was der Abteilungsleiter am Montagmorgen dachte, wenn er nicht mehr zur Arbeit erschienen und die Schublade gewaltsam aufgebrochen worden war. Sicherheitshalber würde Soquett den Schlüssel vom Aktenschrank wieder zurücklegen, um nicht unnötig darauf hinzuweisen, dass der Einbrecher auch an diesem Schrank gewesen war. Ansonsten wollte er bewusst alles andere durchwühlen und in der Schublade befindliche Wertgegenstände, sowie Geld »sicherstellen«, damit der undurchsichtige Chef der Personalabteilung einen hundsgemeinen Diebstahl durch einen firmenfremden Ganoven vermuten würde. Dennoch würde es sein können, dass er selbst als Verdächtiger dastand. Um dies zu verhindern musste er beim Verlassen des Gebäudes eine Fensterscheibe von außen einschlagen, um eindeutige Einbruchsspuren zu fingieren, – wie das ging, wusste er noch von der Polizeiakademie, das war ja noch nicht allzu lange her.

Ich bin gespannt, ob er den niederländischen Kollegen diesen Einbruchsdiebstahl melden wird, dachte sich Soquett, während er schon das Zugfach mit den Hängetaschenregistern herauszog, um nach Personalunterlagen von Keita Seydou und auch nach Gerrit de Kleijns Personalakte zu suchen, wobei Le Maire zu wissen glaubte, dass zumindest Letzterer wohl nicht korrekt als Mitarbeiter der »Nefrit BVBA« angemeldet worden war. So hoffte Soquett, wenigstens die Akte seines Vorgängers zu finden. Aber er sollte Pech haben: Sie war nicht da. Entweder hatte Monsieur Nascarée die Unterlagen verschwinden lassen oder der tätowierte Gorilla war – ebenso wie der Somalier – zu keinem Zeitpunkt in den Niederlanden angemeldet gewesen. Jedenfalls konnte er keinerlei Unterlagen finden, die auf Gerrit de Kleijn hinwiesen. Dies wunderte ihn nicht. Aber auch die Akte über Philipp van den Winkeln schien sich nicht in dem Fach zu befinden, dessen Gleitrollen gefährlich laut quietschten; weder unter »W«, noch unter »v d«. Sosehr er auch alles durchstöberte: Nichts! Dann muss ich mich eben an die hier zuständige Steuerbehörde wenden, um etwas über meinen Vorgänger herauszufinden, dachte Soquett, als er abschließend den Schlüssel des Zugfaches mit den Personalakten in die Schreibtischschublade zurücklegte und wegen deren aufgebrochenen Schlosses damit begann, ihren Inhalt bewusst durcheinanderzubringen und einiges davon im Büro zu verteilen. Als er dabei den Boden der Schublade berührte, merkte er, dass dieser nicht nur hohl klang, sondern auch noch leicht wackelte. »Ich glaube es nicht«, murmelte er, als er die dünne Sperrholzplatte herausnahm und darunter einen Hohlraum entdeckte. Er fand einen Revolver Mk6 von der englischen Waffenmanufaktur Webley & Scott, deren sechs Patronen er aus der Trommel nahm und in seine Hosentasche rutschen ließ. Dann lagen da noch ein Schlüsselbund mit mehreren Schließfachschlüsseln und einige mit Gummis zusammengehaltene Stapel diverser Ausweise verschiedenster Nationen, in erster Linie aus ost- und westafrikanischen Ländern. Als Soquett sich einige der Ausweise etwas genauer betrachtete, stellte er sofort eine Verbindung zu den Schwarzen her, die er kurz zuvor auf dem

Hof gesehen hatte. Aber was hat dies mit den Frittenmorden zu tun? Bei den Ermordeten handelte es sich doch allesamt um Weiße, ja sogar durchwegs um Europäer. Während er sich einen Ausweis nach dem anderen betrachtete, dämmerte es dem jungen Kriminaler: »Der Somalier!«, entfuhr es ihm. Ja: Keita Seydou muss der gesuchte Mörder sein! *Er* erledigt für die Frittenfirma die Drecksarbeit! ... Aber warum?, sann er auf eine Antwort, während er weiter in der Schublade kramte. Unter alledem und einem Stapel Papier fand der zwar noch nicht allzu erfahrene, nichts desto trotz aber gewiefte Ermittler dann tatsächlich die Personalakte von Philipp van den Winkeln, die offensichtlich niemand mehr zu Gesicht bekommen sollte. Soquett hatte das Gefühl, als wenn die Identität seines Vorgängers – wie der Verschwundene selbst – nie mehr auftauchen durfte. Wenn ich schon seine Personalakte wiedergefunden habe, finden wir auch die von Philipp van den Winkeln wieder, hoffte er und setzte dabei in erster Linie auf Le Maires Spürsinn.

Hastig warf er einen kurzen Blick in die braune Hängetasche, um sich zu versichern, dass es tatsächlich die gesuchten Unterlagen waren. »Bingo!« Um die Hände gleich wieder frei zu bekommen, steckte er sie sich ohne zu zögern auf dem Rücken unter den Hosengürtel.

Da sah er durch die Glasscheibe in der Tür, dass draußen das Licht anging. Gleich darauf hörte er vom Ende des Flurs Stimmen und Schritte näher kommen. Verdammt, was sollte er jetzt tun? Hastig nahm er die Ausweise an sich, steckte den dicken Packen Geld, sowie eine goldene Uhr ein und warf den Schubladenschlüssel ins Geheimfach zurück, bevor er jenen Teil des restlichen Schubladeninhaltes wieder wahllos hineinschmiss, den er nicht auf dem Boden verteilt hatte. Ach ja; der Revolver!, war ihm gerade noch eigefallen. Obwohl er noch nicht wusste, wie es ihm gelingen sollte, eine Scheibe von außen einzuschlagen, ohne Lärm zu machen oder gar dabei erwischt zu werden, hatte Soquett sich letztlich doch noch entschlossen, es wie einen Raubüberfall aussehen zu lassen. Er glaubte, damit bewirken zu können, dass es der Einbrecher nicht explizide auf die Ausweise abgesehen und einfach *alles* mitgenommen hatte, was nicht niet- und nagelfest gewesen war. Dadurch wollte der clevere Kriminaler Monsieur Nascarée wenigstens soweit in Sicherheit wiegen, dass dieser nicht auf den Gedanken kam, sofort abzuhauen und unterzutauchen.

»Was ist denn hier los?«, durchschnitt eine unbekannte Stimme die Stille im Raum, während Soquetts Chef die Lage bereits erkannt zu haben schien.

»Na, was wohl? Hier wurde eingebrochen!«, kam es zur Antwort, die von einem bekannten Klicken begleitet wurde.

Der Ermittler lugte vorsichtig hinter der Tür hervor, wo er sich in der Eile versteckt hatte und schon wieder glaubte, seinen Augen nicht zu trauen; denn der zweite Mann war zweifellos der zur Großfahndung ausgeschriebene Gerrit de Kleijn, den er von Lassardes Beschreibung her sofort erkannte. Während Soquett krampfhaft überlegte, wie er aus der Nummer heil herauskommen konnte, versuchte er, die Patronen in die Trommel zurückzustecken. Da sich diese aber unter dem Packen Geld und der Uhr befanden, gelang es ihm nicht, sie aus der Hosentasche herauszufischen. Also musste er zuerst das konfiszierte Geld und die Uhr herauskramen und auf den Tisch hinter ihm legen, ohne dabei auch nur das geringste Geräusch zu verursachen.

Gerrit de Kleijn hatte seine Browning gleich nach Betreten des Büroraums gezogen und wollte gerade damit beginnen, den Raum nach dem mutmaßlichen Einbrecher abzusuchen. »Lass das!«, bremste ihn Monsieur Nascarée. »Der Dreckskerl ist sicher längst über alle Berge!« Als der Personalchef der »Nefrit BVBA« bemerkte, dass sowohl van de Winkelns Personalakte, als auch die Ausweise verschwunden waren, schrie er Gerrit de Kleijn an: »Setz dich und halt die Füße still! ... Ich muss nachdenken.« Nach nur wenigen Augenaufschlägen des Nachdenkens sagte er in nun beruhigt klingender Stimme, dass der Einbrecher wohl alles mitgenommen habe, was er bekommen konnte. »Es handelt sich also »nur« um einen hundsgewöhnlichen Dieb. – Gott sei Dank!« Jean-Marie Nascarée schnaufte erleichtert durch.

»Was gibt es da zu danken?«, wollte Gerrit de Kleijn irritiert wissen, bekam aber keine Antwort.

Soquett hatte nicht *mehr* Zeit zur Verfügung gehabt, als sich eiligst in das direkt nebenan liegende Sekretariat zu flüchten und sich hinter der dortigen Tür zu verstecken.

Wie einfallslos: Der Klassiker!, dachte er seufzend, als ihm seine ausweglose Situation bewusst wurde.

Da er undercover unterwegs war, hatte er dummerweise nicht einmal seine Waffe dabei. Also versuchte er, auch noch den Rest aus seiner Hosentasche so leise wie möglich herauszufischen, um an die Patronen für Nascarées Revolver zu gelangen. Dabei sah er sich hastig nach einem Fluchtweg um. Ihm fiel die Tür auf, die in den nächsten Raum führte, von dem aus er unbemerkt in den Flur und nach draußen gelangen konnte. Während er sich innerlich zur Flucht bereitmachte, hörte er, wie sein Chef von Gerrit de Kleijn wissen wollte, ob der neue LKW-Fahrer inzwischen eingetroffen sei.

Nascaré nickte. »Die Ware ist nun umso heißer und muss *sofort* auf den Weg gebracht werden! Diese außerordentliche ›Zwischenlagerung‹ hier gefällt mir ganz und gar nicht! Sowie wir dies hier hinter uns haben, muss alles wieder normal laufen!«

»Ich weiß«, grummelte de Kleijn. »Mir gefällt das auch nicht! Aber es ging dieses Mal nicht anders: Der neue Fahrer muss erst noch getestet werden, bevor er …«

»Jaja, schon gut. Ich weiß, was wir zu tun haben und dass wir die Sache auf übermorgen verschieben müssen! Aber weiß *er*, was er zu tun hat, und kann ich ihm trauen?«

»Ich habe ihn nur in das eingewiesen, was nötig ist und ihm genau erklärt, wie er sich in Dover verhalten soll! Aber er ist nicht gerade der Burner und kann nur eine Notlösung sein, bis ich einen besseren Mann finden und rekrutieren kann. Leider ist sein Englisch mehr als miserabel, besser gesagt, gleich null! Aber auf die Schnelle konnte ich keinen auch nur einigermaßen adäquaten Ersatz für den Somalier auftreiben!« Verärgert schlug de Kleijn mit der geballten Faust auf Nascarées Schreibtisch. »Verdammt! Keita Seydou war echt gut. Wenn die Einreise für mich in England nicht so riskant wäre, würde ich den LKW ausnahmsweise einmal selber lenken und die Ware zum Bestimmungsort bringen. Aber gerade in Dover darf ich mich nicht mehr blicken lassen, – da kennt jeder Bobby meine Fresse!«

Trotz des Einbruchs und ihrer unbefriedigenden Situation musste der ursprünglich aus Brügge stammende Personalchef nun lachen. »Na ja auffällig genug bist du ja! Du würdest selbst als Papagei mit Augenklappe nicht unter diesen Paradiesvögeln auffallen, die sich derzeit in einer deutschen und in einer englischen Fernsehsendung zum Affen machen! Nein, wirklich: Du würdest gut ins ›Dschungelcamp‹ passen!«

»Ha, ha, ha!«, kam es verbissen zurück. »Dafür würde ich wenigstens viel Geld bekommen!«

»Hält der Somalier die Klappe?« Nascarée war wieder ernst geworden und zum Thema zurückgekehrt. Hätte er gewusst, dass Keita Seydou in U-Haft saß, hätte er unter diesen Umständen die nächste geplante Aktion *sofort* abgebrochen. Wie auch Gerrit de Kleijn glaubte er aber, dass der LKW-

Fahrer wegen seiner Skrupel in Bezug auf den Diebstahl der Asbesthandschuhe kalte Füße bekommen und sich vorrübergehend abgesetzt hatte.

»Was soll er denn ausplaudern? Er weiß doch nichts!«, wurde er von seinem Handlanger beruhigt.

»Dein Wort in Gottes Ohr!«

»Du brauchst nicht immer Gott zu bemühen!«, knurrte der Hüne seinen Chef an. »Keine Sorge. Ich bin sicher, die kleinen Geldpolster, die er stets in seinen Hotelbetten gefunden hat, werden ihn – wie jetzt auch den Neuen – in jeder Hinsicht ruhigstellen.«

»Gut! Aber wehe, wenn auch nur das Geringste schiefläuft – dann wandern wir alle in den Knast!«

»Ich weiß«, knurrte de Kleijn. »Du aber nur wegen Anstiftung zum Mord und wegen …«

»Schon klar«, blaffte nun Nascarée. »Und du wirst gleich wegen mehrfacher ›neuer‹ Morde angeklagt werden! Aber keine Sorge; die erwischen uns nicht! … Wir ziehen das jetzt durch und machen dann – wenn es mit dem neuen Fahrer klappt – weiter wie bisher!«

»Gut. Wenn wir geladen haben und der Neue mit seiner Fracht auf Strecke ist, begebe ich mich wie geplant nach Maastricht, um mir diesen …« Er zog einen Zettel aus der Tasche. »… Dan Willemsen vorzunehmen. Es wird Zeit, dass wir endlich damit beginnen, auch unsere Landsleute zu bekehren und für unser Frittenfett begeistern! Und danach kümmere ich mich gleich wieder um diesen Ralf Perron, okay?«

Nascarée überlegte kurz und stieß dann ein entschiedenes »Nein!« aus.

»Was ist?«, wunderte sich de Kleijn.

»Das ist mir im Moment zu riskant! Anstatt des störrischen Frituurbesitzers in Maastricht, nimmst du dir den nächsten auf unserer Liste vor!«

»Warum *das* denn?«, fragte de Kleijn, während er schon seinen Notizblock herausfischte, in dem die Namen derer verzeichnet waren, die er sich noch der Reihe nach »vornehmen« sollte. Drei Namen hatte er bereits durchgestrichen. An die Fünfzig Namen warteten noch darauf, möglichst schnell von ihm durchgestrichen zu werden, – so oder so. Entweder sie ließen sich einschüchtern und nahmen künftig das Frittenfett der »Nefrit BVBA« oder …

»Ganz einfach«, antwortete Nascarée. »Weil der Boden hier in den Niederlanden schon genügend brennt! Wir brauchen Ruhe um uns herum. Wir müssen von uns ab- und möglichst weit weglenken, so gut es geht! Raus aus unserem Land! Also bis auf weiteres keinen Mord in Holland! Ist das klar?«

»Das kann ich nicht versprechen«, kam es schon wieder vonseiten des seelenlosen Massenmörders, dem es offensichtlich auf ein Opfer mehr oder weniger nicht ankam.

»Es ist zu unserer Sicherheit! Du tust, was ich dir sage! Am besten nimmst du dir wieder eine Fritüre in dem Gebiet vor, in dem wir unsere Mission begonnen haben. Wir wollten uns ja sowieso peu à peu von dort aus in den Westen und nach Norden bis zur Küste hoch ausdehnen. Deswegen wäre mir die von dir ausgewählte Frituur in Maastricht sowieso zu früh dran gewesen! Also: Wen hast du denn noch auf deiner Liste?«

Nachdem de Kleijn sich intensiv mit seinen Kritzeleien befasst hatte, rief er erfreut aus, dass er das ideale nächste Opfer habe, weil der von ihm nun ausgewählte Frittenbrutzler genauso störrisch sei wie Ralf Perron.

»Lass hören …«, gab sich Nascarée gespannt.

»Der Fritürebesitzer heißt Gerard Armand und sein Laden ist die ›Fritüre du Village‹ im ostbelgischen Gemmenich, einem kleinen Dorf, das ziemlich genau zwischen La Calamine, dem Ort unsers ersten Opfers, Aachen, Eupen und Vaals liegt! Dort werden die besten Fritten weit und breit gemacht! … Ich war schon dort und habe mit ihm gesprochen.«

»Die besten Fritten weit und breit? Aber nicht mehr lange.« Nascarée lachte böse auf. »Entweder zeigt sich dieser Armand kooperativ, oder er …« Anstatt auszusprechen, was dann mit dem Inhaber dieser beliebten Fritüre geschehen würde, drückte er sein Gesicht mit einer Hand auf dem Hinterkopf nach unten, wurde aber schnell wieder ernst. »Apropos: Was ist denn nun mit diesem Ralf Perron aus Liège? Hast du ihn endlich so weit? Zieht er nun mit oder nicht? Du solltest mit ihm klar sein, *bevor* du dich unserem nächsten ›Kunden‹ zuwendest.« Nascarée lachte wieder bitter. »Wer nicht hören will, muss fühlen! Dennoch: Unser Ziel sind nicht möglichst viele tote Frittenverkäufer, sondern möglichst viele neue Kunden. Von deinen ›Warnschüssen‹ an die Adressen der störrischen Frittenverkäufer haben wir nichts! Also: Was ist nun mit der ›Friterie du Perron‹ in Liège?«

Gerrit de Kleijn zuckte verneinend mit den Achseln, sagte aber, dass er zu wissen glaube, wo sich Ralf Perron versteckt haben könnte. »Mach dir keine Sorgen: Den kriege ich schon!«

»Na also!«, zeigte sich Nascarée zufrieden. »Übrigens: Ich kann dich heute leider nicht auszahlen. Ist es in Ordnung, wenn ich dir die Kohle am Montag gebe?«

Eine glatte Lüge, wie Soquett wusste. Schließlich hatte Nascarée das Geld bündelweise im Geheimfach seiner Schreibtischschublade gehortet. Doch scheinbar durfte de Kleijn nichts davon wissen.

»Also muss ich doch ins ›Dschungelcamp‹«, witzelte der, doch das Grinsen blieb ihm im Hals stecken. Denn genau in diesem Augenblick wollte Soquett mit seinen zittrigen Fingern die erste Kugel in die Trommel schieben, als diese zu Boden fiel.

Nun ging alles ganz schnell: Da Soquett wusste, dass ihm nur die Flucht blieb, fackelte er nicht lange und rannte zur Tür, um schnellstens in den Flur zu gelangen. Das Geld und die Ausweise ließ er auf dem Bürotisch der Chefsekretärin zurück, wohin er den lästigen Ballast gelegt hatte, um in die Tiefe seiner engen Hosentasche gelangen zu können.

»Der Einbrecher!«, entfuhr es Nascarée. »Schnapp ihn dir!«

Schon war Gerrit de Kleijn mit gezückter Pistole hinter dem vermeintlichen Einbrecher her. »Schneid ihm im Flur den Weg ab!«, rief er Nascarée zu, der gerade damit begonnen hatte, das aufgebrochene Schloss seiner Schreibtischschublade zu untersuchen.

KAPITEL 17

Da der darauffolgende Tag ein arbeitsfreier Samstag war, wurde Soquett weder von seinen Kollegen im Büro der Frittenfabrik noch im Kommissariat vermisst.

Lediglich Bribanté hatte mehrmals erfolglos versucht, seinen Kollegen auf dem Handy und auf dem Festnetz in dessen Wohnung zu erreichen. Weil laut Docteur Baguettes Anordnung auch er seinen letzten Arbeitstag in der Firma hinter sich hatte, obwohl er noch nicht richtig fündig geworden war, wollte er mit seinem Kollegen noch am Wochenende die Ergebnisse zusammenfassen, um sie den beiden Chefs am kommenden Montag vorlegen zu können. Vielleicht hatte Soquett bei seinen Recherchen ja mehr Glück gehabt und würde ihm ein paar seiner Ermittlungsergebnisse sozusagen »übertragen«, damit er beim Rapport nicht ganz so dumm vor den Chefs dastehen würde, hoffte Bribanté. Denn für ihrer beider Karrieren schien es ihm wichtig, am Montagmorgen gut vorbereitet zu sein, wenn sie bei Le Maire und Docteur Baguette Bericht erstatten mussten.

*

Da der Somalier in U-Haft saß und offensichtlich alles ausgespuckt hatte, was für seine Befrager bisher wichtig gewesen war, konnte der Chefermittler eigentlich zufrieden sein, – zumal die Suche nach Fritten-Ralf und die Fahndungen nach Gerrit de Kleijn und Philipp van den Winkeln auf Hochtouren liefen. Mittlerweile war wohl jeder Polizist von Kerkrade bis Aachen und darüber hinaus im Radius von

200 Kilometern, der auch das ostbelgische Grenzgebiet einbezog, auf der Suche nach den drei Männern. Wenn Le Maire aber gewusst hätte, dass sein Freund Ralf, kurz bevor er ihn in Aachen getroffen hatte, von Gerrit de Kleijn massiv bedroht und vor knapp einer Woche brutal zusammengeschlagen worden war, weswegen er sich seither vor dem unberechenbaren Schläger und Erpresser versteckte, wäre er wohl nicht so ruhig geblieben. Nur gut, dass er nicht ahnen konnte, dass Gerrit de Kleijn alles dafür tat, um den abtrünnigen Fritüreinhaber aus Liège aufzustöbern.

So aber sah der Vorsitzende der »Königstreuen« keinen Grund dafür, seinen dicken Kopf vom gestrigen Abend an einem freien Tag unnötig in Anspruch nehmen zu müssen. Also wollte er sich einen ganz normalen Sonnabend gestatten, wie ihn andere Abertausende Beamte das ganze Jahr über genießen durften. Und dazu sollte ein ungezwungener Frühschoppen im »Å Pilori« mit den noch in Liège weilenden auswärtigen und den dort wohnenden Vereinsmitgliedern den Auftakt geben. Und dies, obwohl er wusste, dass er eigentlich sein Auto in Aachen abholen musste. Sei's drum, dachte er sich – oder wäre an dieser Stelle vielleicht doch ein »Merde!« angebrachter? Denn immerhin hatte er die Rechnung ohne Angelika gemacht. Und die rief ihn denn nach zwei erfolglosen Versuchen auf dem Handy auch prompt in seiner Wohnung an. Sie wollte ihm mit frostig klingender Stimme knapp mitteilen, dass sie in einer guten halben Stunde bei ihm sein werde, um ihm »etwas« zu erzählen.

Also doch: Merde! Wegen meiner vermeintlich »neuen Flamme« wird sie mir sicher die Leviten lesen, befürchtete er, weswegen er sich ihr – natürlich nicht der »Flamme«, sondern Angelika – zuliebe für einen Wochentag übertrieben schick kleidete und auf die Schnelle auch noch einen Strauß Blumen besorgte. »Diese beiden Idioten!«, schimpfte er laut und meinte damit jene Vereinskameraden, die vor dem Ausflug der »Königstreuen« sturzbetrunken unter seinem Schlafzimmerfenster vorbeigetorkelt waren und in ihrem Rausch mit seinem Spruch »Schon gut, Locki, ich komme gleich …« wohl etwas völlig falsch verstanden hatten.

❖

Wie von Angelika am Telefon eher angeordnet als gewünscht, wartete Le Maire – nun schon eine geschlagene Stunde – im »Chez Nathalie« in Liège sehnlichst darauf, dieses von ihr angedeutete »etwas« hinter sich zu bringen.

»Entschuldige, der Verkehr …«, schnaufte sie gestresst, gab ihm aber noch zwei Küsschen auf die Wangen, was Frederic vermuten ließ, dass es doch nicht so dick kommen würde, wie er befürchtet hatte. Um dies zu gewährleisten, drückte er ihr hastig den kunterbunten Blumenstrauß in die Hände, obwohl er eigentlich hätte wissen müssen, dass sie ausschließlich weiße Blumen mochte, allenfalls andere Blumen in einheitlicher Farbe, aber keinesfalls so ein geschmackloses Regenbogengebinde. Aber es hätte sowieso nichts genützt, denn es sollte viel schlimmer werden als befürchtet.

Nachdem sie sich über die Blumen und Frederics Kleidung zwar gewundert, aber doch über beides gefreut hatte – insbesondere, weil er auch noch die neue Sonnenbrille lässig auf dem Kopf trug, obwohl an diesem Sonnabend keine Sonne schien –, begann sie zu reden: »Ich habe die ganze Nacht durchgearbeitet«, sagte sie und machte einen dementsprechend erschöpften Eindruck, was man an der ständig unter Strom stehenden Powerfrau höchstselten feststellen konnte. Obwohl sie wusste, dass sie mit ihrer Aussage Frederic neugierig gemacht hatte, ging sie nicht weiter darauf ein und wechselte das Thema: »Ich brauche jetzt erst mal einen schwarzen Kaffee und dann ein kräftiges Frühstück! Hast du denn schon gefrühstückt?«

»Mir reicht im Moment ein Mineralwasser«, seufzte er und drückte – wie er es immer tat, wenn er alkoholbedingte Kopfschmerzen hatte – mit dem Daumen und Zeigefinger einer Hand für ein paar Sekunden fest auf die Nasenwurzel.

Angelika verstand natürlich sofort, was er meinte. Nachdem ihre Bestellung gekommen war und sie einen »Croque Madame« vor sich hatte, wollte sie von ihm wissen, wie es denn gestern Abend noch gewesen war.

»Passt schon«, kam es einsilbig zurück. Dass er zu später Stunde auf dem Tisch gestanden und zur Freude seiner Vereinskameraden den Stab des Tambourmajors eines Trommlercorps geschwungen hatte, brauchte sie ja nicht zu wissen. Er hatte sich riesig darüber gefreut, dass sich die aus Oberstaufen im bayerischen Allgäu stammenden Trommler bei ihrem Ausflug nach Liége rein zufällig ins »À Pilori« verirrt hatten.

Und von der fast handgreiflichen Auseinandersetzung mit den beiden Idioten, die ihn vor Angelika bloßgestellt hatten, musste sie ja auch nichts erfahren. Deswegen lenkte er vom Thema ab: »Nun sag schon, was ist mit der Leiche, wegen der du gestern Abend unbedingt wieder nach Aachen zurück musstest? Haben wir nun ein neues Frittenopfer oder nicht?«

Angelika winkte schmunzelnd ab, wurde aber schnell wieder ernst: »Nein, Lemmi! Peter Dohmen hat mir gestern ein 30-jähriges Mordopfer auf den Tisch legen lassen, das von Dover über Calais nach Aachen überführt wurde, nachdem unsere englischen Kollegen mit ihm fertig waren. Der Mann wurde mit einer niederländischen Waffe …« Sie zog ihr kleines Notebook heraus und warf einen Blick auf ihre Aufzeichnungen, bevor sie fortfuhr: »… mit einer FN Browning HP, Kaliber 9 mm Parabellum, erschossen.«

Diese Aussage hatte das belgische »Trüffelschwein« stutzen lassen. »Hä? Ein Deutscher, der in England mit einer Waffe aus Herstal bei Liège, also mit einer belgischen Waffe, erschossen wurde?«, wunderte sich Frederic. »Keine deutsche oder englische Waffe?«

»Offensichtlich nicht! Da der Schuss aufgesetzt war und fast auf den Millimeter genau zwischen die Augen getroffen hat, gleicht seine Ermordung einer Hinrichtung. Unmittelbar nach seinem Tod wurde er in den Ärmelkanal geworfen, wo er dann im Hafen von Dover unbemerkt zwischen ankernden Frachtschiffen fünf bis sechs Tage gedümpelt ist. Er weist zwar noch keinen Algenbewuchs, dafür aber an etlichen Körperstellen Fischfraß auf! Er sieht schrecklich aus!«

Da Frederic der Fundort der Leiche aufgestoßen war, wollte er wissen, was dies mit ihr, einer deutschen Pathologin der Kriminalpolizei Aachen zu tun hatte und weshalb ein Mann, der in Großbritannien umgebracht worden ist, hierher überführt wurde.

Aber anstatt direkt zu antworten, fuhr Angelika fort: »Jetzt kommt's! Obwohl das bedauernswerte Mordopfer keinerlei Papiere bei sich gehabt hatte und ihm offensichtlich sämtliche Wertsachen abgenommen worden waren, konnte er von den englischen Kollegen an seinem Zahnstatus eindeutig identifiziert werden. Der Mann hat früher einmal in Dover gelebt!«

»Früher? Ja, und?«, drängte Frederic, der immer noch nicht wusste, was ihm Angelika überhaupt mitteilen wollte.

Da sie ihn nur allzu gut kannte, wusste sie, dass ihn schon seine Dozenten auf der Polizeiakademie mit dem gefürchteten »Kripobazillus« infiziert hatten, was hieß, dass Neugierde seine hervorstechendste Eigenschaft war. Deswegen ließ sie ihn noch ein wenig zappeln und genoss ausgiebig das leckere Frühstück, für das dieses schnuckelige Café in der Rue de la Goffe 12 weithin bekannt war.

»Dover? ... Dover? ... Was sagt mir das bloß?«, überlegte Frederic fieberhaft, kam wegen seines dicken Kopfes und seiner inneren Unruhe, die ihn wegen der von Angelika noch nicht ausgesprochenen Sache mit »seiner neuen Flamme« plagte, aber nicht dahinter. Er wusste im Moment nur, dass ihm der Name dieser Stadt im Zuge seiner Ermittlungen schon einmal untergekommen war.

Nachdem die Pathologin mit ihrem Frühstück fertig war und sich ein Glas Champagner bestellt hatte, widmete sie sich wieder ganz der Arbeit. Dazu sagte sie nur einen Satz: »Meine Leiche stammt aus Würselen!«

Als er dies hörte, prustete Frederic den Schluck Mineralwasser, den er eben in den Mund genommen hatte, wieder aus. Selbst darüber erschrocken, blickte er sich entschuldigend um. Nachdem sich der übernächtige Mann versichert hatte, dass keiner der anderen Gäste etwas von seinem ungebührlichen Verhalten mitbekommen hatte, tupfte er sich mit Angelikas Papierserviette den Mund ab und sagte: »Wiederhol das bitte!«

»Weshalb? Hast du noch Bier von gestern in den Ohren? Oder tut dir das Mineralwasser nicht gut?«, lästerte sie und zog lasziv ihren Lippenstift nach. Sie konnte natürlich nicht im Entferntesten ahnen, dass *ihr* Toter zumindest indirekt etwas mit den Frittenmorden zu tun haben konnte.

Nachdem Frederic sich einigermaßen beruhigt hatte und ihm schlagartig wieder eingefallen war, was es mit der englischen Hafenstadt auf sich hatte, sagte nun er in lockerem Ton: »Ich glaube, mein Schatz, dass dies nicht nur dein Fall, sondern *unser* Fall ist!«

Nun schaute Angelika verdutzt drein. »Klärst du mich bitte auf, Lemmi?«

»Sehr gerne, mein Schatz! Aber gestatte mir zuvor noch die Frage, ob die Namensinitialen des Toten ›P. v. d W.‹ sind.«

Die ansonsten taffe Pathologin schaute sicherheitshalber auf ihr Notebook und verstand die Welt nicht mehr. Da sie sprachlos war, stammelte sie nur: »Wo... woher in Herrgotts Namen weißt du ...«

»... dass es sich bei *unserem* Toten um Philipp van den Winkeln handelt?«, triumphierte nun Frederic, dessen Kopfschmerzen plötzlich wie weggeblasen schienen, weswegen er sich nun ein Bier zu bestellen traute.

Noch während er ihr die Zusammenhänge und auch seine neuesten Vermutungen, über die er noch mit niemandem gesprochen hatte, schilderte, kamen beide zu dem Schluss, dass es sich nun nicht mehr umgehen lassen würde, *alle* Leute der SOKO Frittenmorde zusammenzurufen. Ab jetzt mussten sie auch die niederländischen Kollegen offiziell mit einbinden. Frederic wusste, dass er dies laut Dienstvorschrift sowieso schon längst hätte tun sollen. Stattdessen hatte er die deutschen und ostbelgischen Kollegen mit verhältnismäßig unrelevanten Recherchen und mit dem, was sowieso in Aachen oder in Eupen bearbeitet werden musste, abgespeist. Gerade Peter Dohmen fühlte sich dadurch so stark in seiner Berufsehre verletzt, dass er sogar ernsthaft in Erwägung zog, gemeinsam mit den Eupener Kollegen eine grenzüberschreitende Dienstaufsichtsbeschwerde für den »Superbullen« aus Liège anzustreben. Hätte ihn seine Aachener Pathologin nicht immer wieder mit Neuigkeiten gefüttert und ihn damit wenigstens etwas besänftigt, wäre dies wohl bereits geschehen und Docteur Baguette hätte seinen besten Mitarbeiter notgedrungen vom Fall abziehen müssen. Dem leitenden Ermittler der Mordkommission Aachen war richtig sauer aufgestoßen, dass Le Maire und seine Leute die Frittenmorde mehr oder weniger im Alleingang zu lösen versuchten und die Aachener Kripo mit ein paar lächerlichen Recherchen vor Ort »beauftragt« worden war. Dies hieß lediglich, dass Le Maire sich nicht explizit um den Frittenmord in Aachen gekümmert, sondern diesen dem dortigen Ermittlerteam überlassen hatte – allerdings nicht, ohne dementsprechende Anweisungen gegeben zu haben. Also brauchte ihm keiner von der Seite zu kommen und ihm vorzuwerfen, ausländische Gepflogenheiten zu missachten, geschweige denn die Gesetze eines anderen Landes zu beugen oder gar für sich zu nutzen. »So ein Blödsinn!«

Da Le Maire erst abwarten wollte, was seine beiden »Fabrikarbeiter« zu berichten wussten, wollte er trotz der Dringlichkeit bis Montag die Ruhe bewahren. »Ich kann ihnen nicht schon wieder das Wochenende versauen«, sagte er zu Angelika, die verständnisvoll nickte und nun zum gemütlichen Teil übergehen wollte – aber nicht, ohne ihm zuvor noch an den Kopf zu werfen, dass er sie entgegen ihrer Abmachung nicht über alles informiert hatte, was die Frittenmorde betraf. »Ab jetzt lässt du mich an all deinen Aktivitäten teilhaben und bindest du mich voll mit ein, Lemmi! Hörst du? Ich bin schließlich die zuständige Pathologin!«

In der Hoffnung, dass es dies gewesen war, nickte Frederic, setzte aber sicherheitshalber sein reumütigstes Geschaue auf. Dies geschah offensichtlich in weiser Voraussicht, denn Angelika beschwerte sich nun auch noch darüber, dass der Akku seines Handys schon wieder leer war.

In neuerlicher Hoffnung, dass es dies endgültig gewesen war, nickte er wieder stumm, entschied sich nun aber dazu, seinen Dackelblick durch einen ernst wirkenden Ausdruck zu ersetzen.

Aber es kam, wie er es befürchtet hatte, was sich seine Mimik ein weiteres Mal ändern und Angelika fragen ließ, ob er für einen Zirkusauftritt üben würde.

Da er nun gar nicht mehr wusste, wie er dreinschauen sollte, schüttelte er nur sein blass gewordenes Haupt, das er nun fast schon demütig gesenkt hatte.

»Also, mein kleiner Schwerenöter? Was hat es mit deiner ›neuen Flamme‹ auf sich?«

KAPITEL 18

Dass Soquett am Montagmorgen nicht zum Dienst erschienen war, sorgte zwar für etwas Unruhe, aber noch nicht gleich für sorgenvolle Gesichter. Jedenfalls verhinderte dies nicht, dass die Kollegen der Mordkommission Liège ihre Arbeitswoche wie immer ganz gemütlich angingen. Zuerst mal ließen sich Bribanté und Lassarde von Locki den gewohnten Kaffee bringen, und Miller bekam von ihr selbstverständlich seinen geliebten English-Breakfast-Tee.

Irgendwann kam auch der Chef und ließ sich ebenfalls einen Hafen Kaffee auf den Schreibtisch stellen, bevor er in seinen durch Locki bereits hochgefahrenen Computer schaute, kurz darauf in die Hände klatschte und rief: »An die Arbeit! … Alle zu mir!« Da Soquett immer noch durch Abwesenheit glänzte, dachte er für einen Moment, dass dies am Montagmorgen liegen und der junge Kollege lediglich zu spät kommen würde. Also blieb ihm nichts anderes übrig, als von Bribanté zu hören, was der zu berichten hatte.

Schnell hatte der verdeckte Ermittler seinem Chef alles erzählt, was er an seinem Arbeitsplatz im »Fettfass« und in den Pausen herausbekommen hatte, – quasi nichts. Direkt im Anschluss an das deswegen kurze morgendliche Meeting hatte Le Maire seiner Sekretärin aufgetragen, auf Soquetts Handy und – falls nötig – auch bei ihm zu Hause anzurufen, um nachzufragen, was los sei. Gleich darauf war er über einen kleinen Umweg zum Raucherbalkon zu Docteur Baguette gegangen, um ihm eine wohlüberlegte Zusammenfassung dessen zu übermitteln, was er aus Bribantés Bericht für wichtig erachtet hatte. Und dies war – obwohl er einige

Punkte geflissentlich übergangen, andere dafür etwas aufgeblasen und nichts von Soquett gesagt hatte – dann in der Summe doch so viel gewesen, dass Docteur Baguette sich sogar lobend über die »saubere Arbeit« seines Ermittlerteams geäußert hatte. Aber der routinierte Kriminalhauptkommissar hatte sich weder auf diesen aus Erfahrung heraus allzu schnell trocknenden Lorbeeren ausruhen noch unnötig lange im Büro des Dienststellenleiters aufhalten wollen. Stattdessen hatte er darauf gedrängt, seinen Rapport zu beenden, um mit Miller, Bribanté und Lassarde so schnell wie möglich zu Soquetts Wohnung im knapp 10 Kilometer von Liège entfernten Chaudfontaine fahren zu können.

Obwohl auch Bribanté und Lassarde einen »Montagsmorgenkater« bei ihrem Kollegen vermuteten, wollte Le Maire persönlich nachforschen, warum der junge Kollege weder zum Dienst erschienen, noch ans Telefon gegangen war. Deswegen hatte er den zuvor geplanten Tagesablauf umändern müssen. Also hatte er seiner Sekretärin einen Zettel mit etlichen Namen in die Hände gedrückt und sie damit beauftragt, in seinem Namen die SOKO Frittenmorde erst am frühen Nachmittag zusammenzutrommeln. »Von mir aus auch in Eupen oder sonstwo!«, hatte er leichtsinnigerweise gesagt, weil ihm dies im Moment ziemlich egal gewesen war. Denn Soquett ging im Moment vor. »Ach …«, sagte er zu ihr und ließ seine Gedanken laut werden. »Wie lange lebt Soquett nun von seiner Cindy getrennt?« Aber noch bevor Locki die Antwort geben konnte, winkte er ab und sagte: »Egal! … Ruf einfach bei ihr an. Vielleicht ist er ja dort. Wer weiß …«

Was den jungen Kollegen anbelangte, hatte Le Maire inzwischen doch noch ein ungutes Gefühl in den Bauch bekommen, behielt dies aber für sich. Er wollte niemanden zusätzlich beunruhigen. Da sein absolut zuverlässiger Mitarbeiter noch nie auch nur eine Minute zu spät gekommen und auch noch keinen einzigen Tag krank gemeldet war, erschien ihm dessen Fernbleiben nun doch etwas merkwürdig. Also machten sich die vier auf den Weg nach Chaudfontaine.

Und tatsächlich: Soquett war nicht zu Hause. Zumindest blieb die Tür seiner Junggesellenwohnung im sechsten Stock eines Hochauses trotz wiederholten Klingelns, Klopfens und Rufens verschlossen.

Also verteilten sich die vier Männer und befragten eiligst die Nachbarn, von denen keiner auch nur den geringsten Hinweis auf den Verbleib ihres »stets unauffälligen und freundlichen« Mietnachbarn geben konnte. Lediglich die Aussagen zweier junger Nachbarinnen deckelten sich, als sie unabhängig voneinander erzählten, dass sie »den netten Herrn Polizisten« zum letzten Mal am vergangenen Donnerstagabend gesehen hatten. Wegen dieser zwar mageren, aber doch irgendwie beängstigenden Information fackelte Le Maire nicht lange und ließ den Hausmeister kommen, um die Wohnungstür zu öffnen. Da es zwei nervenaufreibende Zigarettenlängen gedauert hatte, bis der Handwerker aus dem Lift trat, war Le Maire ungehalten und schnauzte ihn an. »Und nun trete zurück!«, gebot er ihm nach dessen getaner Arbeit, bevor seine Männer mit gezogenen Pistolen in die Wohnung drangen.

»Nichts!«, rief erst Bribanté aus der Wohnküche, dann Lassarde aus dem Schlafzimmer.

»Das Bad ist auch ›sauber‹!«, vermeldete Miller, nachdem er die Tür etwas zu heftig aufgestoßen hatte, weswegen ihn seine beiden Kollegen auslachten. »NYCPD in Belgien«, lästerte Bribanté. »Ja, cool! Wie bei unseren Kollegen in New York«, ergänzte Lassarde lachend.

»Benehmt euch!«, bremste Le Maire seine Leute, obwohl er über Millers übertriebenes Vorgehen selbst schmunzeln musste.

Sie standen in einer akkurat aufgeräumten und für einen allein lebenden Mann extrem gepflegt wirkenden Wohnung, die sehr geschmackvoll eingerichtet war. »Überhastet hat er seine Wohnung nicht verlassen«, stellte Le Maire fest. »Hier scheint alles in Ordnung zu sein!« Um aber sicher zu gehen, nichts zu übersehen, schauten sie sich noch etwas genauer um, ohne irgend etwas anzufassen, – sie wollten keinesfalls in Soquetts Intimsphäre eindringen. Dennoch konnte es ja sein, dass sie einen Hinweis auf sein Verschwinden fanden.

Nach Beendigung der für alle äußerst unangenehmen Wohnungsinspizierung fuhren sie nach Liège zurück. Dabei wollte Le Maire die Gelegenheit nutzen, um während der Fahrt alles Weitere zu besprechen. Aber Miller kam ihm zuvor: »Wenn Soquett morgen auch nicht ins Büro kommt, müssen wir eine weitere Personensuche beantragen«, stellte er mehr klar als fest.

»Nicht schon wieder!«, stöhnte Le Maire und dachte dabei an seinen Chef und den Staatsanwalt.

✳

»Wo trifft sich die SOKO?«, schnauzte Le Maire kurz darauf seine völlig erstaunte Sekretärin an.

»Aber … Sie haben doch gesagt, Chef, dass …«

»Ich weiß, was ich gesagt habe. Aber du musst doch nicht alles ernst nehmen, was ich den ganzen Tag so von mir gebe, oder?«

Bribanté und Lassarde schauten sich verwundert an.

»Der Chef ist ganz schön fertig«, flüsterte Miller den beiden zu.

»Das habe ich gehört! Haltet hier keine Volksreden, sondern schaut zu, dass wir schleunigst nach Aachen kommen!«

✳

»Sind alle da? Können wir beginnen?« Um weiterem Kompetenzgerangel aus dem Weg zu gehen, hatte Le Maire dieses Mal sämtlich Kollegen, die auch nur im Entferntesten mit den Frittenmorden zu tun hatten, einladen lassen. Und dies – »Merde!« – ausgerechnet nach Aachen. Seine übereifrige Sekretärin hatte sogar den einfältigen Beamten von La Calamine dazugebeten, der ihn schon beim ersten Mord in der »Fritüre Central« in La Calamine genervt hatte. Es widerstrebte ihm zwar, aber er musste sich nicht nur der außerordentlichen grenzüberschreitenden Situation, sondern auch den Zuständigkeiten beugen – ob er wollte, oder nicht.

Nun saßen 19 Männer und sechs Frauen im Unterrichtsraum des Aachener Polizeipräsidiums, die alle gespannt darauf warteten, was der »Superbulle« aus Liège ihnen mitteilen wollte. Da wunderten sich der eine oder die andere schon etwas darüber, als ein gerade mal 165 Zentimeter großer Mann mit unübersehbarem Bierbauch unter dem nicht ordentlich in die Hose gesteckten Hemd ans Rednerpult ging, sich als Einsatzleiter vorstellte und in fast überheblich klingendem Tonfall den Hausherrn als ersten Redner avisierte.

»*Das* soll dieser ›Superbulle‹ aus Belgien sein, von dem alle reden?«, fragte eine niederländische Kollegin ungläubig ihren deutschen Sitznachbarn und vergrub ihr Gesicht in einer Handfläche.

Da dies das unstrittige Hoheitsgebiet von Kriminalhauptkommissar Peter Dohmen, dem Leiter der Mordkommission Aachen und Neffen des Polizeipräsidenten, war, mussten die Anwesenden erst eine unnötig lange und zudem auch noch ausschweifende Begrüßungsrede über sich ergehen lassen. So weit hatte Le Maire die Nerven behalten. Als sein Lieblingskontrahent aber auch noch damit anfing, die hausinternen Strukturen zu erklären und die modernen Räumlichkeiten des Kommissariats ebenso in den Himmel zu loben wie die Politiker, die dies ermöglicht hatten, wurde es dem bisher ungewöhnlich schweigsamen Belgier doch noch zu dumm, weswegen er mit der flachen Hand auf den Klapptisch seiner Schulbank hieb und rief: »Merde! Nun reicht es aber! Bei allem Respekt; wir sind hier nicht zusammengekommen, um uns diesen Mist anzuhören. Vielmehr ist Gefahr in Verzug – und für einen unserer Kollegen besteht möglicherweise sogar Lebensgefahr!«

»Jetzt hast du die Antwort darauf, warum er ein ›Superbulle‹ ist!«, wurde der niederländischen Kollegin von ihrem deutschen Sitznachbarn ins Ohr getuschelt.

Da Dohmen im eigenen Kommissariat recht unbeliebt war, konnten sich seine Öcher Kollegen ein Grinsen nicht verkneifen. Wie auch die Kollegen aus dem Gebiet der Deutschsprachigen Gemeinschaft Belgiens und aus dem niederländischen Grenzgebiet, zogen sie innerlich den Hut vor Le Maires couragiertem Auftreten. Nur der Hausherr selbst zog anstatt seines Hutes kaum merkbar eine Schnute, als er seinem belgischen Kollegen das Wort zurückgab.

Nachdem Le Maire über die verdeckten Ermittlungen seiner Männer bei der »Nefrit BVBA« in Kerkrade und Soquetts plötzliches Verschwinden berichtet hatte, erklärte er die von ihm vermuteten Zusammenhänge: »Also, meine geschätzten Damen und Herren: Obwohl unserem Kollegen Soquett möglicherweise etwas zugestoßen sein könnte oder noch kann, wollte ich eigentlich noch nicht offiziell in dieser undurchsichtigen Firma ermitteln.« Da er sich vorgenommen hatte, im Umgang mit seinen Kollegen vorsichtiger zu sein, und auch wusste, dass sich sechs niederländische Kollegen im Raum befanden, korrigierte er sich: »Ich meine damit, dass ich die Pferde nicht unnötig scheu machen und unsere geschätzten

Kollegen aus Holland eigentlich jetzt noch nicht um Amtshilfe gebeten haben wollte. Aber nun hat sich die Situation geändert! Da das Leben unseres Kollegen Soquett vor allem anderen steht, werde ich im Anschluss daran, wenn ich euch auf den aktuellen Stand unserer Ermittlungen gebracht und euch meine Mutmaßungen erläutert habe, einen Vorschlag machen. Seid ihr damit einverstanden?« Mit einem Blick ins Rund versicherte er sich, dass sich wohl alle seinen Vorschlag zumindest anhören wollten. Selbst Peter Dohmen ließ durch ein gönnerhaftes Kopfnicken erkennen, dass er sich der Mehrheit anschloss.

Le Maire nahm dieses einmütige Votum mit stoischer Miene zur Kenntnis. »Gut! Es sieht danach aus, dass ein gewisser Gerrit de Kleijn …« Immer wenn der SOKO-Leiter einen Namen nannte, erzählte er über die betreffenden Person alles, was er über sie wusste. »… die drei Frittenmorde unter Zuhilfenahme der Asbesthandschuhe begangen hat, die ein Somalier namens Keita Seydou für ihn bei der Freiwilligen Feuerwehr in La Calamine hatte stehlen müssen. Der Grund dafür – allerdings ist dies im Moment lediglich eine These – liegt meines Erachtens darin, dass diese ominöse Fritten- und Frittenfettfirma ›Nefrit BVBA‹ nicht nur bei der Herstellung und dem Handel von allem, was im weitesten Sinne mit Fritten zu tun hat, zweigleisig fährt.« Leicht irritiert brach er ab. »Ja? Du da!«

Er zeigte auf einen Kollegen aus Kerkrade, der sich gemeldet hatte, weil er wissen wollte, wie dies gemeint war.

»Eine gute Frage, die ich nicht gleich in vollem Umfang beantworten kann. Aber so viel jetzt schon einmal dazu: In Kerkrade werden laut unseren Nachforschungen zweierlei Qualitäten von Frittenfett hergestellt. Eine normale, also ordentliche oder sogar gute Qualität, die unseren Recherchen zufolge von den Kunden dieser Firma seit vielen Jahren geschätzt wird. Seit geraumer Zeit aber stellen diese widerwärtigen Ferkel zusätzlich eine absolut miserable Qualität aus billigsten, für die Gesundheit der Endverbraucher fast schon gefährlichen Zutaten her!«

Eine Polizistin aus Kerkrade, die sich aus reinem Patriotismus heraus auf den Schlips getreten fühlte, meldete sich. »Warum *das* denn?«

»Warum wohl, werte Kollegin?«, knurrte der Redner eine Spur zu unwirsch zurück, weil er schon lange keine Zigarette mehr geraucht hatte, gab aber gleich die Antwort: »Um den verhältnismäßig teuren Qualitätsmarkt zu untergraben! Möglichst billig herzustellen, heißt, ebenso günstig weiterverkaufen zu können, ... und deswegen über kurz oder lang den Markt zu beherrschen.«

»Um dann – wenn sie den Frittenfettmarkt beherrschen – wieder teurer zu werden«, ergänzte ein offensichtlich aufmerksamer Kollege aus Deutschland.

Le Maire nickte und fuhr fort: »Die zuständige Pathologin wird euch gleich detailliert über das bewusste Frittenfett informieren. Alles klar?«

Obwohl sich die niederländische Polizistin mit dieser Antwort nicht ganz zufrieden gab, nickte sie ebenso wie ihr deutscher Kollege, der stolz auf seinen Beitrag war.

Als Dr. Laefers die in der KTU analysierten Bestandteile dieser Billigproduktion einzeln verlas, äußerten insbesondere die Reihen der belgischen Kollegen Abscheu und Wut, während sich die niederländischen Kollegen schweigend zu schämen schienen. Denn obwohl nicht die Niederlande, sondern Belgien als »Land der Fritten« galt, war auch ihnen eine zumindest ordentliche Frittenqualität zwar nicht heilig, aber doch sehr wichtig.

»Ruhe! Ich bitte um Ruhe, meine Herrschaften!«, nahm sich Le Maire wieder das Wort, um fortfahren zu können. »*Wir* glauben«, damit meinte er für Peter Dohmen gut vernehmbar sich und sein Team, »dass von Gerrit de Kleijn auf die ostbelgischen Fritüre-, die wallonischen Friterie- und die niederländischen Frituurbetreiber im Auftrag der ›Nefrit BVBA‹ ebenso massiver Druck ausgeübt wird, wie auf die grenznahen deutschen Pommesbudeninhaber.« Nachdem er letzteres gesagt hatte, grinste er unverhohlen in Dohmens Richtung, fuhr aber gleich fort: »Damit sollen sie gezwungen werden, ihre beschissenen Erzeugnisse – insbesondere deren Frittenfett – zu verwenden. Und wer dies nicht tut, wird kurzerhand von Gerrit de Kleijn umgebracht! Zur Abschreckung hat der ›Scharfrichter‹ der Firma einen widerspenstigen Kunden in jedem dieser Länder auf die uns hinlänglich bekannte Art und Weise ermordet. Wahrscheinlich wäre Ralf Perron, auch ›Fritten-Ralf‹ genannt, der Nächste gewesen. Aber so wie ich den Besitzer der ›Friterie du Perron‹ in Liège kenne, hat er sich Gerrit de Kleijns Erpressungsversuchen widersetzt und versteckt sich nun irgendwo vor ihm.« Le Maire schluckte, bevor er weitersprechen konnte: »Möglicherweise ist er aber auch schon umgebracht worden. Denn mich wundert es schon sehr, dass er sich mir nicht anvertraut hat.«

»Sie kennen ihn persönlich?«

»Ja! Wer kennt die beste Friterie in Liège nicht?«

Nun meldete sich schon wieder ein niederländischer Kollege zu Wort, der bemerkte, dass Le Maires Rechnung nicht ganz aufging, weil zwar in Deutschland eines, in Belgien aber zwei, möglicherweise sogar drei und in den Niederlanden noch kein einziges Frittenopfer zu beklagen sei.

»Danke für diesen Beitrag, Kollege! Ja, du hast vollkommen recht. Wenn wir aber berücksichtigen, dass Belgien – und dies darf ich doch wohl sagen – das ›Frittenland Nummer eins‹ im Dreiländereck der Benelux und sogar in ganz Europa ist, wird ein Schuh daraus! Und Deutschland muss in dieser Hinsicht noch gewaltig bekehrt werden, ... was hoffnungslos ist.« Wieder grinste er in Richtung seines Aachener Kollegen.

Nachdem er dies gesagt hatte, brachen die Belgier und die Niederländer trotz der angespannten Atmosphäre in schallendes Gelächter aus. Der Sitzungsleiter ließ sie zwar kurz gewähren, knüpfte aber gleich wieder an das bisher Gesagte an: »Und da die ›Nefrit BVBA‹ ihren Firmensitz in den Niederlanden hat, wird sie dort mit Sicherheit ganz besonders vorsichtig agieren, um möglichst wenig aufzufallen und ja nicht auf sich aufmerksam zu machen. Also sieht die Sache nun schon etwas anders aus. Ich räume allerdings ein, dass dies bisher nur eine von mir aufgrund der bisherigen Indizien aufgestellte These ist! Aber wir haben jetzt nicht die Zeit, um weitere Frittenmorde abzuwarten, die meine Theorie stützen könnten, oder?«, bellte der SOKO-Leiter, der aus Sorge um Soquett vorwärtskommen wollte. Er hatte keine Lust auf langes Erörtern und Ausdiskutieren.

»Also kommt Holland als nächstes Land mit einem Frittenmord dran!«, mutmaßte Kriminalhauptkommissar a. D. Norbert Barth, ein älterer Kollege aus Aachen, der gleich nach seiner Pensionierung nach Spanien ausgewandert war, um dort seine wohlverdiente Pension zu genießen. Da der alte Haudegen in seiner früheren Dienststelle immer noch als »Fuchs« bekannt war und sich derzeit wegen einiger Arztbesuche in Aachen aufhielt, hatte ihn der doch noch recht unerfahrene Aachener Kripochef unbedingt mit dabeihaben wollen und ihn als autarken Berater in diese SOKO berufen.

Le Maire wartete einen Moment, bis er wusste, was er am Besten antworten sollte: »Richtig! Mit an Sicherheit grenzender Wahrscheinlichkeit ist in absehbarer Zeit eine Frituur von Kerkrade aus irgendwo im Umkreis von, sagen wir mal 50 bis 100 Kilometern an der Reihe, ... wenn wir Gerrit de Kleijn nicht möglichst schnell dingfest machen und den Drahtziehern das Handwerk legen können!«

Dass Le Maire viel mehr hinter der ganzen Sache vermutete als die kriminelle Geschäftspolitik einer mittelständischen Fritten- und Frittenfettfabrik, behielt er lieber noch für sich. Deshalb ließ er sich auch nicht mit Peter Dohmen auf eine Diskussion über den mysteriösen Mord an Philipp van den Winkeln ein. Zumal dies die Leiche seines Aachener Kollegen war.

»Ich denke, dass dies zumindest im Moment nicht hierhergehört und wir uns nicht verzetteln dürfen. Wir müssen uns vordringlich um unsere Frittenmorde und um unseren Kollegen Soquett kümmern. Wir reden zu gegebener Zeit darüber, compris?«

Peter Dohmen, der Französisch verstand, war über Le Maires Art und Weise seiner Aufforderung zwar verärgert, nickte aber.

Nachdem die konkrete Vorgehensweise für den nächsten Tag besprochen war, beendete der SOKO-Leiter die Zusammenkunft mit den Worten: »So, meine Damen und Herren! Nun wissen alle, was sie heute noch organisieren und abklären müssen. Die Gruppen treffen sich morgen genau so, wie wir es soeben besprochen haben. Alles klar?«

Da der Akku seines Handys – wie konnte es anders sein – wieder einmal leer war, bat er Miller, unverzüglich Mademoiselle Loquie anzurufen und ihr in seinem Auftrag zu sagen, dass sie zum Chef gehen solle, um ihn aus gegebenem Anlass zu bitten, so lange in seinem Büro zu warten, bis er bei ihm sein würde. »Und übe ruhig etwas Druck aus, wenn er pünktlich Feierabend machen möchte! Locki soll ihm sagen, dass es von äußerster Wichtigkeit und unaufschiebbar ist!«

Nachdem dies geklärt und Miller zurückgekehrt war, winkte Le Maire seine Männer näher zu sich und bat auch

Dr. Laefers, zu ihm zu kommen. Er blickte um sich und flüsterte verschwörerisch, weil die niederländischen und die deutschen Kollegen das Folgende nicht unbedingt mitbekommen mussten.

»Lassarde, du kannst heute leider nicht mitkommen, weil dich – falls wir im ›Roten Teufel‹ zufällig auf ihn treffen sollten – unser ›Zielobjekt‹ wiedererkennen würde. Gerrit de Kleijn hat dich nicht nur schon einmal in dieser Pinte gesehen, sondern auch bei unserem verpatzten Einsatz wiedererkannt. Er weiß jetzt, dass du ein Bulle bist!«

Lassarde hob ein wenig enttäuscht seine Schulterblätter, zog gleichzeitig die Mundwinkel nach unten und die Augenbrauen nach oben, zeigte sich aber verständnisvoll: »Natürlich, Chef!«

»Gut! … Bribanté?«

Der zweite Kommissaranwärter brachte sich in Position und schlug sogar die Hacken zusammen. »Ja, Chef?«

»Lass das! Dich können wir bei dem, was wir jetzt vorhaben, leider auch nicht gebrauchen!«

»Ich verstehe nicht …«

»Wir müssen schnellstens nach Kerkrade, um dort verdeckt zu ermitteln. Im ›Roten Teufel‹ sitzt um diese Uhrzeit dein Vorarbeiter vom ›Fettfass‹«. Und genau mit dem müssen wir uns unterhalten. Hast du *jetzt* verstanden?«

»Ja, Chef!«

Lemmis Leute funktionieren nicht schlecht, dachte sich Angelika anerkennend, während er sich auch schon an sie wandte: »Aber ihr beide«, er schaute zuerst Angelika, dann Miller an, »könnt jetzt gleich dorthinfahren, ohne Argwohn hervorzurufen. Ihr passt zwar rein optisch nicht in diese schmuddelige Pinte, aber als geschniegeltes Paar ganz gut zusammen.

»*Wie bitte?*«, rutschte es der 40-jährigen Rechtsmedizinerin und seinem 14 Jahre jüngeren Assistenten gleichzeitig heraus.

Le Maire ging nicht auf ihre gespielte Empörung ein und erklärte den beiden, dass sie sich im »Roten Teufel« möglichst nahe an der Zielperson positionieren sollten, um unauffällig mit ihr ins Gespräch zu kommen. »Falls Soquett überhaupt noch lebt, können wir keine Zeit vergeuden und müssen uns an jeden Strohhalm klammern, um etwas über ihn in Erfahrung zu bringen. Und diesen Johan van Vlierden schätze ich so ein, dass er nicht nur aktiv am Frevel, der in Kerkrade an Fritten begangen wird, beteiligt ist, sondern auch etwas über Soquetts Verbleib wissen könnte.

»Hör zu, Miller, da dich Piet Derliggen bereits kennt und du ...«

»Wer ist das denn schon wieder?«, wollte Angelika wissen.

»Der Wirt vom ›Roten Teufel‹, auch ›Rotzki‹ genannt«, klärte Frederic sie auf.

»Also, Miller: Da er dich in deinem ›Penner-Karnevalskostüm‹ kennt, solltest du zwar zu deiner Undercover-Partnerin passen, aber nicht *allzu* schick aussehen. Bring also deine Klamotten ein wenig durcheinander, nimm deine Fliege ab und mach vor allen Dingen deine affigen Lackschuhe schmutzig!«

»Warum?«, unterbrach ihn Angelika erneut. »Die sind doch schön!«

»*Angelika! Bitte!*«

»Schon gut!«

»Also, Miller ...«

»Ich habe verstanden, Chef!«, winkte sein Assistent lässig ab.

»Ein Traumpaar!«, ätzte Le Maire noch, bevor er wieder in ernstem Ton sagte, dass er sich den morgigen Einsatz heute noch von Docteur Baquette und vom Staatsanwalt genehmigen lassen und für morgen auch noch einige Papiere benötigen würde. »Ich komme dann so schnell es geht nach! Seid vorsichtig und unternehmt nichts, bevor ich da bin! Versucht lediglich, die Typen dort zu befragen. Verhaltet euch dabei aber möglichst unauffällig, absolut unauffällig!«

»Dann musst du aber eine andere ›Undercoveragentin‹ dorthin schicken«, witzelte Angelika, die sich ihres äußeren Erscheinungsbildes sehr wohl bewusst war.

Anstatt auf ihre Koketterie einzugehen, sagte er nur: »Ach, noch etwas: Ich selbst werde das Lokal nur betreten, wenn Gerrit de Kleijn nicht dort ist!« An Miller gewandt, ergänzte er noch, dass es ihm allerdings lieber wäre, *wenn* er da wäre.«

»Alles klar, Chef! Ich habe verstanden«, bestätigte der junge Ermittler nochmals.

∗

»Merde!«, fluchte Le Maire leise in sich hinein, nachdem er fast drei Stunden später übers frisch geladene Handy erfahren hatte, dass Gerrit de Kleijn *nicht* im »Roten Teufel« war und er daraufhin die Pinte betreten hatte. »Was ist denn hier los?«

Wegen des nervenaufreibenden Gesprächs mit Docteur Baguette und dem Stellvertreter des Oberstaatsanwaltes, einem erst vor kurzem in Amt und Würden gekommenen Schnösel aus reichem Haus, hatte er jetzt nicht nur Durst, sondern sowieso schon eine gute Portion Wut im Bauch. Le Maire wusste, dass der karrieregeile Staatsanwalt ihm gerne ans Bein pinkeln würde. »Merde! Muss der Oberstaatsanwalt ausgerechnet jetzt in Urlaub gehen?«

Über die laute Musik, die ihm schon während des Abschließens seines Autos entgegengedröhnt war, hatte er sich gewundert, weil bei seinem letzten Besuch nur relativ leise Klänge aus der noch mit alten Vinyl-Schallplatten gefütterten Musikbox zu hören gewesen waren. Was war doch eines der typischen Lieder gewesen? Heintjes »Maaamaaa« und »Ooomaaa so lieeeb …«! Zwar nicht sein Geschmack, aber erträglich. Was er jetzt allerdings hörte und sah, hätte ihn schier ausflippen lassen. Dennoch musste er sich zusammenreißen, auch wenn ihm dies im Moment sehr schwerfiel: Von einer im leichten Rhythmus nach Indochines »L'aventurier« klatschenden und grölenden Männertraube umringt, tanzte Angelika allein eine Art 80er-Jahre-Franzosenrock – oder so etwas Ähnliches. Miller dagegen stand Arm in Arm mit Johan van Vlierden an der Theke und unterhielt sich mit ihm über das letzte Konzert von »Indochine« am 9. Juni 2017 in Belgien. Während sie dabei einen Whisky nach dem anderen hinunterkippten, gingen sie auch noch der Frage nach, ob »Indochine« nun eine Punkband oder eine New-Wave-Rockband sei. Le Maire konnte nur noch den Kopf schütteln. Zu allem hin schien die Flasche in dem Sektkübel, der etwas seitlich vor Miller auf der Theke stand, auch noch Angelika zu gehören. »Reiß dich zusammen«, ermahnte er sich selbst, während er mühsam versuchte, ein Lachen oder zumindest ein gequältes Lächeln auf sein Gesicht zu zaubern.

»Ach, der Buchmacher beehrt mich wieder!«, rief Rotzki und winkte »Pascal« zu sich an die Theke, während er Johan van Vlierden anwies, den »Freier« etwas beiseitezuschieben, damit sein Freund »Pascal« Platz hätte.

»Zwei Schnäpse und zwei Leffe!«, zeigte Le Maire wortlos mit den Fingern, die er an beiden Händen zu eine Art Victory-Zeichen geformt hatte.

»So gefällst du mir, Pascal!«, lobte Rotzki und platzierte die Getränke wohlweislich in zwei Reihen zwischen sich und seinen Gast.

Um nicht gleich mit der Tür ins Haus zu fallen, eröffnete »Pascal« das Gespräch mit *dem* Thema, mit dem sie sich das letzte Mal getrennt hatten: »Na, was sagst du zu meinen ›Les Diables Rouges‹?«

Der Wirt nickte anerkennend. »Respekt! Ich hätte nicht gedacht, dass ihr Belgier tatsächlich EM-tauglich seid.« Dies sagte er allerdings nur, weil er darauf spekulierte, von »Pascal« ein weiteres »Herrengedeck« ausgegeben zu bekommen. Damit dies auch sicher klappte, reichte er seinem Gast sogar die Hand über die Theke, um ihm zu gratulieren. »Das 0:3 deiner Nationalmannschaft gegen Irland war nicht schlecht. Aber übermorgen kommen deine Roten Teufel ins Viertelfinale und treffen dort auf Ungarn!«

»Na und?«, antwortete Le Maire siegessicher. »Die Magyaren packen wir ohne Gegentor!«

»Das glaubst aber auch nur du«, konterte nun der Wirt und wollte – in Anknüpfung an »Pascals« letzten Besuch – scheinbar doch noch eine Diskussion entfachen. Denn tief in seinem Herzen stank es ihm gewaltig, dass die Niederländer nicht an der Europammeisterschaft in Frankreich teilnehmen durften.

Aber »Pascal« hatte den Braten gerochen. Bevor sich wieder eine hitzige Fußball-Debatte anbahnen konnte, wechselte er das Thema: »Sag mal, was ist denn heute bei dir los? Gibt es was zu feiern?«

Rotzki lachte nur und deutete mit einem zwischen Zeigefinger und Mittelfinger gesteckten Daumen, was er von der tanzenden Frau hielt.

»Pascal« hätte das egal sein können, aber Frederic war entsetzt, wie Rotzki sich über seine Angelika äußerte. Mit einem »Wer ist das?«, wollte er in Erfahrung bringen, ob die Tarnung der beiden trotz des offensichtlich entglittenen Undercover-Einsatzes noch bestand.

»Ich weiß auch nicht genau. Jedenfalls handelt es sich um eine Nutte, die ihren gelackten Freier zum Saufen eingeladen hat! Der schnöselige Spießer neben dir gehört zu ihr. Kaum zu glauben, dass der wirklich so gut fickt, dass er von einem geilen Weib wie ihr auch noch zum Saufen eingeladen wird, oder? Wahrscheinlich bezahlt er sie ganz besonders gut! Du hast ihn übrigens schon mal gesehen. Er war auch hier, als du dich zum ersten Mal zu mir verirrt hattest und wir über Fußball diskutiert haben! Weißt du nicht mehr?«

»Ach, ja?« Le Maire tat so, als wenn ihn der Macker des »geilen Weibes« nicht interessierte. Dennoch hatte ihm ein kurzer Blick genügt, um festzustellen, dass Miller der Whisky schon wieder zu Kopf gestiegen war. Außerdem hatten die Worte des Wirts nicht gerade dazu beigetragen, seine ohnehin schon gereizte Stimmung zu besänftigen.

Obwohl Angelika ihren über alles geliebten Partner längst gesichtet hatte, tanzte und sang sie provozierend das Lied zu Ende, bevor sie wie beschwingt zu ihrem Thekenplatz zurücktaumelte »... Bob Morane contre tout chacal – L'aventurier contre tout guerrier!«

Nachdem sie sich mit lasziven Bewegungen zwischen Le Maire und Miller gequetscht hatte, sagte sie in abschätzig klingendem Ton und der dazu passenden Mimik: »Ja, wen haben wir denn da?«

Dem verdeckten Chefermittler rutschte schier das Herz in die Hose.

»Ich glaube es nicht: Der Buchmacher!«

Während Frederic, alias Pascal, ein Schnaufen der Erleichterung entwich, wunderte sich der Wirt darüber, dass sich die beiden kannten.

»Bezahlen, Rotzki! Mit diesem schrägen Vogel möchte ich nichts mehr zu tun haben. Seine Tipps sind keinen Cent wert! Für den würde ich nicht mal gegen sehr viel Geld die Beine breit machen«, rief sie und knallte einen Hunderter auf die Theke.

»Bezahlst du für *den* mit?«, wollte Rotzki wissen und machte mit dem Kopf eine Bewegung in Richtung Miller.

»Na klar! Schließlich ist das mein Stecher! In meinem alter muss man schon schauen, wo man bleibt. Die alten Säcke«, dabei warf sie Frederic einen abschätzigen Blick zu, »haben sowieso keinen Wert! Die haben zwar immer ›neue Flammen‹, kommen zu Hause aber mit der Arbeit nicht nach – wenn du verstehst, was ich meine! Stimmt's nicht, Rotzki?«

Während Le Maire nicht wusste, wo er vor Scham hinschauen sollte, konnte der bullige Wirt ein hämisches Lachen nicht verkneifen. »Wahrscheinlich hast du recht, Chantal! Genau 90 Euro!«

Chantal? Was kommt denn jetzt noch alles?, dachte Le Maire sich und kippte seinen Schnaps in einem Zug hinunter.

»Stimmt so, Rotzki. War nett bei dir!«

»Wart mal! Weißt du was? Ich gebe noch einen aus!«, bremste der geschäftstüchtige Wirt die zahlungskräftige Kundin in der Hoffnung, dass sie vielleicht doch noch eine Flasche bestellen würde.

»Merde!«, grummelte Le Maire, der sich nicht weiter von seiner echten »Flamme« bloßstellen lassen und schnellstens in Ruhe mit van Vlierden reden wollte, weil er sicher war, dass sein Undercover-Ermittlerteam ein Totalausfall gewesen war. Aber er konnte beruhigt sein, denn Angelika verneinte dankend, packte den sturzbetrunkenen Miller unter den Achseln und schleppte ihn nach draußen.

»Was hat sie getrunken? Ist sie auch so besoffen wie ihr … ihr …«, Le Maire, der sich wegen Angelikas Alkoholpegel beim Autofahren Sorgen machte, brachte es nicht über sich, den Satz zu Ende zu sprechen.

Da Rotzki ihm ohnehin ins Wort fiel, brauchte er das auch gar nicht. Redselig bestätigte er, dass »sie«, im Gegensatz zu »ihm«, lediglich die Flasche Sekt getrunken, stattdessen aber »dem da« etliche Whiskys ausgegeben habe. Damit meinte er van Vlierden. Er beugte sich über die Theke und blinzelte »Pascal« vielsagend zu. »Ich glaube, die hat heute noch was vor!«

»Angelika? So ein Blödsinn! *Die* doch nicht!«, platzte es versehentlich aus Le Maire heraus, sodass Rotzki verwundert die Augenbrauen hob.

»Mach uns noch zwei!«, setzte der Ermittler schnell nach, um von seinem verräterischen Versprecher abzulenken.

Aber Rotzki war bereits stutzig geworden. »Ich dachte, die Nutte heißt Chantal! Und woher willst *du* wissen, was die noch so vorhat oder nicht! Du kennst sie doch nur von Pferderennen her?«, wollte er mit zusammengekniffenen Augen wissen. Auch Johan van Vlierden, der mit Miller seinen Saufkumpanen verloren hatte, wurde auf den beginnenden Disput aufmerksam und drehte seinen massigen Oberkörper bedrohlich in Richtung Le Maire.

✳

»Pascal« hatte Glück gehabt. Rotzki war zwar stutzig geworden und ihm zusammen mit dem widerwärtigen van Vlierden sogar gefährlich auf die Pelle gerückt, hatte ihm letztlich aber die Story, dass auch er ein paarmal Kunde bei »Chantal« gewesen sei, obwohl er eine Alte zu Hause sitzen habe, geglaubt. Und dass sich schließlich alle Prostituierte wechselnde Decknamen zulegten, hatte dem Wirt ebenfalls eingeleuchtet. Also gab Le Maire noch ein paar Runden aus, in die er auch van Vlierden mit einbezog. Dadurch hatte er sogar in Erfahrung gebracht, dass Gerrit de Kleijn erst vorgestern im »Roten Teufel« gewesen war und unter anderem erwähnt habe, in den nächsten Tagen nach Maastricht zu müssen, wo er etwas Dringendes zu erledigen hatte. Na, wenigstens etwas, hatte sich der Ermittler gedacht, als schon wenige Minuten später sein ausnahmsweise aufgeladenes Handy geklingelt hatte – die perfekte Gelegenheit, um sich unauffällig vom Acker zu machen. »Entschuldigt! Aber ich muss …«

Angelika hatte Frederic sofort angerufen, nachdem sie ihren SLK vor dem nächstbesten Lokal geparkt hatte, um im dortigen Gastraum auf ihn zu warten. In der Hoffnung, dass er sich nicht würde übergeben müssen, hatte sie den schlafenden Miller in ihrem Wagen gelassen.

»Hallo, Pascal!«, spottete sie, als Lemmi den Gastraum betrat.

»Immer noch besser als eine Prostituierte namens Chantal«, gab er grinsend zurück. Er war heilfroh, der brenzlig gewordenen Situation entflohen zu sein. »Aber sag mal: Musste das unbedingt sein?«

»Was denn?«, fragte Angelika und tat dabei wie die Unschuld vom Lande.

»Na, alles! Mein betrunkener Assistent und …«

»Ach, der! Das ist doch nur ein Kollateralschaden, der leicht behoben werden kann!«

»Aber du musst zugeben, dass das mit dem ›Beine breit machen‹ harter Tobak war!«

Angelika hauchte Frederic einen Kuss auf die Lippen und streichelte ihm sanft über die Wangen, bevor sie sagte: »Aber es stimmt doch, Lemmi: Für dich würde ich die Beine *nicht* für viel Geld breit machen!«

Sie beugte sich zu ihrem Geliebten hinüber und flüsterte ihm verheißungsvoll ins Ohr, dass sie es für ihn umsonst machen würde. Als sie dann auch noch ihre Zunge um seinen Gehörgang kreisen ließ, wurde es dem Kommissar zu viel der Verhöhnung. Verärgert stieß er sie von sich, nur um gleich darauf in ihr prustendes Lachen einzustimmen.

Nachdem diese Angelegenheit geklärt war, berichtete Angelika von einem vollen Erfolg auf ganzer Linie, der sie allerdings ein paar Runden gekostet hatte. »Das wird doch wohl noch drin sein, oder?«, forderte sie mit einem gezielten Augenaufschlag.

»Du glaubst doch nicht allen Ernstes, dass deine Rechnung von meinem Kommissariat übernommen wird? Sekt und Whisky in einem der schlimmsten Schuppen Hollands! Wie soll ich das bitte in der Zahlstelle unseres Kommissariats erklären?«

»Na gut, dann sage ich dir eben nicht, was ich aus diesem Widerling, der mich ständig betatscht hat, herausbekommen habe! Wenn du der Meinung bist, dass dafür kein Schmerzensgeld nötig ist …«

Obwohl Frederic wegen des »Betatschens« innerlich schon wieder kochte, blieb er professionell und hielt ihr auffordernd die Hand hin. Die Kosten brauchte er gar nicht erst einzureichen, sondern würde sie seiner Liebsten wohl selbst erstatten. »Her mit der Rechnung«, seufzte er ergeben. »Und nun sag schon!«

Mit einem zufriedenen Lächeln erzählte Angelika alles, was sie auch berichtet hätte, wenn sie auf den Spesen sitzen geblieben wäre, denn ihr Auftritt im »Roten Teufel« hatte ihr nicht zuletzt auch viel Spaß gemacht. »Übermorgen sollte eigentlich ein LKW ›mit heißer Ware‹, wie sich van Vlierden ausgedrückt hatte, nach – rate mal, wohin fahren!«

Le Maire grinste über Angelikas Spielchen, das er gerne mitspielte, wenn es denn nur zielführend war. »Nach Dover?«

»Nicht schlecht, mein Schatz! Er hat die Stadt zwar nicht direkt erwähnt und genau genommen nicht einmal von Großbritannien gesprochen, sich aber abwertend über die ›Inselaffen‹ geäußert, die den LKW in Empfang nehmen würden. Und damit kann er ja nur die Engländer gemeint haben, oder etwa nicht? Wo sonst sehen die Menschen wie …«

»Schon gut!«, bremse Frederic seine Partnerin aus, die offensichtlich doch ein wenig zu viel getrunken hatte. »Gut, sehr gut!«, lobte er ihren Ermittlungserfolg, den er, dafür dass sie nicht vom Fach war, nicht schlecht fand. Sehr wahrscheinlich besser als das, was Miller abzuliefern hätte. »Aber was hat das mit Soquett zu tun und weshalb sagtest du, dass der LKW ›eigentlich‹ nach England fahren sollte?«

»Sie scheinen ihrem alten Fahrer hinterherzutrauern, diesem …«

»… Somalier, von dem ich dir erzählt hatte«, half Frederic Angelika auf die Sprünge.

»Ja! Offensichtlich wissen sie nicht, dass du den in U-Haft genommen hast. Sie glauben, er habe kalte Füße bekommen und sich abgesetzt. Angeblich hatten sie zwar einen Ersatz, aber der neue Fahrer ist wohl nicht gekommen.«

Le Maires Begeisterung über diese Neuigkeiten wurde sogleich getrübt, als Angelika erwähnte, van Vlierden habe von einem zusätzlichen blinden Passagier gesprochen.

»Merde! Damit kann nur Soquett gemeint sein«, orakelte Frederic, bevor er ihm klar wurde, dass dies andererseits bedeutete, dass sein Kollege noch am Leben war.

»Ich habe eine Idee!«, rief er kurz darauf euphorisch aus.

Trotz Angelikas fast schon penetranten Nachfragens weihte Le Maire sie in seinen noch unausgegorenen Plan nicht ein, zahlte stattdessen und drückte dem freundlichen Wirt einen Zehner extra in die Hand, mit der Bitte, Angelikas Auto in seinen Hof fahren und dort bis morgen früh stehen lassen zu dürfen. »Du schläfst heute bei mir und deine Karre holen wir morgen in aller Frühe. – Versprochen! Und jetzt komm endlich!«, beschied er ihr, nachdem er den schlafenden Miller in sein eigenes Auto umgeladen hatte und mit laufendem Motor darauf wartete, dass auch Angelika einstieg.

»Karre?«, grummelte die Pathologin verärgert und ließ sich auf den Beifahrersitz fallen. »Das traust ausgerechnet *du* dich zu sagen!«

KAPITEL 19

Am Tag darauf sollte eigentlich die geplante Aktion genau so starten, wie Le Maire es vorgeschlagen und sich bei Docteur Baguette und dem Staatsanwalt nach langer Diskussion hatte absegnen lassen. Auch Peter Dohmen und der niederländische Einsatzleiter hatten sich gestern noch die Genehmigungen und alle notwendigen Papiere besorgt, um nun gemeinsam zuschlagen zu können.

Das Einzige, was von seinem ursprünglichen Plan an diesem Tag allerdings noch umgesetzt werden sollte, war, dass Bribanté entgegen Docteur Baguettes gegebener Zustimmung nun doch wieder ganz normal zur Arbeit bei der »Nefrit BVBA« erscheinen würde. Nun aber mit nur einem einzigen Ziel: Sämtliche Winkel der verschachtelten Firmengebäude akribisch nach Soquett abzusuchen. Dabei war nur gut, dass Bribanté sich an seinem vermeintlich letzten Arbeitstag am vergangenen Freitag bei Monsieur Nascarée nicht abgemeldet hatte, weil dies aus seiner Sicht unnötig gewesen war.

*

Angelika hatte noch geschlafen, als Le Maire seine Sekretärin angerufen und sie für 7 Uhr ins Kommissariat bestellt hatte, während er sich auch gleich auf den Weg dorthin gemacht hatte.

»Danke, Locki, dass ich dich aus deinem Bettchen werfen durfte«, säuselte er ihr anstatt eines »Guten Morgens« lächelnd zu und weckte durch die Wahl seiner Worte und den an ihm ungewöhnlichen Tonfall ungewollt nicht nur den Rest ihres teilweise noch verschlafenen Körpers. Aber für Spielchen war jetzt keine Zeit. Zackig beauftragte er sie, zuallererst Miller hierherzuordern und dann allen Mitgliedern der SOKO Frittenmorde mitzuteilen, dass beide für heute 9 Uhr geplante Aktionen – sowohl die in Hauset, als auch die in Kerkrade – auf einen noch unbestimmten Zeitpunkt verschoben werden mussten, falls sie dann in der geplanten Form überhaupt noch nötig sein sollten. Die Gründe würde er ihnen heute Nachmittag zur selben Zeit wie gestern, allerdings im *Eupener* Kommissariat, mitteilen!

»Ach, noch was, Locki: Das persönliche Erscheinen ist ebenso für alle Pflicht wie absolute Verschwiegenheit nach außen! Wann kommt der Chef?«

Fabienne Loquie wunderte sich zwar über diese Frage, gab aber dennoch zur Antwort, dass Docteur Baguette laut dessen Sekretärin immer um Punkt 8 Uhr an seinem Schreibtisch saß. »*Punkt acht!*«, repetierte sie für Le Maire überdeutlich.

»Gib mir sofort Bescheid, wenn er da ist und veranlasse umgehend, dass der Somalier auf schnellstem Weg hierhergebracht wird!«

Was ist denn heute in ihn gefahren, wunderte sich das zwar nicht unbedingt begehrenswerte, dafür aber um so sympathischere Pummelchen über das Verhalten ihres Chefs, während es schon auf dem Weg zur Patisserie um die Ecke war, um gefüllte Croissants zu besorgen.

٭

Um zehn nach acht – Docteur Baguette hatte sich zu Le Maires innerer Freude sage und schreibe ganze fünf Minuten verspätet – saßen die beiden Männer im Büro des Dienststellenleiters. Da sie am Besprechungstisch und nicht an Docteur Baguettes Schreibtisch gegenüber voneinander Platz genommen hatten, waren sie nicht durch Aktenstapel, sondern lediglich durch eine große Platte Croissants und zwei Thermoskannen getrennt, was eine irgendwie heimelige Atmosphäre schuf, von der – zumindest in Le Maires Wahrnehmung – eine beruhigende Aura ausging. Ich darf keinesfalls vergessen, dachte er sich noch, mit Locki über die – wie er es soeben selbst getauft hatte – »Philosophie des signifikanten Zuspätkommens« zu sprechen.

Aber Docteur Baguette schien diese Aura nicht zu erreichen, denn er blaffte – nachdem er sich aus der grünen Thermoskanne sinnigerweise eine Tasse grünen Tee und Le Maire aus der schwarzen Kanne Kaffee eingeschenkt hatte – seinen Chefermittler an, was er denn in Herrgotts Namen schon um diese Uhrzeit von ihm wolle.

Kaum hatte Le Maire sein Vorhaben in groben Zügen erklärt, hallte Docteur Baguettes Stimme durch das ganze Stockwerk: »Ich habe mich wohl verhört! Sind Sie verrückt geworden? *Was* möchten Sie?« Docteur Baguette schüttelte entschieden den Kopf. »Nein! Das kann ich nicht allein entscheiden!«

Der Hauptkommissar versuchte ein »Merde!« hinunterzuschlucken, was ihm allerdings nicht gelang. Nun würde er sich also auch noch mit diesem Schnösel von »Ersatz-Oberstaatsanwalt« herumärgern müssen. Er wusste, dass er dem Stellvertreter des leitenden Oberstaatsanwaltes schon lange ein Dorn im Auge war, weil der seine unorthodoxen Ermittlungsmethoden nicht zu schätzen wusste. Deswegen wollte der den Chefermittler am liebsten auf schnellstem Weg loswerden.

Und tatsächlich kam, was Le Maire vorausgeahnt hatte: Docteur Bacguette schrie fast so laut, wie schon zuvor, um seine Sekretärin zu sich zu beordern, damit die wiederum Staatsanwalt Martin Delieux unverzüglich hierherbestellen konnte. Die schaut besser aus als meine Locki, musste sich

Le Maire eingestehen, als die gut gebaute junge Frau vor ihnen stand und etwas eingeschüchtert Docteur Baguettes Anordnung entgegennahm.

Da der Chef so lange nicht weiter über das heikle Thema sprechen wollte, bis die direkt über ihm stehende Instanz zugegen war, konnte Le Maire im Stillen weitere Vergleiche zwischen der immer noch im Raum stehenden Chefsekretärin und seiner Sekretärin ziehen. Sein eigenes Erscheinungsbild außer Acht lassend, musterte er die Frau genauso, wie er es mit Verdächtigen zu tun pflegte. Sauber, dachte er sich und meinte damit das Aussehen der »Anderen«. Allerdings stellte er fest, dass Mademoisselle Dremesse seiner Locki nicht das Wasser reichen konnte, wenngleich er einen optisch starken Unterschied zwischen den beiden nicht leugnen konnte. Docteur Baguettes Sekretärin hatte fast so einen hohen Wasserfall und ähnlich schöne Beine wie Angelika. Wahnsinn! … Aber die Croissants, die da vor ihm auf einer Porzellanplatte geschätzte 20 Zentimeter hoch geschichtet lagen, hatte *Locki* gebracht! Und die »intelligenten« Thermoskannen, die schon außen auf deren Inhalt hinwiesen, kamen ihm auch bekannt vor. Letztlich war ihm dies lieber als eine Modepuppe, die er erstens schon zu Hause hatte und die zweitens sicher nicht dazu in der Lage war, ihm seine kulinarischen Wünsche von den Augen abzulesen, zu was sowohl Angelika als auch Locki in der Lage waren, wenngleich Angelika gerne damit übertrieb. Außerdem konnte die Sekretärin seines Chefs mit ihren langen Fingernägeln sicher nicht so schnell den Computer bedienen wie *seine* Sekretärin. Wenn es die Situation zulassen würde, hätte er sich jetzt zufrieden zurückgelehnt. Aber Docteur Baguette riss ihn aus seinen Gedanken: »Was ist, Mademoiselle Dremesse?«, blaffte er. »Auf was warten Sie noch? Nun gehen sie schon!«

Weitere zehn Minuten später – nachdem Le Maire auch dem Staatsanwalt in allen Details erklärt hatte, um was es ging – hallte es erneut durch das ganze Stockwerk: »Ich habe mich wohl verhört! Ist ihr Chefermittler nun ganz verrückt geworden? *Was* möchte er? Und *ich* muss das jetzt entscheiden?«

Als dritte Person angesprochen zu werden, wertete Le Maire als eine bewusste Respektlosigkeit ihm gegenüber. Eine Demütigung, für die er sich zu gegebener Zeit revanchieren würde. Jetzt aber ging es erst einmal um *seine* Sache, über die sich die beiden Herren einig werden mussten. Zum Zeichen dafür, dass er seine Hände in Unschuld wusch, streckte Docteur Baguette dem Staatsanwalt feige seine erhobenen Handflächen entgegen. Dies sollte heißen, dass er allein dem Staatsanwalt die Entscheidung überließ. Le Maire war von seinem direkten Vorgesetzten enttäuscht. Aber es nützte nichts, die Zeit drängte und er musste schließlich vorwärtskommen. Also fragte er inhaltlich nicht gerade diplomatisch, aber genau zwischen den beiden Männern hindurch: »Und, was ist jetzt? Soll ich die Hintergründe für meine Entscheidung *noch detaillierter* darlegen oder ...«

Zu seiner Verwunderung unterbrach ihn der junge Staatsanwalt und machte – nun auch noch zu Docteur Baguetts Verwunderung – einen Vorschlag: »commissaire Le Maire! Wenn Sie die Konsequenzen in vollem Umfang auf sich und freiwillig ihren Hut nehmen, wenn die Sache schiefläuft, haben Sie meinen Segen!«

Für ein paar Sekunden war es mucksmäuschenstill. *Was?*, dachten sich Le Maire und Docteur Baguette gleichzeitig, während Letzterer noch ein gedankliches »Ist der Staatsanwalt nun auch verrückt geworden«, Le Maire dagegen ein lautes und deutliches »Von mir aus! Der Deal steht!« hinzufügte. Zum Zeichen, dass die Sache damit für ihn besiegelt war, stand der Chefermittler auf und wandte sich zum Gehen. Er bemerkte das siegessichere Grinsen im schalen Gesicht des verklemmten Staatsanwaltes und wusste, dass es nichts Gutes verhieß. Aber es war ihm egal.

Schon eine halbe Stunde später schien das Szenario in Le Maires Büro dem von eben zu gleichen, denn Locki hatte ihre farblich auf den jeweiligen Inhalt perfekt abgestimmten Thermoskannen und – was viel wichtiger gewesen war – den großen Teller mit den leckeren Chroissants aus Docteur Baguettes Büro zurückgeholt. Es gab lediglich den kleinen Unterschied, dass Le Maire nun nur *ein* Mann, und zwar ein dunkelhäutiger, gegenübersaß und ein anderer neben ihm selbst Platz genommen hatte. Miller, der noch nicht wusste, was sein Chef vorhatte, zupfte unruhig an seiner aus Le Maires Sicht völlig geschmacklos getüpfelten Fliege herum.

»Was bin ich froh, dass *ich* so etwas nicht tragen muss«, freute sich Le Maire in Richtung Miller, während er den mitgebrachten Aktenstapel vor sich ausbreitete.

Wie immer vor Beginn einer Befragung wollte er von seinem wegen des dummen Spruches etwas beleidigten, aber stets überkorrekten Assistenten wissen, ob das Aufnahmegerät eingeschaltet war. »Obwohl es sich heute weder um eine Vernehmung noch um ein Verhör handelt, ist es zu meiner …« Er räusperte und korrigierte sich: »Zu *unserer* eigenen Sicherheit von allergrößter Wichtigkeit, dass das, was wir nun besprechen werden, festgehalten wird!«

Nachdem er dies gehört hatte, war Miller verunsichert, weswegen er die Funktionstüchtigkeit des in die Jahre gekommenen Geräts überprüfte, indem er mehrmals auf das Mikrofon klopfte und immer wieder »Test! … Test! … Test!« in verschiedenen Lautstärken und Tonarten hineinsprach, um die Aufnahme daraufhin sofort wieder ablaufen zu lassen. Pat Miller wusste, würde er bei der Aachener Kripo seinen Dienst verrichten, könnte er sich dies sparen. Denn Peter Dohmen hatte es nicht versäumt, bei seiner Begrüßungsrede auch auf die hochmoderne Technik in seinem Kommissariat hinzuweisen.

»So, Miller, das dürfte jetzt wohl genügen! Können wir endlich beginnen?«

Da Le Maire wusste, dass bei seinem gewagten Vorhaben viel schiefgehen konnte und diese Aufnahmen ihm möglicherweise Rechtssicherheit geben oder sogar vor Staatsanwalt Delieux den Hintern retten könnten, riss er sich zusammen und siezte sein Gegenüber, obwohl er sich schwer damit tat: »Also, Sie heißen Keita Seydou, sind 34 Jahre alt, in Somalia geboren und …«

Da der Blick seines Gegenübers auf den Croissants anstatt an Le Maires Lippen haftete, unterbrach der seine Befragung zur Person und sagte stattdessen in gönnerhaftem Ton: »Es ist zwar nicht gerade üblich, es sich bei Befragungen gut gehen zu lassen, aber greifen Sie ruhig zu!«

Kaum hatte er dies ausgesprochen, nachte sich der Somalier über das leckere Frühstücksgebäck her.

Miller wunderte sich über das Verhalten seines Chefs. Er konnte sich nicht erklären, warum der sich so ungewöhnlich großzügig zeigte und weswegen Locki ausgerechnet zur Befragung eines vermutlich illegal eingereisten Diebes Croissants, Tee und Kaffee auf den Tisch gestellt hatte. Sicherheitshalber überprüfte er nochmals das Aufnahmegerät. »Test …«

»Merde! Jetzt reicht es aber!« Damit meinte Le Maire nicht etwa den Schwarzafrikaner, der die ganzen Croissants zu verputzen drohte, sondern Miller. »*Können wir nun?* … Na also!« Nachdem er das übliche Personen-Erkennungs-Prozedere endlich hinter sich gebracht hatte, klärte er sein

Gegenüber sicherheitshalber noch einmal über dessen Rechte auf, bevor er ihm sagte, um was es überhaupt ging: »Monsieur Seydou!«

So angesprochen, horchte der Somalier zwar auf, aß aber ungeniert weiter.

»Mit ausdrücklicher Genehmigung des leitenden Staatsanwaltes, Monsieur Delieux, und des Leiters dieses Kommissariats, Monsieur Docteur Baquette, sind *wir*«, dabei schaute er Miller so an, dass dieser zusammenzuckte, »dazu befugt, Ihnen einen einmaligen Vorschlag zu unterbreiten, der sich möglicherweise eventuell und unter Umständen vielleicht, strafmildernd auf Sie auswirken könnte! Möchten sie diesen Vorschlag hören?«

Welcher Untersuchungshäftling wollte so etwas nicht gerne hören? Selbst wenn sich derjenige, der zu seiner Verwunderung einen solchen Vorschlag in den Raum gestellt hatte, sich zu seiner eigenen Sicherheit so geschwollen ausgedrückt hatte wie Le Maire, der dieses Mal nervöser war als sein gelassen wirkendes Gegenüber, das im Gegensatz zu ihm im Moment nichts mehr zu verlieren hatte und sich immer noch den Mund mit Chroissants vollstopfte.

Wegen des vollen Mundes nickte der Somalier nur.

»Gut! Wir haben Sie hierherbringen lassen, weil wir Ihre Hilfe benötigen. Greifen Sie ruhig nochmals zu! Vielleicht auch noch eine Tasse Tee?«

Sowohl der Angesprochene als auch Miller zeigten sich interessiert.

⁎

Den ganzen Vormittag über hatte in der Abteilung Mord eine außerordentlich hektische Betriebsamkeit geherrscht. Während Le Maire dem staunenden Somalier und dem nicht minder verwunderten Miller erklärt hatte, was genau er von dem Untersuchungshäftling wollte, hatte Fabienne Loquie alle Hände voll zu tun gehabt.

Dass ihr Chef die nächste Zusammenkunft der SOKO-Frittenmorde nicht hier in Liège angeordnet, sondern nach Eupen gelegt hatte, würde sie ihm lange nicht verzeihen. Da hatte es auch nicht viel geholfen, dass er ihr angeboten hatte, quasi das Catering zu übernehmen. Also hatte sie von ihrem Kommissariat aus alles organisieren und zusammenpacken müssen, was sie in Eupen benötigen würde, um die nicht nur aus Belgien, sondern auch aus Deutschland und den Niederlanden angereisten Sitzungsteilnehmer zu verwöhnen. Dabei war es ihr größtes Problem gewesen, nicht genügend Thermoskannen und viel zu wenig Kaffeegeschirr zu haben.

Aber irgendwie hatte sie es geschafft, bis 14 Uhr alles für eine erfolgversprechende Sitzung Unerlässliche aufzutreiben und in ihr Auto zu verfrachten. Und dies waren neben ausreichend Mineralwasser nun einmal in erster Linie der obligatorische Kaffee und in der Abteilung Mord eben auch Tee und Croissants. Frederic hatte gesagt, dass es unbedingt *ihr* hervorragender Kaffee sein müsse, weswegen sie in Eupen dabei sein solle. War das nicht süß von ihm?

So stand nun vor jedem der 25 vorbereiteten Stühle ein Kaffeebecher, den sie mangels Untersetzer auf einheitliche Eupener Bierdeckel gestellt hatte, die ihr von einer der dortigen Sekretärinnen gegeben worden waren. Nobody is perfect, hatte sie sich dabei gedacht. Da es ihr aber wichtig gewesen war, dass sich alles glich und sie kein buntes Sammelsurium von Tassen, Bechern und Untersetzern verwenden musste, war es ihr auch so ziemlich egal, dass auf den mit goldenen Sternchen verzierten Kaffeebechern »Marché de Noël de Liège 2010« aufgedruckt war. Ein Sonderposten, den das Kommissariat vor etlichen Jahren für hausinterne Verlosungen erworben hatte. Es ärgerte sie lediglich, dass sie die Croissants neben jedem Becher auf Pappteller hatte legen müssen. »Joyeux Noël«, murmelte die detailverliebte Sekretärin schmunzelnd, als sie ihr Werk abschließend begutachtete.

✻

»Meine Damen und Herren!«, rief Le Maire etwas später. Wie die Aachener Kollegen mit Peter Dohmen und Dr. Angelika Laefers an der Spitze und die Abordnung aus den Niederlanden war zwar auch er mit seinen Männern pünktlich in Eupen eingetroffen, hatte sich aber über die peinliche Aktion seiner Sekretärin mit den albernen Kaffeebechern derart geärgert, dass er noch eine Beruhigungszigarette hatte rauchen müssen, bevor es hatte losgehen können. Dementsprechend gelaunt, begrüßte er das Auditorium, das sich vollzählig im kleinen Konferenzsaal der Zonendirektion der lokalen Kriminalpolizei in der »Hauptstadt« der Deutschsprachigen Gemeinschaft Belgiens eingefunden hatte, mit denkbar knappen Worten. Da er gleich zur Sache kommen wollte, legte er ohne Umschweife los und begründete sein Umdisponieren mit den Erkenntnissen, die *er* im »Roten Teufel« erfahren hatte. Angelikas strafenden Blick ignorierte er geflissentlich.

So bekamen die Beamten mit, dass irgendeine »heiße Ware«, von der Le Maire leider nicht sicher wusste, um was es sich dabei handelte, nach Dover gebracht werden sollte.

In diesem Zusammenhang gab der hochrangige Beamte aus Liège allerdings bekannt, dass er Menschenhandel vermutete. Diese für einige von ihnen an den Haaren herbeigezogene Vermutung löste zunächst allgemeines Getuschel, verständnisloses Kopfschütteln und vereinzelt sogar ein spöttisches Gegrinse aus.

Da dies – wenn es stimmen sollte – eine wesentlich größere Tragweite hätte als »ganz normale« Wirtschaftskriminalität mit ein paar Morden, entspann sich aber nach anfänglichem Gemurmel doch noch eine rege Diskussion darüber. »Was stützt Ihre Vermutung?«, wollte eine Beamtin aus Maastricht vom Sitzungsleiter wissen.

»Eine gute Frage!«, antwortete Le Maire der niederländischen Kollegin und begründete seine zuvor getätigte Andeutung: »Während einer verdeckten Ermittlung im ›Rode Duivel‹ in Kerkrade hat der Ihnen mittlerweile ja bekannte Johan van Vlierden Frau Dr. Laefers gegenüber so etwas angedeutet.«

Nachdem er dies gesagt hatte, war für Angelika alles wieder in Ordnung.

Allerdings fühlten sich nun die Kollegen aus den Niederlanden etwas vor den Kopf gestoßen, weil sie über diese verdeckte Ermittlung in ihrem Hoheitsgebiet nicht informiert worden und bei der Aktion selbst nicht zugegen gewesen waren. Deswegen wollte es der Kerkrader Polizeichef genau wissen: »Was genau hat der Leiter dieses … dieses ›Fettfasses‹ gesagt?«

Le Maire wühlte in den Unterlagen, die Miller sorgsam vor ihm ausgebreitet hatte, fand aber nicht das, was er suchte. »Merde!«

Erst nachdem sein neben ihm sitzender Adjudant ihm das betreffende Blatt herausgefischt hatte und mit dem Finger auf die entsprechende Stelle tippte, sagte Le Maire: »Ach ja! … Ich zitiere, was Frau Dr. Laefers aus ihrer Erinnerung heraus direkt nach Beendigung unseres Einsatzes widergegeben hat: ›… dass die bei ihrer Tour einen blinden Passagier mehr haben als sonst‹! Dies verstehe ich so, dass mit dem *einen* Passagier, den sie *mehr*, also *zusätzlich*, haben, sicher Soquett gemeint ist, dem man die Augen zugebunden hat oder zubinden wird. Und das ›als sonst‹ sagt uns deutlich, dass es sich nicht um die erste derartige Fracht handelt und dass es außer um Soquett auch noch um andere Menschen gehen muss. Eine menschliche Fracht also! Ich gebe zu, dass dies etwas wackelig ist. Aber wir dürfen die Sache nicht zu leichtnehmen und müssen auf alles vorbereitet sein! Dies ist auch der Grund, warum wir ein Großaufgebot von 18 Leuten sind! Außerdem – und dies hätte ich euch sowieso gleich noch gesagt – wissen die Kollegen aus Dover Bescheid und erwarten uns bereits. Darüber hinaus werden ein psychologischer Hilfsdienst, ein Notarzt und mehrere Krankenwagen der Briten auf Abruf bereitstehen.«

»Und was ist mit einem oder mehreren Leichenwagen?«, stänkerte ein niederländischer Kollege, den es ganz besonders ärgerte, dass die belgische Kripo die Fäden spann.

»Der Kollege aus Holland mag zwar recht haben«, ging Le Maire darauf ein, weil er schnell bemerkt hatte, was der Mann mit seinem Spruch bezwecken wollte. »Aber sollten sich in dem LKW tatsächlich bereits verstorbene oder ermordete Menschen befinden, wäre es sicher nicht von vordringlicher Wichtigkeit, sie einzusargen. Ich denke, es ist besser, wenn sich unsere momentanen Gedanken und unser Tun auf die Lebenden konzentrieren!«

Das saß. Jedenfalls sagte der niederländische Beamte nichts mehr.

Nachdem weitere Fragen erörtert und in der Kürze der Zeit ausdiskutiert waren, erfuhren die Beamten, dass der Kollege Soquett nach Le Maires Meinung zwar in höchster Gefahr schwebe, sich aber noch nicht in allerhöchster Lebensgefahr befände, weil dieser sicher nicht hier in den Benelux oder in Deutschland, sondern »weit ab vom Schuss« umgebracht werden würde. »Aber dies kann ich ebenfalls nur vermuten, wie ich noch nicht ganz sicher bin, ob der dringend gesuchte Frittenmörder Gerrit de Kleijn dabei sein wird.«

Nach Beendigung seiner Einführung und der Beantwortung zusätzlicher Fragen kam er zur Umsetzung seines Plans: »Wir begleiten die Aktion der ›Nefrit BVBA‹ hautnah mit jeweils sechs Beamten in Zivil aus unseren drei Ländern von Kerkrade aus bis nach Calais mit insgesamt neun Zivil-PKWs und dann mit der Fähre weiter bis nach Dover!«

»Warum sind Sie sicher, dass die nicht den Tunnel, sondern die Fähre nehmen werden?«, wollte ein noch recht junger und für diese Aktion möglicherweise zu unerfahrener Kollege aus den Niederlanden wissen.

Da Le Maire jetzt keine Lust mehr auf nervtötende Fragen hatte, knurrte er ihm nur ein »Warum wohl?«, entgegen, bevor er unbeirrt fortfuhr: »Egal welchen Weg die wählen werden, folgt ihnen bitte möglichst unauffällig. So, wie wir es gelernt haben! Berücksichtigt bei der Auswahl der beteiligten Kollegen bitte die Frauenquote!« Damit wollte Le Maire sich nicht als besonders tolerant darstellen, sondern lediglich für eine bessere Tarnung sorgen. Aber dies konnten die neun Frauen im Saal, die ihm sogleich Beifall klatschten, ja ebenso wenig wissen, wie sie ahnen konnten, dass Le Maires eigenes Team fast ausschließlich aus Männern bestand.

»Der ›Superbulle‹ hat seinen Ruf völlig zu Recht verdient!«, meinte darum anerkennend eine zur anderen. Lediglich Dr. Laefers, die ihren Lemmi in- und auswendig kannte, verdrehte etwas die Augen.

»Wir fahren pro PKW jeweils im Zweierpack! Lediglich ich habe neben meinem Adjutanten und Kollege Lassarde auch noch Frau Dr. Laefers dabei, die sich zwar nicht bei einem Zugriff beteiligen darf, aber in Bezug auf administrative Tätigkeiten sicherlich gute Dienste leisten kann. Da der ehemalige Hauptkommissar Norbert Barth offiziell in Pension ist, darf er sich leider ebenfalls nicht am Einsatz beteiligen und uns nicht einmal begleiten. Das ist zwar sehr schade, aber unum-

gänglich!«, fuhr er unbeirrt fort. »Zieht über eure schusssicheren Westen lockere Freizeitklamotten und ladet Koffer und
Taschen in die Wagen, damit ihr wie Urlauber ausseht! Halb
aufgefaltete Landkarten und«, er warf Angelika Einen Blick
zu, »Sonnenbrillen können nicht schaden! Achtet sorgsam
darauf, dass ja nichts darauf hinweist, dass ihr irgendetwas
mit der Polizei zu tun haben könntet! Der deutsche Kollege
von der Technik klärt das mit den Funkgeräten, von denen
jeder von euch eines bekommt. Benutzt sie nur beim Einsatz, ansonsten ausschließlich Privathandys, von denen euer
Body die Nummer hat, damit ihr jederzeit kommunizieren
könnt, falls etwas wäre. Meine Nummer habt ihr ja alle, oder?
Ansonsten sprecht ihr nicht miteinander und tut so, als wenn
ihr euch nicht kennen würdet! Ist das verstanden worden?«

Einmütiges Kopfnicken.

»Gut! Da ich nicht genau weiß, wann die Sache steigen soll,
verteilen wir uns morgen ab 9 Uhr in sicherer Entfernung zur
Fabrik. Auf mein Kommando folgen wir dann dem Lastwagen.
Dabei wechseln sich die Belgier und die Deutschen ständig ab.
Die Holländer halten sich im Hintergrund …«

»Weshalb?«, schnarrte schon wieder der Kollege von vorhin
dazwischen, weil er sich erneut auf den Schlips getreten fühlte.

»Weshalb wohl?«, kam es von Le Maire in ähnlichem Ton
zurück wie kurz zuvor, weil er keine Lust hatte, sich wegen
seiner Alleingänge vor den niederländischen Kollegen zu
rechtfertigen. Dabei hatte er gemeint, dass niederländische
Kennzeichen mehr auffallen als belgische oder deutsche. Als
er abschließend sagte, dass alle weiteren Anordnungen den
aktuellen Erfordernissen nach *nur von ihm* kämen und ansonsten niemand weisungsbefugt sei, platzte nun Peter Dohmen
fast der Kragen. Aber anstatt sich lauthals über diese Schmä-
hung aufzuregen, hob er nur die Hand, um eine Frage stellen zu können.

»Ja?« Le Maire zeigte betont gönnerhaft auf Dohmen, um ihm das Wort zu erteilen.

»Muß dieser Einsatz unbedingt morgen sein?«

Le Maire nickte. »Warum fragst du?«

»Na ja, weil ... weil ...«, druckste der eher selbstherrliche als selbstsichere Aachener Ermitlungsleiter herum.

»Was ist jetzt?«, drängte der SOKO-Chef.

»Also gut«, presste Dohmen hervor, »ich sag's frei heraus: Morgen um 21 Uhr spielen die Deutschen in Frankreich gegen gegen Schweden. Es geht um den Einzug ins Viertelfinale!«

Schlagartig war es so still im Raum, dass man eine Stecknadel hätte fallen hören. Die Blicke der Versammlungsteilnehmer huschten von Dohmen zu Le Maire und zurück.

Ein wehmütiges Lächeln umspielte die Lippen des belgischen Fußballfans, bevor er in sarkastisch klingendem Tonfall sagte: »Mein werter Verbündeter im Geiste! Mir geht es ähnlich wie dir; denn auch die belgische Nationalmannschaft spielt morgen um 18 Uhr um den Einzug ins Viertelfinale. Glaub mir, es stinkt mir wie dir, morgen Abend arbeiten zu müssen, anstatt Fußball gucken zu können. Aber – verdammt nochmal: die Pflicht ruft! Unsere Mission duldet leider keinerlei Aufschub.«

Nachdem er dies gesagt hatte, bekam er Beifall von den niederländischen Kollegen, aber *nur* von den niederländischen Kollegen.

Arschlöcher, dachte der Versammlungsleiter und beendete die Zusammenkunft.

*

Zu Le Maires Plan gehörte es – was er seinen Kollegen bereits im Detail mitgeteilt hatte –, den vom Personalchef der »Nefrit BVBA« offensichtlich bevorzugten LKW-Fahrer in die

Firma zurückzuschleusen. Deswegen hatte er das Ganze verschoben. Und dadurch sollte die von Nascarée und de Kleijn ursprünglich geplante Fahrt nach Dover stattfinden können. Denn solange Bribanté nichts über den momentanen Verbleib seines Kollegen Soquett herausfinden konnte, befand sich dieser in zunehmender Lebensgefahr. Und da Le Maire überhaupt nicht wusste, was mit Soquett geschehen war und er auch nicht sicher sein konnte, ob sein Mitarbeiter in den Räumen der Frittenfettfabrik oder woanders gefangen gehalten wurde, nutzte auch ein Durchsuchungsbeschluss nichts. Würde er die Fabrik offiziell durchsuchen lassen und Soquett *nicht* dort finden, wäre dessen Leben aller Wahrscheinlichkeit nach jetzt schon keinen Pfifferling mehr wert. Also musste Le Maire besonnen vorgehen. Denn je früher diese Fahrt nach Dover stattfinden konnte, desto schneller würde die Möglichkeit bestehen – so seine Hoffnung – Soquett zu befreien. Darüberhinaus konnte er möglicherweise auch noch den Frittenmörder dingfest machen und aus ihm herauspressen, was mit seinem Freund Ralf Perron geschehen war. Wahrscheinlich würde er zu allem hin auch noch den von ihm vermuteten Menschenhändlerring auffliegen lassen und die anderen ebenfalls von ihm vermuteten »blinden Passagiere« befreien können. Alles in allem ein gewagtes Unternehmen.

Um dies bewerkstelligen zu können, hatte er von Staatsanwalt Delieux die Genehmigung erwirkt, den Somalier vorübergehend auf freien Fuß zu setzen und als Maulwurf in seine alte Firma einzuschleusen. Das Pfand dafür hatte er seine eigene Entlassung hinterlegt!

*

Da der eigentliche Arbeitgeber von Keita Seydou nicht die »Nefrit BVBA« im niederländischen Kerkrade, sondern die

Firma »Formteile Schwärzler SPRL« im ostbelgischen Hauset war, wartete der LKW-Fahrer nun in Hauset auf eine Reaktion des Chefs. Denn nachdem der Somalier völlig unerwartet in dessen Büro aufgetaucht war und über seinen Verbleib das Blaue vom Himmel heruntergelogen hatte, war er vom Chef hinausgeschickt worden, weil dieser dringend telefonieren musste.

»Das glaub ich jetzt nicht!«, schallte es aus dem Telefonhörer in Kerkrade. An diesem Ende der Leitung war Jean-Marie Nascarée, der glaubte, seinem Ohr nicht zu trauen, als er von Rudi Schwärzler erfuhr, dass der verschwundene Lastwagenfahrer im Büro des Metallunternehmers saß und darum bat, seinen Job wieder aufnehmen zu dürfen.

»Ja«, kam es zurück. »Es stimmt schon! Keita hat sich dafür entschuldigt, dass er unerlaubt und ohne Abmeldung ein paar Tage in Urlaub gefahren ist, weil sich dafür unerwartet eine gute Gelegenheit ergeben hat.«

»Wo war er denn?«, wollte Nascarée leicht misstrauisch wissen.

»Keita! ... *Keita*! Wo warst du in Urlaub?«, schrie Schwärzler durch die verschlossene Tür ins Vorzimmer. Da der Somalier ad hoc nicht wusste, was er antworten sollte, dauerte es damit etwas. Nur gut, dass der Chef in diesem Moment nicht sah, wie sich der nervös gewordene Mann den Schweiß von der Stirn wischte.

»Na? ... Was ist jetzt?«

»Isch war mit drei Freunde an die Meer! ... In ... in ... Blankenberge!«, log er in Erinnerung daran, dass er dort schon einmal gewesen war und bei Notwendigkeit auch etwas über diesen Tourismusort an der belgischen Küste erzählen konnte.

Als der Chef nach wenigen Minuten zurückkam, spürte Keita Seydou zwar dessen Misstrauen, bekam aber insofern einen positiven Bescheid, weil er sich am darauffolgenden

Tag um halb neun bei Nascaré melden durfte. Ein Mitarbeiter der Firma Schwärzler würde ihn dann von Hauset aus nach Kerkrade fahren, weil der LKW wegen des Durcheinanders mit den Fahrern bereits dort sei. »Also: Morgen um Punkt acht bist du hier! Ist das klar?« Ohne eine Antwort abzuwarten, drohte der Chef ihm noch unverhohlen: »Wenn du nicht pünktlich erscheinst oder dir ab jetzt auch nur das Allergeringste erlaubst, bekommst einen Riesenärger! Und nun verschwinde!« Im Stillen war er froh, dass sich das Problem mit dem Fahrer quasi von selbst gelöst hatte.

Kaum war der völlig durchgeschwitzte Schwarzafrikaner in seiner der Firma schräg gegenüber einer Durchfahrtsstraße liegenden Wohnung angekommen, rief er Le Maire an und gab ihm die sehnlichst erwartete Neuigkeit und die Uhrzeit durch, was den Hauptkommissar erleichtert durchschnaufen und eine vorgedrehte Zigarette anzünden ließ.

»Und?«, fragte Miller, der während des Telefonats neben seinem relaxt wirkenden Chef gestanden war.

»Alles in Ordnung! Unser Mann fährt morgen den LKW. Sag Locki, sie soll den anderen Teamchefs Bescheid geben, dass alles nach Plan verläuft.« Überdies konnte er jetzt die sieben Leute der SOKO Frittenmorde, die nicht für die Fahrt nach Dover eingeteilt waren, darüber informieren, dass sie sich mit uniformierten Beamten ab 9 Uhr in sicherer Deckung sowohl um das Firmengebäude in Kerkrade, als auch in Hauset verteilen und auf weitere Anweisungen warten sollten. Dazu gehörte auch der junge niederländische Kollege, der Le Maire mit seiner dummen Frage genervt hatte, weil er offensichtlich nicht wusste, dass der Tunnel nach Dover für zwielichtiges Gesindel wesentlich riskanter war als die Fähre.

Der Grund für diese Anordnung lag darin, dass es – wenn bei der Aktion etwas schieflaufen würde – vonnöten sein könnte, beide Firmen gleichzeitig stürmen zu müssen. »Aber nur auf *mein* Kommando hin!«

∗

»Na gut! Von mir aus sollst du noch eine letzte Chance bekommen«, schnarrte Nascarée anderntags mit einem hochnäsigen Getue, das seinesgleichen suchte, den pünktlich bei ihm abgelieferten und eingeschüchtert wirkenden LKW-Fahrer an. Dadurch wollte er sich nicht anmerken lassen, dass er im Grunde genommen heilfroh war, den schweigsamen und hervorragenden Lastwagenfahrer wieder als Kurier zu haben. Selbst wenn er gewollt hätte, wäre es ihm unmöglich gewesen, Keita Seydou wieder wegzuschicken. Denn der von Gerrit de Kleijn angeworbene Ersatzfahrer war tatsächlich so unverfroren gewesen, seinen neuen Job nicht anzutreten. Da sein ehemaliger Mitarbeiter Philipp van den Winkeln tot war, weil er von Gerrit de Kleijn erschossen worden war, nachdem er ihn auf der Flucht erwischt hatte, war der Personalchef gestern den ganzen Tag höchstpersönlich damit beschäftigt gewesen, einen anderen Fahrer aufzureiben. Wegen der Brisanz hatte er alles darangesetzt und sogar ein weit überhöhtes Honorar geboten. Dennoch hatte es nichts genützt und er auf die Schnelle niemanden gefunden. Denn wie es der Teufel gewollt hatte, war einem der firmeneigenen Fahrer, die er für diesen speziellen Job bisher noch nie eingesetzt hatte, der Führerschein entzogen worden. Und während ein anderer auf Tauchurlaub im Sinai war, hatte ein im Krankenhaus liegender Fahrer das Chaos perfekt gemacht.

Nascarée wusste, dass die 27 seit vorgestern in Keita Seydous LKW eingeschlossenen Flüchtlinge aus Eritrea, Äthiopien *und* Somalia mittlerweile bereits ebenso näher dem Tode als dem Leben waren wie der im Keller eingeschlossene Soquett. Also *musste* er den Somalier unter allen Umständen sofort auf die Strecke schicken. Andernfalls müsste er in Erwägung ziehen, die 12 Männer, neun Frauen und sechs Kinder hier in Holland »verschwinden« lassen. Aber wie? Sein »Mann für's Grobe« stand derzeit nicht zur Verfügung, denn der war vermutlich schon im ostbelgischen Gemmenich, um sich in der Rue Saint Hubert den dortigen Fritürenbesitzer vorzunehmen. Und wie immer, wenn der Profi arbeitete, hatte er zu seiner eigenen Sicherheit weder Papiere noch sein Handy dabei. Also war er jetzt auch nicht erreichbar – und zwar so lange, bis er seinen Job erledigt haben würde. Der wiederum war erst erledigt, nachdem der Mörder sich direkt nach seiner Tat so lange in seinem extra hierzu angemieteten Miniappartement verkrochen hatte, bis er der Presse hatte entnehmen können, dass die Luft rein war, indem in den einschlägigen Artikeln der Zeitungen und in den Radiomeldungen nichts darauf hinwies, dass sein Auftraggeber und er mit dem Mord in Zusammenhang gebracht werden konnten. Bevor er dann nach getaner Arbeit in die Firma zurückkehren würde, um Nascarée Bericht zu erstatten und zu kassieren, würde er wie immer Rotzki im »Roten Teufel« besuchen, um sich dort volllaufen zu lassen. Dass er ein wirklicher Profi war, bewies Gerrit de Kleijn auch dadurch, dass er – im Gegensatz zu Johan van Vlierden – trotz der Menge Alkohols, die er nach einem Mord stets in sich hineinzuschütten pflegte, das Maul hielt.

»Du gehst jetzt in die Kantine und bleibst dort, bis ich dich rufe!«, gebot Nascarée seinem Fahrer. Dadurch wollte er vermeiden, dass Keita Seydou mitbekam, wie van Vlierden den arg lädierten Soquett aus seinem Verlies im feuchten Kellergewölbe des 1852 errichteten Backsteingebäudes holte, zum gut versteckten LKW brachte und die illegalen Flüchtlinge mit Wasser und Essen versorgte. Bei dieser Gelegenheit ließ er unter van Vlierdens Aufsicht von den bedauernswerten Menschen deren eigene Fäkalien aus dem LKW kehren, bevor er sie und den Boden der Ladefläche mit einem Wasserschlauch abspritzte. Da es sich bei dem 7,5-Tonner um einen ausgemusterten Kühltransporter der »Nefrit BVBA« handelte, der innen speziell für diese Art Lieferungen umgerüstet worden war, bekamen die Insassen zwar genügend Luft und hatten sogar Licht, konnten von außen aber nicht gehört werden.

Weil Keita Seydou seine bisherigen Fahrten nach Dover ausschließlich von Hauset aus angetreten war und lediglich mit dem Be- und Entladen etwas zu tun gehabt hatte, wenn es sich um Maschinenbau- oder Eisenteile der Firma Schwärzler gehandelt hatte, wusste er nichts von den Schweinereien, an denen er schon sechsmal beteiligt gewesen war. Denn bei seinen Touren nach England hatte er noch nie etwas mit der Bestückung der bestens verschlossenen und verplombten LKWs zu tun gehabt. Und der Inhalt des Kuverts, das er bei jeder Tour unter der Bettdecke seines Hotelbettes gefunden hatte, ließ zwar immer noch und immer wieder Zweifel an seinem Tun aufkommen, erfüllte aber voll und ganz seinen Zweck.

»Es ist so weit! Hier ist der Schlüssel. Du weißt, was du zu tun hast«, zischte Nascarée seinen Fahrer an, nachdem er ihn in sein Büro zurückbeordert hatte. Dabei schwor er ihn dieses Mal ganz genau auf dessen Arbeit ein und gebot ihm, *nur zu fahren* und die Ware an seinen Bestimmungsort zu bringen. Ansonsten solle er sich um rein gar nichts kümmern. Dabei drückte er ihm noch nahezu perfekt gefälschte Papiere in die Hand, die bei einer eventuellen Polizei- oder Zollkontrolle dokumentieren sollten, dass er – wie immer – lediglich »original niederländische« Fritten und Frittenfett nach England transportierte. Aus diesem Grund war der Transporter auch verplombt worden.

Da sowohl dieses Fahrzeug der »Nefrit BVBA«, als auch der schwarzhäutige Fahrer bei den Zollbehörden bekannt waren, sollte es auch dieses Mal zu keinen Komplikationen kommen. Dies zumindest hoffte Nascarée. Aber trotz aller Freude darüber, doch noch einen Fahrer, sogar den besten zu haben, war er irgendwie misstrauisch geworden. Deswegen sagte er noch: »Heute fährt Johan van Vlierden mit! Er ist der Abteilungsleiter unserer Produktionsabteilung und muss in Dover ein paar Gerätschaften besorgen.«

Nascarée konnte nicht wissen, dass der sensibilisierte Somalier den eigentlichen Grund für seinen »Begleitschutz« ahnte. Hätte Le Maire seinen Schützling nicht verkabeln lassen und ihm zugesichert, dass er ständig unter Beobachtung der Polizei stünde, hätte Keita Seydou spätestens jetzt gekniffen und auf ein strafmilderndes Urteil bei Gericht verzichtet. Da er diese Neuigkeit direkt an Le Maire weitergeben musste, damit dieser ihn während der Fahrt weder auf dem Handy anrief noch anfunkte, musste sich der Lastwagenfahrer schnellstens etwas einfallen lassen, was ihm denn auch gelang: »Isch muss noch kurz auf die WeSee, bevor es losgeht!«

»Na gut. Aber beeil dich mit deiner Pisserei!«, knurrte Nascarée, während er überlegte, ob er seinem Fahrer dorthin folgen sollte.

✴

Keita Seydou hatte seine Meldung an den Einsatzleiter unbemerkt absetzen können und dafür von Le Maire sogar ein Lob erhalten. Allerdings hatte ihm der erfahrene Polizist auch dazu geraten, das kleine Funkgerät während der Fahrt auszuschaltet zu lassen und sicherheitshalber so am Körper zu verstecken, dass man es ebenso schlecht an ihm finden konnte wie die professionell angelegte Verkabelung der deutschen Kriminaltechniker. »Man weiß ja nie!«, hatte er gesagt und sich dabei Gedanken gemacht, ob er dem Somalier auch noch eine Waffe hätte geben sollen. Da Keita Seydou zwar ein netter und sicher nicht von Grund auf krimineller Kerl, aber dennoch zumindest ein Dieb und zudem kein Polizist war, hatte Le Maire diesen Gedanken schnell wieder verworfen. Dass sein Mann nun einen »Wachhund« hatte, mochte ihm aber ganz und gar nicht gefallen. Dennoch war er trotz dieser Neuigkeit zufrieden, denn er und die anderen drei SOKO-Mitglieder, die mit ihm in seinem »Tarnauto« saßen, würden jedes einzelne Wort, das der Somalier mit van Vlierden wechselte, einwandfrei verstehen. Möglicherweise plauderte der Leiter des »Fettfasses« ja versehentlich etwas aus.

Während Miller bei Einsätzen solcher Art wie üblich in albern aussehenden Klamotten angetreten war und widerwillig Le Maires alten, vor allen Dingen aber nach kaltem Rauch stinkenden Citroën lenken musste, saß der Hauptkommissar mit seiner neuen Sonnenbrille auf dem Kopf neben ihm.

Auf dem Rücksitz hatte Angelika in knallroten Urlaubsshorts und einem T-Shirt mit der Aufschrift I LOVE GRAIT BRITAIN Platz genommen. Als wenn dies als Message für all jene, die dies interessierte oder nicht, zu wenig Information wäre, spannte sich auch noch ein großes Herz über ihre beachtliche Oberweite, die Miller erst jetzt im Rückspiegel so richtig auffiel. Der neben Frau Dr. Laefers sitzende Lassarde hatte zur Tarnung ein Hawaiihemd aus den 60er-Jahren des vergangenen Jahrhunderts gewählt, über das sein »normal« gekleideter Chef nur schmunzeln konnte. Mann, Mann, Mann, was sind wir nur für ein verrückter Haufen, dachte er sich, als gerade der LKW an ihnen vorbeifuhr.

KAPITEL 20

»Achtung, es geht los!«, funkte der Einsatzleiter den anderen zu, während er dem nervös auf ihn wirkenden Miller deutete, abzuwarten.

Erst als der weiß lackierte 7,5-Tonner mit der auffälligen, schwarzkonturierten orangen Beschriftung und der prallgefüllten Frittentüte auf allen drei Seiten des Kastenaufbaus auf die N300 in Richtung Heerlen/Simpelveld einbog, begannen die zivilen Einsatzfahrzeuge, ihm in sicherem Abstand zu folgen. Dabei spielte sich schnell ein ständiger Wechsel der Reihenfolge ein. Durch niederländisches Gebiet fuhren je zwei Fahrzeuge mit niederländischen Kollegen in großem Abstand *vor* dem Lastwagen her. Sie sollten gegebenenfalls dafür sorgen, dass er nicht von eifrigen Autobahnpolizisten oder einem der seit den Terroranschlägen der IS im Grenzgebiet ganz besonders stark vertretenen Zollfahnder angehalten und dadurch die Aktion gefährdet wurde. Und damit Keita Seydou bemerkte, wenn ihn eines der verdeckten Einsatzfahrzeuge überholte und vor ihm fuhr, hatten alle Autos der Ermittler einen kleinen Aufkleber in Herzform im rechten unteren Bereich der Heckscheibe. Dies war Angelikas Idee gewesen, die von fast allen als gut empfunden worden war, weswegen es nichts genützt hätte, wenn sich der Einsatzleiter dagegen gesträubt hätte. Also hatte er knurrend zugestimmt.

Dieses »Vor dem Lastwagen herfahren« sollte sich dann auch mit den belgischen Kollegen wiederholen, wenn sie die Grenze zu Belgien durchfahren würden. Bevor sie dann ungefähr vier Kilometer vom belgischen Küstenstädtchen De Penne entfernt Belgien verlassen und nach Frankreich einreisen wür-

den, von wo aus es nur noch etwa 10 Kilometer bis zum Fährhafen von Dünkirchen bei Calais und zum Eurotunnel ging,
würde sich der Wagen des Einsatzleiters an die Spitze setzen.
Le Maire war ziemlich sicher, dass der Lastwagen die Fähre
zur Überfahrt nach England nutzen würde.

Im Moment aber befanden sie sich erst auf der E40 in Richtung
Heverlee/Brüssel. Die ganzen bisherigen 115 Kilometer hatte
van Vlierden kein einziges Wort mit dem ebenfalls wortkargen Chauffeur gesprochen, der sich im Stillen darüber freute,
dass ein rotes Herzchen an ihm vorbeizog. Der Grund für die
tumbe Verstocktheit seines Aufpassers lag darin, dass der bullige Mann einer dieser hirnlosen Rassisten war, die in Kneipen
fortwährend menschenverachtende Sprüche losließen, weil sie
Asylanten bis aufs Blut hassten. Dabei machten solcherma-
ßen dumme Menschen wie van Vlierden sich keine Gedanken
über illegal oder legal eingereiste Flüchtlinge. Sie unterschie-
den auch nicht unter kriminellen und gesetzestreuen Auslän-
dern, die einer ordentlichen Arbeit nachgingen und sich aus
Dankbarkeit demjenigen europäischen Staat gegenüber, der sie
aufgenommen hatte, für die Allgemeinheit engagierten. Ohne
überhaupt nur eine Sekunde über die Gründe der nun schon
jahrelang andauernden Flüchtlingskrise nachzudenken, scherte
Johan van Vlierden alle über einen Kamm und verurteilte die in
Europa lebenden Muslime pauschal als »dreckige Bombenleger«. Bei ihm kam noch dazu, dass er Dunkelhäutige oder gar
Schwarze ebenso wie die Pest hasste wie Juden, denen er die
Cholera an den Hals wünschte. Und dies spürte Keita Seydou
nicht nur, er wusste es. Denn die minderbemittelte Geisteshal-
tung seines scharfen Wachhundes konnte er auch an dessen
Hakenkreuz-Tätowierung ablesen, die unter dem verdreckten
T-Shirt am linken Oberarm hervorblitzte. Allein schon deswe-
gen war dem schwarzhäutigen Fahrer klar, dass er dieses Mal

extrem wachsam sein musste, wenn sie in Dover angekommen waren. An diesem Tag hatte Keita ein ganz besonders ungutes Gefühl. Er spürte, dass irgendetwas passieren würde.

Nachdem sie gute zwei Stunden unterwegs gewesen waren und mit 150 Kilometern etwa die Hälfte der Strecke schweigend hinter sich gebracht hatten, zeigte der Widerling auf ein Schild und bellte: »Dort vorne kommt gleich eine Raststätte. Fahr raus, ich muss pissen!«

»Ja, Massa!«, antwortete der Somalier provozierend.

Aber der Menschenhasser neben ihm schien nicht darauf eingehen zu wollen. Offensichtlich gefiel ihm diese Anrede sogar. Nach einem kaum merklichen Grinsen knurrte er schon wieder: »Park dort vorne möglichst ordentlich ein, damit unsere Kiste nicht unnötig auffällt.«

»Dafür sorgen schon Beschriftung auf LKW«, spöttelte der Fahrer, während er seinen Laster dorthin lenkte, wohin »sein Herr« gezeigt hatte.

Nachdem van Vlierden seinen massigen Körper vom Führerhaus heruntergewuchtet und sich das labberige T-Shirt in die unter seinem dicken Wanst sitzende Jeans gestopft hatte, ließ er noch eine Anordnung los: »Du bleibst auf dem Bock und rührst dich hier nicht von der Stelle!« Dann ging er in Richtung Tankstellenshop, anstatt zur direkt vor ihm liegenden Außentoilette der Raststelle.

Keita war dies egal; Hauptsache er war allein und konnte sein Funkgerät aus dem Versteck hervorholen, um von Hauptkommissar Le Maire zu erfahren, ob er bisher alles richtig gemacht hatte. Vielleicht hat der Einsatzleiter ja neue Anweisungen, dachte er sich, als er das Gerät einschaltete. In der Eile hatte er allerdings vergessen, sich zu vergewissern, ob sein lästiger Fahrgast außer Sichtweite geblieben war.

Inzwischen hatten sich die anderen unauffällig in die zuvor verabredete Position gebracht. Gut die Hälfte der Fahrzeuginsassen wartete an der Tankstelle und vor dem Restaurant verteilt auf van Vlierdens Rückkehr. Der Rest folgte ihm in den Tankstellenshop oder verteilte sich in der Nähe der Shop-Kasse, während zwei von ihnen um das Gebäude herumliefen, um es von hinten zu sichern. Durch diese Taktik wollte der Einsatzleiter gewährleisten, auf alle Eventualitäten vorbereitet zu sein.

»Ich dachte, der wollte aufs Klo«, wunderte sich Le Maire, der schon Sekunden später per Funk darüber informiert wurde, dass van Vlierden ein paar Fläschchen Hochprozentiges besorgt und gleich am Regal, noch vor der Bezahlung, den Inhalt eines davon hinuntergekippt und das Leergut ins Regal zurückgestellt hatte. Darüber nicht nur erstaunt, sondern erschrocken, sahen Le Maires Männer, die sich unauffällig in van Vlierdens Nähe aufhielten, dass sich diese gesetzeswidrige Aktion wiederholte.

»Oh, oh, das ist nicht gut!«, entfuhr es Le Maire, nachdem er dies über Funk erfahren hatte.

»Sollen wir ihn stellen?«, fragte Miller mehr pro forma als ernst gemeint.

»Um Gottes willen: Nein! Das ist keine gute Idee«, kam es von seinem Chef zurück. Zu Angelika und Lassarde sagte er: »Ihr funkt mich sofort an, wenn der Typ zum Lastwagen zurückkommt! Ich schleiche mich mit Miller zu unserem Somalier, um kurz mit ihm zu sprechen.«

»Unser« Somalier, wunderte sich Miller über Le Maires vertraute Bezeichnung des Mannes, der de facto immerhin noch in Untersuchungshaft saß, weil er ein mutmaßlicher Verbrecher, zumindest aber ein Dieb war. Na ja, dachte er sich. Unser Gefangener sitzt zwar nicht in seiner Zelle, dafür aber notgedrungen auf einem Sprengsatz.

Da Keita die beiden im Rückspiegel sah, öffnete er die Fahrertür und machte Anstalten, auszusteigen.

Le Maire aber hielt ihn mit einer energischen Handbewegung davon ab. »Bleib sitzen! Alles klar bei dir?« Der Hauptkommissar bestätigte dem Somalier, bisher alles richtig gemacht zu haben. Dann gab er ihm ein paar neue Anweisungen. »Hier!«, sagte er und hielt dem ungläubig dreinschauenden Schwarzen eine Waffe hin. »Ich vertraue dir!« Dabei sah er Keita Seydou so in die Augen, wie er es bei der Vernehmung getan hatte.

»Der Somalier nickte dankbar und sagte: »Sie *können* misch vertrauen!«

»Gut! Ich gebe dir diese Waffe auch nur, weil es für dich gefährlich werden könnte und ich nicht Schuld daran sein möchte, wenn du dich nicht wehren kannst. Hier ist das Beinholster! Schnall es dir um den Unterschenkel und zieh die Hose drüber, solange van Vlierden noch nicht zurück ist. Aber beeil dich! Kannst du damit umgehen?«

Dass sein Schutzbefohlener dies verneinte, zeigte Le Maire, auf das richtige Pferd gesetzt zu haben. Es schien seine harmlose Einschätzung des Somaliers zu bestätigen.

Auf die Schnelle erklärte Le Maire ihm daher die wichtigsten Handgriffe. »... Und damit sicherst du die Waffe wieder, wenn du sie gebraucht haben solltest! Siehst du: Sichern! – Entsichern! Aber du benützt dieses Teil nur im alleräußersten Notfall, wenn du dich deines Lebens erwehren musst! Ist das klar? Ich verlasse mich auf dich! Nach Beendigung unseres Einsatzes gibst du sie mir sofort zurück! Und bleib in jeder Situation besonnen, hörst du?«

Der Kriminalhauptkommissar wusste, dass er *seine* Waffe und zudem auch noch seinen Dienstausweis würde abgeben müssen, wenn Docteur Baguette und – was noch schlimmer wäre – Staatsanwalt Delieux davon Wind bekamen, dass er sich nach langen Überlegungen doch noch dazu entschlossen hatte, einem mutmaßlich Kriminellen eine Dienstwaffe zu überlassen. Er konnte nur hoffen, dass sein Schützling keine Dummheiten damit machte.

*

Während Le Maire und Miller den Siebeneinhalbtonner vorsichtig von außen inspizierten und lauschten, ob aus seinem Inneren irgendwelche verdächtigen Laute zu vernehmen waren, schien plötzlich der Teufel los zu sein. Gerne hätten sie noch nach Soquett gerufen, um ein Lebenszeichen von ihm zu bekommen, obwohl dies äußerst riskant gewesen wäre, weil dann sicherlich die dort eingepferchten Flüchtlinge wie wild an die Wände geschlagen und herumgeschrien hätten. Aber die beiden kamen sowieso nicht mehr dazu, weil sie von einem plötzlichen Tumult abgelenkt wurden, den noch niemand richtig einordnen konnte.

»Was ist?«, wollte Le Maire – immer noch beim LKW – über Funk von seinen Leuten wissen, die sich noch in van Vlierdens Nähe im Inneren der Tankstelle befanden. Sie hatten sich ein Stück von ihm entfernt hinter Verkaufsregalen versteckt, um unbemerkt funken zu können. »Merde! Nun sagt doch schon, was bei euch da drinnen los ist!«

Sowohl die Beamten in der Tankstelle, als auch die Sicherungsbeamten, die sich davor postiert hatten oder diejenigen, die noch in ihren Autos saßen, befanden sich von einer Sekunde zur anderen in allerhöchster Alarmbereitschaft. Denn so schnell hatten sie nicht schauen können, wie eine belgische Polizeistreife mit eingeschaltetem Martinshorn und Blaulicht auf den Tankstelleneingang zugerast war, aus der kurz darauf zwei uniformierte Beamte mit gezogenen Pistolen in den Verkaufsraum gestürmt waren.

»Ich weiß zwar noch nicht, um was es geht, aber ein großer Auftritt!«, lästerte Le Maire über das in seinen Augen völlig übertriebene Verhalten der beiden uniformierten Autobahnpolizisten, während er die passende Mimik dazu machte.
»Respekt, Kollegen!« Er ging davon aus, dass das Ganze mit
irgendeinem Ladendiebstahl zusammenhing.

✻

Just zur selben Zeit, als im Tankstellenshop alles drunter und
drüber zu gehen schien, verzehrte Gerrit de Kleijn in der »Fritüre du Village« im ostbelgischen Gemmenich in aller Seelen-
ruhe eine Portion Moules et frites. Dabei ließ er den 32-jäh-
rigen Fritürebesitzer Gerald Armand nicht aus den Augen.
Als er endlich mit ihm allein in dem modern ausgestatteten
Gastromieladen war, leckte er sich genüsslich die Finger ab
und zog dann ein ovales Schild mit der Aufschrift »FERMÉ –
GESLOTEN« aus seiner Jackentasche. Ohne die Augen von
Monsieur Armand zu lassen, ging er damit zur Eingangstür.

✻

Le Maire hatte Recht gehabt: die übereifrige Autobahnpolizei war wegen eines Tankstellendiebstahls angefordert worden, – allerdings anders, als es sich der Ermittler vorgestellt
hatte. Denn es hatte sich um Johan van Vlierden gehandelt, der
so dumm gewesen war, sich im Tankstellenshop dabei erwischen zu lassen, wie er zwei Schnapsfläschchen austrank und
das Leergut unverfroren ins Regal zurückstellte, anstatt es mit
zur Kasse zu nehmen, um dort korrekt zu bezahlen. Dabei
war dem Schnapsdieb nicht aufgefallen, dass dies nicht nur
von seinen Beschattern, sondern auch noch von einer älteren
Shop-Mitarbeiterin bemerkt worden war, weil er neben dem

Trinken her auch noch damit beschäftigt gewesen war, einer ihrer jungen Kolleginnen auf den Hintern zu starren, als diese sich bückte, um eine der unteren Regalreihen mit Kartoffelchips zu bestücken. Die ältere der beiden hatte direkt neben dem Dieb Ware in eines der oberen Regale gestapelt und war deswegen Zeugin seines dreisten Mundraubes geworden. Klar, dass sie dies umgehend der Geschäftsleitung gemeldet und diese zum Telefonhörer gegriffen hatte.

Durch die ins Regal zurückgestellten leeren Fläschchen hatte sich die Sachlage für den Tankstellenpächter so eindeutig dargestellt, dass er die Polizei gerufen hatte, ohne lange abzuwarten, ob der »Kunde« an der Kasse bezahlen würde … oder eben nicht. Als Johan van Vlierden wenig später tatsächlich an der Kasse stand, um lediglich vier Fläschchen zu bezahlen, hatte die bereits informierte Kassiererin höflich gefragt, ob dies alles sei. Da van Vlierden dies ohne mit der Wimper zu zucken bejahte, hatte der Tankstellenpächter den Dieb coram publico gestellt. Der aber hatte auch nach mehrmaligem Nachfragen hartnäckig geleugnet und, als er von ein paar hinzugerufenen Männern festgehalten werden sollte, zu schreien begonnen, ja sogar um sich geschlagen. Aus Sicht des Tankstellenbetreibers war es nur gut, dass eine Streife der Autobahnpolizei ganz in der Nähe und zudem auf dieser Seite der Autobahn gewesen war. Nachdem die beiden Beamten mit gezückten Waffen in den Shop gestürmt waren, hatten sich die Kunden und das Verkaufspersonal schreiend und kreischend auf den Boden geschmissen, wo van Vlierden bereits auf dem Bauch lag, weil er von mehreren beherzten Männern niedergedrückt und fixiert wurde. Ganze fünf Männer – allesamt Brummifahrer, die sich eine Pause gegönnt hatten – waren dazu vonnöten gewesen.

Da die SOKO-Angehörigen im Shop nicht gewusst hatten, wie sie sich verhalten sollten, hatten sie die Einsatzleitung zu sich gerufen. So hatten Le Maire, Dohmen, der Chef des niederländischen Teams und auch Miller das Spektakel in seiner ganzen Tragweite mitbekommen. Auf Le Maires Geheiß hin hatten sie sich aber nicht zu erkennen gegeben und sich schon gar nicht eingemischt. Da sie die Einzigen gewesen waren, die sich nicht auf den Boden geworfen hatten, waren sie allerdings aufgefallen. Nur gut, dass van Vlierdens Gesicht mit der flachen Hand eines der kräftigen Brummifahrer so fest auf den Boden gedrückt wurde, dass er nichts sehen konnte. Eine heikle Situation, die alles hätte kaputtmachen können, noch bevor die Mission richtig ins Laufen gekommen war. Erst nachdem sich die Lage beruhigt und van Vlierden Handschellen angelegt worden waren, ging Le Maire unauffällig zu einem der Autobahnpolizisten, um mit ihm zu sprechen.

※

Johan van Vlierden fluchte, was das Zeug hielt. Er war an ein Heizungsrohr im Aufenthaltsraum des Tankstellenpersonals gekettet. Einer der beiden Autobahnpolizisten hatte bereits mühsam versucht, die persönlichen Daten des Diebes aufzunehmen. Da ihm dies beim besten Willen nicht gelungen war, begann er mit der Befragung der Tatzeugin.

Zur selben Zeit saßen die verdeckten Ermittler zusammen mit dem anderen Streifenpolizisten ein Stockwerk darüber im Büro des Tankstellenpächters. Le Maire schüttelte immer noch fassungslos den Kopf. Er wischte sich mit beiden Händen übers Gesicht und rieb sich die Augen. »Merde! Musste die ganze Scheiße sein?« Nachdem er sich einigermaßen gefangen hatte, begann er damit, seine »international« besetzte Truppe vorzustellen und den Grund ihres Hierseins zu erklären.

»Alles gut und recht! Aber weshalb erzählen Sie mir das? Was hat dies mit dem Ladendiebstahl hier zu tun?«, wollte der uniformierte Streifenbeamte wissen, der sich nicht einschüchtern ließ, nur weil er es mit Kripobeamten zu tun hatte.

»Das kann ich dir sagen.« Nachdem Le Maire in knappen Worten den Sachverhalt geschildert hatte, kam er zum Schluss: »… Deshalb müsst ihr van Vlierden *sofort* laufen lassen! Tut so, als wenn er wegen der Geringfügigkeit seiner Tat zwar noch von der Staatsanwaltschaft hören würde, jetzt aber gehen könne. Er darf nicht merken, was dahintersteckt! Denk nur an die von uns vermuteten Menschen im LKW, die wahrscheinlich nur noch deshalb leben, weil in den ehemaligen Kühltransporter ein Lüftungsrohr mit Ventilator eingebaut wurde! Obwohl wir nicht einmal wissen, ob die Lüftung funktioniert, haben wir die Nerven behalten und noch niemanden befreit. Wir wollen unsere Mission nach wie vor nicht gefährden und müssen unbedingt an die Drahtzieher kommen! Wenn also unsere Aktion nur wegen dieses beschissenen Diebstahls und eurer damit verbundenen Sturheit auffliegt, kriegt ihr gewaltige Schwierigkeiten. Das kann ich euch versprechen!«, drohte Le Maire ungehalten, weil er befürchtete, dass sich der Autobahnpolizist auch weiter querstellen würde.

*

»So, mein Freund, nun sind wir allein und haben unsere Ruhe!« Gerrit de Kleijn stand breitbeinig mit verschränkten Armen an der Verkaufstheke der »Friterie du Village« in Gemmenich und versperrte damit dem Friteriebesitzer den Weg zur Flucht. »Du weißt, dass ich von dir erwarte, …«

Bevor er seinen Satz zu Ende sprechen konnte, schrie Gerard Armand ihm über die Maßen angespannt entgegen, dass er einen Scheiß tun und auch künftig sein bisheriges Frittenfett verwenden werde. »Oder glaubst du etwa, dass du bei mir mit deiner miesen Erpressung durchkommst? Die Firma

›Nefrit‹ interessiert mich nicht im Geringsten! Ich bin stolzer Ostbelgier und biete meinen Kunden nur allerbeste Qualität aus Belgien an und keinen billigen Mist aus Holland! Euer dreckiges Frittenfett könnt ihr ebenso behalten wie eure ungenießbaren Fritten! Noch mal zum Mitschreiben: Wir sind hier in Belgien und nicht in Holland! Wir verarbeiten für unsere Kunden nur Top-Qualität! Ist das bei dir angekommen? – Und nun raus hier!«

Da sich bisher nur ein einziger Frittenbudenbetreiber getraut hatte, sich Gerrit de Kleijn derart mutig entgegenzustellen, war der »Mann für's Grobe« der Firma »Nefrit« für einen Moment etwas ratlos. Da schon die Sache mit Fritten-Ralf noch nicht gut für ihn ausgegangen war und er deswegen einen Riesenärger mit seinem Auftraggeber bekommen hatte, wusste er im Moment nicht, was er tun sollte.

»Und, was ist jetzt? Haust du nun endlich ab, oder muss ich erst die Polizei rufen«, zischte es Gerrit de Kleijn entschlossen entgegen.

»Mir scheint, du willst es nicht anders«, blaffte der Hüne zurück. Um seine Drohung zu unterstreichen, trat er einen Schritt näher an den offensichtlich todesmutigen Fritürebesitzer heran. Langsam zog er seine Asbesthandschuhe aus dem Hosengürtel, wo er sie hinter seinem Rücken unter dem grünen Armeeparka versteckt hatte. Ohne sein Gegenüber aus den Augen zu lassen, legte er sie auf den Verkaufstresen und zog in aller Ruhe seinen breiten Gürtel mit der auffallenden Totenkopfschnalle enger. Wieder näherte er sich um einen Schritt.

»Das reicht jetzt! Schau, dass du hinter dem Tresen verschwindest und meinen Laden unverzüglich verlässt! Sonst …«, versuchte der Fritürebesitzer ebenfalls zu drohen. Offensichtlich fiel in seiner Aufregung selbst beim Anblick der Asbesthandschuhe bei ihm kein Groschen, obwohl mittlerweile im ostbelgischen »Grenz-Echo« und in gesamtbelgischen Zeitungen, im Belgischen Rundfunk und bei »Radio Sunshine« ebenso über die »Frittenmorde« berichtet worden war wie in den beiden Aachener Zeitungen, im WDR und bei 100,5.

»Meine Firma hat dir ein einmaliges Angebot gemacht, dessen Frist hier, heute und jetzt abläuft!«

Aber auch dies veranlasste Gerard Armand nicht, klein beizugeben. »Ich habe euer ›Starterset‹ getestet und für absolut schlecht empfunden. Deswegen habe ich den ganzen Kübel mit stinkendem Frittenfett entsorgt und die Fritten an sozial schwache Familien verschenkt. Also: Ich habe getan, was ihr von mir verlangt habt – das reicht! Ich werde eure Ware nicht verwenden! Das ist mein letztes Wort!«

»Das glaube ich auch so langsam«, entgegnete de Kleijn zynisch und trommelte provozierend mit den Fingern auf den Asbesthandschuhen herum. Mit zusammengekniffenen Augen fragte er sein Gegenüber, ob der in der Zeitung schon einmal etwas über den »Frittenmörder« gelesen hätte. Dabei zeigte er mit der anderen Hand zu den Friteusen.

Nun dämmerte es dem zwar nicht gerade kleinen, de Kleijn aber körperlich deutlich unterlegenen Fritürebesitzer und er schluckte schwer.

»Also …?« Gerrit de Kleijn streifte sich in aller Selenruhe die Asbesthandschuhe über.

*

Der ganze Ärger in der Tankstelle, insbesondere Le Maires Beschwörungen dem sturen Autobahnpolizisten gegenüber, vernünftig zu werden, hatte letzlich so viel Zeit gekostet, dass es mittlerweile Nachmittag geworden war. Der commissaire aus Liège zog mit geblähten Nasenflügeln die warme Sommerluft ein und stieß sie mit aufgeblasenen Backen wieder aus. »Puh! Das ging aber gerade noch einmal gut!« Damit meinte er die Auseinandersetzung mit dem ignoranten Kollegen von der Streife. Der Sturkopf hatte sich erst mit seinem Kameraden absprechen, dann bei seiner Dienststelle anrufen und schließlich auch noch bei Staatsanwalt Delieux über die Korrektheit dieser verdeckten Ermittlung versichern müssen, bevor er einsichtig geworden war. Schlussendlich aber war Le Maire als klarer Sieger nach Punkten aus diesem Match hervorgegangen.

Nachdem alle dienstlichen Details geklärt waren, ohne dass van Vlierden etwas davon mitbekommen hatte, saß dieser nun wieder im Führerhaus des Lastwagens und maulte seinen Fahrer an: »Was schaust du so dumm? Es hat halt etwas länger gedauert! Na und? … Nun fahr endlich los!«

Keita Seydou tat so, als wenn er von dem Ladendiebstahl nichts wüsste, weil er das Führerhaus erst verlassen hatte, nachdem van Vlierden von der Toilette zurückgekommen und er selbst dorthin gegangen war. Dennoch hatte er sich eine Bemerkung nicht verkneifen können: »Hast du mitbekommen, was da drin los war und was Bullen wollten?«

»Halt's Maul und fahr endlich los!«, hatte er lediglich zur Antwort bekommen.

Nur gut, dass van Vlierden das breite Grinsen des Schwarzen nicht bemerkt hatte.

*

Inzwischen hatten die SOKO-Mitglieder insgesamt 291,4 Kilometer ohne weitere Komplikationen hinter sich gebracht. Dies wusste Le Maire nur aus dem Grund so genau, weil er die gefahrenen Kilometer für die Abrechnung würde vorlegen müssen. Laut aktueller *Spesenabrechnungsvergütungsverordnung für die Föderale Polizei Belgiens, ISO-Code 056, Aktenzeichen 3166-1-SAVVFDFPB-BE-BRU, vom 01. Januar 2017, sind nicht nur die in einer Endsumme gefahrenen Kilome-*

ter anzugeben. Vielmehr sind diese akkurat in ganz genau vorgegeben Etappen einzuteilen und dann in dreifacher Ausfertigung mittels des Formblatts BE-BRU zur Spesenabrechnungsvergütungsverordnung für die Föderale Polizei Belgiens, ISO-Code ... »Merde!«

Und wenn eine Fahrt ins Ausland ging, wurde es noch komplizierter, denn dann ... »Merde!«

Immer wenn der Beamte eine aus dem üblichen Rahmen fallende Dienstfahrt angetreten hatte (was eine normale Dienstfahrt von einer aus dem Rahmen fallenden Dienstfahrt unterschied, war ebenfalls genau festelegt, und zwar im Formlatt ...), hatte er über Beamte, insbesondere über diejenigen Sesselfurzer geflucht, denen dieser ganze Schwachsinn eingefallen war.

Ach ja, da war ja noch etwas: selbstverständlich mussten auch die genauen Fahrtzeiten festgehalten werden, und zwar ebenfalls *in dreifacher Ausfertigung mit dem Formblatt BE-BRU zur Spesenabrechnungsvergütungsverordnung* für die Föderale Polizei Belgiens, ISO-Code ... »Merde!«

Da Locki ihm bei diesem Einsatz nicht zur Seite stand, musste er notgedrungen selbst auf solche Details achten, was er denn auch insofern tat, indem er die Kontrolle über die gefahrenen Kilometer und die dadurch verbratene Zeit gleich zu Beginn der Fahrt an Miller abwälzte und ihn damit beauftragt hatte, über den Verlauf und über den Ausgang dieser Dienstreise akribisch Buch zu führen. »Und gleich dies auch mit unseren anderen Fahrzeugen ab!«, hatte Le Maire am Ende seiner »Übergabe« an Miller gesagt.

Dass er selbst in diesem Punkt schlampig war, wusste auch seine Sekretärin, die oft genug die jeweils gefahrenen Etappenkilometer aus dem Internet herausfischen musste, um der Zahlstelle stimmige Kilometerangaben zu übermitteln. Dank digitaler Routenplaner konnte sie auch die jeweiligen Fahrt-

zeiten dazuschummeln, ohne dass die »Spesenabrechnungs-
vergütungsverordnungsabrechnung« unglaubwürdig aussah.

Im Laufe der Zeit war Le Maires diesbezügliche Schlampigkeit dann auch Docteur Baguette nicht verborgen geblieben.
Und wenn dies nun auch noch bis zum Staatsanwalt gelangen
würde, wäre aus dessen Sicht »Polen offen«, was nichts anderes hieße, als dass Delieux einen weiteren Grund dafür hätte,
den unleidigen Chefermittler der Mordkommission Liège loszuwerden. So weit wollte es Le Maire nicht kommen lassen,
zumindest nicht wegen einer solch geringfügigen menschlichen Schwäche.

*

Sie fuhren gerade auf die Ausfahrt nach Dünkirchen, von
wo aus sie mit der Fähre ins südostenglische Dover überset-
zen würden, weil der Lastwagen – wie von Le Maire erwartet – nicht den Weg durch den Eurotunnel von Calais aus
nach England genommen hatte. Den Grund dafür vermutete
Le Maire darin, dass der Kanaltunnel nicht in Dover, sondern
in Folkstone endete. Zudem waren die dortigen Zollkontrol-
len meist strenger als bei der Schiffspassage, die in erster Linie
von harmlosen Touristen und von seriösen Geschäftsleuten
genutzt wurde.

Le Maires alter Citroën hatte sich wie geplant schon vor zehn
Kilometern vor das Zielfahrzeug mit der einerseits befürchte-
ten, andererseits aber erhofften menschlichen Fracht gesetzt.
Da der mit allen Wassern gewaschene Ermittler wusste, dass
so lange Autofahrten einschläfern konnten, rüttelte er seine
Mannschaft auf und informierte sie via Funkgerät über den
zweiten Teil ihrer Reise: »Achtung, an alle! Da wir in wenigen Minuten einschiffen werden, ist ab jetzt wieder äußerste
Achtsamkeit erforderlich! Lasst fremde Fahrzeuge zwischen

euch, damit eure Autos von den Einweisern auf der Fähre verteilt werden können, bleibt dabei aber immer in van Vlierdens Nähe! Behaltet stets auch unseren Somalier im Auge!« Er selbst winkte einen der Einweiser zu sich, zeigte ihm unauffällig seinen Dienstausweis und bat ihn höflich, seinen Wagen an den vor ihnen stehenden Gefährten vorbeizuwinken. Damit wollte er erreichen, ganz vorne am Bug der Fähre stehen und als Erster die Fähre verlassen zu können. »Zu niemandem ein Wort!«, ermahnte er den freundlichen Reederei-Angestellten und zwinkerte ihm dankbar zu.

Sowohl die Einschiffung, als auch die zweistündige Fahrt mit der »Delft Seaways« über den Ärmelkanal aufs britannische Eiland verliefen ohne nennenswerte Ereignisse. Lediglich einmal wäre es fast zu einer Konfrontation zwischen van Vlierden und einem der niederländischen Kriminalbeamten gekommen. Denn der hatte sich wegen van Vlierdens Telefoniererei zu nahe an ihn herangewagt, um etwas mitzubekommen. Dabei hatte er ungewollt auf sich aufmerksam gemacht. »Ist was?«, hatte van Vlierden den verdeckten Ermittler angeschnauzt und ihn dann um Feuer gebeten.

Die Polizisten freuten sich nicht gerade darüber, dass sie wegen der durch den Schiffsmotor verursachten Geräusche, den Fahrtwind und den ständig kreischenden Möwen nichts von van Vlierdens Telefonaten mitbekamen. Da er logischerweise nicht in der Fahrerkabine des Lastwagens in Keita Seydous Beisein telefonierte, war es unmöglich, mithören zu können.

»Merde!«, schimpfte Le Maire immer noch, als Miller seinen Wagen von der Fähre lenkte. Es ärgerte ihn, dass Keitas Verkabelung umsonst gewesen war – zumindest bis jetzt. Wenigstens hatte er die Zeit an Bord der Fähre nutzen können, um

326

via Handy den in Dover zuständigen detective chief super-intendent Finley Cavanaugh zu briefen. Damit sein englischer Kollege sich vorbereiten konnte, hatte Le Maire ihn schon während Autofahrt vorinformiert und grob in Kenntnis gesetzt.

*

»Das ist mir doch egal!«, schrie Le Maire in sein Handy, weil er genau in dem Moment von seiner Sekretärin einen Anruf erhalten hatte, als er sich voll und ganz auf die gleich auf ihn zukommende Situation konzentrieren musste. Denn sie waren erst vor wenigen Augenblicken von der Rampe der Autofähre heruntergerollt und hatten den englischen Boden noch nicht einmal betreten. Das Handy am Ohr und Fabienne Loquie am Ende der Leitung fuchtelte er mit dem Zeigefinger der anderen Hand herum und sagte gleichzeitig zu Miller: »Da vorne … Der Seitenstreifen hinter dem Busch! Halt an!« Der belgische Chefermittler wollte dort ungesehen darauf warten, bis das Zielfahrzeug an ihnen vorbeigefahren war, um ihm dann in gewohnter Manier zu folgen. Er wusste ja nicht, welches Ziel der umgebaute Kühlwagen ansteuern würde. Also machte es keinen Sinn, weiter vor ihm herzufahren. Außerdem kannte sich keiner von ihnen besonders gut in Dover aus. Deswegen hatte er sich mit seinem englischen Kollegen Finley Cavanaugh telefonisch dahingehend verständigt, dass sie sich gleich nach der Ankunft am Fährhafen treffen würden. Da sie aber wohl keine Zeit haben würden, um die Sachlage zu erörtern und Strategien zu besprechen, hatten sie auf Le Maires Vorschlag hin vereinbart, dass der 39-jährige detective chief superintendent gleich bei der Ankunft in Dover mit Miller die Plätze tauschen sollte. Dadurch würden sie während der Fahrt die Zeit nutzen können, um sich zu unterhalten. Und der perfekt englisch sprechende Miller konnte gleichzeitig die drei englischen Kollegen in deren Auto über den aktuellen Sachstand in Kenntnis setzen. Per Funk würden dann sowieso alle Insassen der nunmehr zehn Einsatzfahrzeuge informiert werden. Das Problem dabei war nur, dass sich Miller nicht mehr um die gefahrenen Kilometer kümmern konnte.

Nicht schlecht, Lemmi, hatte er innerlich zu sich selbst gesagt, weil er auf seine taktischen Ideen so stolz war, als wenn er seine Mission bereits erfolgreich beendet hätte. Irgendwie war er mit sich und seiner bisherigen Arbeit zufrieden, … wenn da nur nicht die Sorge um Soquett wäre.

»Was meinen Sie mit dem ›Seitenstreifen hinter dem Busch‹?«, schmetterte es ihm aus dem entfernungsbedingt rauschenden und zudem Lärm umpegelten Handy entgegen. »Wir haben einen Toten in der Rue de Saint Hubert Nummer drei in Gemmenich!«

Leicht irritiert, kam es in ähnlicher Lautstärke zurück: »Wie oft soll ich es dir noch sagen, Locki? Ich kann mich jetzt beim besten Willen nicht darum kümmern! … *Was?* Ja, sicher: heute *und* morgen! … Möglicherweise sogar länger! … Nein, ich weiß noch nicht, wann genau ich zurück sein werde!«

Le Maire wäre am liebsten die Wände hochgegangen, denn seine übereifrige Sekretärin gab einfach keine Ruhe.

»So, jetzt reicht es mir aber!«, schrie er irgendwann ins Handy und erreichte damit endlich, dass Mademoiselle Loquie still war. »So, Locki, nun hör mir bitte zu, ja?«

»Ich versteh Sie schlecht, Chef«, kam es mit unterdrückter Stimme zurück.

»Hallo! Hörst du mich? … Ja? Gut! Also, spitz die Ohren: Du gehst jetzt zu Docteur Baguette und berichtest ihm, dass wir in Gemmenich eine Leiche haben, und erzählst ihm alles, was dir darüber gesagt wurde. Er wird dann zusammen mit Staatsanwalt Delieux alles Nötige in die Wege leiten und die

Tatortsicherung koordinieren! Wer hat dich eigentlich informiert?«

»Na, ein junger Kollege aus Eupen, der nicht wusste, wie er sich verhalten und was er tun sollte! Er hat auf Ihrem Diensttelefon angerufen, aber das war wohl …«

»Merde! … Ah! Gut, das wäre es dann wohl für den Moment.«

»Aber, Chef?«, unterbrach ihn die scheinbar wieder einmal eingeschnappte Sekretärin. »Der Tote wurde in einer Fritüre gefunden! Also ist das doch *unser* Fall, oder etwa nicht?«

Le Maire schnaufte tief durch, bevor er damit begann, das Telefonat zu beenden. »Ja, du hast sicher recht! Aber wie du mir soeben gesagt hast, wissen wir bisher nur, dass es in der Rue Saint Hubert in Gemmenich einen Toten gegeben hat, sonst noch nichts! Stimmt's? … Oder wissen wir schon, ob es sich um Mord handelt?«

Fabienne Loquie zuckte mit den Schultern, was als Antwort gelten sollte, ihr Chef aber natürlich nicht sah. Ihr fehlten einfach die Worte. Sie war über Frederics Verhalten dermaßen enttäuscht, dass sie den Tränen nahe war. Wieso brachte er ihr für diese wichtige Information nicht die angebrachte Wertschätzung entgegen? So wichtig konnten doch die Vorgänge in Dover wirklich nicht sein.

»Und?«

»Nein«, kam es kaum hörbar zurück.

»Na also. Und nun beruhige dich wieder!«

Klar, dass Le Maire – sollte es sich in Gemmenich um einen Mord handeln – gedanklich einen weiteren Frittenmord in Betracht zog. Aber dies musste er seiner sowieso schon übernervösen Sekretärin ja nicht gleich auf die Nase binden. Diese Tatsäche interessierte ihn im Moment ohnehin nur deshalb, weil er dann Gerrit de Kleijn nicht in Dover erwarten konnte. Denn sollte der »Schlangenbeschwörer« tatsächlich der gesuchte Frittenmörder sein, müsste er sich zumindest jetzt noch in Ostbelgien oder in dessen Umfeld aufhalten. Diese Feststellung trug im Moment zwar nicht zur weiteren Aufklärung der Frittenmorde bei, beruhigte den doch etwas dünnhäutig gewordenen Einsatzleiter aber angesichts dessen, was er gerade tat.

Als das Zielfahrzeug an ihnen vorbeifuhr und vom Hauptfährterminal weg die Eastern Docks in Richtung der etwa ein Kilometer entfernten Western Docks fuhr, wo sich das Kreuzfahrtterminal befand, hatte Le Maire bereits Millers Platz am Steuer seines geliebten Citroëns eingenommen. Während sein Adlatus zu den englischen Kollegen in detective chief superintendent Finley Cavanaughs Wagen einstieg, nahm der 39-jährige Chefermittler aus Dover neben Le Maire Platz. Nach einer kurzen Begrüßung konnten die nun insgesamt zehn Fahrzeuge in gebührendem Abstand und in lang gezogenem Konvoi dem umgebauten Kühlwagen mit dem niederländischen Kennzeichen in Richtung Westen folgen. Deswegen beruhigte sich der zuvor arg angespannte Einsatzleiter nun auch selbst etwas. Obwohl seine Gedanken sich nur um den kommenden Einsatz und Soquetts Rettung drehten, schlug er Mademoiselle Loquie gegenüber eine sanftere Tonart an: »Bist du noch dran, Locki?«

Aber anstatt seine Sekretärin, vernahm er im Hintergrund nur leise Volksmusik vom ostbelgischen Sender »Radio Sunshine«, die Locki gerne über das Internet hörte.

»Hallo, Locki! … Lockiiii!« Er nahm kurz das Handy vom Ohr und knurrte: »Merde! Wo ist dieses nervtötende Weib nur schon wieder?«

»Das habe ich gehört«, kam es von einem leichten Schluchzen begleitet, zurück.

Merde, formte Frederic stumm mit seinen Lippen, weil er wusste, dass so ein lockerer Spruch das Wasser zum Überkochen bringen konnte. »Jetzt lass es mal gut sein, Locki! Alles ist in Ordnung! Ich bin hier nur im Stress«, versuchte er, sie zu beruhigen. Als er im Rückspiegel Angelikas Miene sah, hätte er am liebsten sofort mit der lästigen Telefoniererei aufgehört, riss sich aber noch einmal zusammen: »Ich kümmere mich um den Fall in Gemenich, sowie ich wieder zurück bin. – Versprochen! Aber bis dahin müssen sich die in Eupen verbliebenen Kollegen oder sonst wer darum bemühen. Auch wenn dort zurzeit keine Kommissare oder andere Dienstgrade zur Verfügung stehen, werden sie dies unter Docteur Baguettes Anleitung und mit der Unterstützung von Staatsanwalt Delieux schaffen. Und die SpuSi weiß sowieso selbst, was sie zu tun hat! Ist die überhaupt schon informiert? … Nein? Merde! Dann tu dies sofort! Hörst du? Und wenn kein anderer Pathologe zur Verfügung steht, informierst du in Gottes Namen Docteur Brülée, unseren alten Körperspalter. Hast du jetzt alles verstanden?«

»Chef …«

Während der Lastwagen direkt an der Mole, ein ganzes Stück unterhalb der Straße von Dover an imposanten Schiffen vorbeifuhr, hatte Le Maire dank Locki noch kein persönliches Wort mit seinem englischen Kollegen wechseln können. Deswegen hatte er seine nervende Sekretärin jetzt doch noch weggedrückt, ohne weiter auf sie eingegangen zu sein. »Merde!« Er musste jetzt dringend die spezifischen Ortskenntnisse seines Kollegen in Anspruch nehmen und sich mit all seiner Kraft auf den kommenden Einsatz konzentrieren. Da dies sowohl Lassarde, als auch Dr. Laefers wusste, stellten sie trotz Mademoissele Loquies brisanter Neuigkeit, die sie in Teilen mitbekommen hatten, keine Fragen zu den Geschehnissen in Gemmenich. Dennoch würde Angelika noch ein Wörtchen mit ihrem Lemmi reden müssen.

Wegen des großen Sicherheitsabstandes fuhren sie unbemerkt an der meilenlangen Mole hinter dem Lastwagen her.

Bald hatten sie den vorzeigbaren Teil der riesigen Hafenanlage hinter sich gelassen und bogen in einen schmuddeligen Teil des Frachthafens ein. Nachdem sie sich immer weiter vom Fährhafen entfernten und am direkt im Anschluss daran mondän gestalteten Anlegesteg für große Schiffe und Privatjachten entlanggefahren waren, kamen kleine Fischerhäfen in Sicht. Die zuvor sauber und fast ein wenig mediterran wirkende Landschaft wechselte nun endgültig in eine wenig einladende Hafengegend, die sogar im Sommer und bei langsam schwindendem Tageslicht an längst vergangene Zeiten in Soho, einem verruchten Stadtteil Londons erinnerte. Je länger sie fuhren, umso weniger Schiffe und Boote lagen vor Anker. Irgendwann war von der zunehmend bröckelnden Mole nicht mehr viel zu sehen, dafür aber umso mehr Schrott und Unrat am nicht mehr befestigten Straßenrand. Während linkerhand die Sonne im Meer glitzerte und bei Angelika für einen kurzen Moment sogar ein klein wenig Urlaubsstimmung aufkommen ließ, betrachtete Frederic sich auf der rechten Fahrseite abbruchreife Fabrikgebäude mit zum Teil schon in sich zusammengebrochenen Backsteinkaminen. Schon längst sah er keine Menschen mehr, stattdessen nur noch vereinzelt streunende Hunde und eine Tristesse, wie er sie nicht erwartet hatte.

Während der Fahrt hatten Dr. Laefers, Cavanaugh, Lassarde und Le Maire doch noch die Zeit gefunden, sich einander vorzustellen und ein wenig Smalltalk zu betreiben. Nach dem ersten gegenseitigen Beschnuppern sollte nun ein konkretes Briefing für den detective chief superintendent folgen, wozu es aber nicht mehr kam.

»Schau mal, Finley! Was tut er denn jetzt?«, fragte Le Maire seinen Kollegen, während er nach vorne zeigte und ihm Angelikas Opernglas in die Hände drückte, das ihm auf dieser Fahrt schon mehrmals gute Dienste geleistet hatte. Da die beiden quasi denselben Rang hatten, war er mit Finley Cavanaugh auf Anhieb per Du gewesen. Dies war dem belgischen Ermittler nicht nur umso lieber gewesen, weil er sowieso alle duzte, sondern auch, weil er den komplizierten Nachnamen seines ursprünglich aus Irland stammenden Kollegen nur schwer aussprechen konnte. *Cävänau*, dachte er mehrmals hintereinander, um ihn sich merken zu können.

Obwohl Le Maire ein respektables Englisch sprach, mochte er diese gestelzt wirkende Sprache ebenso wenig wie das harte Deutsch, das in seiner Wahrnehmung nur einen Wohlklang erzeugen konnte, wenn es mit dem typischen Mix aus französischem Slang und Ostbelgischem Platt gesprochen wurde. Und Flämisch stand auf seiner Sprachenhitliste sowieso ganz unten. Er war froh, ein französisch sprechender Belgier zu sein – der zudem Deutsch, Niederländisch und eben auch Englisch beherrschte. Ebenso wertete er das in seiner Kindheit und Jugend erlernte Eupener Platt als eine eigenständige Sprache. Aber er hatte jetzt keine Zeit, um auf sich und seine Herkunft stolz zu sein, denn es schien sich plötzlich etwas zu rühren.

»Er hält in der Kurve dort vorne an!«, stellte Finley fest und schickte nun seinerseits eine Frage hinterher, während er durch das Opernglas schaute: »Ist das dieser Johan van Vlierden, von dem du mir bereits erzählt hast?«

»Ja! Und der schwarze Fahrer des Lastwagens ist Keita Seydou, über den ich dir ebenfalls schon kurz berichtet habe. Er stammt aus Somalia und ist im allerhöchsten Fall ein Kleinkrimineller, aber eher wohl nur ein bedauernswerter Tropf, der zum Diebstahl gezwungen wurde, weil er illegal nach Europa eingereist ist. Nur dass du es weißt: Ich habe ihm eine Waffe gegeben«, schob Le Maire noch hinterher.

»*Was hast du?*«, wunderte sich Finley, der schließlich wusste, dass der Somalier ein Untersuchungshäftling war, der mit drei Morden in Verbindung stand.

Aber der Einsatzleiter kam nicht dazu, Finley weiter über seinen Schützling und dessen verdeckte Mission zu unterrichten, denn jetzt schien richtig Bewegung in die Sache zu kommen. »Steigt er aus?«

»Ja!« Finley nickte und ergänzte, dass van Vlierden wohl einen Schlüssel haben musste, um das Vorhängeschloss von einem Schlagbaum zu lösen, vor dem der Somalier den Lastwagen angehalten hatte.

»Merde!«, schoss es aus Le Maire heraus. »Dann wird er das Schloss an der Schranke sicher wieder verschließen, sobald er durchgefahren ist! Merde: was machen wir dann?«

»Was heißt ›Merde‹?«, wollte Finley von Frederic wissen, weil er dieses Wort innerhalb der knappen Stunde, die sie nun zusammen im Auto verbrachten, schon einige Male von ihm gehört hatte.

»Äh … Was?« Frederic war irritiert. »Das möchtest du nicht wirklich wissen!«

Finley ließ es auf sich beruhen und berichtete den anderen stattdessen, was er gerade durch's Opernglas beobachtete: »Die Schranke geht hoch!«

»Was sollen wir nur tun?«, überlegte Frederic laut.

»Wir warten!«, kam es von Finley fast wie eine Anweisung. Le Maire zuckte zusammen. Aber für Kompetenzgerangel war jetzt keine Zeit. Denn nachdem van Vlierden das Fahrzeug durchgewunken und den Schlagbaum hinter dem LKW nach unten gedrückt hatte, brachte er zu Le Maires Bedauern das Schloss tatsächlich wieder an. »Me…« Den Rest schluckte der Kommissar hinunter.

Erst als das Fahrzeug außer Sichtweite war, rückten nach und nach die anderen Fahrzeuge auf.

»Aber die entwischen uns jetzt doch!«, befürchtete der ortsunkundige SOKO-Leiter aus Belgien.

Der englische Chefermittler lächelte wissend, als er sagte: »Die fahren die Old Habour Street entlang, die seit dem Bau des neuen Hafens eigentlich nicht mehr benutzt wird. An deren Ende gibt es nur offene Werfthallen, leer stehende Lagergebäude und einen riesigen Container-Schrottplatz, um den sich schon seit Jahren niemand mehr kümmert, weil der Besitzer einsitzt. Keine Sorge: *Die* können uns nicht entkommen.«

»Weshalb sind Sie sich da so sicher?«, wunderte sich Lassarde, bekam aber keine Antwort, weil der detctive chief superintendent gerade damit beschäftigt war, an der Optik des Opernglases herumzudrehen.

Weil Le Maire die Antwort ebenfalls interessierte, hakte er mit derselben Frage nach: »*Wieso* können die uns nicht entkommen?«

Finley lächelte wieder. »Ganz einfach, weil es eine dead-end-street ist!«

»Eine Sackgasse?« Nun konnte auch Le Maire lächeln. Allerdings verging ihm das gleich wieder. Denn er registrierte, dass sein einheimischer Kollege zumindest für den Moment das Heft in die Hand genommen zu haben schien und ihm sagte, wo es langging.

»Hat jemand von euch ein Brecheisen im Auto? Oder noch besser, … äh … Wie nennt man diese lange Zange bei euch?« Finley Cavanaugh tat mit weit auseinandergestreckten Armen und zu Fäusten geschlossenen Händen so, als schneide er eine Hecke.

»Ah! Sie meinen sicher einen Bolzenschneider«, vermutete einer der ostbelgischen Beamten, der sich bestens damit auskannte, weil er viele Jahre beim Einbruchsdezernat der Kripo Stuttgart gearbeitet hatte, bevor er ins Gebiet der deutschsprachigen Gemeinschaft Belgiens gezogen war, nachdem er ein Mädchen aus St. Vith geehelicht hatte.

»Also? Hat jemand …«

Nachdem alle Autolenker verneint hatten, zeigte detective chief superintendent Cavanaugh wortlos auf Le Maires mintfarbenen Oldtimer.

Da der Belgier sofort gemerkt hatte, auf was sein Kollege hinauswollte, schüttelte er gleichzeitig den Kopf und einen Zeigefinger, während ihm die Gesichtszüge zu entgleisen drohten. »Nein! … Nein! … Nein! … Nicht *mein* Wagen!«

Aber die Blicke aller waren längst auf ihn gerichtet.

Da Finley das Entsetzen im Gesicht seines belgischen Kollegen nicht verborgen geblieben war, nahm er ihn beiseite.

»What is it?«, brummte Frederic angesichts dessen, was von ihm verlangt wurde, ungehalten.

»Bleib locker, mein Freund!«, beruhigte ihn Finley und zog ihn am Hemdsärmel zur Vorderseite des Citroëns. »Was siehst du?«

Da Frederic sofort begriff, was sein Kollege meinte, huschte ein gequältes Lächeln über seine Lippen. Nicht schlecht, dachte er, ohne etwas zu sagen.

»Na, siehst du. Bei dieser Gelegenheit kannst du die Dellen auf der Motorhaube, das kaputte Blinklicht und die verbogene Stoßstange auf Kosten des belgischen Staates reparieren und deinen Wagen neu lackieren lassen.«

Da es offensichtlich keinen anderen Ausweg gab, mussten sie sich für eines der Autos entscheiden, das die Sperre durchbrechen würde. Und Le Maires Citroën war nun einmal mit Abstand das älteste der zehn Autos und zudem nicht gerade in einem guten Zustand, – insbesonere vorneherum. Also nahm er Maß. Dabei konnte er feststellen, dass die Schranke so niedrig war, dass er keinesfall mit der Frontscheibe in sie hineinkrachen würde. Allenfalls würde es die Scheinwerfer treffen. Und da deren Innenleben ganz gewaltig Rost angesetzt hatte, sagte er lässig: »Na gut! Aber zuvor drehe ich mir noch eine Zigarette.« Dennoch überlegte er nochmals, ob diese verrückte Aktion wirklich vonnöten war. Da zu beiden Seiten des Schlagbaumes eine hohe Steinmauer den dahinter liegenden Bereich vom alten Hafen abtrennte und sich zudem über die gesamte Länge dieses Areals bis zu einer Hafenmole hinzog, fand aber auch er keine andere Möglichkeit. »Merde!«, fluchte Le Maire trotz des Vorteils, den er sich mit dieser Aktion erschleichen konnte in der Manier eines belgischen Bierkutschers aus der Gründerzeit. Als er mit der frischgedrehten Zigarette hinter einem Ohr allein in seinem geliebten Auto saß, Anlauf nahm und mit Vollgas auf die alte Holzschranke zufuhr, fühlte er sich so schlecht wie noch nie. Nicht zuletzt auch deshalb, weil er sich mit dem Handtuch, das ihm Angelika zu seinem Schutz wie einen Turban um den Kopf gewickelt hatte, albern vorkam.

Dann ging alles ganz schnell: Nach dem Motto »Augen zu und durch« duckte er sich kurz vor der Schranke und trat das Gaspedal ganz durch.

Den Beifall, den er von seinen 22 Kollegen erhielt, nahm er demonstrativ nicht zur Kenntnis. Lediglich Angelika ließ sich nicht zum allgemeinen Applaus hinreißen. Stattdessen eilte sie zu ihm, um sich zu vergewissern, dass es ihm gut ging. Nachdem sie festgestellt hatte, dass ihr Lemmi nicht die geringste Schramme abbekommen hatte, drückte sie ihn an sich, obwohl sie noch ein kleines Hühnchen mit ihm zu rupfen hatte. Völlig entnervt ließ er dies über sich ergehen, nahm den albernen Turban ab, unter dem sich die gut geschützte Zigarette befand und … schmiss sie weg, weil sie kaputtgegangen war.

»Merde!« rief Finley seinem belgischen Kollegen zu. Dabei grinste er wie ein Honigkuchenpferd. Während Le Maire vor seinem crash für einen Moment im Auto so etwas ähliches wie meditiert hatte, war Finley zu Miller gegangen, um sich über die Bedeutung dieses offensichtlich wichtigen Wortes in Kenntnis setzen zulassen.

Aber schnell wurde der detective chief superintendent wieder ernst: »Wir müssen!«, drängte er und klopfte seinem deutschen Kollegen versöhnlich auf die Schulter.

Bevor sie weiterfuhren, besichtigte Le Maire den Schaden, der sich in Grenzen hielt. Dennoch entfuhr ihm ein lautes »Merde!«

»Mach dir nichts draus«, tröstete ihn Finley. »Bei der Reparatur kann dein Auto nur gewinnen!«

Um möglichst wenig Staub aufzuwirbeln, fuhren Le Maire und sein englischer Kollege mit Cavanaughs Fahrzeug langsam bis in Sichtweite der ersten Wellblechhallen und dann im Schritttempo die Old Habour Street entlang den anderen voran, die in einem gewissen Abstand folgten. Zur Sicherung der Zufahrt beorderte Cavanaugh über sein Handy zwei vollbesetzte Streifenwagen zur Absperrschranke, die sich dort quer positionieren und bereithalten sollten. »Einer leicht schräg in Richtung des alten Hafens, der andere in die entgegengesetzte Richtung!« Dadurch wollte der Le Maire an strategischer Denke in nichts nachstehende englische Polizist gewährleisten, dass bei Notwendigkeit je ein Wagen die Verfolgung aufnehmen konnte, ohne lange wenden zu müssen. Zudem war dadurch der einzige Fluchtweg abgeriegelt.

Nicht schlecht! Das könnte von mir sein, dachte Le Maire anerkennend, nachdem Cavanaugh zu ihm und Lassarde gesagt hatte, dass hier niemand mehr würde abhauen können. »Es sei denn, es handelt sich um gute Schwimmer!« Der englische Kollege lachte aufmunternd und legte Frederic zum Trost für seine aufopferungsvolle und gleichzeitig auch mutige Tat seine linke Hand auf die Schulter. »Dein Opfer wird nicht umsonst sein, denn diese Mauer hier ist nun unsere Verbündete!«

Als sie bei der ersten der teilweise durchgerosteten Wellblechkonstruktionen angekommen waren, dirigierte Cavanaugh die Wagen seitlich vor die erste Werkhalle, indem er nach rechts winkte. Dort sollten sie so abgestellt werden, dass sie von vorne nicht gesehen werden konnten. »Parkt rückwärts ein! Falls wir es eilig haben sollten. Man weiß ja nie. Ab hier gehen wir zu Fuß.« Dann erklärte er noch die örtliche Situation: »Die Mauer auf der rechten Seite zieht sich bis zum Ende dieses Areals entlang. Links wird das Gelände ganz vom Wasser abgegrenzt.« Als er dies sagte, zeigte er mit ausgebreiteten Armen und gestreckten Zeigefingern nach vorne. »Ganz am Ende zieht sich ein künstlich angelegter Bootssteg vom Ärmelkanal nach rechts – also quer zum Gelände – bis zur Mauer ins Land hinein. Dadurch ist dieses Areal völlig abgeriegelt!«

»Also müssen sie hier irgendwo in einem dieser Gebäude sein«, lautete Le Maires Fazit der Ortsbeschreibung.

Der pfiffige detective chief superintendent nickte und überließ zum Missfallen des auffallend schweigsamen Aachener Ermittlungschefs Peter Dohmen das Wort wieder ganz seinem belgischen Kollegen. Der saß allein schon wegen Soquett wie auf heißen Kohlen, weswegen er nun keine Zeit mehr verlieren mochte. »Habt ihr eure schusssicheren Westen an und eure Waffen entsichert? Gut! Dann hört jetzt alles auf mein Kommando!«

»Scheiße!«, knurrte nun Peter Dohmen, der gerne selbst das Kommando übernommen hätte, aber einsehen musste, dass er nur »Dritter« in diesem englisch-belgisch-deutsch-niederländischen Führungskleeblatt war.

KAPITEL 21

Bevor die Insassen des Autokonvois sich verteilen und ein Gebäude nach dem anderen durchsuchen würden, musste noch so viel Zeit sein, sich gegenseitig wenigstens kurz vorzustellen. Dabei war Le Maire wichtig, den Engländern die Herkunft der einzelnen Beamten seiner Sonderkommission und die von ihm angedachte Teambildung zu erläutern. Und die sah vier Gruppen mit jeweils vier Ermittlern vor. Er legte Wert darauf, dass die insgesamt vier weiblichen Beamten auf die einzelnen Teams aufgeteilt wurden. Um auch hier in einem fremden Land eine Art Headquarter zu haben, von wo aus der Funkverkehr gesteuert werden konnte, sollten zwei Beamte auf Abruf mit Frau Dr. Laefers bei den Autos zurückbleiben, was letztlich auch der Sicherheit der Fahrzeuge diente, die möglicherweise ohne Verzögerung wieder zum Einsatz kommen mussten.

»Meine Herren!« begann Le Maire nun ohne weitere Zeitverzögerung, nachdem er einen seiner Männer beauftragt hatte, sich während des Briefings an der vorderen Ecke dieser Fabrikhalle zur Straße hin zu postieren, um vor einer eventuellen »Überraschung« sicher zu sein. Denn er hatte nicht den blassesten Schimmer, mit wie vielen Typen sie sich einlassen mussten und was auf sie zukommen würde. Wie auch alle anderen wusste er nur, dass es keinen Kindergeburtstag zu feiern gab, wenn sie es – wie vermutet – mit brutalen Schleppern und skrupellosen Schleusern zu tun bekommen würden.

Er zog noch einmal kräftig an seiner Zigarette und begann dann, den englischen Kollegen ein paar Hintergründe zu erläutern, bevor er seine Strategie darlegte: »Wegen dieser Frittenmorde in Belgien und in Deutschland, von denen ihr ja schon wisst, wurde *meine* Sonderkommission gegründet.« Er konnte sich einen amüsierten Seitenblick auf Peter Dohmen nicht verkneifen. »Inwieweit dies mit unserer heutigen Aktion zusammenhängt, weiß ich noch nicht! Wir wissen nur, dass eine niederländische Fritten- und Frittenfettfabrik namens ›Nefrit BVBA‹ mit mehreren Morden zu tun haben muss und offensichtlich auch in Menschenschleuserei oder sogar in organisierten Menschenhandel verwickelt sein könnte!. Jedenfalls muss der Firmenlastwagen, der uns auf eure«, er räusperte sich, »schöne Insel gelockt hat, etwas damit zu tun haben – auch wenn die Ladung vermutlich *nicht* aus Kübeln mit Frittenfett und in Plastiksäcke abgepackten Fritten bestehen dürfte. Dass mit diesem umgebauten Kühlwagen Menschen transportiert werden, kann ich im Moment nur aufgrund einer Aussage van Vlierdens in betrunkenem Zustand vermuten. Weitere Indizien deuten zwar darauf hin, beweisen bisher jedoch rein gar nichts. Deswegen möchte ich *jetzt* Beweise, die wir – so es sie gibt – wohl gleich bekommen werden. Da mir die Sache äußerst brisant erscheint, habe ich sie von Anfang an ernst genommen. Ebenso werden wir bald wissen, ob meine Vermutung stimmt und auch unser belgischer Kollege Soquett hierherverschleppt wurde. Jedenfalls habe ich bisher keinen Anruf von Bribanté erhalten, dass er unseren verschollenen Kollegen im Keller, in einem der Schuppen oder in einem anderen Raum auf dem riesigen Nefrit-Gelände gefunden hat. Er …«

»Wer ist Bribanté und was tut er?«, interessierte einen jungen Kollegen aus Dover.

»Ach so, sorry! Das könnt ihr ja nicht wissen. Bribanté ist ein Mitarbeiter aus meinem Kommissariat in Liège, den ich – wie auch Kollege Soquett als Angestellten – mit falschen Papieren ausgestattet und als Arbeiter in diese Fabrik eingeschleust habe. Weil Soquett plötzlich verschwand, habe ich Bribanté nicht für diese Aktion hier eingeteilt, sondern stattdessen in der Produktionsabteilung der Firma ›Nefrit‹ in Kerkrade gelassen, damit er seinen Kollegen Soquett an Ort und Stelle suchen kann! Da sein dortiger direkter Vorgesetzter ›unser‹ Johan van Vlierden ist, kann er Bribanté bei dessen Herumschnüffelei nicht in die Quere kommen. Wenn ich sicher gewesen wäre, dass Soquett tatsächlich irgendwo in dieser Firma versteckt wird, hätte ich den Laden natürlich *sofort* durch ein SEK stürmen lassen, auch wenn dadurch alle weiteren Ermittlungen zunichte gemacht worden wären. Aber leider …«

Le Maire senkte sein Haupt, bevor er weitersprechen konnte: »Wie gesagt: Wenn Bribanté seinen Kollegen gefunden hätte, wäre ich von ihm darüber informiert worden. Und da es bereits einen toten Mitarbeiter dieser Firma gibt, der in Deutschland gewohnt hat, aber hier in Dover ermordet und in den Kanal geworfen wurde, befürchte ich, dass mit Soquett ebenso verfahren werden soll. Deswegen haben wir keine Zeit, um hier lange zu plaudern.«

»Wie ist dein Plan, Frederic?«, machte nun auch Finley Druck und der Einsatzleiter ließ sich nicht lange bitten.

*

Le Maire hatte seiner international zusammengewürfelten Truppe noch angeraten, ihre Mobilfunkgeräte auf Brummton umzustellen und nur zu funken, wenn es unbedingt notwendig war. Dabei ärgerte es ihn, dass sowohl die englischen als auch die deutschen Kollegen die modernen Knöpfe in ihren Ohren hatten, von denen nicht das geringste verräterische Knacken ausging. Da half es ihm auch nicht, dass neben seinen Belgiern auch die Niederländer mit relativ veralteter Technik arbeiten mussten.

Nachdem er den Einsatzbefehl gegeben hatte, begannen die Beamten unverzüglich, sich auf dem unübersichtlichen Gelände zu verteilen. So schlichen sie nun im Schutz der untergehenden Sonne grüppchenweise von einem Gebäude zum anderen. Dabei nutzten sie zu ihrer Sicherheit jede sich bietende Deckung.

Obwohl sie sich nun schon weit über die Hälfte des riesigen Areals vorgearbeitet hatten, war es ihnen lediglich gelungen, etliche Katzen aufzuschrecken und ein Heer von Ratten aufzuspüren.

Plötzlich dieses verräterische Knacken, das alle gleichzeitig aufhorchen ließ. »Hier spricht Hauptkommissar Dohmen!«, schepperte es aus den Funkgeräten und flüsterte es in die Ohrknöpfe.

Gleich darauf wieder ein Knacken, dann war Le Maires Stimme zu hören: »Was ist?«

»Direkt vor uns scheint ein Kind zu schreien!«, funkte Dohmen leise.

Also doch, fuhr es Le Maire durch den Kopf, der wegen des Rauschens und Knackens Dohmens Stimme nicht erkannt hatte. Er glaubte, dass diese Information von einem belgischen, bzw. niederländischen Trupp gekommen war. »Wo seid ihr?«

Zu Le Maires Verwunderung meldete sich nicht einer der beiden belgisch-niederländischen Trupps, sondern Peter Dohmen, dessen Stimme er nun deutlich erkannte.

Da sich der Aachener Kriminalhauptkommissar orientieren wollte, bevor er antwortete, blickte er prüfend um sich. »Ich stehe gerade zwischen zwei Backsteingebäuden mit etwa vier Metern Abstand zur Mauer. Die kleinen Gebäude befinden sich direkt auf der Rückseite einer der vorderen großen Hallen und sind augenscheinlich miteinander verbunden. Dabei handelt es sich um die Halle mit dem rundgeformten Dach, auf dem … Moment!« Peter Dohmen eilte in geduckter Haltung ein Stück in Richtung des vorderen Hallenteils und sagte dann: »Auf dem Dach ist eine Stange angebracht, die so aussieht, als wenn sie früher zum Hissen einer Flagge gedient hat! Ja, da hängen sogar noch ein paar blaue und rote Stofffetzen!«

»Gut, Peter! Das hast du ganz toll gemacht! An alle: Ihr habt mitgehört? Macht euch bereit, aber rührt euch noch nicht von der Stelle! Ich schleiche mit meinen Männern zu Dohmens Trupp und melde mich dann wieder. Ende!«

Der deutsche Ermittlungschef wunderte sich zwar über die vertraute Antwort seines belgischen Kollegen, mit dem ihn nicht gerade ein freundschaftliches Verhältnis verband. Dennoch freute er sich irgendwie über das Lob des »Superbullen« und war sogar etwas stolz darauf, offensichtlich der Erste gewesen zu sein, der das Zielobjekt aufgespürt hatte. Dass Le Maires Lob zynisch gemeint war, hatte er in seiner Anspannung nicht gemerkt.

»Pssst! Hierher! Hier sind wir!«, signalisierte einer aus Dohmens Trupp.

»Also, was ist?«, wollte Le Maire von seinem Aachener Kollegen wissen, nachdem er sich mit Lassarde und zwei weiteren belgischen Kollegen bis zu ihm und dessen Männern vorgearbeitet hatte.

Da die Sonne mittlerweile fast untergegangen war, brauchte Dohmen allerdings nichts mehr zu erklären. Denn nun konnten auch sie den Lichtstreifen erkennen, der zweifelsfrei aus einem schlampig verdunkelten Fenster des vorderen Backsteingebäudes kam.

Wegen der Sorge um Soquett fackelte der Einsatzleiter nicht lange und nahm wieder das Funkgerät zur Hand: »An alle:

Ihr wisst, wo wir sind? Kommt rasch hierher, seid aber vorsichtig ... und leise!«

Nachdem alle Männer und Frauen bei Le Maire waren und mit dem Rücken an der dunklen Wand eines Schuppens klebten, gab er die Losung heraus, die beiden kleinen Backsteingebäude und die davorstehende große Wellblechhalle zu umstellen und zu ergründen, was sich darin abspielte. »Ihr zwei seht euch inzwischen auf dem Rest des Geländes um!«, gebot er einer Beamtin aus den Niederlanden und einem Eupener Kollegen. Wie gerne würde er jetzt eine Zigarette rauchen. Aber er wusste, dass weißer Rauch im Dunkel der heraufziehenden Nacht auffallen würde wie ein Affe im Vogelkäfig. Blöder Vergleich, dachte er sich und bedeutete wortlos zweien der Trupps, sich die große Halle vorzunehmen, während die anderen sich um die Backsteingebäude, aus denen das Licht drang und von wo auch das plötzlich unterdrückte Schreien eines Kindes gekommen war, kümmern würden. »Aber keine Alleingänge! Wir checken nur die Lage und treffen uns gleich wieder hier! Alles klar?«

Kaum zu glauben, wie lautlos eine Handvoll Männer sein konnte. Obwohl zwei schwarz gekleidete Securitys mit Sturmgewehren in den Händen um die drei Gebäude patrouillierten, wurden die Polizisten selbst nicht entdeckt, als zwei von ihnen eine Räuberleiter machten, um durch den Schlitz zu schauen, aus dem das Licht nach außen drang. Eine andere Beamtin stellte sogar eine auf dem Boden liegende Holzleiter an die Wand des zweiten Backsteingebäudes, um einen Blick ins Innere erhaschen zu können.

＊

Schon wenige Minuten später hatten sich die meisten wieder bei Le Maire eingefunden. Der hatte indessen die Zeit genutzt, um den bei den Autos verbliebenen Kollegen einen kurzen Zwischenbericht durchzugeben und Angelika zu beruhigen.

»Pass auf dich auf!«, hatte sie entgegen ihrer sonstigen coolness in das Funkgerät gehaucht, das ihr einer der Beamten gegeben hatte. »Lemmi?«

»Ja, was ist noch?«

»Ich liebe dich!«

Trotz der angespannten Situation huschte nun ein Lächeln über Frederics Gesicht. »Ich dich auch! ... Keine Sorge, mein Schatz! Ich bin vorsichtig!«

Was ist denn mit dem los?, dachte sich die Frau und drückte für einen Moment das Funkgerät an ihre Lippen. Denn sie wusste, dass Lemmi ihr in Sachen Kaltschnäuzigkeit in nichts nachstand.

Nachdem auch die letzten Beamten an Ort und Stelle eingetroffen waren, blaffte der nun doch etwas unruhig gewordene Einsatzleiter knapp: »Was haben wir?«

Le Maire erfuhr, dass in der Wellblechhalle der Kühlwagen der »Nefrit BVBA« und zwei andere LKWs mit englischen Kennzeichen standen.

»Waren die Flügel der Ladetüren geöffnet, oder ...«

»Das konnten wir leider nicht sehen«, unterbrach ihn eine Polizistin aus Verviers, die wegen des derzeitigen Personalmangels in Eupen eingesetzt worden war.

»Merde!«, schoss es aus dem Einsatzleiter heraus.

Finley schaute ihn fragend an.

Aber Frederic ignorierte dies geflissentlich und wollte stattdessen von ihm wissen, was es im hinteren Teil der Gebäude *noch* gab. Der eigentlich abgebrühte englische Chefermittler blickte betrübt zu Boden, als er erfuhr, dass im ersten der beiden Backsteingebäude alles mit Stockbetten vollgestopft war, in denen jeweils zwei oder drei dunkelhäutige Menschen kauerten.

»Und das hintere Gebäude dient wohl als Küche und Gemeinschaftsraum oder so. Jedenfalls wird dort gerade gekocht. Es stinkt nach Reis! In der Mitte steht ein großer Tisch mit vielen Stühlen darum herum«, ergänzte ein anderer aus Cavanaughs Team.

»Und was gibt es bei dir?«, erteilte Le Maire einer jungen englischen Kollegin das Wort, die mit den Fingern schnippte, weil sie etwas sagen wollte.

»Ich habe mir eine Leiter genommen und konnte dadurch gut durch ein leicht geöffnetes Fenster schauen. Keine Frage; ich kann bestätigen, was der detective chief superintendent gesagt hat: Dort werden zweifellos Flüchtlinge wie Sklaven gehalten! Zuerst dachte ich, dass es Rauch sei, der aus einem anderen Fenster drang. Also habe ich meine Leiter versetzt und festgestellt, dass es lediglich Wasserdampf war, weil …«

»Komm bitte auf den Punkt!«

»Na ja, dort werden gerade Männer, Frauen und Kinder zusammen abgeduscht!«, eschauffierte sich die Beamtin.

»Also doch«, wiederholte Le Maire nachdenklich und empfahl Cavanaugh, einen Notarzt und mindestens zwei Rettungswagen zu Dr. Laefers und den beiden Kollegen zu beordern. »Aber nicht, dass die mit vollem Getöse anrücken!«

Während der Engländer sein Handy hervorkramte und sich zurückzog, um zu telefonieren, schnippte die junge Beamtin wieder mit den Fingern.

»Ja?«

»Da war noch etwas!«

»Tatsächlich? Herrgott noch mal! Nun lass dir doch nicht jedes einzelne Wort aus der Nase ziehen!«, drängte Le Maire die zwar nicht gerade hübsche, offensichtlich aber aufmerksame Kollegin, endlich auszuspucken, was sie noch beobachtet hatte.

Ein wenig eingeschüchtert sagte sie dann: »Ich habe gehört, wie ein weißer Mann zu einem anderen gesagt hat ›Beeil dich mit der Scheiß-Abduscherei! In einer Stunde muss die Ware sauber hergerichtet auf dem Weg nach London sein!‹ Und der hat dann geantwortet, dass er sich an den nackten Körpern der dunkelhäutigen Frauen überhaupt nicht sattsehen kann.«

»Dieses perverse Schwein!«, rief eine andere Beamtin dazwischen.

Obwohl Le Maire dies genauso sah, ging er nicht darauf ein. »Sonst noch was?«

»Ja! Die Männer haben Pistolen unter ihren Gürteln stecken und Sturmgewehre geschultert. Der Sprache nach sind es allesamt eindeutig Engländer! Unsere beiden Zielpersonen habe ich allerdings nicht gesehen und ich weiß auch nicht, wer dort sonst noch ...«

»Sehr gut!«, lobte nun Le Maire, dem selbst aufgefallen war, dass er die junge Kollegin zu hart angepackt hatte. Aber es drückte ihn noch eine Frage: »Hat jemand von euch einen weißen Mann gesehen, der ...«

Anstatt zu antworten, schüttelten die Männer unisono die Köpfe. Sie wussten, wen ihr Einsatzleiter meinte.

»Wie steht es um Johan van Vlierden? Hat den wirklich niemand gesehen? ...«, wieder schüttelten alle die Köpfe, »... und den Somalier?«

Le Maire rieb sich nachdenklich über das unrasierte Gesicht. Er schnaufte tief durch. Um besser nachdenken zu können, wollte er sich eine Zigarette drehen, besann sich dann aber doch wieder der Situation, in der er sich befand. Er war froh, dass sein englischer Kollege nach dessen Telefonat wieder das Zepter in die Hand nahm und den forschen Vorschlag machte, die Räume gleichzeitig zu stürmen. Dass dadurch die Verantwortung für diesen mutigen Schritt geteilt wurde, konnte – wenn Le Maire an Staatsanwalt Delieux dachte – nicht schaden. Also nickte er. Wo sich die Eingänge zu den drei Gebäuden befanden, hatten sie ja längst schon erkundet. Da die Menschenschmuggler ganz klar in der Unterzahl waren, wollte der detective chief superintendent nicht auch noch ein SEK bemühen. »Das schaffen wir selbst!«, antwortete er Frederic auf dessen diesbezügliche Frage.

»Okay, wenn du meinst.« Le Maire nickte zwar abermals zustimmend, tat dies allerdings doch irgendwie ungern, weswegen er die Stirn runzelte. »Aber nur auf *mein* Kommando!« Er wusste, dass bei solch einer Aktion Soquetts Leben – wenn er denn tatsächlich da drin sein sollte – sich nunmehr in noch höherer Gefahr befinden würde als bisher schon. Ebenso wenig wollte er auch Keita Seydous Leben unnötiger Gefahr aussetzen, wie das der geschätzten 50 oder 60 Schwarzafrikaner, unter denen sich auffallend viele Frauen, einige davon sogar mit ihren Kindern, befanden. Lediglich um van Vlierden machte er sich im Moment keine Gedanken, obwohl der ein wertvoller Zeuge war.

»Also gut«, klang es etwas zögerlich vom ansonsten konsequenten und selbstsicheren Einsatzleiter. »Dann geht es jetzt los!« Er zeigte auf zwei besonders kräftig gebaute Kollegen. »Ihr beide kümmert euch um die Security! Und die anderen umstellen gleichzeitig die drei Gebäude. Postiert euch an den Eingängen und unter den Fenstern. Dort wartet ihr auf meinen Einsatzbefehl! Ist das klar?«

Da die Männer und Frauen allesamt bestens ausgebildete Profis waren, nickten sie nur. Es bedurfte keiner weiteren Worte mehr. Man konnte lediglich das eine oder andere tiefe Schnaufen sowie undefinierbare Schleifgeräusche hören, die vom vorderen Teil der Halle zu kommen schienen. Ansonsten war es totenstill auf dem Gelände.

KAPITEL 22

Sekunden später waren alle Ermittler auf den ihnen zugedach-
ten Posten und warteten nur noch auf Le Maires Ansage – die
aber nicht kam. Denn einer der Männer war zum Einsatzleiter
zurückgeschlichen, um ihm seine Beobachtung mitzuteilen.

»Die Schleifgeräusche!«, entfuhr es Le Maire. Er war
entsetzt. Da er ahnte, was die Ausspähung des aufmerksamen Eupener Kollegen zu bedeuten hatte, schrie er *so* laut
»Abbruch!« ins Funkgerät, dass es unweigerlich auch die
ständig schwatzenden Wachmänner des Menschenhändlerrings hören mussten. Aber bevor die beiden reagieren konnten, wurden sie von den hierzu eingeteilten Kriminalbeamten
so schnell und so leise überwältigt, dass im Inneren der Halle
und der Backsteingebäude niemand etwas mitbekommen
haben dürfte.

»Wieso? Was ist los?«, wollten Cavanaugh, Dohmen und
auch der Leiter des niederländischen Trupps gleichzeitig wissen, was Le Maire mit »Ruhe! Funkdisziplin!« quittierte.

Danach war es so lange still, bis er sich wieder in besonnen
klingendem Ton meldete: »Während unserer Besprechung im
hinteren Teil der Gebäude haben offensichtlich zwei Männer
mit einem leblos wirkenden Körper die große Halle durch
das vordere Tor verlassen und sind nun in westlicher Richtung unterwegs!«

»Zum Seitenarm des Kanals?«, wollte sich der englische
Kripochef vergewissern.

Kaum hatte er dies ausgesprochen, stieß Le Maire ein
»Merde!« aus und machte sich mit etwa der Hälfte seiner
Leute auf den Weg, um die zwei Männer mit dem leblosen

Körper einzuholen. »Ihr bleibt hier und umstellt weiterhin so lange die drei Gebäude, bis ich den Einsatzbefehl gebe!«, gebot er noch schnell der anderen Hälfte, bevor er zu rennen begann.

Da außerordentliche Vorkommnisse auch außerordentliche Maßnahmen erforderten, war die bisher straffe Disziplin nun ein klein wenig aus den Fugen geraten. Und da zudem Le Maire sowieso nicht wusste, ob sie die vier Männer ohne Schusswechsel, also ohne Lärm, stellen konnten, gab er den gewagten Befehl, sofort auf die beiden mutmaßlichen Schleuser zu schießen, wenn es nötig sein sollte. »Aber achtet auf den Mann, den sie bei sich haben! Es könnte sich um Seydou … oder Soquett handeln!«

Weil sie sich den Schleuserhelfern nicht unbemerkt nähern konnten, wurden die zwei auf die Polizisten aufmerksam, gerade als sie den leblosen Körper die Kaimauer hinunterwerfen wollten. Da die Ganoven ihre Sturmgewehre geschultert hatten, ließen sie den fast nackten Mann einfach fallen, um ihre Waffen in die Hände nehmen zu können. Dummerweise geschah dies ausgerechnet genau dort, wo sie ihn sowieso gleich ins Wasser geworfen hätten. Denn während die vier Männer mit ihren Waffen beschäftigt waren, achteten sie natürlich nicht mehr auf den hinter ihnen liegenden Körper, der so auf die Kaimauer getroffen war, dass dessen Kopf und die Hälfte des Oberkörpers über den betonierten Boden hinaus etwa drei Meter über der Wasseroberfläche hing. Der versehentliche Stoß mit der Ferse eines der Männer reichte tragischerweise aus, um den wehrlosen Mann ganz hinunterzustoßen.

Als Le Maire, Miller, Lassarde und Dohmen dies sahen, stürmten sie wie wütende Stiere auf die vier zu. Unterstützt vom Trommelfeuer der Kollegen konnten sie die Männer niederstrecken, bevor es sie selbst oder andere Kollegen erwischte.

Dabei war ihnen entgegengekommen, dass ihre Gegner die Waffen nicht rechtzeitig funktionsbereit hatten machen können, um Schüsse abzufeuern.

»Neiiin! Soquett!«, schrie Le Maire, als wenn er sicher wäre, dass es sich bei dem vor seinen Augen ins Wasser gefallenen Mann um den vermissten Kollegen handelte. Wie auch Miller, Lassarde und Dohmen überlegte er nicht lange und rannte zur Kaimauer. Beherzt sprang er den anderen hinterher. Während Miller und Lassarde sich unbewusst zu mehr oder weniger eleganten Kopfsprüngen von der Kaimauer abgestoßen hatten, war dem zirka 15 Jahre älteren Dohmen nicht nur ein respektabler, sondern ein nahezu perfekter Kopfsprung gelungen, der ihn tief unter die Wasseroberfläche katapultiert hatte. Da machte es nichts aus, dass Le Maire seinen Kopf schonen wollte und sein Sprung aussah, als wenn man ihn unversehens von hinten hinuntergestoßen hatte. Aber dies fiel zum einen niemandem auf und war zum anderen auch völlig unwichtig: Hauptsache, er konnte helfen, Soquett vor dem Ertrinken zu retten.

Wenn er denn überhaupt noch lebt, schoss es ihm fahrig durch den Kopf, als er gleich nach seinem Sprung auftauchte und keinen seiner Kollegen um sich herum entdecken konnte.

In seinen Gedanken hatte sich manifestiert, dass es nur Soquett sein konnte, der irgendwo dort unten war und keine Atemluft mehr bekam. Während Le Maire sich im Wasser drehte und nach seinen Kollegen Ausschau hielt, schienen aus Sekunden Stunden zu werden. Plötzlich tauchte Lassarde auf und dann schoss auch noch Miller hoch, um prustend ein paar Züge zu nehmen.

»Merde! Wo ist Dohmen?«, wollte Le Maire von Lassarde wissen, bekam aber keine Antwort, weil der – wie auch Miller – gleich wieder abtauchte, nachdem er sich die Lunge mit dem lebensnotwendigen Gemisch aus Stickstoff, Sauerstoff, Kohlendioxid und Edelgasen gefüllt hatte.

✳

Während auf und unter Wasser fieberhaft nach dem Untergegangenen gesucht wurde, entfernte sich einer der an der Kaimauer wartenden englischen Beamten, um ungestört Angelika und die beiden Kollegen anfunken zu können. Er wollte sie beauftragen, sofort den Notarzt und die Sanitätswagen bis zum Ende des Areals zu schicken. Außerdem wollte er auch noch die beiden Streifenwagen zum eigentlichen Einsatzort rufen. »Thank you!«, sagte er noch fahrig und eilte mit ein paar anderen zur Wellblechhalle, um den dortigen Kollegen beim spontan entschiedenen Stürmen beizustehen. An der Kaimauer konnte er im Moment sowieso nichts ausrichten. Um ihre Kollegen und den vermutlich sowieso schon toten Unbekannten aus dem Wasser und zum Kai hochzuziehen, würden die dort verbliebenen vier kräftigen Männer völlig ausreichen.

Die Schießerei und das Geschrei waren natürlich bis zu den Gebäuden zurückgedrungen, die nun vom gesamten Rest der Beamten umstellt waren. Auf Befehl des niederländischen Einsatzleiters hin stürmten sie gleichzeitig die drei Objekte. Dabei hatten sie das Glück, dass die verbliebenen fünf Schleuser allesamt durch den schmalen Verbindungsgang von den Backsteinhäusern zur Wellblechhalle vor rennen mussten, um schnellstens dorthin zu gelangen, wo sie die Knallerei und das Geschrei vermuteten. Durch den Krach bekamen sie nicht mit, dass ihnen diejenigen Beamten, die durch eine der beiden rückseitigen Türen der Backsteinhäuser ins Innere ihres Umschlagplatzes gelangt waren, von hinten folgten.

Als die Schleuser aus der großen Halle nach draußen stürmten, wurden sie von der polizeilichen Übermacht gebührend empfangen. Der unvermeidliche Schusswechsel forderte zwei mehr oder weniger schwer verletzte Polizisten, sowie einen Verletzten aus den Reihen der kriminellen Vereinigung. Als auch noch die beiden englischen Streifenwagen eintrafen, hinter denen die Polizisten Deckung finden konnten, zogen sich die restlichen vier verbliebenen Menschenschlepper in die Halle zurück, um sich dort zu verschanzen. Sie hatten schnell kapiert, dass sie dem zahlenmäßigen Übergewicht nicht allzu viel entgegensetzen konnten. Und dann ging alles ganz schnell. Denn in der Halle wurden sie von den anderen Beamten begrüßt: »Hände hoch und Waffen runter!«

Das war's dann auch schon, sollte man zumindest meinen, nachdem sich die Menschenschmuggler ergeben und Handschellen an den Armgelenken hatten.

✳

Indessen kümmerte sich Keita Seydou um die Flüchtlinge. Weil er vonseiten der Schleuser und Schlepper aus seit seinem Eintreffen nicht mitbekommen sollte, was um ihn herum geschah, hatte man ihn gleich nachdem er mit seinem Lastwagen angekommen und vom Führerhaus heruntergestiegen war, in einen kleinen Raum geführt, wo er so lange verbleiben sollte, bis die menschliche Fracht auf die beiden englischen LKWs verteilt sein würde. Da er in dem Glauben bleiben sollte, dass man ihm nichts Böses wollte, hatte er sich weder einer Leibesvisitation unterziehen lassen müssen noch war er weggesperrt worden. Aber dieser Schein trog, denn der Lastwagenfahrer aus Somalia sollte – entgegen der sonstigen Gepflogenheit – nicht zu dem ihm bekannten Hotel fahren, um dort zu übernachten, sondern ebenfalls in den Kanal geworfen werden, nachdem man ihn liquidiert haben würde. Denn Jean-Marie Nascarée, der nicht nur Personalchef bei der Firma »Nefrit BVBA« im niederländischen Kerkrade war, sondern von dort aus auch noch als leitender niederländischer Schlepperchef für einen gewissen »Mister Silent«, den obersten Boss des größten gesamtenglischen Menschenhändler-Syndikats arbeitete, war die Sache mittlerweile doch noch zu heiß geworden. Deswegen hatte er noch vor Keita Seydous Abfahrt dessen Ermordung in Auftrag gegeben.

Aber er hatte die Rechnung ohne den Wirt gemacht. Denn der Somalier hatte nicht nur den Mut und die Kraft dazu, sich zu wehren, sondern verfügte auch noch über eine Waffe und eine gehörige Portion Neugierde, wegen der er durch die dünnen Wände und die einen Spalt weit geöffnete Tür die ganze Tragweite dessen, was um ihn herum geschah, umfänglich mitbekommen hatte. So hatte er auch gehört, dass ein kleiner Mann, den alle in unterwürfigem Ton als »Mister Silent« ansprachen, der Drahtzieher des Ganzen sein musste, obwohl der Unbekannte – nomen est omen – selbst wenig gesprochen hatte. Dieses Verhalten hatte darauf schließen lassen, dass es sich um einen sinnigen Decknamen für die mysteriöse Person mit dem breitkrempigen Hut handelte.

»Wo ist die kleine Mann mit die große Hut hin?«, wollte Keita Seydou von der Gruppe Flüchtlinge in seiner Landessprache wissen, nachdem außer ihnen niemand mehr in der Nähe zu sein schien, weswegen er sich aus dem kleinen Raum heraus und zu ihnen getraut hatte. Nachdem er auf seine wiederholte Frage, wo der Mann hingegangen sei, keine Antwort bekam, wusste er für einen Moment nicht, was er tun sollte. Vor ihm standen 27 völlig verängstigt aneinandergedrückte Männer und Frauen mit ein paar Kindern, die mit falschen Versprechungen nach Europa gelockt worden waren. Er hatte gehofft, dass sie ihn verstehen würden. Aber das schien nicht der Fall zu sein. Jedenfalls standen die soeben frisch abgeduschten Ostafrikaner, die ihre Gewänder noch nicht ganz übergestreift hatten und damit nun krampfhaft ihre halbnackten Körper zu bedecken suchten, mit weit aufgerissenen Augen vor ihm und sagten kein Wort. »Wo ist die böse Mann hin?«, machte der Somalier noch einmal Druck, bekam aber wieder keine Antwort.

Da Keita Seydou weder beim Beladen seines LKWs in Kerkrade, noch beim Entladen hier in Dover hatte dabei sein dürfen, wusste er nicht, dass vor ihm die bedauernswerten Menschen standen, die *er* hierhertransportiert hatte. Da die aber seine Stimme bereits gehört und sofort wiedererkannt hatten, blieben sie nach wie vor stumm. Sie mussten glauben, dass der Schwarze vor ihnen zu den Menschenhändlern gehörte. Denn in ihren Heimatländern Äthiopien, Eritrea und Somalia waren es ja auch ihre »Brüder«, also Schwarze wie sie, die ihnen den Himmel auf Erden versprochen ... und ihr letztes Geld abgenommen hatten.

»Verdammt noch mal: Isch bin auf eure Seite! Zu die letzte Mal: *Wo ist die Mann mit die große Hut?*«, beschwor er die bedauernswerten Geschöpfe, bekam aber immer noch keine Antwort. Da er zu allem hin auch noch nervös mit der aus dem Beinhalfter herausgeholten Pistole herumfuchtelte, waren die Menschen umso verstockter. Aufgrund ihrer bisherigen Erfahrungen mit denjenigen, die sie aus ihren Heimatländern über viele Umwege hierhergebracht und alles andere als gut behandelt hatten, waren sie einfach nur wie gelähmt.

Also ging der Somalier in den sogenannten Schlafsaal, um die gewünschte Information zu bekommen. Da es sich dort aber um geschätzte 40 Menschen aus durchwegs arabischsprachigen Ländern handelte, konnten die ihn wirklich nicht verstehen, weswegen er wieder keine Antwort bekam. Die bedauernswerten Geschöpfe trauten sich nicht einmal, ihre Köpfe zu heben und ihn anzuschauen. Erst als der Hüne mit seinen Händen die Konturen eines kleinen Mannes mit einem viel zu großen Hut auf dem Kopf in die Luft zeichnete und danach mit den Fingern beider Hände Gitterstäbe vor seinem Gesicht demonstrierte, ruhten alle Augen auf ihm. Als er dann lächelnd auf sich selbst zeigte und sagte: »Isch Police!«, zeigten erst einer, dann nach und nach alle anderen in ein und dieselbe Richtung. *Diese* Menschen hatten keine Vorurteile gegen ihn, sie hatten nur Angst.

Daraufhin deutete Keita Seydou ebenfalls in die vorgegebene Richtung und fragte mit hoffnungsvoll klingender Stimme: »Ist die Mann dorthin gegangen? ... Ja? ... Ist er das?«

Da diese Gruppe Flüchtlinge aus Ägypten, Libyen und dem Niger kam, waren Keitas Worte vergebliche Liebesmüh. Aber hier hatten seine Hautfarbe und seine freundlich wirkenden Gesten offensichtlich ausgereicht, um bei den armen Leuten wenigstens *etwas* Vertrauen freizusetzen. Möglicherweise war es auch daran gelegen, dass der vermeintliche »Policeman« seine Waffe zwischenzeitlich unter das T-Shirt gesteckt hatte, auf dem ein gelber Smiley prangte. Denn nach und nach fingen die Männer zu nicken an, während die Frauen ihre Köpfe immer noch gesenkt und die Kinder fest an sich gedrückt hielten.

Das laute, von Herzen kommende »Merci!« verstanden die bemitleidenswerten Menschen ebenso wenig wie das, was der für einen Somalier hoch aufgeschossene Mann bisher von sich gegeben hatte. Sie hatten lediglich verstanden, dass er ein Polizist war. Auch wenn sie keine allzu großen Hoffnungen in ihn steckten, waren sie froh, dass er schnell wieder ging und in die Richtung rannte, die sie ihm vorgegeben hatten.

✻

Peter Dohmen war es nach einem beängstigend langen Tauchgang tatsächlich gelungen, den untergegangenen Mann im dunklen Brack des kalten Wassers zu ertasten und zur Wasseroberfläche hinaufzuziehen. Nachdem ihm mithilfe einer unweit von ihm hängenden Strickleiter von den Kollegen zum Kai hochgeholfen worden war, lag er nun kraftlos und heftig schnaufend auf dem Rücken. Dennoch war er für den Moment zufrieden, denn Miller und Lassarde hatten den Untergegangenen übernommen und schleppten den schlaffen Körper mit ein wenig Unterstützung ihres ausgelaugten Chefs zum Kai, um ihn mit den dort wartenden Kollegen ebenfalls nach oben zu hieven.

Obwohl auch Miller und Lassarde fix und fertig waren, schoben sie danach auch noch ihren Chef vor sich her nach oben.

»Merde!«, hallte es kurz darauf durch die Nacht. »*Das ist nicht Soquett*!«

Der fremde Mann war auf den Trenchcoat einer englischen Polizistin gelegt und sofort mit der Jacke eines anderen Kollegen bedeckt worden. Unter seinen Kopf hatten sie einen aufgerollten Pullunder gelegt, den sich eine deutsche Kollegin ebenfalls ohne zu zögern abgestreift hatte.

Obwohl die Polizeibeamten alles taten, um den leichenblassen und unterkühlten Körper zu wärmen, wussten sie nicht, ob der mit Wunden übersäte Mann überhaupt noch lebte. Während eine der niederländischen Kolleginnen zaghaft die verquollenen Wangen des leblosen Mannes tätschelte, versuchte ein anderer mit zitternden Händen dessen Puls zu spüren. »Er ist tot!«, prognostizierte er knapp und bekreuzigte sich. Dies taten ihm die anderen nach.

Das Gesicht des Toten mit dem Dreitagesbart war nicht nur aufgedunsen, sondern mit Schnitt- und Risswunden übersät, die sich auch über den kahlgeschorenen Schädel zogen, der mehrere Brandwunden aufwies. Die geschlossenen Augen ähnelten regenbogenfarbigen Golfbällen. Außerdem schien das Nasenbein des Mannes gebrochen zu sein.

»Der sieht so aus, als wenn er sich im letzten Augenblick vor einem Feuer in Sicherheit gebracht hat!«, orakelte einer der Männer und setzte dadurch eine unnütze Spekulationsdiskussion in Gang. Aber Peter Dohmen, der immer noch auf dem Boden lag und sein müdes Haupt dem Geschehen zugedreht hatte, bremste das unsinnige Geschwafel seiner Kollegen sofort aus, indem er so laut es ihm möglich war »Shut up! – Ruhe, verdammt nochmal!« rief.

Aufgrund der ganzen vorhergegangenen Aufregung und dem, was gerade in der großen Halle vor sich ging, waren die Helfer mit der zusätzlichen Situation einfach überfordert. Diesen Eindruck hatte zumindest der Leiter der Aachener Mordkommission. Deswegen fackelte er nicht lange und schleppte sich zu dem Geretteten, um ihn sich anzusehen. Er kniete sich neben ihn, und begann an der Halsschlagader nach dessen Puls zu fühlen, was ihm im Gegensatz zu seinem immer noch zitternden Kollegen auf Anhieb gelang.

Mit aufgerissenen Augen blickte er die anderen an. »Ich … ich glaube es nicht: Er ist nicht tot! Er lebt! … Sein Puls ist zwar schwach, aber er lebt!«

Weil er seinen Händen aufgrund der vorherigen Anstrengung nicht ganz traute, bat er eine verhältnismäßig ruhig auf ihn wirkende englische Kollegin, den Puls des Unbekannten nochmals zu kontrollieren.

»Eindeutig! Er lebt!« bestätigte die Polizistin freudestrahlend Dohmens Feststellung.

»Habt ihr es mitbekommen? Der Mann lebt!«, rief einer ihrer englischen Kollegen, der gerade damit beschäftigt war, auch noch Miller und Lassarde zum Kai hochzuhelfen.

Bei aller Freude darüber war Le Maire auch enttäuscht, blieb aber ganz der professionelle Ermittler. »Merde: *Wo* ist

Soquett nur und wer ist dieser Mann? Was hatte dieser Typ da im ›Nefrit‹-Lastwagen zu suchen? Ist er überhaupt damit hierhergebracht worden, oder befand er sich bereits vorher in dieser beschissenen Halle?« Wahrscheinlich!, gab er sich im Stillen selbst die Antwort.

Ein heftiger Hustenanfall unterbrach seine Überlegungen. »Merde! Ich muss schnellstens mit dem Rauchen aufhören!«, presste er mit rauer Stimme hervor. Kaum war der Hustenanfall jedoch vorüber, war auch dieser absurde Gedanke wieder verworfen. Wie gut, dass Angelika ihn nicht gehört hatte.

»Tretet bitte ein paar Schritte zurück!«, ordnete Peter Dohmen mit schwacher Stimme zuerst in Deutsch und – nachdem nicht alle seiner Aufforderung gefolgt waren – auch noch in Englisch an, um mit der Wiederbelebung von Herz und Lunge des körperlich kräftig wirkenden Mannes zu beginnen. Allerdings war dies gar nicht so leicht. Denn nicht nur dessen ganzer Körper, sondern insbesondere das Gesicht waren derart aufgequollen und von Hämatomen und Rissen übersät, dass er sich schwer damit tat. Aber darauf konnte Dohmen jetzt keine Rücksicht nehmen. Und ein ihm angebotenes Schnäuztuch für die Mund-zu-Mund-Beatmung lehnte er rigoros ab. Also klatschte er dem leblos vor ihm liegenden Mann links und rechts auf die Wangen und zog ihm den aufgerollten Pullunder unter dem Hals weg, bevor er dessen Kopf routiniert so weit nach hinten drückte, wie es ging. Dann hielt er ihm die Nase zu, während er schon damit begann, ihm zweimal mit der ganzen Kraft seiner ausgelaugten und brennenden Lunge Luft in dessen Mund zu blasen. Dann setzte er mit beiden Händen so kräftig mit der Herzkompression auf der Brust an, dass die starr herumstehenden englischen Einsatzkräfte glaubten, er würde die Rippen des Mannes brechen. Da dies das kleinere Übel gewesen wäre, hätte Dohmen dies riskiert. Insgesamt 30 Mal wiederholte er die kräftezehrende Kompression, bevor er wieder zweimal Luft in die Lungen des Fremden blies.

Dohmen wiederholte diesen Rhythmus so lange, bis der Notarzt und die beiden Rettungswagen mit ihrem Equipment vor Ort waren und den Patienten gerade noch rechtzeitig übernahmen. Denn der Lebensetter war mittlerweile so entkräftet, dass er diese Aufgabe sowieso an einen anderen hätte abgeben müssen.

Noch während einer der Rettungssanitäter den Besinnungslosen mit der Beutelmaske ohne Unterbrechung weiter beatmete, führte ein anderer die Herzkompressionen fort. Und der Notarzt setzte mit Hilfe des Medizinstudenten, der den Notarztwagen gefahren hatte, eine Braunüle in der Armbeuge. Während all dies geschah, legten die beiden Sanitäter des zweiten Rettungswagens den Patienten auch schon auf eine Klapptrage und schoben ihn in das mit modernster Technik ausgestattete Fahrzeug, wo der Beatmungsbeutel sofort an ein Reservoir angeschlossen wurde, um eine höhere Sauerstoffkonzentration zu gewährleisten. Nur Sekunden später begann der Notarzt mittels eines Defibrillators gezielt Stromstöße durch den Körper des immer noch regungslosen Mannes zu leiten, um dessen Herztätigkeit noch besser anzuregen, als dies mit einer manuellen Kompression möglich war.

Nachdem die Erstversorgung des arg lädierten Mannes sichergestellt war und sich der Notarzt mit seinem Doktoranden und einem der Sanitäter um den Patienten kümmerte, wurden auch die anderen versorgt. Man stellte sicher, dass sie keine behandlungswürdigen Verletzungen davongetragen hatten, und hüllte sie anschließend in wärmende Decken.

Aber die vier Lebensretter waren keine folgsamen Patienten. Denn entgegen den Anweisungen der Sanitäter nahmen sie sich keine Zeit zur eigenen Erholung, sondern eilten – nass und schlapp wie sie waren – zum Einsatzort zurück. Dort konnten Sie allerdings nichts mehr tun. Denn kaum angekommen, hatten sie gehört, dass der Einsatz vorüber und der Zugriff bereits erfolgt war.

»... und beim Schusswechsel hat es keinen einzigen Toten gegeben! ... Na ja, bis auf die hier! *Wir* haben nur einen Leichtverletzten«, korrigierte einer der Engländer seine etwas forsch klingende Aussage und machte mit dem Kopf eine Bewegung in Richtung der vier toten Schleuserhelfer am Kai.

»Wurde die Pathologie schon informiert?«, war weniger eine Frage des Einsatzleiters als eher die Aufforderung dazu, die zuständige Gerichtsmedizin aus Dover zu informieren.

»Lemmi! Alles in Ordnung?«, rief Angelika zum Amüsement der anderen schon von Weitem, bevor sich die beiden in die Arme nahmen. Aber auch hierbei hielt sich der Chefermittler nicht lange auf und sagte anstatt eines lieben Wortes: »Schau mal! Hier liegt Arbeit für dich!«

*

Von alldem hatte Keita Seydou nichts mitbekommen. Dafür hatte er das Gefühl, auf der richtigen Spur zu sein. Er war der Richtung gefolgt, die ihm die Männer in der »Flüchtlingsunterkunft« gewiesen hatten, und sollte damit ganz besonderes Glück haben. Denn er schien nicht nur diesem ominösen »Mister Silent« auf die Spur gekommen, sondern auch noch hinter Johan van Vlierden her zu sein, der unwissend dem obersten Chef dieses Menschenhändlerrings bei dessen Flucht half, weil er darin die einzige Chance sah, ebenfalls vor dem respekteinflößenden Polizeiaufgebot türmen zu können.

So wie es aussah, flohen die beiden im Schutze der etwa zehn bis zwölf englische Fuß hohen Mauer entlang in Richtung des

Kais, wo sich an dessen Ende zum Kanal hin noch vor wenigen Minuten viel getan hatte. Aber dies konnte der Somalier nicht wissen. Im schummrigen Licht einer Vollmondnacht und im Wirrwarr des vor und an der Mauer hochrankenden Gestrüpps konnte Keita Seydou die beiden Flüchtenden zwar nicht sehen. Dafür entdeckte er ein auf dem Boden liegendes Papiertaschentuch, das er mit fast schon kriminalistischem Spürsinn analysierte. Er stellte fest, dass es noch nicht lange dort liegen konnte, weil es keinerlei Luftfeuchtigkeit angenommen hatte. Also musste hier erst vor wenigen Minuten jemand vorbeigekommen sein. Mehrere abgeknickte Äste und Fußabdrücke wertete er ebenfalls als Belege dafür, auf der richtigen Spur zu sein, obwohl er sich dessen absolut nicht sicher war. Dennoch hatte er sich intuitiv dazu entschlossen, *diesen* Weg einzuschlagen. »Entweder oder« hatte er zuversichtlich zu sich selbst gesagt, weil er gewusst hatte, dass alle Richtungen falsch sein konnten, in die er ging.

Der ominöse »Mister Silent« und van Vlierden waren inzwischen am Kai angelangt. Dort hatte der skrupellose Chef des Menschenhändlerrings das Motorboot vertäut, mit dem er gekommen war. Der Profi hatte gewusst, warum er sich den Weg übers Wasser freihalten musste. Das Boot lag an der äußersten rechten Seite, direkt am Ende der Mauer. Genau dort, wo der Anlegesteg einen leichten Knick zum Schrottplatz hin machte. Durch diese landschaftsbedingte Biegung lag das Schnellboot so gut versteckt, dass es von den beiden Polizisten, die von Le Maire dazu eingeteilt worden waren, die ganze Gegend innerhalb dieses Areals abzusuchen, nicht entdeckt worden war. Selbst die Polizisten, die dann etwas später während der Menschenrettung am Kai gestanden hatten, und diejenigen, die zur selben Zeit im Wasser gewesen waren, hatten das Boot trotz Vollmond nicht sehen können.

Um für alle Fluchtmöglichkeiten gewappnet zu sein, hatte »Mister Silent« von seinem Fahrer zusätzlich auch noch in der ehemaligen Werkstatt inmitten des riesigen Schrottabladeplatzes, der sich ganz am Ende des Geländes direkt vor dem Kai befand, seinen protzigen Bentley abstellen lassen. Bisher hatten nur sein Fahrer und er davon gewusst. Genau dorthin war er mit van Vlierden zuerst geeilt, weil er das zuvor in einem versteckten Safe gebunkerte und später in den Kofferraum seiner englischen Nobelkarosse gestapelte Geld holen wollte, bevor er mit dem Boot abhauen würde. Nachdem der undurchsichtige Mann van Vlierden versprochen hatte, ihn mitzunehmen und zudem auch noch einen dicken Batzen abzugeben, hatte der ihm geholfen, die gebündelten Geldpacken eiligst in zwei Koffer zu stapeln und sie bis zum Anlegesteg zu tragen. Dabei hatte der skrupellose Menschenhändler sich schon ausgemalt, wie er den Mitwisser beseitigen würde.

Weil »Mister Silent« seinen neuen Helfer vor sich geschoben und ihm von hinten den Weg gewiesen hatte, damit der auf keine Dummheiten kommen konnte, war es ihm gelungen, unbemerkt einen Schalldämpfer auf den Lauf seiner Pistole zu drehen. Damit wollte er seinem Decknamen einmal mehr alle Ehre machen. Dass in Anbetracht des vielen Geldes van Vlierden ähnliche Gedanken hatte, um die ganze Beute für sich allein zu haben, war dem ausgebufften Chef eines der größten europäischen Menschenhändlerringe von Haus aus klar gewesen. Also hielt er seine Pistole bereit. Dies hätte van Vlierden sicher auch gerne getan – wenn er denn eine Waffe gehabt hätte. Aber leider blieb ihm nichts anderes übrig, als sich unauffällig nach einer herumliegenden Eisenstange, einem Holzknüppel oder Ähnlichem umzusehen.

*

Zur gleichen Zeit kümmerten sich die Sanitäter um die durch Schüsse verletzten Kriminalbeamten und um einen ebenfalls verletzten Schleuser. Nachdem Le Maire dem englischen und auch dem niederländischen Kollegen aufmunternd auf die Schultern geklopft hatte, ging er mit den anderen äußerst vorsichtig und wachsam durch die alte Werkshalle. Dabei bedeutete er seinen Kollegen, sich über die gesamte Breite des lang gezogenen Wellblechgebäudes zu verteilen. »Sichert euch nach allen Seiten ab«, flüsterte er.

Nachdem sowohl der Lastwagen der »Nefrit BVBA«, als auch die beiden LKWs mit den englischen Kennzeichen leer waren, schlichen sie mit ihren Waffen im Anschlag bis zum Ende der Halle und durch den Verbindungsgang in die beiden Backsteinhäuser, wo sie ein solches Geschrei auslösten, dass sie selbst erschraken. Aber es wurde schnell klar, dass keine Gefahr für sie drohte, weil sich offensichtlich keiner der Schlepper mehr innerhalb dieser Räumlichkeiten befand.

»Merde! Nehmt eure Waffen herunter!«, ordnete der Einsatzleiter an und wandte sich an die völlig verängstigten Flüchtlinge. »Teak it easy! … Police! … Police!«, rief er in Englisch, weil er nicht wusste, welche Sprache die augenscheinlich misshandelten und traumatisierten Menschen verstanden.

Und es wirkte! Jedenfalls nahmen sie nacheinander zögerlich die Arme herunter. Einer traute sich sogar, schüchtern nachzufragen: »Police? … You're a cop?«

Le Maire und die anderen nickten, während sie nacheinander langsam ihre Dienstmarken oder Dienstausweise herauszogen und den Menschen entgegenstreckten.

»Yes, we are all policemen and want to help you!«

Nachdem der Mann – er schien eine Art Sprecher für die anderen zu sein – mit seinen Leuten geredet hatte, schien sich die Situation zumindest ein wenig zu entspannen. Jedenfalls plapperten die Menschen nun aufgeregt durcheinander, bevor sie nach und nach zu lachen begannen und sich erleichtert umarmten. Ganz langsam begannen sie zu begreifen, dass sie nun frei waren. Auch wenn ihre Zukunft nach wie vor ungewiss sein dürfte, weil es sehr wahrscheinlich war, dass man sie in ihre Heimatländer abschieben würde, waren sie für den Moment einfach nur glücklich, überlebt zu haben und den Fängen der grausamen Schleuser entkommen zu sein.

»Na also, es geht doch!«, quittierte Le Maire seinen Erfolg in puncto Internationalität und Völkerverständigung. Er lachte kurz auf und nahm dankend die Zigarette entgegen, die ihm ein deutscher Kollege anbot. Nach den ersten hastigen Zügen wollte er sich gleich auf die Suche nach dem Somalier und nach Soquett machen, obwohl er mittlerweile zu dem Schluss gekommen war, dass sich sein junger Kollege vermutlich doch nicht hier befand. So blieb nur noch die Hoffnung, dass er doch noch von Bribanté in Kerkrade lebend gefunden würde.

Als dann die inzwischen euphorisch herumhüpfenden und im Rhythmus klatschenden Afrikaner damit begannen, Le Maire und die anderen Polizisten im Kreis zu umtanzen und auch noch zu umarmen, um sich damit auf ihre Art für das Ende ihres Martyriums zu bedanken, wurde es dem Einsatzleiter sowieso zu viel. Er versuchte, sich loszureißen, was ihm allerdings nicht gelang. Also blieb ihm nur, die Hand mit der brennenden Zigarette nach oben zu halten und zu versuchen, seine aus Schweiß, Tränen und Hinterlassenschaften bestehende olfaktorische Wahrnehmung zu unterdrücken. Nachdem er sich endlich aus dem Menschenknäuel hatte befreien können, bemerkte er, dass seine Zigarette weg war und bereits die Runde unter einigen Männern machte.

»Gib mir mal deine Packung Zigaretten«, rief er demjenigen Kollegen zu, der sich ihm gegenüber kurz zuvor als spendabel erwiesen hatte.

Den missbilligen Blick des Deutschen ignorierte er geflissentlich.

»Thank you! … Thank you! … We are so happy!«, rief der scheinbare Anführer dieser Gruppe immer wieder und brachte damit die anderen dazu, sich ebenfalls auf diese Art zu bedanken, obwohl kaum einer von ihnen des Englischen mächtig war. Dennoch wollten sie ihren aus tiefstem Herzen kommenden Dank ebenfalls artikulieren: »Tank ju! … Massa.«

*

Nachdem »Mister Silent« ins Boot gestiegen war, merkte er, dass sein Helfer damit zögerte, ihm die Geldkoffer herunterzureichen und zudem nervös um sich blickte.

»Was ist, mein neuer Freund? Wir müssen uns beeilen! Zum Teilen haben wir später noch Zeit! Oder möchtest du dich von den Bullen erwischen lassen? Nun komm endlich!«

Johan van Vlierden überlegte einen Moment, was er tun sollte. Da er wusste, ohne Schusswaffe und ohne dieses Boot nicht die geringste Chance zur Flucht zu haben, weil es in wenigen Minuten auf dem Gelände nur noch so vor Polizisten wimmeln würde, entschloss er sich doch dazu, seinem neuen Gönner die Koffer ins Boot hinunterzureichen, bevor er selbst zusteigen würde.

»Ich bekomme, was Sie mir versprochen haben?« Van Vlierden hatte seinen Satz kaum zu Ende gesprochen, da bekam er vom Bootseigner auch schon die Antwort: »Ich halte immer, was ich verspreche!«

Dann pufften dumpf zwei Schüsse und van Vlierden fiel vornüber ins Boot.

Da Keita Seydou zwar keine Schüsse gehört, van Vlierden aber nach vorne hatte fallen sehen, rannte er die letzten Schritte zum Kai, wo sofort auch auf ihn geschossen wurde.

Mit einem Satz nach hinten rettete sich der Somalier aus dem Schusswinkel. Gelegenheit genug für »Mister Silent«, sein Boot zu starten und davonzubrausen. Da er in der Hektik keine Zeit hatte, sich des menschlichen Balastes zu entledigen, der sich noch an Bord befand, schob er van Vlierdens Leiche etwas beiseite, um das Boot ungehindert steuern zu können.

Keita Seydou blieb nur noch, dem in der Dunkelheit verschwindenden Boot nachzuschießen. Da sich das 110-PS-starke Gefährt aber schon ein ganzes Stück entfernt hatte, wusste er nicht, ob er den Flüchtenden auch tatsächlich traf.

❉

Weil keiner der Ermittler Lust darauf hatte, noch an Ort und Stelle mit den verachtungswürdigen Schleusern und Schleppern zu reden, und sie wegen ihres erfolgreichen Zugriffs auch keine unbedingte Dringlichkeit darin sahen, ließen sie die fünf Männer mit einigen der inzwischen zusätzlich eingetroffenen Streifenwagen in U-Haft nehmen. Um deren vier tote Kumpane kümmerten sich die inzwischen ebenfalls eingetroffenen Leichenbestatter.

Le Maire und die anderen, die das ganze Ausmaß der menschlichen Tragödie vor Augen und immer noch in den Nasen hatten, rissen gierig die Fenster auf. In seinem aus Resignation und Zuversicht bestehendem Wechselbad der Gefühle war der Einsatzleiter mittlerweile wieder davon überzeugt, dass Soquett immer noch in Kerkrade sein musste. Er hoffte innig, dass sich Bribanté mit einer guten Nachricht bei ihm melden würde. Bis dies soweit war, musste er sich mit den Drahtziehern befassen und schleunigst deren Spur aufnehmen.

Deswegen unterhielt er sich nochmals mit dem »Häuptling« der – wie er inzwischen weiß, genau 43 – Flüchtlinge, als was er denjenigen mit der größten Klappe unangebracht abschätzig bezeichnete, weil seine Gedanken immer noch bei Soquett waren. Dabei erfuhr er, dass die Schwarzafrikaner nach einer wochenlangen Odyssee offensichtlich schon vor ein paar Tagen hierhergebracht worden waren und die Überlebenden nun zusammen mit der neuen Lieferung aus den Niederlanden auf zwei Fahrzeuge verteilt, in ganz England ihren neuen Bestimmungen zugewiesen werden sollten. Was diese neue »Bestimmung« gewesen wäre, wusste der Mann allerdings nicht. Wie auch die anderen, hatte er nur auf ein neues Leben ohne Krieg und Hungersnot, ... sowie auf Arbeit gehofft, wie er mehr oder weniger glaubhaft versicherte. Aus trauriger Erfahrung heraus wussten insbesondere die englischen Ermittler, dass der Mann in puncto Arbeit richtig gehofft hatte, allerdings anders als gewünscht. Denn die Flüchtlinge wären in erster Linie an Großbau-Unternehmer verkauft worden, wo sie gegen einen Minimallohn und eine unzumutbare Unterkunft im Schatten der Illegalität so lange hätten fronen müssen, bis sie vor Erschöpfung umgefallen wären. Die Frauen dagegen hätte man in Bordelle gesteckt und zu all dem gezwungen, von dem sie bisher nicht die geringste Ahnung hatten. Um zu gewährleisten, dass sie sich den neuen Anforderungen nicht widersetzten, wäre ihnen mit dem Tod ihrer Kinder oder einer der anderen Frauen gedroht worden. Dies war auch der einzige Grund, warum die Mütter ihre Kinder überhaupt mitnehmen und diese überleben durften. Denn die oft unberechenbaren kleinen Wesen stellten ein nicht zu unterschätzendes Risiko für die gesamte mafiaähnliche Menschenhändlerstruktur dar.

Nachdem er dies gehört hatte, entspannte sich Le Maires innere Verbitterung und er wurde freundlicher. »Eine grausame Kette des Entsetzens!«, bemerkte er angewidert und spuckte demonstrativ aus.

»Kette? Wie meinen Sie das?«, wollte ein junger Kollege aus Aachen wissen.

»Na ja, zuallererst verdienen an diesen Machenschaften die sogenannten ›Anwerber‹ oder ›Werber‹, von denen diese jämmerlichen Kreaturen mit großen Versprechungen aus ihren Heimatdörfern ins gelobte Land Europa herausgelockt werden – falls dies nicht ohnehin gewaltsam geschieht. Bereits da werden ihnen die Pässe sowie ihr gesamtes Geld abgenommen, das dann nach einem ganz genauen Verteilerschlüssel seinen Weg bis hierher findet. Denn auch die Schleuser, die dafür sorgen, dass Flüchtlinge oder aus ihrer Heimat vertriebene Menschen außer Landes und bis nach Europa gelangen, möchten an ihnen verdienen. Danach sind die bestens organisierten Schlepperbanden dran, die sie dann innerhalb Europas über alle Grenzen hinweg verteilen. Und zu guter Letzt …«

»Jaja, schon gut!« Der junge Beamte hob abwehrend die Hand, um sich den abstoßenden Rest nicht auch noch anhören zu müssen.

Während Le Maire zwischen ständigen Husten- und Niesattacken vergeblich versuchte, sich auch noch mit einem der Männer zu unterhalten, die von Keita Seydou hierhergebracht worden waren, fiel ihm dessen Fehlen wieder ein.

»Merde!«, schoss es gewohnheitsmäßig aus ihm heraus, obwohl er nicht glaubte, dass sein Schützling die Gelegenheit zur Flucht genutzt hatte. Vielmehr vermutete er, dass sich der Somalier entweder irgendwo verkrochen hatte oder vielleicht sogar verletzt war. »Sucht das ganze Gelände nach Keita Seydou ab!«, gebot er denjenigen von Cavanaughs Leuten, die gerade nichts zu tun hatten. »Seid aber vorsichtig, er ist bewaffnet!«, warnte er noch. Denn sollte der Somalier nur einen der beiden englischen Beamten mit *seiner* Waffe verletzen oder gar niederstrecken, wäre dies der worst case für ihn:

Nicht nur, dass Staatsanwalt Delieux dann endlich über ihn triumphieren könnte und er seinen Hut nehmen müsste, es würde auch zu internationalen Verwicklungen führen.

Um diesbezügliche Gedanken erst gar nicht aufkommen zu lassen, wollte er sich – nachdem ihm weitere Gespräche mit den Neulingen wegen deren miserablem physischem und psychischem Zustand zu verfrüht erschienen – endlich um Angelika kümmern, die draußen bei den Leichenbestattern war. »Die jungen Kolleginnen und Kollegen müssen sofort in kriminalpsychologische Behandlung«, flüsterte er dem detective chief superintendent zu, der bereits damit beschäftigt war, sich um die Betreuung der traumatisierten Menschen durch die zuständige Einrichtung zu kümmern.

»Ich nehme nicht an, dass du sie wieder mit zurück nach Holland oder Belgien nehmen möchtest, sagte Cavanaugh grinsend und offenbarte dabei den typisch britischen Humor, den die Belgier – wie die Franzosen – noch nie verstanden hatten. Nachdem er über das Büro seiner Sekretärin alles organisiert hatte und die Sache lief, wandte sich der aus Irland stammende englische Kripochef wieder seinem ostbelgischen Kollegen zu, dieses Mal allerdings in ernstem Ton: »Wie viele seid ihr?

»Was meinst du?« Le Maire kniff die Augen zusammen. Er wusste nicht, was sein geschätzter englischer Kollege meinte.

»Na, ich denke, dass ihr heute nicht mehr nach Hause fahren möchtet, zumal nicht so …« Damit spielte Cavanaugh auf die immer noch nassen Klamotten derjenigen Ostbelgier und des Deutschen an, die ins Wasser gesprungen waren. »Also, was ist?«, drängte er. »Ich muss die genaue Zahl haben, um auch für euch eine Unterkunft besorgen zu können. Ihr könnt aber auch mit denen …« Er zeigte grinsend zu den Flüchtlingen.

Sehr witzig, dachte Le Maire. Aber anstatt eine Antwort zu geben, stieß er nur ein »Merde!« aus. Er hatte sich eine Zigarette drehen wollen, aber nicht daran gedacht, dass sein Tabak mitsamt des Papiers durch die Nässe unbrauchbar geworden war. »Scheiß drauf! Das tut mir sowieso nicht gut«, grummelte er. Nur gut, dass Angelika auch dies nicht gehört hatte.

*

»Wir haben ihn am Kai aufgegriffen!«, meldeten schon kurz darauf zwei englische Kollegen so stolz, als wenn sie das Unmögliche wahr gemacht und Dr. Jekyll and Mr. Hyde in einer Person gefasst hätten. In ihrer Mitte hielten sie den gesuchten Somalier fest, den sie zusammengeschnürt hatten wie ein Paket.

Als Le Maire dies sah, vergaß er für einen Augenblick sogar seine Zigaretten und statt seines üblichen Fluches entwich ihm ein erleichtertes »Gott sei Dank!«

Weil er die Aktion der englischen Kollegen für weit übertrieben hielt, konnte er sich einen bissigen Kommentar nicht verkneifen: »Sicher hat er sich mit all seiner Kraft der Festnahme durch euch zu widersetzen versucht!«

Da die beiden Polizisten dies als Lob verstanden hatten, was möglicherweise an Le Maires falscher Betonung gelegen hatte, stießen sie Keita von sich weg auf den Boden.

»Toll! Fast wie in Amerika«, säuselte der wegen Soquetts immer noch nicht aufgeklärtem Verschwinden und seines unbrauchbaren Rauchzubehörs gereizte Kriminaler leise, und brüllte die beiden dann unvermittelt an: »Verdammt, ihr habt wohl zu viele schlechte Krimis gelesen? Wir sind hier in Europa! Und dort geht man mit Untersuchungshäftlingen anständig um! Jedenfalls bei uns in Belgien. Helft ihm wieder hoch und bindet ihn los!«

»Sollen wir ihm auch die Handschellen abnehmen?«, kam es eingeschüchtert zurück.

Da ihm selbst noch nicht ganz klar war, warum sein Schutzbefohlener verschwunden und dem Geruch nach ganz offensichtlich auch noch Gebrauch von seiner Waffe gemacht hatte, winkte Le Maire ab.

Erst nachdem er die beiden übereifrigen Polizisten mit Cavanaughs Billigung wieder losgeschickt hatte, um das Gelände sicherheitshalber doch noch nach Soquett abzusuchen, hörte er sich zusammen mit den anderen Chefermittlern die abstruse Geschichte des Somaliers an.

»Gut!«, brummte er anerkennend, als Keita fertig berichtet hatte. »Sehr gut!«

»Du glaubst ihm?«, wunderte sich Finley Cavanaugh, dem die Angaben des Somaliers reichlich unglaubwürdig erschienen.

Die Geschichte, die Keita Seydou den von Le Maire zusammengerufenen Chefermittlern aufgetischt hatte, war aber auch dermaßen absurd, dass sie eigentlich stimmen *musste*.

Le Maire, der offensichtlich der Einzige war, der seinem Schutzbefohlenen glaubte, wiederholte nachdenklich die Kernpunkte dessen, was Keita berichtet hatte: »… und du hast dann hinterhergeschossen, weißt aber nicht, ob du diesen ominösen ›Mister Silent‹ getroffen hast! Stimmt das so?«

Der Somalier nickte: »Ja! Jedes Wort!«

Le Maire nickte zufrieden. Für den Moment war er einfach nur darüber erleichtert, dass er seinen Schützling samt Waffe wieder zurückhatte. Nicht auszudenken, was Staatsanwalt Delieux mit ihm angestellt hätte, wenn er ohne den Somalier nach Liège zurückgekehrt wäre!

Nach intensiver Baratung beschloss das Führungsteam schließlich, das zu tun, was Le Maire sofort getan hätte, wenn er sich auf seinem Hohheitsgebiet befinden würde: die Wasserschutzpolizei zu informieren.

KAPITEL 23

Noch in der Nacht hatte detective chief superintendent Finley Cavanaugh das gesamte Areal an der Old Habor Street entlang für neugierige Gaffer abriegeln lassen. Aus taktischen Gründen heraus hatte er lediglich ein paar handverlesenen Journalisten einflussreicher Zeitungen gestattet, sich hinter einem der inneren Absperrbänder aufzuhalten. Erst wenn die auf Le Maires Anraten dazugerufene Spurensicherung mit ihrer Arbeit fertig sein würde, sollten die Journalisten näher an die Orte des Geschehens gelassen werden. Obwohl Cavanaugh sich mit seinen belgischen, deutschen und niederländischen Kollegen darüber einig gewesen war, dass die großräumige Abriegelung des Geländes zwar der Beweissicherung dienen, in puncto Täterüberführung aber sicher nicht allzu viel bringen würde, hatte er korrekt nach Dienstvorschrift gehandelt. Und dies ausgerechnet auf Drängen seines belgischen Kollegen hin, der mit seinen eigenen Dienstvorschriften stets auf Kriegsfuß stand.

*

Da es sowohl mit der Unterbringung der – wie sich inzwischen herausgestellt hatte – insgesamt 70 Schwarzafrikaner in einer alten Militärkaserne, als auch mit der Verteilung der ausländischen Polizisten auf mehrere Bed'n Breakfasts bestens geklappt hatte, waren am nächsten Vormittag zumindest ein paar von ihnen einigermaßen ausgeschlafen.

So nach und nach hatten sich alle zur Abschlussbesprechung in der Kantine des Hauptkriminalamtes von Dover eingefunden.

Die haben hier keine Locki, dachte Le Maire wehmütig, als er einen Schluck der lauwarmen Plörre nahm, die sich Kaffee schimpfte. Und das bunte Mintgebäck vor ihm kam ihm auch nicht gerade vertrauenserweckend vor. Nein, dies hier hatte weiß Gott nicht Locki vorbereitet.

Mit einem lauten Händeklatsch und den markigen Worten »Erfolg auf ganzer Linie!« eröffnete der Hausherr etwas überschwänglich die Abschlussbesprechung. Dabei musste er sich noch vor der eigentlichen Begrüßung von seinem belgischen Kollegen dazwischenfahren lassen: »Von wegen ›auf der ganzen Linie‹«, repetierte Le Maire und begründete seinen Einwurf damit, dass sie in der vergangenen Nacht *geglaubt* hatten, dass der gerettete Mann nicht Soquett gewesen war.

»Warum ›geglaubt‹?«, kam es vom irritierten detective chief superintendent zurück. »Seid ihr nicht sicher gewesen?«

»Liebe Kolleginnen, liebe Kollegen!«, begann der eigentliche Einsatzleiter und entschuldigte sich insbesondere bei Cavanaughs ebenfalls anwesenden Vorgesetzten dafür, dass er sich gleich das Wort genommen hatte. »Zu allererst möchte ich mich bei euch allen für den gelungenen Einsatz bedanken! Ich denke, dass wir einen guten Beitrag zur internationalen Zusammenarbeit der Polizei geleistet haben! Mich freut ganz besonders, dass nicht nur die deutschen und die niederländischen Kollegen, sondern auch die englische Polizei mehr als kooperativ war und das eine oder andere Mal sogar unbürokratisch gehandelt hat! Thank you all!«

Derart gelobt und aufgrund der Anwesenheit seiner Vorgesetzten, konnte es der Hausherr nicht lassen, seinerseits Dank für die gute Zusammenarbeit auszusprechen. Dabei hielt er sich so kurz wie Le Maire, dem er gleich wieder das Wort zurückgab.

»Danke, Finley! Ich möchte jetzt nicht den ganzen Einsatz Revue passieren lassen. Dazu haben wir später noch Zeit. Es geht mir im Moment nur um eine vordringliche Sache, über die ich mir die ganze Nacht lang Gedanken gemacht habe.« Le Maire musste husten, bevor er fortfahren konnte: »Bei unserem gemeinsamen Einsatz in der vergangenen Nacht waren wir alle sehr angespannt. Und diejenigen, die mit mir ins Wasser gesprungen sind, waren nicht nur physisch, sondern zudem auch noch psychisch an ihre Grenzen gestoßen. Deswegen haben wir denjenigen, den unser hochverehrter Herr Kollege Peter Dohmen aus der trüben Tiefe des Wassers gefischt hat, gar nicht so richtig betrachtet. Denn bevor wir dies konnten, haben sich die Ereignisse derart überschlagen, dass ich mir den Mann nicht mehr genauer anschauen konnte. Als ich später wieder zu ihm wollte, war der Notarzt bereits mit ihm verschwunden.«

»Was haben Sie denn erwartet, Chef? Aber Lassarde und ich haben doch auch gesehen, dass es leider Gottes nicht Soquett war«, warf Miller ein.

»Bist du dir da ganz sicher? *Ich* habe nur kurz ein völlig aufgequollenes und zerschundenes Gesicht gesehen, das allein schon deswegen befremdlich wirkte, weil es bartlos war, … und Soquett trägt normalerweise einen gepflegten Vollbart! Und allein schon davon habe ich mich täuschen lassen. Aber in der ganzen Aufregung war mir nicht eingefallen, dass ich selbst Soquett gebeten hatte, sich den Bart abzurasieren, bevor er seinen Bürojob bei der Firma ›Nefrit‹ antritt.«

»Und was ist mit der Glatze?«, gab ein belgischer Kollege zu bedenken, der Soquett flüchtig kannte.

»Sehr aufmerksam, werter Kollege!«, lobte Le Maire den jungen Schutzpolizisten. »Du hast recht: Soquett trug volles Haar! Ob Glatze oder nicht, ändert das Aussehen eines Menschen ebenso wie ein gewohnter Bart, der plötzlich fehlt.« Le Maire musste schlucken, bevor er weitersprechen konnte: »Da ein anderer Kollege noch in der Nacht bemerkt hatte, dass es sich bei den schwarzen Flecken auf dem kahlrasierten Schädel um Brandwunden handeln könnte, wäre es möglich, dass man ihm das Haupt nur deswegen kahlgeschoren hat, weil man dort Elektroden anbringen wollte, um …«

»Sie meinen …« Miller brachte kaum hervor, was er sagen wollte. »Man hat ihn gefoltert?«

Le Maire zuckte halb zustimmend mit den Schultern. »Möglich wäre es!«

»Aber warum?« Auch Lassarde konnte sich keinen Reim darauf machen.

»Vielleicht haben sie ihn enttarnt und der tapfere Soquett hat ihnen trotz der Schläge, die man zumindest dem vom Kollegen Dohmen Geretteten beigebracht hat, nicht gesagt, dass er Polizist ist und weshalb er sich eigentlich in der Firma befand!«, mutmaßte nun Le Maire, der von der Aktion seines jungen Mitarbeiters in Monsieur Nascarées Büro nichts wissen konnte. »Jedenfalls war ich in all der Hektik zu schnell mit meinem Urteil in Bezug darauf, dass es *nicht* Soquett sein kann.« Le Maire wandte sich an Cavanaugh: »Weißt du inzwischen, wie es ihm geht und ob er überlebt hat?«

Der detective chief superintendent schüttelte den Kopf und sagte: »Noch nicht! Vom Hospital aus wollte man mich sofort darüber informieren, wenn es etwas Neues gibt – hat man aber noch nicht! Heute früh war ich zu sehr damit beschäftigt, meinen Vorgesetzten Bericht zu erstatten und mich um die inhaftierten Menschenhändler zu kümmern als dass ich von mir aus hätte nachfragen können. Das werde ich gleich nachholen. Moment bitte …« Er wartete, bis seine Sekretärin die Telefonnummer des Hospitals und die Durchwahlnummer des behandelnden Arztes herausgekramt und eingetippt hatte, bevor sie ihm den Hörer reichte.

»Frag bitte nach, ob er an den Innenseiten seiner Unterarme Tätowierungen hat«, bat Le Maire seinen englischen Kollegen.

Während Cavanahaugh darauf wartete, dass die Verbindung hergestellt wurde, zogen sich in der Wahrnehmung Le Maires, Millers und Lassardes die Minuten schon wieder zu Stunden. Auch Dr. Laefers schien äußerst angespannt zu sein und vergrub ihren Kopf in den Händen.

»Na, endlich!«, schimpfte Cavanaugh ins Telefon, als sich am anderen Ende der Leitung jemand zu melden schien. »Oh! ... Entschuldigen Sie bitte, Herr Doktor! Hier spricht detective chief superintendent Finley Cavanaugh, Mordkommission der Kriminalpolizei Dover! Ich möchte mich über das Befinden des in der vergangenen Nacht eingelieferten Schwerverletzten ... Ja? Ich höre! ... *Was?* Aber das ist ja fantastisch!« Er hob den Daumen in Richtung Le Maire. »Ja, ich bin noch da! Er hat die Nacht überlebt und könnte es schaffen? ... Ja, selbstverständlich. Haben Sie vielen Dank!«

Nachdem das Telefonat beendet war, wandte er sich an seinen deutschen Kollegen: »Ich habe eine gute Nachricht für unsere belgischen Kollegen, ... und selbstverständlich für uns alle«, begann Finley, fügte aber gleich einschränkend hinzu, dass man allerdings noch nicht mit dem Geretteten sprechen konnte. Dann wiederholte er zumindest fetzenweise die Aussagen des Arztes für die Anwesenden. Dabei herrschte angespannte Stille in der Kantine. Während insbesondere die belgischen Polizisten die Daumen zu drücken begannen, suchten sich ein paar Tränchen den Weg aus den Augen des seit Soquetts Verschwinden dünnhäutig gewordenen Chefs der belgischen Truppe. Da Angelika dies merkte, legte sie ihm zur Beruhigung eine Hand auf seinen Oberarm. Sie wunderte sich darüber, dass allein schon diese leise Hoffnung einen Gefühlssturm in Frederic ausgelöst hatte. Sie spürte, dass sich der nervenaufreibende Stress der vergangenen beiden Tage selbst bei dem abgebrühten Profi nun nicht mehr verstecken lassen konnte.

Trotz der bedingt erfreulichen Nachricht atmete Le Maire erleichtert aus. Jetzt muss »nur noch« geklärt werden, ob es sich bei dem Mann tatächlich um Soquett handelt, ... oder eben doch nicht, schoss ihm durch den Kopf.

»Der Arzt sagt«, fuhr Cavanaugh fort, »dass es zwar ein harter Kampf gewesen sei, der Mann aber wegen der guten Vorarbeit unseres Kollegen Peter Dohmen wieder zurückgeholt werden konnte. Er ist zwar noch nicht ganz über den Berg und wird wohl noch einige Tage im künstlichen Koma bleiben müssen, aber: *er wird überleben!*«

Allgemeiner Jubel brach aus. Diejenigen, die nicht alles verstanden hatten, ließen sich von der euphorischen Stimmung ihrer belgischen Kollegen einfach mitreißen.

»Ruhe! Ladies and Gentlemen! Ich bitte um Ruhe! Lasst mich doch erst einmal fertig berichten: Denn das ist noch nicht alles«, unterbrach Cavanaugh den kollektiven Freudentaumel. »Frederic, du hattest ja noch eine Frage ...«

»Nun spann uns nicht auf die Folter, Finley! Sag schon!«

Der englische Chefermittler nahm seine Brille ab und schaute seinem ihm in der kurzen Zeit fast schon freundschaftlich ans Herz gewachsenen Kollegen in die Augen. Dann nickte er.

»*Nein!*«, rief Frederic freudig aus.

»Doch! Er hat an den Innenseiten beider Unterarme Tätowierungen.« Cavanaugh lächelte verschmitzt.

Während alle anderen in neuerlichen Freudentaumel ausbrachen, blieben Le Maire, Miller und Lassarde ganz ruhig. Sie wussten, dass dies noch nicht alles heißen musste.

»Ich weiß ja nicht, ob es wichtig ist ...«, rief der englische Ermittler in den allgmeinen Tumult und sein Grinsen wurde noch breiter. »Aber auf dem rechten Unterarm steht ...«

Die plötzliche Stille im Raum, die er mit seinen Worten schon wieder heraufbeschworen hatte, war für Le Maire schier unerträglich.

»Merde! Nun sag schon!«

Cavanaugh fuhr sich mit beiden Händen durch das glatte, nach hinten gekämmte Haar und hielt mit den Handflächen an der Stirn einen Moment inne, bevor er das eine Wort, von dem er wusste, dass es *das* erlösende sein würde, aussprach: »Colette!«

»So heißt Soquetts Frau«, stieß Le Maire hervor, und es klang fast ein wenig überrascht. Er legte den Kopf in den Nacken und schloss die Augen. Nach der Anspannung der vergangenen Tage konnte er nun ein paar Tränen der Erleichterung nicht mehr zurückhalten. Verstohlen wischte er sie sich aus den Augenwinkeln, obwohl es wohl niemanden im Raum gab, der für seinen emotionalen Ausbruch kein Verständnis hatte.

»Was tust du, Lemmi?«, wunderte sich Angelika, als Frederic wortlos den Tisch beiseite schob und aufstand.

Sämtliche Blicke folgten ihm, als er langsam auf seinen Aachener Kollegen Peter Dohmen zuging, ihm beide Hände auf die Schultern legte und ihm lange in die Augen schaute, bevor er ein »Danke, mein Freund« ausstieß. Als die beiden Männer sich dann auch noch umarmten, waren es nicht mehr nur Frederics Augen, die verdächtig glänzten.

Aber wie hatte der Arzt doch gesagt: »Der Patient ist noch nicht über dem Berg!«

Obwohl es Le Maire neben Lassarde und Miller emotional wohl am meisten gepackt hatte, erlangte er als Erster seine Fassung zurück. Um sich nicht doch noch etwas anmerken zu lassen, wollte er nach draußen gehen, um eine Zigarette zu rauchen und in Ruhe nachdenken zu können. Da Angelika die Wesenszüge ihres Geliebten kannte, ließ sie ihn gewähren.

Der Kommissar hielt kurz inne, als er an Lassarde vorbeiging. Um ihre Erleichterung zu teilen, drückten sie sich kurz. Da dies normalerweise nicht Le Maires Art war, fiel die Umarmung dementsprechend knapp aus. Immerhin, dachte sich Angelika, die dies wohlwollend beobachtete.

»Frederic, bleib noch einen Moment hier!«, wurde er plötzlich von seinem englischen Kollegen zurückgehalten. »Da ist noch etwas, das allerdings nur euch Belgier und die Deutschen betrifft«, verkündete Cavanaugh ernster Miene.

»Was ist?«, fragte Le Maire verunsichert zurück.

Aber sein englischer Kollege machte es erneut spannend. Bevor er antwortete, schenkte er sich in aller Gemütsruhe Tee nach.

»Sag schon, Cavanaugh!«, drängte nun auch Dohmen.

»Soll ich? … Soll ich wirklich? … Also gut!« Bevor der Engländer sein Wissen mit den anderen teilte, hüstelte er und nahm einen Schluck Tee. Dann sagte er in theatralisch klingendem Ton: »Respekt! Die Deutschen sind besser als wir Engländer.«

»Wie meinst du das?«, wollte Dohmen wissen, während Le Maire bereits ahnte, auf was Cavanaughs kleine Show hinauslaufen würde.

»Ihr wollt es wirklich wissen?«

»Ja, verdammt noch mal!«

»Also gut!«, sagte der englische Fußballfan rief so laut er konnte: »Deutschland hat bei der EM gegen die Slowakei mit 3 zu 0 gewonnen!«

Damit hatte niemand gerechnet. Nicht, dass Deutschland gewonnen hatte. Sondern damit, dass es um Fußball ging. Erleichterter Jubel brandete auf und die deutsche Delegation war aus dem Häuschen.

Die Belgier wussten, dass nun sie an der Reihe waren. Cavanaugh hatte gesagt, dass die Deutschen besser seien als die Engländer. *Nur* die Deutschen?

Erwartungsvoll starrten die Belgier ihren englischen Kollegen an. Während der eine oder andere intuitiv die Daumen drückte, wischten sich andere die schwitzenden Hände an den Oberschenkeln ab.

Weil die Deutschen immer noch jubelten, hatte Cavanaugh Mühe, sich weiter Gehör zu verschaffen. Wieder schaute er ernst drein, bevor er abermals Respekt zollte. »Ich muss neidlos anerkennen, dass die Belgier ebenfalls besser sind als wir Engländer. Dann rief er in gleicher Lautstärke wie zuvor, dass Belgien sich gegen Ungarn sogar mit 4 zu 0 ins Viertelfinale geballert habe.

Da bei den Belgiern Fußball einen noch höheren Stellenwert einnahm als bei den Deutschen, war es kein Wunder, dass die Polizeikantine nun einem Tollhaus glich. Denn auch die früh aus dem Turnier geflogenen Engländer freuten sich mit den deutschen und belgischen Fußballfans. Sogar die seit der verpatzten EM-Qualifikation immer noch enttäuschten Niederländer stimmten in das allgemeine Geklatsche ein.

Obwohl Le Maire so etwas geahnt hatte, fiel der Ermittler nicht in den gemeinschaftlichen Freudengesang mit ein. Stumm stand er an der Tür und ließ den Blick über seine jubelnden Kollegen schweifen. Er fühlte sich plötzlich auf merkwürdige Art und Weise befreit und schien erst jetzt so richtig zu begreifen, dass es sich bei dem Geretteten tatsächlich um Soquett handelte und dass sein junger Mitarbeiter lebte. Innerhalb von Sekundenbruchteilen zog vor seinem geistigen Auge der nächtliche Einsatz an ihm vorüber. Und dann auch noch dieses Fußballergebnis – ein Wahnsinn! Das musste erst mal verkraftet werden.

Also tat er, was er schon vor Bekanntgabe der Fußballergebnisse vorgehabt hatte: Er ging nach draußen, um eine Zigarette zu rauchen.

»Miller!«, rief Le Maire in gewohnt schroffem Ton, als er nach wenigen Minuten zurückkam, und winkte seinen Assistenten mit beiden Händen zu sich. Miller, der glaubte, dass sein Chef die Freude über Soquetts Überleben nun auch ganz persönlich mit ihm teilen wollte, ging freudestrahlend und mit ausgebreiteten Armen auf ihn zu.

Doch anstatt einer Umarmung bekam er lediglich nüchterne Anweisungen: »Schick Bribanté eine SMS mit der Bitte, dich umgehend zurückzurufen, sowie er allein, also ungestört ist. Dann setz ihn von alledem hier in Kenntnis. Er soll nichts mehr riskieren und die Firma unter einem Vorwand schnellstens verlassen!«

Der etwas enttäuschte Miller nickte verwirrt. »Äh … Klar, Chef! Was soll ich *noch* tun?«

»Hör zu: Nachdem Soquett nun in Sicherheit zu sein scheint, können wir jetzt ganz schnell den Sack zumachen und diesen sauberen Monsieur Nascarée in Kerkrade verhaften. Absolut gleichzeitig sollen die Kollegen aus Eupen und La Calamine die Räume von Monsieur Schwärzler stürmen und ihn festnehmen! Sowohl die Maschinenbaufirma in Hauset, als auch die ›Nefrit BVBA‹ in Kerkrade sind zu Tatorten erklärt und werden zumindest so lange abgesperrt, bis wir zurück sind. Bribanté soll die beiden Einsätze koordinieren und die Teams vor Ort zusammenstellen. Obwohl niederländisches Hoheitsgebiet, soll er den Einsatz in Kerkrade persönlich leiten. … Beeil dich!«

»Aber …« Miller wollte ein Veto einlegen, weil er wusste, dass dies schon wieder Ärger geben konnte.

»Kein ›Aber‹! Bribanté kann den Einsatz ja zusammen mit dem ranghöchsten, in Kerkrade verbliebenen Kollegen managen – damit es nicht schon wieder zu Revierstreitigkeiten kommt, für die wir jetzt wirklich keine Zeit haben.« Le Maire rollte demonstrativ mit den Augen. »Der Personalchef der Frittenfettfabrik ist der größere Brocken. Der Inhaber der Maschinenbaufirma ist nur eine Marionette und halb so gefährlich. Verstanden?«

Miller, dem dies alles im Moment ein wenig zu viel war, nickte dennoch.

»Gut! Die Einsätze sind für morgen Vormittag geplant. Somit können wir uns noch mit eigenen Augen davon überzeugen, dass es sich um Soquett handelt. Und Bribanté hat genügend Zeit, um alles vorzubereiten. Den Einsatzbefehl gebe ich morgen früh, sowie ich mich im Hospital persönlich davon überzeugt habe, dass es auch wirklich Soquett ist.«

»Und wenn doch nicht?«

Le Maire ging nicht darauf ein und knurrte stattdessen: »Tu endlich, was ich dir sage!«

Miller wollte schon wieder ein »Aber« entgegnen, verkniff es sich allerdings. »Gut, Chef!«, sagte er folgsam und zog auch schon sein Handy aus der Hosentasche.

»Ach, noch etwas: Staatsanwalt Delieux und Docteur Baguette brauchen nicht gleich etwas davon zu erfahren! Das übernehme ich dann, wenn wir zurück sind.«

»Verstehe!«, sagte Miller und zog wissend eine Augenbraue nach oben. »Gefahr in Verzug!«

Idiot, dachte Le Maire, meinte dies wegen des Drucks, der auf allen, also auch auf Miller lastete, aber nicht allzu ernst.

KAPITEL 24

Nachdem sie viel zu besprechen gehabt und auch die unweigerliche Manöverkritik hinter sich gebracht hatten, war noch der übliche Schriftkram zu erledigen gewesen. Außerdem hatte nicht nur der detective chief superintendent, sondern auch Le Maire, Dohmen und der niederländische Einsatzleiter Cavanaughs Vorgesetzten persönlich Bericht erstatten müssen. Zu allem hin hatte auch noch der Chefredakteur des »Dover Express« Wind von der Sache mit Soquett bekommen und musste gefüttert werden. Trotz allen Sträubens waren Cavanaugh und dessen Chefs sowie der belgische Einsatzleiter nicht umhingekommen, den Journalisten schon am frühen Morgen das erste Interview zu gewähren, das Le Maire innerlich für sich selbst als »Lemmis Märchenstunde« bezeichnet hatte. Wenn der extrem ehrsüchtige und mitteilsame Staatsanwalt Delieux wüsste, dass nicht er, sondern der aus seiner Sicht unbedeutende Chefermittler ein Interview im nicht französischsprachigen Ausland gegeben hatte, würde zu Hause in Liegè der Teufel los sein. Und wenn er auch noch wüsste, *was* Le Maire den englischen Reportern erzählt hatte, würde sogar die Hütte brennen.

Das Ganze hatte so viel Zeit in Anspruch genommen, dass schnell klar geworden war, noch eine Nacht in Dover dranhängen zu müssen. Eine gute Gelegenheit für die Belgier und die Deutschen, die grandiosen Fußballergebnisse zu feiern. Zudem hatten Le Maire und Lassarde vom behandelnden Arzt erst spät die Genehmigung erhalten, den im Grunde genommen immer noch unbekannten Mann erst am nächsten Vormittag im Hospital besuchen zu dürfen, um ihn möglicherweise identifizieren zu können – oder auch nicht. Le Maire, weil er – sollte es sich um seinen vermissten Mitarbeiter handeln – dessen Chef war. Und Lassarde würde mitkommen dürfen, weil er – sollte es denn sein Freund und Kollege sein – ihn am Besten von allen kannte. Und dies auch nur ausnahmsweise, weil keine anderen Bekannten oder gar Verwandten des Mannes greifbar waren. Denn Le Maire wollte Colette Soquett erst informieren, wenn er ganz sicher wusste, dass es sich um ihren Mann handelte. Ob sie ihn allerdings besuchen würde, wusste er nicht.

Nach einem arbeitsreichen Tag auf dem Hafengelände und im Kommissariat und einem Zug durch die Pubs von Dover im Kreise der meisten Kolleginnen und Kollegen, die an diesem Einsatz beteiligt gewesen waren, hatten die Ostbelgier eine relativ gute Nacht hinter sich gebracht.

Während die übrigen Belgier mit ihren niederländischen und deutschen Kollegen noch beim Frühstück saßen, hatten Le Maire und Lassarde gerne auf das typisch englische Breakfest verzichtet. Stattdessen waren sie auf dem Weg in die King Edward Avenue zu dem Hospital, in dem hoffentlich ein alter Bekannter auf sie wartete. Vor lauter Anspannung sprachen die beiden während der ganzen Fahrt kein einziges Wort. Den schnellsten Weg zu finden, überließen sie dem Navigationsgerät.

✳

Endlich war es so weit. »Only five minutes!«, gestand der auf Le Maire arabisch wirkende Chefarzt des Queen Victoria Memorial Hospitals den beiden mit ernstem Blick zu.

Angelikas Lebenspartner fielen dessen blütenweiße Zähne auf, die mit dem gestärkten Weiß seines Arztkittels zu wetteifern schienen. Noch bevor der dunkelhäutige Mann sie ausführlich über den arg bedenklichen Gesundheitszustand seines Patienten informieren konnte, flüsterte Le Maire seinem Mitarbeiter zu: »Die sind wirklich überall.« Aber Lassarde verstand nicht, was sein Chef damit meinte.

Als sie zusammen mit dem aus Marokko stammenden Mediziner und einer Krankenschwester vor der Glasscheibe des Aufwachraumes in der Intensivstation gestanden hatten, waren die beiden Kriminaler noch guten Mutes gewesen. Nun aber, da sie septische Kleidung und einen Mundschutz trugen, hätte sie der fast verlassen. Dies besserte sich auch nicht, als die gequält lächelnde Schwester die Tür zum Aufwachraum öffnete. Der Blick, den sie sich noch zuwarfen, bevor sie den Raum betraten, sagte alles über ihre Gefühle aus: Hoffnung!

Obwohl ihnen der Arzt fünf Minuten gegeben hatte, zückte Le Maire schon zwei Minuten später das Handy: »Ja, Miller, ich bin es! Du kannst Bribanté grünes Licht geben!«

✴

»Bonjour, Locki, Le Maire am Apparat!«

»Ja, Chef?«, kam es etwas verhalten zurück. »Bonjour!«

»Es tut mir leid, dass ich mich nicht schneller melden konnte; aber du weißt ja selbst, was alles los sein kann, wenn's brennt, und …«

Das war das Stichwort, auf das die verärgerte Sekretärin nur gewartet hatte. »*Hier* ›brennt‹ es auch!«, fuhr sie ihm hörbar übel gelaunt dazwischen und legte dann richtig los: »Wegen des Mordes in Gemmenich habe ich die ganze Zeit über den nervenden Staatsanwalt in meinem Büro! Er möchte ständig von mir wissen, was mit diesem Somalier ist! Und wegen Docteur Baguette komme ich ebenfalls nicht zu meiner Arbeit.

Seine Sekretärin ist krank. Zudem ruft Madame Soquett ständig an, weil sie wissen möchte, ob es etwas Neues über ihren Mann gibt! Und außerdem …«

»Stopp, Locki! Doucement!«

Aber die Frau ließ sich nicht ausbremsen und schon gar nicht beruhigen. »Also, mir reicht es im Moment jedenfalls. Ich bewerbe mich in Eupen um eine Stelle als Chefsekretärin …«, echauffierte sie sich.

»Verdammt noch mal! Jetzt reicht es *mir* aber gleich!«, unterbrach Le Maire sie heftig. »Wie willst du denn in Eupen Chefsekretärin werden, wenn es dort zurzeit überhaupt keinen Chef gibt? So, und jetzt beruhigst du dich und hörst mir einfach nur zu! … Hallo, Locki? Bist du noch dran?«

»Ja!«, schallte es eingeschnappt durch den Hörer. »*Ich* höre zu!«

Gott sei's getrommelt, gepfiffen und gejubelt, dachte sich der Kriminaler und bekreuzigte sich. »Also, das Wichtigste zuerst: Wie von mir vermutet, befand sich Soquett tatsächlich in dem Lastwagen. Wir haben ihn gefunden. Er ist in keinem besonders guten Zustand, aber er lebt! … Hallo, Locki?«

Nachdem es für einen Moment still gewesen war und Le Maire nur ein Schnäuzen gehört hatte, meldete sich die Sekretärin leise zurück. »Ja, Chef?«

»Ich weiß, dass dir das nahegeht. Wir haben uns natürlich auch riesig darüber gefreut. Also: Du kannst Madame Soquett darüber informieren und ihr sagen, dass es ihm den Umständen entsprechend gut geht. Das ist noch nicht einmal gelogen. Das Ganze hätte nämlich auch wesentlich schlimmer für ihn ausgehen können. Ich schicke dir gleich die Daten des Hospitals, in dem er liegt. Außerdem die Adresse eines guten ›Bed and Breakfasts‹, in dem sie logieren kann, falls sie zu ihrem Mann fahren möchte. Es liegt nur eine gute halbe Autostunde von der Fähre und eine knappe halbe Autostunde vom Hospital entfernt. Ich habe Madame Soquett bereits bei der Vermieterin avisiert. Alles klar so weit?«

»Ja, Chef! Ich bin so froh, dass alles gut gegangen ist.«

»Und ich erst, Locki! Du kannst Staatsanwalt Delieux sagen, dass unser Einsatz erfolgreich war und er nicht nur ›seinen‹ Somalier unversehrt, sondern mit ihm auch einen Helden zurückbekommt. Alles Weitere, wenn wir morgen gegen Spätnachmittag wieder zurück sind. Heute schaffen wir es nicht mehr. Wir sind alle wohlauf und bestens untergebracht. So viel auf die Schnelle zum Wesentlichen.«

Aha: Urlaub auf Staatskosten, dachte sich Fabienne Loquie gönnerhaft. Denn ihre Stimmung hatte sich aufgrund der guten Nachricht in Bezug auf Soquett deutlich gebessert.

»War es ein Frittenmord?«, erkundigte sich Le Maire nach einer kurzen Pause im Bezug auf den Gemmenicher Mordfall.

»Moment, Chef …«, erwiderte seine Sekretärin noch, dann rauschte es in der Leitung und die Verbindung brach ab.

»Merde!«, grummelte Le Maire. Nicht nur, weil es ihn brennend interessiert hätte, was es mit dem neuesten Fall in Gemmenich auf sich hatte, sondern weil er seiner Locki in wohl dosierten Worten endlich einmal hatte sagen wollen, dass er ihre Arbeit sehr schätzte und sie eine wertvolle Mitarbeiterin für ihn war.

KAPITEL 25

Eigentlich passte es nicht in die etwas kühl wirkenden Büroräume eines Kriminalkommissariats, in dem sich tagtäglich alles nur um Mord und Totschlag drehte. Und es passte erst recht nicht zu demjenigen, der dafür gesorgt hatte, dass bei Fabienne Loquie pures Entzücken im Gesicht stand. Dennoch, Frederic hatte gleich nach seiner Rückkehr aus Dover ein aus der Betrachtung des guten Geschmacks heraus zwar diskussionswürdiges, dennoch aber prächtiges Blumengebinde besorgt. Voller Stolz auf seinen Einfall in puncto Mitarbeiterführung streckte er die Blumen durch die halb geöffnete Tür in sein Vorzimmer, ohne sich zunächst selbst blicken zu lassen. Darüber, dass er sich dabei das Prinzip von »Zuckerbrot und Peitsche« zu eigen machte und aus taktischen Gründen manipulativ Einfluss auf Locki und alle anderen, mit denen er zu tun hatte, nahm, machte er sich keine ernsthaften Gedanken. Er wusste nur, dass er mit Angelika nicht so umspringen konnte wie mit seiner Sekretärin. Und wenn er ihr erzählt hätte, Mademoiselle Loquie Blumen mitgebracht zu haben, hätte sie ihn umgehend für verrückt erklärt und das bisher immer noch ausstehende »ernste Wort« mit ihm gesprochen. Da er durch seine Blumenaktion zudem Begehrlichkeiten bei seiner Liebsten geweckt hätte und von den Kolleginnen und Kollegen nicht mehr als lässig-abgefahrener Typ wahrgenommen worden wäre, an dem die profanen Dingen des Lebens stets abzuprallen pflegten, hatte er sich vorgenommen, tunlichst mit niemandem darüber zu reden. So hatte er schon beim Weg zum Präsidium hin und im Treppenhaus darauf geachtet, von keinem Kollegen und um Gottes willen schon gar nicht von einer Kollegin bei diesem an ihm ungewöhnlichen Tun gesehen zu werden.

Seit der hartgesottene Mordermittler mit Lassarde an Soquetts Krankenbett gestanden war und die vielen Schläuche gesehen hatte, die seinen zeitweise totgeglaubten Mitarbeiter mit etlichen angsteinflößenden Apparaten verbanden, hatte sich in seinem Innersten etwas getan. Als er zudem auch noch selbst erkannt hatte, dass sich unter dem fast gänzlich verbundenen Gesicht tatsächlich Soquetts Antlitz befand, hatte seine raue Schale endgültig einen Knacks bekommen. Obwohl Lassarde seinen Freund und Kollegen in der Klinik sofort erkannt und dies Le Maire auch mitgeteilt hatte, war der Chef um absolute Sicherheit bemüht gewesen. Deswegen hatte er auch noch den rechten Arm des Besinnungslosen etwas umgedreht, um das lesen zu können, was ihm Finley bei der morgendlichen Besprechung in der Kommissariatskantine in Dover bereits gesagt hatte. »Colette«, hatte er nachdenklich geflüstert und sanft über ihren Namen gestrichelt, obwohl er Soquetts Frau eigentlich nur von ein paar Weihnachtsfeiern her kannte. Aber schließlich war sie es, die ihm die Sicherheit gegeben hatte, dass es sich um seinen Mitarbeiter und um ihren Mann handelte, der in Dover von seinem Aachener Kollegen vor dem jämmerlichen Ertrinken gerettet worden war.

Nachdem Mademoiselle Loquie mehr als die Hand erkannt hatte, die ihr das Blumengebinde entgegenstreckte, wollte zuerst das Entzücken aus ihrem Gesicht weichen. Als Frederic aber anstatt eines Grußes mit einem aufgesetzten Hundeblick »Entschuldige bitte, Locki. Es tut mir leid!« säuselte, war es wieder einmal um sie geschehen und sie stürzte auf ihn zu, um ihn zu umarmen. Da er nichts als nur seinen Frieden wollte, ließ er sie für einen Moment gewähren. Dann aber fragte er in bekannt schroffem Ton, was es an Neuigkeiten gäbe.

Dieses Mal jedoch hatte er keine Chance, etwas von ihr zu erfahren, bevor *er* nicht ausführlich berichtet hatte, was in Dover gelaufen war und er eine Schüssel Kaffee getrunken hatte, zu der Lockis Croissants nicht fehlen durften. Da Frederic dies nun doch schon wieder zu dumm wurde, schlug er ihr vor, schnellstens den sowieso anfallenden Rapport-Termin bei Staatsanwalt Delieux und bei Docteur Bacguette hinter sich zu bringen, damit sie sich gegenseitig auf den aktuellsten Stand der Dinge bringen konnten. »Du protokollierst dabei alles, dann hörst du ja selbst, wie es uns während der Fahrt nach England und in Dover selbst ergangen ist. Und stell diese Blumen verdammt nochmal in eine Vase!«

※

»Endlich!« Obwohl Angelika ihren Frederic nach einem nervenzerreibenden Rapport seinem Chef und dem Staatsanwalt gegenüber am Abend nach Aachen gelockt und ihn auch noch ins »Haus am See« geschleift hatte, war er mit sich und der Welt zufrieden. Da er sich von Locki nachmittags eine doppelte Portion Fritten hatte holen lassen und er in Dover genügend des typisch englischen Ale, aber auch reichlich Stout und Porter getrunken hatte, war er nun ohne zu murren bereit, bei einer Flasche Rotwein schick zu dinieren. Er hatte nicht einmal protestiert, dass sie ihm ohne vorherige Rücksprache schon wieder einen neuen Anzug gekauft hatte, den sie ihm auffordernd neben ihr verführerisches Negligé aufs Bett gelegt hatte. Dieses an Frederic ungewöhnliche Verhalten dankte sie ihm, indem sie das Hühnchen, das sie noch mit ihm hatte rupfen wollen, nun doch noch ein Weilchen leben ließ.

Nun saßen sie – weil Angelika beim Durchsehen der Speisekarte plötzlich Lust auf Fisch bekommen hatte – vor einer Flasche Chardonnay und bei romantischem Kerzenschein an einem Fenstertisch dieses bezaubernden Lokals und genossen den wunderschönen Blick auf den Stauweiher Diepenbenden am Rande des Aachener Waldes. Trotz aller Romantik und der Freude darüber, dass sie sich nun wieder für sich allein hatten, ließen sie die jüngsten Geschehnisse Revue passieren und kamen dabei natürlich auch auf Angelikas Kollegen Peter Dohmen zu sprechen.

»Also, wie er das gemacht hat, war schon Spitzenklasse!«, lobte Frederic, der drei Tage zuvor noch kein gutes Haar an seinem Aachener Kollegen gelassen hatte.

Angelika freute die unverhoffte Harmonie zwischen jenen beiden Männern, mit denen sie beruflich am meisten zu tun hatte. Der bisherige rüde Umgang der eigensinnigen Sturköpfe miteinander hatte sie doch etwas belastet. »Gut, dass Peter in jungen Jahren bei der DLRG war und leidenschaftlicher Sporttaucher ist«, bemerkte sie mehr oder weniger beiläufig, weil sie nicht den Eindruck erwecken wollte, ihren Öcher Kollegen besonders loben zu wollen. Um gleich wieder davon abzulenken, prostete sie ihrem zweiten Helden zu. Denn dass der Menschenhändlerring aufgeflogen war und ausgenommen werden konnte, war schließlich in erster Linie Frederics Verdienst.

»Aha!« Der belgische Commissaire du police tupfte sich mit der gesteiften Stoffserviette ganz nonchalant den Mund ab, bevor er seine besonders betont ausgestoßene Empfindung begründete: »Daher weht also der Wind!«, stellte er wenig erstaunt fest, meinte damit aber nicht die rein berufliche Beziehung zwischen Angelika und Peter, seinem neuen Duzfreund. »Er war bei der Wasserrettung. Deswegen kann er so gut tauchen und kennt sich auch hervorragend mit der

Herz-Lungen-Kompression aus! Zweifellos hat *er* Soquett das Leben gerettet. Und dafür hat er bei mir etwas gut!« Um seinem deutschen Kollegen nicht über die Maßen zu huldigen, fuhr er gleich fort: »Und Keita Seydou hat bei mir ebenfalls etwas gut.« Damit hatte er unauffällig zu einem anderen Aspekt dieses Themas übergeleitet, dessen Ausgang ihn ebenfalls glücklich machte. »Da der immer noch brisante Fall ›Frittenmorde‹ noch nicht ganz abgeschlossen werden kann, muss der Somalier leider weiterhin in U-Haft verbleiben …«

»Obwohl er diesen ominösen ›Mister Silent‹ allein zur Strecke gebracht und somit den obersten Boss des englischen Menschenhändlersyndikats aus dem Verkehr gezogen hat?«, unterbrach Angelika ein wenig verwundert.

Da Frederic nun doch ein bisschen wehmütig der Bedienung nachsah, weil diese gerade ein frisch gezapftes Pils an ihm vorbei zu einem der anderen Tische trug, nickte er nur.

»Ist das alles, was dir dazu einfällt?«, empörte sich Angelika, die – da sie nun allein waren und Ruhe hatten – in allen Details erfahren wollte, wie es dazu gekommen war.

Frederic ließ einen Schluck Wein die trockene Kehle hinuntergleiten und lehnte sich – obwohl ihm das Pils noch nicht aus dem Kopf gegangen war – zufrieden zurück. »Also gut!«, begann er und zauberte nun in Angelikas Augen Verzückung. »Obwohl du das meiste darüber bereits weißt, erzähle ich dir gerne en détail, was sich laut Keitas Aussage am Kai zugetragen hat. Über das, was bis dahin geschehen ist, bist du ja bereits bestens informiert.«

»Jaja, schon gut …«, winkte Angelika ungeduldig ab. Sie wunderte sich darüber, dass Frederic den inhaftierten Somalier beim Vornamen nannte.

Frederic nahm genüsslich noch einen weiteren Schluck aus dem hauchdünnen Weinglas, bevor er gönnerhaft zu erzählen begann: »Nachdem ›Mister Silent‹ zuerst Johan van Vlierden getötet und dann auf unseren Somalier geschossen hat, musste der in Deckung gehen, was wertvolle Zeit gekostet hat. Deswegen konnte das 110 PS starke Schnellboot ungehindert ablegen und im Dunkel des Ärmelkanals verschwinden – da hat auch der Vollmond nichts genützt. Also ist Keita – nachdem er sich aus seiner Deckung gewagt hatte – nichts anderes übrig geblieben, als dem Boot mehr oder weniger ›blind‹ nachzuschießen. Und dies hat er so lange getan, bis das Magazin leer war.«

»So, meine Dame, Ihre Dorade auf Blattspinat mit Kartoffelgratin!«, unterbrach die Bedienung Frederics Ausführungen in unaufdringlichem Ton und rümpfte kaum merklich die Nase, als sie fortfuhr: »Und hier Ihr Wiener Schnitzel, mein Herr … mit Pasta!« Obwohl sie ihre Verwunderung über die ungewöhnliche Kombination höflich verbarg, versicherte sie sich vorsichtshalber trotzdem nochmals, die Bestellung richtig aufgenommen zu haben: »… oder möchten Sie doch lieber Pommes dazu?«

Um einer unnötigen Diskussion zuvorzukommen, gab Angelika mit einem warndenden Blick Richtung Frederic hastig die Antwort: »Nein, nein! – Danke! – Lassen Sie nur! – Alles ist in bester Ordnung!«

Da der Ostbelgier den soeben gehörten gastronomischen Kulturschock erst noch verarbeiten musste, während Angelika die leckere Dorade sichtlich genoss, sprachen sie ein ganzes Weilchen nicht mehr miteinander.

Erst als Frederic die letzte Spaghetti geräuschvoll zwischen seinen geschürzten Lippen hatte verschwinden lassen, legte auch Angelika ihr Besteck auf den Teller, um sich den Mund abtupfen und mit ihm anstoßen zu können. »Und nun, mein Schatz, erzähl weiter!«

»Pommes …«, grummelte Frederic mit offensichtlichem Unverständnis. Hier in Deutschland Pommes Frites zu bestellen, wäre ihm wie Vaterlandsverrat vorgekommen.

»Jetzt lass es mal gut sein!«, schimpfte Angelika. »Du hast deine Pasta zum Schnitzel bekommen. Was willst du also noch?«

Frederic hob den Kopf und grinste: »Einen Calvados!«

»Also doch ein kleiner Gourmet«, schmunzelte sie und forderte ihn noch einmal auf, die Geschichte zu Ende zu erzählen, was er denn auch gerne tat: »Nun, Keita hat zwar van Vlierden getroffen, der war aber laut deinem englischen Kollegen bereits tot, als ihn die Kugel unseres Somaliers in den Kopf traf. Und ›Mister Silent‹, der – wie wir nun wissen – Joshua Lewinger heißt …«

»Wie bitte?« Angelika glaubte, sich verhört zu haben.

»Du hast schon richtig verstanden, mein Schatz. Der oberste Boss des englischen Menschenhändlerkartells heißt Joshua Lewinger, ist 54 Jahre alt und deutschstämmiger Jude. Aber soll ich nun fertig erzählen oder nicht?«

Angelika war zwar etwas irritiert, nickte aber.

»Gott sei Dank hat mein Schützling diesen Lewinger zwar an der Schulter, aber nicht lebensgefährlich getroffen.«

»Aber warum ist er dann nicht weiter abgehauen?«

Nun musste Frederic wieder grinsen. »Ganz einfach: Keita hat mit drei Schüssen den Außenbordmotor so getroffen, dass der kaputt ging, ohne dass das Boot in die Luft flog. »Perfekt, würde ich sagen!«

»Ja, so brauchte ihn die Wasserschutzpolizei nur noch aufzulesen! Er hat sich dann auch wehrlos ergeben.«

»Ein toller Mann, dein Gefangener!«, spielte Angelika darauf an, dass der Somalier immer noch nicht freigelassen wurde, obwohl er nicht nur Belgien, Holland und England, sondern ganz Europa und sogar Afrika von einem der gefährlichsten Menschenhändlerbosse befreit hatte.

Aber Frederic ging weniger auf die *noch nicht* aufgehobene Untersuchungshaft seines Schützlings ein, sondern sprach stattdessen über ihn selbst: »Keita Seydou ist kein Verbrecher, sondern ein Held, für den ich alles tun werde, damit er frei kommt und eine Daueraufenthaltsgenehmigung in Belgien erhält. Außerdem wird er von Feuerwehrkommandant Francis Cloth schmerzlich vermisst. Wie er Miller gesagt hat, haben er und die anderen Feuerwehrkameraden ihm den Diebstahl der Asbesthandschuhe längst verziehen – sie wissen inzwischen, dass man ihn dazu gezwungen hatte.«

Dies war das Stichwort für Angelika, um weiter bohren zu können: »Und wie sieht es mit der Auflösung der Frittenmorde aus? Was ist mit diesem Gerrit de Kleijn? Ist dein Freund Ralf inzwischen wieder aufgetaucht?«

Nun wurde Frederic nachdenklich. Er schüttelte den Kopf. »Nein, Fritten-Ralf ist immer noch verschwunden. Aber nun lass uns noch due Espressi bestellen, mia cara!«, lenkte er charmant vom Thema ab.

»Sì! Mio commissario! … Und ein leckeres Dessert!«, zwinkerte Angelika ihm verheißungsvoll zu.

KAPITEL 26

»Was haben wir?«, blaffte Le Maire den im Grunde genommen für alle Fälle unnatürlicher Tode im Großraum Liège zuständigen Rechtsmediziner Docteur Brûlée an. Der aber war nun zum ersten Mal mit den Frittenmorden betraut worden. Und dies nicht einmal direkt. Deswegen knurrte er zurück, dass »man« es *ihm* überlassen müsse, wann er etwas zu sagen hatte. Da der knorrige Arzt allein Le Maire die Schuld dafür zuschrieb, dass seine Kollegin aus Aachen die bisher zuständige »Sachbearbeiterin« gewesen war, hatte er eine Stinkwut im Bauch. Möglicherweise deswegen schien sich der alte Knochen augenscheinlich mehr für seine jüngere Berufskollegin zu interessieren als für den Toten, der vor ihnen unter einem blütenweißen Laken auf dem Seziertisch lag. Als die sich allerdings bückte, um einen heruntergefallenen Kugelschreiber aufzuheben, wurde schnell klar, dass er sich nicht für sie als seine Kollegin, sondern als die Frau, die in dem kurzen Röckchen steckte, interessierte.

Da dies – wie konnte es anders sein – Le Maire nicht verborgen geblieben war, schob er in Bezug auf seine vorangegangene Frage ein drängendes »Und?« hinterher, bekam aber keine Antwort.

Der 64-jährige Rechtsmediziner stand kurz vor seiner Pension. Kein Wunder also, dass er es nicht mehr allzu genau nahm. So hatte er sich gestern – wie des Öfteren in letzter Zeit – krankgemeldet. Deswegen hatte der Kriminalhauptkommissar den Toten aus Gemmenich nicht gleich nach seiner Rückkehr aus Dover begutachten können und war nun umso erpichter darauf, einen Blick auf ihn zu werfen.

Da zudem auch noch Bribanté seinem Chef über die Einsätze in Kerkrade und in Hauset genauen Bericht erstatten wollte, hatte Le Maire am Tag zuvor sowieso nicht mehr gewusst, wo ihm der Kopf stand. Weil er sich aber bereits während der Heimfahrt von Dover übers Handy von Bribanté in groben Zügen hatte berichten lassen, wie die Verhaftungen von Monsieur Nascarée und Monsieur Schwärzler abgelaufen waren, blieb er trotz allem gewohnt gelassen, – *noch*.

So stand er nun mit Miller und Angelika im Seziersaal I der Gerichtsmedizin in Liège vor einem verhüllten Leichnam und wartete ungeduldig darauf, was ihm Docteur Brülée darüber zu sagen wusste. »Also, Docteur: Was ist nun?«

»Doucement! Schon gut, mein junger Freund. Ich bin gleich soweit!«, wollte es der kurz vor der Pension stehende Arzt offensichtlich auch an diesem Tag ruhig angehen lassen.

Aber nicht mit Le Maire, dessen Nerven in den vergangenen Tagen allzu sehr strapaziert worden waren und dem es trotz Soquetts Überleben und des letzten Fußballergebnisses der Roten Teufel nun endgültig reichte. Erzürnt schlug er mit einer flachen Hand so fest auf den Edelstahltisch, dass alles, was Angelikas belgischer Kollege zur Anschauung neben den Kopf des Toten gelegt hatte, scheppernd zu Boden fiel. »Merde! Ich habe keine Zeit für dumme Spielchen! Also, was genau können Sie mir über die Todesumstände sagen?«

»Na, prima: Gehen Sie mit Beweisstücken immer so um?«, maulte der offensichtlich an diesem Tag ganz besonders schlecht gelaunte Mann zurück, anstatt endlich die ersehnten Antworten zu geben. Verärgert wies er den Kriminaler an, wenigstens das in einem Plastikbeutel steckende blutverschmierte Messer aufzuheben.

Um keine Zeit durch unsinnige Diskussionen mit diesem demenzverdächtigen Starrkopf zu verlieren, tat Le Maire, was von ihm verlangt worden war. Nachdenklich drehte er das

Messer in seinen Händen, um es von allen Seiten betrachten zu können. »Handelt es sich dabei um die Tatwaffe?«, war eine mehr rhetorisch gemeinte Frage, die er dennoch beantwortet haben wollte.

Der Arzt nickte und begann darüber zu dozieren: »Um was sonst?«, entgegnete er zunächst unwirsch, bevor er endlich sachlich wurde. »Es handelt sich um ein edles Küchenmesser mit einer 19 Zentimeter langen, am Griff schräg endenden Klinge, 4,5 Zentimeter breit, von beiden Seiten zur Spitze hin abgerundet zulaufend.« Er hob den Zeigefinger und gleichzeitig seine Stimme: »Extrem spitz und scharf, aber nur einschneidig! Dieses Messer hier besteht inklusive des Griffs aus durchgehendem Edelstahl und wurde von der deutschen Firma Thomas, die zur deutschen Rosenthal-Gruppe gehört, hergestellt!«

Le Maire rollte mit den Augen, ließ den Mann aber weiterreden.

»Und dass man es nicht nur in der Küche benutzen kann, sehen Sie ja selbst ...« Während seiner letzten Worte zog der Rechtsmediziner das Tuch *so* schnell vom Leichnam, als wollte er ein Denkmal enthüllen.

»Was genau ist passiert? Was können Sie uns zum Tathergang sagen?«, mochte Le Maire nun endlich wissen, weil er von Bribanté bereits erfahren hatte, dass vor ihm anstatt des Friteriebesitzers Gerard Armand aus Gemmenich der gesuchte Frittenmörder Gerrit de Kleijn lag.

Docteur Brülée nahm ihm das Messer aus der Hand und führte es langsam an eine der drei Stichwunden im Oberkörper des Opfers. »Dies hier war der erste Stich, der knapp am Herzen vorbeiging. Und dies hier war der tödliche Stich, der direkt ins Herz traf und das Opfer innerlich verbluten ließ. Der dritte Stoß wäre also gar nicht mehr nötig gewesen.« Um die Stichsituation zu simulieren, hob er die Hand mit dem

Messer und beugte sich über den Leichnam. »Alle drei Stiche wurden schräg von oben geführt, was eindeutig darauf schließen lässt, dass er das Messer mit der Klinge nach unten in der Hand gehalten hat. Er hat alle drei Male mit solcher Wucht zugestoßen, dass es bis zum Schaft im Körper steckte – genau 18,5 Zentimeter.«

Le Maire trat näher an den Toten heran und schüttelte den Kopf. »Wie hat es der etwas kleinere und wesentlich schwächere Friteriebesitzer geschafft, sich erfolgreich gegen diesen Kraftprotz zu wehren?«

»Laut SpuSi hat es wohl einen Kampf gegeben, bei dem hinter dem Tresen alles verwüstet wurde. Das Opfer hier ist offensichtlich ganz normal zur Tür in die Friterie hereinspaziert und hat zunächst ein paar Portionen Moules frites in sich hineingeschlungen, was der schlecht zerkaute Mageninhalt bestätigt. Dann ist der Mann wohl hinter die Theke gegangen, um das zu tun, was er immer getan hat, nachdem er eine Friture betreten hatte. Jedenfalls hatte …« Der Mediziner schaute über seine Brille hinweg auf das Klemmbrett, das er so lange in den Händen drehte, bis er sein Gekritzel lesen konnte. »… Gerrit de Kleijn noch die Asbesthandschuhe an, als er von einer Kundin …«

Le Maire wurde schier verrückt, denn schon wieder hielt der offensichtlich vergessliche Gerichtsmediziner inne und hantierte an seinem Klemmbrett herum, bevor er seinen Satz endlich beendete: »… einer gewissen Célia Tychon, 36, Pflegerin im Seniorenstift Astenet, gefunden wurde.«

»Mit diesen dicken Handschuhen konnte er sich nicht so richtig gegen die Attacken seines Gegenübers wehren«, kombinierte Le Maire. »Dies leuchtet ein!«

»War es Mord oder Notwehr?«, wollte Angelika wissen.

»So, wie es aussieht, eindeutig Notwehr!«, antwortete ihr Kollege, während er seinen Blick an ihrem Körper hinabgleiten ließ.

Obwohl Le Maire auch dies bemerkt hatte, blieb er gelassen und überlegte ein Weilchen, bevor er leise sagte: »Da der Frittenmörder nun selbst tot ist, werde ich wohl nie mehr erfahren, was er Ralf angetan hat.«

Angelika legte ihm einen Arm auf die Schulter und streichelte sanft über sein Gesicht. »Jetzt fahren wir erst einmal zur Tatortbesichtigung nach Gemmenich. Dann schaust du dir die ganzen Fotos und Berichte an. Und danach lässt du dir von der SpuSi und von den Einsatzleitern detailliert berichten, was vorgefallen ist! Vielleicht wissen die ja schon etwas über deinen Freund Ralf.«

Le Maire rang sich ein Lächeln ab und nickte.

*

Gute zwei Stunden später saß Locki mit übergeschlagenen Beinen und ihrem Notizblock auf einem der Oberschenkel im kleinen Besprechungszimmer des Kommissariats und wartete auf die anderen. Da sie die Erste war und nicht wusste, wo ihr Chef Platz nehmen würde, hatte sie sich noch nicht an den Besprechungstisch, sondern auf einen an der Wand stehenden Stuhl gesetzt. Und weil sie es nicht erwarten konnte, nun endlich alles über den Einsatz in Dover zu erfahren, kaute sie ungeduldig an ihrem Bleistift herum.

Auf dem großen Tisch standen wie immer sorgfältig vorbereitet eine Thermoskanne mit Tee und eine Kaffeekanne bereit. Eingedeckt hatte sie für zehn Personen. Da ihr die weißen Servietten ausgegangen waren, hatte sie kurzerhand die knallgrünen Osterservietten mit dem süßen Häschenmotiv genommen, die von der letzten Osterfeier übrig geblieben waren. In die Mitte des Tisches hatte Le Maires Sekretärin – ebenfalls wie immer – einen großen Teller mit Croissants gestellt. Damit wollte sie erreichen, dass die Teilnehmer dieser kleinen Runde möglichst gut aufgelegt und dementsprechend redselig sein würden, wenn es endlich losging. Aber danach sah es wohl noch nicht aus.

Als Erste betraten Docteur Baguette mit seiner Sekretärin und Staatsanwalt Delieux mit dem ihm zugeteilten Referendar im Schlepptau den Raum.

Gut, dass schon alles bereitsteht, dachte sich Fabienne Loquie und grüßte freundlich. Dabei erhob sie sich von ihrem Stuhl und setzte sich den beiden Herren gegenüber an den Tisch. Sie sah es nicht ein, dass ihre Kollegin am Besprechungstisch Platz nehmen würde, nur weil sie die Sekretärin des obersten Chefs der Kriminaldirektion war, während sie selbst bescheiden danebensaß und ihren Notizblock auf dem Oberschenkel ablegen musste. So weit kommt es noch, dachte sie trotzig und verschränkte zum Zeichen dafür, hier ebenfalls das Hausrecht zu haben, die Arme vor der Brust.

Nacheinander trudelten auch Miller und Lassarde ein. Gleich darauf kam Bribanté mit den beiden jungen Beamten, die ihm bei den Einsätzen in Kerkrade und in Hauset erfolgreich zur Seite gestanden waren.

»Wo ist euer Chef?«, wurden Le Maires Leute schroff vom Staatsanwalt gefragt, der aufgrund der Lösung von gleich zwei Fällen eigentlich gut gelaunt sein müsste. War er aber nicht, denn es stank ihm gewaltig, dass Le Maires Aktion mit Keita Seydou gut ausgegangen und der Somalier von seinem leitenden Kriminalbeamten ordnungsgemäß zurückgebracht worden war. Und nicht nur das. Der Untersuchungshäftling hatte sich zu allem hin auch noch wie ein Held verhalten und einen der größten Bosse der europäischen Menschenhändlersyndikate zur Strecke gebracht. Als wenn dies nicht genug wäre, hatte auch noch Le Maire Erfolg »auf der ganzen Strecke« gehabt. An das Ende der Frittenmorde wollte der Stellvertreter des Oberstaatsanwaltes erst gar nicht denken.

Wie also sollte er den von ihm verhassten Kriminalhauptkommissar loswerden, wenn dieser seine Position nicht nur erfolgreich verteidigt, sondern sogar uneinnehmbar gefestigt hatte?

»Wo ist er nun?«, herrschte er die drei wieder an, die nur mit den Schultern zucken konnten.

»Er ist noch schnell in die Aservatenkammer, um etwas nachzusehen«, mischte sich die treue Sekretärin Le Maires ein, um ihren hochverehrten Chef zu decken. In Wahrheit vermutete sie, dass er noch schnell ein Zigarettchen rauchte, bevor es losging. »Außerdem sind unser Pathologe und der SpuSi-Leiter auch noch nicht da«, flankierte sie ein wenig patzig ihre Ausrede in Bezug auf Frederics notorisches Zuspätkommen.

»Na, fündig geworden?«, schnauzte der Staatsanwalt Le Maire an, als dieser ein ganzes Weilchen später völlig entspannt mit Dr. Angelika Laefers den Raum betrat.

»Äh, was? … Ja, ja!«, entgegnete er abwesend und brachte dadurch Locki dazu, tief durchzuschnaufen.

»Also, meine Damen und Herren. Dann können wir ja endlich beginnen!«, nahm sich Docteur Baguette das Wort, das er zum Ärgernis des Staatsanwaltes nach einem dicken Lob gleich an seinen leitenden Hauptkommissar weiterreichte.

»Einen Moment, bitte«, brabbelte Le Maire, der sich offensichtlich zu viel vorgenommen hatte, weil er sich – kaum dass er saß – zu Lockis Freude ein halbes Croissant in den Mund gestopft hatte. Nachdem sie ihm eine Tasse Kaffee gereicht und er das dadurch aufgeweichte Gebäck auf einmal hinuntergeschluckt hatte, übermittelte er die Grüße der englischen Kollegen. Danach erstattete er ausführlich Bericht über die Aktion in Dover, die nur aufgrund der hervorragenden Zusammenarbeit aller Kräfte derart erfolgreich verlaufen war, dass sie europaweit wohl ihresgleichen suchen dürfte. Dabei vergaß er neben den Engländern nicht, die niederländischen und sogar die deutschen Kollegen über alle Maßen hinweg zu loben, wobei er speziell auf Peter Dohmen einging, der Soquett mutig das Leben gerettet hatte. Bribanté und Lassarde hob er in solch hohen Tönen auf den Thron, dass die beiden rote Köpfe bekamen. Er vergaß nicht einmal, Lockis »unermüdlichen Einsatz an der Basis« zu würdigen, was einen weiteren roten Kopf als Resultat hervorbrachte. Und weil Le Maire wusste, dass er Delieux gegenüber Oberwasser hatte und der ihm zumindest im Moment nichts mehr anhaben konnte, berichtete er auch noch genüsslich vom kurz anberaumten Gespräch mit dem Journalisten des »Dover Express«, das er als »internationale Pressekonferenz mit hoher Journalistenpräsenz« hinstellte. Damit erreichte er bei Docteur Baguette ein zufriedenes Kopfnicken. Bei Staatsanwalt Delieux hingegen erzeugte dies eine gegenteilige Durchblutungsreaktion wie eben bei Bribanté, Lassarde und Locki.

Le Maire nahm dies schmunzelnd zur Kenntnis. Bevor er auch Dr. Laefers, Miller und Lassarde zu Wort kommen lassen wollte, stand er auf, knöpfte zu Angelikas Freude sein Sakko zu und sagte in feierlich klingendem Tonfall: »Ich schlage, vor, Keita Seydou unverzüglich auf freien Fuß zu setzen und ihm zu einer Daueraufenthaltsgenehmigung in Belgien zu verhelfen! ... Das hat er sich mehr als verdient!«

»Gut! Darüber reden wir später«, versprach Docteur Baguette und holte sich durch ein zustimmendes Nicken den Segen des Staatsanwaltes ein, der gar nicht anders konnte, als diesem Vorschlag zuzustimmen.

Nachdem auch Dr. Laefers, Miller und Lassarde zum Wohlgefallen Docteur Bacguettes ihre Wortbeiträge geleistet hatten, leitete der zum nächsten Thema über, indem er ebenfalls aufstand, sich die Hände rieb und feierlich verkündete, dass parallel zur Rettung der 70 Menschen arabischer und afrikanischer Herkunft und zur Zerschlagung des englischen Menschenhändlerkartells auch noch die Akte Frittenmorde geschlossen werden könne.

»Nicht ganz«, murmelte Le Maire mit vollem Mund dazwischen, konnte aber nicht verhindern, dass nun in erster Linie Bribanté Bericht erstattete, dem auch noch ein ausführlicher Bericht des Staatsanwaltes folgen sollte, weil dieser den Einsatz in Gemmenich geleitet hatte. Dass seine Ausführungen weit übertrieben waren und teilweise überhaupt nicht stimmten, wussten ja nur Bribanté und einer der beiden jungen Polizisten, die ihm zur Seite gestanden waren. Aber Delieux war nichts anderes übrig geblieben, als aufs Blech zu hauen, wenn er mit Le Maire auch nur einigermaßen gleichziehen wollte. Trotz der Übertreibungen war am Schluss zweifelsfrei klar, dass mit Gerrit de Kleijn der Frittenmörder und mit Johan van Vlierden der Mann fürs Grobe bei der »Nefrit BVBA« getötet worden waren, während mit Monsieur Schwärzler aus Hauset und Jean-Marie Nascarée aus Kerkrade die Hintermänner in Belgien und in Holland dingfest gemacht werden konnten.

»Und mit der Festsetzung von ›Mister Silent‹ …«, als er dies aussprach, musste Docteur Baguette schmunzeln, »… haben wir den gesamten Menschenhändlerring auffliegen lassen! Somit kann trotz chaotischer Personalpolitik nicht nur der Fall, mit dem wir es ursprünglich zu tun gehabt hatten, sondern auch noch ein zweiter Fall abgeschlossen werden, weswegen wir beide Akten …«

»Nicht ganz!«, unterbrach Le Maire dieses Mal für alle deutlich hörbar. Da er gewusst hatte, gleich etwas sagen zu müssen, hatte er schweren Herzens darauf verzichtet, sich den Mund mit einem weiteren Croissant vollzustopfen.

»Verdammt noch mal, was ist mit Ihnen los?«, schimpfte sein Chef, der es nicht mochte, wenn man ihn unterbrach.

»Mit mir ist alles in Ordnung«, versicherte Le Maire und drückte unter dem Tisch Angelikas Hand. »Aber mein Freund Fritten-Ralf ist immer noch verschwunden. Wir wissen nicht, was mit ihm geschehen ist. Der Einzige, der uns dies vermutlich sagen könnte, wurde in Gemmenich erstochen.«

»Glauben Sie, dass Monsieur Perron ebenfalls tot ist?«, wollte nun der Staatsanwalt wissen, weil er hoffte, Le Maire vielleicht doch noch ein bisschen ans Bein pinkeln zu können.

Der aber zuckte nur unwissend mit den Schultern.

KAPITEL 27

Obwohl noch früher Vormittag, spürte man auch in Liège, dass es inzwischen Hochsommer geworden war. Die lähmende Hitze des Vortages ließ sich selbst durch sperrangelweit geöffnete Fensterflügel nicht mehr aus Le Maires Büro vertreiben. Kein Wunder also, dass auch die Herren Kommissare einen Gang zurückgeschaltet hatten. Da kam es ihnen gerade recht, dass sie im Moment keinen neuen Mordfall auf dem Tisch hatten und sich nur um die endgültige Erledigung der gelösten Frittenmorde kümmern mussten. Die restliche Aufarbeitung des widerlichen Menschenhandels lag ja nicht bei ihnen, sondern in detective chief superintendent Finley Cavanaughs Händen. Also würden die beiden leitenden Mordermittler diesbezüglich bis zu den noch nicht anberaumten Gerichtsterminen nur noch sporadisch miteinander zu tun haben; hier eine Mail von Dover nach Liège und dort ein Fax von Liège nach Dover, vielleicht noch das eine oder andere Telefonat, das war's dann auch schon. Eigentlich schade, dachte sich Le Maire, der sich mit seinem englischen Kollegen angefreundet hatte und ihn gerne wiedersehen würde.

So galt seine größte Sorge momentan den ockergelben und den korallenroten Shorts, die ihm Angelika anlässlich eines Wochenend-Ausflugs im mondänen Küstenstädtchen Knokke-Heist aufgeschwatzt hatte. Dass es kurz nach dem Kauf dieser knielangen Hosen nicht nur an der belgischen Nordseeküste, sondern in ganz Belgien tagelang geregnet hatte, war ihm wie ein Wink des Schicksals vorgekommen. So hatte er sich bis dato erfolgreich davor drücken können, sich in seinem neuen Outfit der Öffentlichkeit präsentieren zu müssen.

Aber bei den hochsommerlichen Temperaturen, die gerade herrschten, würde er sich wohl nicht länger sträuben können und spätestens am kommenden Wochenende dran sein. Dann musste er auch »Clipo«, den sogenannten »chicen Clip am Po« tragen. Dabei handelte es sich – wie die verkaufstüchtige Ladeninhaberin in Knokke versichert hatte – um ein patentiertes Gürtelaccessoire eines begabten deutschen Designers, das es in mehreren verschiedenen Designs gebe, »… selbstverständlich auch mit Straßsteinchen besetzt! Unter die hintere Gürtelschlaufe gesteckt und den Gürtel durchgezogen, sieht ›Clipo‹ nicht nur todschick aus, sondern verhindert auch noch, dass den Gürtel beim Sitzen in der Gesäßschlaufe umknickt, was hässlich aussieht und das Leder zudem kaputt macht«, hatte die offensichtlich sachkundige und extrem modeerfahrene Verkäuferin argumentiert und damit Angelika mehr als überzeugt. Da allein schon die drei Gürtel über 120 Euro – pro Stück versteht sich – gekostet hatten und dementsprechend geschützt werden mussten, waren ihm selbst ad hoc keine Gegenargumente eingefallen. Und weil Angelika in ihrer Begeisterung auch so ein Teil gewollt hatte, war er schon froh gewesen, dass sie sich eines mit Steinchenbesatz gekauft hatte, während er auf das Glitzerzeug hatte verzichten dürfen. Nicht auszudenken, wenn sie von ihm verlangt hätte, eines der Strass-Modelle mit ihr als eine Art Partnerlook zu tragen, möglicherweise sogar das von ihr erworbene trendige Teil, auf dem »VIP« zu lesen stand!

Ungeachtet dessen würde Angelika zu allem Übel hin darauf bestehen, barfuß in die ebenfalls neuen City-Walker zu schlüpfen. Für den zwar unkonventionellen, im Grunde genommen aber biederen Beamten unvorstellbar! Kaum hatte er sich an seine neue Sonnenbrille gewöhnt, musste er sich schon wieder zum Affen machen. »Barfuß in Schuhen!«, grummelte er verständnislos vor sich hin und malte sich in den dunkelsten

Farben aus, wie ihn die Kollegen auslachen würden, wenn sie ihn so sähen.

Da tauchte Fabienne Loquie unter dem Türrahmen auf und riss ihn aus seinen trüben Gedanken. Mit hochoktaver Schwingung in der Stimme rief sie: »Die Post ist daaa!« Gleichzeitig wedelte sie freudestrahlend mit einem Packen Papier herum.

Le Maire saß gerade mit Miller, Bribanté und Lassarde zusammen, um die bisher vorliegenden Fakten, die in Verbindung mit einer uninteressanten Lappalie aus dem Rotlichtmilieu standen, zu bündeln. Denn wenn es keine Arbeit in der Abteilung Mord gab, mussten sie auf Anordnung Docteur Baguettes den Kollegen der Sitte oder des Raubdezernats helfen. Da wäre es Le Maire schon lieber, längst verstaubte Mordfälle herauskramen zu dürfen. Da aber auch Staatsanwalt Delieux wusste, dass sein Chefermittler nichts *mehr* liebte, als die ungelösten Fälle seiner Vorgänger aufzuarbeiten, gönnte er ihm dies nicht. Denn er wusste genau, dass das beste Trüffelschwein der Mordkommission Liège stets fündig wurde und noch so alte und harte Nüsse knackte. Und für seine unvermeidbaren Erfolge wollte nicht ausgerechnet er die Initialzündung gegeben haben.

Le Maire wunderte sich über die ausgesprochen gute Laune seiner Sekretärin, die bei diesem allmorgendlichen Akt ansonsten immer missvergnügt dreinschaute, weil sie die Post zwar bringen, aber nicht öffnen durfte. Wie immer, deutete er Locki nur mit einer leichten Kopfbewegung, die ungeöffneten Kuverts vor ihn auf einen der Aktenhaufen zu legen. Meist knallte sie ihm dann die Post wortlos auf den ständig überfüllten Schreibtisch, auf dem schon mal ein menschlicher Schädel und andere Knochenteile, eine blutverschmierte Stichwaffe oder anderes Beweismaterial in braunen Papiertüten oder in

Plastiktüten liegen konnten. Denn es ärgerte sie, dass Fredric nach so vielen Jahren der Zusammenarbeit immer noch zu wenig Vertrauen zu ihr hatte, um sie die Post öffnen zu lassen.

Dieses spezielle Verhalten ihres Chefs hatte aber rein gar nichts mit irgendwelchen Verhaltensmustern der übersensiblen Frau zu tun, sondern war schlicht und ergreifend eine Eigenheit des Kriminalers, der es in all den Jahren nicht geschafft hatte, diese abzulegen. Aber anstatt sich mit der bei diesem Vorgang immer aufgesetzten sauertöpfischen Miene und mit einem kaum hörbaren »Pf!« umzudrehen, blieb Mademoiselle Loquie stehen und strahlte die vier Männer an.

Le Maire stutzte. »Danke, Locki! … Ist noch was?«

»Möchten Sie die Post nicht gleich öffnen … oder wenigstens durchschauen, Chef?«, drängte sie und nahm den Stapel Briefe wieder vom Aktenstapel, um sie direkt vor ihn auf den Schreibtisch zu legen.

Le Maire wunderte sich zwar über das atypische Verhalten seiner Sekretärin, erwartete aber momentan nichts Wichtiges in der Post. »Nein! Später!«, sagte er daher entschieden zu ihr und an seine Kollegen gewandt: »Macht weiter! Ich geh schnell eine rauchen.«

Obwohl einmal mehr tödlich beleidigt, blieb Fabinne Loquie stehen und wartete ab, bis ihr Chef den Raum verlassen hatte. Als dessen Schritte im Flur verhallt waren, konnte sie es nicht mehr erwarten, wenigstens die Reaktion der anderen Kollegen mitzubekommen, wenn Sie die überdimensionale Postkarte lesen würden, die sich ganz oben auf dem Häufchen befand. Fast fiebrig zeigte sie darauf und animierte die drei Kollegen mit ihrer Mimik, die Postkarte an sich zu nehmen und laut vorzulesen. Aber niemand reagierte.

»Seid ihr begriffsstutzig!«, schimpfte sie und drückte Lassarde nun die Postkarte mit dem eher uninspirierenden Foto eines offensichtlich riesigen Sanatoriums in die Hände.

»Aber das ist Le Maires Post«, gab der junge Kriminaler zu bedenken.

Locki tippte so auf das Adressfeld, als wenn sie morsen würde. »Was liest du da? ›An das gesamte Kollegium der Mordkommission, c/o Kriminalhauptkommissar Le Maire. ›c/o‹, verstehst du? Also an uns alle und nur zu seiner Obhut! Und jetzt lies vor!«

Mit sichtlichem Unbehagen widmete sich Lassarde dem Text auf der Karte. Nachdem er bemerkt hatte, dass sie aus England kam, entspannten sich seine Gesichtszüge und hellten sich schließlich sogar auf. »Sie ist von Soquett!«, verkündete er strahlend.

Seine beiden Kollegen setzten sich erwartungsvoll in ihren Stühlen auf.

»Herrgott noch mal! Nun lies schon vor!«, drängte Locki wieder und schob einen Stuhl vom kleinen Besprechungstisch an den Schreibtisch ihres Chefs.

Lassardes Augen flogen über den mit blauem Filzstift geschriebenen Text, wobei sein Lächeln immer breiter wurde. »Es geht ihm gut!«, verkündete er schließlich.

»Das ist doch nicht alles! Nun lies schon!« Allen Anwesenden war längst klar, dass Locki den Text auf der Rückseite der Postkarte bereits kannte.

Mit einem tadelnden Seitenblick auf die Sekretärin seines Chefs begann Lassard vorzulesen: »Meine lieben Freunde! Das Essen ist hier im Sanatorium zwar beschissen, aber alles andere passt. Um mir die Zeit zu vertreiben, lese ich gerade einen guten Roman aus dem Mittelalter, der ›Das Teufelsweib‹ heißt und so spannend ist wie das Abenteuer, das ich dank euch lebend überstehen durfte. Ansonsten mache ich täglich große Fortschritte bei der REHA. Es wird zwar noch ein Weilchen dauern, aber ich fühle mich von Tag zu Tag besser. Die frische Meeresluft im Seebad Brighton tut mir gut. Ich danke allen, die mich gerettet haben, und freue mich auf euch und auf meine Arbeit. Seid alle herzlich gegrüßt und drückt unser Teufelsweib Locki von mir. Mit herzlichen Grüßen von der Küste. Euer Patrick.«

Lassarde strich noch kurz über die Karte und betrachtete das Wappen des traditionsreichen Seebades, bevor er sie an Miller weiterreichte.

»Es geht ihm gut«, sagte Bribanté. »Das ist alles, was zählt.«

Als Le Maire von seiner Zigarettenpause zurückkehrte, herrschte eine fast schon andachtsvolle Stille in seinem Büro.

»Habt ihr nichts zu tun?«, blaffte er daher seine Kollegen an, kaum dass er durch die Tür war. »Dann können wir ja weitermachen!«

Als er wieder an seinem Schreibtisch saß, fiel sein Blick auf die große Postkarte, die nun verkehrt herum auf seinem Post-stapel lag. So ist das also, dachte der aufmerksame Beobach-ter bei sich und beschloss, die Durchsicht der Post nun erst recht auf später zu verschieben.

Erst nachdem die Besprechung vorüber war und die anderen sein Büro verlassen hatten, zog er den Stapel zu sich heran. Das »Trüffelschwein« war doch noch neugierig geworden. Also nahm er sich als Erstes die Postkarte vor, deren Vorder-seite nicht gerade zum Lesen einlud. Allerdings verleitete ihn der Inhalt des Textes auf der Rückseite zu einem zufriedenen Lächeln. Während er sich nachdenklich zurücklehnte und die Finger hinter seinem Kopf verschränkte, kam Locki herein, um ihrem Chef den gewohnten Nachmittagskaffee hinzustel-len. Als er ihr mit der Postkarte entgegenwedelte und dabei selig lächelte, war für Locki die Welt wieder in Ordnung und sie tänzelte beschwingt aus dem Büro.

»Was ist *das* denn?«, entfuhr es Le Maire kurz darauf. Er hatte inzwischen auch den Rest der Post durchgesehen und starrte nun verwundert auf einen Umschlag in seiner Hand. »Ein Brief vom Generalkommissariat in Brüssel?« Er fuhr mit dem Daumen über das Kuvert. »Mit geprägtem Wappen?«

»Locki!«, rief er kurzentschlossen und hielt ihr, gleich nachdem sie wieder in seinem Büro erschienen war, den Brief entgegen. »Den kannst *du* öffnen!«

Da er wusste, mit einer solchen Kleinigkeit bei ihr einiges wiedergutmachen zu können, erlaubte er sich den Spaß und wartete darauf, den Inhalt vorgelesen zu bekommen.

Die Sekretärin wusste zunächst gar nicht, wie ihr geschah. Ehrfurchtsvoll betrachtete sie den Brief in ihren Händen. Immerhin befand sich auf dem Umschlag das geprägte Wappen des Kriminalpolizeilichen und Polizeilichen Generalkommissariats Brüssel, dem sowohl die föderale Polizei des Landes, als auch sämtliche lokale Dienststellen mit all ihren Abteilungen unterstanden. Gemeinsam bildeten sie den auf zwei Ebenen strukturierten integrierten Polizeidienst Gesamtbelgiens. Da dieses Schreiben augenscheinlich vom ranghöchsten Polizisten des Landes stammte, ließ es auf einen brisanten Inhalt schließen. Die Frage war nur, ob es sich um etwas Positives oder um etwas Negatives handelte. Jedenfalls ahnte Locki, genau wie ihr Chef, dass dieser Brief etwas ganz Besonderes sein musste. Deswegen riss sie das Kuvert nicht wie gewohnt mit dem Fingernagel ihres Daumens auf, sondern benutzte den Brieföffner, den sie fast feierlich ansetzte.

Nachdem sie den ebenfalls mit dem Polizeiwappen geprägten Briefbogen herausgenommen hatte, überflog sie kurz die Zeilen, die sich darauf befanden, und hielt sich eine Hand vor dem Mund.

Le Maire konnte nicht erkennen, ob Lockis Gefühlsregung pures Entsetzen oder das an ihr übliche Entzücken ausdrücken sollte. Aber schnell wurde klar, dass tatsächlich der oberste Polizeipräsident Belgiens höchstpersönlich Kriminalhauptkommissar Frederic Le Maire nebst Partnerin zu einem festlichen Empfang ins Rathaus nach Brüssel einlud.

»Ja, da schauen Sie, mein werter Le Maire, was?«, ertönte eine Stimme von der Tür her.

Der verdutzte Beamte drehte sich um und sah Docteur Baguette auf der Schwelle stehen. »Chef?«, fragte er irritiert.

»Da auch ich ein Schreiben von ganz oben erhalten habe und weiß, dass Sie ebenfalls in diesen Genuss gekommen sind, wollte ich einfach mal kurz bei Ihnen vorbeischauen … Lassen Sie mal lesen!«

Als Fabienne Loquie ihm den Brief reichte, sah Le Maire, dass ihre Hand ein wenig zitterte.

»Respekt! Eine ganz persönliche Einladung von Belgiens oberstem Polizeichef an Sie. In *meinem* Schreiben steht, dass nicht nur ich, sondern die ganze Mordkommission eingeladen wird!«

»Ich auch?«, schoss es aus Le Maires Sekretärin heraus.

Docteur Baguette lächelte milde und nickte. »Aber selbstverständlich! Wir werden doch nicht ohne die gute Seele unseres Hauses nach Brüssel fahren!«

Als sie dies hörte, konnte das Pummelchen ein paar Tränchen nicht unterdrücken. Erst Soquetts Postkarte und dann das hier. »Wahnsinn!«, entfuhr es ihr.

»Aber das ist noch nicht alles«, fuhr Docteur Baguette fort. »Der Polizeipräsident hat mir mitgeteilt, dass auch all die anderen Kollegen aus den Niederlanden, aus Deutschland und aus England, die an den Einsätzen in Kerkrade, Hauset und in Dover beteiligt waren, Einladungen erhalten werden!«

Le Maire schüttelte gleichsam ungläubig und erfreut den Kopf. »Also auch Cavanaugh?«

»Ganz genau«, bestätigte Docteur Baguette mit unverhohlenem Stolz in der Stimme. »Ich habe sogar schon mit dem detective chief superintendent gesprochen, weil er …«

»Um was geht es dort eigentlich?«, unterbrach Le Maire seinen Chef, weil er etwas ahnte, was ihn seine Euphorie sicherheitshalber etwas bremsen ließ.

»Na, um was wohl? Es ist eine Gala, die von ganz oben extra für die ›Helden von Dover‹ organisiert wird! Da wird es wohl auch ein paar Ehrungen … und möglicherweise sogar Beförderungen geben.« Bei diesen Worten zwinkerte er Le Maire zu und verließ anschließend sein Büro.

»Was ist los, Chef? Freuen Sie sich denn gar nicht?«, fragte Locki besorgt, als sie Frederics Gesichtsausdruck sah.

»Doch, doch!«, antwortete der, während das Wort »Gala« in seinem Kopf nachhallte. Da er jetzt schon wusste, was Angelika alles mit ihm anstellen würde, waren seine Gefühle allerdings zwiegespalten.

KAPITEL 28

»Was ist eigentlich aus deinem Freund, äh … Chips-Roulf geworden?«, wollte Finley Cavanaugh wegen seiner mangelnden Deutschkenntnisse etwas verunsichert von seinem neuen Freund Frederic wissen, während sie nebeneinander in dem hochmodernen Viersternebus saßen, der gerade vor dem Polizeipräsidium in Kerkrade auf die niederländische Abordnung wartete.

Als Frederic seinen englischen Freund korrigierte, musste er schmunzeln. »Du meinst Fritten-Ralf?«

Jetzt musste auch Finley schmunzeln. »Fwitten Roalf? Okay?«

Frederic nickte gnädig, bevor er sagte: »It's a never ending story …« Nach einem Moment des Überlegens und tiefem Durchschnaufen wollte er die Frage seines englischen Berufskollegen ausführlich beantworten, kam aber nicht mehr dazu. Denn im Bus wurde es gerade so laut, dass alle ihre Hälse in Richtung der Türen drehten. Dort waren die Angehörigen der niederländischen Delegation dabei, ihr Handgepäck ins Innere des Buses zu bugsieren, wo sie mit großem Hallo begrüßt wurden.

Obwohl Fabienne Loquie alles versucht hatte, um wenigstens auf der anderen Seite des Gangs neben ihrem Chef Platz nehmen zu können, war ihr dies nicht gelungen. Denn als sie endlich dazu kam, sich in den Fahrgastraum des Buses vorzuarbeiten, hatte es sich dort bereits jemand gemütlich gemacht. Weil sie selbst noch mit organisatorischen Dingen beschäftigt gewesen war und unter anderem mit dem Busfahrer hatte sprechen müssen, war ihr nichts anderes übrig geblieben, als hilflos zuzusehen, wie »ihr« Platz belegt wurde. Aber die auf Anhieb äußerst angenehme Unterhaltung mit Hennes, wie sich der sympathische Busfahrer vorgestellt hatte, hatte sie für den Platzverlust entschädigt.

Dr. Angelika Laefers, die sich während der Fahrt wenigstens zwischendurch kurz mit Frederic unterhalten wollte, saß nun auf *dem* Platz, den Locki mehr als gerne für sich in Anspruch genommen hätte. Den Fensterplatz daneben hatte sie bereits ihrer neuen Bekanntschaft Cindy Cavanaugh, der Frau des leitenden Mordermittlers aus Dover angeboten. Cindy, mit der Angelika gestern Abend per Du geworden war, freute sich darüber, dass Angelika ihr diesen Aussichtsplatz überlassen hatte. So würde sie die traumhafte Landschaft von Aachen nach Eupen, über Kerkrade, Maastricht und Liège bis nach Brüssel bei strahlendem Wetter in vollen Zügen genießen können.

✳

Die internationale Presse hatte sich nach dem Zerschlagen einer der größten europäischen Menschenhändlersyndikate von den Kanaren bis zum Nordcap hoch in Lobeshymnen ergangen und berichtete in den betroffenen Ländern auch jetzt noch – über vier Wochen später – in reißerischen Worten darüber. Und da es sich bei den Frittenmorden um ein und denselben Chefermittler gehandelt hatte, war auch die Lösung dieses Falls nicht nur von nationalem Interesse gewesen. Endlich standen Belgiens Legislative und Exekutive nach den landesinternen Terrordesastern europaweit wieder gut da. Internationale Schlagzeilen wie »The small Belgium, a big example to Europe«, oder »Deutschland ist stolz darauf, Belgien als Nachbar zu haben« und »Il Belgio esprime segni die opposizione contro la criminalità organizzata in Europa« in einer italienischen Gazette waren Balsam auf die Seelen der in letzter Zeit von der Presse malträtierten belgischen Justiz.

Da die positiven journalisitischen Auswirkungen von Le Maires Fällen belgienweit außerordentlich und kontinental gesehen sogar absolut einzigartig waren, hatte der oberste Polizeichef des Landes allein schon deshalb nicht gegeizt. Hochzufrieden hatte er sämtliche in Dover beteiligte Einsatzkräfte mit ihren Partnerinnen und Partnern zu einer großen Gala in die belgische Landeshauptstadt eingeladen. Aber auch innenpolitisch war es für ihn von äußerster Wichtigkeit gewesen, diese internationalen Schlagzeilen »auszuschlachten« und den hier lebenden Menschen näherzubringen. Denn der Polizeidirektor wusste, dass das Vertrauen der Bevölkerung in die belgische Polizei gerade in einer Zeit des internationalen Terrorismuses von höchster Priorität war.

*

Um dies finanziell stemmen zu können, hatte sich der Polizeipräsident Partner suchen müssen, was ihm anfangs nur mühsam gelungen war. Denn es war nicht üblich, nur wegen ein paar erfolgreicher Polizeieinsätze ein großes Faß aufzumachen und gleich ein Fest zu geben. Aber nach dem internationalen Pressedesaster, das auf die verpatzten Einsätze bei den Terroranschlägen in Brüssel gefolgt war, freuten sich die Belgier nun über positive Schlagzeilen, die ihr ramponiertes Image in der Welt wenigstens einigermaßen zurechtrückten. Nicht zuletzt deswegen hatte der belgische Staat die Kosten für den zweistöckigen Bus übernommen, damit die deutschen, belgischen und niederländischen Gesetzeshüter gemeinsam mit der englischen Delegation stressfrei in die Hauptstadt der EU reisen konnten. Nach außen hin unterstrich dies den internationalen Gedanken, der vom zwar kleinen, weltpolitisch aber wichtigen Belgien ausging. Um für das Büfett und die Getränke Sponsoren zu finden, waren dann nur noch einige Telefonate nötig gewesen.

Stolz auf seine belgischen Mitbürger hatte sich auch Brüssels Bürgermeister großzügig gezeigt und für die Gala den reich ausgestatteten Festsaal im Rathaus mitsamt der benötigten Technik und des Equipements zur Verfügung gestellt.

Und für die Übernachtungen gab es Zuschüsse von den jeweiligen Dienststellen, die als »außerordentliche Gratifikationen« verbucht wurden. Den fehlenden Rest für zwei Übernachtungen im Viersternehotel »Brussels City Centre« hatten die allesamt vor Stolz strotzenden Gäste des belgischen Polizeipräsidenten gerne selber draufgelegt.

Da sämtliche Fäden der Reiseorganisation und der Unterbringung bei Madame Loquie in Liège zusammengelaufen waren, hatte bisher alles hervorragend geklappt – bis auf ihren eigenen Sitzplatz im Bus. Nicht dass sich Le Maires Sekretärin um diesen Job gerissen hätte, der eigentlich einer Brüsseler Kollegin zugestanden wäre, nein! Dem eifrigen Pummelchen war lediglich am Herzen gelegen, dass alles bestens funktionierte. Und da wollte sie einfach auf Nummer sicher gehen. Und wenn sie nun auch noch ein Lob von Frederic einheimsen konnte, war die Welt für sie wieder völlig in Ordnung.

Wie vor gut einer Stunde in Aachen, wo der Bus die deutsche Delegation aufgenommen hatte, und vor einer halben Stunde in Eupen, wurde er auch in Kerkrade von der Lokalpresse belagert. Da sowohl Oberstaatsanwalt Soivaire und Docteur Baguette zusammen mit ihren Leuten und dem Rest der englischen Delegation erst in Liège den Bus besteigen würden, kam der in Aachen zugestiegene Le Maire nicht umhin, den niederländischen Lokalreportern wenigstens ein kurzes Interview zu geben. Und wie auch zuvor schon sein Kollege Peter Dohmen in Aachen und nun der Dienststellenleiter der hiesigen Polizei, versuchte auch er, sich davor zu drücken. Im Gegensatz zu seinen Kollegen allerdings ohne Erfolg. Immerhin war er einer der »Helden von Dover«, wenn nicht gar – was er überhaupt nicht hören mochte – *der* »Held von Dover«.

Frederics neuer Freund Finley Cavanaugh wollte die Gelegenheit nutzen, um ein wenig Urlaub in »old Germany« zu machen und von Aachen aus bis nach Süddeutschland hinunter zu reisen, wo ihn hauptsächlich Rothenburg ob der Tauber, das Hofbräuhaus in München, Schloss Neuschwanstein und die Allgäuer Berge interessierten. Außerdem wollte er an den Lake Constance zu den Bregenzer Festspielen, wo sein Freund David Pountney über Jahre hinweg Intendant gewesen war. Im Gegensatz zu Finley, der bei Opern meist schon beim ersten Akt einzuschlafen drohte, freute sich seine Frau Cindy jetzt schon auf jeden einzelnen der vier Akte von Georges Bizets Oper »Carmen«, die 2018 zum wiederholten Male auf dem Spielplan der beliebten Festspiele im österreichischen Bregenz steht.

Die beiden waren bereits gestern in Aachen angekommen. Dort waren sie mit Frederic und Angelika »Am Knipp«, einem typischen Öcher Lokal, elendig abgestürzt. Kein Wunder also, dass der Chefermittler aus Liège im Moment noch keine Lust auf große Worte verspürte.

⁕

Eine gute weitere halbe Stunde später wiederholte sich das Szenario vor dem Kriminalkommissariat in Liegè. Auch hier war die Stimmung ausgelassen. Fabienne Loquie saß freudestrahlend auf dem Einzelsitz schräg hinter dem knuffigen Busfahrer und betätigte sich nun auch noch als Reiseleiterin.

Als der zweistöckige Reisebus vor dem Gebäude der Kriminalpolizei Liège anhielt und die Bustür aufging, suchte sich der neugierige Staatsanwalt Delieux hinter den Gardinen seines Bürofensters zu verstecken. Es wäre ihm äußerst peinlich, wenn jemand etwas von seiner Enttäuschung mitbekam, weil er nicht mit eingeladen war. Denn die Einladung des Polizeipräsidenten an die Staatsanwaltschaft Liègè war unmissverständlich an Oberstaatsanwalt Soivaire persönlich nebst Begleitung gerichtet gewesen. Ärgerlich, dass Delieux' Chef extra wegen dieser Einladung seinen Erholungsaufenthalt früher beendet hatte als angesetzt. Und Pech für Delieux, dass der Oberstaatsanwalt seinen Lebensgefährten für alle sichtbar dabei haben durfte, weil er sich schon vor langer Zeit als homosexuell geoutet hatte. Während der enttäuschte Staatsanwalt neidisch dem munteren Treiben auf dem Platz vor dem Polizeipräsidium von den meisten unbemerkt zusah, rechnete er wieder einmal nicht mit dem stets aufmerksamen Chefermittler, der ihn trotz des Vorhangs sofort gesichtet hatte. »Angelika, schau mal dort hoch.« Frederic zeigte grinsend zum Fenster des Staatsanwaltes.

»Da ist wohl einer beleidigt, weil sein Chef mitfährt, während er selbst hier die Stellung halten muss«, lästerte Angelika, die den schmierigen Staatsanwalt ebenfalls nicht leiden konnte.

Nachdem sie schon eine ganze Weile in Richtung Brüssel unterwegs waren und Cindy Cavanaugh nicht aufhörte, sich begeistert über die schöne Landschaft zu äußern, hatte sich Fabienne Loquie längst aus ihrer anfänglichen Sitzstarre gelöst und sich auf eine private Unterhaltung mit dem leutseligen Busfahrer eingelassen. Dabei hatte sie schnell festgestellt, dass der 30-jährige Hennes nicht nur eine rheinische Frohnatur war, sondern auch noch eine gewisse Ähnlichkeit mit ihrem Chef hatte. »... Und du bist wirklich nicht verheiratet?«

*

Da Hennes, wie sich der Busfahrer nicht nur bei Fabienne Loquie, sondern kurz darauf auch bei allen anderen Fahrgästen vorgestellt hatte, sein Handwerk offensichtlich beherrschte, hatten sie die guten 150 Kilometer ohne Probleme in zwei Stunden hinter sich gebracht. Deswegen war noch Zeit für einen Aperitiv, bevor sie sich nach dem Einchecken im »Brussels City Centre-Hotel« für den Galabend im Rathaus schick machen mussten.

So trafen sich denn auch die meisten derjenigen Polizisten an der Hotelbar, die in Dover dabei gewesen waren, während ihre Partnerinnen und ihre Kolleginnen es nicht erwarten konnten, ihre Zimmer zu begutachten.

*

»Merde! Ich wusste es!«, schimpfte Frederic, als er Angelika Auge in Auge vor einem großen Spiegel im stilvoll ausgestatteten Hotelzimmer gegenüberstand, während sie ihm in einem verführerischen Negligé die lilafarbene Fliege band, die – ihrer Meinung nach – perfekt zu den ebenfalls in lila gehaltenen neuen Schuhen passte.

»Eigentlich wollte ich dir ein lila Jacket mit schwarzem Samtkragen zu deiner schwarzen Hose besorgen, habe in der Kürze der Zeit aber nicht die passende Größe für dich bekommen«, klang es fast entschuldigend aus ihrem Mund, dessen Lippen verführerisch ... lila angemalt waren.

»Schade«, grummelte Frederic, der jetzt doch froh war, dass er seinen »ganz normalen« schwarzen Smoking tragen durfte, anstatt sich auch noch in einer lilafarbenen Kombination vollends zu blamieren. Am meisten freute es ihn, dass das in Knokke erworbene Gürtelaccessoire von der Schärpe verdeckt wurde. Und auf die Füße schaute sowieso niemand – hoffte er zumindest. Ein Blick zu dem kleinen Tisch in der Ecke verhieß allerdings nichts Gutes. Denn dort lag Angelikas neue Clutch, die farblich genau zu ihren Lippen ... und zu seinen Schuhen passte.

»So, nun bin aber ich dran!«, hauchte sie fast schon etwas lasziv, drückte ihm aber nur ein unverbindliches Küsschen auf die Stirn, bevor sie das lange Abendkleid, das sie sich extra für diesen erhabenen Anlass zugelegt hatte, vom Bügel zog und überstreifte.

Als Frederic die Wahnsinnsrobe mit dem – seiner Meinung nach – viel zu großen Ausschnitt sah, haute es ihn fast um. Nicht, weil Angelika darin noch toller aussah als sonst schon und dies bei der Polizeigala auch andere Männer feststellen würden. Nein, vielmehr weil es lila war.

Da Angelika Frederics bestürzten Blick sah, sagte sie aufmunternd: »Keine Sorge, meine Schuhe sind in schlichtem Schwarz ... passend zu meinen Haaren«, fügte sie noch schnell hinzu, um einmal mehr ihre Stilsicherheit zu dokumentieren.

»Schwarz? Na, wenigstens etwas. Dann passen die ja zu meinem Smoking«, murmelte Frederic resigniert und holte sich ein Bier aus der Minibar. »Das brauch ich jetzt!«

»Aber beeil dich, Lemmi! Wir sind schon spät dran. Die anderen warten sicher schon auf uns«, drängte sie und setzte sich in aller Ruhe an den Schminktisch. »Und nimm nach dem Bier ein Pfefferminzbonbon!«

Nachdem Frederic einen Schluck aus der Blechdose genommen hatte, wäre er am liebsten hiergeblieben und hätte die Minibar geplündert. An die Blicke der anderen Festgäste durfte er gar nicht denken. »Lila! Mann, Mann, Mann.«

KAPITEL 29

20 Minuten später standen sie mitten in Brüssel auf dem welt-berühmten Grand-Place. Direkt vor ihnen reckte sich der Bel-fried, ein 96 Meter hoher Turm in der Mitte des spätgotischen Rathauses, in die Höhe. Auf den Terrassen der schmucken Cafés und schicken Restaurants vor den ehemaligen Gilde-häusern, die den weitläufigen Platz umsäumten, pulsierte das federleicht anmutende Leben. Wie gerne hätte Frederic jetzt daran teilgehabt und hier ein leckeres Bierchen getrunken, anstatt zu einer sicherlich steifen Gesellschaft ins Rathaus zu müssen. Auf diesem bevölkerten Platz hätte ihn keine Seele gekannt und sich auch niemand für seine Schuhe oder für das von Angelika kreierte lila »Gesamtensemble« interessiert. Gedankenverloren schnaufte Frederic so tief ein, dass sich sein Brustkorb hob und die Schärpe gefährlich zwickte. Er hüstelte.

»Ist was, Lemmi?«, zeigte sich Angelika um das Wohlbe-finden ihres Partners besorgt, das ihr an diesem Abend ganz besonders am Herzen lag. Denn in wenigen Minuten würden sie nicht nur auf die belgische Hautevolee stoßen, sondern auch niederländische, deutsche und englische Honoratioren treffen. Und dies durfte unter keinen Umständen vermasselt werden, schon gar nicht wegen einer kleinen Unpässlichkeit. Normalerweise hätte sie Fredric nun zurechtgewiesen und sein ständiges Hüsteln einmal mehr anklagend auf das Rau-chen geschoben. Um aber keine Missstimmung aufkommen zu lassen, verkniff sie sich dieses Mal einen ihrer diesbezügli-chen Sprüche und schaute ihn stattdessen fragend an.

Anstelle einer Antwort bekam sie nur ein abwehrendes Kopfschütteln.

Obwohl es bereits 20 Uhr war und sie Frederic im Hotel noch gedrängt hatte, schien nun kein Grund zur Eile mehr zu bestehen. Jedenfalls ließ sie sich Zeit und genoss den traumhaften Anblick der abendlichen Szenerie. Da sie direkt vor dem Rathaus mit seinem imposanten Festsaal standen, konnte ja nichts mehr Unvorhergesehenes passieren.

Auch für Frederic, der es sowieso gerne ruhig anging, war alles in Ordnung. Er wusste, dass seine Geliebte den großen Auftritt liebte. Also drängte er sie nicht und erklärte ihr in aller Ruhe die verschiedenen Stilrichtungen der historischen Gebäude, die hier fast schon verschwenderisch den Platz umsäumten. Angelika genoss Frederics Wissen um die Geschichte seines Heimatlandes, meinte schließlich aber doch: »So langsam müssen wir!«

Der Kriminalhauptkommissar schaute dienstbeflissen auf die Uhr. Inzwischen waren weitere zehn Minuten vergangen. »Für Angelika genau richtig, um aufzufallen«, seufzte er leise vor sich hin. Er wusste ja, dass sie den großen Auftritt liebte.

»Hast du was?«, fragte sie abermals.

Er schüttelte den Kopf.

»Dann lass uns gehen«, entschied sie wie aus dem Nichts heraus. »Die warten sicher schon alle auf uns.«

Na toll, dachte er und verkniff sich um des Friedens willen eine Reaktion auf Angelikas Feststellung, die allerdings noch etwas zu sagen hatte: »Tu mir den Gefallen, und fluche heute nicht so viel wie sonst, Lemmi! ... Hast du ein Pfefferminzbonbon gelutscht?«

Merde!

*

Bereits auf der Rathaustreppe wurden sie von einer Art Zeremonienmeister mit weißer Perücke und barockem Gewand begrüßt. Feierlichen Schrittes geleitete er die späten Gäste nach oben zum alten Festsaal, wo zu beiden Seiten der riesigen Flügeltüren Diener in historischen Lifrees Position bezogen hatten.

»Die stehen da wie zwei entsprungene Wachsfiguren von Madame Toussaud« wie wir sie in Amsterdam gesehen haben, tuschelte Frederic seiner Partnerin zu und reichte ihr angesichts dessen, was er nun vor sich sah, den Arm. Dies tat er allerdings weniger, um galant zu sein. Vielmehr brauchte er jetzt jemanden, an dem er sich festhalten konnte.

»Merde!«, entfuhr es ihm leise, anstatt sich darüber zu freuen, dass sich die Blicke der mit Gläsern in den Händen herumstehenden Menschen nach und nach ihnen zuwandten. Er war verunsichert. Denn er wusste im Moment nicht, ob die allgemeine Aufmerksamkeit der anderen Festgäste Angelikas beeindruckender Erscheinung oder seinen unmöglichen Schuhen galt. Wahrscheinlich unserem gesamten Erscheinungsbild, dachte er, während er spürte, wie Angelika ihn sanft weiterzog. Merde!

Als sie den grandios illuminierten Saal mit den vielen festlich und uniformiert gekleideten Menschen betraten, klopfte der Zeremonienmeister mit einer Art Marshallstab zweimal auf den Parkettboden. Um die Würde seines wichtigen Amtes zu unterstreichen, reckte er dabei den Kopf und zog die Mundwinkel nach unten. Gleichzeitig hob er die Augenbrauen und schloss die Augen. Erst als es so still geworden war, dass man eine Stecknadel hätte fallen hören, öffnete er die Augen wieder und verkündete in sonorem Ton: »Monsieur commissaire Le Maire et Madame Docteur Lääfeeer!«

»Lääfeeer, Lääfeeer«, äffte Frederic den gepuderten Schnösel leise nach und erntete dafür einen Rempler. Während Angelika schmunzeln musste und ihren gemeinsamen Auftritt in vollen

Zügen genoss, wäre Frederic am liebsten im Erdboden versunken. Aber es half nichts, sie mussten da rein – ob er wollte oder nicht. Jetzt war es eh zu spät, um zu kneifen. Merde!

Während geschätzte 250 Menschen begeistert zu klatschen begannen, bildeten sie eine Gasse, an deren Ende regionale und überregionale Prominenz auf die beiden wartete, um den eigentlichen »Helden von Dover« persönlich begrüßen, für die Aufklärung zweier Fälle beglückwünschen und ehren zu dürfen. Nicht genug damit, dass er einen gefährlichen Menschenhändlerring ausgehoben hatte, war es dem schrulligen Ermittler auch noch gelungen, das »Frittenland Belgien« vor einer landesweiten, ach was; vor einem internationalen Fiasko, besser gesagt; vor einer kontinentüberschreitenden Katastrophe zu bewahren, weswegen ihm insbesondere von belgischer Seite aus gar nicht genug Beifall gezollt werden konnte.

Hätte Le Maire gewusst, dass auch Cavanaugh, Dohmen und die anderen »Helden von Dover« dieses Spießrutenlaufen hinter sich hatten bringen müssen, bevor sie ein kühles Bier in ihren Händen halten durften, wäre es ihm wohl ein klein wenig leichter gefallen. So aber blieb ihm nichts anderes übrig, als abermals ein leises »Merde« zu knurren, was Angelika wieder mit einem kaum merklichen Knuff quittierte, während sie sich um ihr strahlendstes Lächeln bemühte.

»Schau mal, mein Schatz«, raunte er ihr plötzlich zu und machte mit dem Kopf eine leichte Bewegung nach vorne. »Ich glaube, ich spinne! Sind das nicht die Königs?«

Nicht nur, dass die gesamte oberste Gewaltenteilung aus ganz Belgien angetreten war, mussten es auch noch an die 30 hochrangige Polizisten und Oberstaatsanwälte aus den Niederlanden, aus Deutschland und aus England sein, die so frenetisch zu klatschen begonnen hatten, dass es Le Maire nun erst richtig peinlich wurde. Darüber hinaus hatten sich auch noch acht EU-Politiker mit dem Präsidenten des Europäischen Parlaments und dem EU-Ratspräsidenten an der Spitze, einem Aachener Karlspreis-Träger … und eben die »Königs«, wie Le Maire das belgische Königspaar salopp bezeichnete, in diesem wunderschönen Festsaal versammelt. Sogar die aus dem südlichsten Teil Deutschlands stammende EU-Abgeordnete Ulrike Müller hatte es sich nicht nehmen lassen, ihre Allgäuer Heimat in einem bezaubernden langen Plisseedirndl zu vertreten und den »Helden von Dover« ihre Reverenz zu erweisen. Auch der gesamte Brüsseler Stadtrat und hochrangige Vertreter des Klerus, sowie verdiente Frauen und Männer aus Industrie, Handel und Handwerk waren zu diesem außerordentlichen Ereignis geladen worden. Sogar einige der profiliertesten Künstler und Schriftsteller aus Belgien und dessen Umfeld waren anwesend. Unter ihnen Hubert vom Venn, der populäre Kabarettist aus der Eifel. Vor allen Dingen aber waren vom Polizeipräsidenten eine Menge Journalisten und Fotografen aus allen Teilen der Benelux und aus England hierhergebeten worden, für die dieses imposante Event im Grunde genommen organisiert worden war.

Um nichts dem Zufall zu überlassen und weiterhin gute Schlagzeilen zu garantieren, hatte die Pressestelle des Polizeipräsidenten eine »flüssige und nahrhafte« Pressemappe in Form eines prall gefüllten Jutebeutels zusammenstellen lassen. Darin befanden sich nicht nur Informationen über die bravourös gelösten Kriminalfälle in Belgien und in England mitsamt Kopien der größten Presseartikel, sondern auch touristische Infos über Brüssel und den Rest des Landes. Vielmehr konnte man riechen, dass auch noch verschiedene belgische Spezialitäten in den Jutesäckchen waren. Klar, dass da der weltberühmte Herver Käse nicht fehlen durfte, der den Inhalt des Beutels trotz seiner guten Verpackung auch noch zu einem anhaftenden Geruchserlebnis machte.

»Keine Bestechung! … Das ist nur für die ausländischen Gäste, damit sie erfahren, was Belgien alles zu bieten hat«, hatte der Polizeipräsident leicht verlegen zu Ulrike Müller gesagt, als er ihr einen der Beutel überreicht hatte. Die taffe EU-Abgeordnete hatte dies mit einem verständnisvollen Lächeln quittiert und geantwortet: »Den alten Käse kenne ich! Bei uns im Allgäu heißt der kleine Stinker »Limburger«.

Über diese Antwort verwundert, steckte der Polizeipräsident seine Nase so in eine der Taschen, als wenn er sich versichern wollte, dass es sich bei dem Herver Käse tatsächlich um ein belgisches Produkt handelte.

Bis auf Karl-Heinz Lambertz, den ehemaligen Minister- und Parlamentspräsidenten der Deutschsprachigen Gemeinschaft Belgiens, der danach hier in Brüssel Senator gewesen war und der seine beispielhafte Karriere vor Kurzem mit der Wahl zum Vorsitzenden des europaweiten Ausschusses der Regionen gekrönt hatte, kannte Le Maire nur wenige der Leute, die nun vor ihm standen und ihn beklatschten. Unter ihnen befanden sich auch Oliver Paasch, der amtierende Ministerpräsident und Alexander Miesen, amtierender Parlamentspräsident der Deutschsprachigen Gemeinschaft Belgiens, die von ihrer charmanten Kulturministerin Isabell Weykmanns begleitet wurden. Le Maire wusste nicht, wie er sich verhalten sollte. Er, den sonst alle als den jeder Situation gewachsenen Ermittler kannten, war momentan so geflasht, dass er nicht richtig verstand, was um ihn herum geschah.

*

Während des ermüdenden Begrüßungsdefilees sah der »Stargast« des Abends aus einem Augenwinkel heraus etliche Diener in Lifrees mit Tabletts herumlaufen, auf denen neben

Champagner, Wasser und Orangensaft auch Bier stand. Merde, dachte er sich, als er gerade zugreifen wollte, aber ausgerechnet in diesem Augenblick seinem obersten Vorgesetzten vorgestellt wurde. Da sie das Defilee von der falschen Seite aus begonnen hatten, waren Gott sei Dank der Polizeipräsident und dessen Gattin die letzten in der langen Reihe, für die Le Maire mit trockenem Mund lächeln musste. Wären wir doch nur pünktlich gewesen, dachte er sich. Aber nun dürfte es ja gleich so weit sein, dass er und Angelika sich unter die anderen Gäste mischen und etwas trinken konnten.

Auch wenn er sich dies noch so sehr wünschte, sollte sich der schrullige Kriminalhauptkommissar aus Liegè mit seiner Einschätzung der Lage täuschen. Denn der Polizeipräsident bat Le Maire und seine Partnerin, nochmals in die Richtung der extra für diesen Abend edel drapierten Sitzgruppe zu schauen, die sie bereits entdeckt hatten. Die beiden konnten es nicht glauben, als sich Ihre Königlichen Hoheiten, das belgische Regentenpaar, nun tatsächlich von ihren thronartigen Sesseln erhoben und auf sie zugingen. Während der Kriminalhauptkommissar sich plötzlich ganz klein vorkam, wurden Angelikas Augen immer größer.

»Wenn der Vorsitzende vom ›Verein der Königstreuen‹ schon einmal in Brüssel ist, muss ich ihn doch persönlich begrüßen, oder?«, scherzte Seine Königliche Hoheit, Philippe von Belgien, während Ihre Königliche Hoheit, Mathilde von Belgien, wohlwollend dazu lächelte.

Nach einer überaus herzlichen Begrüßung und einem kurzen Gespräch bat der Polizeipräsident darum, mit dem eigentlichen Programm beginnen zu dürfen. Er gab einem jungen Mann das vereinbarte Zeichen, auf das der Haustechniker gewartet hatte. Sekunden später verdunkelte sich der Raum. Wie von Geisterhand zog sich der purpurrote Samtvorhang der Bühne beiseite und gab den Blick auf gewaltige Lichttraversen frei. Mit dem zunehmenden Bühnenlicht ging ein entzücktes Raunen durch den Saal. Der Vorhang hatte sich noch nicht ganz geöffnet, als schlagartig etliche Spots angingen und kein geringerer als der aus Maastricht stammende »Walzerkönig« André Rieu das schmissige Trinklied »Libiamo« aus dem ersten Akt von Guiseppe Verdis Oper »La Traviata« anstimmte, was sogar Le Maire für einen Moment die Farbe seiner Schuhe und den »königlichen Schock« von eben vergessen ließ. Den Durst aber konnte er nicht vergessen. Wie gerne wäre er dem Text des Musikstückes gefolgt und hätte gesagt: »Lasst uns anstoßen und trinken!«

»Wunderschön«, bemerkte Angelika überglücklich und schmiegte sich ganz eng an ihren Helden, wegen dem sie hier dabei sein und sogar das belgische Königspaar kennenlernen durfte.

»Ja, mein Schatz«, pflichtete Frederic ihr bei und flüsterte ihr bewundernd zu, dass dieser Festabend offensichtlich perfekt durchgestylt war, was die barocken Gewänder des an diesem Abend »nur« 30-köpfigen Musikensembles eindrucksvoll unterstrichen.

»Das ist wahr«, bestätigte Angelika und fügte lächelnd hinzu: »Genau wie wir!«

Da waren sie wieder, seine Schuhe, die genau so ins Auge stachen wie Angelikas Lippenstift. Betrübt sah Frederic an sich hinunter. Aber er hatte keine Zeit für Überlegungen. Konnte er etwas tun, um seine ihm albern vorkommende Fußbekleidung gegen normales Schuhwerk auszutauschen? Immerhin lag das Hotel nicht weit vom Rathaus entfernt. Und sicher würde es außer Angelika niemand bemerken, wenn er für ein Viertelstündchen verschwinden würde. Andererseits war es jetzt schon egal, denn die Honoratioren hatten sein auffallendes Schuhwerk bereits gesehen, was den einen oder anderen unmerklich die Nase so hatte rümpfen lassen, als wenn ihnen ein zweiter Jutebeutel mit »Herver Limburger« und anderen Spezialitäten in die Hände gedrückt worden wäre. Dabei hatten die meisten Frauen unverhohlen geschmunzelt und wie wild mit ihren Fächern herumgewedelt.

Die Musik verstummte. Nach einem frenetischen Applaus kündigte der Kapellmeister höchstpersönlich den Polizeipräsidenten an, der nach einem kurzen Händeschütteln unverzüglich mit seiner Begrüßungsrede begann, in der er es keinesfalls versäumen wollte, nicht nur das belgische Königshaus, sondern auch die Politiker und die Sponsoren in den höchsten Tönen zu loben. Zum Erstaunen aller hielt er sich dabei erfrischend kurz. Er wollte dem Präsidenten des Europäischen Parlaments und dem EU-Ratspräsidenten genügend Raum für ihre hoffentlich ebenfalls kurzen, dennoch aber medienwirksamen Reden lassen. Außerdem wusste er ja, dass der Brüsseler Bürgermeister auch noch etwas sagen wollte und er selbst nochmals zum Zuge kommen würde.

Nachdem auch der letzte Redner geendet und das Blitzlichtgewitter der Kameras aufgehört hatte, setzte wieder André Rieus zauberhafte Musik ein. Spätestens jetzt war für Frederic der Moment gekommen, sich von Angelika zu lösen, um ihr von einem der gestelzten Diener ein Glas Champagner und sich ein Bierchen geben zu lassen. So lauschten sie, wie auch all die anderen Gäste, beschwingt und erquickt den Klängen des weltberühmten Streichorchesters. Während sie ein Gläschen nach dem anderen leerten und Frederic darüber nachsann, wer wohl diese sicherlich sündhaft teure Musik bezahlte, unterhielten sie sich hier und da mit verschiedenen »wichtigen« Leuten.

Im Gegensatz zu Angelika, die dies in vollen Zügen genoss, suchte Frederic nach einer Weile die Nähe der Cavanaughs. Ihre eigenen Leute kannten sie schließlich hinreichend und von den »oberen Zehntausend« im Saal hatte Frederic bereits nach einer Stunde genug. Diejenigen, die der »Ehrengast« sonst noch gerne um sich gehabt hätte, waren nicht da. Wie es Soquett im Sanatorium erging? Und was wohl aus Fritten-Ralf geworden sein mochte?, fragte er sich wehmütig. Da sein geschätzter Mitarbeiter überlebt hatte und sich immer noch im englischen Seebad Brighton in guten Händen befand, blieben seine Gedanken nicht lange an ihm kleben, sondern glitten in dieser historischen Stunde zu seinem sympathischen Freund Ralf, der ihm mit den »besten Fritten Belgiens« schon viel Freude und Genuss verschafft hatte. Im Wirrwarr seiner Gedanken wusste Le Maire im Moment nicht, was er wohl mehr vermisste: Ralfs köstliche Fritten oder dessen lockere Sprüche. Er durfte nicht daran denken, ihn nie mehr wiederzusehen. Ja, Ralf Perron, du warst mir ein echter Freund, dachte er sich im Hinblick darauf, dass dessen Sohn Mathieu in Ewägung zog, seinen seit etlichen Wochen vermissten Vater für tot erklären zu lassen. Aufgrund der mörderischen Vorkommnisse im belgischen »Frittenmilieu« und der damit zusammenhängenden Vorzeichen dürfte ihm dies schnell gelingen, weil er die ansonsten übliche Frist vonseiten der zuständigen Behörden nicht würde abwarten müssen. Und da Mathieu es nicht erwarten konnte, an das Erbe seines Vaters zu gelangen, dürfte es wohl nicht lange dauern, bis der »Frittenkönig von Liège« auch offiziell als tot gelten würde. Da der »Frittenmörder« selbst tot war und nichts mehr dazu sagen konnte, wäre es für die Behörden schwer, sich dagegenzustellen. Und da der in Untersuchungshaft sitzende Monsieur Nascarée mehrmals zu Protokoll gegeben hatte, dass Gerrit de Kleijn »Fritten-Ralf« ermordet und beseitigt hatte, konnte Le Maire Ralfs Sohn nicht einmal böse sein. So schlich sich in all die Freude auch ein großer Funke Melancholie, den er aber bis zur Eröffnung des Büffets mit ein paar Bierchen zu vertreiben suchte.

Auch wenn er selbst nur eine große Portion Fritten mit kleinen Schnitzelchen als Beilage geholt hatte, befand Frederic das typisch belgische Büffet als grandios. Er störte sich lediglich ein wenig daran, dass Angelika die Sache auskosten wollte und deswegen eine gefühlte Ewigkeit an der großen Tafel sitzen blieb, während es sich die Cavanaughs mit Bribanté, Lassarde und Miller nebst Begleitungen längst an der langen Champagner-Bar eines Sponsors aus dem französichen Épernay gemütlich gemacht hatten.

»Wo ist eigentlich Mademoiselle Loquie? Ich habe sie seit der Begrüßungsrede nicht mehr gesehen«, wollte Chloé von Pat Miller wissen, bekam aber nur ein Schulterzucken zur Antwort.

»Wahrscheinlich plündert sie noch das Büffet«, lästerte der schon etwas angesäuselte Lassarde und brachte dadurch die anderen zum Lachen.

»Sie hat irgendetwas von einem Hennes gesagt«, mischte sich Bribanté ein.

»Heißt unser Busfahrer nicht so?«, wunderte sich Miller.

✢

André Rieu, der mit seinem Orchester seit der Eröffnung des Büffets durch den Brüsseler Bürgermeister eine etwas gedämpfte Hintergrundmusik gespielt hatte, intonierte nun mit voller Inbrunst die »Carmina Burana« von Carl Orff. Dieses gewaltige Stück kündigte etwas Besonderes an, was auch dadurch unterstrichen wurde, dass der Polizeidirektor wieder auf die Bühne ging und sich hinter dem bereitstehenden Mikrofon postierte. Nachdem die letzten Klänge verhallt waren und es auch noch einen Tusch gegeben hatte, nahm er sich das Wort und verkündete in feierlichem Ton: »Meine hochverehrten Festgäste! Bevor uns Maître André Rieu und sein

Orchester zum Wiener Walzer bitten und danach zu ihrer Mitternachts-Show einladen, möchte ich den deutschen, den niederländischen und den englischen Polizeipräsidenten zu mir auf die Bühne bitten. Ebenso den Herrn EU-Ratspräsidenten und den Präsidenten des Europäischen Parlaments.«

Beifall brandete auf.

»Und was ist mit den Königs?«, tuschelte Frederic seiner Partnerin ein wenig enttäuscht ins Ohr. Als Vorsitzender der »Königstreuen« war ihm sofort aufgefallen, dass das Königspaar nicht auf die Bühne gebeten worden war. Das zu seiner diesbezüglichen Verärgerung gehörende »Merde« schluckte er angesichts des festlichen Anlasses hinunter.

Als der Polizeipräsident damit begann, seine drei Berufskollegen namentlich vorzustellen, um gleich darauf die Polizei im Ganzen und die Einsätze in Hauset, Kerkrade und Dover im Besonderen zu würdigen, ahnte wohl nicht nur Le Maire, was nun folgen würde.

Unauffällig entfernte er sich von Angelika, die dies nicht bemerkte, weil sie der hochemotionalen Rede des belgischen Polizeipräsidenten aufmerksam folgte. Hastig suchte er den Saal nach Bekannten ab und entdeckte schließlich den Polizisten, von dem er beim Betreten der Räumlichkeit zu Angelika gesagt hatte: »Was macht *der* denn hier?« Es war ausgerechnet jener Streifenpolizist aus La Calamine, mit dem er seit dem ersten Frittenmord auf Kriegsfuß stand.

Sichtlich erleichtert ging er auf ihn zu, erreichte damit aber nur, dass der Polizist erschrocken zusammenzuckte. »Keine Angst, ich tu dir nichts. Du musst mir aus der Patsche helfen!« Le Maire zog ihn beiseite und fragte ohne lange Vorrede nach seiner Schuhgröße.

»41! Weshalb fragen Sie?«

»Quatsch nicht und komm mit!«, klang es wie ein Befehl, dem sich der von Holland nach Belgien übersiedelte Streifenpolizist nicht zu widersetzen traute. »Du weißt, dass du hierher eingeladen wurdest, weil ich dich dazu vorgeschlagen habe?«, log Le Maire.

Der Polizist schüttelte den Kopf und drückte ein »Danke!« heraus.

»gut! Dann kannst du mir ja einen Gefallen tun.«

Als Le Maire eine ganze Weile später versuchte, sich möglichst unauffällig wieder neben Angelika zu stellen, musste er schnell einsehen, dass dies ein unmögliches Unterfangen war.

»Wo warst du so lange?«, wollte sie in ihrer Ergriffenheit ohne jegliche Strenge in der Stimme wissen. »Du hast die Reden der beiden EU-Politiker verpasst. Sie waren großartig!«

»Wer? Die Reden oder die Politiker?«

Den kleinen Knuff merkte Le Maire, der genau in dem Augenblick zurückgekehrt war, als sich schon wieder der Polizeipräsident das Mikrofon zurechtrückte, nicht.

»Nun ist es mir eine große Freude, weitere Kollegen zu mir auf die Bühne zu bitten«, verkündete der oberste Polizeichef Belgiens mit fast zitternder Stimme, von der eine Ergriffenheit ausging, die ahnen ließ, was nun kommen würde.

Obwohl dem Ermittler aus Liège klar war, dass *er* einer dieser Kollegen sein würde, war er nun relativ entspannt, – nicht zuletzt, da sich Angelika wieder bei ihm eingehakt und ihren Kopf auf seine Schulter gelegt hatte.

Schon wenige Minuten später standen er, Peter Dohmen, Finley Cavanaugh und ein niederländischer Kollege zwischen den EU-Politikern und den obersten Polizeichefs aus Belgien, Deutschland, Holland und England auf der Bühne und ließen sich beklatschen, obwohl noch gar nichts über sie gesagt worden war.

Nachdem der Polizeipräsident die zusammenhängenden Einsätze in Hauset und in Kerkrade, insbesondere aber den von Dover mit blumigen Worten hatte Revue passieren lassen, prasselten wahre Lobeshymnen auf die Polizisten hernieder, die sich allesamt nicht ganz wohl in ihrer Haut fühlten. Aber es nützte nichts, sie mussten auch noch Ehrungen, Beförderungen und ein nicht enden wollendes Händeschütteln über sich ergehen lassen, was wieder ein wahres Blitzlichtgewitter und tobenden Beifall auslöste.

Der Präsident des Europäischen Parlaments trat ans Mikrofon. »Nun habe ich noch eine ganz besondere Aufgabe zu erfüllen, die mir zugeteilt wurde«, verkündete er in verschwörerischem Ton und wies mit einer geöffneten Handfläche zum seitlichen Bühnenrand. Während Trommelwirbel einsetzte, löste sich langsam ein dunkler Schatten. Von einem Suchscheinwerfer verfolgt, ging ein Mann gemäßigten Schrittes zur Bühnenmitte.

»Das ... das ist doch ... ich glaub es nicht!«, murmelte Le Maire. Aber er musste sofort wieder still sein. Denn der hochrangige EU-Politiker ergriff abermals das Wort und begann nun, die Heldentat des neben ihm stehenden Somaliers Revue passieren zu lassen. Seine ausschweifende Rede beendete er mit den Worten: »Somit ist es uns gleichsam Freude und Ehre, Ihnen, Monsieur Keita Seydou, hiermit nicht nur den Daueraufenthalt im Königreich Belgien zu genehmigen, sondern Sie auch noch als Neubürger begrüßen zu dürfen. Als Anerkennung und zum Dank für ihre Verdienste um die Beneluxstaaten und nicht zuletzt auch um ganz Europa, gewähren wir Ihnen laut dieser Urkunde vom 12. Juli des Jahres die belgische Staatsbürgerschaft mit allen Pflichten, Rechten und Privilegien. Und da Ihr Einsatz bei der Freiwilligen Feuerwehr in Hergenrath als Militärdienst gewertet wird, steht Ihrem – wie ich gehört habe – größten Wunsch, eine der fünf Polizeischulen in Brüssel oder in der Wallonie zu besuchen, nichts mehr im Wege! … Ich gratuliere Ihnen recht herzlich dazu!«

Wieder brandeten Beifall und Blitzlichtgewitter auf.

Nachdem Keita Seydou sich mit Tränen in den Augen zuerst bei den Politikern und beim Polizeipräsidenten, dann auch noch bei den anderen Polizisten bedankt hatte, ging er zu Le Maire, vor dem er ein ganzes Weilchen mit glasigen Augen stehen blieb, bevor er zu ihm sagte: »Du komische, aber gute Mann! Isch bald Kollega, dann arbeiten isch mit disch zusammen! Isch kommen zu disch nach Liège!« Nachdem er dies gesagt hatte, legte er wie zur Drohung sein breitestes Grinsen auf.

Obwohl der ansonsten eher spröde Le Maire verdutzt war, reichte er seinem ehemaligen Untersuchungshäftling die Hand und gratulierte ihm. Danach umarmten sich die beiden. Damit beschworen sie zur Zufriedenheit des Polizeipräsidenten ein neuerliches Blitzlichtgewitter herauf … und wohl das eine oder andere feuchte Auge unter den allesamt ergriffenen Festgästen.

Als wenn dies nicht genug Druck auf die Tränendrüsen gewesen wäre, ging der Polizeipräsident noch einmal ans Mikrofon und legte eine wissende Miene auf, dann sagte er zu seinem besten Ermittler: »Mein hochverehrter inspecteur principal, ich wusste nicht, dass sie dies bereits verblüffen konnte, denn die eigentliche Überraschung kommt erst noch!«

Als er dies hörte, fiel Le Maire aus allen Wolken und Angelika schier das Herz in den knappen Schlüpfer, der sich unter ihrem Kleid dezent am Hintern abzeichnete. »Um Gottes willen, was denn jetzt noch?«, fragte sie Cindy, die während der ganzen Zeit neben ihr gestanden war und ebenfalls feuchte Augen hatte.

Noch bevor der Polizeipräsident zu sprechen begann, huschten zwei Suchscheinwerfer wie wild über die Bühne, bevor sie an beiden Seiten der Bühne verharrten.

Um es spannend zu machen, spielte aber erst wieder das Orchester ein Medley selbstkomponierter Titel, das André Rieu raffiniert von einem andauernden Trommelwirbel begleiten ließ, der zum Schluss hin immer lauter wurde, während sich parallel dazu die Musik bis zum Pianissimo zurücknahm.

»Was für eine Inszenierung«, flüsterte Locki ihrer Eroberung zu und nutzte dabei die Gelegenheit, Hennes ein zaghaftes Küsschen aufs Ohr zu hauchen. Da der Busfahrer nicht zur Gala eingeladen worden war, hatte sie sich mit ihm vor dem Rathaus verabredet und ihn zu dem, was nun kommen sollte, heimlich in den Saal geschleust. Um nur ja nicht aufzufallen, standen sie am hintersten Partytisch. So konnte niemand sehen, dass sie Händchen hielten und sich ständig verliebte Blicke zuwarfen. Da kam es ihnen sehr gelegen, dass gerade die gesamte Aufmerksamkeit aller Gäste der Bühne gehörte.

Nachdem die Musik ganz und auch der Trommelwirbel verstummt waren, wurde es wieder dunkel. Lediglich die Suchscheinwerfer ließen ein wenig Licht bis in den hintersten Teil des großen Saales zu, wo sich Locki und Hennes gerade an den ersten zaghaften Kuss wagten.

Wieder setzte Trommelwirbel ein.

»Meine sehr verehrten Damen und Herren! Vielen vielen Dank für Ihre Geduld in Bezug auf diese kleine Inszenierung, zu der Docteur Baguette, der Leiter der Kriminalpolizei Liège mit seinen beiden Kommissaranwärtern Bribanté und Lassarde, sowie mit Mademoiselle Loquie, die Sekretärin unseres soeben ausgezeichneten commissairs Le Maire, die Idee hatten.«

Obwohl die Gäste nicht wussten, was nun kommen würde, begannen sie mit dem wieder lauter werdenden Trommelwirbel so lange um die Wette zu klatschen, bis der dadurch amüsierte Polizeipräsident lachend um Ruhe bat, um weitersprechen zu können: »Es ist mir eine große Ehre, Ihre Königlichen Hoheiten, Königin Matthilde und König Philippe von Belgien zu mir auf die Bühne bitten zu dürfen.«

Wie von Geisterhand öffnete sich eine Schneise. Das allseits beliebte Königspaar konnte – von den Festteilnehmern umsäumt und durch vier Lakaien geleitet –, unter den Klängen der Brabançonne den Saal in Richtung Bühne durchschreiten. Ihnen voran der Zeremonienmeister, dem vor Nervosität der Schweiß unter der Perücke hervorlief.

Als die vom Orchester perfekt intonierte belgische Nationalhymne zu Ende war, brandete ein nicht enden wollender frenetischer Beifall auf, der erst verstummte, als der Zeremonienmeister mit seinem Marschallstab dreimal auf den Boden klopfte und in feierlichem Ton verkündete: »Seine Königliche Hoheit: König Philippe von Belgien!«

Während der charismatische König stoisch ans Rednerpult trat, rollten seitlich hinter ihm zwei Pagen einen roten Teppich aus, auf den zwei weitere Pagen den eilig herbeigebrachten Sessel der Königin stellten, um sie dort Platz nehmen zu lassen.

Am Ende seiner ergreifenden Rede, während der er auch auf das Thema Terrorismus eingegangen war, hielt der König höchstpersönlich die Laudatio auf die »Helden von Dover«, insbesondere aber auf den Vorsitzenden seiner »Königstreuen«.

Mit sichtlichem Stolz und den Worten »Nun gebe ich das Wort an den Herrn Polizeipräsidenten zurück«, beendete er seine bemerkenswerte Ansprache.

Der oberste Polizeichef des Landes verneigte sich in aller Form und trat wieder ans Mikrofon, um in voller Lautstärke zwei weitere »Helden des heutigen Tages« präsentieren zu können. Wie ein Zirkusdirektor breitete er beide Arme aus und wartete auf die Suchscheinwerfer, die sich mit dem neuerlichen Trommelwirbel zu vereinen schienen, bevor sie abermals zu den äußeren Seiten der Bühne glitten. Inzwischen war der Sessel Ihrer Königlichen Hoheit mitsamt des Teppichs diskret entfernt worden. So konnten die Polizisten, die Politiker und auch die Königlichen Hoheiten einen Schritt nach hinten treten. Nun stand nur noch Le Maire in der Bühnenmitte, wo er sich plötzlich sehr einsam fühlte. Nachdem er Angelikas Augen verzweifelt gesucht, in der illustren Menschenmenge vor sich aber nicht gefunden hatte, ließ er seinen Blick unruhig auf beide Seiten der Bühne schweifen. Nur gut, dass in diesem Moment kein Scheinwerfer auf ihn gerichtet war. So konnte niemand sehen, dass er zu schluchzen begann. Denn während von der linken Seite sein fast genesener Mitarbeiter Soquett auf ihn zuhumpelte, kam von rechts sein für ihn mehr tot als vermisst geltender Freund Ralf auf ihn zu. Nachdem sich nicht nur die Suchscheinwerfer in der Bühnenmitte wiedervereint hatten und das Hauptlicht angegangen war, gab es wohl niemanden im Saal, dem dies nicht tief ins Herz gegangen war.

*

Während im festlich illuminierten Saal zu Walzerklängen getanzt wurde, saßen ein bestens gelaunter Le Maire und seine Leute mit Fritten-Ralf im Rauchersalon, wo der Kriminalhauptkommissar erfuhr, dass sich sein Freund die ganze Zeit über auf der Alphütte eines Bekannten oberhalb von Steibis, einem idyllischen Bergdorf im bayerischen Allgäu, versteckt gehalten hatte, wohl wissend, dass er von Gerrit de Kleijn umgebracht werden sollte. Erst als er vor ein paar Wochen in der »Allgäuer Zeitung« gelesen hatte, dass in Belgien ein sogenannter »Frittenmörder« von einem seiner Opfer überlistet und erstochen worden war, hatte er sich an seinen Freund Frederic wenden wollen, war aber bei Mademoiselle Loquie gelandet, die ihn an Docteur Bacguette weiter verwiesen hatte.

»Tut mir leid, Frederic! Ich hätte dich schon lange über meinen Aufenthaltsort informiert, konnte dich aber nicht erreichen. Dein Handy war immer ausgeschaltet.«

Als Ralf dies sagte, schaute Angelika ihren Freund streng an.

»Na, ja …«, fuhr Ralf fort. »Und so sind wir gemeinsam auf die Idee gekommen, dich zu überraschen.«

»Und alle haben die Klappe gehalten, sogar Locki! – Wo ist die überhaupt?«

»Sind Sie uns böse, Chef?«, wollte Miller wissen.

Le Maire winkte ab. »Ach was! Hauptsache, Ralf lebt … und ich bin – wenn auch nicht mit meinen ›Königstreuen‹ – doch noch nach Brüssel gekommen und habe mich sogar mit den Königs unterhalten.«

Während sie weiter plauderten und ein Getränk nach dem anderen in sich hineinschütteten, klopfte es an der Tür zum Rauchersalon.

»Ja!«, rief Le Maire und zog wieder genüsslich an seiner Selbstgedrehten.

Unter dem Türrahmen stand ein uniformierter Polizist, der zunächst mit den Händen vor seinem Gesicht herumfuchtelte, um den Rauch zu vertreiben.

Als Le Maire den Mann erkannte, wollte er ihn sofort wieder nach draußen schieben, war aber zu langsam. Denn der Beamte hatte schon nach seinen Schuhen gefragt.

Alle Blicke waren zuerst auf das lila Schuhwerk des Polizisten gerichtet, bevor sie zu denen an Le Maires Füßen weiterhuschten.

»Du bist mir ja einer«, rief Angelika aus und begann mit den anderen laut loszulachen. »Jetzt schau schon, dass du dem armen Kerl seine Schuhe wiedergibst und dann tanzen wir noch eine Runde!« Sie wusste genau, dass er sich nun nicht mehr trauen würde, sich vor dem Tanzen zu drücken.

»*Jetzt* können beide Fälle abgeschlossen werden!«, rief Frederic Le Maire nach etlichen beschwingten Walzern final durch den Festsaal. Dabei hielt der an diesem Abend über alle Maßen Geehrte sein Bierglas in die Höhe, nachdem er Soquett und Fritten-Ralf einmal mehr an sich gedrückt hatte.

»Nicht ganz!«, fuhr seine Lebensgefährtin in ernstem Ton dazwischen.

Frederic schwante Übles. »Jetzt kommt's doch noch«, raunte er den beiden Männern zu, aber die hatten keinen blassen Schimmer, was er meinen könnte.

»Was ist los?«, fragte Locki, die ausgerechnet in diesem Moment dazugestoßen war und mit hochroten Wangen Hennes als ihren neuen Freund vorstellen wollte. Da sie ebenfalls nicht wusste, was sich hier anbahnte, wirkte sie etwas irritiert.

Angelika zwinkerte der Sekretärin zu. Dann hielt sie – ebenfalls etwas beschwipst – ihr Sektglas hoch und rief in den Saal hinein: »Der Herr Kriminalhauptkommissar und ich haben zwar immer noch ein Hühnchen miteinander zu rupfen! Aber ich lasse es leben! … À VOTRE SANTÉ!«

NAMEN UND BIOGRAFIEN DER HAUPTFIGUREN

Die Namen und Biografien sämtlicher Hauptprotagonisten – wie auch die Handlungsstränge selbst – sind völlig frei erfunden. Ähnlichkeiten, gleich welcher Art, mit bereits verstorbenen oder lebenden Personen wurden dem Autor entweder ausdrücklich gestattet oder sind ebenso rein zufällig wie die Nennung von Firmen und Institutionen.

⁕

Das Ermittlerteam

Frederic Le Maire (47). Ausgesprochen: »Le Mär«. commissaire de la criminelle (auch »inspecteur principal«) aus der wallonischen Provinzhauptstadt Liège. Meistens wird er in Kurzform als »Monsieur commissaire« (auf Deutsch: »Herr Kommissar«) angesprochen.
Der in Deutschland mit dem Rang eines Kriminalhauptkommissars zu vergleichende Polizeibeamte ist die Hauptperson. Seine Dienststelle ist Liège, weswegen er für die gesamte Region Wallonien zuständig ist. Aufgrund außerordentlicher Umstände muss er aber auch Fälle im Osten Belgiens lösen und in Deutschland, Holland, Luxemburg und sogar in England ermitteln. Seit einem Abkommen der Belgier mit den deutschen, niederländischen und luxemburgischen Behörden kann er im Bedarfsfall grenzüberschreitend tätig sein.

Der beruflich zwar absolut abgebrühte und zwischendurch sarkastische, privat aber sehr sympathische Kriminalhauptkommissar bedient sich meist eigenwilliger Ermittlungsmethoden, die oftmals nicht nur unorthodox, sondern aus gesetzlicher Sicht auch grenzwertig sind. Der nur 1,65 Meter große Mann hat durch seine Leidenschaften – original belgische Fritten und belgisches Bier – eine gewisse Körperfülle, die seine Lebensgefährtin Dr. Angelika Laefers ebenso stört wie seine schlampige Kleidung, die ihm – im Gegensatz zu ihr – völlig egal ist. Das größte Laster des verschrobenen, fast schon skurrilen Polizisten mit dem leichten Überbiss, der ihn stets so aussehen lässt, als wenn er weinen oder lächeln würde, ist aber die Vorliebe für seine »Selbstgedrehten«. Außer seinem Beruf gibt es noch ein paar Dinge, die er liebt: Den von ihm gegründeten Verein »Die Königstreuen«, die Formel-1 und natürlich Fußball. Er ist Fan von AS Eupen, des Erstligisten Standard Lüttich und von den »Roten Teufeln«, der belgischen Nationalmannschaft. Im Gegensatz zu seiner Lebensgefährtin, der Aachener Pathologin Dr. Angelika Laefers hat er mit Karneval nicht viel am Hut, was bedeutet, dass er die Leidenschaft des »Öcher Mädsche« toleriert, solange er sich nicht verkleiden muss. Apropos Angelika: Zwischen seinem Beruf und seinen anderen Leidenschaften ist sie es, die den meisten Platz in seinem Leben einnimmt, *obwohl* sie ihn immer »Lemmi« nennt, was zwar ein liebevoll gemeintes Kürzel für »Le Maire« ist, Frederic aber gerade in der Öffentlichkeit ebenso nervt, wie die Tatsache, dass sie ihm ständig Manieren beibringen und modern einkleiden möchte.

Dr. Angelika Laefers Ausgesprochen: »Läfers« (40). Rechtsmedizinerin aus der deutschen Kaiserstadt Aachen.

Aufgrund eines außerordentlichen Abkommens mit den deutschen, belgischen, niederländischen und luxemburgischen

Behörden kann die taffe Todesermittlerin im Bedarfsfall auch grenzüberschreitend tätig sein.

Die aparte und gut aussehende Frau ist seit einem Jahr an der Seite Le Maires, an dem sie trotz oder wegen ihrer Liebe zu ihm gerne mal herumnörgelt. Allein schon durch ihr Äußeres – die sportliche-schlanke Frau mit den langen schwarzen Haaren ist acht Zentimeter größer als ihr Lebensgefährte, mit dem sie aufgrund der räumlichen Distanz eine recht offene Beziehung führt – werden die beiden allgemein als »nicht zusammenpassend« wahrgenommen. Dennoch liebt sie ihren »Lemmi«, wie sie ihren Geliebten zu dessen Verärgerung auch in der Öffentlichkeit nennt, über alles. Die in verschiedenen Kampfsporttechniken geübte Frau hilft ihrem Partner schon mal aus einer misslichen Lage.

Patrick (Pat) Miller (26). Ist frischgebackener Kriminalkommissar aus der wallonischen Provinz Lüttich mit eigentlichem Dienstsitz in Eupen, dem Sitz der Deutschsprachigen Gemeinschaft Belgiens. Derzeit arbeitet er allerdings in Liège (Lüttich).

Der überkorrekte und übereifrige Kriminaler ist auf dem Sprung zur Beförderung zum Kriminaloberkommissar. Le Maires Assistent ist im Gegensatz zu seinem Chef ein typisch spießiger Beamter, der stets mit Anzug und Fliege zum Dienst erscheint und nur selten Alkohol trinkt. Seine ständig an den Tag gelegte Korrektheit mag auch daher rühren, dass sein Vater aus London stammt, wo der Brite ein ranghoher Offizier war und nach Ende des letzten Krieges in Belgien »kleben« geblieben ist, weil er eine Belgierin kennengelernt hat. Mit einer stattlichen Körpergröße von 1,91 Meter überragt Pat seinen Chef um 26 Zentimeter, was die beiden nicht nur wie »Pat und Patachon« – ein dänisches Komikerduo aus der Stummfilmzeit – wirken lässt. Wegen Pat Millers Vornamen werden die beiden hier und da so bezeichnet. Seine blonde

Verlobte heißt Chloé (25). Sehr zum Missfallen seines Chefs kann er Fritten nicht viel abgewinnen.

Fabienne Loquie Spitzname »Locki« (28). Sekretärin in Le Maires und Millers Dienststelle.

Das kleine Pummelchen himmelt ihren Chef an und tut alles für ihn, obwohl der nicht immer höflich mit ihr umgeht. Wohl als eine Art Adaption seines eigenen Spitznamens, den er von seiner Angelika erhielt, nennt Le Maire seine Mitarbeiterin wegen ihrer roten Kurzhaarlocken stets »Locki«.

Sie selbst sieht sich im Kommissariat als unersetzlich an und ist auch für alles zu gebrauchen.

Bribanté, Lassarde und Soquett Drei Kommissaranwärter im Rang von Kriminalhauptmeistern.

Die drei absolvieren in Liège eine Art Praktikum und wurden dort von Docteur Baguette, dem Leiter der Dienststelle, Kriminalhauptkommissar Le Maire zugeteilt.

Bribanté (23), ein Draufgänger mit schulterlangem Haar und einer Narbe im Gesicht.

Lassarde (24), der ruhigste unter den drei Kommissaranwärtern.

Soquett (23), ausgesprochen: »Soquee«. Sehr sympathisch. Der Bartträger hat Tätowierungen an den Unterarmen zur Erinnerung an seine militärische Dienstzeit in Brüssel. Er lebt von seiner Frau Colette getrennt, hat aber ein freundschaftliches Verhältnis zu ihr.

Docteur Etienne Baguette (56). Chef einer der drei Generaldirektionen mit Sitz in Liège. Über ihm steht nur das Generalkommissariat mit Sitz in Brüssel. Seine Dienststelle ist Teil der »Police Fédérale« (Föderale Polizei), der landesweiten Polizei Belgiens.

Der strenge, aber für alles offene Kripochef ist der direkte Vorgesetzte von Kriminalhauptkommissar Frederic Le Maire, mit dem er wegen dessen (erfolgreichen) Ermittlungsmethoden viel mitmachen und ihn »nach oben hin« öfter in Schutz nehmen muss. Wegen seines Nachnamens lästern seine Untergebenen über den groß gewachsenen Spießer hinter vorgehaltener Hand gelegentlich ab.

René Soivaire (61), ausgesprochen: »Soivär«. Leitender Oberstaatsanwalt im Kriminalkommissariat von Liège.

Da Le Maires oberster Chef in Liège in letzter Zeit immer öfter krank ist und deswegen zur REHA muss, überlässt er seine Geschäfte vorübergehend seinem Stellvertreter, dem 26-jährigen Staatsanwalt Martin Delieux, der es nicht gut mit Le Maire meint.

Martin Delieux (26), ausgesprochen: »Deliö«. Stellvertreter des leitenden Staatsanwaltes in Liège.

Der Emporkömmling aus reichem Hause ist Kriminalhauptkommissar Frederic Le Maire zwar nicht gerade zugetan, fällt zu dessen Gunsten aber eine äußerst unpopuläre Entscheidung, … die Le Maire allerdings die Karriere kosten kann.

Finley Cavanaugh (39), ausgesprochen: »Kävänau«. detective chief superintendent in Dover.

Der rothaarige Kriminalhauptkommissar hat seine Wurzeln in Irland und ist mit Cindy (42) verheiratet. Der zuvorkommende und weltoffene Ermittler ist leitender Kriminalbeamter in der im äußersten Südosten Englands gelegenen Küstenstadt Dover. Dort leistet er seinem belgischen Kollegen Le Maire Amtshilfe. Dover ist die dem kontinentalen Festland und Frankreich am nächsten liegende englische Stadt (Calais-Dover-Dünkirchen zirka zwei Stunden).

Peter Dohmen (39). Leitender Hauptkommissar der Kriminalpolizei Aachen.

Der für sein Amt relativ junge Beamte lässt sich von seinem belgischen Kollegen Le Maire nicht in die Arbeit dreinreden, hört aber auf die Aachener Pathologin Dr. Angelika Laefers, seine Kollegin und Le Maires Lebenspartnerin. Er mag seinen blegischen Kollegen nicht besonders.

Docteur Pierre Brülée (65). Pathologe in Liège.

Der knorrige Gerichtsmediziner steht kurz vor der Rente. Deswegen sieht er geflissentlich darüber hinweg, dass die eigentlich zu seinem Revier gehörenden »Frittenmorde« von seiner Aachener Kollegin Dr. Angelika Laefers bearbeitet werden.

Dr. Rudi Knopp (42). Oberstaatsanwalt in Aachen.

Der Mann taucht nur ganz kurz auf.

*

Die »Frittenmordopfer«

Steffen Ottens (58). Friteriebesitzer im ostbelgischen Grenzort La Calamine. Das erste Mordopfer des sogenannten »Frittenmörders« in Belgien und überhaupt.

Der verheiratete Mann ist Deutscher und wohnt – Pardon: wohnte – mit seiner 35-jährigen belgischen Ehefrau Simone (ausgesprochen: »Simonee«) im nur wenige Kilometer entfernten Zentrum der Kaiserstadt Aachen. Sein Geschäft betrieb er aber im grenznahen ostbelgischen La Calamine. Der cholerische und deswegen allseits unbeliebte Mann hütete vor seiner Frau gleich mehrere Geheimnisse: Er war spielsüchtig und notorischer Fremdgänger!

Jupp Klinkartz (63). Pommesbudenbetreiber in der deutschen Kaiserstadt Aachen. Das erste Opfer des sogenannten »Frittenmörders« in Deutschland und der zweite Tote überhaupt.

Der alternde Playboy war nie verheiratet, hütete dennoch ein Geheimnis: Er war Stammgast in der Antonisusstraße, dem Aachener Bordell!

Marie Bouchée (23). Pächterin des »Weser-Grills« in Eupens Unterstadt. Im zirka 19.000-Einwohner-Städtchen befindet sich der Parlamentssitz und die Regierung der Deutschsprachigen Gemeinschaft Belgiens (DG). Sie ist das zweite Opfer des sogenannten »Frittenmörders« in Belgien und das dritte Opfer insgesamt. Die Unternehmerin war lesbisch. Da sie nach außen hin eine in jeder Hinsicht integre junge Frau zu sein schien, ahnte bis zu ihrem Tod niemand etwas von ihrem süßen Geheimnis.

Dan Willemsen (41). Der Maastrichter Frituurbetreiber sollte das erste Opfer des sogenannten »Frittenmörders« in den Niederlanden und der vierte Tote überhaupt werden. An seiner statt wird ein anderer auserkoren: Gerard Armand von der »Friterie du Village« im ostbelgischen Gemmenich.

Der Witwer aus Maastricht hütet ein Geheimnis: Seit dem Unfalltod seiner Frau treibt er sich noch mehr im Drogenmilieu herum, als dies zuvor schon der Fall gewesen war.

Gerard Armand (32). Anstelle des Maastrichter Frituurbetreibers Dan Willemsen wurde der Besitzer der »Friterie du Village« im ostbelgischen Gemmenich als dritter »Frittentoter« im Gebiet der Deutschsprachigen Gemeinschaft Belgiens und als vierter »Frittentoter« überhaupt auserkoren.

Der in jeder Hinsicht integre Ostbelgier lässt sich nicht so schnell einschüchtern, – eine gefährliche Grundhaltung.

Ralf Perron (57), genannt »Fritten-Ralf«. Friteriebesitzer im Herzen von Liège.

Der ehrgeizige Unternehmer ist gerade dabei, die weit über Liège hinaus bekannte Friterie an seinen geldgierigen Sohn Mathieu zu übergeben. Seine »Friterie du Perron« liegt an der Ecke Rue de Rex/Rue de la Violette, unweit derer sich auch Le Maires Wohnung befindet. Aber nicht nur deswegen ist nach Le Maires Meinung Ralfs Friterie die beste in ganz Belgien, bei ihm gibt es tatsächlich die köstlichsten Fritten weit und breit, weswegen die Kunden bis auf die Straße hinaus anstehen.

Der nette Kerl war stets unauffällig, verhält sich in letzter Zeit aber merkwürdig.

*

Mitarbeiter der »Nefrit BVBA« in Kerkrade

Jean-Marie Nascarée (53). Aus dem belgischen Brügge stammender Personalchef der niederländischen Firma »Nefrit BVBA« in Kerkrade.

Der bestechliche Mann ist der direkte Vorgesetzte des verdeckten Ermittlers Soquett. Schlank und mit seiner spitzen Nase wird er von seinen Untergebenen hinter vorgehaltener Hand »Windhund« genannt. Wie auch Johan van Vlierden, der Vorarbeiter der Frittenfettabteilung »Fettfass«, hat er etwas zu verbergen.

Philipp van den Winkeln (30). Mitarbeiter in der Personalabteilung der »Nefrit BVBA«.

Der ehrliche Mann ist in der Firma mit der Verwaltung der Personalakten betraut. Er verschwindet auf mysteriöse Weise und bleibt dies auch, weswegen der verdeckte Ermittler Soquett dessen Stelle bekommt.

Johan van Vlierden (54). Vorarbeiter in der Frittenfett-Produktion.

Der unangenehme Vorarbeiter des »Fettfasses« ist ein wahrer Sklaventreiber und deswegen äußerst unbeliebt. Der bullige und rassistische Mann verkehrt von jedem Montag bis Donnerstag ab 18 Uhr im »Roten Teufel« in Kerkrade und ist – wenn er zu viel getrunken hat – sehr geschwätzig. Wie auch Jean-Marie Nascarée, der Personalchef der »Nefrit BVBA«, hat er etwas zu verbergen.

⁂

Die Hauptverdächtigen

Keita Seydou (36). LKW-Fahrer und Feuerwehrmann.

Der 1,94 Meter große und kräftige Mann stammt ursprünglich aus Somalia, lebte aber vier Jahre im niederländischen Kerkrade, bevor er nach der Trennung von seiner holländischen Freundin vor einem knappen Jahr ins ostbelgische Hauset zog. Allerdings gab es noch einen anderen Grund, warum er Holland verließ.

Gerrit de Kleijn (34). Berufskrimineller mit Wohnsitz im niederländischen Kerkrade, direkt an der deutschen Grenze.

Dem 1,89 Meter großen Bodybuilder sieht man schon aus der Ferne an, dass er gefährlich ist. Seine Glatze und das stets unrasierte Gesicht tragen ebenso dazu bei wie seine Kleidung: Zerrissene Jeans, weit ausgeschnittene Totenkopf-T-Shirts, Handgranaten-Attrappe an der dicken Halskette, Totenkopf-Schmuck und mehrere Ohrringe in beiden Ohren. Zudem ist er am ganzen Körper tätowiert, wobei eine Schlange mit weit aufgerissenem Maul hinter seinem Ohr am meisten auffällt.

Sein Stammlokal ist der »Rote Teufel« in Kerkrade.

Rudi Schwärzler (63). Inhaber einer Metall- und Maschinen-baufirma im ostbelgischen Örtchen Hauset.

Der geldgierige Firmenchef hat irgendetwas undurchsichtiges mit der Fritten- und Frittenfettfirma »Nefrit BVBA« im niederländischen Kerkrade zu tun.

*

Biografien der Nebenfiguren

Francis Cloth (30). commandant des pompiers (in Deutschland der Rang eines Feuerwehrkommandanten).

Der Feuerwehrchef aus La Calamine hat seit einem unangenehmen Vorfall mit Steffen Ottens beim letzten Feuerwehrfest eine Stinkwut auf den Fritürebesitzer – und nicht nur er. Die Feuerwehr von La Calamine hat knapp 50 aktive Mitglieder.

Madame De la Heye und drei weitere Rommédamen als Zeuginnen beim Mordfall »Ottens«, zu denen auch *Madame Lavalle* gehört, die nach einem mysteriösen Autounfall im Koma liegt. Auch die erst 35-jährige *Madame Ottens*, die Witwe des ermordeten, 58-jährigen Steffen Ottens, gehört diesem Kartenklub an.

Rachel Desmonique (55), ausgesprochen: »Raschell«. Wirtin eines von Le Maires beiden Stammlokalen in Liège, dem Café chantant »Aux Olivettes« in der Rue Pied-du-Pont-des Arches 6.

Die warmherzige, aber resolute Wirtin gibt Le Maire – wenn er allein in seinem Wohnort Liège ist – das Gefühl, nicht einsam zu sein. Rachels Lokal ist für ihn so etwas wie Heimat, hier fühlt er sich wohl, kann abschalten und sich so geben, wie er eigentlich gerne sein möchte, aber nicht immer kann, weil er in sich selbst gefangen ist.

Piet Derliggen (26), auch »Rotzki« genannt. Wirt der Kneipe »De Rode Duivel« im niederländischen Kerkrade. Auf Französich »Le Diables Rouges«, auf Deutsch »Der Rote Teufel«.

Seit der ehemalige Seemann die Kneipe betreibt, herrschen dort »Zucht und Ordnung«. Wahrscheinlich, weil er selbst mehrmals wegen Körperverletzung, Einbruchsdiebstahl, Verstoß gegen das Betäubungsmittelgesetz und etlicher weiterer Delikte vorbestraft und im Gefängnis gesessen ist, genießt er den Respekt seiner fast durchwegs ebenfalls polizeibekannten Gäste. Dort verkehren neben zwielichtigen Gestalten, der in ganz Holland wahrscheinlich einzige Fanklub der Belgischen Nationalmannschaft (»Rote Teufel«) und Mitarbeiter der nahe gelegenen Fritten- und Frittenfettfabrik.

Bertrand Bourel (31). Chefkoch im Renncafé von Spa-Francorchamps.

Der Belgier hat seine Küche ordentlich im Griff und liegt – was belgische Frittenqualität anbelangt – ganz auf Le Maires Wellenlänge. Dies könnte gefährlich werden.

Joshua Lewinger (54). Der deutschstämmige Jude ist der oberste Boss eines europaweit agierenden Menschenhändlersyndikats.

Den geheimnisvollen kleinen Mann mit dem großen Schlapphut kennt man nur unter seinem Nickname »Mister Silent«. Er lässt sich stets nur blicken, wenn neue »Ware« angekommen ist und verteilt werden muss.

Cindy Cavanaugh (42). Frau von detective chief superintendent Finley Cavanaugh (39) aus Dover.

✳

Öfter vorkommende oder wichtige reale Orte des Geschehens

Aachen Siehe auch *Aix-la-Chapelle* bei »Erläuterung der Begriffe, Namen und Zitate«. Eigentlich *Bad Aachen*. Hier wird das sogenannte »Öcher Platt« gesprochen. Die kreisfreie Kaiserstadt gehört zum nordrhein-westfälischen Regierungsbezirk Köln und zählt etwa 246.000 Einwohner. Die unter anderem vom Tourismus geprägte Universitätsstadt war königliche Residenz von Karl dem Großen und diente vom Mittelalter bis zur Reformation als Krönungsort der römisch-deutschen Könige und Kaiser. In diesem Zusammenhang kann Aachen nicht nur mit dem Kaiserdom und dem historischen Rathaus, sondern mit unzähligen weiteren historischen Gebäuden, archäologischen Ausgrabungen und Museen punkten. Aachen ist neben dem direkt daneben gelegenen ostbelgischen Kelmis (siehe auch *La Calamine*) und der ebenfalls an der Grenze liegenden niederländischen Gemeinde Kerkrade einer der Haupthandlungsorte dieses Krimis. Die Stadt ist unter anderem auch bekannt für ihre Süßwarenindustrie (Öcher Printen) und für den Karneval. Kanzlerkandidat Martin Schulz stammt aus Würselen, einem der fünf Städte der Städteregion Aachens, zu denen auch die deutschen Kleinstädte Herzogenrath, Eschweiler Stolberg und Roetgen gehören.

À Pilori Das Café-Restaurant am Place du Marché ist das Stammlokal des von Le Maire gegründeteten Vereins »Die Königstreuen« und deswegen eines seiner beiden Lieblingslokale in Liegè. Es liegt direkt gegenüber der Straße an einer Ecke, wo sich auch Le Maires Lieblinsfriterie »Du Perron« befindet. Von dort aus geht es zirka 200 Meter eine Gasse hinunter zu Le Maires Wohnung, in der dieser Roman beginnt.

Aux Olivettes Das Café chantant in der Rue Pied-du-Pont-des-Arches ist ein allseits beliebter Musiker- und Künstler-treff und eines von Le Maires beiden Stammlokalen in Liège.

D'r lange Ruwe Das Lokal in La Calamine (Kelmis) liegt schräg gegenüber der »Fritüre Central«, wo der erste Mord geschieht. Der Name leitet sich vom langgewachsenen und rothaarigen Wirt ab (»Der lange Rote«). Hier fragt der Wirt nicht, ob man noch ein Bier möchte, er stellt es einfach hin.

Eupen Kleinstadt in Ostbelgien mit zirka 19.000 Einwohnern, von denen die meisten Deutsch und Französisch sprechen. Die alte Tuchstadt ist Regierungssitz der »Deutschsprachigen Gemeinschaft Belgiens« (DG) und Verwaltungssitz der »Euregio Maas-Rhein«. Zirka 16 Kilometer südlich von Aachen, 45 Kilometer von Liège (Lüttich) und Maastricht (NL) entfernt. Die Innenstadt ist geprägt von zahlreichen Patrizierhäusern aus dem 18. Jahrhundert. Besonders erwähnenswert sind das Kulturzentrum »Alter Schlachthof« und das zum Seminar- und Eventzentrum umgebaute »Kloster Heidberg« aus dem 18. Jahrhundert.

Friterie du Perron Die Lieblingsfriterie Le Maires liegt nahe bei seiner Wohnung an der Ecke Rue de Rey/Rue de la Violette im Herzen von Liège, direkt gegenüber des Place du Lambert und des Place du Marché. Inhaber ist Le Maires sympathischer Freund Ralf Perron (»Fritten-Ralf«).

La Calamine Auf Deutsch »Kelmis«. Eine der neun Gemeinden der sogenannten Ostkantone in der Provinz Lüttich mit knapp 11.000 Einwohnern, von denen die meisten Deutsch und Französisch sprechen. Direkt an den Grenzen zur deutschen Kaiserstadt Aachen und zum niederländischen Vaals gelegen. Dort lebt und schreibt der Autor seine historischen Romane, Gegenwartskrimis und Reiseführer. Die Gemeinde gehört zur Euregio Maas-Rhein. Zum Gemeindegebiet gehören die Ortsteile Neu-Moresnet und das höher gelegene Hergenrath mit der »Eyneburg«, der einzigen Höhenburg Belgiens, wo der Autor jahrelang als Burg- und Eventmanager tätig war. Sein Gegenwartskrimi »Am Abgrund zur Hölle« (Grenz-Echo-Verlag, Eupen/Ostbelgien) spielt in weiten Teilen dort.

Le Cochon Embouteillé Das Speiserestaurant in Hombourg heißt frei aus dem Französichen übersetzt: »Schwein im Glas«.

Liège Auf Deutsch »Lüttich«. Das kulturelle Zentrum der französisch sprechenden Region. Mit etwa 197.000 Einwohnern zweitgrößte Stadt der wallonischen Region Belgiens. Hauptstadt der Provinz Lüttich. Alter Bistumssitz und moderne Universitätsstadt. Etwa 25 Kilometer südlich von Maastricht (NL) und 39 Kilometer südwestlich von Aachen (D) gelegen. Viele Sehenswürdigkeiten, nette Cafés und Restaurants lohnen ebenso einen Ausflug wie der weithin bekannte Weihnachtsmarkt.

Place Saint Lambert Dort spielt sich das pulsierende Leben von Liège ab. Direkt dahinter befindet sich das Lokal »Å Pilori«, in dem der Verein »Die Königstreuen« ihre Sitzungen abhält. Neben dem in der Rue Pied-du-Pond-des-Arches gelegenen Café chantant »Le Olivettes« ist das »Å Pilori« das Lieblingslokal des Ermittlers in Liège. Direkt links davon befindet sich das Palais de Justice, rechterhand geht es zum Kommissariat, Le Maires Arbeitsplatz. Und gegenüber des Platzes, auf der anderen Seite der Hauptstraße, an der Ecke Rue de Rex/Rue de Violette, befindet sich Le Maires Lieblingsfriterie »Du Perron«. Von dort aus geht es zirka 100 Meter zu Le Maires Wohnung in der Rue de la Violette 120 hinunter.

Nefrit BVBA Eine Fritten- und Frittenfettfirma, die es – wie im Roman beschrieben – in Kerkrade nie gab.

Vrijthof Einer der berühmtesten Plätze in den Niederlanden, genauer gesagt in Maastricht. Umsäumt von Cafés, Kneipen und Restaurants finden dort ganzjährig großartige Open-Air-Events, Konzerte, Künstlertreffs und dergleichen statt, unter anderem das jährliche Fernseh-Open-Air von André Rieu.

ERLÄUTERUNG DER BEGRIFFE, NAMEN UND ZITATE

Aix-la-Chapelle (Siehe auch *Aachen* unter »Öfter vorkommende oder wichtige reale Orte des Geschehens«). Allgemein gebräuchliche französische Bezeichnung für die nordrhein-westfälische Kaiserstadt Aachen. (*de* Aix-la-Chapelle = *aus* Aix-la-Chapelle). Auf Niederländisch heißt die Stadt »Aken«.

Allemand Französische Bezeichnung für »Deutscher«. Deutschland = Allemagne.

Altphilologie Modern ausgedrückt »klassische Philologie«, die sich mit Latein und Altgriechisch befasst.

Andiamo Italienisch für »Lass uns gehen« – »Auf geht's«

Au revoir Französisch für »(Auf) Wiedersehen«.

Belfried Auch »Bergfried« oder »Berchfrit«, volkstümlich auch »Burgfried«, also ein den »Burgfrieden« erhaltender Burgturm. Im Mittelalter ein unbewohnter Haupt- oder Wehrturm. Bewohnte Türme wurden bereits im Mittelalter als »Donjon« bezeichnet.

Bob Morane contre tout chacal – L'aventurier contre tout guerrier! Französisch für »Bob Morane gegen jeden Schakal – Der Abenteurer gegen den Krieger (Kämpfer)!«

Bonjour Französisch für »Guten Tag«.

Bourbon-Anjou Die spanische Königsfamilie. Seit 1700 stammen die spanischen Könige mit Unterbrechungen vom Hause Bourbon-Anjou ab.

Juan Carlos, der Vater des seit 19. Juni 2014 regierenden Königs Felipe VI. machte durch diverse Affären von sich reden, was Frederic Le Maire bei seiner Rede bei den »Königstreuen« unglücklicherweise zumindest indirekt andeutete.

Braunüle Pheripherer Venenkatheder. Eine Venenverweilkanüle, die über einen längeren Zeitraum in der Vene verbleiben kann, damit nicht immer neu gestochen werden muss.

BVBA Niederländische Rechtsform. Vergleichbar mit einer deutschen »GmbH« und der belgischen Rechtsform einer »SPRL«.

Commissaire de la criminelle Französische Bezeichnung für einen Kommissar der Kriminalpolizei, oder »Commissaire de la judicaire«, also »Kommissar der Justiz«.

Comité de l'Amitié de Service d'Incendie la Calamine Freundschaftsbund der Feuerwehr Kelmis.

commandant des pompiers Bezeichnung für einen Feuerwehrkommandanten in Belgien.

Commisaire Siehe *Monsieur commisssaire*.

compris? Französisch für »(Hast du) Verstanden?«.

coram publico Lateinisch für »öffentlich«, »vor Publikum«.

Croque Monsieur Kommt aus dem Französischen: qro-quer = knacken, krachen, beißen. Französische Variante eines Sandwiches: Toastbrot mit Käse und gekochtem Schinken. Es gibt auch einen »Croque Madame« (mit Spiegelei).

de facto Aus dem Lateinischen, bedeutet in etwa soviel wie »tatsächlich«.

Defibrillator Lebensrettendes Gerät, um mit elektrischen Impulsen Herzrhythmusstörungen oder einen dadurch bedingten Herz-Kreislauf-Stillstand zu behandeln.

Diables Rouges Französisch für »Rote Teufel«. So wird die Belgische Fußball-Nationalmannschaft von ihren Fans seit 1906 genannt, als ein Fußballreporter meinte, die Belgier würden wie Teufel in ihren roten Trikots spielen. Auf niederländisch: »Rode Duivels«.

Dr. Jekyll and Mr. Hyde Eine Novelle des schottischen Schriftstellers Robert Louis Stevenson aus dem Jahre 1886. Dabei handelt es sich um eine der berühmtesten Ausformungen des Doppelgängermotivs der Weltliteratur. Es geht um das kriminell-mörderische Doppelleben eines Vorzeigebürgers mit tagsüber tugendhafter Fassade und nachts krimineller Energie. Im weitesten Sinne eine Art Schizophrenie.

en détail Französich für »Im Detail«, haarklein, ganz genau.

FN »Fabrique Nationale«. Waffenmanufaktur im belgischen Liége.

Föderale Polizei Im Gegensatz zur lokalen Polizei ist die
»Föderale Polizei« die überregionale, also belgienweit agierende Polizei. Beide Institutionen bilden gemeinsam den auf
zwei Ebenen strukturierten *integrierten Polizeidienst*.

Fritten Belgische und niederländische Bezeichnung für »Pommes frites«. Fritten sind in Belgien Kult, Lebensgefühl und
Werbeträger zugleich. Fritten sind dort nicht nur das beliebteste Nahrungsmittel, ihr Genuss ist auch eine das ganze Land
verbindende Philosophie.

Friterie oder Fritterie Typisch ostbelgische, insbesondere im
Bereich der deutschsprachigen Bevölkerung gebräuchliche
Bezeichnung für einen Frittenladen oder für eine eine Frit-
tenbude.

Fritüre/Frittüre oder Friture/Fritture. Ausgesprochen: *Fritüür.* Im wallonischen, also französischsprachigen Teil Belgiens gebräuchliche Bezeichnung für einen Frittenladen oder
für eine Frittenbude.

Frituur Im flämischen, also niederländischsprachigen Teil Belgiens und in den Niederlanden gebräuchliche Bezeichnung
für einen Frittenladen oder für eine Frittenbude. Die Flamen
kennen auch die Bezeichnung »Frietkot«, die im Roman allerdings nicht vorkommt.

Gang nach Canossa Der »Bittgang« des mit einem Kirchen-
bann belegten Königs Heinrich IV., der im Februar 1077 n.
Chr. Kirchenbuße tat, indem er Papst Gregor VII. auf Knien
um Verzeihung bat. Noch heute benennt man einen schweren Weg so.

GTAZ Seit 2004 Terrorismusabwehrzentrum in der deutschen Bundeshauptstadt Berlin. Dort tauschen die Experten des Bundeskriminalamtes, des Bundesnachrichtendienstes, der Bundespolizei, der Generalbundesanwaltschaft, der Landeskriminalämter, des Militärischen Abschirmdienstes, des Verfassungsschutzes und der Zollfahndung ihre jeweils in Eigenregie ermittelten Zahlen, Daten und Fakten aus, um koordinierte Terrorismus-Prävention betreiben zu können.

Hannibal Lecter Eine fiktive Roman- und Fernsehfigur. Dabei handelt es sich um einen kannibalistischen Serienmörder (grandios dargestellt u. a. von Anthony Hopkins). Der hochintelligente Psychiater gilt als das Böse schlechthin.

Harakiri Auch »Hara-Kiri«. Gängige Bezeichnung für »Seppuku«, den rituellen Selbstmord im feudalistischen Japan.

Hoegaarden Niederländische Biersorte, ähnlich dem in Deutschland bekannten Weizen- oder Weißbier.

Hotmannspief Historische Brunnenstelle in Aachens Zentrum. 1825 nach Entwürfen des Stadtbaumeisters Adam Franz Friedrich Leydal in Form eines ägyptischen Obelisken errichtet. 1830 mit Figuren versehen. Vormals befand sich an dieser Stelle ein einfacher Laufbrunnen.

Hautevolee Oft spöttischer, abwertender Begriff für die sogenannte »Feine Gesellschaft«, »Die oberen Zehntausend« auf Französisch. Auf Englisch »High Societiy«.

inspecteur principal oder »commissaire« sind die Bezeichnungen für belgische Polizeiermittler, die meist verantwortlich für die jeweilige Abteilung oder sogar einer ganzen Polizeizone

(»police criminelle«, bzw. »police judiciaire«) die Ermittlungen leiten.

Il Belgio esprime segni die opposizione contro la criminalità organizzata in Europa Im Roman Schlagzeile der italienischen Zeitung »la Repubblika«. Auf Deutsch: »Belgien setzt europaweit Zeichen gegen die organisierte Kriminalität«.

Jupiler Ausgesprochen: »Schüpileer«. Die in Belgien am meisten verkaufte heimische Biermarke nach Pilsener Brauart, die der Autor in Belgien am liebsten trinkt. Gebraut von der Brauerei Piedboeuf mit Sitz in Jupille-sur-Meuse, einer Teilgemeinde von Liège. Die beliebte Marke gehört zum belgisch-brasilianischen Konzern Anheuser-Busch-INBEV.

Joyeux Noël »Frohe Weihnachten« auf Französisch.

La Calamine Auf Deutsch: »Kelmis«. Der Name »Calamine« wird abgeleitet von »Cal(a)mis«, was so viel bedeutet wie »zu den calaminär-Steinen«. Die Förderung dieses Zinkmaterials wurde bereits im Mittelalter erwähnt und machte diesen Ort zu einem der größten Zinkzentren Europas. Zu der ca. 10.950 Einwohner zählenden Gemeinde, in der vorwiegend Deutsch und Französisch gesprochen wird, gehören die Ortsteile Neu-Moresnet und Hergenrath mit der »Eyneburg«, der einzigen Höhenburg Ostbelgiens. Dort war der Autor jahrelang als Burg- und Eventmanger tätig. Deswegen spielen dort auch weite Teile des Kriminalromans »Am Abgrund zur Hölle« (Grenz-Echo-Verlag, Eupen/Ostbelgien). La Calamine ist Teil der Deutschsprachigen Gemeinschaft Belgiens mit Sitz in Eupen. Gelegen im traumhaften Dreiländereck B/N/D, ist La Calamine ein ideales Ausflugsziel für Touristen. Der Karneval hat hier das ganze Jahr über Saison. Hier lebt und arbeitet der Autor.

Lake Constance Als solches wird der Bodensee im englischen Sprachgebrauch – hauptsächlich von den Amerikanern – bezeichnet. »Constance« steht für die deutsche Konzilstadt Konstanz.

La Meuse »Die Maas« ist ein 874 Kilometer langer Fluss, der Belgien, Frankreich und die Niederlande durchfließt. Er gibt dem niederländischen Maastricht seinen Namen.

Leffe Leffe Blonde (helles Bier) und Leffe Brune (dunkles Bier) sind obergärige Klosterbiere, die für die »Abbeye de Leffe« in Belgien gebraut werden. Die beliebte Marke gehört zum belgisch-brasilianischen Konzern Anheuser-Busch-INBEV.

Les bonnes Lemmes voilées Despektierliche Bezeichnung für vermummte Muslime. Heißt in etwa so viel wie »Burkaweiber«.

Liège Ausgesprochen: »Li-esch«. Auf Deutsch *Lüttich*, auf niederländisch *Luik*. Die Hauptstadt der Provinz Lüttich ist die zweitgrößte Stadt und das kulturelle Zentrum der Wallonischen Region Belgiens. Von Aachen und La Calamine, den Hauptorten der Handlung, knappe 40 Kilometer Luftlinie entfernt. Die pulsierende Bistums- und Universitätsstadt zählt im Gesamten etwa 600.000 Einwohner.

Lokale Polizei (Belgiens) Siehe Beschreibung bei »Föderale Polizei«.

Mademoiselle Französische Anrede für »Fräulein«. »Madame« ist die französische Anrede für eine Frau.

Manneken Pis Brabantisch für »Kleiner wasserlassender Mann«. Eine nur 61 Zentimeter hohe, aber weltbekannte

Brunnenfigur eines urinierenden Knaben in Brüssel an der Ecke Rue de l'Etuve/Stoofstraat, Rue des Grands Carmes/ Lievevrouwbroestraat und Rue du Chene/Eikstraat, die zum Wahrzeichen der EU-Hauptstadt wurde. Das Original wurde 1619 vom Brüsseler Bildhauer Hieronimus Duquesnoy geschaffen.

Marché de Noël de Liège Weihnachtsmarkt Lüttich (Liège).

Merde Abschätzig oder wütend gemeinter französischer Ausdruck oder Fluch für »Scheiße«, »Kacke«, »Mist« oder »Dreck«.

Monsieur commisaire Französich für »Herr Kommissar«. Vor den Titel kommt immer die Anrede.

Moules et frites Auch »Moules-frites«. Miesmuscheln in Gemüsesud mit Fritten. Ein in Belgien und in Frankreich äußerst beliebtes Gericht, das in Belgien sogar den Status eines Nationalgerichtes hat.

Nazarener Stil Romantisch-religiöse Kunstrichtung, die deutsche Künstler zu Beginn des 19. Jahrhunderts in Rom und in Wien begründeten.

Nederlands voetbalelftal Niederländische Fußball-Nationalmannschaft. Auch als »Oranje elftal« (»Orange Elf«) oder kurz als »Oranje« bezeichnet. In Deutschland bezeichnet man sie fälschlicherweise im Plural als »Oranjes«.

Nomen est omen Diese lateinische Redensart bedeutet so viel wie »Der Name ist ein Zeichen«. Oder frei übersetzt: »Der Name ist Programm«. Allerdings trifft dies auf den Nachnamen des Autors dieses Kriminalromans nicht zu.

NYCPD Abkürzung für »New York City Police Department«. Die kommunale Polizeibehörde der Ostküstenstadt New York ist die größte Polizeibehörde der USA.

Olfaktorische Wahrnehmung Lat.: olfacere = riechen. Geruchswahrnehmung.

Oranje elftal (»orange Elf«). Bezeichnung für die Niederländische Fußball-Nationalmannschaft (»Nederlands voetbalelftal«).

Ostbelgien Auch »Ostkantone«. An der deutschen Kaiserstadt Aachen und an den ebenfalls im Roman vorkommenden niederländischen Grenzorte Kerkrade und Vaals grenzender Landstrich Belgiens. Hier wird vorwiegend Deutsch gesprochen. Das 1036 Quadratkilometer große Gebiet im Osten Belgiens umfasst das Gebiet um Eupen, Malmedy, Sankt Vith und La Calamine (Kelmis / Neu Moresnet). Seit 2004 föderaler Bestandteil der Deutschsprachigen Gemeinschaft Belgiens (DG). Wie der Autor aus persönlicher Erfahrung heraus bestätigen kann, sind insbesondere die Auswirkungen des deutschen Überfalls von 1940 für in Ostbelgien lebende Deutsche zwischendurch immer noch spürbar. Dennoch ist Ostbelgien auch für Deutsche ein lebenswertes Stückchen Erde mit liebenswerten Menschen. Das wunderbare Land selbst, die vielfältige Kultur, umfangreiche Sport- und Freizeitmöglichkeiten, eine kaum unüberschaubare Gastronomie und die Nähe zu Städten wie Aachen, Köln, Maastricht oder Antwerpen sind Garant für Abwechslung und für eine hohe Lebensqualität.

Oui, Monsieur Französisch für »Ja, mein Herr«.

Öcher Dialektform für »eingefleischte Aachener«.

Pastis Typisch Französischer Anisschnaps mit zirka 40 bis 45 % Volumenalkohol.

Patron Französisch für »Chef«.

Petit dégoût Französich für »Kleines Ekel«.

Pinte Altes Raum und Trockenmaß, das auch für Getränke Verwendung findet. Zum Beispiel: »Ein Schoppen Wein«. Verruchte und schmuddelige Lokale, in denen sich undurchsichtiges Gesindel herumtreibt, werden auch so bezeichnet.

Place de l'Eglise Französisch für »Kirchplatz«.

Polen offen »Dann, oder jetzt ist Polen offen«. Diese deutsche Redewendung wird umgangssprachlich verwendet für eine außer Kontrolle geratene Situation oder Ärger. Kann auch als Drohung verstanden werden.

Printen Eine spezielle Sorte brauner Lebkuchen. Eine Aachener Spezialität, die dort seit 1820 gebacken wird.

Puppenbrunnen Ein 1975 vom Aachener Bildhauer Bonifatius Stirnberg geschaffener Brunnen, dessen Figuren mit beweglichen Gelenken ausgestattet wurden. Das Kunstwerk steht an der Krämerstraße, einer Verbindung zwischen Dom und Rathaus.

Qu'est-ce que c'es? … Je ne compends pas? Französisch: »Was (ist los)?« Oder: »Was ist das? … Ich verstehe nicht!«

Roda JC Kerkrade Roda Juliana Combinatie Kerkrade ist der Fußballverein von Kerkrade, der derzeit in der Ersten Division, also der zweithöchsten niederländischen Liga spielt.

Sake Japanischer Weiswein. Entweder klar oder weißlich-trübe hat dieses alkoholische Getränk 15 bis 20 Volumenprozente.

Shóchú Bis zu 43% volumenalkoholhaltiger Branntwein aus Japan.

Salut Französich für »Tschüs(s)«. Im Kelmiser Platt heißt das ›Tschö wa‹.

Spa-Francorchamps Weltberühmte Formel-1-Rennstrecke in der zur Wallonie gehörenden belgischen Provinz Liège in den Ardennen. Spa ist schon im 7. Jahrhundert n. Chr. als Heilbad bekannt.

SPRL Vergleichbar mit der Rechtsform einer deutschen »GmbH« und der niederländischen Rechtsform einer »BVBA« wie sie die imaginäre »Nefrit BVBA« ist.

SpuSi Saloppe Abkürzung für »Spurensicherer« an einem Tatort.

Vedute Aus dem Italienischen: veduta = Ansicht, Aussicht … einer Landschaft oder eines Stadtbildes.

Veitstanz So wird das Verhalten von jemandem bezeichnet, der sich wie wild gebärdet. Der Begriff hat seinen Ursprung im Mittelalter, wo »verrückte Tänze« so bezeichnet wurden.

VOG Vergleichbar mit der Rechtsform eines eingetragenen Vereins (e. V.) in Deutschland.

Worst Case Ein auch in Deutschland verwendeter anglizistischer Ausdruck für den schlechtesten oder ungünstigsten Fall.

DANKE – MERCI – BEDANKT – GRACIAS – THANK YOU

Mein erster Dank geht an meinen – ich bezeichne ihn mal salopp als Freund und Mentor – Karl-Heinz Lambertz, ehemaliger Minister- und Parlamentspräsident der Deutschsprachigen Gemeinschaft Belgiens, der zudem langjähriger Senator in Brüssel war. Der heutige europaweite Vorsitzende des Ausschusses der Regionen (AdR) ist mir schon seit seiner Zeit als Ministerpräsident nicht nur aufgrund der von uns beiden ins Leben gerufenen Verbindung »Allgäu – Ostbelgien« zugetan. Nein, kaum zu glauben: Der hochrangige, allseits geschätzte und respektierte Politiker ist auch ein leidenschaftlicher Leser meiner Romane. Vermutlich hat er für mich deswegen und nicht wegen meiner manchmal großen Klappe fulminante Buchvorstellungen im Plenarsaal des DG-Parlaments und grandiose Lesungen in der deutschen Vertretung der DG in der EU-Hauptstadt Brüssel organisiert. Durch das stetig gewachsene gegenseitige Vertrauen konnten wir auf internationaler Ebene bereits einiges bewegen. Was *mich* jetzt aber bewegt, ist die Tatsache, dass ich nicht nur erfolgreich historische Spannungsromane, sondern *wegen ihm* nun auch noch Gegenwartskrimis schreibe. Denn *er* war es, der mich dazu gebracht hat, mein literarisches Engagement aus dem kriminellen Sumpf des deutschen Mittelalters nach Belgien und Holland in die noch kriminellere Jetztzeit vorzukatapultieren. Und dafür möchte ich mich extra bei ihm bedanken: Denn es hat mir eine Riesenfreude bereitet, mit »Frittenfett« einen echt tollen Gegenwartskrimi mit internationalem Flair zu schreiben.

In diesem Zusammenhang möchte ich es nicht versäumen, auch seinem langjährigen Pressesprecher Daniel Niessen recht herzlich für all das zu danken, was er zum Gelingen unserer gemeinsamen Projekte beigetragen hat.

Klar; ohne einen guten Verlag, der *alles* für seine Autoren und den gemeinsamen Erfolg tut, geht es nicht. Ein Buch kann inhaltlich noch so gut sein, – wenn es aber nicht gut aufgemacht ist, nicht professionell vermarktet und deswegen auch nicht in hoher Zahl an die Leserschaft gebracht wird, hat sich nicht nur der betreffende Autor umsonst bemüht. Dass dies mit meinen historischen Romanen Dank des Gmeiner Verlags in der Vergangenheit nicht so war und auch mit meinem aktuellen, zur Leipziger Buchmesse 2018 erschienenen historischen Roman »Das Teufelsweib« (spielt in Marokko, auf hoher See, auf Sylt und in etlichen weiteren deutschen Landstrichen bis ins Allgäu hinunter) ebenfalls nicht so ist, garantiert mein Verlag einmal mehr. So sorgt der Verleger Armin Gmeiner mit seinem außerordentlich professionell und einfühlsam agierenden Team nun auch dafür, dass »Frittenfett« in möglichst vielen Auslagen und Regalen der Buchhandlungen liegt und somit an meine stetig zunehmende Leserschaft gelangt. Dieser überaus flexible und vorwärtsschauende Verlag lässt mich hoffen, dass dieser Roman ins Französische übersetzt wird. Vergelt's Gott, lieber Armin!

Und da es ohne ein gutes Lektorat ebenso nicht geht, danke ich der Programmchefin des Gmeiner Verlags, die gleichzeitig auch meine Lektorin ist, von ganzem Herzen. Denn Claudia Senghaas hat mit mir in der Vergangenheit schon etliche Kämpfe zum Wohle der Qualität ausgefochten und nun in enger Zusammenarbeit mit mir auch für »Frittenfett« alles getan, damit der Handlungsstrang durchgehend flüssig bleibt und nicht durch unnötige Ausschweifungen unterbrochen wird. Denn ich weiß selbst, dass ich hier und da schon mal dazu neigen kann, akribisch recherchierte Dinge etwas detailverliebt zu beschreiben. Aber durch Claudia Senghaas' sanftes Eingreifen an der einen oder anderen Stelle bleibt die Spannung bis zum Schluss Seite für Seite erhalten. Danke, liebe Claudia!

Als langjähriger Gerichtsschöffe beim Amtsgericht Kempten – zuerst beim Jugendgericht, dann auch noch bei der für Erwachsene zuständigen Judikative – konnte ich mir ein gewisses Grundwissen über die deutsche und sogar über die Rechtsprechung in anderen Teilen Europas aneignen. Darüber hinaus erschien es mir nötig, mich vor dem Schreiben eines Kriminalromans weitere professionelle Ratschläge einzuholen. Deswegen beschäftigte ich mich nicht nur intensiver *damit*, sondern zudem auch mit der Strafprävention und -verfolgung in den deutschaprachigen und in den Beneluxländern, ja teilweise sogar in England. Zu Recherchezwecken bin ich sogar freiwillig 24 Stunden eingesessen und habe mich mit erfahrenen »Schließern« und echten »Knackis« unterhalten, – ein Erlebnis, das mich zwar tief berührt hat, ich aber nicht noch einmal haben muss.

So geht mein Dank an diese Justizbeamten und »meine Mithäftlinge«, sowie an alle Kriminal- und Schutzpolizisten, die täglich vor Ort ihre Köpfe im Einsatz für Recht und Ordnung hinhalten. Durch sie bekam ich vom Wettlauf zwischen Kriminellen und denen die sie jagen, einiges mit. Aber auch Richter und Anwälte, die dafür sorgen, dass kriminell gewordene Menschen entweder möglichst hohe ... oder niedrige Strafen erhalten, haben mir Einsicht in deren Arbeitsweisen, Betriebsstrukturen und Erfahrungen gewährt. Dabei musste ich zwangsläufig auf eine Welt stoßen, die aus den Fugen geraten ist und leider Gottes tagtäglich neu aus den Fugen gerät.

Allein schon deswegen konnte ich es nicht bei diesem einen Kriminalroman belassen, in dem mein belgischer commissaire de criminelle Fredric Le Maire mit seiner Partnerin, der Aachener Rechtsmedizinerin Dr. Angelika Laefers, ermittelt. Also habe ich den beiden mit der »Goldmadonna« (erscheint voraussichtlich zur Frankfurter Buchmesse 2019) einen zweiten spannenden Fall zugeteilt. Die Inspiration dafür fand ich im niederländischen Städtchen Vaals, wo ich gerne auf den Markt gehe und danach im »Café d'r Koffereck« oder im Pub »De Fockingk« – beides urige Kneipen – Menschen beobachte. Mit meinem übernächsten Werk »Hexenhof« wagen sich meine beiden Ermittler ins Weihnachtsmarktmilieu. Um auch diesen Kriminalroman authentisch schreiben zu können, habe ich vier Wochen lang auf einem Weihnachtsmarktstand gefront. Es hat sich gelohnt.

Meiner Schwiegertochter Elisabeth Wucherer danke ich dafür, dass ich zu jeder Zeit lästig sein durfte. Die aufstrebende Anwältin half mir immer mit profunden Antworten aus, wenn mich allgemeine juristische Fragen plagten.

Ganz besonders bedanke ich mich bei Norbert Barth, einem im spanischen La Pobla de Montornès lebenden Kriminalhauptkommissar im Ruhestand. Von ihm habe ich – stets begleitet von ein paar Gläsern Javier Rodriguez La Senoba-Rioja – nicht nur wertvolle Informationen über die grenzüberschreitende Zusammenarbeit in den Benelux und im allgemeinen, sondern auch sehr viel über die Arbeitsmethoden der Kriminalpolizei Aachen erhalten. Zudem überließ er mir hochinteressante Bücher, die mir wertvolle Dienste leisteten und sicherlich auch bei meinem nächsten Belgienkrimi leisten werden. Gracias, mi comisario!

In diesem Zusammenhang möchte ich Leo Lausberg, Hauptinspektor bei der Föderalen Polizei Belgiens mit dem Fachgebiet »Phänomene«, nicht vergessen. Er hat den Roman auf Korrektheit in Bezug auf die belgischen Polizeistrukturen überprüft.

Die Aachener Kriminalhauptkommisare Angela und Fred Dahmen haben mich kurz vor Manuskriptabgabe vor einem »kriminaltechnischen« Patzer bewahrt. Lieben Dank euch beiden!

Ein von Herzen kommendes Merci geht an Gilbert Müller, einem verdienten Mitarbeiter der ostbelgischen Gemeinde La Calamine, der mir bei der einen oder anderen kniffeligen Übersetzung vom Deutschen ins Französische half und mich dabei unterstützte, Wissenslücken über die Mentalität der Ostbelgier zu schließen.

Mein letzter, aber umso dickerer Dank geht an die deutsch- und französischsprachige Presse. »Klasse! – Danke! – Weiter so!«

Nun bleibt mir nur noch, meiner stets verständnisvollen und herzensliebben Lebenspartnerin Eleonore Brux ein dickes Bussi zu geben.

Alle Bücher von Bernhard Wucherer:

- Trilogie um die Kastellansfamilie -

Band 1: Die Pestspur
ISBN 978-3-8392-1264-6

Band 2: Der Peststurm
ISBN 978-3-8392-1350-6

Band 3: Die Säulen des Zorns
ISBN 978-3-8392-1579-1

- Kommissar Frederic Le Maire ermittelt -

Frittenmafia
ISBN 978-3-8392-2313-0

Glühweinmord im Hexenhof
ISBN 978-3-8392-2541-7

Goldmadonna
ISBN 978-3-8392-2828-9

- Die Teufelsweib-Trilogie -

Band 1: Das Teufelsweib
ISBN 978-3-8392-2198-3

Band 2: Die Herrin von Syld
ISBN 978-3-8392-2554-7

Der Geheimbund der 45
ISBN 978-3-8392-2697-1

GMEINER SPANNUNG

WWW.GMEINER-VERLAG.DE
Wir machen's spannend